Heiß glüht mein Hass

KAREN

ROSE

HEISS GLÜHT MEIN HASS

Thriller

Aus dem Amerikanischen
von Kerstin Winter

Weltbild

Die amerikanische Originalausgabe erschien 2007 unter dem Titel
Count to Ten bei Warner Books. Inc., New York.

Besuchen Sie uns im Internet:
www.weltbild.de

Genehmigte Lizenzausgabe für Verlagsgruppe Weltbild GmbH,
Steinerne Furt, 86167 Augsburg

Übersetzung: Kerstin Winter
Umschlaggestaltung: Jarzina Kommunikations-Design, Köln
Umschlagmotiv: Corbis/zefa, Düsseldorf (© Miles)
Gesamtherstellung: CPI Moravia Books s.r.o., Pohorelice
Printed in the EU

ISBN 978-3-8289-9141-5

2011 2010 2009 2008
Die letzte Jahreszahl gibt die aktuelle Lizenzausgabe an.

Für Martin, für die besten fünfundzwanzig Jahre meines Lebens. Ich liebe dich.

Für Cristy Carrington, die mir ihre wunderschönen Gedichte zur Verfügung gestellt hat und Emotionen in meinen Figuren entdeckte, die nicht einmal ich gesehen habe. Ich hatte einen Felsen. Du hast ihn behauen.

Für meine Seelenschwestern,
die mich kennen und dennoch lieben.

Prolog

Springdale, Indiana

Donnerstag, 23. November, 23.45 Uhr

Er starrte mit grimmiger Befriedigung in die Flammen. Das Haus brannte lichterloh.

Er glaubte, ihre Schreie zu hören. *Hilfe! O Gott. Hilfe!* Er hoffte, dass er sie wirklich hörte, hoffte, dass es sich nicht nur um seine Einbildung handelte. Und er hoffte, dass sie litten.

Sie waren im Haus gefangen. Meilenweit keine Nachbarn, die zu Hilfe eilen würden. Er konnte sein Handy hervorholen. Die Polizei anrufen. Oder die Feuerwehr. Ein Mundwinkel verzog sich zu einem winzigen Lächeln. Wieso sollte er? Sie bekamen endlich, was sie verdienten. Endlich. Und dass es durch ihn geschah, war … nur gerecht.

Er konnte sich nicht erinnern, das Feuer gelegt zu haben, aber er wusste, dass es so gewesen sein musste. Ohne den Blick vom Haus zu nehmen, hob er die Hand an die Nase. Schnupperte an dem Lederhandschuh, den er trug. Er konnte das Benzin daran riechen.

Ja, *er* hatte es getan. Und er war zutiefst froh, dass er es getan hatte.

Er konnte sich ebenso wenig erinnern, hergefahren zu sein, aber er war hier. Er erkannte das Haus wieder, auch wenn er nie hier gewohnt hatte. Hätte er hier gewohnt, wäre alles anders geworden. Hätte er hier gewohnt, wäre Shane nie etwas geschehen. Shane könnte noch leben, und der tiefe Hass, den er so viele Jahre lang in seinem Herzen eingeschlossen hatte, hätte niemals existiert.

Aber er hatte nie hier gewohnt. Shane war allein gewesen, ein Schaf unter Wölfen. Und als er endlich entlassen worden war und zurückkehren konnte, war sein Bruder kein glücklicher Junge mehr gewesen. Als er endlich zurückgekommen war, hatte Shane den Kopf gesenkt gehalten, damit man die Scham und die Furcht in seinen Augen nicht sah. Denn sie hatten ihm etwas angetan.

Zorn kochte in ihm hoch. In eben jenem Haus, in dem Shane sicher und geborgen hätte sein sollen, in eben jenem Haus, das nun brannte wie die Hölle selbst, hatte man Shane etwas angetan, das ihn vollkommen verändert hatte. Shane war tot. Und nun litten sie, genau wie er gelitten hatte. Es war nur … gerecht.

Dass der Hass und die Wut von Zeit zu Zeit in ihm aufstiegen war vermutlich unausweichlich. Beides gehörte zu ihm, beinahe solange er zurückdenken konnte. Aber den Grund für seine Wut … diesen Grund hatte er vor allen versteckt. Sogar vor sich selbst. Er hatte ihn so lange geleugnet, hatte die Geschichte so oft anders erzählt, dass selbst er inzwischen Probleme hatte, sich an die Wahrheit zu erinnern. Es gab ganze Zeitabschnitte, die er vergessen hatte. Die zu vergessen er sich gezwungen hatte. Weil es zu schmerzhaft war, sich daran zu erinnern.

Nun aber erinnerte er sich wieder. An jede einzelne Person, die ihre Hand erhoben hatte, um ihm etwas anzutun. An jede einzelne Person, die ihn und Shane hätte beschützen sollen und es nicht getan hatte. An jede einzelne Person, die einfach weggesehen hatte.

Und der Junge hatte das ausgelöst. Der Junge, der ihn an

Shane erinnerte. Der Junge, der ihn hilfesuchend angesehen hatte. Schutz suchend. Ein Blick voller Angst und Scham. Heute Abend war es gewesen. Und er war in die Vergangenheit zurückversetzt worden. In eine Zeit, an die er sich nicht erinnern wollte. Damals war er … schwach gewesen. Jämmerlich schwach. Nutzlos.
Er kniff die Augen zusammen, als die Flammen an den Wänden des Holzhauses leckten, das wie Zunder brannte. Er war nicht mehr schwach oder nutzlos. Nun nahm er sich, was er wollte, und zum Teufel mit den Konsequenzen.
Plötzlich drang sein gesunder Menschenverstand durch den Zorn. Wie es immer geschah.
Denn manchmal schickten die Konsequenzen *ihn* zum Teufel. Besonders dann, wenn die Wut Oberhand nahm, wie es heute Abend geschehen war. Diese Nacht war nicht die erste, in der er wie aus einem Traum erwachte, sah, was er getan hatte, sich aber kaum daran erinnern konnte, es getan zu haben. Es war der erste Brand, den er gelegt hatte …
Er schluckte. Der erste Brand seit einer langen Zeit. Aber er hatte andere Dinge getan. Notwendige Dinge. Dinge, die ihn ins Gefängnis bringen würden, wenn man ihn fasste. Diesmal in ein echtes Gefängnis und nicht in eine Jugendhaftanstalt, die schon schlimm genug war, aber in der man zurechtkommen konnte, wenn man ein bisschen Verstand hatte.
Heute Abend hatte er getötet. Und er bereute nichts. Überhaupt nichts. Aber er hatte Glück gehabt. Dieses Haus stand einsam in der Gegend, weit und breit keine Nachbarn, keine Zeugen, niemand, der etwas gesehen haben konnte. Aber was, wenn er irgendwo in der Stadt gewesen wäre? Wenn man ihn dabei beobachtet hätte? Jedes Mal stellte er sich dieselbe Frage. *Was, wenn man ihn erwischte?*

Eines Tages würde seine unkontrollierbare Wut ihn in ernsthafte Schwierigkeiten bringen. Sie beherrschte ihn. Machte ihn verwundbar. Er biss die Zähne zusammen. Verwundbar zu sein war etwas, das er sich nie wieder zugestehen würde.

Und mit einem Mal schien die Lösung so klar. Die Wut musste getilgt werden.

Und daher musste die Ursache der Wut getilgt werden. Was bedeutete, dass alle Menschen, die ihnen etwas angetan oder weggesehen hatten, verschwinden mussten. Und während er dort stand und den Flammen zusah, erinnerte er sich an jeden einzelnen dieser Leute so, als hätte er sie gestern noch gesehen. Er sah Gesichter. Hörte Namen. Spürte Hass.

Er neigte den Kopf zur Seite, als das Dach einbrach und ein Funkenfeuerwerk in den Himmel schickte. Er hatte ganze Arbeit geleistet. Hübsch.

Es würde schwer sein, eine solche Darbietung zu übertreffen. Aber natürlich würde es ihm gelingen. Er machte niemals halbe Sachen. Was immer er tat, tat er gut. Und so musste es sein. Für Shane. Und für sich selbst. Dann konnte er endlich diesen Teil seines Lebens abschließen und wieder nach vorn sehen.

Der letzte Funkenregen mochte hell genug gewesen sein, um die Feuerwehr zu alarmieren. Er sollte verschwinden, solange es noch gefahrlos möglich war. Er stieg in den Wagen und wendete in Richtung Stadt, während ein Lächeln auf seinen Lippen erschien. In seinem Kopf begann ein Plan zu reifen.

Ja, es würde eine großartige Darbietung werden. Und wenn der letzte Vorhang fiel, konnte Shane endlich in Frieden ruhen. *Und ich werde endlich frei sein.*

1. Kapitel

Chicago

Samstag, 25. November, 23.45 Uhr

Ein Ast klatschte ans Fenster, und Caitlin Burnette fuhr zusammen. »Nur der Wind«, murmelte sie. »Sei nicht so ein Jammerlappen.« Dennoch machte das Heulen draußen sie nervös, und in Doughertys altem, ächzendem Haus ganz allein zu sein, trug nichts dazu bei, ihre Unruhe zu dämpfen.

Sie senkte den Blick wieder auf ihr Statistik-Buch und seufzte. Die Party im TriEpsilon war bestimmt viel spaßiger als das hier. Und viel lauter. Und genau aus diesem Grund saß sie in diesem langweiligen alten Haus und versuchte zu lernen, während im College ihre Kommilitoninnen feierten.

Ihr Professor hatte für Montagmorgen eine Klausur angekündigt, und wenn sie durchfiel, war das Semester umsonst gewesen. Dann würde ihr Vater ihr den Wagen abnehmen, verkaufen und mit dem Geld mit ihrer Mutter auf die Bahamas fliegen.

Caitlin knirschte mit den Zähnen. Sie würde es ihm schon zeigen und diese blöde Klausur bestehen, und wenn es das Letzte war, was sie tat. Und falls nicht, hatte sie genügend Geld gespart, um sich den blöden Wagen selbst zu kaufen – oder vielleicht sogar noch einen besseren. Der Betrag, den die Doughertys ihr zahlten, damit sie die Katze hütete, war

lächerlich, aber es reichte, um einigermaßen zurechtzukommen, und …
Ein anderes Geräusch ließ sie auffahren. Was war das? Es kam von unten. Und es klang wie … wie ein Stuhl, der über den Holzboden schrammte.
Ruf die Polizei. Sie legte die Hand auf den Hörer, holte dann aber tief Luft und zwang sich zur Ruhe. Wahrscheinlich nur die Katze. Sie würde ziemlich dumm dastehen, wenn sie die Polizei wegen einer fetten, verwöhnten Perserkatze anrief. Im Übrigen sollte sie jetzt gar nicht hier sein. Mrs. Dougherty hatte sich ziemlich klar ausgedrückt. Sie sollte nicht »hier übernachten«, sie sollte keine »Partys feiern«, und sie sollte auch nicht »das Telefon benutzen«. Sie sollte die Katze füttern und ihr Klo saubermachen, Punkt.
Die Doughertys konnten wütend werden und ihr das Geld streichen, wenn sie es herausfanden. Caitlin seufzte. Und dann würde ihr Vater davon erfahren, für den diese Nachricht bestimmt ein innerer Triumph wäre. Und all das wegen einer dummen Kuschelkatze, die auch noch Percy hieß!
Dennoch konnte es nicht schaden, etwas vorsichtig zu sein. Lautlos verließ Caitlin das Zimmer, das die Doughertys als Büro benutzten, und schlich ins Schlafzimmer, wo sie die kleine Pistole aus Mrs. Doughertys Nachttischschublade holte und sie entsicherte. Sie hatte die Pistole entdeckt, als sie nach einem Stift gesucht hatte. Es war eine .22, und mit einer solchen Waffe hatte sie mit ihrem Vater schon oft am Schießstand geschossen. Sie stieg die Treppe hinunter und hielt die Waffe hinter dem Rücken. Es war stockdunkel, aber sie wagte es nicht, Licht zu machen. *Lass es, Caitlin. Ruf die Cops.* Aber sie ging weiter, die Schritte durch den

Teppich gedämpft, bis die zweite Stufe von unten knarrte. Sie blieb wie angewurzelt stehen. Ihr Herz hämmerte laut, während sie lauschte.

Und dann hörte sie das Summen. Da war jemand im Haus, und er summte!

Das Quietschen von etwas Schwerem, das über den Boden gezogen wurde, übertönte das Summen. Und dann roch sie Gas.

Raus! Hol Hilfe! Sie stürzte vorwärts, stolperte, als ihre Füße den Holzboden berührten und fiel auf die Knie. Die Pistole flog aus ihrer Hand und rutschte über den Boden. Laut.

Das Summen verstummte. Verzweifelt fuhren ihre Hände im Dunkeln über den Boden, tasteten nach der Pistole. Dann hatte sie sie gefunden und kam auf die Füße. *Raus! Raus! Raus!*

Sie war zwei Schritte auf die Tür zugelaufen, als sich jemand von hinten auf sie stürzte und mit ihr zu Boden ging. Sie wollte schreien, bekam aber keine Luft. *Gott, bitte!* Sie zappelte unter ihm, aber er war zu schwer. Sein Atem strich heiß über ihr Ohr. Dann spürte sie, wie er hart wurde. *Nein, bitte nicht. Nicht das!*

Sie kniff die Augen zusammen, als er seine Hüften gegen sie presste. Seine Absicht war klar. »Bitte. Lassen Sie mich gehen. Ich sollte nicht einmal hier sein. Ich werde nichts sagen, das verspreche ich.«

»Du solltest nicht einmal hier sein«, wiederholte er. »Was für ein Pech für dich.« Seine Stimme war tief, aber aufgesetzt tief. Sie klang wie eine Darth-Vader-Imitation. Caitlin konzentrierte sich, entschlossen, sich jede Einzelheit einzuprägen, so dass sie, falls sie lebend entkommen würde, der Polizei alles erzählen konnte.

»Bitte, tun Sie mir nichts an«, flüsterte sie.
Er zögerte. Sie spürte, wie er die Luft anhielt. Die Zeit schien stillzustehen. Dann, endlich, stieß er den Atem wieder aus.
Und lachte.

Sonntag, 26. November, 1.10 Uhr

Reed Solliday drängte sich durch die Menschenmenge, während er im Vorbeigehen den Stimmen lauschte und die Gesichter betrachtete, die dem brennenden Haus zugewandt waren. Es war eine Mittelklasse-Gegend, in der hauptsächlich ältere Menschen wohnten, und die Leute, die hier in der Kälte standen, schienen einander alle zu kennen. Schockiert und ungläubig drängten sie sich zusammen, und er wusste, dass sie sich sorgten, die Flammen könnten auf ihre eigenen Häuser überspringen. Drei ältere Frauen standen etwas abseits, und über ihre ängstlichen Gesichter flackerte der Schein des verbliebenen Feuers, das zuvor nur mit zwei Löschtrupps unter Kontrolle hatte gebracht werden können. Dieses Feuer war kein Zufall. Es hatte zu stark, zu heiß und an zu vielen Stellen im Haus gebrannt.
Doch trotz des allgegenwärtigen Schockzustands musste er die Schaulustigen befragen, bevor sie Zeit hatten, ihre Erlebnisse auszutauschen. Selbst bei Leuten, die nichts zu verbergen hatten, glichen sich die Geschichten über das Gesehene aneinander an, wodurch wertvolle Einzelheiten verlorengehen und sogar Brandstifter entkommen konnten. Reeds Job war es dafür zu sorgen, dass das nicht geschah.
»Meine Damen?« Mit der Marke in der Hand näherte er sich den drei Frauen. »Ich bin Lieutenant Solliday.«

Alle drei Frauen musterten ihn. »Sie sind Polizist?«, fragte die mittlere. Sie war um die siebzig und so zart und klein, dass der Wind sie hätte umwehen können. Ihr weißes Haar war fest auf Wickler gedreht, und ihr Flanellnachthemd stach unter dem Wollmantel hervor und schleifte über den gefrorenen Boden.

»Fire Marshal«, antwortete Reed. »Würden Sie mir bitte Ihre Namen nennen?«

»Emily Richter. Und das sind Janice Kimbrough und Darlene Desmond.«

»Und Sie kennen sich hier ein wenig aus, Ma'am?«

Mrs. Richter rümpfte die Nase. »Ich lebe seit beinahe fünfzig Jahren hier.«

»Wer wohnt in diesem Haus, Ma'am?«

»Bis vor einiger Zeit die Doughertys. Joe und Laura. Aber Laura ist gestorben und Joe ist nach Florida gegangen. Jetzt wohnen sein Sohn und dessen Frau hier. Hat's ihnen ziemlich billig verkauft, der gute Joe. Das hat hier in der Gegend anständig die Preise gedrückt.«

»Aber sie sind nicht da«, fügte Janice Kimbrough hinzu. »Sie sind über Thanksgiving zu Joe nach Florida gefahren.«

»Es war also niemand im Haus?« Das war den Männern bei ihrer Ankunft bereits gesagt worden.

»Nein. Es sei denn, sie sind vorzeitig zurückgekommen«, meinte Janice.

»Sind sie aber nicht«, sagte Emily Richter bestimmt. »Ihr Truck ist zu breit für die Garage, deshalb parken sie immer in der Auffahrt. Und da dort kein Truck steht, sind sie auch noch nicht wieder zurück.«

»Haben Sie heute jemanden gesehen, der nicht zu dieser Gegend gehört?«

»Gestern war ein Mädchen hier«, sagte Emily Richter. »Sie füttert die Katze.« Wieder rümpfte sie die Nase. »Früher hätte Joe *uns* den Schlüssel und Katzenfutter in die Hand gedrückt. Aber sein Sohn hat die Schlösser ausgetauscht und irgendein junges Ding engagiert.«

Reeds Nackenhaare stellten sich auf. Vielleicht war es Instinkt, vielleicht etwas anderes. Aber er hatte überhaupt kein gutes Gefühl bei dieser Sache. »Ein junges Ding?«

»Studentin«, erklärte Darlene Desmond. »Joes Schwiegertochter hat mir erzählt, dass sie hier nicht übernachten würde. Sie sollte nur ein- oder zweimal am Tag kommen, um die Katze zu füttern.«

»Hatten die Doughertys noch andere Autos?«, fragte Reed.

Janice Kimbrough zog die Brauen zusammen. »Die Frau von Joes Sohn hatte einen Wagen. Einen Ford?«

Emily Richter schüttelte den Kopf. »Buick.«

»Und das waren die einzigen Fahrzeuge? Der Truck und der Buick?« Er hatte in der Garage die verschmorten Überreste von zwei Wagen gesehen. Übelkeit machte sich in seinem Inneren breit.

Die drei Frauen nickten und tauschten verwirrte Blicke aus. »Ja, nur die beiden«, bestätigte Emily Richter.

»Vielen Dank, meine Damen, Sie waren eine große Hilfe.«

Er ging über die Straße, wo Captain Larry Fletcher mit einem Funkgerät neben dem Löschwagen stand. »Larry.«

»Reed.« Larry betrachtete stirnrunzelnd das brennende Haus. »Das Feuer ist gelegt worden.«

»Ja, das denke ich auch. Larry – es könnte doch noch jemand drin sein.«

Er schüttelte den Kopf. »Die älteren Damen meinten, die Hausbesitzer wären nicht in der Stadt.«

»Sie sagten konkret, dass die Besitzer eine Studentin zum Katzenfüttern engagiert hätten.«
Larrys Kopf fuhr herum. »Angeblich ist niemand im Haus gewesen.«
»Ja, das Mädchen sollte auch nicht hier übernachten. In der Garage sind zwei Autos, oder? Die Besitzer haben aber nur eines dort stehen. Mit dem anderen, dem Truck, sind sie unterwegs. Wir müssen rein und nachsehen, ob das Mädchen dort drin ist, Larry.«
Mit einem knappen Nicken hob Larry das Funkgerät an die Lippen. »Mahoney. Möglicherweise Opfer im Haus.«
Das Gerät knisterte. »Verstanden. Ich versuche reinzugehen.«
»Falls es zu gefährlich ist, kommst du sofort wieder raus«, befahl Larry, dann wandte er sich wieder Reed zu. »Wenn sie drin ist …«
Reed nickte grimmig. »Ist sie wahrscheinlich tot. Ich weiß. Ich höre mich noch ein bisschen um. Lass mich reingehen, sobald es möglich ist.«

Sonntag, 26. November, 2.20 Uhr

Sein Herz hämmerte immer noch zu schnell und zu heftig. Alles war so gelaufen, wie er es geplant hatte.
Na ja, nicht ganz. Das Mädchen war eine Überraschung gewesen. Miss Caitlin Burnette. Er holte ihren Führerschein aus der Tasche, die er mitgenommen hatte. Ein kleines Andenken an die Nacht. Sie hätte nicht dort sein dürfen, hatte sie gesagt. Er solle sie gehen lassen, hatte sie ihn angefleht. Sie würde nichts sagen, hatte sie versprochen. Aber sie hatte natürlich gelogen. Frauen logen immer. Das war eine Tatsache.

Rasch fegte er die Erde vom Versteck und hob den Deckel der Plastiktonne hoch. Glänzender Tand und Schlüssel funkelten ihm entgegen. Er hatte sie am Tag, als er hergekommen war, vergraben und seitdem nicht mehr angerührt. Es hatte keinen Grund dazu gegeben, doch jetzt gab es einen. Er warf Caitlins Tasche hinein, setzte den Deckel wieder auf und fegte sorgsam wieder Erde darüber. So. Fertig. Jetzt konnte er schlafen.

Während er davonging, leckte er sich über die Lippen. Er konnte sie noch immer schmecken. Süßes Parfum, weiche Rundungen. Sie war ihm buchstäblich in den Schoß gefallen. Es war wie Weihnachten gewesen. Sie hatte sich gewehrt. Er lachte leise. Und wie sie sich gewehrt hatte. Sie hatte sich ihm zu verweigern versucht. Das hatte ihn nur noch härter gemacht. Sie hatte versucht, ihm das Gesicht zu zerkratzen, aber er hatte sie leicht festhalten können. Er schauderte. Er hatte fast vergessen, wie gut es sich anfühlte, wenn jemand sich ihm verweigerte. Allein der Gedanke daran erregte ihn wieder. Immer glaubten sie, sie könnten sich wehren. Immer meinten sie, sie könnten sich verweigern.

Aber er war größer. Und stärker. Heute traf er die Entscheidungen, und niemand würde ihm je wieder eine Abfuhr erteilen.

Der Junge sah vom Fenster im ersten Stock aus zu. Sein Herz klopfte laut. *Du musst es jemandem sagen.* Aber wem? *Er findet bestimmt heraus, dass ich es verraten habe.* Er würde wütend werden, und der Junge wusste, was geschah, wenn er wütend wurde. Krank vor Angst ging der Junge zurück ins Bett, zog die Decke über den Kopf und begann zu weinen.

Sonntag, 26. November, 2.15 Uhr

Es war ein hübsches Haus gewesen, dachte Reed, als er durch die Überreste wanderte. Der Schaden schien in der einen Hälfte größer als in der anderen zu sein. Sobald es Tag wurde, würde es eine gründlichere Untersuchung geben. In der Zwischenzeit würde er mit einer starken Taschenlampe die Wände nach Spuren absuchen, um den Brandverlauf zu rekonstruieren.

Er blieb stehen und wandte sich zu dem Feuerwehrmann um, der seine Truppe ins Hausinnere geführt hatte. »Wo hat es gebrannt, als Sie reinkamen?«

Brian Mahoney schüttelte den Kopf. »Flammen in der Küche, der Garage, oben im Schlafzimmer und im Wohnzimmer. Als wir im Wohnzimmer ankamen, begann die Decke einzustürzen, und ich habe meine Jungs wieder rausgeschafft. Gerade noch rechtzeitig, denn die Küchendecke ist ebenfalls eingestürzt. Danach haben wir uns darauf konzentriert zu verhindern, dass das Feuer nicht auf die anderen Häuser überspringt.«

Reed blickte nach oben, wo bis vor kurzem noch zwei Etagen, ein Speicher und ein Dach gewesen waren, und sah die Sterne am Himmel. Möglicherweise hatte es mehrere Brandherde gegeben. Irgendein Mistkerl hatte sicherstellen wollen, dass dieses Haus auch wirklich abbrannte. »Ist jemand verletzt?«

Brian zuckte die Achseln. »Kleinere Verbrennung bei dem Neuen, aber nichts Wildes. Einer der Jungs hat Rauch eingeatmet. Der Captain hat beide vorsichtshalber ins Krankenhaus geschickt. Hören Sie mal, Reed, ich habe noch einmal nach dem Mädchen gesehen, aber der Rauch war zu dicht. Wenn sie hier war ...«

»Ich weiß.« Reed seufzte und setzte sich wieder in Bewegung. »Ich weiß.«
»Reed!« Es war Larry Fletcher, der aus der Küche rief. Reed bemerkte sofort, dass der Herd von der Wand abgerückt worden war. »Habt ihr das gemacht?«
»Nein«, sagte Brian. »Sie glauben, er hat das Gas eingesetzt?«
»Das würde die erste große Explosion erklären.«
Larry hatte die ganze Zeit auf den Boden gestarrt. »Hier ist sie«, sagte er leise.
Reed biss die Zähne zusammen und trat neben Larry. Obwohl er am liebsten nichts sehen wollte, lenkte er den Strahl der Taschenlampe auf seine Füße. Und sog scharf die Luft ein. »Verdammt!«
Der Körper war bis zur Unkenntlichkeit verkohlt.
»Verdammt«, sagte auch Brian. »Wissen wir, wer sie ist?«
Reed leuchtete die Umgebung der Leiche ab und zwang sich zur Professionalität, zwang sich, nicht daran zu denken, wie sie gestorben war. »Noch nicht. Ich habe die Telefonnummer von dem ehemaligen Besitzer dieses Hauses. Die alten Damen draußen haben sie mir gegeben. Joe Dougherty senior. Sein Sohn wohnt jetzt hier. Ich habe den Vater angerufen, und er hat mir erzählt, dass sein Sohn und seine Frau sich ein Boot gechartert hätten und an der Küste Floridas rumschippern würden. Sie werden nicht vor Montag zurückkommen. Allerdings hat er mir auch gesagt, dass seine Schwiegertochter in einem Anwaltsbüro in der Innenstadt arbeitet. Ich könnte mir vorstellen, dass die Studentin die Tochter einer ihrer Kollegen gewesen ist. Vielleicht kann ich die Eltern ausfindig machen.« Er seufzte, als er sah, dass Larry immer noch auf den Boden starrte. »Du konntest nicht wissen, dass sie hier drin war, Larry.«

»Meine Tochter ist auch auf dem College«, erwiderte Larry rauh.

Und meine wird es bald sein, dachte Reed, verbannte den Gedanken dann aber schnell aus seinem Kopf. »Ich bestelle den Gerichtsmediziner her«, sagte er. »Und hole mein Team. Larry, du siehst aus wie ausgekotzt. Ihr beide seht so aus. Gehen wir wieder hinaus, damit ich deine Leute befragen kann, dann fahrt ihr zur Wache und ruht euch aus.«

Larry nickte betäubt. »Du hast mal wieder das ›Sir‹ unterschlagen.« Es war ein Versuch, ein wenig Humor in die Situation zu bringen, aber er versagte kläglich. »Du sagst nie ›Sir‹. Und dabei sind wir so viele Jahre zusammen gefahren.«

Und es waren gute Jahre dabei gewesen. Larry war einer der besten Captains, die Reed je gehabt hatte. »Sir«, verbesserte er sich sanft. Er zog an Larrys Arm, damit sein Freund und ehemaliger Vorgesetzte die verkohlte Gestalt, die einmal ein junges Mädchen gewesen war, nicht mehr sehen musste. »Gehen wir.«

Sonntag, 26. November, 2.55 Uhr

»Die Scheinwerfer sind aufgestellt, Reed.«

Reed, der in seinem SUV saß, sah von seinen Notizen auf. Ben Trammell stand ein paar Meter entfernt und sah ihn müde an. Ben war das neueste Mitglied seines Teams, und wie die meisten war er Feuerwehrmann gewesen, bevor er zu den Fire Marshals stieß. Dies war Bens erster Tag als Brandursachenermittler, und man konnte ihm ansehen, welchem Druck er ausgesetzt war.

»Alles in Ordnung?«, fragte Reed, und Ben antwortete mit einem knappen Nicken. »Gut.« Reed winkte dem Fotografen, der in der Wärme seines eigenen Wagens wartete. Foster stieg mit der Kamera in der Hand und dem Camcorder um den Hals aus.

»Gehen wir«, sagte Reed und ging durch den Schutt, den die Feuerwehrleute zurückgelassen hatten, die Auffahrt zum Haus hinauf. Sie würden sich um den Außenbereich kümmern, sobald das Licht ausreichte. »Im Moment fassen wir nichts an. Wir fotografieren die Szene und holen uns ein paar Messwerte. Dann können wir sehen, was wir haben.«

»Hast du eine richterliche Verfügung?«, fragte Foster.

»Noch nicht. Ich will erst genau wissen, was ich überhaupt rechtlich abdecken muss.« Er hatte ganz und gar kein gutes Gefühl in Bezug auf die Leiche in Doughertys Küche, und da er bei seiner Arbeit äußerst penibel war, bereitete er sich jetzt schon mental auf alle gesetzlichen Fallstricke vor. »Wir können reingehen und nach Ursprung und Ursache suchen. Wenn wir etwas anderes finden, beantrage ich eine richterliche Verfügung. Immerhin sind die Besitzer nicht hier, um uns die Erlaubnis zu geben.«

Reed führte sie durch die Eingangshalle, an der Treppe vorbei und in die Küche, wo die Scheinwerfer alles in grelles Licht tauchten. Der Raum war vernichtet. Die Fensterscheiben waren explodiert, und an einer Stelle war die Decke heruntergekommen. Man konnte die Küche kaum durchqueren, ohne über Schutt zu stolpern. Eine dicke Ascheschicht bedeckte den gekachelten Boden. Aber das Erschreckendste war die verkohlte Leiche, die noch immer dort lag, wo Larry Fletcher sie entdeckt hatte.

Eine Weile lang standen die drei Männer reglos da, starrten das Opfer an und versuchten zu verarbeiten, was im Licht noch grausiger erschien als im Dunkeln. Mit einem tiefen

Atemzug setzte Reed sich schließlich in Bewegung. Er zog Latexhandschuhe über und holte ein kleines Aufnahmegerät aus seiner Tasche. »Foster, fang mit dem Camcorder an. Wir machen Fotos, wenn wir unseren ersten Durchgang hinter uns haben.«

Er hob das Gerät an die Lippen, während Foster zu filmen begann. »Lieutenant Reed Solliday in Begleitung der Marshals Ben Trammell und Foster Richards. Wir befinden uns im Haus der Doughertys am sechsundzwanzigsten November, drei Uhr nachts. Außenbedingungen, einundzwanzig Grad Fahrenheit, Wind von Nordosten mit fünfzehn Meilen pro Stunde.« Er holte tief Luft. »Ein einzelnes Opfer in der Küche. Die Haut ist verkohlt. Einzelheiten des Gesichts nicht erkennbar. Geschlecht auf den ersten Blick nicht ersichtlich. Die schmale Statur verweist auf eine weibliche Person, was mit Zeugenaussagen übereinstimmt.«

Reed ging neben dem Körper in die Hocke und holte den Photoionisationsdetektor aus der Tasche, die am Riemen über seiner Schulter hing. Er führte das Gerät langsam über den Körper, und augenblicklich ertönte ein hohes Geräusch. Das überraschte ihn nicht. Er schaute zu Ben auf. Immerhin konnte man diesen Moment zu einer Lehrstunde nutzen. »Ben?«

»Hohe Kohlenwasserstoffkonzentration«, sagte Ben gepresst. »Verweist auf Brandbeschleuniger.«

»Gut. Was bedeutet?«

»Was bedeutet, dass das Opfer wahrscheinlich mit Benzin übergossen wurde.«

»Benzin oder etwas anderem«, sagte Reed, der sich bemühte, weder den Gestank wahrzunehmen, noch das Bild der toten jungen Frau zu nah an sich heranzulassen. Ersteres war nahezu, Letzteres vollkommen unmöglich. Doch er hatte einen Job zu erledigen. »Der Leichenbeschauer wird uns Genaueres sagen können. Gut, Ben.«

Ben räusperte sich. »Soll ich den Hund holen lassen?«

»Das habe ich schon getan. Larramie hat heute Nacht Dienst. Er sollte mit Buddy in ungefähr zwanzig Minuten hier sein.« Reed richtete sich wieder auf. »Foster, nimm das Opfer bitte von der anderen Seite auf, okay?«

»Jep.« Foster filmte den Schauplatz von verschiedenen Blickwinkeln. »Was noch?«

Reed war zur Wand getreten. »Hier, diese Wand brauche ich im Ganzen. Und dann noch Nahaufnahmen von den Spuren hier.« Er beugte sich näher heran und runzelte die Stirn. »Was, zum Teufel …«

»Enges ›V‹«, sagte Ben, nun selbstsicherer. »Das Feuer ist unten ausgebrochen und dann rasch die Wand hinaufgerast.« Er sah zu Reed. »Sehr rasch. Mit Hilfe eines Zündmittels?«

Reed nickte. »Sieht so aus.« Er fuhr mit dem PID an der Wand entlang, und wieder hörten sie das hohe Geräusch. »Brandbeschleuniger auf der Wand. Ein chemisches Mittel.« Beunruhigt musterte er die Wand. »Ich glaube nicht, dass ich so etwas jemals schon gesehen habe.«

»Das Gas aus dem Herd«, bemerkte Foster und richtete die Kamera auf das, was von dem Gerät übrig war. Er beugte sich vor, um den Bereich zwischen Herd und Wand aufzunehmen. »Die Schraube ist entfernt worden. Das muss Absicht gewesen sein.«

»Ja, schätze ich auch«, murmelte Reed und hob dann wieder sein Diktiergerät an den Mund. »Das Gas strömte in den Raum und stieg zur Decke. Das Feuer wurde nah am Boden entzündet und ist dann aufwärtsgewandert. Wir sollten Proben nehmen. Aber was ist das hier?« Er trat zurück und betrachtete die Pockennarben, die die ganze Wand sprenkelten.

»Da ist etwas explodiert«, sagte Ben.

»Du hast recht.« Reed führte den PID an der Wand entlang. Kurze, kreischende Signaltöne, aber kein langer Warnton wie zuvor. »Klebt an der Wand wie Napalm.«

»Sieh mal.« Ben hockte neben der Tür, die zur Waschküche führte. »Plastikstückchen.« Er schaute verwirrt auf. »Die sind blau.«

Reed beugte sich herab. Sie sahen tatsächlich blau aus. Er sah sich rasch um und entdeckte noch mehr blaue Stücke auf dem Boden, und ein Bild erschien vor seinem geistigen Auge. Er hatte so etwas schon einmal in einem Buch gesehen. Einem Handbuch für Brandermittler, und es musste schon mindestens fünfzehn Jahre her sein. »Plastikeier.«

Ben blinzelte. »Eier?«

»Ich wette, wenn wir genug Stücke finden, wird das Labor sie uns zu einem Plastikei zusammensetzen. Ein Ei, wie es sie an Ostern gibt. Der Brandstifter füllt das Ei mit einem Beschleuniger – fest oder zähflüssig wie zum Beispiel Polyurethan – und steckt eine Zündschnur durch ein Loch. Dann wird die Schnur angezündet, und der Druck lässt das Ei explodieren, so dass der Beschleuniger sich überall verteilt.«

Ben sah ihn beeindruckt an. »Das würde das Brandmuster erklären.«

»O ja. Und es zeigt auch, dass man alles schon gesehen hat, wenn man den Job nur lange genug macht. Foster, nimm die Stücke und ihre Lage auf, dann will ich Bilder von jedem Gegenstand in diesem Raum. Ich fordere eine richterliche Verfügung für Ursachen- und Quellenproben an. Ich habe keine Lust, dass uns nachher irgendein Anwalt erzählt, wir könnten die Proben zwar als Beweise für die Brandstiftung verwenden, aber nicht für den Mord an diesem armen Mädchen.«

»Verdammte Anwälte«, murmelte Foster. »Zum Kotzen, dass man immer auch seinen eigenen Hintern schützen muss.«

»Wir sammeln die Plastikstücke ein, sobald Larramie und sein Hund hier fertig sind. Vielleicht ist ein Stück darunter, das groß genug ist, um Latent einen Abdruck zu verschaffen.«

»Optimist, du«, murmelte Foster.

»Mach die Fotos und nimm auch die Türen und die Fenster hier unten auf, insbesondere die Schlösser. Ich will wissen, wie er hier reingekommen ist.«

Foster nahm die Kamera von den Augen und sah Reed an. »Du weißt ja – wenn das hier ein Mord ist, dann reißen sie dir den Fall direkt unterm Hintern weg.«

Daran hatte er auch schon gedacht. »Nicht wirklich. Ich werde wohl teilen müssen, aber hier deutet noch genug auf Brandstiftung hin, damit wir anständig mitmischen können. Und im Augenblick sind ja nur wir hier. Wir haben den Ball. Also seht zu, dass wir ihn in Tornähe bringen, okay?«

Foster verdrehte die Augen. Er war kein Sportfan. »Na schön.«

»Ben, in der Garage stehen zwei Autos. Laut Zeugen gehört der Buick den Doughertys. Finde heraus, wem der andere gehört. Und, Foster, sobald das Licht reicht, machst du draußen Aufnahmen. Bei all dem Schlamm sollte etwas Brauchbares dabei sein.«

»Ich liebe Optimisten«, murmelte Foster wieder.

Sonntag, 26. November, 14.55 Uhr

Er war ausgeschlafen, und konnte nun darüber nachdenken, was er erreicht hatte. Und was nicht. Er saß am Tisch, die Hände gefaltet, und blickte aus dem Fenster, während er die Ereignisse der vergangenen Nacht analysierte. Nun konnte er genau bestimmen, was gut gelaufen war, und würde sich beim nächsten Mal daran halten. Im Gegenzug konnte er entscheiden, was nicht gut funktioniert hatte, damit er beim nächsten Mal nicht dieselben Fehler machte. Oder vielleicht gab es sogar etwas zu verbessern. Er musste es schrittweise durchgehen. Alles der Reihe nach. So war es am besten.

Der erste Punkt war die Explosion. Er verzog das Gesicht, als er unwillkürlich sein wundes Knie bewegte. In Anbetracht der Wucht der Explosion musste er sich eingestehen, dass er es ein wenig übertrieben hatte. Die Druckwelle hatte ihn umgeworfen, als er die Auffahrt entlanggerannt war. Wahrscheinlich hatte er die Zündschnur zu kurz abgeschnitten. Er hatte sich zehn Sekunden erhofft, um aus dem Haus zu fliehen und die Straße zu erreichen. Aber es waren wohl eher sieben Sekunden gewesen. Zu wenig. Er brauchte zehn. Zehn waren sehr wichtig.

Das nächste Mal musste er die Länge der Zündschnur besser berechnen.

Das erste Ei, das er in der Küche deponiert hatte, hatte wunderbar funktioniert – ganz wie der Prototyp. Das zweite dagegen, das er in Doughertys Bett gelegt hatte … Ursprünglich hatte er geplant, die beiden Alten umzubringen und dann in ihren Betten zu verbrennen. Aber als er festgestellt hatte, dass sie gar nicht da waren, hatte die zweite Bombe zwar einen symbolischen Wert erhalten, aber letztlich keinen Nutzen gehabt.

Als er die Zündschnur in Brand setzen wollte, war ihm bewusst geworden, dass das Ding vermutlich bereits explodieren würde, während er nach unten lief, um den Brand in der Küche zu legen. Dadurch hätte sich auch das Gas entzünden können, noch bevor er das Haus wieder verlassen hatte. Also hatte er es einfach dort liegen lassen und gehofft, dass es in die Luft gehen würde, sobald das Feuer sich ausbreitete. Und so, wie es sich durch das Dach gefressen hatte, musste das wohl auch funktioniert haben. Wenn aber nicht, war es möglich, dass die Polizei etwas gefunden und mehr erfahren hatte, als gut für ihn war.

Obwohl die Idee von den zwei Bomben schön gewesen war, hatte sich das gleichzeitige Zünden als unpraktisch erwiesen. Das Risiko war zu groß, so dass er sich in Zukunft nur noch auf eine verlassen würde. Alles andere war wie aus dem Lehrbuch gelaufen – ganz, wie er es geplant hatte. Nun ja, nicht *ganz*, wie er es geplant hatte.

Was ihn zum zweiten Punkt führte. Das Mädchen. Sein Lächeln wurde breiter, und er spürte ... Macht. Allein der Gedanke daran, ließ seinen Körper vibrieren.

Als sie ihn angefleht, sich gegen ihn gewehrt hatte, war es gewesen, als wäre ein Schalter in ihm umgelegt worden, und er hatte sie missbraucht. Gründlich. Bis sie zitternd am Boden gelegen hatte und nicht ein Wort mehr hatte sagen können. Und so sollte es immer sein. So sollten sie immer sein. Still. Und wenn nicht freiwillig, dann durch Zwang. Sein Grinsen verschwand. Er hatte sie ohne Kondom vergewaltigt, was unglaublich dumm gewesen war. Er hatte nicht darüber nachgedacht, war zu sehr im Augenblick versunken gewesen. Doch wieder hatte er Glück gehabt. Das Feuer hatte alle Beweise und Spuren vernichtet. Zumindest hatte er die Geistesgegenwart besessen, sie mit Benzin zu übergießen, bevor er hinausgelaufen war. Von ihr würde nichts übrigbleiben, und von dem, was er hinterlassen hatte, auch nicht.

Blieb noch Punkt drei. Seine Flucht. Er war nicht gesehen worden, als er zum Wagen gelaufen war. Was für ein Glück. Aber er konnte sich nicht immer auf sein Glück verlassen. Er musste sich unbedingt etwas Besseres einfallen lassen. Er musste sich etwas überlegen, das der Polizei keinerlei Hinweise lieferte, selbst wenn man ihn bei der Flucht beobachtete. Ein Lächeln erschien auf seinem Gesicht. Er wusste, wie er das anstellen musste.

Einen Moment lang dachte er über den Plan nach. Er war gut gewesen. Hatte, im Ganzen betrachtet, funktioniert. Aber er musste zugeben, dass vor allem der Sex den Abend abgerundet hatte. Er hatte auch vorher schon getötet. Er hatte sich auch vorher schon genommen, was er brauchte. Aber nun, da er Mord und Sex gemeinsam erfahren hatte, konnte er sich das eine ohne das andere nicht mehr vorstellen.

Nun, eigentlich durfte ihn das nicht überraschen. Es lag vermutlich an seiner eigenen … Schwäche. Und vielleicht war diese Schwäche auch seine größte Stärke. Von all den Waffen, die er je eingesetzt hatte, war Sex die mächtigste. Die grundlegendste.

Wenn es darum ging, eine Frau auf ihren Platz zu verweisen, gab es nichts Effektiveres. Ob junge oder alte, das spielte keine Rolle. Das Vergnügen, die Erlösung lag darin, es sich zu nehmen – und in dem Wissen, dass anschließend kein Tag vergehen würde, ohne dass sie sich bewusst war, wie schwach sie war … und wie stark er.

Das größte Problem war immer gewesen, sie am Leben zu lassen. Einmal war er deswegen fast gefasst worden. Einmal hätte er deswegen beinahe eine Strafe erhalten, die weit größer und unangenehmer war als alles, was er in der lächerlichen Jugendstrafanstalt erlebt hatte. Auch daraus hatte er gelernt, wie er an Caitlin Burnette bewiesen hatte. Wenn man eine Frau vergewaltigte, musste man dafür sorgen, dass sie nicht überlebte.

Aber er musste ganz aufrichtig zu sich sein. Theoretisch war die Nacht weit besser verlaufen, als er zu hoffen gewagt hatte. Praktisch hatte er versagt. Er hatte das Zielobjekt verfehlt. Und nun, im Licht des folgenden Tages, verblasste auch die Freude über das Feuer und sogar über Caitlin. Hier konnte es nicht um das Feuer an sich gehen. Das Feuer war nur ein Werkzeug. Hier ging es um Vergeltung. Die alte Dame Dougherty war ihrem Schicksal entkommen. Sie war gar nicht in der Stadt, sondern über Thanksgiving verreist. Das hatte er von dem Mädchen erfahren. Aber sie würde zurückkommen, und er würde auf sie warten.

Bis dahin hatte er aber noch einiges zu tun. Miss Penny Hill war die Nächste auf der Liste. Sie und die alte Dougherty hatten immer so dicke miteinander getan. Penny Hill hatte die Lügen der anderen geglaubt. *Genau wie ich zu Anfang*. Zu Anfang. Am Anfang hatte die Dougherty ihnen Sicherheit und Geborgenheit versprochen. Seine Lippen verzogen sich. *Hoffnung*. Aber dann hatte sie eine Kehrtwendung gemacht und sie Dinge beschuldigt, die sie nie getan hatten. Sie hatte ihr Versprechen gnadenlos gebrochen. Sie hatte sie vor die Tür gesetzt, und Hill hatte sie wie Vieh abtransportiert. *Es ist nur zu eurem Besten.* Das hatte Hill gesagt, als sie sie fortgebracht hatte, und zwar direkt in die Hölle auf Erden. *Ihr werdet schon sehen*. Aber es war nicht zu ihrem Besten gewesen. Ganz bestimmt nicht.

Sie hatte gelogen, wie all die anderen auch. Er und Shane waren hilflos gewesen. Verwundbar. Hatten kein Zuhause gehabt. Nun hatte auch die alte Dougherty kein Zuhause mehr. Und bald würde sie hilflos sein. Und dann tot. Nun war Penny Hill an der Reihe, verwundbar und hilflos zu werden. Und zu sterben. Es war nur gerecht. Um es mit ihren eigenen Worten auszudrücken – es war nur zu ihrem Besten.

Er sah auf die Uhr. Er musste los. Und er wollte nicht zu spät kommen.

2. Kapitel

Chicago

Montag, 27. November, 6.45 Uhr

»Daddy!«

Der laute Ruf und das anschließende Hämmern an seiner Schlafzimmertür ließen Reed vor Schreck zusammenfahren. Die Krawattennadel rutschte ihm aus der Hand und unter die Kommode. Er seufzte. »Komm rein, Beth.«

Die Tür flog auf und ließ seine vierzehnjährige Tochter und ihren drei Monate alten Hirtenhund herein, der augenblicklich mit einem Satz auf Reeds Bett sprang. Dort schüttelte er sich und verspritzte überall Schlamm. »Biggles, aus!« Beth zog ihn an seinem Halsband quer über das Bett und auf den Boden, wo sich der Hund hinhockte und ihn mit einem Welpenblick ansah, der jegliche Strafaktion unmöglich machte.

Reed stemmte die Hände in die Hüften und blickte entnervt auf die Schmutzstreifen, die der Hund auf seinem Bett hinterlassen hatte. »Ich hab's gerade frisch bezogen, Beth. Ich hab dir doch gesagt, du musst ihm die Pfoten abwischen, bevor du ihn ins Haus lässt. Der Garten ist ein einziges Schlammbad.«

Beths Lippen zuckten. »Na ja, saubere Pfoten hat er jetzt. Ich wasch das Bettzeug, Dad, versprochen. Aber ich brauche jetzt Geld fürs Mittagessen. Der Bus kommt gleich.«

Reed holte seine Brieftasche aus der hinteren Hosentasche.

»Habe ich dir nicht erst vor ein paar Tagen Geld gegeben?«

Beth zuckte die Achseln und streckte die Hand aus. »Soll ich etwa hungern?«

Er bedachte sie mit einem aufgesetzt geduldigen Blick. »Du sollst mir beim Suchen meiner Krawattennadel helfen. Sie ist unter die Kommode gerutscht.«

Beth bückte sich und tastete den Boden unter der Kommode ab. »Hier ist sie.« Sie ließ sie in seine Hand fallen, und er gab ihr einen Zwanziger.

»Gib dir bitte Mühe, dass es mindestens für zwei Wochen reicht, okay?«

Sie zog die Nase kraus und sah einen Moment lang ihrer Mutter so ähnlich, dass sein Herz sich zusammenzog. Beth faltete die Banknote und schob sie in die Tasche ihrer Jeans, die ihm bisher nicht so eng vorgekommen war. »Zwei Wochen? Das ist doch'n Witz.«

»Sehe ich aus, als würde ich Witze reißen?« Er musterte sie von oben bis unten. »Deine Jeans sitzt zu eng, Bethie«, sagte er, und sie sah ihn auf eine Art an, die er nicht ausstehen konnte. Dieser Blick war relativ neu und mitsamt den Pickeln und den Stimmungsumschwüngen aufgetaucht, und Reeds Schwester, Lauren, hatte ihm neulich noch hinter vorgehaltener Hand verraten, dass sein kleines Baby nun kein kleines Baby mehr war. Guter Gott. PMS. Er war auf so etwas nicht vorbereitet. Aber leider spielte das keine Rolle. Sein Baby steckte mitten in der Pubertät. Nicht mehr lange, und sie würde wegziehen und aufs College gehen.

Seine Gedanken rasten zurück zu dem Opfer, das zwischen all dem Schutt in Doughertys Haus lag. Falls es sich wirklich um die Studentin handelte, die die Katze füttern sollte, konnte sie nicht viel älter als Beth gewesen sein, und Reed wusste noch immer nicht, wie sie hieß. Sie hatten noch nichts von Joe Dougherty junior gehört. Er hatte den ausgebrannten Chevy in der Garage bis zu einem Roger Burnette zurückverfolgen können, aber als er und Ben bei der Adresse vorbeigefahren waren, hatte ihnen keiner aufgemacht. Er würde es nachher noch einmal probieren, wenn er im Leichenschauhaus und im Labor gewesen war.

Beth verengte die Augen, und ihr beißender Tonfall durchdrang seine Gedanken. »Willst du damit sagen, dass ich in der Jeans dick aussehe?«

Reed sog die Wangen ein. Es gab keine richtige Antwort auf diese Frage. »Nicht einmal ansatzweise. Du bist nicht zu dick. Du bist gesund, du bist wunderschön. Du brauchst nicht abzunehmen.«

Sie verdrehte die Augen und setzte eine Leidensmiene auf. »Ich werde schon nicht magersüchtig, Dad!«

»Dann ist es ja gut.« Er stieß den Atem aus, den er angehalten hatte. »Ich meinte nur, dass wir dir wohl eine neue Jeans besorgen müssen.« Er lächelte schwach. »Du wächst zu schnell, Süße. Keine Lust auf neue Klamotten?« Die Krawattennadel drehte sich in seinen tauben Fingern. »Ich dachte, alle Frauen lieben es, shoppen zu gehen.«

Beth nahm ihm die Krawattennadel aus der Hand, befestigte sie und strich den Schlips glatt. Der Blick, den er so hasste, verschwand, und ein spitzbübisches Grinsen erschien auf ihrem Gesicht, so dass ihre dunklen Augen funkelten. »Ich *liebe* es. Wir können sechs Stunden allein bei Marshall Field's verbringen. Pullis, Jeans und Röcke. Und *Schuhe!*«

Reed schauderte, als er sich das vor seinem geistigen Auge vorstellte. »Jetzt bist du einfach nur gemein!«

Sie lachte. »Die Rache für die Bemerkung, ich sei zu dick. Du willst also mit mir einkaufen gehen, Daddy?«

Er schauderte wieder. »Eine Wurzelbehandlung wäre mir, ehrlich gesagt, lieber. Kannst du mit Tante Lauren gehen?«

»Klar, ich frag sie.« Beth stellte sich auf Zehenspitzen und küsste ihn auf die Wange. »Danke für das Mittagessen-Geld, Daddy. Ich muss los.«

Reed sah ihr nach, wie sie davonstob, den tapsigen Welpen auf den Fersen. Die Haustür fiel krachend zu, als sie nach draußen lief, und er betrachtete die verschmutzten Laken. Dieser verflixte Hund. Beth hatte darum gebettelt, ihn zum Geburtstag zu bekommen. Er seufzte. Wenn er heute Nacht in einem sauberen Bett schlafen wollte, würde er es wohl selbst neu beziehen müssen. Aber der Duft von frischem Kaffee kitzelte seine Nase. Seine Tochter hatte offensichtlich daran gedacht, die Maschine anzuschalten, womit sie die Sache mit den Pfotenabdrücken im Grunde wieder ausgeglichen hatte. Auch wenn sie im Augenblick ziemlich launisch war, war sie doch ein liebes Mädchen.

Und Reed würde seine Seele verkaufen, damit das so blieb. Er blickte zu dem Foto auf seinem Nachttisch. Christine sah ihm fröhlich entgegen, wie sie es seit elf Jahren tat. Er setzte sich auf die Bettkante, nahm das Bild und wischte mit dem Hemdsärmel den Staub vom Rahmen. Christine hätte Beths Entwicklung, die Einkaufstrips, die »Gespräche unter Frauen« genossen. Wahrscheinlich hätte ihr nicht einmal Beths »Blick« etwas ausgemacht. Bis vor einiger Zeit hatte er Gott und die Welt verflucht, dass seine Frau nie eine Chance hatte, das alles mitzuerleben. Aber inzwischen … Er stellte das Foto zurück auf den Nachttisch, exakt auf die staubfreie Stelle, wo es gestanden hatte. Nach elf Jahren war aus dem Zorn traurige Resignation geworden. Was geschehen war, war geschehen. Er riss sich zusammen und streifte sein Jackett über. Wenn er nicht allmählich los-

fuhr, würde er im dichten Verkehr zu spät kommen. *Kaffee, Solliday, und dann schwing deinen Hintern.*
Er fuhr gerade aus der Garage, als sein Handy klingelte. »Solliday.«
»Lieutenant Solliday?« Die Stimme klang gehetzt. »Hier spricht Joseph Dougherty. Ich bin gerade mit dem Boot zurückgekehrt, und mein Vater hat mir erzählt, dass Sie angerufen haben.«
Joe junior. Endlich. Er machte den Motor wieder aus und zog seinen Notizblock aus der Tasche. »Mr. Dougherty. Tut mir leid, dass ich auf diese Art mit Ihnen Kontakt aufnehmen musste.«
Ein schweres Seufzen. »Dann stimmt es? Mein Haus ist zerstört?«
»Leider ja. Mr. Dougherty, wir haben jemanden in der Küche gefunden.«
Einen Moment lang herrschte Schweigen. *»Was?«*
Reed wünschte sich, er hätte dem Mann gegenübergestanden, aber das Entsetzen schien echt. »Ja, Sir. Die Nachbarn haben mir erzählt, Sie hätten jemanden eingestellt, der aufs Haus aufpasst.«
»J-ja. Sie heißt Burnette. Caitlin Burnette. Sie ist eigentlich sehr zuverlässig.« Die plötzliche Panik ließ die Stimme des Mannes etwas höher klingen. »Ist sie tot?«
Reed dachte an den verkohlten Körper und schluckte sein Seufzen herunter. Ja, sie ist sehr, sehr tot. »Wir nehmen an, dass es sich bei der Leiche um dieses Mädchen handelt, aber wir haben noch keine Bestätigung. Wir würden es zu schätzen wissen, wenn Sie es uns überließen, die Familie zu benachrichtigen.«
»Selbst...« Er räusperte sich. »Selbstverständlich.«
»Wann sind Sie wieder in der Stadt, Mr. Dougherty?«

»Eigentlich wollten wir erst am Freitag zurückkommen, aber wir werden versuchen, heute noch einen Flug zu bekommen. Wenn ich Genaueres weiß, rufe ich Sie an.«

Reed warf das Handy auf den Beifahrersitz, doch es klingelte sofort wieder. Das Display zeigte die Nummer des Leichenschauhauses an. »Solliday.«

»Reed, ich bin's, Sam Barrington.« Der neue Gerichtsmediziner. Die Frau, die gewöhnlich dort arbeitete, war in Mutterschutz gegangen. Die Medizinerin war effizient, scharfsichtig und herzlich gewesen. Barrington war … nun, effizient und scharfsichtig.

»Hey, Sam. Ich bin auf dem Weg ins Büro. Was gibt's?«

»Das Opfer ist eine Frau, Anfang zwanzig. Wahrscheinlich zweiundzwanzig, dreiundzwanzig.«

Sam rief gewöhnlich nicht an, wenn es um so grundlegende Informationen ging. Er musste mehr wissen. »Und?«

»Nun, bevor ich anfing zu schneiden, habe ich den Körper geröntgt. Ich hatte erwartet, den Schädel in Fragmenten vorzufinden.«

Bei menschlichen Körpern, die einer solchen Hitze ausgesetzt wurden, geschah es, dass … dass der Schädel unter dem Druck einfach explodierte. »Aber das war nicht der Fall.«

»Nein. Weil ein Einschussloch in der Schädeldecke den Druck abgeleitet hat.«

Reed war nicht überrascht. Aber es war ärgerlich. Nun musste er den Fall teilen. Er kümmerte sich um den Brandstifter, die Cops um die Leiche. *Zu viele Köche verderben den Brei* … Er zog den Kopf ein. Kein angemessener Vergleich. »Irgendein Hinweis auf eine Rauchvergiftung?«

»So weit bin ich bisher noch nicht«, sagte Sam knapp. »Ich fange jetzt gleich mit der Autopsie an, also kommen Sie rein, wann immer Sie wollen.«

»Danke. Mach ich.« Er fuhr aus der Auffahrt auf die ruhige, mit Bäumen gesäumte Straße, und schaltete die Scheibenwischer gegen den einsetzenden Regen ein. Es war lange her, dass er mit der Mordkommission zu tun gehabt hatte, aber er nahm an, dass Marc Spinnelli noch immer Lieutenant war. Marc war ein feiner Kerl. Er konnte nur hoffen, dass der Detective, den er ihm zuteilen würde, kein allseits bekannter Draufgänger war.

Montag, 27. November, 8.30 Uhr

Mia Mitchell hatte kalte Füße. Was wirklich ärgerlich war, zumal sie eigentlich warm und trocken hätten sein und auf ihrem Tisch liegen können, während sie ihren dritten Kaffee des Tages trank. *Aber sie sind kalt und nass*, dachte sie verbittert, *weil ich hier bin*. Sie stand auf dem Gehweg, und der Regen tropfte von der Krempe ihres alten Huts. Starrte wie eine Vollidiotin auf ihr eigenes Spiegelbild in den Glastüren. Sie war viele hundert Mal durch diese Glastüren gegangen, aber heute war es anders. Heute war sie allein.

Weil ich wie eine verdammte, blutige Anfängerin versagt habe. Und ihr Partner hatte den Preis dafür gezahlt. Auch zwei Wochen danach war die Erinnerung noch so frisch, dass sie bei dem Gedanken erstarrte. Sie blickte auf den Gehsteig. Auch zwei Wochen danach hörte sie noch ganz deutlich den Schuss, sah Abe zusammensacken und stürzen, sah, wie sich der Blutfleck auf seinem weißen Hemd rasch, viel zu rasch ausbreitete, während sie hilflos und vollkommen bewegungsunfähig dastand.

»Entschuldigung.«

Mia fuhr zusammen und musste gegen den Impuls ankämpfen, ihre Waffe zu ziehen und herumzuwirbeln. Sie hob das Kinn und verengte die Augen, um sich auf das Spiegelbild der Person hinter sich zu konzentrieren. Ein Mann, mindestens eins neunzig groß. Sein schwarzer Trenchcoat hatte dieselbe Farbe wie der sauber gestutzte schmale Bart, der seinen Mund einrahmte. Sie hob den Blick zu seinen Augen. Mit zusammengezogenen Brauen blickte er unter seinem Regenschirm hervor.

»Alles in Ordnung, Miss?«, fragte er in dem tiefen, ruhigen Tonfall, den sie selbst stets einsetzte, um nervöse Verdächtige und Zeugen zu beruhigen. Sie verzog die Lippen zu einem freudlosen Lächeln, als ihr seine Absicht klar wurde. Er hielt sie für irgendeine Irre von der Straße. Vielleicht sah sie so aus. Jedenfalls hatte er momentan Oberwasser, und das war etwas, das sie nicht leiden konnte. *Reiß dich zusammen, Herrgott noch mal!* Sie durchsuchte ihren Verstand nach einer passenden Antwort.

»Ja, danke, alles in Ordnung. Ich ... ich warte auf jemanden.«

Es klang nach einer schwachen Ausrede, sie wusste es, aber er nickte, trat um sie herum, klappte seinen Regenschirm zu und zog die Tür auf. Hintergrundgeräusche drangen aus der Eingangshalle, und statt sie endlich in Ruhe zu lassen, blieb er stehen und betrachtete sie, als wollte er sich jede Einzelheit einprägen. Sie überlegte, ob sie sich ausweisen sollte, tat aber ... nichts. Stattdessen unterzog sie ihn einer ähnlichen Musterung, und endlich setzte ihr Polizistenverstand wieder ein.

Er war attraktiv, ein dunkler Typ und wirkte älter, als sein Spiegelbild verraten hatte. Es lag an seinen Augen, entschied sie. Sie waren hart, kühl. Und an seinem Mund. Er sah aus, als lächelte er niemals. Sein Blick fiel auf ihre nackten Hände, und als er wieder aufsah, waren seine Augen sanfter. Er empfand Mitgefühl, dachte sie und musste schlucken.

»Falls Sie einen Ort zum Aufwärmen brauchen, finden Sie auf der Grand eine Unterkunft. Vielleicht können Sie da auch Handschuhe bekommen. Passen Sie auf sich auf. Es ist kalt.« Er zögerte, dann hielt er ihr seinen Schirm entgegen. »Nehmen Sie den. Wenn man durchnässt ist, wird man schnell krank.«

Zu verdattert, um etwas zu erwidern, nahm sie den Schirm. Ihr Mund öffnete sich, um ihn aufzuklären, aber er war schon fort und durchquerte rasch die Eingangshalle. Er blieb am Empfang stehen und zeigte auf sie. Der Beamte, der dort saß, blinzelte kurz, nickte dann aber ernst.

Oje, Tommy Polanski hatte heute Morgen Dienst. Er kannte sie schon, seit sie noch eine Rotznase gewesen war und ihren Dad im Schießstand angebettelt hatte, doch auch einmal schießen zu dürfen. Aber Tommy sagte nichts und ließ den Fremden offenbar vergnügt in dem Glauben, dass sie eine Obdachlose war. Mia verdrehte die Augen und setzte sich in Bewegung, trat durch die Türen und ging auf Tommy zu, der sie mit einem breiten Grinsen empfing.

»Na, da schau her, wer hier hereingeschneit kommt. Wenn das nicht Detective Mia Mitchell ist, die uns endlich wieder mit ihrer Anwesenheit beehrt.«

Sie nahm den Hut ab und schüttelte ihn trocken. »Ich hatte den Serienquatsch in der Glotze satt. Wie steht's?«

Er zuckte die Achseln. »Alles wie immer, meine Kleine.« Aber seine alten Augen funkelten vergnügt.

Er wollte, dass sie fragte, der Schuft. »Also – wer war der Typ eben?«

Tommy lachte. »Ein Fire Marshal. Er hatte Angst, dass du das Haus hier stürmen könntest. Ich habe ihm gesagt, dass

du durchaus öfter hier herumlungern würdest – und harmlos wärst du auch.« Sein Grinsen wurde noch vergnügter.
Mia verdrehte wieder die Augen. »Oh, wow, danke, Tommy«, sagte sie trocken.
»Für Bobbys Mädchen tue ich doch alles.« Sein Grinsen verblasste, und er musterte sie rasch von Kopf bis Fuß. »Wie geht's deiner Schulter, Kleine?«
Unwillkürlich spannte sie sie unter der langen Lederjacke an. »Nur ein Kratzer. Der Arzt meint, ich bin wieder so gut wie neu.«
Eigentlich war es mehr als ein Kratzer gewesen, und der Arzt hatte gesagt, sie müsse noch eine Woche zu Hause bleiben, aber auf ihr Knurren hin hatte er achselzuckend den Schein unterschrieben.
»Und Abe?«
»Auf dem Weg der Genesung.« Das hatte die Nachtschwester jedenfalls gesagt, als Mia anonym um drei Uhr morgens angerufen und nach ihrem Partner gefragt hatte.
Tommys Kinnmuskeln verspannten sich. »Wir kriegen das Schwein, das das getan hat, Mia. Keine Sorge.«
Nach zwei Wochen war das Schwein, das ihren Partner auf der Straße niedergeschossen hatte, noch immer auf freiem Fuß und prahlte zweifellos damit, dass er einen Cop, der mindestens doppelt so groß gewesen war wie er, erlegt hatte. Eine Woge von Zorn brandete in ihr auf, aber sie kämpfte sie nieder. »Ich weiß. Danke.«
»Grüß Abe von mir.«
»Auch das«, log sie. »Ich muss jetzt los. Ich will am ersten Tag nicht gleich zu spät kommen.«
»Mia.« Tommy zögerte. »Tut mir leid wegen deines Vaters. Er war ein guter Cop.«
Ein guter Cop. Mia biss sich auf die Wangeninnenseite. Nur

schade, dass Bobby Mitchell kein besserer Mensch gewesen war.

»Danke, Tommy. Meine Mom hat sich sehr über den Korb gefreut.« Obstkörbe hatten den Küchentisch im kleinen Haus ihrer Mutter beinahe zum Einsturz gebracht – Beileidsbekundungen der vielen Kollegen aus einer langen, langen Karriere bei der Polizei. Drei Wochen nach dem Herzanfall ihres Vaters war das Obst in den Körben verfault gewesen. Ein passendes Ende, würden viele wahrscheinlich sagen, wenn sie ihn wirklich gekannt hätten. Aber kaum einer hatte ihn wirklich gekannt.

Mia schon. Ein dicker Klumpen entstand in ihrer Kehle, und sie setzte sich den Hut wieder auf. »Ich muss jetzt los.« Sie ging an den Fahrstühlen vorbei und hastete die Treppe, immer zwei Stufen auf einmal nehmend, nach oben. Dummerweise brachte sie das noch schneller an den Ort, den sie in letzter Zeit gemieden hatte.

Montag, 27. November, 8.40 Uhr

Er arbeitete in gespannter Stille, fuhr mit der Rasierklinge am Lineal entlang und trennte die ausgefransten Kanten des Artikels, den er aus der *Tribune* gerissen hatte, säuberlich ab. *Feuer zerstört Haus, ein Opfer*. Es war nur ein kurzer Artikel ohne Foto, aber immerhin wurde erwähnt, dass die Doughertys die Besitzer gewesen waren, und daher gehörte er durchaus in sein Album. Er lehnte sich zurück, blickte auf den Bericht und lächelte.

Er hatte erreicht, was er erreichen wollte. Aus den Worten der Nachbarn, die der Reporter interviewt hatte, war Furcht zu lesen. *Aber warum? Wer macht denn so etwas Schreckliches*?

Ich. So lautete die Antwort. *Ich mache so etwas. Weil ich will.*

Der Reporter hatte die alte Richter befragt. Sie war eine der Schlimmsten gewesen, war ständig zu den Doughertys zum Tee gekommen, hatte stundenlang geklatscht und getratscht und hatte auf sie beide herabgesehen. »Ich verstehe nicht, was du dir dabei gedacht hast, Laura«, hatte sie einmal naserümpfend gesagt. »Wie kann man nur solche Burschen aufnehmen? Es ist ein Wunder, dass sie dich noch nicht im Schlaf umgebracht haben.« Und die alte Dougherty hatte geantwortet, sie würde das Leben der Jungen verändern. O ja, das hatte sie wahrhaftig getan. Und ihre Veränderung bestand darin, sie beide in die Hölle zu schicken. Ihre Veränderung hatte Shane getötet.

Shane hatte ihr vertraut. Und sie hatte ihn verraten. Sie war so schuld an seinem Tod, als hätte sie ihn eigenhändig erstochen. Er sah auf seine Hand herab, die er zur Faust geballt hatte, und die Rasierklinge steckte darin wie ein Dolch. Behutsam, um sich nicht zu verletzen, legte er sie hin und zwang seine Gefühle unter Kontrolle.

Bleib bei den Tatsachen, bleib bei deinem Plan. Er musste die alte Dougherty finden. Er hätte auf ihre Rückkehr warten sollen. Das Haus abzubrennen, obwohl sie sich nicht darin aufgehalten hatte, war eine Dummheit gewesen. Er war zu begierig darauf gewesen, einzusetzen, was er vorbereitet hatte. Dabei hatte er das Ziel aus den Augen verloren. Wann würde sie zurückkommen? Und wie, zum Teufel, sollte er sie nun finden? Sein Blick wanderte wieder zu dem Artikel. Die alte Richter war damals eine Klatschtante gewesen, und manche Dinge änderten sich nie. Wenn jemand wusste, wann die Dougherty zurückkehrte, dann sie. Er lächelte, als ein Plan in ihm Gestalt anzunehmen begann.

Er war gerissen genug, die Information, die er brauchte, zu bekommen, ohne dass die Richter Verdacht schöpfte.
Er las den Artikel konzentriert und spürte, wie seine Brust vor Stolz schwoll. Die Ermittler hatten herausgefunden, dass es sich um Brandstiftung handelt. Oh, wow! Aber sie hatten keine Hinweise, keine Verdächtigen. Sie wussten bisher noch nicht einmal, wer das Mädchen war. Sie behaupteten, sie würden zum Schutz der Familie ihre Identität geheim halten, aber sie konnten nichts wissen. Die Kleine musste vollkommen verschmort sein. Dafür hatte er gesorgt. Dieses Feuer konnte niemand überlebt haben.
Seine Hände verharrten in ihrer Position. Er hatte an dem Tag, als Shane starb, dasselbe gesagt. Niemand hätte das überleben können. Und Shane hatte es nicht überlebt. Dass das Mädchen auch nicht überlebt hatte, war nur ... gerecht.
Er nickte, als er den Zeitungsausschnitt betrachtete. Schöne, saubere Kanten. Man hätte ihn rahmen können. Stattdessen schob er ihn zwischen die Seiten eines Buchs, in dem auch der Artikel lag, den er ebenso säuberlich ausgeschnitten hatte. Aus der *Indiana Gazette* aus Springdale. *Brand an Thanksgiving fordert zwei Opfer*. Genau wie es sein sollte. Wie schon gesagt – es war nur gerecht. Mehr als gerecht. Wieder keine Verdächtigen. Keine Hinweise. Genau wie es sein sollte.
Später würde er beide Artikel zu dem Souvenir von Caitlin legen. Die blaue Ledertasche. Nun, blau war einmal die Farbe der Tasche gewesen. Jetzt war sie dunkel gefleckt. Caitlins Blut hatte sie besudelt.
Und es hatte auch ihn besudelt. Zum Glück hatte er duschen und sich umziehen können, bevor jemand etwas gesehen hatte. Beim nächsten Mal musste er gewisse Sicherheitsvor-

kehrungen treffen. Das nächste Mal musste er etwas überziehen, bevor er Blut fließen ließ.
Er stand auf. Und er würde sehr bald wieder Blut fließen lassen. Er wusste genau, wo er Miss Penny Hill finden konnte. Die Leute glaubten immer, man könne ihre Adresse nicht herausfinden, nur weil ihre Telefonnummer nirgendwo eingetragen war. Aber das war Unsinn. Man konnte alles über jeden herausfinden, wenn man nur wusste, wie man es anstellen musste. Wenn man nur schlau genug war.
Und ich bin schlau. Schon begann er wieder die Erregung vor dem nächsten Mal zu spüren. Penny Hill würde nicht leicht sterben. Er würde diesmal nicht so gnädig sein. Aber ... verdammt. Er hatte nicht auf die Zeit geachtet. Er sammelte seine Sachen zusammen. Wenn er sich nicht beeilte, würde er zu spät kommen.
Gestern Nacht hatte er ausprobiert, wie sein Plan funktionierte. Heute Nacht ...
Er lächelte. Sie würde leiden. Und sie würde auch wissen, warum. Dann durfte sie bis zehn zählen ... für jedes furchtbare Jahr, das sein Bruder gelebt hatte. Und anschließend würde er sie in die Hölle schicken, wo sie hingehörte.

Montag, 27. November, 8.50 Uhr

Mia bog um die Ecke zum Großraumbüro des Morddezernats. Alles sah aus wie immer – jeweils zwei Tische Rücken an Rücken, voll mit Papieren, Akten und Kaffeebechern. Bis auf zwei Tische. Ihrer und Abes. Sie runzelte die Stirn. Ihre Tische waren aufgeräumt, die Papiere zu sauberen Stapeln zusammengeschoben. Und darüber hinaus herrschte eine unheimliche Symmetrie: Kaffeebecher, Telefone, Hefter, ja, sogar die Stifte waren vollkommen spiegelbildlich angeordnet worden.

»Die Frauen von Stepford haben bei mir aufgeräumt«, murmelte Mia und hörte beinahe zeitgleich ein vergnügtes Glucksen hinter sich. Todd Murphy lehnte mit einem Kaffee in der Hand an der Wand und grinste breit. In seinem zerknautschten Anzug und der gelockerten Krawatte war er Mia ein überaus willkommener Anblick.

»Stacy«, sagte er ruhig. Die Sekretärin ihrer Abteilung. »Sie musste eure Fälle durchgehen, damit Spinnelli sie an andere verteilen konnte. Dabei ist sie wohl ein bisschen über das Ziel hinausgeschossen.«

»Hat Spinnelli denn alle Fälle weitergegeben?« Mia hatte nicht erwartet, dass Abes und Mias Fälle zwei Wochen lang auf Eis liegen konnten, aber dass man ihnen alles aus der Hand genommen hatte, erschütterte sie doch. Hatte Spinnelli damit gerechnet, sie lange Zeit nicht wiederzusehen? *Nun, da bin ich aber wieder.* Und sie hatte einiges zu tun. Vor allem musste sie das Stück Scheiße fassen, das Abe angeschossen hatte. »Wer hat Abes Fall übernommen?«

»Howard und Brooks. Sie waren in der ersten Woche mehr als eifrig, aber da war die Spur schon eiskalt.«

»Also kann Melvin Getts einen Cop über den Haufen schießen und ungestraft davonkommen«, sagte sie verbittert.

»Sie haben noch nicht aufgegeben«, sagte Murphy leise. »Jeder hier will den kleinen Bastard einkassieren.«

Der Gedanke an Getts, wie er ruhig mit seiner Waffe gezielt und auf ihren Partner geschossen hatte, zog ihr die Eingeweide zusammen, und sie spürte, wie sie erneut zu erstarren drohte. Sie schüttelte das Gefühl ab und trat kämpferisch an ihren Tisch. »Wahrscheinlich hat Stacy sogar meinen Becher gespült.«

Murphy folgte ihr und ließ sich zwei Tische weiter auf seinen Stuhl fallen. »Das war auch nötig, Mitchell. In deinem Becher … wuchs etwas.« Er schauderte. »Irgendetwas Übles, Unaussprechliches.«
Mia lehnte den Regenschirm an den Tisch, streifte ihre nasse Jacke ab und verzog das Gesicht, als sich ihre Schulter bemerkbar machte. Sie richtete das Holster unter ihrem Blazer. »Ganz normaler, altmodischer Schimmel.« Sie zog den abgetragenen Filzhut vom Kopf und zuckte innerlich zusammen. Kein Wunder, dass der Typ unten sie für eine Pennerin gehalten hatte. Jacke und Hut sahen aus, als stammten sie von der Heilsarmee. Andererseits – na und? *Du musst aufhören, darüber nachzudenken, was andere von dir halten.* Sie seufzte leise und ließ ihre Frustration an ihrem perfekt aufgeräumten Tisch ab. »Verdammt. So kann ich nicht arbeiten!« Sie stieß gegen einen Stapel Papiere und ordnete wahllos Hefter um. »So! Und wenn sie die Pop-Tarts in meiner Schublade angerührt hat, dann bring ich sie um.« Aber ihr Notvorrat an Toastschnitten war unberührt. »Okay. Da hat sie gerade noch mal Glück gehabt.«
»Ich bin sicher, sie hat vor Angst nicht mehr schlafen können«, bemerkte Murphy trocken. Er beäugte den Regenschirm. »Seit wann schleppst du so ein Ding mit dir rum?«
»Der gehört mir nicht. Aber ich muss erst seinen Besitzer finden, um ihn zurückzugeben.« Mia ließ sich behutsam auf ihren Stuhl nieder und warf dabei einen Blick auf den Tisch, der gegen Murphys stieß. »Wo ist dein Partner?«, fragte sie. Murphys Partner war Abes Bruder Aidan. Mia freute sich nicht auf die Begegnung, denn sie fürchtete den Vorwurf in seinem Blick.
»Im Leichenschauhaus. Wir haben gestern Nacht einen Doppelmord reinbekommen. Er hat beim Münzenwerfen

gewonnen, also muss ich jetzt die Familien benachrichtigen.« Murphy verengte plötzlich die Augen. »Du kriegst Besuch.«
Mia wandte sich um und unterdrückte ein Stöhnen, als ein Schmerz durch ihre Schulter schoss. Aber einen Moment später war ihre Schulter vergessen. Denn mit einem Blick, der jeden Serienmörder in die Flucht schlagen würde, kam Staatsanwältin Kristen Reagan auf sie zu. Zufällig auch Abes Frau. Aus Schuldgefühlen hatte Mia zwei Wochen lang Abes Familie gemieden. Doch nun musste sie sich ihr wohl stellen. Unsicher erhob sie sich und wappnete sich innerlich gegen das, was kommen würde. »Kristen.«
Kristen Reagan zog die Brauen hoch und presste die Lippen aufeinander. »Du lebst also doch noch.«
Die Frau hatte jedes Recht der Welt, wütend zu sein. Kristen wäre Witwe gewesen, wenn die Kugel nur einen Zentimeter tiefer in Abes Bauch gedrungen wäre. Mia holte Luft. »Sag es einfach.«
Aber Kristen schwieg und musterte sie stattdessen auf eine Art, die Mia kaum aushielt und sie an verärgerte Nonnen und schmerzende Handflächen erinnerte. Schließlich seufzte Kristen. »Du alberne Kuh«, murmelte sie. »Was, denkst du denn, will ich sagen?«
Bei der sanften Stimme richtete Mia sich kerzengerade auf. Der barsche Ton war ihr lieber, denn sie wusste, dass sie ihn verdiente. »Ich habe nicht aufgepasst. Und deswegen musste Abe dafür zahlen.«
»Er hat mir erzählt, dass ihr in einen Hinterhalt geraten seid. Er hätte sie auch nicht gesehen.«
»Aber ich stand anders. Ich hätte sie sehen müssen. Ich hatte …« *Anderes im Kopf.* »Ich habe nicht aufgepasst«, wiederholte sie steif. »Es tut mir furchtbar leid.«

Kristens Augen blitzten auf. »Glaubst du wirklich, dass er dir die Schuld gibt? Dass *ich* dir die Schuld gebe?«
»Solltet ihr. Ich würde es.« Sie hob zaghaft eine Schulter. »Tue ich.«
»Dann bist du wirklich eine alberne Kuh«, fauchte Kristen. »Wir haben uns Sorgen um dich gemacht, Mia. Nachdem man dich behandelt hat, bist du einfach verschwunden. Wir haben dich überall gesucht, aber nirgends finden können. Wir dachten, dir wäre etwas passiert – du wärst vielleicht sogar tot. Abe ist außer sich vor Sorge. Und die ganze Zeit hast du dich einfach irgendwo verkrochen und dir selbst leidgetan?«
Mia blinzelte. »Es … es tut mir leid. Ich wollte nicht …« Sie schloss die Augen. »Mist.«
»Du wolltest nicht, dass wir uns Sorgen machen«, antwortete Kristen für sie. »Tja, haben wir aber. Selbst Spinnelli hatte keine Ahnung, wo du sein könntest, bis du letzte Woche anriefst und verkündet hast, du würdest heute wieder auftauchen. Ich war sechsmal bei deiner Wohnung.«
Mia schlug die Augen auf. »Ich weiß.«
Kristens Augen weiteten sich. »Bitte? Du *weißt* es? Du bist zu Hause gewesen?«
»Sozusagen, ja.« Sie war zu Hause gewesen und hatte im Dunkeln gesessen. Und sich selbst leidgetan.
Kristens Brauen zogen sich zusammen. »Sozusagen? Was, zum Teufel, soll denn das heißen?«
Im Raum war es still geworden, alle Anwesenden sahen neugierig herüber. »Könntest du etwas leiser reden?«
»Nein, kann ich nicht. Ich habe zwei Wochen lang an Abes Bett gesessen, während er darauf wartete, dass du ihn *einmal* anrufst. Zwischen Schmerzmittelphasen und Operationen hat er sich vor allem zu Tode geängstigt, du könntest

Getts im Alleingang verfolgt haben und nun irgendwo tot in einer Gasse herumliegen. Wenn es mir also ein ganz klein wenig an Geduld oder Verständnis oder auch Diskretion mangelt, dann kann ich es gerade nicht ändern.« Sie stand mit geröteten Wangen vor ihr. »Du solltest ihm nach deiner Schicht besser einen Besuch abstatten. Und ihm erklären, was ›sozusagen‹ bedeutet. Das wenigstens schuldest du ihm.« Sie marschierte zwei Schritte davon, hielt dann aber an und drehte sich langsam zu ihr um. Ihre Augen blitzten nun nicht mehr, sondern waren traurig. »Verdammt, Mia, du hast ihn gekränkt. Als er hörte, dass du ganz okay bist und dich nur nicht hast blicken lassen, war er tief getroffen.«

Mia schluckte hart. »Es tut mir leid.«

Kristens Kiefer verspannten sich. »Das sollte es. Du bist ihm wichtig.«

Mia ließ den Blick auf ihren Tisch sinken. »Ich gehe nachher zu ihm.«

»Tu das!« Sie schwieg einen Moment, dann räusperte sie sich. »Mia, sieh mich bitte an.«

Mia hob den Blick. »Was ist?«

Kristen senkte die Stimme zu einem Flüstern. »Die letzten Wochen waren schwer für dich, mit deinem Vater und all das. Da passieren einfach Fehler. Du bist ein Mensch. Und du bist vor allem noch immer die Person, die ich mir als Partner für meinen Mann wünsche.«

Mia sah ihr nach, bis sie verschwunden war, dann ließ sie sich auf ihren Stuhl sinken. Allein zu denken, dass der Tod ihres Vaters sie aus der Bahn geworfen hätte! Wenn es doch nur so simpel wäre. »Mist.«

Murphys Stimme war sanft. »Du bist weiß wie ein Gespenst. Du hättest dir ein paar Tage mehr gönnen sollen.«

»Tja, wie es aussieht, hätte ich eine ganze Menge Dinge tun sollen«, fuhr sie ihn an, dann schloss sie wieder die Augen. »Warst du bei ihm?«

»Ja. Die erste Woche stand es ziemlich schlimm um ihn. Aidan sagt, sie entlassen ihn morgen oder übermorgen, wenn du also nicht willst, dass er dir ewig vorwirft, du hättest ihn nicht im Krankenhaus besucht, gehst du besser heute Abend. Was hast du dir bloß gedacht, Mia?«

Mia starrte in ihren blanken Kaffeebecher. »Dass ich es vermasselt und beinahe meinen Partner getötet habe. Das wäre das zweite Mal gewesen.« Murphy schwieg, und sie sah finster auf. »Nanu? Du sagst mir nicht, dass es nicht mein Fehler gewesen ist? Weder das letzte noch dieses Mal?«

Murphy zog einen Möhrenschnitz aus einer Plastiktüte auf seinem Tisch. »Hätte es Sinn?«

Mia beäugte die exakt geschnittenen Möhrenstücke, als Murphy sich einen davon zwischen die Lippen steckte. »Versuchst du mal wieder aufzuhören?«

Er blickte sie lange an und wusste um ihr Ablenkungsmanöver. »Zwei Wochen jetzt schon. Nicht, dass ich zählen würde.«

»Braver Murphy.« Sie stand auf. Ihre Beine trugen sie wieder. »Ich muss zu Spinnelli, mich zurückmelden.«

»Jemand ist bei ihm im Büro. Aber er hat gesagt, dass er dich sehen will, sobald du angekommen bist, du könntest ruhig reingehen.«

Mia sah ihn stirnrunzelnd an. »Warum hast du mir das nicht gleich gesagt?«

»Habe ich doch gerade.« Sie war fast an der Tür zu Spinnellis Büro, als Murphy sie rief. »Mia. Es war nicht dein Fehler. Weder bei Abe noch bei Ray. So etwas passiert eben. Du weißt das.«

Abe, der dem Tod um Haaresbreite entkommen war, was nicht ihr zu verdanken war. Ray, ihr vorheriger Partner, der kein solches Glück gehabt hatte. Auch Rays Frau hatten die Cops Obstkörbe geschickt. »Ja.« Sie holte tief Luft und klopfte an die Tür des Büros.

»Ja«, sagte Spinnelli barsch. Er saß hinter seinem Tisch, und sein graumelierter Schnurrbart hing missmutig herab, doch als sie eintrat, erhellte sich seine Miene ein wenig. »Mia. Schön, dass Sie wieder da sind. Kommen Sie. Setzen Sie sich. Wie geht es Ihnen?«

Mia schloss die Tür hinter sich. »Bereit zum Dienst.« Sie riss die Augen auf, als der Mann, der auf Spinnellis Besucherstuhl saß, sich zu ihr umwandte. *O nein*. Es war der Kerl im Trenchcoat, dem sie vor der Tür begegnet war, und er sah nicht glücklicher aus als sie.

Sekundenlang starrten sie einander nur an. »*Sie* sind Detective Mitchell?«, sagte er vorwurfsvoll.

Mia nickte und spürte, wie ihr das Blut in die Wangen stieg. Der Mann hatte sie quasi im Stehen schlafend auf der Straße ertappt. Er hatte sie für eine Obdachlose gehalten. Jede Chance auf einen guten ersten Eindruck war augenblicklich zunichtegemacht worden. Dennoch fasste sie sich und begegnete seinem Blick direkt. »Bin ich. Und wer sind Sie?«

Spinnelli stand hinter seinem Tisch auf. »Lieutenant Reed Solliday vom OFI.«

Mia nickte. »Office of Fire Investigation. Die Jungs, die Brandursachen untersuchen. Okay. Und?«

Spinnellis Lippen zuckten. »Und er ist Ihr neuer Partner.«

Montag, 27. November, 9.00 Uhr

Brooke Adler saß auf der Tischkante und war sich genau der Tatsache bewusst, dass ein halbes Dutzend Augenpaare in den kommenden fünfzig Minuten vor allem auf ihren Ausschnitt blicken würde. Wenn sie Glück hatte, würde vielleicht *einer* der Jungen in ihrer Klasse auf das hören, was sie für diese Stunde sorgfältig vorbereitet hatte. Große Hoffnungen hatte sie nicht. Das allerdings hatten die Jungen auch nicht.

Die einzige Hoffnung in dieser Anstalt manifestierte sich auf dem Schild am Eingangstor. HOPE CENTER FOR BOYS. Vor ihr saßen Diebe, Ausreißer und jugendliche Triebtäter. Mit Bären, Löwen und Tigern hätte sie sich wohler gefühlt. *Herr im Himmel.*

»Und – wie war Thanksgiving?«, fragte sie fröhlich. Die meisten Jungen hatten den Feiertag hier verbracht.

»Der Truthahn war zu trocken«, beschwerte sich Mike aus der hinteren Reihe. Eigentlich gab es gar keine hintere Reihe, aber Mike schaffte sich jeden Morgen eine, indem er seinen Stuhl aus der ersten Reihe nach hinten schob.

Sie betrachtete die Gesichter ihrer Schüler. »Wo ist Thad?«

Jeff hing lässig überm Tisch, cool wie immer. Aber in ihm war stets eine spürbare Spannung, und in seinen Augen lag eine Kälte, die Brooke nervös machte. »Schwuchtelchen hat den Rest Kuchen aus dem Kühlschrank geklaut.«

»Jeff«, sagte Brooke scharf. »Du weißt, dass solche Ausdrücke hier nicht toleriert werden. Also – wo ist Thad?«

Bei Jeffs Lächeln lief ihr ein Schauder über den Rücken. Jeffs Lächeln war böse. Jeff war böse. »Er hat Bauchschmerzen«, sagte er nun ohne Umschweife. »Musste ins Krankenhaus.«

Thaddeus Lewin war ein ruhiges Kind, das selten etwas sagte. Brooke wusste nicht, wer ihn Schwuchtel genannt hatte, und warum man es getan hatte, wollte sie lieber nicht wissen.

Sie nahm ihre Ausgabe von *Herr der Fliegen* in die Hand und seufzte. »Ich hatte euch gebeten, das zweite Kapitel zu lesen. Also – was denkt ihr darüber?«

Herr der Fliegen mit der *Survivor*-Serie im Fernsehen zu verbinden, hatte eine Woche zuvor einen Funken Interesse geweckt, doch nun zeigten die Gesichter keinerlei Regung. Anscheinend hatte keiner von ihnen das Kapitel gelesen. Dann hob sich zu ihrer Überraschung eine Hand. »Manny?« Manny Rodriguez hatte sich noch nie gemeldet.

Manny lehnte sich auf seinem Stuhl zurück. »Das Feuer war cool«, sagte er ruhig.

Jeffs Brauen wanderten aufwärts. »In dem Buch steht was über Feuer?«

Manny nickte. »Diese Kids stranden auf einer Insel und machen ein Feuer, damit man sie von weitem sieht und vielleicht rettet, aber das Feuer gerät außer Kontrolle.« Seine Augen leuchteten nun. »Frisst sich in den Berg und killt einen von den Jungs. Dann fackelt die ganze Insel ab.«

Er klang fast ehrfurchtsvoll, und Brookes Haut begann zu prickeln. »Das Signalfeuer ist ein Symbol für …«

»Wie haben sie das denn angekriegt – das Feuer, meine ich?«, fragte Jeff einfach dazwischen.

»Die haben die Brille von dem Fettsack als Lupe benutzt«, erklärte Manny. »Und der Fettsack kriegt irgendwann seinen Teil ab.« Er grinste. »Kriegt ’n Stein auf den Kopf. Überall Hirn und so.« Er blickte mit einem höhnischen Grinsen zu Brooke. »Hab schon ’n bisschen weitergelesen, Frau Lehrerin.«

»Ich hab mal mit 'ner Lupe 'n Käfer gekillt«, sagte Mike. »Ich war echt erstaunt, dass das geht.«

Jeff grinste wie ein hechelnder Wolf. »Es heißt ja, dass die Geschichte vom Hamster in der Mikro nur 'n Märchen ist, aber das stimmt nicht. Katzen sind noch besser, aber dazu brauchst du 'ne echt große Mikrowelle.«

»Das reicht jetzt«, fauchte Brooke. »Manny, Jeff, Mike, hört auf damit.«

Jeff lehnte sich zurück und grinste, während sein Blick wieder betont langsam zu ihren Brüsten glitt, damit sie es auch ja merkte.

»Lehrerinnen sind doch wie Muschis ... Katzen meine ich«, murmelte er gerade laut genug, dass sie es hören musste. Brooke beschloss, ihn zu ignorieren.

Manny zuckte nur die Schultern. »Na ja, Sie haben doch gefragt«, sagte er gelassen. »Das Feuer war eben cool.«

»Das Feuer ist ein Symbol«, sagte sie fest. »Für gesunden Menschenverstand und Moral.« Sie sah ihre Klasse finster an. »Und lasst die Finger von der Mikrowelle. Jetzt reden wir über die Symbolkraft des Signalfeuers. Am Mittwoch schreiben wir einen Test.«

Jedes Augenpaar wandte sich ihren Brüsten zu, und Brooke wusste, dass sie auch gegen die Wand hätte sprechen können. Vor drei Monaten war sie, gerade erst mit der Ausbildung fertig und hochmotiviert, im Hope Center angekommen. Vor drei Monaten war sie begierig darauf gewesen, den Jungen etwas beizubringen. Jetzt betete sie jeden Morgen, dass sie den Tag überstehen würde. Und dass sie irgendwie, irgendwann zu diesen Jungen durchdringen würde. *Bitte. Vielleicht nur zu einem.*

3. Kapitel

Montag, 27. November, 9.15 Uhr

Reed Solliday sog behutsam die Luft ein und stieß sie beherrscht wieder aus. Einen Moment lang hatte die Frau verblüfft und gleichzeitig verärgert ausgesehen. Nun, dann wären sie schon zwei, dachte er, denn auch Reed war nicht gerade entzückt über seinen neuen »Partner«. Marc Spinnelli hatte ihm zwar versichert, dass Mia Mitchell eine seiner besten Kräfte sei, aber er hatte gesehen, wie sie draußen vor dem Gebäude gestanden und auf die Glastür gestarrt hatte wie ein Reh im Scheinwerferkegel. Er hatte eine volle Minute hinter ihr gewartet, bevor sie seine Anwesenheit überhaupt wahrgenommen hatte.

Nicht gerade die beste Empfehlung für eine Polizistin. Außerdem hatte sie mit der abgewetzten Lederjacke, dem alten Hut und den ausgetretenen Stiefeln nicht wie die Person ausgesehen, die er sich in Gefahrensituationen an seiner Seite wünschte. Dennoch streckte er ihr die Hand entgegen. »Detective Mitchell.«

Ihr Händedruck war fest. »Lieutenant Solliday.« Sie wandte sich mit gefasster Miene ihrem Chef zu, doch ihr Rücken verriet Anspannung. »Was soll das, Marc? Abe kommt wieder zurück.«

»Natürlich tut er das. Aber das OFI hat in einem abgebrannten Haus eine Leiche entdeckt. Es war Mord. Und

Abe wird noch ein paar Wochen ausfallen. Also betrachten Sie sich als Leihgabe. Bitte setzen Sie sich und lassen Sie Reed die Sache erklären.«

Sie nahmen alle drei Platz, und Mitchell schenkte ihm ihre ungeteilte Aufmerksamkeit. Das sprach für sie. Ihre Augen waren nun klar und wachsam. Und so blau wie das Porzellan, das Christine an Feiertagen hervorgeholt hatte. Das kurze blonde Haar war, vom Hut geschützt, trocken geblieben, lockte sich aber feucht an den Spitzen. Die schäbige Jacke hatte sie ausgezogen und sah nun in ihrem schwarzen Blazer weit professioneller aus. Dummerweise verhüllte das dünne, anschmiegsame T-Shirt unter dem Blazer nichts von ihrer hübschen Figur. Für so eine kleine Person hatte Detective Mia Mitchell verteufelt viele Rundungen.

Reed genoss es wie jeder andere, wenn er ein paar hübsche Kurven betrachten konnte, aber was er jetzt brauchte, war einen fähigen Partner, kein Pin-up-Girl – und ganz bestimmt keine Ablenkung. Andererseits schien sie nicht aufs Flirten aus zu sein und wirkte ganz und gar nicht sanft, so dass er ihr ihre tolle Figur nicht als Nachteil auslegen würde.

»Samstagnacht hat es in Oak Park gebrannt«, begann er. »Wir fanden in der Küche des betroffenen Hauses eine Leiche. Heute Morgen hat mich der Gerichtsmediziner angerufen. Die Röntgenaufnahme zeigt, dass sie ein Einschussloch im Schädel hat.«

»Kohlenmonoxid in den Lungen?«, fragte Mitchell.

»Barrington wollte das noch überprüfen. Er hat mir diese Information nur sofort mitgeteilt, weil es für die Ermittlungen bedeutsam ist.«

»Und für die Gesetzeslage«, murmelte sie. »Haben Sie die Leiche gesehen?«

»Ich fahre ins Leichenschauhaus, sobald wir hier fertig sind.«

»Ist das Opfer schon identifiziert?«

»Im Grunde, ja. Das Haus gehörte Joe und Donna Dougherty. Sie sind über Thanksgiving verreist und haben einen Haussitter namens Caitlin Burnette engagiert. Sie hätte das richtige Alter und die richtige Größe, und der Wagen, der in der Garage stand, war auf einen Roger Burnette zugelassen. Aber der Gerichtsmediziner muss es anhand ihrer zahnärztlichen Unterlagen oder der DNS noch bestätigen.« Spinnelli reichte ihr ein Blatt Papier. »Wir haben eine Kopie ihres Führerscheins vom Kraftfahrzeugamt bekommen.«

Mitchell betrachtete die Seite. »Erst neunzehn«, sagte sie mit leiser, heiserer Stimme. Dann sah sie auf, und ihre Augen waren dunkel. »Sind die Eltern schon informiert worden?«

Der Gedanke daran, den Eltern die schlechte Nachricht zu überbringen, bereitete ihm Übelkeit. In diesen Dingen war er nicht gut. Und jedes Mal fragte er sich, wie die Leute vom Morddezernat es täglich schafften, wie es ihnen gelang, sich innerlich gegen den Schmerz der anderen zu wappnen. »Noch nicht. Ich bin gestern zweimal zu den Burnettes gefahren, aber es war niemand zu Hause.«

Spinnelli seufzte. »Aber das war noch nicht alles, Mia.«

Reed verzog das Gesicht. »Wenn das Mädchen im Leichenschauhaus Caitlin Burnette ist, dann ist ihr Vater ein Cop.«

»Und ich kenne ihn«, warf Spinnelli ein. »Sergeant Roger Burnette. Seit fünf Jahren beim Drogendezernat.«

»Autsch.« Mitchell presste eine Hand an die Stirn und strich sich dann das blonde Haar zurück, so dass es ihr in Stacheln abstand. »Könnte es sich hier um einen Racheakt handeln?«

Auch Reed hatte sich das bereits gefragt. »Das werden wir vermutlich herausfinden müssen. Die Doughertys kommen irgendwann heute zurück. Ich werde sie befragen, sobald sie hier sind.«

Sie begegnete seinem Blick. »*Wir* werden sie befragen.«

Die Herausforderung war eindeutig. Gereizt nickte er. »Natürlich.«

»Wir brauchen die Spurensicherung im Haus.« Sie zog die Brauen zusammen. »Sie waren schon im Haus, richtig? Verdammt, dieser Regen macht uns alles zunichte.«

»Wir waren gestern den ganzen Tag dort, haben jeden Raum gefilmt und fotografiert und Proben fürs Labor gesammelt. Zum Glück haben wir das Dach abgedeckt. Der Regen sollte also nicht das größte Problem sein.«

Sie nickte. »Okay. Was waren das für Proben?«

»Teppich, Holz. Ich habe nach Beweisen für Brandbeschleuniger gesucht.«

Sie neigte den Kopf ein Stück zur Seite. »Und?«

»Laut der Anzeige auf meinen Instrumenten gab es welche, und auch der Hund hat zwei verschiedene wahrgenommen. Benzin und noch etwas anderes. Das Labor will uns die Ergebnisse im Laufe des Tages mitteilen.«

Sie schüttelte den Kopf. »An diesem Tatort wird nichts mehr zu holen sein, Marc.«

Er straffte den Rücken. »Wir sind befugt, bei Verdacht auf Brandstiftung Beweise zu sammeln. Wir haben uns eine richterliche Anordnung besorgt. Außerdem haben wir nicht mehr mitgenommen, als wir brauchten, um Quelle und Ursache festzulegen. Erst danach haben wir herausgefunden, wie das Mädchen gestorben ist. Unser Vorgehen ist sauber.«

Ihre Augen wurden ein wenig sanfter. »Ich hatte nicht von

Ihrer Vorgehensweise gesprochen, Lieutenant. Es geht mir um Brandschauplätze im Allgemeinen.« Sie warf Spinnelli einen Blick zu. »Könnten Sie einen Beamten zum Haus hinüberschicken? Der dafür sorgt, dass keiner etwas anfasst?«

»Wir haben einen Sicherheitsmann dort«, sagte Reed steif. »Wenn Sie allerdings gewillt sind, die Rechnung für eine Rund-um-die-Uhr-Bewachung zu übernehmen, ziehe ich meinen Mann gern wieder ab. Unser Budget ist nicht so groß wie Ihres.«

»Gut. Da es sich jetzt um Mord handelt, wäre mir ein Cop ohnehin lieber. Ich stelle aber die Kompetenz Ihrer Leute nicht in Frage«, fügte sie hastig hinzu. »Ich rufe Jack an und bitte ihn, uns mit seinem CSU-Team dort zu treffen.«

»Zwei von meinem Team sind dort, um sie zu empfangen. Foster Richards und Ben Trammell. Sie werden Ihre Leute reinlassen und ihnen zeigen, was wir gestern gemacht haben.« Er hatte die beiden Männer bereits angerufen und ihnen gesagt, dass sie sich darauf vorbereiten sollten, mit dem Morddezernat zusammenzuarbeiten. Foster hatte er nahegelegt, sich den Sandkasten brav mit der CSU zu teilen. Ben hatte er nahegelegt, ein Auge auf Foster zu haben.

Sie erhob sich. »Fein. Aber lassen Sie uns zuerst zum Leichenschauhaus fahren. Mal sehen, was Caitlin uns zu sagen hat.«

Auch Spinnelli stand auf. »Rufen Sie mich an, wenn Sie die Familie benachrichtigt haben. Dann sage ich Burnettes Captain Bescheid. Vielleicht will sein Bezirk ja Blumen oder so etwas schicken.«

»Sie müssten die richterliche Verfügung erweitern lassen«, sagte Reed. »Unsere bezog sich explizit auf Brandstiftung.«

Spinnelli nickte. »Ich rufe das Büro des Staatsanwalts an. Sie haben die Verfügung, wenn Sie sich auf den Weg zum Tatort machen.«
Mitchell neigte ihren Kopf in Spinnellis Richtung. »Lieutenant Solliday, könnten Sie uns einen Augenblick allein lassen? Sie können an meinem Schreibtisch warten. Es ist der neben dem aufgeräumten.«
»Natürlich.« Er drückte sachte die Tür zu, aber anstatt zu dem Tisch zu gehen, lehnte er sich an die Wand, den Kopf der Tür zugewandt, so dass er besser lauschen konnte.
»Marc, was Abes Fall betrifft«, begann Mitchell.
Nun erwähnte sie diesen Abe schon zum zweiten Mal. Er blickte zu dem aufgeräumten Tisch hinüber. Wahrscheinlich Abes.
Spinnellis Stimme hatte einen warnenden Unterton. »Howard und Brooks kümmern sich darum.«
»Und Murphy sagt, die Fährte ist kalt.«
»Das ist wahr. Mia, Sie ...«
»Ich weiß, Marc. Das hier hat für mich Priorität, und das wissen Sie genau. Aber wenn ich etwas höre oder jemand anderes etwas hört und ich zur Verfügung stehe ... Verdammt, Marc, ich habe ihn doch gesehen.« Ihre Stimme wurde eindringlich. »Ich weiß, wie dieses Arschloch aussieht, das Abe niedergeschossen hat.«
»Und Sie auch, Mia.«
»Nur ein kleiner, alberner Kratzer! Marc, bitte.« Eine Pause. »Das schulde ich Abe. Bitte.«
Wieder eine Pause, dann ein Seufzen. »Falls Sie gerade abkömmlich sind, sage ich Ihnen Bescheid.«
»Gut, danke.« Die Tür öffnete sich, aber Reed machte keine Anstalten, sich zu entfernen. Sie sollte ruhig wissen, dass er mitgehört hatte. Blut stieg ihr in die Wangen, und ihre

Augen verengten sich, als sie ihn dort stehen sah. Ein paar Sekunden lang starrte sie ihn verärgert an.

»Auf ins Leichenschauhaus«, sagte sie schließlich, trat an ihren Tisch und griff nach Jacke und Hut. »Hier. Ihr Regenschirm.«

Sie warf ihn ihm zu, dann streifte sie sich vorsichtig die Jacke über. Spinnelli hatte gesagt, sie sei vollkommen genesen, aber Reed hatte Zweifel. Und wenn seine Zweifel begründet waren, würde er augenblicklich einen anderen Partner verlangen. Nun nahm sie zwei Stufen auf einmal, und er vermutete, dass sie sowohl ihren aufgestauten Ärger loswerden, als auch ihn zwingen wollte, im Laufschritt mithalten zu müssen. Aber er dachte ja gar nicht daran. Er ging ganz normal, so dass sie auf der Straße auf ihn warten musste. Aber kaum hatte er sie eingeholt, setzte sie sich wieder in Bewegung.

»Ich habe meinen Dienstwagen noch nicht zurückbekommen, und mein eigenes Auto ist sehr klein«, sagte sie, ohne sich umzudrehen. »Sie passen da nicht rein.«

Ihre Worte waren ganz offensichtlich in zweifacher Hinsicht zu interpretieren. Aber er beschloss, den Seitenhieb zu ignorieren. »Also fahre ich.« Bevor Reed noch überlegen konnte, ob er ihr in seinen Tahoe helfen sollte, kletterte sie bereits erstaunlich flink hinein, doch er sah, wie sie vor Schmerz das Gesicht verzog. Er klemmte sich hinters Steuer und sah sie an. »Sie sind noch gar nicht wieder so weit, den Dienst anzutreten, oder?«

Sie starrte stur geradeaus. »Ich habe den Schein vom Arzt.«

Er startete den Motor, lehnte sich dann aber zurück und wartete, bis sie ihn ansah. Eine volle Minute verstrich, bis sie sich ihm endlich zuwandte.

»Warum sitzen wir noch immer hier?«, fragte sie barsch.

»Wer ist Abe?«
Ihr Kiefer verspannte sich. »Mein Partner.«
Und der bist du nicht, lautete der stumme Zusatz. »Was ist mit ihm passiert?«
»Er wurde angeschossen.«
»Aber wie es klingt, wird er sich erholen.«
Er hätte nicht gesehen, wie sie zusammengezuckt war, hätte er nicht bewusst darauf geachtet. »Wahrscheinlich.«
»Auch Sie sind angeschossen worden.«
»Nicht schlimm.«
Das bezweifelte er. »Warum haben Sie heute Morgen auf die Glastüren gestarrt?«
Ihre Augen blitzten auf. »Das geht Sie überhaupt nichts an.«
Und auch diese Erwiderung hatte er erwartet. Dennoch würde er sagen, was er zu sagen hatte. »Ich fürchte, dem muss ich widersprechen. Ob es Ihnen gefällt oder nicht, Sie sind für eine begrenzte Zeitspanne *mein* Partner. Irgendein Depp hätte Sie heute Morgen angreifen, Ihre Waffe stehlen oder Ihnen sonst irgendetwas antun können. Ich muss wissen, dass Sie nicht einfach herumstehen und ins Leere starren, wenn ich Sie gerade brauche, daher wiederhole ich meine Frage: Warum haben Sie heute Morgen auf die Glastür gestarrt?«
Etwas, das er gesagt hatte, schien sie an einem wunden Punkt getroffen zu haben, denn ihre Augen wurden vollkommen kalt. »Falls Sie sich Sorgen machen, dass ich Ihnen keine Rückendeckung geben kann, dann können Sie Ihre Sorgen jetzt vergessen, Lieutenant. Was heute Morgen war, hatte nur mit persönlichen Dingen zu tun. Und ich habe stets Arbeit und Privatleben säuberlich trennen können. Darauf gebe ich Ihnen mein Wort.«

Sie hatte ihn während der kleinen Rede die ganze Zeit angesehen und hielt auch jetzt noch seinen Blick fest, als wolle sie ihn herausfordern, ihr zu widersprechen. »Ich kenne Sie nicht, Detective, daher bedeutet mir Ihr Wort herzlich wenig.« Er hielt die Hand hoch, als sie den Mund öffnete, um etwas zu sagen, was zweifellos nicht druckreif gewesen wäre. »Aber Marc Spinnelli kenne ich, und er scheint großes Vertrauen in Sie zu setzen. Gut, vergessen wir diesen Morgen. Aber wenn es wieder geschieht, frage ich Spinnelli nach jemand anderem. Darauf gebe *ich* Ihnen mein Wort.«
Sie blinzelte ein paarmal und biss so fest die Zähne zusammen, dass er beinahe glaubte, es knirschen und knacken zu hören. »Zum Leichenschauhaus, Lieutenant. Wenn Sie so gut wären.«
Reed legte den Gang ein. »Zum Leichenschauhaus.«

Montag, 27. November, 10.05 Uhr

Mia war schon aus Sollidays SUV gestiegen, bevor er noch vollständig angehalten hatte. *Droht mir, zu meinem Chef zu gehen, der Vollidiot.* Als wäre er noch nie in Gedanken verloren gewesen! *Was ist schon dabei?* Dieser Mann fing an, ihr ernsthaft auf die Nerven zu gehen. *Von wegen.* Und ob etwas dabei war! Er hatte recht. Jeder Depp hätte sie überraschen, ihr die Waffe wegnehmen können. Sie verlangsamte ihr Tempo. Sie hatte nicht aufgepasst. Wieder einmal nicht.
Er holte sie am Fahrstuhl ein, und sie drückte schweigend den Knopf. Ohne ein Wort folgte Solliday ihr hinein und stellte sich nah genug neben sie, dass sie seine Körperwärme spüren konnte. Er stand da wie ein Granitbrocken, die Arme vor der Brust gekreuzt, und sie kam sich plötzlich

vor wie das achtjährige Kind, das sie einmal gewesen war, und am liebsten hätte sie sich in eine Ecke geduckt. Stattdessen fixierte sie die Anzeige, während der Fahrstuhl aufwärtsfuhr.

»Ich hoffe, Sie haben mit Ihrem kleinen Stunt das gewünschte Ziel erreicht«, sagte er, und sie war so überrascht, dass sie zu ihm aufsah. Er starrte finster stur geradeaus.

»Wie beliebt?«

»Aus dem Auto zu springen, bevor ich angehalten habe. Ich weiß, dass Sie sauer auf mich waren, aber für Sie ist der Wagen ziemlich hoch, und Sie hätten sich locker ein Bein brechen können.«

Mia lachte ungläubig. »Sie sind nicht mein Vater, Lieutenant Solliday.«

»Und dafür sollten Sie dankbar sein.« Die Türen glitten auseinander, und er wartete, dass sie hinaustrat. »Ich hätte meine Tochter für eine solche Aktion zu einer Woche Hausarrest verdonnert. Zu zweien, wenn sie mir anschließend so pampig gekommen wäre.«

Komm mir ja nicht so pampig, Mädchen. Mia konnte ihr Schaudern kaum unterdrücken. Als sie klein gewesen war, hatte diesem Satz meist ein Schlag auf ihren Kopf gefolgt, nach dem sie Sterne sah. Später reichten die Worte aus, um sie sofort den Rückzug antreten zu lassen, woraufhin ihr Vater sie stets ausgelacht hatte. Sie hasste sein Lachen. Sie hasste ihn. *Ich hasse meinen eigenen Vater.*

Aber nicht ihr Vater stand nun neben ihr. Es war Reed Solliday, und er hielt ihr die Tür auf, die ins Leichenschauhaus führte. »Ich weiß nicht, inwieweit es Sie belastet«, sagte er, »aber das Opfer ist in einem wirklich schlechten Zustand. Bis zur Unkenntlichkeit verkohlt.«

Es belastete sie sehr, aber sie hätte sich lieber die Zunge

abgebissen, als es ihm gegenüber einzugestehen. »Wahrscheinlich habe ich schon Schlimmeres gesehen.«

»Wahrscheinlich«, murmelte er und hielt vor dem Fenster zum Identifizierungsraum an. »Barrington hat einiges zu tun. Wir müssen ein bisschen warten.«

Mias Magen zog sich zusammen, was jedoch nichts mit der Gestalt zu tun hatte, die unter dem weißen Tuch auf dem Tisch lag. Aidan Reagan stand neben dem Gerichtsmediziner und betrachtete Röntgenbilder.

Er würde sie jeden Moment sehen, sie konnte also nicht mehr entkommen. Und garantiert würde Abes Bruder genauso wütend sein, wie seine Frau es gewesen war. Aidan drehte sich um, begegnete ihrem Blick durch das Fenster und zog augenblicklich die Brauen zusammen. Er nickte, als Barrington etwas sagte, unterbrach aber den Blickkontakt nicht. Schließlich kam er aus dem Raum und blieb stehen.

Solliday setzte sich in Bewegung, um den Raum zu betreten, hielt aber wieder an, als er spürte, dass die Atmosphäre plötzlich spannungsgeladen war. Neugierig blickte er von Aidan zu Mia und wieder zurück und zog seine verdammten schwarzen Brauen hoch. Meine Güte, plötzlich sah er aus wie Satan persönlich!

»Könnten Sie uns eine Minute geben, Solliday?«

Er nickte, wenn er auch noch immer neugierig zu sein schien. »Ich warte da drin.«

Sie wandte sich Aidan Reagan zu. »Kristen hat mich heute Morgen schon einen Kopf kürzer gemacht«, sagte sie, bevor er noch den Mund öffnen konnte, »aber ich gehe heute Abend zu Abe ins Krankenhaus, wenn du also auch hinkommst, um mich da zur Schnecke zu machen, bist du herzlich eingeladen.«

Aidan musterte schweigend ihr Gesicht, genau wie Kristen es getan hatte. »Okay. Dann mache ich das.«

Seine Stimme war Enttäuschung pur. Sie hasste es, wenn Leute von ihr enttäuscht waren. Und sie hasste es, dass sie es hasste. »Ich muss da jetzt rein.«

»Mia, einen Moment.« Er streckte die Hand aus, ließ sie aber wieder fallen. »Wir haben uns alle Sorgen gemacht.«

»Ja, weiß ich. Hör zu, Aidan, ich habe wirklich Mist gebaut. Irgendwie werde ich es wiedergutmachen.« Sie wollte an ihm vorbeigehen, aber Aidan hielt sie am Arm fest, und sie sog vor Schmerz scharf die Luft ein.

Sofort ließ er sie los. »Es tut noch weh.«

»Ich überlebe es«, sagte sie knapp. »Ich bin in weit besserem Zustand als Abe.« Solliday sprach bereits mit dem Gerichtsmediziner. »Ich muss jetzt wirklich da rein, Aidan.«

Aidan folgte ihrem Blick durch das Fenster. »Wer ist der Kerl?«

»Solliday. Vom OFI und mein allerbester Kumpel, bis Abe zurückkommt oder wir diesen Mordfall aufklären – was immer als Erstes eintrifft. Sollidays Brand hat eine Leiche mit einem Einschussloch im Schädel hervorgezaubert.«

Aidan verzog das Gesicht. »Ja, ich habe schon einen Blick drauf werfen dürfen. Viel Spaß.«

»Oh, heißen Dank.« Sie schob sich an ihm vorbei in den Saal und versuchte, den Geruch zu ignorieren, der ihr entgegenschlug. Heute war es schlimmer als sonst. Chemikalien in Kombination mit verbranntem Fleisch waren nicht appetitanregend. Gerichtsmediziner Barrington schob Röntgenbilder auf die Lichttafel, und Mia zwang den Widerwillen nieder und konzentrierte sich.

Die Bilder zeigten ein sauberes, kreisrundes Loch an der Schädelbasis.

»Keine Austrittswunde«, sagte Barrington gerade. »Die Kugel ist noch da drin, aber für den Zustand kann ich keine Garantie geben. Detective Mitchell. Schön, Sie wieder bei uns zu haben.«

»Danke.« Sie blickte auf das Bild. »Die Kugel stammt aus einer .22er?«

»Würde ich vermuten.« Barrington zog das Bild ab. »Kein Kohlenmonoxid in den Lungen. Sie war tot, bevor es gebrannt hat.«

»Es war wie eine Exekution«, bemerkte Solliday, und Barrington nickte.

»Ich habe in einem Oberschenkelknochen drei Brüche festgestellt. Zwei waren neu, einer verheilt, der Knochen anständig gerichtet, muss schon ein, zwei Jahre her sein. Jedenfalls hatte sie anscheinend Zugang zu einer guten ärztlichen Versorgung. Damals zumindest.«

»Ihr Vater ist ein Cop«, sagte Mia.

Er zuckte mit keiner Wimper. Keine noch so kleine Gefühlsregung. »Finden Sie heraus, wer ihr Zahnarzt war. Dann kann ich sie offiziell identifizieren. Bis dahin ist sie nur eine weitere Jane Doe.« Der Gerichtsmediziner trat an den Tisch und zog das Tuch zurück. Mia sah einen Sekundenbruchteil hin. Mehr ging nicht, sofern sie das Wenige, das sie zum Frühstück gegessen hatte, im Magen behalten wollte. Es war schlimm. Schlimmer als sie erwartet hatte. Vielleicht sogar schlimmer als alles, was sie zuvor gesehen hatte.

Sie warf Solliday einen Seitenblick zu und sah, dass er sich versteifte und etwas blasser wurde. Er hatte diese Tote schon gesehen, wahrscheinlich schon viele andere, die ähnlich schlimm aussahen. Aber es war kein Ekel, den sie auf seinem Gesicht erkannte. Nur Schmerz. *Er hat eine Toch-*

ter, dachte sie. Jung genug, dass man ihr noch Hausarrest aufbrummen konnte. Der Gedanke, dass unter dem tadellosen Anzug ein Herz schlug, half ihr über ihre Übelkeit beim Anblick der schwarzen Leiche hinweg. Sie zwang sich, sich das, was von einer Neunzehnjährigen übriggeblieben war, genauer anzusehen. Schließlich hatte sie hier einen Job zu erledigen.

Ein makaber geschwärztes Gesicht starrte ihr vom glänzenden Silber des Tischs entgegen. Die verkohlte Haut spannte sich straff über die Knochen des Gesichts. Ein paar Haarbüschel waren geblieben. Blond wie auf dem Foto des Führerscheins, das Solliday ihr gezeigt hatte. Sie war ein so hübsches Mädchen gewesen. Und so jung. Sie hatte für die Kamera gelächelt. Nun war ihre Nase fort und der Mund geöffnet wie zu einem letzten, ewigen Schrei. *Was hat er dir angetan, Caitlin?*

»Ist sie vergewaltigt worden?«, fragte sie mit erstaunlich ruhiger Stimme.

»Das kann ich nicht sagen. Wir werden es wohl nicht mit Sicherheit bestimmen können, aber die Chancen stehen gut. Ich habe geschmolzene Nylonfasern auf ihrem Oberkörper gefunden, doch nichts unterhalb der Hüfte oder auf den Beinen. Kann sein, dass sie Baumwolle getragen hat, aber …« Er beendete den Satz nicht. »Ich werde noch ein paar Tests machen, aber ich nehme an, sie trug zum Zeitpunkt ihres Todes nur noch ein T-Shirt.«

»Toll«, murmelte Solliday. »Noch etwas, was wir den Eltern sagen müssen.«

Dem musste sie leider zustimmen. »Wir sollten zu ihnen fahren«, sagte sie leise. »So bald wie möglich.« Sie wandte sich von der Leiche ab und schloss einen Atemzug lang die Augen. »Erst die Eltern, dann der Tatort.«

Montag, 27. November, 11.00 Uhr

Die Burnettes lebten in einem hübschen kleinen Haus. Saubere Vorhänge schmückten die Fenster, und an der Tür hing noch immer das Bild eines Truthahns.

Solliday parkte seinen SUV auf der Straße. Sie hatten den größten Teil der Strecke geschwiegen, während Mia die Notizen durchgegangen war, die er über den Tatort gemacht hatte, aber nun durchschnitt sein tiefer Seufzer die Stille. »Möchten Sie das hier übernehmen?«, fragte er.

»Von mir aus«, antwortete sie. Dies war der Teil der Arbeit, den sie am meisten verabscheute, bei dem sie sich am unfähigsten fühlte. *Abe fehlt mir*. Ihr Partner schien immer zu wissen, was man trauernden Eltern sagen musste. »Es könnte sowohl ein Racheakt als auch eine Zufallstat sein. Allerdings könnte die Sache auch etwas mit Caitlin zu tun gehabt haben. Wir müssen bei den Eltern Dinge ansprechen, die niemand gern von seinen Kindern hört.«

»Ich weiß«, erwiderte er grimmig. Er freute sich genauso wenig auf dieses Gespräch wie sie. Inzwischen hatte sie ihre Meinung über Solliday ein wenig revidiert. Nachdem er ihr seine Meinung gesagt hatte, war er nicht noch einmal darauf zurückgekommen, sondern hatte sie auf dem Weg hierher in Ruhe gelassen. Dadurch hatte sie ein wenig in sich gehen und den Morgen aus seiner Sicht betrachten können. Er war höflich gewesen, hatte Mitgefühl gezeigt und sich sogar großzügig gegeben. Im umgekehrten Fall wäre sie vermutlich nicht so nett mit ihm umgegangen.

Die Notizen, die sie durchgesehen hatte, waren präzise, seine Handschrift gut lesbar und sauber. Sie warf einen Blick auf die exakt gebundene Krawatte und die sauber rasierten Ränder des dünnen Bärtchens, das seinen Mund einrahmte. Seine Schuhe glänzten frisch poliert. Konservativ und tadellos gepflegt. Das fasste seine Persönlichkeit in etwa zusammen.

Aber etwas in ihr sträubte sich, ihn so rasch in eine Schublade einzuordnen. In diesem Mann steckte mehr, als der äußere Anschein glauben machen wollte, obwohl der äußere Anschein eigentlich ziemlich attraktiv war. Er hatte ihr seinen Schirm geschenkt, weil er dachte, sie hätte es nötig. Das war ... sehr lieb gewesen. Plötzlich nervös, konzentrierte sie sich wieder auf seine Notizen. »Drei Ausbruchstellen?«

»Küche, Schlafzimmer und Wohnzimmer«, bestätigte er. »Dieser Kerl *wollte*, dass das Haus brannte.«

»Und dass Caitlins Leiche vollkommen vernichtet wird.« Sie stieg aus dem Wagen. »Ich hasse diese Art von Besuchen.«

»Ich auch.«

Auch Fire Marshals mussten solche Besuche abstatten. Sie hatte bisher nie groß darüber nachgedacht. Und was mochte wohl schlimmer sein? Den Eltern zu sagen, dass ihr Kind umgebracht worden war, oder dass ein Feuer es vollkommen entstellt hatte? Wie auch immer – es gab wohl niemanden, der diese Aufgabe freiwillig übernahm.

Mia klopfte leise an die Tür. Die blauen Vorhänge teilten sich, und ein Augenpaar spähte hinaus und weitete sich, als Mia ihre Marke zeigte. Ein paar Sekunden später öffnete sich die Tür, und eine Frau Ende vierzig stand vor ihnen und betrachtete sie furchtsam.

Sie war so klein wie der Körper auf dem Tisch im Leichenschauhaus. »Sind Sie Mrs. Ellen Burnette?«

»Ja.« Sie wandte sich um. »Roger! Roger, komm bitte mal.«

Ein stämmiger Mann erschien. Er war barfuß, und auch seine Miene verriet Angst beim Anblick der Polizeimarke. »Was ist los?«

»Ich bin Detective Mitchell, und das ist Lieutenant Solliday. Dürfen wir reinkommen?«

Wortlos führte Mrs. Burnette sie ins Wohnzimmer und ließ sich behutsam auf die Couch sinken. Ihr Mann stellte sich hinter sie und legte ihr eine Hand auf die Schulter. »Wir sind wegen Caitlin hier.«

Ellen Burnette fuhr zusammen, als sei sie geschlagen worden. »O Gott.«

Roger Burnette ballte die Hand zur Faust. »Ein Unfall?«

»Wann haben Sie zum letzten Mal mit ihr gesprochen?«, fragte Mia sanft.

Burnette sah sie an, während es in seiner Kehle arbeitete. Er kannte die Vorgehensweise. Nicht auf seine Frage einzugehen, bedeutete das Schlimmste. »Freitagabend.«

»Wir haben uns gestritten«, murmelte Mrs. Burnette. »Sie ist wieder zur Verbindung gegangen, und wir sind zum Wochenende abgereist. Ich habe gestern versucht, sie anzurufen, aber sie war nicht da.«

Mia wappnete sich. »Wir haben eine unidentifizierte Tote. Und wir fürchten, dass es Caitlin ist.«

Mrs. Burnette sackte nach vorn und legte ihr Gesicht in die Hände. »Nein.«

Burnette packte die Sofakante fester an. »Was ist passiert?«

»Lieutenant Solliday ist von der Brandursachenermittlung. Das Haus von Joe und Donna Dougherty ist an diesem Wochenende abgebrannt. Wir glauben, dass Caitlin im Haus war.«

Mrs. Burnette weinte nun. »Roger.« Betäubt ließ Burnette sich neben seiner Frau nieder.

»Sie sollte doch nur die Post aus dem Briefkasten holen. Und die Katze füttern. Warum konnte sie nicht mehr fliehen?«

Mia warf Solliday einen Blick zu. Sein Gesicht war hart, aber in seinen Augen stand Schmerz. Und er schwieg und überließ ihr die Führung.

»Sie ist nicht durch das Feuer gestorben, Sir«, sagte sie und sah, wie Mrs. Burnettes Kopf hochfuhr. »Sie wurde erschossen. Wir müssen ihren Tod als Mord behandeln.«

Mrs. Burnette wandte sich um und ließ sich von ihrem Mann in die Arme ziehen. »Nein!«

Burnette ließ Mia nicht aus den Augen, während er seine Frau zu wiegen begann. »Gibt es irgendwelche Hinweise?«

Mia schüttelte den Kopf. »Noch keine. Ich weiß, dass der Augenblick jetzt denkbar ungeeignet ist, aber ich muss Ihnen ein paar Fragen stellen. Sie haben eine Verbindung erwähnt. Ich nehme an, sie hat dort gewohnt. Welche war das?«

»TriEpsilon«, sagte Burnette. »Anständige Mädchen.«

Das würde zu überprüfen sein. »Können Sie uns Namen von Freundinnen nennen?«

»Judy Walters«, presste er hervor. »Ihre Zimmergenossin.«

»Hatte sie einen Freund?«

»Ja, bis vor kurzem. Sie haben sich getrennt. Joel Rebinowitz.« Burnettes Miene war angespannt.

Mia machte sich eine Notiz. »Sie mochten ihn nicht, Sir?«

»Er war zu unbekümmert. Ständig auf Partys. Caitlin dachte an ihre Zukunft.«

Mia beugte sich ein wenig vor. »Sie haben sich am Freitag gestritten. Worum ging es?«

»Um ihre Noten«, sagte Burnette tonlos. »Sie war im Begriff, in zwei Kursen durchzufallen.«

Solliday räusperte sich. »In welchen Kursen?«
Burnette sah ihn in wütender Verwirrung an. »Meine Güte – Statistik? Ich habe keine Ahnung.«
Mia stählte sich innerlich. »Es tut mir leid, aber ich muss Sie das fragen: Hatte Ihre Tochter etwas mit Drogen oder Alkohol zu tun?«
Burnettes Augen verengten sich zu Schlitzen. »Caitlin hat weder Drogen genommen noch getrunken.«
Sie hatte diese Erwiderung erwartet. »Vielen Dank.« Sie stand auf, und Solliday erhob sich ebenfalls. Mit dem Schlimmsten hatte sie bis zuletzt gewartet. »Wir müssen die Leiche identifizieren.«
Burnette hob das Kinn. »Ich komme mit.«
Mia warf Solliday einen Blick zu. Sein Gesicht verriet immer noch nichts, aber in seinen Augen flackerte Mitleid. Mia seufzte leise. »Nein, Sir. Wir brauchen die zahnärztlichen Unterlagen.«
Mrs. Burnette sprang auf die Füße und stürzte hinaus. Mias Herz zog sich zusammen, als sie kurz darauf Würgegeräusche aus dem Bad hörten. Mr. Burnette erhob sich unsicher, sein Teint war von einem fahlen Grau. »Ich gebe Ihnen Namen und Adresse des Zahnarztes.« Steif ging er auf die Küche zu.
Mia folgte ihm. »Sergeant, Sie humpeln?«
Er sah von dem kleinen Adressbuch auf. »Eine Muskelzerrung.«
»Im Job zugezogen?«, fragte Solliday hinter ihr.
»Ja. Ich war hinter einem Typen her, der …« Seine Stimme verebbte. »O, mein Gott. Ich bin der Grund!« Er ließ sich auf den Barhocker an der Theke sinken. »Jemand wollte sich an mir rächen.«
»Das wissen wir noch nicht, Sergeant«, murmelte Mia.

»Wir müssen einfach Fragen stellen. Sie kennen das ja. Ich brauche die Namen aller, die Sie oder Ihre Familie je bedroht haben.«

Sein Lachen klang verbittert. »Dann brauchen Sie aber ein dickeres Notizbuch, Detective. Mein Gott. Das überlebt meine Frau nicht.«

Mia zögerte, gab dem Drang dann nach und legte ihm die Hand auf den Arm. »Vielleicht liegt kein Motiv zugrunde. Wir werden gründlich ermitteln. Wenn Sie uns jetzt bitte den Zahnarzt nennen könnten, dann gehen wir.«

»Dr. Bloom. Hier in der Nähe.« Burnette sah Mia nun direkt in die Augen. »Sagen Sie es mir«, forderte er sie leise auf. »Hat er sie …?«

Mia zögerte wieder. »Wir wissen es nicht.«

Er sah zur Seite und schluckte. »Ich verstehe«, brachte er hervor.

Mia beugte sich vor, so dass er sich wieder ihr zuwandte. »Nein, Sir. Ich meinte, wir wissen es wirklich nicht. Ich würde Sie nicht belügen.«

»Danke.« Sie wandte sich zum Gehen, als er ihren Arm packte, und sie konnte sich nur mühsam beherrschen, nicht aufzustöhnen. »Finden Sie das Schwein, das meiner Tochter das angetan hat«, flüsterte er, dann ließ er sie los.

Mia straffte sich und bewegte zögernd die schmerzende Schulter.

»Das werden wir.« Sie schob ihm eine Visitenkarte über die Theke zu. »Wenn Sie mich brauchen, auf der Rückseite steht meine Handynummer. Es wäre gut, wenn Caitlins Freunde noch nichts hiervon erfahren.«

»Ich kenne das Vorgehen, Detective«, sagte er durch zusammengebissene Zähne. »Bitte sorgen Sie dafür, dass die Leiche freigegeben wird, damit wir …« Seine Stimme brach.

»Damit wir unsere Kleine begraben können«, setzte er kaum hörbar hinzu.
»Wir tun, was wir können. Wir finden selbst hinaus.« Sie wartete, bis sie wieder in Sollidays Wagen saßen, dann stieß sie ein langes Stöhnen aus. »Verdammt noch mal. Das hat wehgetan.«
»Ich habe Advil im Handschuhfach.«
Mia bewegte den Arm und zuckte zusammen, als der brennende Schmerz sich verstärkte. »Ich denke, ich nehme eine.« Sie fand das Röhrchen und schluckte trocken zwei Tabletten. »Mein Magen wird mich nachher hassen, aber mein Arm lässt jetzt schon danken.«
Er hob einen Mundwinkel. »Gern geschehen.«
»Ich hasse Befragungen dieser Art. Ihre Kinder machen nie Mist, stecken nie in Schwierigkeiten.«
»Und wahrscheinlich ist es am schlimmsten, wenn sie selbst Polizisten sind.«
»O ja.« Die Worte kamen inbrünstiger heraus, als sie es beabsichtigt hatte.
Er warf ihr einen kurzen Blick zu, bevor er sich in den Verkehr einfädelte. »Sprechen Sie aus Erfahrung?«
Er würde es sowieso herausfinden. »Mein Vater war ein Cop.«
Er zog eine Braue hoch und sah wieder wie Satan aus. »Aha. Pensioniert?«
»Tot«, sagte Mia. »Und bevor Sie sich woanders erkundigen – er ist vor drei Wochen gestorben.«
Er nickte, den Blick auf die Straße gerichtet. »Ich verstehe.«
Nein, tust du nicht. »Polizistenkinder geraten auch auf die schiefe Bahn – wie andere Kids.«
»Und? Sind Sie's?«

»Was – auf die schiefe Bahn geraten? Nein.« Mehr brauchte er nicht zu wissen. Sie blickte auf ihre Notizen. »Es könnte wirklich nur Zufall gewesen sein. Jemand wollte das Dougherty-Haus ausrauben und ist dabei auf Caitlin gestoßen, die die Katze fütterte.«

»Sie hat gar nicht die Katze gefüttert.« Er warf ihr wieder einen kurzen Blick zu. »Ich wollte den Burnettes nichts sagen, aber ich habe in einem Zimmer Seiten aus einem Statistik-Buch gefunden. Ich denke, sie war zum Lernen hingekommen.«

Mia dachte an die mitfühlende Zurückhaltung, die er bei den Burnettes an den Tag gelegt hatte. »Sie haben recht: Das müssen die Eltern nicht wissen. Wenn sie sich wegen der Noten gestritten haben, wäre das wie Salz in der Wunde. Fahren wir jetzt zum Tatort. Die CSU müsste eigentlich fertig sein.«

4. Kapitel

Montag, 27. November, 11.45 Uhr

Ein Mann von der Spurensicherung begrüßte sie am Straßenrand vor Doughertys Haus, und sein Gesicht strahlte, als er Mia sah. »Mia! Schön, dass du wieder bei uns bist!«

Sie lächelte herzlich. »Ich bin auch froh, wieder bei euch zu sein, Jack. Das ist Lieutenant Reed Solliday.« Sie sah zu Reed auf. »Sergeant Jack Unger, CSU. Er ist der Beste.«

»Ich habe gehört, dass Sie letztes Jahr einen Vortrag gehalten haben«, sagte Reed und schüttelte dem Mann die Hand. »Verwendung von analytischen Methoden bei der Entdeckung von Brandbeschleunigern. Sehr gut.«

»Es freut mich, dass Ihnen das von Nutzen sein konnte, Lieutenant. Meine Leute sind schon drin und arbeiten mit Ihrem Team. Sie teilen gerade Eingangshalle und Wohnzimmer in Spurenbereiche ein.«

»Geben Sie mir eine Minute, um meine Stiefel anzuziehen.«

Mitchell und Unger inspizierten die Fassade des Hauses, während Reed sich darauf konzentrierte, die Schnallen an seinen Stiefeln zu schließen. Seine Finger schienen stets noch unbeweglicher zu sein, wenn er in Eile war. Er gesellte sich an der Eingangstür wieder zu ihnen und betrat als Erster das Haus. Dann führte er sie in die Küche. »Die Leiche lag dort.« Er zeigte auf die gegenüberliegende Wand.

Sie schaute zur Decke. »Das Schlafzimmer ist darüber?«

»Ja. Dort oben war ebenfalls ein Brandherd. Hier unten in der Küche der Hauptbrandraum.«

Sie zog die Stirn in Falten. »Aber Sie meinen, sie war in dem Zimmer auf der anderen Hausseite. Erklären Sie mir noch einmal den zeitlichen Ablauf, vom Ausbruch des Feuers bis zum Ende.«

»Die Nachbarn meldeten eine Explosion gegen Mitternacht. Das muss die in der Küche gewesen sein. Der erste Löschzug traf ein paar Minuten später hier ein, als die Flammen schon die komplette Hausseite in Besitz genommen hatten. Ein kleineres Feuer brannte im Wohnzimmer auf der anderen Seite. Sie bekämpften den Brand zuerst direkt hinter der Eingangstür. Die Küchendecke stürzte ein, kurz nachdem die Feuerwehr eingetroffen war, und die Leute wurden rasch wieder abgezogen. Ich bin um 00.52 Uhr angekommen, und da war der Brand weitgehend eingedämmt. Sie hatten die Gasleitung zugedreht, so dass das Feuer in der Küche keine weitere Nahrung bekommen konnte.«

»Brennstoff, Sauerstoff, Zündquelle«, murmelte Mitchell. »Das gute alte Dreiecksverhältnis.«

»Eliminiere einen Bestandteil, und du kannst den Brand ersticken«, stimmte Reed zu.

Unger sah stirnrunzelnd zur Wand. »Das V-Muster ist eng. Als ob es direkt hinaufgerast ist, bis es fünf Fuß hoch auf Widerstand gestoßen ist. Der Rest ist schwarz.«

»Das Gasventil ist entfernt worden. Er hat gewartet, bis genug Gas im Raum war und hat dann etwas zurückgelassen, das es entzündete. Die Küche ist explodiert, als die Flamme das Gas erreichte, das nach oben steigt. Und er hat einen Brandbeschleuniger an der Wand aufwärts verteilt, um sicherzugehen, dass es genau so geschehen würde.«

»Was hat er verwendet, um den Brand auszulösen?«, fragte Mia.

»Das Labor analysiert noch, aber es war ein fester Stoff, vermutlich aus der Nitratfamilie. Verpackt in ein Plastikei.«

Mitchell zog die blonden Brauen hoch. »Wie eines zu Ostern?«

»Nein, größer. Wie die Eier, in der manche Firmen Damenslips verpacken. Wahrscheinlich hat er das Nitrat mit Guargummi gemischt, damit es an der Wand kleben bleibt. Wenn der Feststoff zündet, brennt er geradewegs die Wand hinauf. Daher das enge V. Aber es ist dazu noch explodiert, was sich auf alles unter der Gaslinie ausgewirkt hat. Sehr wahrscheinlich hat er ein Loch in das Ei gebohrt, es mit der Mixtur gefüllt und eine Zündschnur hineingesteckt. Damit hatte er allerdings nicht viel Zeit, um zu entkommen. Kaum mehr als zehn, fünfzehn Sekunden.«

»Dann scheint er ja das Risiko zu lieben«, erwiderte sie. »Wie ist er ins Haus gekommen?«

»Durch die Hintertür«, sagte Reed. »Wir haben Fotos vom Schloss gemacht, aber wegen möglicher Abdrücke nichts angefasst.«

Sie sah auf. »Wieso nicht?«

»Ich habe gestern schon befürchtet, dass es sich um Mord handeln könnte. Ich wollte keinem Richter gestatten, die Beweismittel nicht zuzulassen, weil sie unter einer Brandverfügung gesammelt worden sind.«

Sie war wider Willen beeindruckt. »Hast du Abdrücke genommen, Jack?«

»Ja, aber ich wette, sie gehören nicht zu unserem Burschen. Wenn er clever genug war, dies alles aufzuziehen, dann war er auch klug genug, Handschuhe überzustreifen. Obwohl wir ja mal Glück haben könnten.«

»Kannst du nach Schuhabdrücken Ausschau halten?«, fragte sie Unger. »Obwohl der Regen uns wahrscheinlich alles verdorben hat. Verdammt.«

»Wir haben eine ganze Reihe von Fußabdrücken gefunden«, sagte Reed. »Die meisten natürlich von den Feuerwehrleuten, aber auch einige wenige andere. Wir haben gestern schon Gipsabdrücke genommen.«

Wieder war sie unwillentlich beeindruckt. »Sind sie schon im Labor?«

»Mitsamt den Bruchstücken der Eier. Sie suchen auch darauf nach Fingerabdrücken.«

Sie hockte sich neben die Stelle, an der die Leiche gefunden worden war. »Jack, wir brauchen auch von hier Proben.«

Reed hockte sich neben sie, so dicht, dass er einen Hauch von einem weit angenehmeren Geruch wahrnahm, als der von verkohltem Holz, der noch immer überall im Haus hing. Mia Mitchell duftete nach Zitronen. »Ich habe schon Proben hiervon genommen. Wir haben Spuren von Benzin gefunden.«

Sie zog die Brauen zusammen. »Er hat sie mit Benzin übergossen. Sie hat bei einer so hohen Temperatur gebrannt, dass die Textilfasern auf ihrer Haut geschmolzen sind.«

»Ja. Außerdem haben wir Spuren von Kohlenwasserstoff in der Luft über der Leiche gefunden. Man sieht hier das Schachbrettmuster auf dem Unterboden, das entsteht, wenn Benzin zwischen die Kacheln sickert. Der Kleber weicht auf und der Grund darunter versengt. Er hat wahrscheinlich das Benzin über sie gegossen und etwas davon auf dem Boden verteilt.«

»Ich kann mir nicht vorstellen, dass er bei dem hohen Gasanteil im Raum das Risiko in Kauf genommen hat, ein Streichholz zu entzünden«, bemerkte Unger nachdenklich.

»Ich nehme an, dass Stückchen des Plastikeis auf ihr gelandet sind, als es explodierte. Jedenfalls verbrennt Benzin enorm schnell, wenn man nicht für Nachschub sorgt. Deshalb war von ihr noch genug übrig, um uns mit nützlichen Röntgenbilder zu versorgen.«

Mitchell stand auf, die Kiefer fest zusammengepresst. »Wo hat der kleine Mistkerl dich also erschossen, Caitlin?« Sie ging um die herabgestürzten Dachbalken herum in den Flur, wo einer von Ungers Männern mit Ben den Boden mit Band und schmalen Pflöcken in ein Raster einteilte. »Hallo.«

»Ben, das sind Detective Mitchell vom Morddezernat und Sergeant Unger von der CSU.«

Ben nickte. »Guten Tag. Reed, wir haben ein paar Minuten, bevor du gekommen bist, etwas gefunden.« Er trat behutsam um den abgesteckten Bereich herum und zeigte ihm ein kleines Glas mit Schraubverschluss. »Sieht aus wie von einer Halskette.«

Reed hielt es ins Licht. »Der Buchstabe ›C‹.« Er gab es an Mitchell weiter.

»Wo haben Sie das gefunden?«, fragte sie, während sie es betrachtete.

Ben zeigte auf das Raster. »Zwei hoch, drei zur Seite. Ich suche gerade nach der Kette.«

Sie wandte sich zur Treppe um. »Sie haben gesagt, oben hätten Sie Seiten aus einem Statistik-Lehrbuch gefunden. Sie hat also oben gelernt und ist irgendwann heruntergekommen. Entweder lebendig oder tot.«

Unger nickte. »Wenn er sie oben erschossen und dann heruntergeschleift hat, müssten wir im Teppich Blutreste finden. Wir nehmen das ganze Ding mit ins Labor.«

»Vielleicht hat er sie auch in der Küche erschossen«, sagte Reed.

»Dann brechen wir eben den verdammten Boden raus«, sagte Mitchell grimmig. »Mist. Ich hasse verbrannte Tatorte. Nie bleibt etwas übrig.«

Reed schüttelte den Kopf. »Es bleibt sehr viel übrig. Man muss nur wissen, wo man suchen soll.«

»Klar«, grunzte sie und hielt das Schraubglas ins Licht. Ihr Blick wurde zornig. »Sie haben hier miteinander gekämpft.« Sie legte eine Hand an die Kehle, als umklammerte sie eine Kette. »Sie muss etwas gehört haben und runtergekommen sein.«

»Und er hat sie hier entdeckt und überwältigt«, fuhr Reed fort.

»Er hat die Kette gepackt. Sie ist gerissen, und der Anhänger ist weggeschleudert worden. Dann hat er sie erschossen.«

»In diesem Fall müsste ich Spritzer auf dem Teppich finden.« Unger sah sich um. »Wir brauchen ein paar starke Scheinwerfer und gehen mit einem feinzahnigen Kamm über den Boden. Sie haben von drei Brandherden gesprochen. Die Küche haben wir gesehen. Was ist mit den anderen beiden?«

»Der Brandherd im Hauptschlafzimmer weist Spuren desselben Beschleunigers auf – noch ein Ei.«

»Und das Wohnzimmer?«

Ben hatte den größten Teil dieser Analyse durchgeführt. »Ben, du bist dran«, sagte Reed.

Ben räusperte sich. »Das Feuer begann in einem Mülleimer mit Zeitungen und einer Zigarette, wahrscheinlich filterlos. Es wird eine Weile gekokelt haben, bevor es aus dem Eimer gekommen ist. Es hat die Vorhänge in Brand gesetzt, aber der Löschwagen hat es ziemlich schnell eingedämmt.«

»Können wir das Schlafzimmer sehen?«

»Vorsicht.« Reed führte sie die Treppe hinauf, dann blieb er

an der Tür stehen. »Gehen Sie nicht hinein. Der Boden ist nicht stabil.«
»Das Loch im Boden ist durch das Feuer entstanden?«, fragte Mitchell.
»Ja. Das Loch in der Decke hat die Feuerwehr hineingeschnitten, um die Hitze abzuleiten.«
Mitchell holte Atem und schnitt ein Gesicht. »Ich brauche frische Luft.«
»Alles okay, Mia?«, fragte Jack besorgt.
»Ich habe zwei Advil auf leeren Magen eingenommen«, erklärte sie. »Jetzt protestieren meine Innereien.«
Reed zog die Brauen zusammen. »Warum haben Sie denn nichts gesagt? Wir hätten anhalten und etwas essen können.«
»Das würde ja bedeuten, dass sie tatsächlich einmal auf sich achten würde.« Unger nahm ihren Ellbogen. »Los, geh etwas essen. Wir sind noch eine Weile hier. Ich rufe an, wenn ich etwas Weltbewegendes finde.«
Sie warf Reed einen Blick zu. »Essen und dann die Verbindung?«
»Klingt vernünftig.«

Montag, 27. November, 12.05 Uhr

Brooke Adler klopfte an die Tür zum Büro des Schulpsychologen und spürte, dass sie nicht fest geschlossen war. Sie steckte den Kopf hinein und sah Dr. Julian Thompson hinter seinem Tisch und einen anderen Lehrer auf dem Besucherstuhl. »Entschuldigung. Ich komme später wieder.«
Julian winkte sie herein. »Schon gut, Brooke. Wir haben nichts Wichtiges besprochen.«
Devin White schüttelte den Kopf mit einem Lächeln, das ihr Schmetterlinge im Bauch verursachte. Seit sie hier im

Hope Center angefangen hatte, war sie dem jungen Lehrer zwar schon öfter begegnet, hatte aber nie ein Wort mit ihm gewechselt. »Da muss ich Ihnen widersprechen, Julian. Dies hier ist von universeller Bedeutung.« Er zog eine Braue hoch. »Bears oder Lions am Sonntag?«

Brooke kannte sich nicht besonders gut mit Sport aus, aber sie lebten nun einmal in Chicago. »Bears?«

Devin zog gespielt finster die Brauen zusammen. »Nun, gegen Heimatgefühle lässt sich wohl nicht argumentieren.«

Julian deutete auf den Stuhl neben Devin. »Devin wettet auf die Lions.«

»Eine persönliche Schwäche«, erklärte er ihr. »Soll ich gehen? Ist es etwas Privates?«

Brooke schüttelte den Kopf. »Nein. Ich könnte ganz gut noch eine andere Lehrermeinung gebrauchen. Ich mache mir Sorgen wegen einiger Schüler. Wegen eines Schülers ganz besonders.«

Julian lehnte sich zurück. »Lassen Sie mich raten. Jeffrey DeMartino.«

»Nein, nicht Jeff. Obwohl er im Grunde zugegeben hat, dass Thad Lewin seinetwegen im Krankenhaus liegt.«

Julian seufzte nur. »Thad sagt kein Wort. Er hat zu große Angst, um Jeff ans Messer zu liefern, und Beweise haben wir keine. Also – wenn nicht Jeff, wer dann?«

»Manny Rodriguez.«

Beide Männer wirkten überrascht. »Manny?«, fragte Devin. »Mit ihm hatte ich noch nie Probleme.«

»Ich auch nicht. Aber heute Morgen war er ungewöhnlich stark am Unterrichtsstoff interessiert. Wir lesen *Herr der Fliegen*.«

Julian zog die Brauen hoch. »Halten Sie Geschichten über eine Jugendanarchie in unserer Schule für klug?«

Brooke zuckte die Achseln. »Dr. Bixby meinte, der Stoff sei sinnvoll.« Tatsächlich hatte der Direktor ihr sogar empfohlen, das Buch durchzunehmen. »Jedenfalls haben wir heute über das Signalfeuer gesprochen.«

Julian neigte den Kopf. »Manny bekam einen glasigen Blick, richtig?«

»Ihm lief praktisch das Wasser im Mund zusammen.«

»Und nun möchten Sie wissen, ob Manny gern gezündelt hat, bevor er herkam.«

»Ja. Genau. Ich meine, ich bin froh, dass er plötzlich Interesse zeigt, aber es war irgendwie unheimlich.«

Julian legte das Kinn auf die ineinandergeschobenen Finger. »Er hat Brände gelegt, ja. Viele kleine Brände, und er hat schon mit fünf Jahren damit angefangen. Dann hat er dummerweise das Haus seiner Pflegeeltern abgefackelt und kam deswegen zu uns.«

Brooke lehnte sich zurück. »Ich wünschte, das hätte ich vorher gewusst. Soll ich lieber ein anderes Buch durchnehmen?«

Devin kratzte sich am Kinn. »Was würden Sie denn stattdessen wählen? Alles, was zu lesen lohnt, hat irgendein kontroverses Thema, das mindestens einen der Schüler in Ihrer Klasse betrifft.«

»Ja, das habe ich mir auch schon gedacht«, gab sie zu.

»Das muss auch gar nicht schlecht sein«, sagte Julian. »Da ich jetzt weiß, was Sie in der Stunde lesen, können wir es für unsere Therapie einsetzen. Hier im Hope Center kann er kein Feuer legen, also ist es eigentlich eine gute Idee, ihn mit verführerischen Bildern zu konfrontieren. Manchmal ist es sinnvoll, konstruktive Methoden zur Impulskontrolle zu entwickeln, solange diese Impulse den Betreffenden stark beschäftigen.«

Brooke stand auf, und die beiden Männer erhoben sich ebenfalls. »Vielen Dank, Julian. Ich erstatte Ihnen alle paar Tage Bericht. Lassen Sie mich bitte wissen, falls Sie an einen Punkt kommen, an dem ein anderes Buch der bessere Ausweg ist.«

Devin hielt ihr die Tür auf. »Ich habe gehört, dass heute in der Cafeteria Hamburger-und-Kartoffelknirps-Tag ist.«

Ihr Mund verzog sich zu einem Lächeln. »Dann sollten wir uns besser beeilen. Die gehen weg wie warme Semmeln.«

Devin grinste. »Und es tut nicht weh, wenn man sie an den Kopf kriegt. Bis dann, Julian.«

»Nach mir hat man bisher noch nicht mit Essbarem geworfen«, sagte Brooke, während sie zusammen durch den Flur gingen.

»Oh, nicht? Nach mir schon. Im Sommer. Leider Gottes war Apfel-Tag. Das tat richtig weh. Aber, Brooke, an Ihrer Stelle würde ich mir nicht so viele Gedanken wegen *Herr der Fliegen* machen. Die meisten dieser Kids haben schon sehr, sehr viel Schlimmeres gesehen.« Sein Lächeln verblasste. »Das kann einem manchmal das Herz brechen.«

»Sie fühlen mit ihnen«, stellte sie leise fest.

»Schwer, es nicht zu tun. Sie wachsen einem nun einmal ans Herz.«

»Mr. White!« Drei Jungen holten sie ein und sahen ihn halb flehend, halb verzweifelt an.

»Wir brauchen Hilfe für den Test, den wir heute schreiben müssen«, sagte einer, und Brooke sank ein wenig in sich zusammen.

Lebt wohl Kartoffelknirpse, dachte sie. *Ich werde wohl wieder allein an meinem Tisch essen.*

Devin schenkte ihr ein entschuldigendes Lächeln. »Tut mir leid. Wir sehen uns später.«

Mit einem stummen Seufzen sah sie ihn davongehen. Kartoffelknirpse mit Devin White hätte mehr Ähnlichkeit mit einem Date gehabt als alles, was sie in letzter Zeit erlebt hatte. Schon traurig. Sie machte kehrt, um zur Klasse zu gehen, bog um die Ecke und blieb wie angewurzelt stehen. Manny Rodriguez sah sich hastig um, während er etwas in den Mülleimer vor der Cafeteria stopfte. Eine Zeitung? Dass Manny die Zeitung gelesen haben könnte, war kaum wahrscheinlich. Sie wartete, bis er verschwunden war, dann hob sie den Deckel des Mülleimers, rümpfte die Nase und fischte die Zeitung heraus. Sie erwartete, etwas Schweres darin eingewickelt vorzufinden, doch als sie sie vorsichtig schüttelte, war da nichts.

Es war die *Tribune* von heute. Mit zusammengezogenen Brauen glättete sie die Zeitung, bis sie ein Loch entdeckte. Er hatte etwas aus dem Blatt herausgerissen. Einen Artikel? Ein Foto? Was immer es war, es hatte auf Seite A-12 gestanden. Sie überlegte, ob sie die Zeitung behalten sollte, änderte aber ihre Meinung und stopfte sie zurück in den Müll; an einer Ecke klebte Käsesauce.

Julian sollte davon erfahren. Sie würde in die Bücherei gehen und sich die *Tribune* ansehen. Vielleicht war es bloß eine Anzeige für ein Videospiel. Aber als sie an Mannys Blick dachte, bezweifelte sie das.

Montag, 27. November, 13.15 Uhr

»Und wie alt ist Ihre Tochter?«

Reed blickte überrascht auf. Das war das Erste, was Mitchell sagte, seit sie sich in dem Imbiss mit ihren Tabletts niedergelassen hatten. Er hatte gedacht, dass sie wegen heute Morgen noch immer wütend war. Niemand mochte die

Wahrheit hören, wenn sie wehtat, doch Reed hatte nur die Wahrheit gesagt. Falls sie sich als inkompetent erwies, brauchte er jemand anderen.

Falls sie sich als inkompetent erwies, war es in gewisser Hinsicht nur allzu verständlich. Ein paar Fragen an den ME hatten ihm verraten, was er wissen musste, und Mitchell selbst hatte die fehlenden Puzzleteile geliefert. Ein schwerverletzter Partner und ein verstorbener Vater, plus eine Verwundung an der Schulter. Kein Wunder, dass sie heute Morgen vorübergehend geistesabwesend gewesen war. Aber seitdem hatte ihre Aufmerksamkeit, soweit er es beurteilen konnte, kein einziges Mal nachgelassen. Bei den Eltern des Mädchens hatte sie sich stark und selbstsicher gegeben und genau das gesagt, was den Schmerz des Vaters am ehesten lindern konnte. Und im Haus der Doughertys war sie zu denselben Schlüssen gelangt wie er.

Vielleicht war ihr Schweigen nur ihre Art, die Informationen zu verarbeiten – und nicht auf restlichen Ärger zurückzuführen. Nun, in jedem Fall schien ihre Frage eine Art Friedensangebot zu sein.

»Beth ist vierzehn.« Er verzog das Gesicht. »Und geht hart auf die fünfundzwanzig zu.«

»Ein schwieriges Alter«, sagte sie mitfühlend. Ihr Blick wanderte zu einem Punkt hinter ihm. »Ich möchte um nichts in der Welt noch einmal so jung sein.«

»Da stimme ich Ihnen absolut zu. Was ist hinter mir?«

»Barrakuda.« Mit verengten Augen musterte sie die Frau mit dem blonden Zopf, die sich ihnen näherte. »Carmichael. Was verschafft mir die Ehre?«

Die Frau zog sich einen Stuhl heran und setzte sich. »Begrüßt man sich so nach zwei langen Wochen?« Sie beäugte Reed neugierig. »Kommt Reagan nicht zurück?«

»Doch. Aber es dauert noch.«
Die Frau streckte ihm die Hand entgegen. »Joanna Carmichael.«
Er war sich nicht sicher, ob er ihre Hand nehmen sollte. »Lieutenant Solliday vom …«
»OFI, ich weiß. Ich habe die Nummernschilder an Ihrem Wagen überprüfen lassen, bevor ich reinkam.«
Reed runzelte die Stirn. »Ich finde es wenig reizvoll, wenn in meinem Privatleben herumgeschnüffelt wird.«
Carmichael zuckte die Achseln. »Das gehört zum Job. Ich arbeite für den *Bulletin*.«
Er warf Mitchell einen Blick zu. »Sieh an. Sie haben Groupies?«
Carmichael lachte. »Sie sorgt für gute Auflagen. Sie sind früher zurück, als ich dachte.«
»Meine Wunden heilen schnell. Aber vor allem habe ich nichts für Sie, Carmichael. Meine Fälle sind an andere weitergegeben worden.«
»Diesmal habe ich etwas für *Sie*. Ich habe meine Ohren für Sie aufgesperrt. Und eine meiner Quellen hat mir erzählt, dass Ihr Partner, bevor er angeschossen wurde, einen der Typen getroffen hat. Hat ihm ein hübsches Loch in den Arm gerissen.« Sie zog eine Braue hoch. »Ungefähr wie bei Ihnen.«
Mia schüttelte den Kopf. »Niemand, auf den eine der Beschreibungen passt, hat in den vergangenen zwei Wochen wegen einer Schusswunde ein Krankenhaus aufgesucht. Ich habe es jeden verdammten Tag überprüfen lassen.«
»Die Mami von Ihrem Mistkerl ist eine Schwesternhelferin. Sie hat ihn anscheinend selbst versorgt. Und nicht mal schlecht, wie man munkelt. Scheint auch schnell heilende Wunden zu haben.«
Mitchells Augen verengten sich. »Wie heißt Ihr Kerl?«

»Oscar DuPree. Ist er auch Ihr Kerl?«, fragte Carmichael aufgesetzt lasziv.

Mitchell nickte knapp. »Ja. Das ist einer von denen. Wo ist er?«

»In einer Bar namens Looney's. Aber er war es nicht, der Ihren Partner umgeballert hat. Sein Kumpel dagegen spuckt mächtig große Töne. Böser, großer Bulle hat eins in die Fresse gekriegt. Ist umgefallen wie ein gefällter Baum. Die Cop-Zicke hat's in der Schulter erwischt, während sie dastand und glotzte wie ein Reh im Scheinwerferlicht.«

Mitchells Wangen färbten sich rot. »Mieser kleiner Bastard. Ich schulde Ihnen was, Carmichael.«

»Nein, tun Sie nicht.« Carmichael stand auf. »Sie haben sich das eine Mal mir gegenüber sehr anständig benommen. Ich bezahle meine Schulden. Jetzt sind wir quitt.« Sie sah auf die Uhr. »Ich muss los. War nett, Sie kennenzulernen, Lieutenant. Wenn Sie eine heiße Spur bei Ihrem Brand-Mord-Fall haben, würde ich mich freuen, als Erste etwas zu hören.«

Reed hatte ein Pokerface aufgesetzt. »Wie meinen?«

»Oh, sparen Sie sich den Quatsch, Lieutenant. Sie sind bei der Brandursachenermittlung, sie kommt vom Morddezernat. Eins und eins kann ich durchaus zusammenzählen. Also – was ist das für eine Geschichte?«

Mitchell faltete methodisch ihre Burgerverpackung zu einem kleinen Päckchen. Der Blick, mit dem sie Carmichael bedachte, war kämpferisch. »Sie erfahren es als Erste. Auch ich zahle meine Schulden.«

Carmichael lachte leise, als sie ging. »Mal sehen, wer zuerst bei Looney's ist.«

»Wir fahren also mit einem Umweg zur Verbindung«, sagte Reed ruhig, und Mitchell blickte überrascht auf.

»Das geht nur mich etwas an. Wenn Sie mich am Hauptgebäude absetzen, fahre ich selbst.« Sie versuchte, den Pappwürfel in den Papierkorb zu werfen und verzog das Gesicht. »Autsch. Das tut weh.«

»Sie müssten sich eigentlich wieder krankschreiben lassen. Aber das werden Sie nicht tun, stimmt's?«

Sie sah ihn offen an. »Mein Partner ist wie ein Hund auf offener Straße niedergeschossen worden, Solliday. Er ist ein feiner Kerl, und doch wäre er fast unter der Grasnarbe gelandet. Der Schweinehund, der das getan hat, läuft herum und prahlt damit. Wenn Sie an meiner Stelle wären – würden Sie nach Hause laufen und sich unterm Bett verstecken?«

Sie schien eine Frau zu sein, die ihre Gedanken ohne Umschweife ausdrückte. »Nein, würde ich nicht. Hören Sie, ich fahre Sie, aber Sie rufen zuerst Spinnelli an. Fordern Sie Verstärkung an, oder ich tue es.«

Entschlossen stand sie auf. »Das ist mein Fang.«

»Okay. Sie holen sich ihn, und dann kümmern wir uns wieder um Caitlin Burnette.«

»Dann los, Solliday. Mit Glück erwischen wir das Schwein an seiner Lieblingstränke und können um halb drei an der Uni sein. Drei spätestens.«

Reed nahm ihre Tabletts und ließ den Müll in den Eimer rutschen. »Gehen wir.«

Montag, 27. November, 16.00 Uhr

»Hallo, kann ich bitte mit Emily Richter sprechen?«

»Falls Sie etwas verkaufen wollen …«

»Nein, keine Sorge, Ma'am«, unterbrach er rasch. »Ich bin Harry Porter von der *Tribune*.«

»Aber ich habe doch schon mit Ihrem Blatt gesprochen.«

»Ja, ich weiß«, sagte er sanft. »Aber ich hätte gern noch einen Kommentar von den Hausbesitzern, den Doughertys. Wissen Sie, wo ich sie finden kann?«

Sie schniefte. »Die sind nicht da. Verreist.«

»Oh. Dann vielen Dank, dass Sie mir Ihre Zeit geopfert haben, Ma'am.«

»Ihr bei der Zeitung solltet euch wirklich mal untereinander unterhalten, anstatt mir auf die Nerven zu gehen«, fauchte sie, und er hätte ihr gern den Hals umgedreht. Aber im Augenblick brauchte er sie noch.

Er würde es morgen wieder versuchen. Er schob sein Handy in die Tasche und verdrängte Laura Dougherty aus seinen Gedanken. Heute war Penny Hill an der Reihe. Er konnte warten.

Montag, 27. November, 16.00 Uhr

Mrs. Schuster schaute von ihrem Computer auf, als Brooke in die Bücherei kam. »Hallo, Brooke. Was kann ich für Sie tun?«

Brooke zeigte auf den Zeitungsständer. »Ich wollte nur mal sehen, was es Neues gibt.«

»Der Sportteil ist verschwunden«, erwiderte sie mit einem resignierten Seufzen. »Devin hat ihn geklaut. Er stellt eine Statistik auf, damit er nächste Woche in der Football-Wette gewinnt. Also, ich finde, Mathelehrer dürften überhaupt nicht wetten. Das ist irgendwie unfair.«

Brooke lachte leise. »Wie mir scheint, haben Sie diese Woche verloren.«

Mrs. Schuster grinste. »Und wie. Nehmen Sie sich die Zeitung, Brooke.«

»Danke.« Brooke blätterte zur Seite A-12. Und seufzte. Der Artikel, den Manny herausgerissen hatte, handelte von einem Brand. Das Haus war bis auf die Grundmauern abgebrannt. Ein Todesopfer.

Sie machte zwei Kopien von dem Artikel, während sie sich fragte, wie oft Manny so etwas schon getan hatte. Auch wenn der Junge im Hope Center keinen Brand entfachen konnte, kam er indirekt seiner Sucht nach. Sicherlich war das etwas, worüber in der Therapie gesprochen werden musste.

Sie ging beim Postraum vorbei und steckte eine der Kopien in einen Umschlag für Julian Thompson. Sie hatte ihn gerade in sein Fach gelegt, als Devin White mit zwei anderen Lehrern eintrat. Gleich war Feierabend, und jeder kam, um nach der Post zu sehen, also war es eigentlich keine große Überraschung, dass sie ihm hier begegnete. Dennoch tat ihr Herz einen kleinen Hüpfer.

»Brooke.« Jackie Kersey lächelte ihr aufmunternd zu. »Wir wollen noch etwas trinken gehen. Kommen Sie doch mit.«

Brooke warf Devin einen raschen Blick zu, doch er hatte sich abgewandt und sah in sein Fach, das ganz unten lag. Daher hatte sie einen netten Blick auf sein ebenso nettes Hinterteil. »Ich sollte eigentlich nicht«, murmelte sie.

Jackies Lippen zuckten, als sie die Richtung ihres Blicks wahrnahm. »Bei Flannagan's ist Happy Hour. Zwei für eins. Ich bestelle Bier, und Sie kriegen mein zweites.«

Devin richtete sich wieder auf und lächelte sie an. »Kommen Sie schon, Brooke. Das wird Ihnen guttun.«

Sie lachte, ein wenig zu atemlos. »Ich wollte sowieso nur nach Hause und Arbeiten korrigieren. Ich treffe Sie dann dort.«

5. Kapitel

Montag, 27. November, 17.20 Uhr

Mia schlug die Augen auf, als Solliday den Wagen anhielt. Sie standen vor einem Lebensmittelgeschäft. »Was wollen wir hier?«, fragte sie steif. Jeder Zentimeter ihres Körpers schmerzte, als habe man sie durch einen Fleischwolf gedreht. Schlimmer würde es jedoch werden, Abe sagen zu müssen, dass der Mistkerl, der ihn angeschossen hatte, noch immer auf freiem Fuß war.

Er zog eine Braue hoch. »Ich habe drei Tassen Kaffee getrunken, während wir auf Ihren Mann gewartet haben.«

Mia zog den Kopf ein. »Tut mir leid. Ich hätte nicht gedacht, dass es so lange dauert.« Erst nach etwa zwei Stunden hatte DuPree, den Arm in der Schlinge, sich endlich blicken lassen. Doch sie hatten auf Getts, den Schützen, gewartet, bis sie beobachteten, wie DuPree durch die Hintertür verschwinden wollte. Er hatte zu rennen begonnen, und sie hatte keine andere Wahl gehabt, als ihn außer Gefecht zu setzen. Sogar mit dem verletzten Arm hatte er sich gewehrt wie der Teufel. »Vielleicht hätten Sie schon losfahren und die Mädchen im Verbindungshaus der Schwesternschaft befragen sollen.«

»Was – damit mir der Spaß hier entgangen wäre?«, erwiderte er trocken. »Ihnen dabei zuzusehen, wie Sie einen zugedröhnten Dreckskerl niederstrecken, war die Warterei wert, auch wenn Sie Getts letztendlich nicht erwischt haben.«

»Dieses elende, miese Schwein«, knurrte sie. »Er muss irgendwie gewarnt worden sein.«

»Sie kriegen ihn schon. Und Sie können heute ruhiger schlafen, weil Sie wissen, dass sein Kumpel in einer hübschen kleinen Zelle sitzt.«

Er wirkte aufrichtig. Tatsächlich wirkte er sogar ziemlich beeindruckt. Vielleicht hatte sie eine zweite Chance bekommen, einen ersten Eindruck auf ihn zu machen. »Danke, dass Sie durch die Gasse gerast sind, um DuPree den Weg abzuschneiden. Wenigstens das kann ich meinem Partner heute Abend berichten. Jetzt aber zur Verbindung, damit Sie irgendwann nach Hause kommen.«

Er stieg aus seinem Wagen. »Später. Der zweite Grund, warum wir hier sind, ist, dass ich kurz vor dem Verhungern stehe und auch Sie etwas in den Magen kriegen müssen, damit Sie ohne Probleme noch eine Tablette nehmen können. Ein Wunder, dass Sie sich die Schulter eben nicht ausgerenkt haben. Was wollen Sie auf Ihr Hotdog?«

»Alles außer Ketchup. Danke, Solliday.«

Den ganzen Tag über hatte sie sich neben ihm enorm klein gefühlt. Nun beobachtete sie, wie er durch den Laden ging. Für einen Mann seiner Größe bewegte er sich mit erstaunlicher Geschmeidigkeit. Und während sie ihn beobachtete, musste sie unwillkürlich an Guy denken. Der Vergleich war vermutlich unvermeidlich. Es war schon eine Weile her, dass sie an Guy LeCroix gedacht hatte, doch nun erinnerte sie sich mit erstaunlicher Klarheit.

Guy hatte sich ebenfalls so bewegt. Das war es gewesen, was sie am Anfang an ihm so anziehend gefunden hatte – diese Raubtieranmut. Er hatte geglaubt, sie zu lieben, und von ihr weit mehr gewollt, als sie zu geben bereit war. Er fehlte ihr nicht, was sehr vielsagend war, aber sie hatte ihm damals nicht wehtun wollen. Sie konnte nur hoffen, dass er nun glücklich war, dass er bei seiner neuen Frau all das gefunden hatte, was er brauchte. Seit Guy war sie in dieser Hinsicht relativ inaktiv gewesen. Sie hatte sich hier und dort verabredet. Hauptsächlich dort. Nichts Ernstes.

Wenn sie es objektiv betrachtete, konnte sie sich eingestehen, dass keiner von ihren Dates attraktiver gewesen war als Reed Solliday. Auch wenn er wie Satan aussah, wenn er das mit der Augenbraue machte. Auch wenn er einen kleinen Bart hatte. Sein Mund war wirklich hübsch. Mia konnte sich vorstellen, dass ein solcher Mund, an gewissen Körperteilen eingesetzt, ein echter Aktivposten war. Ebenso seine Geschmeidigkeit.

Mrs. Solliday musste eine zufriedene Ehefrau sein. Einen Moment lang spürte Mia Sehnsucht, versetzt mit einem Hauch von Neid auf diese Mrs. Solliday, wer immer sie war. Aber rasch unterdrückte sie die Regung. Sie fing nichts mit Cops an, das gehörte zu ihren unerschütterlichen Prinzipien. *Er ist kein Cop.* »Aber nah dran«, murmelte sie. Wie auch immer – hinsehen war ja schließlich erlaubt, oder?

Er stand nun an der Kasse und bezahlte. Der Angestellte zog die Stirn in Falten und warf dann eine Handvoll Wechselgeld in die Tüte, die Reed ihm hinhielt. Kopfschüttelnd öffnete Reed die Autotür, und Mia, die hastig ihre Gedanken in professionellere Bahnen lenkte, nahm ihm die Tüte ab.

»Meine größte Angst ist, dass Beth eines Tages so einen Kerl mit nach Hause bringt und ich so tun muss, als könnte ich ihn leiden«, brummelte er, während er es sich auf dem Fahrersitz bequem machte. Er fischte ein paar kleine Tüt-

chen aus der großen Tüte hervor. »Die Spender waren im Eimer. Sie müssen mit denen hier vorliebnehmen.«
»Ich hab schon Schlimmeres durchgemacht. Wenn ich genau darüber nachdenke, mache ich jedes Mal Schlimmes durch, sobald Abe uns das Essen besorgt. Er steht auf diesen Vegetariermist. Danke.« Mia riss ein Senftütchen auf, während Reed das Fach zwischen ihren Sitzen öffnete. Zwischen einem halben Dutzend Kassetten stand ein Schraubglas mit Kleingeld. Solliday kippte das Geld aus der Tüte hinein und machte das Fach wieder zu.
Mia blinzelte und sah ihn an. »Wow. Da müssen ja mindestens zehn Dollar in Kleingeld drin sein.«
»Kann sein, ja.« Er nahm eines der Hotdogs und aß es ohne alles.
Entsetzt schnappte sie nach Luft. »Nichts drauf? Nicht mal Senf?«
Er blickte angewidert auf sein Hotdog und zögerte. Dann hob er die Schultern. »Ich habe Schwierigkeiten, kleine Gegenstände zu handhaben.«
Jetzt verstand sie auch die Existenz des Glases mit dem Kleingeld. »Wie Münzen zum Beispiel?«
Er biss in sein Hotdog und nickte resigniert. »Ja.«
»Und Senftütchen?«
»Leider ja.«
Mia verdrehte die Augen. »Geben Sie mir das verdammte Hotdog. Also – Senf?«
Er reichte es ihr. »Und die Hotdogsauce auch bitte?«
Sie schüttelte den Kopf. »Warum haben Sie nicht einfach gefragt?«
Er zuckte wieder die Achseln. »Stolz, nehme ich an.«
»In Anbetracht Ihrer barschen Zurechtweisung meiner Person heute Morgen, könnte man es vielleicht auch als

Scham bezeichnen«, fuhr sie ihn an, und er lachte. Er hatte ein schönes Lachen, tief und voll, und es verwandelte sein Gesicht von Satan zu … nun ja, wow. Hastig senkte sie den Blick zu der Verpackung auf ihrem Schoß. Ja, Mrs. Solliday musste eine glückliche Frau sein.

»Touché, Mitchell. Obwohl ich bemerken möchte, dass Sie mich heute Nachmittag stark beeindruckt haben. Seit der Highschool habe ich keinen solchen Bodycheck mehr gesehen.«

Sie gab ihm sein Essen. »Lassen Sie mich raten. Linebacker?«

»Tight end. Aber es ist lange her.«

Sie aßen schweigend, dann faltete Mia ihre Hotdogverpackung zusammen. »Was ist passiert?«

Er beäugte sie, während er den letzten Bissen verschlang. Wonach sie fragte, war klar. »Das geht Sie nichts an.«

Sie lachte. »Ihr Punkt, Solliday. Geben Sie mir den Müll, ich werfe ihn weg.« Als sie zurück ins Auto stieg, schob er sein Handy in die Tasche. »Notfall?«

»Nein. Ich musste nur zu Hause anrufen.«

Mia seufzte. »Noch mal – es tut mir leid. Sie haben schließlich Familie.«

»Meine Arbeitszeit ist so flexibel wie Ihre. Ich habe jemanden, der auf Beth aufpasst, wenn ich länger arbeiten muss. Und jetzt nehmen Sie etwas für Ihre Schulter.«

Also gab es keine Mrs. Solliday. Das plötzliche Herzklopfen konnte nur auf reines Interesse zurückzuführen sein, sagte sich Mia, nicht auf Erleichterung. Sie warf ein paar Schmerzmittel ein und überlegte, ob sie ihn fragen sollte, was mit seiner Frau passiert war, hielt sich aber zurück.

»Wohin müssen wir jetzt?«

»Greek Row.«

Sie würden eine Weile zu fahren haben. »Darf ich noch einmal Ihre Notizen sehen?«

Er gab ihr sein kleines Buch. »Was haben Sie eigentlich Gutes für diese Carmichael getan?«

»Jemand, der ihr sehr nahestand, ist vergangenes Jahr ermordet worden. Abe und ich waren da. Sie war ziemlich hysterisch, und ich blieb bei ihr, bis sie das Schlimmste überstanden hatte. Das hätte ich für die Familie eines jeden Opfers getan.«

»Aber anscheinend war das mehr als sie erwartet hat.«

»Vermutlich. Jedenfalls bin ich zu ihrer ganz persönlichen Nachrichtenquelle geworden. Jedes Mal, wenn ich mich umdrehe, steht die Frau hinter mir. Aber sie hat mir DuPree geliefert. Wenn ich über ihn an Getts komme, steht sie für immer und ewig auf meiner Weihnachtskartenliste.« Sie überflog seine Notizen. »War das Bett in dem anderen Schlafzimmer gemacht?«

Er sah überrascht auf. »Ja. Warum?«

»Als ich auf der Schule war, habe ich immer am Küchentisch gelernt. Ich glaube nicht, dass ich ein fremdes Schlafzimmer benutzt hätte. Warum war Caitlin dort oben?«

»Vielleicht ist sie müde geworden.«

»Deswegen habe ich ja nach dem Bett gefragt. Aber sie hätte auch auf der Couch schlafen können. Ich meine, in einem fremden Bett zu schlafen, vor allem, wenn einem ausdrücklich verboten wurde, dort zu übernachten, das kommt mir« – sie suchte nach dem richtigen Wort – »ziemlich dreist vor.«

Seine Lippen zuckten. »Dreist?«

Sie schüttelte grinsend den Kopf. »Lachen Sie nicht über meine Wortwahl.«

»In dem Zimmer steht ein Schreibtisch. Mit Computer.«

»Ah. Wir hätteN ihn mitnehmen sollen. Wegen möglichen E-Mails und Surfhinweise.«
»Ich habe mit Ben gesprochen, während Sie DuPree verarbeitet haben. Er meinte, Unger habe den Computer am Nachmittag mitgenommen. Sie wollen bis morgen damit fertig sein.«
»Okay. Lassen Sie uns versuchen, die Szene zu rekonstruieren. Caitlin ist oben, surft oder arbeitet. Sie hört etwas, geht runter, und da ist er. Sie kämpfen in der Eingangshalle. Möglicherweise vergewaltigt er sie. Irgendwann erschießt er sie. Aber er verbrennt sie nicht, um sie komplett zu vernichten. Es sei denn, er glaubte, das Feuer würde sie in Asche verwandeln, was bedeutet, dass er ein Anfänger wäre. Haben wir es hier mit einem Anfänger zu tun?«
»Ich weiß es nicht. Er hat das mit den Brandbeschleunigern recht geschickt angestellt. Andererseits hat er mit der Explosion ein ziemliches Spektakel veranstaltet ... als wollte er unbedingt bemerkt werden. Das kommt mir unreif vor – beinahe kindisch. Seine Methode war allerdings clever. Es würde mich wundern, wenn das sein erstes Mal gewesen wäre.« Er zögerte. »Oder wenn er es bei diesem einen Mal belassen würde.«
»Wir reden also über einen Serienbrandstifter?«
»Das ist mir bereits in den Sinn gekommen, ja«, gab er zu. »Die Planung, die Ausführung ... Alles ziemlich bombastisch. Ich könnte mir vorstellen, dass es in seinen Augen eine Schande wäre, so etwas nur einmal zu machen.«
»Mist. Also haben wir eigentlich bloß eine tote Studentin und ein Plastikei.«
»Und einen Fußabdruck. Übrigens Schuhgröße zehn, wie das Labor laut Ben behauptet.«
»Was auf Tausende von Kerlen in Chicago zutrifft«, brum-

melte sie. »Wenn wir also nichts anderes finden oder er nicht wieder zuschlägt, können wir es eigentlich aufgeben.«

»Es sei denn, wir irren uns gänzlich, und jemand ist mit der Absicht, Caitlin zu töten, bei den Doughertys eingebrochen. Dann könnten uns ihre Freundinnen bei der Verbindung vielleicht weiterhelfen.«

»Na, hoffentlich«, murmelte sie.

Montag, 27. November, 18.00 Uhr

»O Gott, o mein Gott.« Judy Walters saß auf der Bettkante und wiegte sich vor und zurück.

Mitchell hockte vor Caitlins Zimmergenossin und sah ihr ins Gesicht. »Es tut mir leid«, sagte sie leise, »aber bitte reißen Sie sich zusammen, Judy. Ich brauche Ihre Hilfe. Ich muss Ihnen unbedingt ein paar Fragen stellen. Beruhigen Sie sich.«

Ihr sanfter Ton nahm ihrem Befehl die Spitze und half dem Mädchen tatsächlich, sich zusammenzureißen. »Entschuldigen Sie. Wer kann denn so was getan haben? Sie erschießen? Wieso?«

Mitchell setzte sich neben das Mädchen aufs Bett. »Wann haben Sie Caitlin zum letzten Mal gesehen?«

»Am Samstag … ungefähr um sieben Uhr abends. Wir hatten eine Party, und es war klar, dass es ziemlich laut werden würde. Ich dachte, sie sei zu Joel gegangen.« Sie schloss die Augen. »O Gott. Ich muss es ihm sagen.« Sie wollte aufstehen, aber Mitchell legte ihr eine Hand aufs Knie.

»Noch nicht. Caitlins Vater meinte, sie habe sich von Joel getrennt.«

»Nein. Das hat sie nur gesagt, damit sie sie in Ruhe lassen. Ihr Vater mochte Joel nicht.«

»Und warum nicht?«, fragte Reed und war überrascht, als die feuchten Augen des Mädchens wütend aufblitzten.
»Weil ihr Vater ein Cop und ein Kontrollfreak ist. Er war nie einverstanden mit dem, was Caitlin gemacht hat.«
Etwas flackerte in Mitchells Blick auf, war aber rasch wieder verschwunden. Ihr Vater war auch ein Polizist gewesen. Reed überlegte unwillkürlich, wie viel sie und Caitlin wohl gemein hatten. »Hat sie das Wochenende oft bei Joel verbracht?«, fragte er.
»Ja. Aber es kann nicht sein, dass Joel das getan hat. Er liebt sie.«
»Judy, können Sie sich erinnern, was Caitlin an dem Abend getragen hatte?«
»Jeans. Pulli. Einen roten.« Sie begann wieder zu weinen. »Ich habe ihn ihr geschenkt.«
Mitchell tätschelte ihr die Schulter. »Wir finden selbst hinaus.«
Sie sprach erst wieder, als sie Reeds Wagen erreicht hatten. »Haben Sie irgendwelche Nieten oder Verschlüsse von einer Jeans in der Nähe der Leiche gefunden?«
Reed öffnete die Tür. »Ben sagte, in der Eingangshalle wären welche gewesen.«
Sie kletterte in den Wagen und wandte sich um. »Dann hat er sie doch vergewaltigt.«
»Was jetzt?«, fragte er.
»Finden wir heraus, wie sehr Joel sie geliebt hat.«

Montag, 27. November, 18.40 Uhr

Joel Rebinowitz' Zimmergenosse studierte Jura und war offenbar stolz darauf. Zach Thornton stand zwischen Mia und Solliday und dem Badezimmer, durch dessen Tür

gedämpftes Schluchzen drang. »Ohne Anwalt sagt er kein Wort mehr«, knurrte Zach.
Mia seufzte. »Gott behüte uns vor Kinderanwälten. Hör zu, Junge, geh uns aus dem Weg oder ich hieve deinen Hintern eigenhändig beiseite.«
»Das dürfen Sie gar nicht«, fauchte er trotzig.
»Wollen wir wetten?« Zachs kämpferische Haltung fiel in sich zusammen. »Das dachte ich mir.« Sie klopfte an die Tür. »Joel, bitte kommen Sie heraus. Wir müssen mit Ihnen reden, und wir gehen nicht, bevor wir das getan haben.«
»Verschwinden Sie, verdammt.« Joels Stimme war brüchig. »Lassen Sie mich in Ruhe.«
Mia warf Solliday einen Blick zu. »Wollen Sie ihn herausholen?«
Solliday zog eine Grimasse. »Eigentlich nicht. Aber ich mache es.«
Thornton sah anscheinend ein, dass er seine Strategie ändern musste. Er setzte eine todernste Miene auf. »Sie haben ihm gerade gesagt, dass seine Freundin gestorben ist. Bis zur Unkenntlichkeit verbrannt. Was wollen Sie eigentlich?«
»Die Wahrheit«, erwiderte Mia. »Joel, fünf Sekunden, oder mein Partner kommt Sie holen.«
Endlich taumelte Joel aus dem Bad, das Gesicht blass, die Augen gerötet. »Ich rede nicht mit Ihnen, und ich fahre auch nirgendwo hin.«
Zach nickte, wieder ganz der Junganwalt. »Wenn Sie ihn mitnehmen wollen, müssen Sie einen Haftbefehl vorzeigen.«
»Joel, helfen Sie uns bitte, damit wir uns auf die wirklichen Verbrecher konzentrieren können.«
»Die echten Täter«, spottete Zach. »Klar doch.«

Mia stellte sich auf die Zehenspitzen und brachte ihre Nase dicht an Thorntons Gesicht heran. »Halt sofort die Klappe, oder ich schwöre bei Gott, dass du eine Nacht in der Zelle verbringst. Kein Bluff, ich habe genug von dir. Setz dich und sei still oder du findest dich zwischen lauter bösen Buben namens Bubba wieder, die dein bester Kumpel sein wollen, *falls* du weißt, was ich meine.«
Solliday pfiff leise. »Und die kriegen nicht oft so einen hübschen Burschen in ihren Käfig geworfen.«
Mia unterdrückte ein hämisches Grinsen, als Zach sich ohne ein weiteres Wort aufs Bett setzte. Dann wandte sie sich mit ernster Miene Joel zu. »Joel, bitte helfen Sie mir, denjenigen zu finden, der das getan hat. Wann haben Sie sie zuletzt gesehen?«
»Samstagabend. Ungefähr um sieben. Sie meinte, bei TriEpsilon würde eine Party stattfinden, aber sie bräuchte Ruhe zum Lernen. Ich habe ihr gesagt, sie solle bleiben, aber sie meinte, wenn sie das täte, dann würden wir … na ja, dann käme sie nicht zum Lernen. Sie wollte ihrem Vater nicht die Freude machen und durchfallen.« Er schloss die Augen. »Das ist alles meine Schuld.«
»Warum sollte das Ihre Schuld sein?«, fragte Solliday.
»Sie hat zu viel Zeit mit mir verbracht. Wenig gelernt. Ich hätte mich zurückziehen müssen, wie ihr Vater es verlangt hat.«
Entweder war der Junge unschuldig oder ein verdammt guter Schauspieler. Mia war sich ziemlich sicher, dass Ersteres der Fall war. »Haben Sie an dem Abend noch etwas von ihr gehört?«
»Wir haben über den Messenger gechattet. Sie sagte, dass sie mich liebt.« Der letzte Satz war kaum mehr als ein Flüstern. Mia warf Solliday einen Blick zu und erkannte, dass sie bei-

de sich in ihrer Meinung über den Jungen einig waren. »Wo waren Sie an diesem Abend, Joel?«
»Hier. Bis elf. Danach habe ich in der Spielhalle ein paar Freunde getroffen.« Er ratterte sechs Namen herunter, und sie hatte wenig Zweifel, dass diese Jungen seine Geschichte bestätigen würden.
Mia hasste es, die nächste Frage zu stellen, aber sie musste es tun. »Gibt es jemanden, der ihr etwas antun wollte? Jemand, der ihr nachgestiegen ist? Jemand, der ihr nicht geheuer war?«
Er lehnte sich mit gesenktem Kopf gegen die Wand. »Nein.«
»Noch eine Frage, Joel«, sagte Solliday. »Haben Sie sich eigentlich keine Sorgen gemacht, als Sie gestern nichts von Caitlin gehört haben?«
Sein Kopf fuhr hoch, und seine Augen funkelten wütend. »Und ob ich das habe. Aber ich dachte, sie sei nach Hause gefahren. Ich konnte sie doch bei ihren Eltern nicht anrufen, sie hat ihnen schließlich erzählt, dass wir Schluss gemacht hätten. Ich bin davon ausgegangen, dass sie anruft, sobald sie kann. Als ich sie heute Morgen nicht im College sah, habe ich herumgefragt. Niemand hatte sie gesehen. Da habe ich dann doch ihre Eltern angerufen. Habe zwei Nachrichten auf dem Anrufbeantworter hinterlassen. Aber die sehen mich ja lieber im Knast, als mir zu sagen, dass sie tot ist.« Er schüttelte verbittert den Kopf. »Diese verdammten Ignoranten.«
Unter diesen Umständen konnte Mia seine Reaktion verstehen.
Zurück bei Sollidays Wagen seufzte sie. »Wenn ich je Kinder haben sollte, dann werde ich mich nicht in ihre Beziehungen einmischen.«

Solliday öffnete ihr die Tür, wie er es bisher jedes Mal getan hatte. »Sagen Sie niemals nie. Ich verstehe beide Parteien. Der Vater will für seine Tochter nur das Beste. Die Tochter will ihr eigenes Leben führen. Ich glaube nicht, dass Joel etwas damit zu tun hat.«

»Ich auch nicht. Ich denke, unser Bursche hat Caitlin entweder bis zum Haus der Doughertys verfolgt, oder er kam rein, hat sie gesehen und einfach die Gelegenheit genutzt.«

»Allerdings können wir noch nicht ausschließen, dass Burnette das eigentliche Ziel war.« Er schloss die Tür und stieg dann auf seiner Seite ein. Der Motor sprang an, als er leise lachte. »Böse Buben namens Bubba. Das war sehr poetisch. Darf ich mir das bei Gelegenheit mal ausleihen?«

Sie grinste ihn an und fühlte sich einen Moment lang ausgesprochen wohl. »Ich bitte darum.«

Sie schwiegen auf dem Weg zurück zum Präsidium und nutzten beide die Zeit, ihre Mailboxen abzuhören. Er parkte den Wagen neben ihrem. »Wow«, sagte er. »Nett.«

Mia betrachtete liebevoll ihren kleinen, restaurierten Alfa Romeo. »Mein einziges Laster.« Sie rutschte vom Sitz. »Barrington hat Caitlin offiziell identifiziert.«

»Und das Labor hat eine Messenger-Botschaft im Cache von Doughertys Computer gefunden. Die Zeit stimmt mit Joels Geschichte überein.«

»Dann haben wir ja einen gewissen Fortschritt. Sollen wir uns morgen früh bei Spinnelli treffen? Er steht auf 8-Uhr-Meetings.«

»Ich versuche, bis dahin den Laborbericht für die Proben, die wir genommen haben, zu bekommen«, sagte er. »Dann komme ich zu Ihnen. Die Doughertys haben mir eine Nachricht hinterlassen, sie werden gegen Mitternacht auf dem O'Hare-Flughafen landen. Wir können mit ihnen reden, wenn wir Spinnelli auf den neuesten Stand gebracht haben.«

»Ich bitte Jack, morgen früh auch dazuzukommen. Er kann uns sagen, was er im Teppich gefunden hat. Wenigstens können wir dann besser rekonstruieren, was wo stattgefunden hat.« Sie schwieg einen Moment und seufzte dann. »Ich habe gesehen, wie mein Partner zu Boden ging.«

Er brauchte eine Sekunde, um zu begreifen. »Sie meinen heute Morgen, als Sie ins Fenster starrten? Sie haben vor Ihrem geistigen Auge gesehen, was passiert ist?«

»Wir wollten diese Kerle für einen Mord in South Side festnehmen. Getts und DuPree. Es war eine Drogengeschichte, die aus dem Ruder gelaufen war, und bei der anschließenden Schießerei waren zwei Frauen getötet worden.« Sie seufzte. »Jedenfalls bekamen wir einen Tipp, dass sie sich in einer Wohnung versteckt hatten, aber das stimmte nicht.«

»Ein Hinterhalt?«

»Sieht so aus. Aber ich habe sie gesehen. Und sie haben Abe angeschossen.«

»Und Sie auch«, sagte er, und sie lächelte traurig.

»Wirklich nur ein Kratzer. Während ich weg war, hat Spinnelli meine Fälle verteilt.«

»An die zwei Burschen, die er heute Nachmittag geschickt hat, nehme ich an. Trotzdem haben sie es Ihnen überlassen, sich DuPree zu schnappen.«

Sie lächelte über den ungläubigen Unterton seiner Stimme. »Es war … eigentlich ein Geschenk. Sie wussten, wie wichtig mir das ist.«

»Ich denke, das kann ich verstehen. Hören Sie, es tut mir leid wegen heute Morgen. Aber die Jacke und der Hut haben Sie so … zwielichtig aussehen lassen.«

Sie musste grinsen. »Zwielichtig?«

»Lachen Sie nicht über meine Wortwahl«, antwortete er.
»Okay.« Sie wurde wieder ernst. »Meine gute Jacke ist von der Kugel und dem Blut verdorben worden.« Hauptsächlich von Abes Blut. »Ich muss auf den nächsten Gehaltsscheck warten, bis ich mir eine neue leisten kann.« Ihr Lächeln wurde selbstironisch. »Ich gebe alles, was ich übrig habe, für mein Auto aus.«
Er zog eine Braue hoch. »Und was ist mit dem Hut?«
»Sorry, aber der Hut bleibt, den hab ich gern. Hoffen Sie also, dass es nicht regnet. Bis morgen.«
Sie wollte gerade die Tür zuschlagen, als er sich über den Beifahrersitz lehnte und sie am Arm festhielt. In seinen Augen lag Mitgefühl, aber auch Respekt. »Tut mir leid wegen Ihres Partners, Mitchell. Und wegen Ihres Vaters.« Er richtete sich wieder auf und setzte sich gerade hinters Steuer. »Acht Uhr.«
Sie warf die Tür zu, stieg in ihren eigenen Wagen und fühlte sich gleichzeitig ruhig und aufgekratzt. Sie startete den Motor und verfluchte die kalte Luft, die die Heizung mit voller Kraft ins Wageninnere blies. Sie musste zu Abe fahren. Was sie sagen würde, wenn sie bei ihm ankam, wusste sie allerdings nicht.

Montag, 27. November, 18.40 Uhr

»Es ist schön hier.« Brooke hielt sich seit eineinhalb Stunden an ihrem Bier fest.
»Ich habe doch gesagt, das wird Ihnen guttun«, meinte Devin selbstzufrieden.
Brooke spürte wieder Schmetterlinge im Bauch, aber sie war entschlossen, wegen des Alkohols nicht die Haltung zu verlieren. Devin hatte gelacht und gescherzt, aber mit

ihr nicht mehr als mit den anderen auch. Brooke war überrascht, wie viele Lehrer sich in der Bar zur Happy Hour trafen. Anscheinend war sie nicht die Einzige, die nach der Arbeit dringend Entspannung brauchte.

»Wann gehen die anderen normalerweise nach Hause?«

Er wirkte überrascht. »Es ist Montagabend. Wir sehen uns das Spiel an.«

»Das Spiel?«

»Montagabend-Football! Das Spiel. Sagen Sie bitte, dass Sie nur scherzen.«

»Leider nein. In meiner Familie war Sport nie wichtig.«

Devin lehnte sich entspannt zurück. »Und was tun Sie, um Spaß zu haben?«

»Ich spiele Scrabble. Risiko. Trivial Pursuit.«

Seine Lippen zuckten. »Und ich dachte, *ich* sei ein Sonderling.«

Das finde ich gar nicht. Der Gedanke verursachte ihr leichten Schwindel, und sie suchte nach den passenden Worten, die ihre Zunge entknoten würden. »Die Bibliothekarin meint, Sie setzten Ihr Mathewissen unfair ein.«

Er warf den Kopf zurück und lachte. »Sie ist bloß sauer, weil ich immer gewinne.« Er zog eine Braue hoch. »Sie sollten mitmachen. Ich könnte Ihnen ein Vermögen verschaffen.«

Ein warmer Schauder durchflutete sie, als sie ihn lachen hörte. »Ein Vermögen, hm?«

Er zuckte die Achseln. »Na ja, im schlimmsten Fall verlieren Sie nur fünf Dollar.«

Sie seufzte. »Fünf Dollar sind schon ein Vermögen.«

Er sah sie prüfend an. »Als Lehrer wird niemand reich. Das wussten Sie doch, oder?«

»O ja, *das* schon.«

»Aber?«
»Ich hatte den Traum, dass ich den Kids die Liebe zu Büchern vermitteln könnte. Aber das war wohl nur eine Illusion.«
»Manny und das Feuer machen Ihnen ernsthafte Sorgen, hm?«
»Mir gefällt der Gedanke nicht, dass ich ihn vielleicht unwillentlich zu etwas Schrecklichem anstifte.«
Devin seufzte. »Brooke, Menschen tun nur, was sie tun wollen. Jeder von unseren Jungs hat seinen Problembereich. Bei Manny ist es das Zündeln. Bei Mike ist es Diebstahl.«
»Und Jeff?«
Er verdrehte die Augen. »Niemand begreift Jeff. Ich versuche seit Monaten, zu dem Jungen durchzudringen. Er hat etwas Grausames an sich. Dummerweise ist er einer der Klügsten, die wir je hier hatten.«
Brooke blinzelte. »Jeff?«
»Ja. Ein Mathegenie. Wenn er nicht in Jugendhaft wäre, bekäme er garantiert ein Stipendium nach dem anderen.«
»Aber seine Akte wird versiegelt, sobald er achtzehn ist. Nichts von alldem dürfte seine Chancen auf eine gute Ausbildung verderben.«
Devin lachte unfroh. »Spielt keine Rolle. Wenn er hier rauskommt, wird er spätestens einen Monat danach wieder im Knast landen.«
Etwas in Brooke rebellierte gegen diese Worte. »Wie können Sie das sagen? Sie dürfen ihn doch nicht einfach aufgeben.«
Devin signalisierte der Kellnerin, dass er gern noch ein Bier hätte, und wandte sich dann wieder ihr zu. Sein Blick war traurig. »Ich gebe ihn auch nicht auf. Er gibt sich selbst auf. Ich würde einiges dafür tun, um das zu ändern, aber leider

habe ich das schon viel zu oft erleben müssen. Und das werden Sie wohl auch.«

»Ich will aber nicht so abstumpfen wie …« Sie bremste sich gerade noch rechtzeitig.

»Wie ich? Das ist gut. Passen Sie auf sich auf, Brooke. Diese Jungs sind gefährlich.« Er hob seinen Blick zum Fernseher, der über der Bar angebracht war. »Sieht aus, als würde es Schnee geben.«

Der Themenwechsel war abrupt, aber effektiv. Brooke nahm ihre Tasche und ihren Mantel. »Verzeihen Sie mir, Devin. Ich hätte das nicht sagen dürfen.«

Er schaute sie traurig an. »Nein, Sie haben recht. Ich bin abgestumpft. Leider, fürchte ich, muss man so werden, wenn man nicht zulassen will, dass die Jungs einen fertigmachen. Ich bin oft hin und her gerissen zwischen dem Wunsch, sie zu retten oder sie für immer und ewig wegzusperren. Manchmal machen sie mir höllische Angst.« Er warf einen Blick auf ihren Mantel. »Wollen Sie nicht zum Spiel bleiben?«

Sie kam um vor Hunger, aber die Weihnachtseinkäufe hatten ein großes Loch in ihr Portemonnaie gerissen. Auswärts essen war erst wieder ab Januar drin. »Nein. Ich muss nach Hause und die Stunde für morgen vorbereiten.«

Zu ihrer Überraschung stand er auf und half ihr in den Mantel. »Es ist schon dunkel, und die Gegend hier ist nicht die allerbeste. Ich bringe Sie zu Ihrem Wagen.«

Montag, 27. November, 19.45 Uhr

Reed grunzte, als ihn ein spitzer Ellbogen in die Eingeweide traf. Er sah finster auf seine Schwester herab, die mit ähnlicher Miene zu ihm aufblickte. Er ließ den Teller wieder ins Spülbecken fallen. »Das tat weh.«

»Das sollte es auch. Setz dich, bevor ich wirklich gemein werde.« Lauren funkelte ihn scheinbar böse an. »Wir haben eine Abmachung, aber du hältst dich nicht besonders gut daran. Sitz, Reed.«

Reed setzte sich. »Du zahlst pünktlich deine Miete und kümmerst dich um Beth. Mehr nicht.«

»Der Deal lautet, wenig Miete fürs Babysitten und Putzen. Halt die Klappe, Reed.«

Durch die günstige Miete für eine Hälfte von Reeds Doppelhaus konnte sich Lauren ihr Studium leisten und brauchte nur halbtags zu arbeiten. Weil sie dadurch sehr flexibel war, brauchte sich Reed keine Sorgen zu machen, wer sich um Beth kümmerte, wenn er einmal länger arbeiten musste. Für ihn war das eine solche Erleichterung, dass er manchmal das Gefühl hatte, eher noch seiner Schwester dafür etwas bezahlen zu wollen. Aber Lauren hatte eben ihren Stolz. »Hat Beth dich gefragt, ob du mit ihr einkaufen gehst?«

Lauren lachte. »O ja. Großer starker Mann fürchtet sich vor Kleiderständern?«

»Du siehst Kleiderständer. Ich sehe Monster mit Preisschildern als Klauen. Also – gehst du mit ihr?«

»Sicher. Wenn du willst, kaufe ich gleich ein paar Sachen, die du unter den Baum legen kannst.«

Weihnachten. »Ich habe noch nie so lange mit meinen Einkäufen gewartet. Ich weiß bloß einfach nicht mehr, was sie haben will.« Und diese Tatsache machte ihm schwer zu schaffen.

»Sie ist eben kein kleines Mädchen mehr, Reed.«

»Das sagst du ständig.« Er blickte wehmütig zur Decke. Vor nur wenigen Monaten noch hätte nichts Beth davon abhalten können, das Spiel am Montag zu sehen. Nun aber entschuldigte sie sich stets nach dem Essen, weil sie angeblich noch lernen musste.

»Ich hätte nur nicht gedacht, dass Erwachsenwerden heißt, ihr gefällt nicht mehr, was wir früher gemeinsam unternommen haben.«

Lauren bedachte ihn mit einem mitfühlenden Blick. »Du hast es leicht gehabt. Ein Mädchen, das so gern, so gut und so rücksichtslos Football spielt wie ein Junge. Aber auch solche Mädchen werden älter und fangen plötzlich an, Rüschen und Spitze zu mögen.«

Plötzlich musste er an Mia Mitchell und ihren Hut denken. »Nicht immer. Du solltest mal meine neue Partnerin kennenlernen.«

Lauren riss die Augen auf. »Ihr habt im OFI eine Frau eingestellt?«

»Nein. Sie ist vom Morddezernat.«

Sie verzog das Gesicht. »Uh. Böse.«

Reed dachte an Caitlin Burnette auf der Bahre des Leichenschauhauses. »Du machst dir kein Bild.«

»Dann erzähl mir mehr darüber. Wie ist die Schnecke?«

Reed sah sie konsterniert an. »Hätte ich sie Schnecke genannt, hättest du mich erschlagen.«

Lauren grinste. »Das liebe ich so an dir – du bist ein sehr kluger Mann. Also los, erzähl schon.«

»Sie ist sehr sportlich. Athletisch, würde ich sagen.« Und hatte jede Herausforderung, der sie an diesem Tag begegnet waren, mit Bravour gemeistert, ob es sich nun um einen trauernden Vater, einen zweihundert Pfund schweren Junkie oder einen arroganten Möchtegernanwalt gehandelt hatte. Sie war mit allem zurechtgekommen. Und zwar ausgesprochen gut. »Mehr gibt es nicht zu sagen.«

Lauren verdrehte die Augen. »Und wie heißt sie?«

»Mitchell.«

Wieder verdrehte sie die Augen. »Und ihr Vorname?«

»Mia.« Und plötzlich merkte er, dass er den Klang mochte. Der Name passte zu ihr. »Sie ist ein schlaues Mädchen.«
»Und? Blond, braun, rothaarig? Klein, groß?«
Jetzt verdrehte *er* die Augen. »Blond. Klein.« Sie reichte ihm kaum bis an die Schulter. Und seine Schulter kribbelte, als er sich plötzlich vorstellte, wie sie sich mit dem Kopf anlehnte. *Als würde das je geschehen.* Irgendwie konnte er sich nicht vorstellen, dass Mia Mitchell sich jemals bei irgendjemandem anlehnte. Und dass der Gedanke ihm durch den Sinn gegangen war, war verstörend genug. *Denk nicht einmal daran, Solliday. Sie ist nichts für dich.*
Lauren war ebenfalls wieder ernster geworden. »Zu klein, um dir im Notfall Rückendeckung zu geben?«
Wieder sah er vor seinem geistigen Auge, wie sie DuPree zur Strecke gebracht hatte. »Keinesfalls.«
Lauren beobachtete ihn aufmerksam. »Sie hat offenbar Eindruck auf dich gemacht.«
»Sie ist mein Partner, Lauren. Das ist alles.«
»Ah, das ist alles«, wiederholte sie. »Das heißt, ich werde nie im Leben weitere Nichten oder Neffen bekommen.«
Jetzt fiel seine Kinnlade herab. »*Bitte?* Wie kommst du überhaupt auf die Idee, dass da noch was kommen würde?« Er schüttelte den Kopf. »Mach dir deine eigenen Babys. Von mir kriegst du keine mehr. Ich bin zu alt.«
»Du bist nicht alt, du tust nur so. Wann hast du dich das letzte Mal mit jemandem verabredet? Ich meine, wirklich verabredet? Nicht nur ein Date mit deinem Zahnarzt.«
»Danke, dass du mich daran erinnerst. Ich muss unbedingt wieder zur Dentalhygiene.«
Sie boxte ihn gegen den Oberarm. »Ich meine es ernst.«
Er rieb sich den Arm. »Aua. Warum tust du mir heute Abend eigentlich ständig weh?«

»Tja, vielleicht weil du mir ständig auf die Nerven gehst. Also, Reed – wann? Wann hattest du deine letzte echte Verabredung?«

Eine, die er wirklich gewollt hatte? Vor sechzehn Jahren. Er hatte Christine nach dem Seminar für klassische Lyrik, das er gefürchtet hatte, bis er ihr dort begegnet war, zu einem Kaffee eingeladen. Und dabei hatte sie ihm – und nur ihm – ihre eigenen Gedichte vorgelesen, und er hatte sich Hals über Kopf in sie verliebt. »Lauren, ich bin müde. Ich hatte einen harten Tag. Lass mich in Frieden.«

Sie ließ sich nicht beirren. »Weihnachten vor drei Jahren«, antwortete sie für ihn.

Er schauderte. »Erinnere mich bloß nicht daran. Beth hat sie auf den ersten Blick gehasst.« *Und ich auch.*

»Ja, Beths Meinung ist wichtig. Und eines Tages ist sie erwachsen und geht, und dann bist du allein.« Sie verzog die Mundwinkel nach unten. »Ich will nicht, dass du allein bist.«

Ihre Worte trafen ihn hart, denn die Vorstellung einer Beth, die erwachsen war und fortging, war inzwischen alles andere als abwegig. Aber Lauren machte sich nur Sorgen. Daher verkniff er sich eine bissige Bemerkung und küsste sie auf den Scheitel. »Ich mag mein Leben, Lauren. Geh einfach mit Beth shoppen und sieh zu, dass sie nicht wie fünfundzwanzig aussieht, okay?« Und damit zog er sich zurück, obwohl er ihren finsteren Blick in seinem Nacken spüren konnte.

Oben attackierte die laute Musik aus Beths Zimmer seine Ohren sogar noch durch die Wand. Das gehörte wahrscheinlich dazu, wenn man erwachsen wurde. Dennoch wünschte er, es würde nicht gar so schnell passieren. Er klopfte laut an ihre Tür. »Beth?«

Die Musik brach abrupt ab, und er hörte den Welpen kläffen. »Ja?«
»Ich würde gerne mit dir reden, Spatz.«
Die Tür öffnete sich, und ihr dunkler Schopf erschien am oberen, der des Hundes am unteren Teil des Türrahmens. »Ja?«
Reed blinzelte und wusste plötzlich nicht mehr, was er sagen sollte. Sie hob die Brauen, ließ sie wieder fallen und runzelte die Stirn. »Alles klar mit dir, Dad?«
»Mir fiel eben ein, dass wir ewig nichts mehr zusammen gemacht haben. Vielleicht können wir am Wochenende ja … ins Kino gehen oder so?«
Ihre Augen verengten sich misstrauisch. »Wieso?«
Er lachte. »Weil du mir fehlst?«
Ihr Blick wurde flackernd. »Eine Freundin hat mich gefragt, ob ich am Wochenende bei ihr übernachten will.«
Er versuchte, sich seine Enttäuschung nicht anmerken zu lassen. »Wer denn?«
»Jenny Q. Du hast ihre Mutter beim Tag der offenen Tür in der Schule kennengelernt. Im September.«
Reed zog die Stirn in Falten. »Daran kann ich mich gar nicht erinnern. Ich möchte sie gern noch einmal treffen, bevor du dort übernachtest.«
Sie verdrehte die Augen. »Na schön. Sie und ich arbeiten zusammen an einem Projekt für die Schule. Du kannst mich morgen Abend bringen und ihre Mutter kennenlernen.«
»Ich kann dich bringen? Wie wär's mit: ›Bitte, Dad?‹ Und verdreh nicht dauernd die Augen, wenn ich etwas sage«, fauchte er, als sie es wieder tat. Dann seufzte er. Er wollte nicht mit ihr streiten, aber irgendwie geschah das in letzter Zeit nur allzu häufig. »Also gut. Dann sehe ich sie mir morgen mal an.«

Beths Stirn glättete sich etwas. »Danke, Dad.« Sie schloss die Tür sanft, und er stand eine lange Weile davor, bevor er sich abwandte und in sein Schlafzimmer ging.

Wo er seufzend auf das mit Schlamm besudelte Bett blickte. Pfotenabdrücke auf der ganzen Decke. Er bezog das Bett neu, setzte sich anschließend auf die Kante und nahm Christines Foto in die Hand. Christine war … die Eine gewesen. Er vermisste sie. *Aber ich mag mein Leben, wie es ist*. Obwohl er sich manchmal tatsächlich wünschte, er hätte jemanden zum Reden. Zum Teilen. Und natürlich, das musste er auch zugeben, war da der körperliche Aspekt. Es war lange her, seit er mit einer Frau zusammen gewesen war. Lauren hätte ihn nicht daran erinnern müssen.

Er hatte nie einen Ersatz für Christine gesucht, denn keine Frau konnte sie ersetzen. Sie hatte Schönheit in sein Leben gebracht und seine Seele berührt. Aber sein Körper hatte Bedürfnisse. In den ersten Jahren nach Christines Tod hatte er geglaubt, er könne diese Bedürfnisse diskret bei Frauen stillen, die nicht an längerfristigen Beziehungen interessiert waren. Aber er hatte schnell festgestellt, dass solche Wesen auf dieser Erde nicht existierten.

Jede Frau, die ihm versprochen hatte, keine Ansprüche zu stellen, keine feste Bindung anzustreben, hatte irgendwann genau das getan. Und er hatte jede Einzelne verletzen müssen, weil er zu dem stand, was er von vornherein gesagt hatte.

Dummerweise bedeutete keine Ansprüche plus keine Verletzungen auch, dass es keinen Sex gab. Also hatte er keinen Sex mehr gehabt. Nicht schön, aber auch nicht der Weltuntergang, wie alle immer taten. Immerhin konnte man sich in Disziplin üben. Was er beim Militär gelernt hatte, konnte ihm nun gute Dienste leisten. Er mochte sein Leben. Sein

ruhiges Leben. Aber heute kam ihm die Ruhe intensiver vor als sonst.
Er stellte Christines Bild wieder auf den Nachttisch und zog die Schublade auf, in der er seit elf Jahren unter einem Stapel Geburtstags- und Vatertagskarten das Buch versteckt hielt. Behutsam holte er es hervor und strich zärtlich mit dem Daumen über den Einband. Es war nicht größer als seine Handfläche, und doch ganz Christine. Ihr Wesen. Das Buch öffnete sich auf der Seite, die er am häufigsten aufschlug. Sie hatte das Gedicht einfach »Wir« genannt:

Zarter Spross aus goldnem Grün
biegsamer Stamm und erste Blätter
zu frisch, um existent zu sein.
Engelshaarwurzeln
Fest in der Faust eines schroffen Felsens,
den Schatten schützen,
der den Wind zurücktreibt
und es umklammert
und Regentropfen landen sanft
wie ein Kuss.
Geschmiegt gegen das stopplige Felsengesicht,
entfaltet sie ihre Wedel
und trinkt das Morgenlicht.
Genährt durch sein Mineralienherz,
wächst sie im Leben, das er ihr gibt, üppig heran,
bis niemand mehr weiß, wer wen gerettet hat.
Ihr Blätterdach nun das Dach über seinem Kopf
Seine steinerne Schlucht nun ihr innerster Grund.

Ein leises Klopfen an seiner Tür jagte seinen Puls in die Höhe. Er schob das Buch wieder unter die Karten und kam sich augenblicklich albern vor. Es war nur ein Buch. Kein böses Geheimnis, das man hastig verstecken musste.

Nein. Es war nicht nur ein Buch. Es war eine Erinnerung. *Meine.* »Komm rein.«

Lauren steckte den Kopf durch die Tür und sah ihn betreten an. »Tut mir leid, Reed. Ich bin zu weit gegangen.«

»Schon gut. Belassen wir es einfach dabei.«

»Okay, dann … gute Nacht.« Sie drückte die Tür sanft zu, und er seufzte.

Dann musste er plötzlich leise lachen, denn aus dem Nichts tauchte das Bild von Mia Mitchell vor seinem inneren Auge auf, wie sie auf Zehenspitzen Nase an Nase mit diesem arroganten Junganwalt gestanden hatte. »Böse Buben namens Bubba«, murmelte er. Irgendwie konnte er sich nicht vorstellen, dass eine Dichterlesung das Richtige für eine erste Verabredung war. Mitchell würde bestimmt etwas Handfesteres vorziehen. Football. Hockey. Dann schüttelte er den Kopf. *So ein Unfug.* Er würde sie nicht fragen.

Mit Mia Mitchell gab es keine erste Verabredung. Sie war definitiv nicht sein Typ. Er sah zu Christines Bild hinüber. *Sie* war sein Typ. Seine Frau war anmutig und elegant gewesen, und wenn sie etwas im Schilde geführt hatte, hatten ihre Augen gefunkelt. Mitchell war frech und direkt, und jede ihrer Bewegungen zeugte von Energie und Kraft. Wenn sie sprach, musste man nichts interpretieren, nichts deuten. Die Frau redete ohne Umschweife.

Sein Blick blieb an der Schublade hängen, in der das Buch lag. Die Worte darin waren Christines Innerstes gewesen. Und auch seins. Er konnte sich nicht vorstellen, dass eine Frau wie Mia Mitchell das zarte Gleichgewicht von Wort und Emotion zu schätzen wusste. Nicht, dass Mia dadurch ein schlechterer Mensch war. Und nicht, dass es irgendeine

Bedeutung hatte. Sie hatten eine befristete berufliche Beziehung. Wenn sie Caitlin Burnettes Mörder gefunden hatten, würden sie wieder getrennte Wege gehen. Und genau das gefiel ihm. Er sammelte die schmutzigen Laken ein. Die Wäsche würde er während der Halbzeit in die Maschine stecken. Football, die Pizzareste vom Wochenende und ein Bier. Was wollte er mehr?

Montag, 27. November, 20.00 Uhr

Beth Solliday zog den Bademantel aus, den sie hastig übergeworfen hatte, als ihr Vater an die Tür geklopft hatte. Jetzt trat Sie vor ihren mannshohen Spiegel. Kritisch betrachtete sie die Zusammenstellung der Kleidungsstücke, die sie fürs Wochenende ausgewählt hatte. Jenny Q hatte für sie online bestellt. Ihr Vater konnte also unmöglich herausfinden, dass sie sie gekauft hatte. Sie hatte zwei Monate nichts zu Mittag gegessen und das Geld gespart, um sich die Garderobe leisten zu können, aber das war es ihr wert.

Sie wählte Jennys Nummer. »Ich bin's, Beth.« Sie grinste. »Ich meine, Liz.«

»Und – kriegen wir es hin?«

»Die Basisarbeit ist erledigt. Ich habe ihm gesagt, dass er deine Mutter schon im Herbst kennengelernt hat.«

»Gut. Ich sage meiner Mutter, dass sie ihn schon gesehen hat. Sie kann sich an so etwas sowieso nie erinnern.«

»Dann sehen wir uns morgen Abend.«

»Bring die Sachen mit.«

»Oh, keine Sorge.« Beth legte auf. Dann zog sie ihren Schlafanzug an und versteckte die Kleider. Bald würde sie ihr richtiges Leben beginnen, Erfahrungen sammeln. Sie war kein kleines Mädchen mehr.

6. Kapitel

Montag, 27. November, 20.00 Uhr

Mia zeigte der Schwester ihre Marke. »Ich möchte zu Abe Reagan.«

»Die Besuchszeit ist vorbei, Ma'am.«

»Ich bin hier, um mit Detective Reagan wegen seiner Schussverletzung zu sprechen. Wir haben wichtige Spuren, denen wir nachgehen müssen.«

Die Krankenschwester sog eine Wange nach innen. »Aha. Und was ist in der Tüte?«

Mia blickte auf die braune Papiertüte mit Baklava – eine von Abes Lieblingssüßigkeiten. Als sie ihren Blick wieder der Schwester zuwandte, war ihre Miene unbewegt. »Polizeifotos.«

Die Schwester nickte wissend. »Aha«, wiederholte sie. »Dritte Tür diese Seite. Sagen Sie ihm, dass meine Nadel heute Abend extra lang sein wird, wenn sein Blutdruck durch den Verzehr von Polizeifotos steigt.«

»Mann, seid ihr aber biestig«, brummelte Mia und setzte sich in Bewegung, während sie die Schwester hinter sich glucksend lachen hörte. Mit einem Knoten im Magen blieb sie vor der Tür stehen und wäre am liebsten umgekehrt. Aber sie hatte ihr Wort gegeben. Behutsam klopfte sie.

»Lassen Sie mich in Ruhe. Ich will weder Wackelpudding noch Apfelsauce noch sonst irgendwelchen gesunden

Kram«, kam die gereizte Antwort, und obwohl Mia sich fürchtete, musste sie grinsen.
»Und wie wäre es damit?«, sagte sie, als sie mit der Tüte am ausgestreckten Arm eintrat.
Abe saß vor dem Fernseher und sah sich das Spiel an. Er schaltete den Apparat auf stumm und wandte sich ihr mit einem misstrauischen Blick zu, der ihr das Lächeln aus dem Gesicht wischte. »Kommt drauf an. Was ist drin?«
Er spähte in die Tüte und sah dann wieder auf. Seine Miene war undurchdringlich. »Du darfst bleiben.«
Verlegen schob Mia ihre Hände in die Taschen, während sie ihn verstohlen musterte. Er war abgemagert, sein Gesicht wirkte fast hager, und wieder war das schlechte Gewissen kaum zu ertragen. Er sagte nichts, saß nur da und sah sie abwartend an. Sie blies die Backen auf und stieß geräuschvoll den Atem aus. »Es tut mir leid.«
»Was tut dir leid?«
Sie sah zur Seite. »Alles. Dass du angeschossen wurdest. Dass ich nicht vorher gekommen bin, um dich zu besuchen.« Sie zuckte die Achseln. »Und dass du mit einer richtig fies langen Nadel gepiekst wirst, wenn du das da isst.«
Er grunzte. »Leere Drohungen. Die Schwestern jagen mir keine Angst ein. Setz dich.«
Sie tat es, wagte aber nicht, seinem Blick zu begegnen. Sie ließ sich anschweigen, bis sie es nicht mehr aushielt und platzte schließlich heraus. »Und … wo ist Kristen?«
»Zu Hause bei Kara.« Ihre Tochter, die Abe behandelte wie einen kostbaren Schatz, der sie ja auch war. »Mia, sieh mich an. Bitte.«
Kein Zorn stand in seinen blauen Augen. Stattdessen sah sie Kummer und Sorge – beides konnte sie nur schwer ertragen. Sie sprang auf die Füße, doch er packte ihren Arm.

»Setz dich.« Er wartete, bis sie sich wieder gesetzt hatte, dann stieß er einen leisen Fluch aus. »Hast du gedacht – hast du wirklich auch nur einen Moment lang gedacht, dass ich dich dafür verantwortlich mache?«

Nun sah sie ihm direkt in die Augen. »Es wäre dein Recht gewesen. Aber ich wusste, dass du es nicht tun würdest.«

»Ich hatte keine Ahnung, was mit dir ist …« Er schluckte schwer. »Ich dachte, du hättest die Kerle auf eigene Faust verfolgt, ohne dass ich dir hätte Rückendeckung geben können.«

Sie lachte traurig. »Ich hab's versucht. Aber ich habe sie nicht gefunden.«

»Tu mir das nicht noch einmal an. Bitte.«

»Was? Zulassen, dass man dich niederschießt?«

»Das auch nicht«, sagte er trocken. »Kristen sagt, sie hätte dich heute Morgen einen Kopf kürzer gemacht.«

»O Mann. Ich hoffe nur, dass ich ihr nicht irgendwann einmal im Gerichtssaal gegenüberstehen muss. Ich hatte das Gefühl, ich sei auf knapp einen Meter geschrumpft.«

»Du wärst auch nur noch eine Pfütze am Boden, wenn sie dich nicht so gern mögen würde. Du hast ihr gesagt, du hättest an jenem Abend nicht aufgepasst. Warum nicht?« Er hielt die Hand hoch, um ihren Protest abzuwehren. »Hör auf. Wir sind schon so lange Partner. Ich konnte selbst spüren, dass dich etwas belastet hat.«

Sie holte tief Luft. »Ich nehme an, es war mein Dad, und die Beerdigung … hat mich einfach nicht losgelassen.«

Seine Augen verengten sich. Er kaufte es ihr nicht ab. Sie hatte auch nicht ernsthaft daran geglaubt. »So schlimm, dass du es mir nicht erzählen kannst?«

Sie schloss die Augen und sah den Grabstein neben dem ihres Vaters. Und die Augen der Fremden, die sie über den

Stein hinweg ansahen. »Wenn ich ja sage, bist du dann sehr gekränkt?«
Er zögerte einen Herzschlag lang, dann fragte er leise: »Steckst du in Schwierigkeiten, Mia?«
Ihre Lider flogen auf, und sie sah die Sorge in seiner Miene. »Nein. Wirklich nicht. Es ist nichts dergleichen.«
»Krank?« Er zog den Kopf ein. »Schwanger?«
»Nein. Und, ach du lieber Himmel, nein.«
Er seufzte erleichtert. »Und ein Kerl ist es auch nicht, denn da war ja in letzter Zeit keiner mehr.«
»Danke«, sagte sie beißend, und er grinste. »Es wäre mir fast entfallen.«
»Immer gern zu Diensten.« Sein Lächeln verschwand. »Du weißt, dass du immer zu mir kommen kannst, wenn du reden möchtest, oder?«
»Klar.« Sie war froh, dass sie das Thema nun abhaken konnten. »Ich habe Neuigkeiten. Sagen dir die Namen Getts und DuPree etwas?«
»Ich erinnere mich dunkel«, sagte er, nun wieder in seinem typisch trockenen Tonfall.
»Tja, wie es aussieht, hast du DuPree erwischt, bevor Getts dich erwischt hat.«
Er zog die Brauen zusammen. »Sehr schön. Ich hoffe, es tut ihm richtig weh.«
»Jetzt garantiert mehr.« Sie verzog die Lippen, aber es wurde kein echtes Lächeln daraus. »Heute habe ich nämlich *ihn* erwischt. Joanna Carmichael hat mir gesagt, wo ich ihn finden kann.« Er riss überrascht die Augen auf, und sie nickte grimmig. »Ja, damit hat sie mich auch völlig aus der Bahn geworfen. Scheint doch ganz nützlich zu sein, dass sie überall herumschnüffelt. Aber Getts … ist mir leider wieder durch die Finger gegangen.«

»Mist«, sagte er leise.
»Es tut mir leid.«
»Mia. Du bist eine Närrin. Er hat auch dich angeschossen. Und jetzt weiß er, dass du weißt, wo er sich herumtreibt. Außerdem hast du seinen Kumpel in Gewahrsam. Entweder er taucht jetzt unter, oder er kommt raus, um dich fertigzumachen.«
»Ich schätze, er wird sich verstecken.«
»Bis er dir auflauert, wenn du gerade nicht dran denkst. Ich habe keines von beiden Gesichtern gesehen, du aber schon. Du bist die Einzige, die Getts identifizieren kann. Wir haben sie wegen Mordes gesucht. Nun sind wir wegen versuchten Mordes an einem Cop hinter ihnen her. Glaubst du nicht, dass er jetzt erst recht gefährlich ist?«
Sie hatte bereits daran gedacht. »Ich passe auf.«
»Rede mit Spinnelli. Du brauchst einen Partner, bis ich wieder da bin.«
»Ich habe schon einen. Vorübergehend«, fügte sie hastig hinzu, als seine Brauen sich zusammenzogen.
»Tatsächlich? Wer ist es denn?«
»Ich bin an das OFI ausgeliehen worden. Ein Fall von Brandstiftung mit Mord. Der Typ heißt Reed Solliday.«
Abe beugte sich vor. »Und? Ist er jung oder alt? Ein Anfänger, erfahren?«
»Erfahren genug. Und etwas älter als du. Alt genug für eine vierzehnjährige Tochter.« Sie schauderte übertrieben. »Poliert seine Schuhe.«
»Man sollte ihn auspeitschen lassen.«
Sie lachte. »Am Anfang kam er mir ziemlich unmöglich vor, aber jetzt denke ich, er ist okay.«
Abe öffnete die Tüte, und sie wusste, dass alles verziehen war. »Du willst doch wohl nichts, oder?«

»Ich habe meinen Anteil schon auf dem Weg hierher gegessen. Falls die Schwester fragt – in der Tüte sind Polizeifotos.«
Er warf einen flüchtigen Blick zur Tür. »Kannst du sie hören?«
Sie grinste breit. »Ich dachte, die können dir keine Angst einjagen.«
»Ich habe gelogen. Die Nachtschwester ist der wahre Antichrist.« Er nahm sich ein Stück von dem Naschwerk und lehnte sich zurück. »Jetzt erzähl mir von dem Fall. Und lass ja nichts aus.«

Montag, 27. November, 23.15 Uhr

Penny Hill war nicht zu Hause. *Warum ist sie nicht zu Hause?* Er blickte auf seine Uhr, dann konzentrierte er sich wieder auf das Haus, das er in der Nacht zuvor sorgsam ausgekundschaftet hatte. Gestern war sie da gewesen und gegen elf ins Bett gegangen. Nun war er zurückgekommen und wollte spielen, aber sie war nicht da! Im Schutz der dichten Büsche vor dem Haus spähte er ins Fenster. Dort war nur ein großer Hund, der auf dem Wohnzimmerboden schlief. Er presste die Kiefer zusammen.
Nun hatte er drei Möglichkeiten: Er konnte morgen zurückkommen. Er konnte das Haus ohne sie abfackeln. Oder er konnte geduldig warten.
Er dachte über die Optionen nach. Über die Risiken, gesehen zu werden. Über die Erregung der Jagd, das unglaubliche Gefühl der Macht. Beim letzten Mal hatte er zu schnell getötet, weil ihm das Feuer wichtiger war. Aber heute wollte er etwas mehr. Er dachte mit einem wohligen Schauder an die kleine Caitlin. Er konnte sich noch gut erinnern,

welch eine Energie durch seinen Körper geströmt war. Es war wie ein Rausch gewesen.
Und diesen Rausch wollte er noch einmal erleben. Die absolute Macht über Leben und Tod!
Und Schmerz. Er wollte, dass diese Schlampe große Schmerzen litt. Er wollte, dass sie um Gnade flehte.
Er wollte, dass Penny Hill bezahlte. Er lächelte leicht. Er würde warten. Er hatte Zeit. Alle Zeit dieser Welt. Sie nicht. Sie konnte nur noch bis zehn zählen und zur Hölle fahren.

Montag, 27. November, 23.25 Uhr

Mia stieg die Treppe zur ihrer Wohnung hinauf. Sie hatte gehofft, nach einer Stunde Laufen ruhiger zu sein, aber stattdessen war sie noch immer rastlos, vollkommen verschwitzt, und ihre Schulter pochte wie verrückt. Als sie die Tür aufdrückte, spürte sie sofort den Unterschied. Die Luft war warm und roch nach … Erdnussbutter?
»Nicht schießen. Ich bin's nur.«
Mia stieß erleichtert die Luft aus. »Verdammt, Dana. Ich hätte dich verletzen können.«
Ihre beste Freundin saß an ihrem kleinen Esstisch und hielt die Hände hoch. »Okay, okay, ich ersetze dir die Erdnussbutter.«
Mia schloss die Wohnungstür und legte den Riegel vor. »Haha. Keiner mag einen toten Komiker. Wann bist du wieder nach Hause gekommen?« Dana und ihr Mann waren mit ihren Pflegekindern an Marylands Ostküste gefahren, um Thanksgiving bei Ethans alten Freunden zu verbringen.
»Gestern gegen Mitternacht. Oh, und es war *so ein* Spaß,

die Kinder heute Morgen für die Schule fertig zu machen. Ethan und ich haben sie in den Schulbus gesetzt und sind erst mal wieder ins Bett gegangen.«

Mia holte zwei Bier aus dem Kühlschrank. »Und mit Ethan ins Bett zu gehen ist ja *so* anstrengend.«

Dana grinste. »Ich werde es vermutlich überleben.« Sie lehnte kopfschüttelnd das Bier ab. »Nein, danke. Passt nicht zur Erdnussbutter.« Sie wartete, bis Mia sich gesetzt hatte. »Du hast dich auf keine meiner Nachrichten gemeldet. Ich habe mir Sorgen gemacht.«

»Willkommen im Club.« Dann seufzte sie, als sie Verärgerung in Danas Miene sah. »Tut mir leid. Mein Gott, ich komme mir vor wie eine kaputte Schallplatte. Tut mir leid, tut mir leid, tut mir leid.«

Dana zog eine Braue hoch. »Und – bist du damit durch für heute?«

»Ja.« Es kam maulig und kindisch hervor, was sich, wie Mia fand, genau richtig anfühlte.

»Okay. Hör zu. Ich wollte bloß schnell nach dir sehen. Mich vergewissern, dass du nicht tot bist oder so ähnlich. Niemand mag eine tote Schmollbacke. Also – was hast du die vergangenen zwei Wochen mit dir angestellt, Mia – außer mir und anscheinend allen anderen aus dem Weg zu gehen?«

Mia nahm einen großen Schluck aus der Flasche, ging dann zu ihrer Küchenzeile und holte ... die Kiste hervor. Es war eine schlichte kleine Holzkiste ohne Etikett oder Bemalung. Und es war unglaublich, dass eine so kleine Kiste so wehtun konnte. Sie stellte sie vor Dana auf den Tisch. »Ta-daaa!«

»Wieso komme ich mir gerade vor wie Pandora?«, murmelte Dana und hob den Deckel. »Oh, Mia.« Sie hob den Blick, und Mia sah, dass sie es endlich verstanden hatte.

»Wenigstens weißt du jetzt Bescheid. Jedenfalls was den Jungen angeht.«

»Ich habe die Kiste in Bobbys Schrank gefunden, als ich Klamotten suchte, in denen er begraben werden sollte. Ich habe sie allerdings erst aufgemacht, als ich vom Friedhof zurückkam. Ich wollte ursprünglich seine Marke reintun.«

Mit großem Zeremoniell war Bobby Mitchells Abzeichen ihrer Mutter am Grab übergeben worden – mitsamt der amerikanischen Flagge, die über seinem Sarg gelegen hatte. Annabelle Mitchell hatte sich mit hagerem, frühzeitig gealtertem Gesicht zu Mia umgedreht und sie ihr wortlos in die Hand gedrückt. Zu verblüfft, um zu reagieren, hatte Mia beides angenommen. Die gefaltete Flagge lehnte nun an ihrem Toaster, wahrscheinlich mit Brotkrümeln in den Kniffen, aber abgesehen von einem anerzogenen Widerwillen, die amerikanische Flagge zu besudeln, war sie Mia herzlich egal.

Sie deutete mit dem Flaschenhals auf die Kiste. »Aber stattdessen fand ich das da.«

Dana holte das Foto heraus. »Verdammt, Mia. Er sieht genauso aus wie du auf Babyfotos.«

Mias Lachen klang hohl. »Bobby hat starke Gene gehabt.« Sie trat neben Dana und blickte auf den pausbäckigen Jungen, der, ein rotes Spielzeugauto in der Hand, auf einem Schaukelpferd saß. Den Jungen, den sie nie gesehen hatte, obwohl sie seinen Namen und seinen Geburtstag kannte. Und seinen Todestag. »Und es muss ja wie meine Babyfotos aussehen. Das war unser Schaukelpferd – meins und Kelseys. Bobby hat uns auch darin fotografiert.«

»Das ist ziemlich ekelhaft.« Danas Worte klangen sanft, aber ihre Lippen waren zu einer geraden Linie zusammengepresst. »Aber schließlich wussten wir ja, dass er so war.«

Nur Dana und sie wussten es. Dana, sie und Kelsey. Und vielleicht Mias Mutter. Aber Mia war sich nicht sicher, was ihre Mutter tatsächlich wusste. Sie starrte auf das Gesicht des kleinen Jungen. »Er hat genau wie ich Bobbys blondes Haar und die blauen Augen. Und wie sie, wer zum Teufel sie auch ist.«

»Du hast sie in den vergangenen zwei Wochen also zu finden versucht. Das hatte ich mir schon gedacht.«

Sie war die Fremde gewesen, die Mia auf dem Begräbnis ihres Vaters gesehen hatte. Eine junge Frau mit blondem Haar und runden blauen Augen ... *genau wie ich*. Einen kurzen Augenblick war es ihr vorgekommen, als würde sie in einen Spiegel sehen. Und dann hatte diese Frau den Blick gesenkt und war in der Menge der Polizisten, die dem Toten ihren letzten Respekt erwiesen hatten, verschwunden. Dana hatte sich auf die Suche begeben und es Mia überlassen, die Beileidsbekundungen eines jeden anwesenden Cops entgegenzunehmen.

Und das war für sie das Schwerste gewesen: Dazustehen, Hände zu schütteln und den Leuten zuzuhören, die ehrfurchtsvoll erzählten, dass ihr Vater ja ein ach so guter Cop gewesen war. Ein guter Cop, ein guter Mann. Wie in aller Welt kam es bloß, dass all diese Leute so verblendet waren?

Als die letzte Uniform verschwunden war und Mia mit ihrer Mutter allein am Grab gestanden hatte, war Dana zurückgekommen und hatte stumm den Kopf geschüttelt. Die Frau war fort. Ein Blick zu ihrer Mutter hatte ihr alles gesagt, was sie wissen musste. Auch Annabelle Mitchell hatte sie gesehen. Aber anders als Mia hatte ihre Mutter nicht im Geringsten überrascht gewirkt. Und wie schon so oft in ihrem Leben hatte ihre Mutter sich ihr gegenüber sichtlich verschlossen. Sie hatte nicht über diese Frau oder den kleinen Jungen reden wollen. Dieser verdammte Grabstein. *Liam Charles Mitchell, geliebter Sohn*.

»Ich bin bloß froh, dass du sie auch gesehen hast. Sonst hätte ich gedacht, ich müsse zum Seelenklempner.«

»Keine Sorge, Mia. Du hast sie dir nicht eingebildet. Sie war da.«

»Ja, ich weiß. Und später auch.«

Dana riss die Augen auf. »Sie ist zurückgekommen?«

»Ein paarmal sogar. Sie spricht nicht, sie sieht mich nur an. Und ich bin nie nah genug, um sie mir zu schnappen. Ich schwöre dir, Dana, sie treibt mich in den Wahnsinn. Und ich bin sicher, dass meine Mutter weiß, wer sie ist.«

»Aber sie sagt es dir nicht.«

»Nein. Die gute Annabelle. Immerhin habe ich sie so weit gebracht, dass sie mir von dem Jungen erzählt hat.« Sie stellte ihr Bier ab, weil es plötzlich zu bitter schmeckte. »Ich muss es Kelsey sagen. Sie muss es wissen.«

Sie hatte das letzte Mal mit ihrer Schwester gesprochen, als ihr Vater beerdigt worden war. Durch Plexiglas, wie immer. Mia bat nie um Sonderbehandlung, wenn sie ihre Schwester besuchte. Es war nicht in Kelseys Interesse, wenn die anderen Insassen erfuhren, dass ihre Schwester ein Cop war.

Aber Kelsey musste erfahren, was sie herausgefunden hatte. Vielleicht würde sie dann endlich Frieden finden.

»Ich kann es ihr sagen«, erbot sich Dana.

»Nein. Das muss ich selbst tun. Aber danke. Ich werde es schon irgendwie einschieben können. Ich habe heute einen neuen Fall bekommen.«

»Mit wem?«

Mia betrachtete ihre Bierflasche. »Reed Solliday heißt der Mann. Brandermittlung.«

Dana hob die Brauen. »Und?«
»Scheint ein netter Kerl zu sein. Nicht verheiratet. Vierzehnjährige Tochter. Bewegt sich wie ein Tänzer.«
»Ich habe nie verstanden, wie du so etwas attraktiv finden kannst.«
Mia grinste selbstironisch. »Ich auch nicht. Gut, dass er unerreichbar ist.«
»Du hast doch gesagt, er ist nicht verheiratet.«
Sie wurde wieder ernst. »Ich habe auch gesagt, dass er ein netter Kerl ist.«
Dana stieß ein frustriertes Grunzen aus. »Mia, du gehst mir auf die Nerven.«
»Tut mir leid. Wollte ich nicht.«
Dana seufzte. »Ja, weiß ich. Also … was willst du wegen der Kiste hier unternehmen?«
»Ich habe keine Ahnung.« Sie verzog die Lippen. »Ich packe meine Marken rein.«
Danas Blick senkte sich auf Mias Brust. »Und warum trägst du sie dann noch?«
Mia betastete die Kette um ihren Hals. »Weil ich nicht mehr schlafen kann, wenn ich sie in die Kiste lege. Ich hab's versucht. Ich weiß nicht, was es war – eine Panikattacke oder so etwas Ähnliches. Also bin ich aufgestanden und habe sie wieder umgelegt.« Sie hob die Brauen. »Das war die Nacht, bevor Abe angeschossen wurde.«
»Und du, Mia.«
»Und sieh mich doch an.« Sie breitete die Arme aus und grinste sardonisch. »Wieder ganz wie neu.«
»Seit wann ist eine kluge Frau wie du so abergläubisch.«
Mia zuckte die Achseln. »Lieber abergläubisch und am Leben, als vernünftig und tot.«
»Und wenn du eine Hasenpfote mit dir rumschleppen

würdest, würde ich nichts sagen. Aber das sind Bobbys, Mia, und solange du sie nicht ablegst, bleibt die Verbindung bestehen.« Mit einem Seufzen stand Dana auf und zog den Mantel über. »Ethan macht sich sicher schon Sorgen, also gehe ich jetzt besser. Komm doch morgen zu uns. Ich mache dir etwas Besonderes zum Essen. Und die Kids haben dir etwas mitgebracht.«

»Bitte nicht noch einen Goldfisch«, flehte sie, und Dana lächelte.

»Nein, keinen Goldfisch.« Sie drückte Mia fest an sich. »Schlaf ein bisschen.«

Montag, 27. November, 23.45 Uhr

Penny Hill seufzte erleichtert. Ihr Garagentor war einige Zentimeter näher an der Motorhaube als üblich. *Ich hätte diesen Punsch nie anrühren dürfen. Aber, du lieber Himmel, es war meine Abschiedsparty! Okay, ich hätte mir ein Taxi rufen sollen.* Es war reines Glück gewesen, dass sie nicht einen Unfall verursacht hatte oder von einem Polizisten angehalten worden war. *Hätte sich das nicht ganz hervorragend in meiner Akte gemacht?*

Aber ihre Akte war ja nun offiziell geschlossen. Nach fünfundzwanzig Jahren Sozialfürsorge stieg sie endlich aus. Viele Familien hatten ihren Weg gekreuzt. Sie hatte viele Erfolge verzeichnet. Einige Niederlagen erlebt. Und einen Moment tiefer Scham erfahren. Aber inzwischen war viel Wasser unter der Brücke durchgeflossen. Sie konnte es nicht mehr ändern.

Sie war frei. Sie zog am Griff ihrer Aktentasche und schwankte. Die Mappe war schwerer als gewöhnlich. Sie hatte alles hineingestopft, was in ihrem Schreibtisch gewe-

sen war. Durch den Punsch war sie unsicher auf den Beinen. *Ich hole sie morgen.* Nun wollte sie nur noch ein Aspirin und ein weiches Kissen. Müde öffnete sie die Tür.
Und wurde heftig nach vorn gestoßen. Ihr Kopf schlug gegen den Pfosten am Treppengeländer, als sich die Tür schloss, dann wurde sie auf die Füße gerissen. Gegen einen harten, großen Körper gezogen. Sie wollte schreien, aber eine behandschuhte Hand presste sich über ihren Mund und sie spürte die Schärfe einer Klinge an ihrer Kehle. Sie hörte auf, sich zu wehren und verspürte einen Anflug von Hoffnung, als der Hund ihrer Tochter bellend aus dem Wohnzimmer kam. *Bitte, Milo, sei ausnahmsweise mal nicht lieb.*
Aber der Hund blieb freundlich wedelnd stehen, und der Mann hinter ihr entspannte sich spürbar. Er schob sie vor sich her in die Küche. »Mach die Tür auf«, sagte er. »Lass den Hund raus.«
Sie gehorchte. Fröhlich sprang Milo davon. »Und jetzt verschließt du die Tür wieder.« Wieder tat sie, was er gesagt hatte. Die Hand auf ihrem Mund verschwand, und er zwang sie auf die Knie. Dann auf den Bauch. Sie schrie auf, als er in ihr Haar griff und ihr Gesicht aufs Linoleum schmetterte.
»Wenn du schreist, schneide ich dir die Zunge raus.«
Sie holte tief Luft und wollte trotzdem schreien, doch er lachte nur leise und drückte ihr Gesicht fest auf den Boden, während sein Knie sich in ihren Rücken bohrte. Dann schob er ihr etwas in den Mund. Stoff. Sie wollte es ausspucken und würgte. *Nicht übergeben. Du erstickst, wenn du dich übergibst. Aber du stirbst ja sowieso. Lieber Gott. Ich werde sterben.*
Ein Wimmern kam aus ihrer Kehle, und er lachte.

Er warf die Plastiktüte, in der sich das gebrauchte Kondom befand, in seinen Rucksack. Bei Caitlin hatte er Glück gehabt, aber er konnte sich nicht immer auf sein Glück verlassen. Falls eine unglückliche Fügung Penny Hills komplette Einäscherung verhinderte, hatte er nun dafür gesorgt, dass nichts von seiner DNS zurückblieb. Sie lag auf dem Boden und hatte sich zusammengerollt. Sie hatte Schmerzen. Aber nicht genug. Doch das würde noch kommen. Noch ein paar Kleinigkeiten waren zu erledigen, dann konnte er wieder verschwinden.

Auf dem Rücksitz ihres Wagens, der nun mit laufendem Motor in ihrer Auffahrt stand, hatte er ihre Aktentasche gefunden. Das war nicht schlecht. Wer weiß, was sich darin an nützlichen Informationen finden ließ?

Aber alles der Reihe nach. Er gab dasselbe Nitratgel, das sich auch im Ei befand, über ihren Körper, und legte eine Zündschnur parallel zu der, die zum Ei führte, aus dem Zimmer hinaus. Diesmal war er vorbereitet. Er hatte nicht mit Caitlin Burnette gerechnet und nicht richtig nachgedacht. Er hatte sie mit Benzin übergossen, obwohl er das Gel aus dem zweiten Ei hätte nehmen sollen. Benzin verbrannte zu schnell. Bei Miss Hill wollte er gründlicher vorgehen. Und für den Fall, dass sie nicht ganz verbrannte und das Feuer durch ein Wunder überlebte, musste er ebenfalls vorsorgen: Es wäre gar nicht gut, wenn sie noch etwas erzählen konnte.

Er kehrte zu seinem Rucksack zurück und holte zwei Müllsäcke heraus. Einen zog er sich über den Kopf und stieß die Arme durch die Folie. Mit der Rohrzange löste er das Ventil an der Gasleitung hinter dem Herd. In wenigen Minuten würde die obere Zimmerhälfte mit Gas gefüllt sein.

Er hockte sich mit dem Messer in der Hand neben Penny

Hill, bevor ihm auffiel, dass er beinahe das Wichtigste vergessen hatte. Hastig lief er zur anderen Hausseite hinüber, zerknüllte eine Zeitung und warf sie in den Papierkorb. Dann zündete er eine filterlose Zigarette an und stellte sie aufrecht hin, so dass die Glut nicht mit dem Papier in Berührung kam. In einigen Minuten würde die Zigarette heruntergebrannt sein.

Aber zurück zu Miss Hill. Er rannte in die Küche und packte ihren Arm. Langsam öffnete sie die Augen. »Für Shane«, sagte er. »Du erinnerst dich doch an Shane, oder? Du hast ihn und seinen Bruder in ein gottverlassenes Pflegeheim irgendwo in der Pampa gesteckt.« Ihr Blick flackerte in plötzlichem Begreifen. »Du hast sie abgeschoben und dich nie wieder um sie gekümmert. Hast ein ganzes Jahr lang nicht nach ihnen gesehen. Sie sind dort vergewaltigt worden. Und jetzt weißt du auch, warum ich dir das antun muss.«

Mit einer raschen Bewegung schlitzte er ihr den Arm auf, und warmes Blut sprudelte über den Müllsack, den er sich übergezogen hatte. »Du wirst sterben«, versprach er ihr, »aber zuerst wirst du brennen.« Er rutschte näher heran und beugte sich herab, bis sein Gesicht ganz nah an ihrem war. »Zähl bis zehn, Schlampe. Und dann fahr zur Hölle.«

Er zog den Müllsack aus, stopfte ihn in den anderen, warf sein Werkzeug in den Rucksack, schulterte ihn und entzündete dann die Zündschnüre aus der relativen Sicherheit der Waschküche. *Zehn … neun …* er rannte zur Eingangstür, aus dem Haus hinaus und zog die Tür fest hinter sich zu. *Acht …* Jetzt war er in ihrem Wagen, fuhr von der Auffahrt, zählte weiter.

Drei, zwei und … Wie aufs Stichwort erbebte die Luft, und die Fenster von Hills Haus barsten. Dieses Mal hatte er die Zündschnüre weitaus besser eingeschätzt. Er war schon am

Ende der Straße, als der erste Nachbar aus dem Haus gestürmt kam, und er fuhr vorsichtig und bedächtig, um ja keinen Verdacht zu erregen. Schließlich bog er von einer menschenleeren Seitenstraße ab und hielt dort, wo der Wagen stand, den er am Abend zuvor gestohlen hatte. Hills Auto bedeckte er mit Tannenzweigen. Niemand würde ihn hier draußen finden.

Dann nahm er seinen Rucksack, stieg in das andere Auto, nahm die Skimaske ab und fuhr los. Penny Hill hatte jetzt bestimmt sehr große Schmerzen. Den Genuss, darüber nachzudenken, würde er sich später gönnen.

Dienstag, 28. November, 0.35 Uhr

»Sie hatten recht. Er hat es wieder getan.«

Reed wandte sich um. Mia Mitchell stand hinter ihm und blickte auf das Inferno, das einmal Penny Hills Haus gewesen war. Sie war anscheinend sofort losgefahren, als der Anruf gekommen war. »Scheint so.«

»Was wissen wir?«

»Die Anwohner berichten von einer ersten Explosion ungefähr fünf Minuten nach Mitternacht. Die Löschzüge 156 und 172 reagierten um null Uhr neun respektive null Uhr fünfzehn. Als sie ankamen, hat der Zugführer augenblicklich die Ähnlichkeit mit dem Feuer am Samstag erkannt. Larry Fletcher hat mich um viertel nach angerufen.« Und er hatte sofort Mitchell angerufen. Aber statt ihn schläfrig und schlecht gelaunt anzuraunzen, wie er es erwartet hatte, war sie schlagartig wach und ausgesprochen professionell gewesen. Er warf einen Blick auf die Menschenmenge und senkte seine Stimme, so dass niemand mithören konnte. »Ich denke, die Besitzerin des Hauses war da. Sie heißt

Penny Hill. Zwei von den Jungs sind hineingegangen, um sie zu suchen.«

Entsetzen, Mitleid und traurige Resignation mischten sich in ihrem Blick. »O Mist.«

»Ja. Die zwei haben die rechte Hälfte schon abgesucht, aber nichts gefunden.«

»Und die Küche?«

»Sie können noch nicht nah genug ran. Sie haben das Gas abgestellt und arbeiten dran. Im Wohnzimmer hat es ein kleineres Feuer gegeben.«

»Papierkorb?«, fragte sie, und er hob eine Braue.

»Ja.«

»Ich muss schon die ganze Zeit darüber nachdenken. Das mit dem Mülleimer bei den Doughertys stört mich.«

»Da können wir uns die Hand reichen. Der Brandbeschleuniger war raffiniert. Das Benzin kam mir vor wie nachträglich hinzugefügt, aber der Mülleimer …«

»War irgendwie kindisch«, beendete sie den Satz. »Ich habe es heute Abend Abe erzählt, und er war derselben Meinung.«

Abe, ihr Partner, der momentan aus dem Verkehr gezogen war. »Wie geht es ihm?«

Sie nickte knapp. »Gut.«

Und ihr dann vermutlich auch, dachte er. Das freute ihn. »Fein.«

»Haben Sie schon mit den Leuten gesprochen?«

»Ja. Niemand hat etwas gesehen. Aber natürlich waren sie auch alle in ihren Häusern und haben entweder vor dem Fernseher gesessen oder im Bett gelegen. Plötzlich gab es einen großen Knall. Einer der Nachbarn hat Reifenquietschen kurz vor der Explosion gehört, aber er ist ziemlich durcheinander.« Er zeigte auf einen Mann am Rand der

Menschenmenge, der mitgenommen und schockiert wirkte.
»Daniel Wright. Wir haben Schleuderspuren auf der Auffahrt gefunden, und Miss Hills Wagen ist verschwunden.«
»Ich gebe sofort eine Fahndungsmeldung raus.«
»Hab ich schon.« Als sie die Brauen hochzog, tat er es auch. »Ich hoffe, das stört Sie nicht.«
Überrascht sah sie ihn an, dann glättete sich ihre Miene. »Natürlich nicht. Hauptsache, es wird gemacht.« Sie richtete ihren Blick wieder auf das Feuer. »Sie haben es unter Kontrolle.«
»Diesmal ging es schneller. Es hatte sich noch nicht im ersten Stock ausgebreitet.«
»Im Haus der Doughertys wollte er, dass das Bett brennt. Warum hier nicht?«
Das hatte er sich auch schon gefragt. Zwei Feuerwehrmänner kamen aus dem Haus. »Kommen Sie«, sagte er und ging auf Larry zu, der mit dem Funkgerät in der Hand am Rüstwagen stand. »Und?«
Larry sah ihn finster an. »Sie ist drin. Mahoney meint, sie sieht aus wie die beim letzten Mal. Wir kamen nicht nah genug an sie heran, um sie rechtzeitig herauszuholen.« Er warf Mitchell einen Blick zu. »Und Sie sind?«
»Mia Mitchell, Mordkommission. Und Sie müssen Larry Fletcher sein.«
Larrys Blick wurde wachsam. »Stimmt. Und warum Mordkommission?«
Sie sah vorwurfsvoll zu Reed auf. »Sie haben es ihm nicht gesagt?«
Reed runzelte die Stirn. »Ich habe ihm eine Nachricht hinterlassen, dass er mich anrufen soll.«
»Was hat er mir nicht gesagt?«, fragte Larry barsch, und Mitchell seufzte.

»Das Opfer vom letzten Brand war schon tot, bevor das Feuer ausbrach. Und bei diesem kann es durchaus ebenso gewesen sein.«

Larrys Brauen zogen sich zusammen. »Ich sollte nicht erleichtert sein, aber ich bin es.«

»Das ist wohl menschlich«, gab sie zurück. »Es gibt nichts, was Sie hätten tun können.«

»Tja, danke. Vielleicht können wir heute Nacht ja etwas besser schlafen. Aber Sie wollen wahrscheinlich mit den Jungs reden, die reingegangen sind. Mahoney und der Rookie. Hey!« Er winkte den Männern zu. »Mahoney, Hunter! Hier rüber.«

Mahoney und der Neuling ihres Löschzugs trotteten auf sie zu. Sie trugen noch die volle Ausrüstung mit Ausnahme ihrer Atemschutzgeräte, die ihnen um den Hals hingen. Beide wirkten erschöpft und frustriert. »Wir waren zu spät«, sagte Brian Mahoney. Seine Stimme war heiser vom Rauch. »Sie ist verkohlt – genau wie die andere.«

Der Rekrut schüttelte den Kopf. »Mein Gott«, presste er hervor.

Mitchell trat vor und spähte unter den Rand des Schutzhelms. »David?«

Der Mann schob den Helm zurück. »Mia? Was machst du denn hier?«

»Na ja, das könnte ich dich ebenso fragen. Ich wusste ja, dass du die Prüfung gemacht hast, aber ich dachte, du wartest noch immer auf den Einsatz.«

»Ich bin seit drei Monaten dabei. Aber da du hier bist, müssen wir wohl von einem Mord ausgehen. Und dass das Feuer bloß gelegt wurde, um den Mord zu vertuschen.«

»Kein schlechter Gedanke. Du kennst Solliday?«

Der Rekrut schob seinen Helm unter den Arm. Der Blick

aus ernsten grauen Augen begegnete Reeds, und seltsamerweise verspürte er eine leichte Verärgerung. Selbst rußig war der Junge zu hübsch für diese Welt. »Nein. David Hunter.«
»Reed Solliday, OFI. Aber *Sie* kennen einander, wie mir scheint.«
Mitchell lächelte flüchtig. »Ja, wir haben in der Vergangenheit schon Spaß miteinander gehabt.«
Der Gedanke daran, dass Mitchell Spaß mit dem Schönling hatte, machte Reed mit einem Mal so wütend, dass es ihn selbst schockierte. *Jemand zu Hause?* Wenn Mitchell und Hunter etwas miteinander hatten, dann ging ihn das doch verdammt noch mal nichts an. Das Feuer aber umso mehr. »Erzählen Sie mir, was Sie gesehen haben.«
»Zuerst gar nichts«, gab Hunter zu. »Der Rauch war zu dicht. Schwarz. Das Wasser verdunstete sofort und ging wie ein Sprühnebel wieder auf uns herab. Wir haben die Schlafzimmer überprüft, aber niemanden gefunden. Schließlich konnten wir uns der Küche nähern.« Er schloss die Augen und schluckte angestrengt. »Ich bin fast auf sie getreten, Mia. Sie ist …«
»Schon gut. Sicher kein schöner Anblick – vor allem, wenn du so etwas noch nie gesehen hast. Wie habt ihr sie gefunden?«
Hunter holte tief Luft. »Zusammengerollt. Fötale Haltung.«
Mahoney nahm seinen Helm ab und wischte sich den Schweiß von der Stirn. »Das Feuer hat hoch gebrannt. Brandspuren auf Augenhöhe. Genau wie beim letzten Mal. Und der Herd war von der Wand weggezogen.«
»Und was ist mit dem Papierkorb im Wohnzimmer?«, fragte er.

»Metall. Nur Zeitung drin«, antwortete Mahoney.
»Das Mädchen, das wir am Samstag gefunden haben, war schon vor dem Brand tot. Diese Frau hier vermutlich auch.«
Mahoney stieß erleichtert den Atem aus. »Puh. Das beruhigt ein wenig. Brauchen Sie uns noch?«
Reed sah auf Mitchell herab. »Brauchen Sie ihn noch?«
»Nein. David ... Grüß bitte deine Mom von mir.« Reed hatte das dumpfe Gefühl, dass es sich hier um eine Art Privatcode handelte.
Hunter schenkte ihr ein kleines Lächeln. »Mach ich. Lass dich mal wieder blicken.«
Und dann entfernten Mahoney und Hunter sich, und Reed entspannte die Kiefermuskeln. »Sie können jetzt noch nicht rein«, sagte er und ärgerte sich gleichzeitig, dass er so brüsk klang. »Ihre Stiefel würden die Hitze nicht aushalten.« Er wandte sich seinem SUV zu, und Mitchell folgte ihm.
»Und wann kann ich Jack mit seinem Team reinschicken?«
»Ungefähr in einer Stunde. Ben, Foster und ich werden uns zuerst umsehen, aber Sie können Unger schon anrufen.« Er setzte sich auf seine Heckklappe, um seine Stiefel zu wechseln, während Mitchell telefonierte. Als sie fertig war, ließ sie das Telefon in die Tasche gleiten, stemmte die Hände in die Hüften und beobachtete ihn. Ihr prüfender Blick in Kombination mit der kalten Luft und seiner Verärgerung machte seine Finger noch ungeschickter als sonst, und schließlich ging Mitchell in die Hocke, gab ihm einen leichten Klaps auf die Finger und half ihm mit den Verschlüssen.
»Sind Sie immer so extrem stur, wenn es darum geht, um Hilfe zu bitten?«, fragte sie barsch.

»Sind Sie immer so extrem sensibel, was die Unzulänglichkeiten anderer angeht?«, schoss er zurück. Ihr Kinn hob sich, und ihre Augen verengten sich.

»Nein. Deswegen übernimmt Abe meistens das Reden. Aber Abe ist nicht hier, also müssen Sie wohl mit mir vorliebnehmen.« Sie richtete sich auf und trat einen Schritt zurück. »So, fertig, faule Socke. Also, gehen Sie schon rein und sehen Sie sich das Opfer ohne mich an, da mir leider das passende Schuhwerk fehlt.«

Ihr Sarkasmus ließ seinen Ärger verpuffen. »Hören Sie, ich …« Was? *Du was, Solliday?* »Danke.« Er nahm seine Ausrüstung und bewegte sich auf das Haus zu. »Können Sie jemanden dazu abstellen, die Schaulustigen zurückzuhalten? Und könnten Sie auch die Gerichtsmedizin informieren?«

»Mach ich.«

Mia sah ihm nach, als er mit Taschenlampe und Utensilientasche Hills Haus betrat. Toll gemacht. Wieder war sie ihm, ohne es zu beabsichtigen, auf die Zehen getreten. Oder in diesem Fall auf die Finger. *Mann, Mia, mach dich an die Arbeit.*

Sie nahm Mr. Wright beiseite. »Detective Mia Mitchell. Kannten Sie Mrs. Hill?«

Er sah sie niedergeschmettert an. »Das heißt, sie ist tot, ja? Penny ist tot?«

»Ich fürchte ja. Können Sie mir sagen, was genau Sie gesehen haben?«

Er nickte. »Ich hatte schon geschlafen, aber das Reifenquietschen hat mich geweckt. Ich rannte zum Fenster und sah Pennys Wagen auf der Straße verschwinden. Und dann … explodierte ihr Haus.«

»Haben Sie die Person am Steuer erkennen können?«
Er schüttelte den Kopf. »Es war dunkel, und alles ging so schnell ... nein, tut mir leid.«
Mia auch. »Hat sie ihren Wagen immer auf der Auffahrt geparkt?«
»Erst seit kurzem. Ihre Tochter musste aus ihrem Haus in eine Wohnung umziehen, daher hat Penny die Möbel in der Garage gelagert.«
»Kennen Sie die Tochter?«
»Ich habe vielleicht ein-, zweimal mit Margaret gesprochen. Ungefähr vor einem Monat. Früher hat sie in Milwaukee gelebt, aber wo sie jetzt wohnt, weiß ich nicht. Penny hat noch einen Sohn – Mark. In Cincinnati.«
»Wo hat Mrs. Hill gearbeitet?«
»Sie war Sozialarbeiterin.«
Alle Alarmglocken schrillten in Mias Kopf los. Sozialarbeiter gaben wunderbare Hassobjekte ab. »Vielen Dank.« Sie drückte ihm ihre Karte in die kalte Hand. »Wenn Ihnen noch etwas einfällt, rufen Sie mich bitte an.«
Sie fragte sich durch die Menge, aber wie es schien, hatte nur Mr. Wright etwas gesehen, das ihnen weiterhelfen konnte. Schließlich ging sie wieder zum Löschfahrzeug zurück, wo soeben der Schlauch aufgerollt wurde. David Hunter lehnte mit dem Rücken am Wagen und hatte die Augen geschlossen.
»Hey – wie geht's dir?«, murmelte sie, und müde sah er sie an.
»Wie erträgst du so etwas bloß?«, fragte er statt einer Antwort.
»So, wie du es auch ertragen wirst. An manchen Tagen kommt es schlimm. Aber an den meisten wirst du dich nicht mit so etwas auseinandersetzen müssen. Muss ich

zum Glück auch nicht.« Sie lehnte sich mit einer Schulter ebenfalls an den Löschwagen und sah zu ihm auf. Er war ein paar Zentimeter größer als Solliday, aber nicht annähernd so breit gebaut. Und David war glattrasiert und hatte nichts von dem teuflischen Aussehen, das Solliday kultivierte. »Verkaufst du deine Werkstatt, wenn du dein Praktikanten-Jahr hinter dir hast?«

»Nein. Ich habe jemanden eingestellt, der sie weiterführt. An meinen freien Tagen bastle ich nach wie vor an Motoren. Tut mir gut.« Er zog eine Braue hoch. »Was macht der Alfa? Frisches Tuning gefällig?«

»Nein, er strahlt noch vom letzten Mal, als er bei dir war. Du siehst also zu, dass du gut zu tun hast.«

Er begegnete ihrem Blick direkt. »Das schien mir das Klügste.«

David Hunter hatte unter schwerem Liebeskummer gelitten. Vor Jahren schon hatte er sich unsterblich in Mias Freundin Dana verliebt, aber dieser war es nicht einmal aufgefallen. Dann war Dana Ethan Buchanan begegnet, und jeder, der sie zusammen erlebte, musste erkennen, dass sie wie füreinander gemacht waren. Mia freute sich sehr für ihre Freundin, aber den Schmerz in David Hunters Augen zu sehen, versetzte ihr jedes Mal einen Stich. »Niemand weiß es, David, und wenn es an mir liegt, wird es auch nie jemand erfahren.«

Er lächelte ironisch. »Tja, das sollte mich etwas trösten.« Er richtete sich auf. »Also, Mia, was geht hier vor? Wirklich, meine ich?«

»Wissen wir noch nicht. Hör mal, hast du andere Brände erlebt, die dich an diesen hier erinnern?«

»Nein, aber ich bin ja auch erst drei Monate dabei. Da fragst du besser Mahoney.«

»Gut. Was ist mit Mülleimerbränden? Wie viele hast du schon erlebt?«
»Lass mich nachdenken. Ein paar bestimmt schon, aber die meisten werden von kleinen Kindern gelegt – manchmal im Grundschulalter.« Er warf einen Blick zum Haus hinüber. »Das hier hat aber kein Kind angerichtet.«
Sie zog die Brauen zusammen. »Die meisten Brandstifter sind unter zwanzig, oder nicht?«
»Ja. Aber dein Freund Solliday kann dir da garantiert detaillierte Informationen geben.«
Er ist nicht mein Freund. Das Ziehen, das ihr der Gedanke in der Magengrube verursachte, überraschte sie. *Wir arbeiten nur kurzfristig zusammen.* »Okay, ich werde ihn fragen. Aber jetzt muss ich noch einmal mit Mahoney sprechen, bevor ihr Jungs wieder abfahrt.«

Dienstag, 28. November, 1.35 Uhr

Also das, dachte er, *war doch weit besser gelaufen.* Er warf eine Schaufel Erde zur Seite. *Übung macht eben doch den Meister.*
Schnell vergrub er das, was er vom Schauplatz mitgenommen hatte. Das Kondom und die blutigen Müllsäcke konnten hier lagern, bis er Zeit hatte, sie endgültig zu entsorgen. Er hätte auf dem Rückweg anhalten und sich ihrer entledigen sollen, aber er hatte in einem Anflug von Verfolgungswahn die ganze Zeit in den Rückspiegel gestarrt und es daher vergessen.
Seine Vorsicht war unnötig gewesen. Niemand war ihm gefolgt, niemand hatte ihn gesehen. Penny Hills Wagen besaß keine Nummernschilder und keine Fahrgestellnummer mehr und stand weit genug von jeder Zivilisation entfernt, um für

eine ganze Weile unentdeckt zu bleiben. Er wusste, dass er nichts zurückgelassen hatte, aber man konnte nicht vorsichtig genug sein. Ein einzelnes Haar konnte ihn verraten.
Aber dazu müssten sie ihn erst einmal zu fassen kriegen. Und das würde nicht geschehen.
Er war vorsichtig. Er war geschickt. Er war skrupellos.
Er lächelte, während er die Erde mit dem Fuß feststampfte. Sie hatte gelitten. Er konnte noch immer Penny Hills Stöhnen hören. Leider nur gedämpft, weil sie geknebelt gewesen war, aber das war nicht zu ändern gewesen. Doch ihren glasigen Blick, mit dem sie ihn angesehen hatte, nachdem er mit ihr fertig gewesen war, hatte ihm genug verraten. Sie wusste genau, warum er es getan hatte. Und das machte alles umso köstlicher.
Abrupt hielt er mitten in der Bewegung inne. Seine Hand umfasste die Schaufel fester. Verdammt. Er hatte die Aktentasche vergessen. Sie lag noch immer auf dem Rücksitz des Wagens. Er zwang sich zur Ruhe. Nicht schlimm. Er würde zurückfahren und die Mappe holen, sobald er Zeit hatte. Er hatte den Wagen gut genug versteckt.
Er blickte in den Nachthimmel auf. Noch ein paar Stunden bis zur Dämmerung. Er würde noch ein wenig schlafen, bevor der offizielle Tag begann.

Der Junge sah mit einem Kloß im Hals vom Fenster aus zu. Da war er wieder, und wieder vergrub er etwas. Er musste etwas sagen. Aber er hatte solche Angst. Und so beobachtete er nur, wie der andere das Loch verdeckte und die Erde feststampfte. Was hatte er dort versteckt? Seine Phantasie malte sich die schrecklichsten Dinge aus, aber was geschehen würde, wenn er etwas verriet, war mindestens genauso schrecklich. Dessen war sich der Junge sicher.

7. Kapitel

Dienstag, 28. November, 7.55 Uhr

Sie sah müde aus. Das war Reeds erster Gedanke, als er, in der einen Hand Feuerwehrstiefel, in der anderen eine Tragepappe mit zwei Kaffeebechern, im Türrahmen zum Großraumbüro des Morddezernats stehen blieb.

Mitchell saß zurückgelehnt auf einem Stuhl, die Füße auf dem Tisch, und las in einer dicken Mappe, die sie auf dem Schoß aufgeschlagen hatte.

Ihr Blick hob sich, als er die schweren Stiefel auf ihren Tisch fallen ließ. Sie beäugte sie und schenkte ihm dann ein halbes Lächeln. »Ich bin gerührt, Solliday. Dabei ist noch nicht einmal Weihnachten.«

Er hielt ihr die beiden Becher mit Kaffee entgegen und sah echtes Entzücken in ihrem Gesicht aufleuchten. »Jetzt kommen wir ins Geschäft.« Sie legte die Akte auf den Tisch und nahm sich einen der Styroporbecher.

»Echter Kaffee«, sagte er. »Kein Klärschlamm, wie der da hinten in der Kanne.«

»Kann schon sein. Aber der Klärschlamm in der Kanne hat eine Koffeinkonzentration, die einen tagelang munter hält.« Sie nahm ein Töpfchen Kaffeesahne und sah misstrauisch zu ihm auf. »Soll ich Ihnen das in den Kaffee tun, oder wollen wir uns lieber erst wieder gegenseitig beleidigen?«

Er lachte leise. »Ich trinke ihn schwarz, danke.« Dann

betrachtete er die Akte auf ihrem Tisch. »Roger Burnettes Fälle?«

»Nicht das, was im Archiv zu finden ist. Die habe ich gestern angefordert, aber der Kollege hat sie noch nicht hochgebracht. Das sind Burnettes eigene Notizen. Er hat heute Morgen hier auf mich gewartet. Namen, Adressen und sonstige Daten von allen, denen er in den vergangenen Jahren an den Karren gefahren ist. Ich glaube, er brauchte das Gefühl, dass er etwas tun kann.«

»Und?«

Sie schnitt ein Gesicht. »Jeder von den Typen, die hier drinstehen, kann etwas gegen ihn haben.«

»Sie gehen also wieder davon aus, dass Caitlin ein Racheopfer gewesen ist.«

Sie gab die Sahne in den Kaffee und drückte den Deckel zu. »Ich weiß nicht. Aber ich weiß, dass Penny Hill Sozialarbeiterin war. Sie hat vermutlich in den vergangenen Jahren eine Menge Kinder aus einer Menge Familien herausgeholt. Und eine Menge Leben durcheinandergebracht, wenn man es von einer bestimmten Warte aus betrachtet. Es könnte interessant sein, Burnettes Fälle mit Penny Hills abzugleichen. Vielleicht gibt es jemanden, der sie beide gehasst hat.«

»Kannte Roger Burnette Penny Hill?«

»Nein. Ich hatte es gehofft, aber er hat ihren Namen noch nie gehört.« Sie schwang die Füße auf den Boden. »Wir haben jetzt unser Morgenmeeting. Ich habe Jack und den Gerichtsmediziner gebeten, zu uns zu kommen.« Sie griff nach dem Ordner und nach ihrem Kaffee. »Außerdem habe ich unseren Psychologen eingeladen, vorbeizuschauen. Miles Westphalen. Ich habe schon mit ihm gearbeitet. Er ist gut.«

Bevor Reed noch etwas sagen konnte, winkte sie ihm, ihr zu folgen, und verschwand in einem Seitenflur. Ein Seelenklempner. *Na, hurra!*

Ein großer Tisch dominierte Spinnellis Konferenzraum. Spinnelli saß an einem Ende, umgeben von Jack Unger von der CSU und Sam Barrington aus der Gerichtsmedizin. Neben Jack saß ein älterer Mann. Der Seelenklempner, wie Reed annahm.

Spinnelli musterte sie beide und verzog den Mund. »Haben Sie diese Nacht überhaupt etwas Schlaf bekommen?«

»Eigentlich kaum«, antwortete Mitchell. Sie lächelte den Psychologen herzlich an. »Hey, Miles. Danke, dass Sie kommen konnten. Das ist Lieutenant Solliday vom OFI. Reed, Dr. Miles Westphalen.«

Reed setzte einen nichtssagenden Gesichtsausdruck auf und schüttelte dem Mann die Hand. Er verabscheute Seelenklempner. Verabscheute es, dass sie ständig versuchten, fremde Gedanken zu lesen, andere zu analysieren. Und er verabscheute ganz besonders, dass sie für Verbrechen immer gern die Erziehung und das Umfeld verantwortlich machten. Es war zu vermuten, dass dieser Westphalen ihren Brandstifter auf eine arme, vaterlose Seele reduzieren würde, die von der Mutter misshandelt worden war.

Westphalen lehnte sich zurück und lächelte amüsiert. »Freut mich, Lieutenant Solliday. Machen Sie sich keine Sorgen – ich versuche nicht, Ihre Gedanken zu lesen. Jedenfalls nicht vor der ersten Tasse Kaffee.«

Reed presste die Kiefer aufeinander, als Mitchell sich neben Westphalen setzte. »Lassen Sie ihn in Ruhe, Miles«, mahnte sie müde. »Er hatte eine lange Nacht. Und ich auch. Solliday, setzen Sie sich. Bitte.« Sie warf Barrington einen Blick zu. »Konnten Sie sie schon untersuchen?«

»Für mehr als einen flüchtigen Blick war noch keine Zeit«, antwortete Barrington, als Reed sich neben Mitchell setzte. »Aber ich würde Wetten darauf abschließen, dass ich etwas anderes als Benzin auf der Leiche finde. Die Verbrennungen gehen viel tiefer als bei dem vorherigen Opfer.«

»Apropos Opfer«, unterbrach Spinnelli. »Mit wem haben wir es zu tun?«

»Penelope Hill, siebenundvierzig Jahre alt«, begann Mitchell. »Seit fünfundzwanzig Jahren Angestellte beim Sozialamt.« Sie blies sich eine Haarsträhne aus der Stirn. »Gestern Abend hat sie ihren Ausstand gefeiert. Ich habe heute Morgen mit einer Freundin beim Sozialamt gesprochen. Hill war beliebt und wurde allseits respektiert. Über sie und ihr freiwilliges Engagement wurde schon öfter in den Zeitungen geschrieben.«

»Beliebt ist relativ«, bemerkte Westphalen. »Bei ihren Mitarbeitern vielleicht.«

»Aber bei den Eltern, denen sie die Kinder weggenommen hat?«, führte Mitchell Westphalens Gedanken weiter.

»Die Tochter eines Cops und eine Sozialarbeiterin«, überlegte Spinnelli. »Irgendeine Verbindung?«

Sie schüttelte den Kopf. »Bisher nicht. Wir brauchen eine richterliche Anordnung für Hills Akten, damit wir die Fälle der beiden gegenchecken können. Die Brände jedenfalls sind nach demselben Strickmuster gelegt worden.«

Spinnelli zog die Brauen hoch. »Reed?«

Sämtliche Augenpaare waren auf ihn gerichtet. »In beiden Fällen entstand der Initialbrand in der Küche. In beiden Fällen wurde das Gas verwendet. In beiden Fällen wurde fester Brandbeschleuniger als chemische Verlängerung des Zünders die Wand hinaufgelegt. In Doughertys Haus war es Ammoniumnitrat; gemischt mit Kerosin und Guargummi. Hochentzündlich. Ich erwarte die Laboranalyse vom Hill-Fall bis heute Abend, aber ich bin mir jetzt schon recht sicher, dass die Mischung dieselbe ist.«

Spinnelli strich sich über den Schnurrbart. »Haben wir es also mit einem professionellen Brandstifter zu tun?«

»Nicht im traditionellen Sinn. Brandstiftung aus Profitgründen wird gewöhnlich in Form eines Versicherungsbetrugs von Grundbesitzern begangen oder von Kriminellen, die, nun, einen Auftrag verrichten. Aber dies hier scheint sich nicht um Geld zu drehen. Es kommt mir eher wie … wie eine persönliche Sache vor. Ich meine, der Täter hat nicht einfach einen Brand gelegt. Er hat diese Häuser in die Luft gejagt. Woher er die Opfer kannte, wissen wir noch nicht, aber die Explosion schreit einem förmlich ins Gesicht: *Seht mich an. Schaut her, was ich kann.*«

»Und: *Seht euch sie an. Seht nur, wie sie gestorben sind*«, murmelte Mitchell. »Es ist wie ein blinkender Neonpfeil.« Sie warf Westphalen einen Blick zu. »Ein Hilfeschrei?«

Westphalen zog die schütteren grauen Augenbrauen hoch. »Eher wie ein Wutgebrüll.«

Reed war überrascht. Er hatte erwartet, dass der Therapeut sich sofort auf das Hilfeschrei-Mantra einließ. Das war noch so etwas, was er an diesen Psycho-Typen verabscheute. Nie hatte der Betreffende Schuld. Wenn ein Verbrecher eine Straftat beging, rief er bloß um Hilfe. So ein Schwachsinn. Jemand beging eine Straftat, weil er sich einen Nutzen davon versprach, Punkt. Wenn man Hilfe brauchte, bat man freundlich darum und jagte nicht die halbe Nachbarschaft in die Luft.

Spinnelli stieß sich vom Tisch ab und trat an die weiße Tafel. »Also – was haben wir bisher?« Er zeichnete zwei Spalten auf die Tafel und schrieb über die eine *Dougherty/*

Burnette, über die andere *Hill*. »Zeitpunkt des Verbrechens?«

»Beide gegen Mitternacht«, sagte Reed. »In beiden Fällen handelte es sich um freistehende Häuser in einer Mittelschichtgegend. Eingesetzt wurden Brandsätze mit Zünder.«

»Und den Mülleimer nicht vergessen«, murmelte Mitchell.

»Und in beiden Fällen wurde ein separates Feuer gelegt«, fügte Reed hinzu. »Zerknülltes Zeitungspapier und eine filterlose Zigarette in einem Papierkorb. Eine Zigarette ohne Filter brennt ganz herunter und entzündet das Zeitungspapier. Es ist ein sehr schlichter, aber effektiver Mechanismus, um eine zeitliche Verzögerung herbeizuführen.«

Spinnelli schrieb die Informationen auf und wandte sich wieder um. »Das mit dem Mülleimer klingt für mich, als hätten wir es mit einem Neuling auf diesem Gebiet zu tun.«

»Ich denke, es bedeutet etwas«, sagte Mitchell. »Es kommt mir symbolisch vor.«

»Wahrscheinlich haben Sie recht. Was noch?«, fragte Spinelli. »Sam?«

»Die Leichen waren bis zur Unkenntlichkeit verbrannt«, erklärte Barrington. »Aber wie ich schon sagte – beim zweiten Opfer ist das Ausmaß der Schädigung weit größer als beim ersten.«

»Mrs. Hill«, murmelte Mitchell. »Sie hieß Penny Hill.«

Etwas in ihrer Miene versetzte Reed einen Stich, aber Barrington zog nur unbeteiligt die blonden Brauen hoch. »Der Täter hat jedenfalls beim zweiten Opfer etwas anderes eingesetzt. Etwas, das nicht so schnell verbrennt.«

»Überprüfen Sie es auf die Nitratverbindung«, sagte Reed. »Ich lasse Ihnen vom Labor die Formel faxen.«

»Gut, ich warte darauf. Besorgen Sie mir die zahnärztlichen Unterlagen des zweiten Opfers, Detective, damit wir sie so schnell wie möglich identifizieren können.«

»Ja«, sagte Mitchell tonlos. »Ich kümmere mich heute darum.«

Barrington stand auf. »Falls es sonst nichts mehr gibt. Ich habe heute ziemlich viel zu tun.«

»Rufen Sie uns an, wenn Sie etwas finden«, sagte Spinnelli, und der Mann ging.

Einen Moment lang starrte Mitchell auf die Tür, die der Gerichtsmediziner hinter sich geschlossen hatte, dann streckte sie ihre eben noch zur Faust geballten Finger auf dem Oberschenkel aus. »Um es Ihnen zu erklären, Marc. Caitlin Burnettes Leiche wurde mit Benzin verbrannt. Penny Hills mit etwas … Heißerem.«

»Wahrscheinlich nicht heißer«, berichtigte Reed, »sondern etwas, das nicht so schnell verbrennt.«

Sie zuckte verärgert die Achseln. »Meinetwegen. Ich wollte nur auf den Unterschied hinweisen. Er hat sein Verhalten verändert. Vielleicht verbessert.«

Spinnellis Schnurrbart hing trübe herab, während er darüber nachdachte. »Klingt nach einer berechtigten Annahme. Noch andere Unterschiede?«

»Im ersten Haus hat er zwei Brandsätze eingesetzt«, sagte Reed. »Einen in der Küche, einen anderen im Schlafzimmer. Im zweiten Haus war im Schlafzimmer nichts zu finden.«

Das weckte Westphalens Interesse. »Könnte auf einen Groll gegen die Doughertys hinweisen. Es war ihr Schlafzimmer.«

»Oder er hat festgestellt, dass es beim ersten Mal schon genug Feuer gegeben hat – warum also noch mehr Material vergeuden?«, konterte Reed. »Ungeübte Brandstifter machen häufig den Fehler, des Guten zu viel zu tun: Ein Brandsatz ist schön, fünf natürlich noch besser. Aber sollte einer von den fünf nicht losgehen, haben sie ein Indiz hinterlassen. Die Sache zu vereinfachen, könnte eine Art Lernprozess markieren. Aber wir werden die Doughertys fragen, ob sie Feinde haben.« Er wandte sich an Mitchell. »Sie haben heute Morgen angerufen. Ich habe ihnen gesagt, dass wir sie irgendwann nach neun an ihrem Haus treffen.«

»Okay.« Sie runzelte die Stirn. »Miles, wenn die Doughertys Ziel waren, stimme ich Ihnen zu. Aber wenn es hier um Caitlin ging, warum das Bett im Schlafzimmer? Ich meine, Caitlin hat in einem anderen Zimmer gelernt. Was hätte das bringen sollen?«

»Gute Frage«, sagte Westphalen. »Fragen Sie die Doughertys.«

»Noch andere Unterschiede?«, wollte Spinnelli wissen.

»Er hat Caitlins Wagen in der Garage stehen lassen, Penny Hills aber mitgenommen«, sagte Reed.

»Ja, mir kommt es langsam auch so vor, als fange er gerade an, sich zu organisieren«, dachte Westphalen laut nach.

Spinnelli schrieb auf die Tafel. »Jack?«

»Wir haben Blutspritzer auf dem Teppich der Doughertys gefunden. Ben Trammell hat außerdem etwas entdeckt, was der Knopf ihrer Jeans gewesen sein könnte. Im Flur, in einer Spalte an der Treppe. Die Jeans selbst haben wir nicht gefunden, aber sie kann verbrannt sein. Dann sollten wir allerdings in der Asche Reste finden.«

»Was ist mit dem Benzin?«, fragte Mitchell.

»Nichts auf dem Teppich. Nur in der Küche um die Leiche herum.«

»Also hat er sie im Flur vergewaltigt und erschossen, dann in die Küche gezerrt und sie mit Benzin übergossen.« Mitchell presste die Kiefer zusammen. »Widerliches Schwein.«

»Die Verwandten«, sagte Spinnelli. »Sind Penny Hills Angehörige schon informiert?«

»Noch nicht«, sagte sie. »Ich habe alle Mark Hills in Cincinnati durchtelefoniert, aber niemand ist mit Penny verwandt. Das Personal im Sozialamt fängt ungefähr in einer halben Stunde an zu arbeiten, da sollten wir eigentlich Kontaktinformationen bekommen können.«

Spinnelli setzte sich wieder. »Miles, können Sie uns schon ein Profil erstellen? Oder wenigstens Starthilfe geben?«

Westphalen warf einen vorsichtigen Blick in Reeds Richtung. »Lieutenant Solliday kennt sich vermutlich besser mit der Psyche von Brandstiftern aus.«

Reed bedeutete ihm fortzufahren. Es interessierte ihn, was der Mann zu sagen hatte. »Bitte.«

Westphalen nahm die Brille ab und polierte die Gläser mit einem Taschentuch. »Nun – ungefähr ein Viertel aller Brandstifter ist unter vierzehn und legt Brände aus purer Lust am Brennen oder unter Zwang. Ich denke nicht, dass wir hier einen solchen Fall haben. Weitere fünfundzwanzig Prozent sind im Alter zwischen fünfzehn und achtzehn.« Er hob die Schultern. »Ich möchte nicht glauben, dass wir es hier mit einem Jugendlichen zu tun haben, aber wir alle wissen, dass der eine oder andere durchaus dazu fähig ist. Brandstifter sind selten über dreißig. Und falls ja, dann handelt es sich um die Verbrecher, von denen der Lieutenant bereits gesprochen hat, hier geht es um Profit. Erwachsene Brandstifter, die nicht hinterm Geld her sind, handeln in den meisten Fällen aus Rache. Die Mehrheit ist weiß. Beinahe ausschließlich männlich. Und ich bin mir so gut wie sicher, dass dieser Täter ein Vorstrafenregister hat.«

»Wir haben keine Abdrücke finden können«, sagte Unger. »Er hat überhaupt nichts zurückgelassen, was uns einen Hinweis geben könnte, also nützen uns die Vorstrafen leider nichts.«

Westphalen runzelte die Stirn. »Die Tatsache, dass man ihn nur Sekunden vor der Explosion von Hills Haus hat wegfahren sehen, lässt entweder darauf schließen, dass sein Timing jämmerlich war oder dass er eine hohe Risikobereitschaft besitzt.«

»Er braucht den Kick«, sagte Mitchell, und Westphalen nickte.

»Möglich. Generell findet man bei Brandstiftern eine instabile Kindheit. Abwesende Väter, emotionaler Missbrauch durch die Mütter.«

Reeds Kiefer verspannten sich. Na bitte, er hatte doch gewusst, dass es Psychologen unmöglich war, nicht die Herkunft als Quelle allen Übels heranzuziehen. Westphalens Blick begegnete seinem, und Reed erkannte, dass der ältere Mann seine Verärgerung gespürt hatte. Dennoch fuhr er gelassen fort. »Brandstiftung ist häufig eine Art Trittbrett für Sexualverbrechen. Ich habe einige Sexualstraftäter behandelt, die die Brände zur Befriedigung gelegt haben. Irgendwann reicht es nicht mehr, ein Feuer brennen zu sehen. Als Nächstes kommt die Vergewaltigung.«

»Sie sind also nicht überrascht, dass der Täter erst vergewaltigt und dann alles abfackelt.«

Westphalen setzte die Brille wieder auf. »Nein, das überrascht mich überhaupt nicht. Was mich allerdings überrascht, ist die Tatsache, dass er nicht geblieben ist, um es brennen zu sehen. Er plant ein hübsches Feuerwerk, bleibt aber nicht zur Vorstellung.«

»Ja, darüber habe ich auch schon nachgedacht«, sagte Reed

und unterdrückte seine Verärgerung. »Ich habe mir bei beiden Bränden die Schaulustigen genau angesehen. Ich hatte nicht den Eindruck, als sei jemand dabei gewesen, der nicht in die Gegend gehörte.«

»Und nun?«, fragtE Spinnelli.

»Ich analysiere die Proben, die wir gestern Nacht aus Hills Haus mitgenommen haben«, sagte Unger. »Von der Küche erwarte ich mir nicht allzu viel, aber wir haben den Boden im vorderen Teil des Hauses gefegt, wo es keine so große Beschädigung gab. Außerdem werde ich gleich noch einmal mit einem Team hinfahren, um mir den Schauplatz bei Tageslicht anzusehen. Falls er auch nur ein Härchen verloren hat, das nicht verbrannt ist, dann finden wir es. Kann ich auf Ben Trammell zählen, Reed? Er war gestern eine große Hilfe.«

»Sicher.«

»Wir reden mit den Doughertys«, sagte Mitchell, und wandte sich Reed zu. »Und dann würde ich gern noch einmal zu Hills Haus fahren.«

»Und wir sollten noch einmal zur Uni. Wir müssen herausfinden, wer sonst noch wusste, wo Caitlin war, oder ob jemand auf dem Campus gesehen wurde, der dort nicht hingehört.«

»Oh, und dann zur Spielhalle, um Joel Rebinowitz' Alibi zu überprüfen. Ich bin gestern Nacht noch vorbeigefahren, aber sie hatten geschlossen. Um zwölf macht der Laden wieder auf.« Mitchell sah zu Spinnelli. »Wir brauchen noch die richterliche Anordnung für Penny Hills Akten, und ich warte auch noch immer auf Burnettes Unterlagen. Können Sie Stacy schicken?«

Spinnelli machte sich eine Notiz. »Ich kümmere mich um die Anordnung. Wie weit zurück soll Stacy gehen?«

Sie warf Westphalen einen Blick zu. »Was denken Sie, Miles? Ein Jahr?«
Der alte Mann zuckte die Achseln. »Es ist ein Anfang. Aber ich weiß es nicht, Mia.«
»Reed, haben Sie in der Datenbank nach ähnlichen Bränden angefragt?«, wollte Spinnelli wissen.
»Ja. Ich habe Sonntagmorgen in der BATS-Datenbank nachgefragt und heute Morgen noch einmal. BATS ist die Abkürzung für *Bomb Arson Trecking System,* das das ATF eingerichtet hat«, erklärte er auf Miles' verwirrten Gesichtsausdruck hin. »Ich habe eine Menge Treffer für festen Brandbeschleuniger bekommen, aber meistens in Gewerbegebäuden. Kein Treffer, als ich die Morde hinzugefügt habe. Über tausend Treffer dagegen, als ich mich nach Mülleimerbränden erkundigt habe. Ich lasse meine Suche automatisch mehrmals am Tag durchlaufen, für den Fall, dass unser Täter es woanders versucht. Wir werden sehen.«
Spinnelli runzelte die Stirn. »Im Grunde können wir also im Moment nichts tun, außer eine Verbindung zwischen den beiden Fällen zu suchen. Mia, bringen Sie mich auf den neuesten Stand, bevor Sie heute Abend verschwinden. Viel Glück.« Er und Unger verließen den Raum, aber Westphalen blieb noch und nestelte ohne erkennbare Absicht an seiner Krawatte.
»Sie glauben nicht an den Einfluss der häuslichen Umgebung auf Verbrecher«, sagte er schließlich mit sanfter Stimme. Reed hasste die sanfte Stimme der Psycho-Typen. Für ihn hatte sie denselben Effekt wie Fingernägel auf einer Tafel.
»Ich halte das für die Standardausrede der Gesellschaft«, erwiderte er, keinesfalls sanft. »Jeder hat Probleme, Doktor. Manche Menschen haben als Kind eine schlechtere

Ausgangsposition als andere. Zu traurig. Aber mit etwas Köpfchen kriegt man das hin und wird dennoch zu einem produktiven Bürger. Oder eben nicht. So einfach ist das.«

Mitchell sah ihn neugierig an, schwieg aber. Westphalen zog sich seinen Mantel an. »Eine starke Überzeugung.«

»Ja.« Reed wusste, dass er sich nicht gerade höflich benahm, aber es war ihm egal. Psychologen versuchten durch solche Fragen gern, Geheimnisse in Erfahrung zu bringen, die auch geistig und seelisch gesunde Menschen lieber für sich behielten.

»Wir werden uns demnächst noch einmal unterhalten müssen«, sagte Westphalen, wieder leicht amüsiert, dann wandte er sich mit einem herzlichen Lächeln zu Mia um. »Schön, dass Sie wieder bei uns sind, Mia. Es war nicht dasselbe ohne Sie. Lassen Sie sich nicht noch einmal anschießen, ja?«

Sie erwiderte das Lächeln mit deutlicher Zuneigung. »Ich gebe alles, Miles. Grüßen Sie die Dame des Hauses.« Als Westphalen gegangen war, schaute sie auf. Er erwartete, dass sie ihn fragte, warum er mit dem Seelenklempner so barsch umgegangen war, aber sie sagte nichts, sondern sammelte nur ihre Unterlagen ein. »Sind Sie so weit, Solliday? Je eher wir mit den Doughertys gesprochen und uns Hills Haus angesehen haben, desto schneller können wir uns in die Akten vergraben, was meine absolute Lieblingsbeschäftigung ist.« Sie verzog das Gesicht.

»Oh, ich dachte, am liebsten drohen Sie blöden Bengeln mit bösen Buben namens Bubba.«

Ihr plötzliches Grinsen vertrieb seine schlechte Laune im Handumdrehen. »Nicht schlecht, Solliday. Wirklich nicht schlecht. Lassen Sie uns bei irgendeinem Drive-in anhalten. Ich habe einen Mordshunger.«

Dienstag, 28. November, 8.45 Uhr

Blinzelnd starrte er auf die Zeitungsseite. Unfassbar, wie schnell diese Reporter sein konnten. Er hatte erst morgen mit einem Bericht gerechnet. Aber da stand auf der Titelseite: *Mordender Brandstifter – Serientäter?*

Penny Hills Name wurde genannt, hier hatte sich niemand mit »Namen von der Redaktion geändert« aufgehalten. Er las weiter und zog die Stirn in Falten. Jemand hatte ihn wegfahren sehen. Nun, er hatte die Skimaske getragen, und das Nummernschild hatte der Kerl sich gern merken dürfen – schließlich war es Penny Hills Wagen gewesen.

»Penny Hill war siebenundvierzig Jahre alt.« Schau an. Sie hatte sich prima gehalten. Nun ja, bis gestern. Er gluckste vergnügt. Nun sah sie aus wie ein Marshmellow beim Grillfest. Das zumindest stellte er sich vor. Er hätte zu gern die Leiche und das Haus gesehen. Die Zerstörung, die er angerichtet hatte. Aber das war nicht sehr klug, solange das Gesetz im Spiel war. Wer also war auf ihn angesetzt worden? Er überflog den Artikel. Ein Lieutenant Reed Solliday. Ein *Lieutenant.*

Er war der Polizei einen Lieutenant wert. Höherer Rang. Kein kleiner Bundesagent, der sein Handwerk noch lernen musste. Sehr schön. Und dieser Solliday war sogar ausgezeichnet worden. Erfahren. Ein würdiger Gegner. Was allerdings bedeutete, dass er doppelt gründlich sein musste. Wer war sein Partner?

Seine Lippen verzogen sich zu einem spöttischen Lächeln. Detective Mia Mitchell. Eine Frau? Sie hatten wahrhaftig eine *Frau* ausgesucht, um ihn zu erwischen?

Die kriegen mich nie und nimmer. Aber er würde nicht zulassen, dass ein zu großes Selbstvertrauen ihn zu Fall brachte. Er würde planen und handeln, als wären ihm zwei qualifizierte Männer auf den Fersen. Aber er würde ruhig schlafen.

Er riss den Artikel aus der Zeitung und las ihn noch einmal durch. Sie hatten Caitlin erwähnt. Das war ihm beim ersten Mal entgangen, weil er Penny Hills Namen gesucht hatte. »Das Opfer des ersten Brandes war die neunzehnjährige Caitlin Burnette, Tochter von Sergeant Roger Burnette.« Sein Herz setzte beinahe aus. »Seit zwanzig Jahren beim CPD.«

Verdammt. Er hatte die Tochter eines Cops getötet. Was hatte die Tochter eines Cops überhaupt dort zu tun gehabt? Verdammter Mist. Wütend legte er den Artikel in sein Buch zurück zu dem gestrigen Bericht über den Doughertybrand aus der *Tribune* und dem vom Freitag aus der *Gazette*. *So eine verdammte Scheiße.* Jetzt würde die Polizei ihn jagen wie einen streunenden Hund. Mit einer zornigen Handbewegung fegte er alles, was sich auf dem Tisch befand, in seinen Rucksack. *Verdammt, verdammt.* Das war absolut *beschissen*.

Er setzte sich in Bewegung. Sein Herz raste, als die Furcht sich in ihm breitmachte. *Ich muss aufhören.*

Doch dann blieb er wie angewurzelt stehen. *Nein!* Er konnte nicht aufhören. Er wollte nicht aufhören. Er tat das alles für seine eigene Zukunft. *Die Wut muss getilgt werden, erinnerst du dich? Du kannst nicht aufhören, bis du fertig bist. Das ist wie mit einer Packung Antibiotika, die man nicht bis zu Ende nimmt. Dann wird es das nächste Mal nur schlimmer, stärker.*

Er musste sich wieder unter Kontrolle bringen. Er hatte gestern Abend nicht den Kopf verloren, und es würde auch jetzt und das nächste Mal nicht geschehen. Er war sich jeder einzelnen Tat bewusst. Er wurde besser. Gerissener. Er würde nicht aufhören. Nicht, bis er fertig war, und nun musste er an den nächsten Ort fahren. Und er musste pünktlich sein.

Dienstag, 28. November, 9.05 Uhr

Mia faltete die Verpackung ihres Sandwichs zusammen, als sie vor den Überresten des Hauses der Doughertys parkten. Ein Paar mittleren Alters stand am Straßenrand und betrachtete erschüttert die geschwärzte Ruine. »Das dürften wohl die Doughertys sein«, sagte Mia leise.

»Ich schätze, da haben Sie recht.« Solliday seufzte. »Bringen wir es hinter uns.«

Mr. Dougherty wandte sich um, als sie herankamen. »Lieutenant Solliday?«

»Der bin ich.« Er schüttelte den beiden die Hand. »Und das ist Detective Mitchell.«

Die beiden tauschten einen besorgten Blick aus. »Ich ... verstehe nicht«, sagte Dougherty.

»Morddezernat«, sagte Mia. »Caitlin Burnette wurde ermordet, bevor das Haus in Brand gesetzt wurde.«

Mrs. Dougherty stieß einen erstickten Schrei aus, den sie sofort mit der Hand dämpfte. »O Gott.«

Ihr Mann legte ihr einen Arm um die Schultern. »Wissen ihre Eltern es schon?«

Mia nickte. »Wir haben sie gestern informiert.«

»Wir wissen, dass der Zeitpunkt nicht günstig ist«, sagte Reed. »Aber wir müssen Ihnen ein paar Fragen stellen.«

»Warten Sie.« Dougherty schüttelte verwirrt den Kopf. »Sie sagten, in Brand gesetzt? Das heißt, es war Brandstiftung?«

Solliday nickte. »Wir haben Brandsätze in Ihrem Schlafzimmer und in der Küche entdeckt.«
Mr. Dougherty räusperte sich. »Ich weiß, das klingt furchtbar unsensibel und bitte glauben Sie mir, dass wir alles tun, um Ihnen zu helfen, aber ... was sollen wir jetzt machen? Können wir die Versicherung einschalten? Wir wissen nicht, wohin.«
Mrs. Dougherty neben ihm rang sichtlich um Fassung. »Ist noch etwas übriggeblieben?«
»Nicht viel«, antwortete Reed. »Natürlich sollten Sie den Brand Ihrer Versicherung melden. Aber nur um Sie vorzuwarnen – es wird eine Ermittlung geben.«
Entsetzt sah Mr. Dougherty ihn an. »Sind wir verdächtig?«
»Wir werden Sie so schnell wie möglich ausschließen«, sagte Mia ruhig.
Mr. Dougherty nickte. »Wann können wir hinein, um zu sehen, was zu retten ist?«
»Unsere Hochzeitsfotos ...« Mrs. Doughertys Stimme brach und ihre Augen füllten sich mit Tränen. »Verzeihen Sie. Ich weiß, dass Caitlin ... Aber, Joe – alles ist weg!«
Dougherty legte seine Wange an ihr Haar. »Es wird alles wieder gut, Donna. Wir stehen das durch. Wir haben bisher immer alles durchgestanden.« Er begegnete Sollidays Blick. »Ich nehme an, entweder Sie oder die Versicherung werden unsere Konten überprüfen.«
»So wird es üblicherweise gemacht«, bestätigte Solliday. »Wenn Sie uns etwas zu sagen haben, wäre jetzt der geeignete Moment.«
»Wir wurden vor fünf Jahren verklagt. Ein Kunde ist in unserem Geschäft gestürzt.« Dougherty verzog den Mund. »Die Geschworenen waren auf der Seite des Klägers. Wir haben alles verloren.«

»Und es hat uns fünf Jahre gekostet, wieder Fuß zu fassen«, sagte seine Frau müde.

»Als mein Dad sich vor zwei Jahren zur Ruhe setzte, hat er uns das Haus preiswert verkauft.« Verbittert musterte er die Ruinen. »Wir haben gerade wieder aufgeatmet. Zum ersten Mal seit Jahren Urlaub gemacht. Und jetzt das. Wir haben eine minimale Versicherung. Gerade genug, um den Vertrag überhaupt abschließen zu können. Wir haben keinerlei finanzielle Motivation, unser eigenes Haus zu vernichten.«

»Wo arbeiten Sie jetzt, Mr. Dougherty?«, fragte Solliday.

»In einem Baumarkt.« Wieder verzog er den Mund. »Herr über Schrauben und Muttern. Mein Chef ist nicht einmal halb so alt wie ich. Meine Frau ist eigentlich Sekretärin. Sie nimmt Näharbeiten an, damit wir mit dem Geld auskommen. Wir sind nicht reich, aber wir haben garantiert nicht versucht, uns mit Versicherungsbetrug etwas dazuzuverdienen.«

»Mr. Dougherty«, sagte Mia freundlich, und der Mann sah ihr direkt in die Augen. »Fällt Ihnen jemand ein, der Groll gegen Sie hegen könnte?«

»Außer dem Spinner, der uns verklagt hat?« Er schüttelte den Kopf. »Nein. Wir bleiben meist für uns.«

»Ihre Nachbarn meinten, Sie hätten alle Schlösser ausgetauscht«, bemerkte Solliday, und Mia sah zu ihm auf. Reeds Miene war undurchschaubar.

»Emily Richter«, sagte Dougherty verächtlich. »Die muss sich wirklich immer und überall einmischen. Wenn meine Eltern unterwegs waren, haben sie immer sie gebeten, sich um das Haus zu kümmern, aber ich wollte das nicht.«

»Sie hätte sich bei uns genau umgesehen«, fügte Mrs. Dougherty hinzu. »Und dann wahrscheinlich jedem erzählt, wie es mit uns finanziell steht. Sie war richtig böse, als wir das Haus so preiswert kaufen konnten.«

Mia zog ihr Notizbuch hervor. »Wer war der Spinner, der Sie verklagt hat?«

Mr. Dougherty spähte über den Rand des Büchleins. »Reggie Fagin. Warum?«

Sie lächelte. »Ich frage nur. Das erspart mir vielleicht hinterher Zeit.«

»Sie haben uns noch nicht gesagt, wann wir ins Haus können«, sagte Dougherty.

»Sobald es möglich ist«, wich Mia aus. Sie schienen nette anständige Leute zu sein, aber sie würden sie dennoch überprüfen müssen. »Haben Sie irgendwelche Wertsachen, die wir für Sie in der Zwischenzeit herausholen und aufbewahren sollen?«

»Nur mein Hochzeitsalbum«, sagte Mrs. Dougherty traurig. »Etwas anderes fällt mir im Moment nicht ein.«

Mr. Doughertys Miene veränderte sich abrupt. »Ähm ... ich habe eine Pistole. Oben im Nachttisch. Sie ist registriert«, fügte er trotzig hinzu.

Solliday sah ihn überrascht an. »Ich habe keine Waffen gefunden, die auf Sie angemeldet sind.«

Nun war Mia überrascht, dass er das überprüfen lassen hatte.

»Sie ist auf meinen Mädchennamen registriert«, erklärte Mrs. Dougherty. »Lawrence. Ich habe sie vor unserer Ehe gekauft. Es ist nur eine .22.«

»Entschuldigen Sie uns bitte kurz.« Mia bedeutete Solliday mit dem Kopf, ein Stück zur Seite zu kommen.

»Nein, ich habe keine Waffe gefunden«, murmelte er, bevor sie fragen konnte. »Und ich habe im Nachttisch nachgesehen.«

»Dann hat der Täter sie vielleicht gefunden.«
»Oder Caitlin, und er hat sie ihr abgenommen. Vielleicht ist er selbst sogar unbewaffnet gekommen. Was uns wieder zu der Theorie führt, dass Caitlins Tod vielleicht nur ein Zufall war.«
»Mist, das bringt wieder alles durcheinander«, murrte sie. Gleichzeitig wandten sie sich dem wartenden Paar zu. »Wir haben Ihre Pistole nirgendwo gefunden«, sagte Mia. »Wir werden sie für Sie als gestohlen melden.«
Die beiden sahen sich an, und Furcht lag in ihren Augen. »Wurde Caitlin dann mit unserer Waffe erschossen?«, fragte Mr. Dougherty.
»Wissen wir noch nicht«, antwortete Solliday. »War sie geladen?«
Wie betäubt nickte Mr. Dougherty. »Geladen und gesichert. Ich habe nie damit geschossen. Nur im Schießstand, aber das ist Jahre her.«
»Kennen Sie eine Frau namens Penny Hill?«, fragte Mia, aber beide schüttelten den Kopf.
»Warum?«
»Ich frage bloß.« Mia lächelte. »Vielleicht hilft mir das später«, wiederholte sie.
»Ich werde sehen, ob ich Ihr Hochzeitsalbum finden kann«, versprach Solliday. »Sonst noch etwas?«
»Ich weiß, das muss sich furchtbar anhören, weil Caitlin doch …« Mrs. Dougherty schien hin- und hergerissen zwischen Angst und schlechtem Gewissen. »Ich habe eine Katze. Percy. Ein weißer Perserkater. Haben Sie …« Sie holte Luft. »Haben Sie ihn gefunden?«
Mitgefühl flackerte in Sollidays dunklen Augen auf. »Nein, Ma'am. Aber falls wir ihn finden, lasse ich Sie es wissen. Ich bin sofort wieder da, Detective.«

Mia wandte sich wieder dem Paar zu. »Wo werden Sie unterkommen?«

»Im Augenblick wohnen wir im Beacon Inn.« Mr. Doughertys Lächeln war absolut freudlos. »Ich nehme an, wir sollen die Stadt nicht verlassen.«

»Es ist in der Tat besser, wenn der Lieutenant oder ich Sie jederzeit kontaktieren könnten«, sagte Mia so neutral wie möglich. »Hier, meine Karte. Rufen Sie mich an, wenn Ihnen noch etwas einfällt.«

»Detective.« Mrs. Doughertys Stimme war zögernd. »Die Burnettes ... Ellen ist eine Freundin von mir. Wie geht es ihnen?«

»Den Umständen entsprechend.«

»Ich kann mir so etwas noch nicht einmal vorstellen«, murmelte sie.

Sie schwiegen und warteten auf Sollidays Rückkehr. Minuten verstrichen, und Mia zog die Stirn in Falten. Er müsste längst zurück sein. Er hatte selbst gesagt, wie gefährlich die beschädigte Hauskonstruktion war, allerdings hatte sie noch nichts gehört, was darauf schließen ließ, dass ihm das Dach auf den Kopf gefallen war. Dennoch ... »Entschuldigen Sie mich.«

Auf der Hälfte der Auffahrt blieb sie stehen und sah Solliday mit geweiteten Augen entgegen. Er kam aus dem Garten hinter dem Haus hervor. »Was ist denn das?«

Solliday betrachtete angewidert das schmutzige Bündel, das er auf dem ausgestreckten Arm hielt.

»Wenn man den Dreck beseitigt, ein weißer Perserkater, glaube ich. Er hat sich an der Hintertür in den Schlamm gedrückt.«

Mia grinste. Er wirkte herrlich angeekelt. »Wie lieb von Ihnen.«

»Gar nicht. Ich bin nicht lieb. Ich bin mies. Nehmen Sie ihn. Er stinkt.«
»Ich kann mich beherrschen.« Sie lachte. »Ich bin allergisch gegen schmuddelige Katzen.«
»Und meine Schuhe sind dreckig«, klagte er, und sie lachte wieder.
Dann wandte sie sich mit gefasster Miene wieder zu Mrs. Dougherty um. »Wie mir scheint, ist der verlorene Kater wieder aufgetaucht. *Moment*«, sagte sie, als Mrs. Dougherty hoffnungsvoll herangestürmt kam. »Im Augenblick ist er noch ein Beweisstück.«
»Wie bitte?«, fragten die Doughertys wie aus einem Mund.
Mia sah sie an. »Der Täter muss das Tier hinausgelassen haben, oder es ist entwischt, als er eingebrochen oder wieder gegangen ist. Wir nehmen ihn mit, baden ihn und untersuchen ihn. Mit etwas Glück finden wir etwas. Falls nicht, bekommen Sie ihn so schnell wie möglich zurück.«
»Aber er hat bestimmt Hunger.« Mrs. Dougherty biss sich auf die Lippe.
»Wir füttern ihn.« Mia musste sich ein Grinsen verkneifen. »Nicht wahr, Lieutenant Solliday?«
Sollidays Augen verengten sich, und sein Blick versprach Rache. »Sicher.« Er hielt der Frau ein gefüttertes Album entgegen, das einmal weiß gewesen sein musste. »Die Bilder sind durch das Löschwasser beschädigt, aber vermutlich kann man einiges retten.«
Mrs. Dougherty stieß den Atem aus. »Vielen Dank, Lieutenant.«
Sollidays Miene wurde weicher. »Gern geschehen. Besorgen Sie uns bitte eine Kiste für Percy. Ich möchte nicht, dass er meinen Wagen verunstaltet.«

Dienstag, 28. November, 9.25 Uhr

Thad Lewin war wieder da. Brooke lehnte sich an ihren Tisch, während sie beobachtete, wie ihre Schüler ihre Plätze einnahmen. Mike zog seinen Stuhl bis an die Wand, Jeff lungerte herum und gab sich cool, und Manny sagte kein Wort. Aber es war Thad, den sie beobachtete. Er war gewöhnlich ein scheuer Bursche, aber heute stimmte etwas nicht. Er ließ den Kopf hängen, ging schleppend. Vorsichtig ließ er sich auf seinen Platz nieder. Brooke blinzelte. Ihr gefiel das Bild nicht, das in ihrer Vorstellung aufstieg. Sie warf Jeff einen Blick zu, und dieser verzog die Lippen zu einem grausamen Lächeln.

»Morgen, Frau Lehrerin«, sagte er genüsslich. »Sieht aus, als ob alle da sind.«

Sie sah ihm direkt in die Augen, forderte ihn stumm heraus, bis sein Blick langsam zu ihren Brüsten glitt. *Gott steh uns bei, wenn der rauskommt.* Devin hatte gestern Abend gesagt, wenn Jeff entlassen würde, käme er innerhalb eines Monats in den Knast.

Und sie wollte nicht Opfer der Straftat sein, deretwegen er wieder im Gefängnis landete. »Schlagt die Bücher auf«, sagte sie. »Heute reden wir über das dritte Kapitel.«

8. Kapitel

Dienstag, 28. November, 9.45 Uhr

Reed war heilfroh, sich die Hände waschen zu können. Als er aus der Herrentoilette des Supermarkts trat, fielen ihm wieder seine Schuhe ins Auge. Hätte er bloß das andere Paar angezogen, das immer im Wagen lag. Dazu war es schließlich da.

Blöde Katze. Das schmutzige Vieh, in dessen Fell Schlamm und anderes klebte, das er lieber nicht genau identifizieren wollte, saß gegenwärtig in einer Schachtel auf Mitchells Schoß. Reed konnte sie in seinem Truck telefonieren sehen. Als sie angehalten hatten, damit er sich säubern konnte, hatte sie das Sozialamt angerufen, um an die Adresse von Penny Hills Angehörigen zu kommen. Nun war ihre Miene sanft, aber auch leicht gepeinigt, und er wusste, dass sie mit Hills Sohn sprach, der gut dreihundert Meilen entfernt lebte. Genauso hatte ihr Gesicht ausgesehen, als sie den Burnettes die Nachricht vom Tod ihrer Tochter überbracht hatte.

Hills Familie war für Mitchell nicht nur ein neuer Eintrag ins Register. Sie hatte darauf bestanden, statt »das Opfer« Penny Hills Namen zu nennen. Sie war warmherzig und machte sich Gedanken über die betroffenen Menschen. Das gefiel ihm.

Er gähnte, dass seine Kiefer knirschten. Er hatte die vergangene Nacht nicht geschlafen, und vor ihnen lag ein Nachmittag mit staubigen Akten. Er stellte zwei Becher Kaffee an die Kasse und erstarrte, als sein Blick auf den Stapel Zeitungen zu seinen Füßen fiel.

»Ist das alles?«, fragte der Kassierer.

Reed sah auf, dann wieder auf die Zeitungen. »Kaffee und eine Zeitung. Danke.«

Als er hinaustrat, hatte sie das Gespräch beendet. Sie starrte stur geradeaus, reagierte aber auf sein Klopfen, indem sie rasch das Fenster herunterließ und ihm den Kaffee abnahm.

»Was ist das denn?«, fragte sie mit Blick auf die Zeitung.

»Ihre Freundin Carmichael. Sie muss Ihnen gestern Nacht gefolgt sein.«

»Verdammt.« Sie überflog hastig den Text. »Nicht zum ersten Mal. Die muss eine Art Radar haben. Ich frage mich, ob die Frau eigentlich jemals schläft.«

»*Ich* frage mich, wo sie sich versteckt hatte. Ich habe mir doch die Leute genau angesehen. Ich hätte sie entdecken müssen.«

»Ich habe schon öfter gedacht, dass sie offenbar über das Talent verfügt, sich unsichtbar zu machen.«

Reed startete den Motor. »Und wie ist es ihr gelungen, die Geschichte noch in der Morgenausgabe unterzubringen?«

Sie verzog den Mund zu einem schiefen Lächeln. »Der *Bulletin* geht um ein Uhr nachts in Druck.«

»Das wissen Sie aus Erfahrung.«

Sie zuckte die Achseln. »Wie ich schon sagte, das ist nicht das erste Mal. Sehen Sie mal – sie hat es gleich auf zwei Titelstorys gebracht. Der Brand ist über der Falzkante, meine Aktion mit DuPree gestern Nachmittag darunter.« Plötzlich stieß sie einen zischenden Laut aus. »Sie hat Penny Hills Namen genannt. Mist.«

»Konnten Sie die Familie schon erreichen?«
»Den Sohn, ja, die Tochter nicht.« Düster las sie weiter. »Die Nachbarn haben geplaudert. Dabei hatte ich sie doch gebeten, es nicht zu tun.«
»Manche Menschen lieben es, ihren Namen gedruckt zu sehen.«
»Sie auch hoffentlich, denn Sie stehen ebenfalls namentlich hier drin.« Sie benutzte den Karton auf ihrem Schoß als Tischchen und gab Sahne in den Kaffee. »Halt still, Kater«, murmelte sie, als der Karton wackelte. »Hier steht außerdem, dass Sie ausgezeichnet worden sind. Spucken Sie's aus, Solliday.«
»Ein paar ehrenvolle Erwähnungen. Wie bei Ihnen. Wir halten am Labor, damit wir das Vieh loswerden können.«
Mitchell tätschelte die Schachtel. »Armes Kätzchen.«
»Schmutziges Kätzchen.« Reed scherte in den Verkehr ein. »Und es stinkt.«
Sie lachte. »Ja, der Bursche strömt einen gewissen … Duft aus. He, mögen Sie etwa keine Tiere?«
»Saubere schon. Meine Tochter hat vor kurzem einen Hund bekommen. Einen Welpen. Überall große, schmutzige Pfotenabdrücke.«
»Ich habe mir immer ein Tier gewünscht.« Es klang beinahe sehnsüchtig.
»Na, dann schaffen Sie sich doch eines an.«
»Uh, lieber nicht. Ich hab's schon mal versucht. Mit einem Goldfisch als Testobjekt. Dann musste ich eine Sechsunddreißig-Stunden-Schicht durchziehen, und als ich nach Hause kam, war ich so müde, dass ich ihn zu füttern vergaß. Irgendwann schwamm Fluffy oben.«
Er musste grinsen. »Fluffy? Sie haben einen Goldfisch Fluffy genannt?«

»Nein, nicht ich. Die Pflegekinder meiner Freundin Dana. Eine demokratische Gruppenentscheidung. Wie auch immer – alle meine Freunde haben Tiere, also kann ich mit denen schmusen oder spielen. Und tue keinem weh.« Sie nippte an ihrem Becher und schwieg so lange, dass er sich zu ihr umwandte. Augenblicklich straffte sie sich. »Penny Hills Sohn hat gesagt, er würde herkommen und sich um die Leiche seine Mutter kümmern. Morgen früh will er hier sein.«
»Und was ist mit der Tochter? Laut Aussage der Nachbarn lebt sie in Milwaukee.«
»Ihr Bruder sagt, sie habe sich scheiden lassen und sei nach Chicago gezogen.«
»Haben Sie die Adresse?«
»Ja. Sie wohnt nur eine halbe Stunde von hier entfernt.«
»Dann setzen wir Percy im Labor ab und statten ihr einen Besuch ab.«
Mitchell seufzte. »Hoffentlich liest sie den *Bulletin* nicht.«

Dienstag, 28. November, 12.10 Uhr

Manny Rodriguez sah sich um, bevor er die Zeitung vor der Cafeteria in den Mülleimer warf. Julian, der hinter Brooke stand, fluchte leise. »Sie hatten recht.«
»Ich habe ihn am Ende der ersten Stunde mit der Zeitung gesehen. Holen wir sie raus?«
Julian hob den Deckel an. »Das ist der *Bulletin*. Gestern war's die *Trib.*«
»Beide gibt es vorn am Empfang zu kaufen.«
»Jedenfalls hat er einen Titelbericht herausgerissen. Sie gehen jetzt Mittagessen. Ich überprüfe, was Mr. Rodriguez so interessiert. Vielleicht war es ja nur eine Sportreportage.«

»Und das glauben Sie wirklich?«
Er schüttelte den Kopf. »Nein. Hatten Sie heute während der Stunde Probleme mit ihm?«
»Nein. Er war sogar sehr ruhig. Hat noch nicht einmal etwas gesagt, als wir über das Signalfeuer im Buch gesprochen haben. Als beschäftige ihn irgendwas.«
»Ich rede mal mit ihm. Danke für Ihre Hilfe, Brooke.«
Mit gerunzelter Stirn sah Brooke Julian hinterher. Er schien sich keine ernsthaften Sorgen zu machen. *Vielleicht bin ich einfach noch zu unerfahren. Vielleicht mache ich bloß aus einer Mücke einen Elefanten.* Aber eigentlich glaubte sie das nicht. Sie hätte gern gewusst, was Manny sonst noch sammelte. Und sie fragte sich, ob Julian Mannys Zimmer durchsuchen lassen würde. *Ich hätte es getan.* Er sollte es tun.
»Brooke? Stimmt etwas nicht?« Devin kam ihr aus der Cafeteria entgegen.
»Ich mache mir nur Gedanken über Manny. Er schneidet Artikel über Brandstiftung aus der Zeitung aus.«
Devin zog die Brauen zusammen. »Das klingt nicht gut. Haben Sie Julian Bescheid gegeben?«
»Ja, aber es scheint ihn nicht sehr zu beunruhigen. Ab wann darf man das Zimmer eines Schülers durchsuchen?«
»Wenn ein begründeter Verdacht vorliegt. Ich würde sagen, der Ihre ist es, Brooke. Reden Sie mit dem Sicherheitschef. Er sollte davon wissen.«
Brooke sah Bart Secrest, den teiggesichtigen Chef der Wachmannschaft, vor sich. Er machte sie nervös. »Aber würde sich Julian dann nicht übergangen fühlen?«
»Er wird es schon verstehen. Sagen Sie mir, wenn Sie möchten, Bescheid, dann bin ich bei dem Gespräch mit Bart dabei. Bart wirkt extrem mürrisch, aber er ist im Grunde seines Herzens sanft wie ein Cremetörtchen.«

»Na, klar.« Sie schüttelte den Kopf. »Eher wie ein Hundekuchen.«
Devin grinste nur. »Reden Sie mit Bart. Hunde, die bellen, beißen nicht.«

Dienstag, 28. November, 12.30 Uhr

Jacks Team befand sich in Hills Haus, als sie und Solliday ankamen. Jack, der normalerweise immer freundlich lächelte, begrüßte Mia mit finsterem Blick. »Vielen Dank, Mia.«
Sie blinzelte überrascht. »Was ist?«
»Was hast du dir eigentlich dabei gedacht, diesen ollen Kater bei uns abzusetzen?«
Mias Lippen zuckten. »Ein Beweisstück. Oder Indizienträger, wenn du es so willst.«
Jacks Blick wurde noch finsterer. »Hast du mal versucht, eine Katze zu baden?«
»Nö«, erwiderte sie fröhlich. »Ich kann mit Tieren nicht umgehen.«
Hinter ihr lachte Solliday leise. »Wie Fluffy, der Goldfisch, zweifelsfrei bestätigen würde, wenn er noch könnte.«
Jack verdrehte die Augen. »Wenn du uns das nächste Mal ein lebendiges Tier anschleppst, dann ruf vorher an, okay?« Er winkte ihnen, ihm zu folgen. »Zieht euch was über die Schuhe. Wir glauben, etwas gefunden zu haben.«
Die CSU befand sich in der Küche, und Ben siebte gerade den Schutt neben dem Herd durch. Schweiß rann ihm über das Gesicht und hinterließ Streifen auf dem Ruß. Er sah auf. »Hey, Reed. Detective.«
»Hast du was gefunden?«, fragte Solliday.
»Wieder Fragmente eines Eis. Ich habe sie ins Labor ge-

schickt in der Hoffnung, dass eines vielleicht groß genug für Fingerabdrücke ist. Aber interessant ist der Boden hier. Zeig's ihnen, Jack.«

Jack hielt an der Stelle an, an der sie Hills Leiche gefunden hatten. Er bückte sich, fuhr mit dem Finger über den Boden und zeigte ihnen feingemahlenen Staub. Dunkelbraun.

Mia spürte die Veränderung in Solliday, als er Jacks Hand nahm und den Finger ins Licht hielt. »Blut«, sagte er und wandte sich zu Mia um. »Das war es zumindest vorher. Bei solchen Temperaturen zerfallen die Bestandteile. Gestern Nacht war es zu dunkel, um es zu sehen.«

»Und hier war eine Menge Blut«, sagte Jack. »Es ist durch die Ritzen im Linoleum gesickert.«

Mia starrte auf den Boden und sah vor ihrem geistigen Auge die Tote vor sich. Sie hatte dort, die Hände noch gefesselt, wie ein Fötus zusammengerollt gelegen. »Hat er sie auch erschossen?«

Jack zuckte die Achseln. »Das kann uns nur Barrington sagen.«

»Fingerabdrücke im Blut?«, fragte sie.

»Nein.« Jack richtete sich auf. »Nirgendwo Fingerabdrücke. Wahrscheinlich hat er Handschuhe getragen. Aber …« Er führte sie zur Haustür. »Seht euch das an.«

Der Türknauf war braun beschmiert. »Er ist mit blutigen Händen rausgegangen«, sagte Solliday. »Das passt zu der Version des Nachbarn. Er hat Reifen quietschen hören und den Wagen davonbrausen sehen.«

Jack zeigte auf den Pfosten des Treppengeländers. »Und jetzt hier.«

Mia beugte sich herab und sah sich das Holz genauer an. »Braunes Haar. Sie haben gekämpft.«

»Wir tüten das ein und nehmen es mit. Ich fürchte allerdings, dass das Haar zu unserem Opfer gehört. Tut mir leid.«

Mia drückte die Haustür auf und betrachtete die vordere Veranda, die einst von Bäumen und Büschen gesäumt gewesen war. Nun boten die Nadelhölzer einen traurigen Anblick. »Du hast keine Hinweise auf ein gewaltsames Eindringen an der Hintertür entdeckt, oder?«

»Richtig«, bestätigte Jack.

»Das Muster der Rußauflagerung weist darauf hin, dass die Tür während des Brands verschlossen war«, fügte Solliday hinzu.

»Dann muss er vorn hereingekommen sein. Er könnte sich leicht zwischen den Bäumen versteckt und auf ihre Heimkehr gewartet haben. Es ist spät, sie ist müde. Ich habe heute Morgen mit ihrem Vorgesetzten gesprochen, und er meinte, sie hätte bei ihrem Ausstand etwas zu viel getrunken. Anfangs hatte er sogar geglaubt, ich hätte ihn angerufen, weil wir Penny Hill wegen Alkohol am Steuer festgenommen hätten.«

»Also ist sie auch noch unsicher auf den Füßen«, fügte Jack hinzu.

»Er wartet, bis sie die Tür aufschließt, dann stößt er sie hinein, und sie knallt gegen den Pfosten.«

»Caitlin hat er im Haus überrascht. Bei Penny Hill wartet er draußen in der Kälte. Warum ist er nicht einfach eingebrochen?« Mia suchte die Wand ab. »Ich sehe kein Alarmsystem.«

»Es gab auch keins«, bestätigte Solliday.

»Aber das ergibt keinen Sinn«, sagte sie. »Er wartet in eisiger Kälte draußen, schubst sie rein, erschießt sie in der Küche, fackelt das Haus ab und klaut ihren Wagen.«

»Haben wir den Wagen schon?«, fragte Jack.

»Noch nicht.« Mia sah sich im Eingangsflur um. »Sie haben den Boden schon gefegt.«
»Zweimal«, sagte Jack trocken. »Alles schon unterwegs ins Labor.«
Sie ignorierte seinen Tonfall. »Hast du eine Einkaufstüte oder eine Aktentasche entdeckt?«
»Weder – noch.«
»Ihr Vorgesetzter sagte, sie habe die Party um viertel nach elf mit einer Tüte voller Geschenke und ihrer Aktentasche verlassen. Er meinte, wir müssten ihren Tagesplaner darin finden.«
»Vielleicht hat sie die Sachen im Auto gelassen«, schlug Solliday vor.
»Kann sein.« Mia atmete seufzend aus. »Ich hätte diesen Tagesplaner verdammt gern.«
Jack verzog mitfühlend das Gesicht. »Sie hatte natürlich kein GPS.«
»Natürlich nicht. Ihr Sohn hat erzählt, der Wagen sei zehn Jahre alt, und sie mochte keine elektronischen Neuheiten.« Nachdenklich blies sie die Wangen auf. »Mich stört immer noch, dass er draußen auf sie gewartet haben soll. Warum ist er nicht einfach hinten eingebrochen, wie er es bei den Doughertys gemacht hat? Es ist ja nicht so, als hätte sie einen großen, bösen … Hey, Moment mal.« Schnell kehrte sie in die Küche zurück und trat behutsam über die Markierungen bis zum Küchenschrank. Er war in sich zusammengefallen, und der Boden war mit Glas- und Porzellanscherben übersät. »Ben, haben Sie das hier schon durchgesehen?«
Ben schüttelte den Kopf.
Mia hockte sich nieder und begann, das zertrümmerte Geschirr durchzusehen.

Jack ging neben ihr in die Hocke. »Was suchst du?«
»Ungefähr ... das.« Sie holte ein dickes Stück Porzellan aus dem Schutthaufen und wischte es ab. »Pfotendesign.«
Solliday sog eine Wange ein. »Ein Fressnapf. Sie hatte einen Hund.«
»Der nicht hier ist«, sagte Mia tonlos. »Ich begreife diesen Kerl nicht. Er liegt auf der Lauer, greift sich Penny Hill, aber verschont ihren Hund. Und die Katze der Doughertys.«
»Das passt nicht ins Profil. Die meisten Brandstifter sind auch Tierquäler.«
»Keiner der Nachbarn hat einen Hund erwähnt«, bemerkte Mia. »Warum nicht?«
Solliday hob eine Braue. »Fragen wir sie.«
»Ich habe Mr. Wrights Nummer.« Sie nahm ihr Handy und wählte. »Mr. Wright? Detective Mitchell. Ich habe gestern Nacht mit Ihnen gesprochen und habe jetzt noch eine Frage. Hatte Mrs. Hill einen Hund?«
»Nein, aber ihre Tochter. An den habe ich gar nicht ... O Gott, das arme Tier. Ein ganz Lieber. Ihre Tochter durfte in der Wohnung keinen Hund haben, deshalb hat Penny ihn aufgenommen.«
»Hund der Tochter«, wisperte Mia Solliday zu. »Was ist denn das für ein Hund, Mr. Wright?«
»Golden Retriever. Einer von den ganz großen. Aber zu freundlich für diese Welt. Penny machte immer Witze, dass er Einbrecher ...«
Er brach ab.
»Was für Witze machte sie?«, hakte sie nach.
»Dass er Einbrecher für ein Leckerchen zum Tafelsilber führen würde.«
»Mr. Wright, wenn Sie ihn hier irgendwo in der Gegend

sehen, könnten Sie mich dann anrufen? Vielen Dank.« Sie legte mit einem Seufzen auf. »Großer Hund, allerdings freundlich. Das wusste der Täter vermutlich nicht. Deshalb hat er gewartet. Er hat befürchtet, das Tier könnte vielleicht bellen oder sogar beißen.«

»Aber er hat ihn auch nicht erschossen, als er eine Chance dazu hatte«, bemerkte Solliday.

»Hast du schon mit der Tochter gesprochen?«, fragte Jack.

»Nein. Ich habe zigmal angerufen, und wir sind sogar bei ihr vorbeigefahren, aber der Vermieter meinte, sie sei seit Sonntag nicht zu Hause gewesen. Der Wagen steht auch nicht da.«

»Wart ihr in der Wohnung?«

»Unter den gegebenen Umständen hielten wir es für sinnvoll, aber sie war nicht da«, sagte Solliday. »Der Anrufbeantworter blinkte allerdings. Mia hat einen Durchsuchungsbefehl angeordnet, wenn wir also nicht bald etwas von ihr hören, fahren wir noch einmal hin.«

Mia blinzelte, überrascht, weil er sie beim Vornamen genannt hatte. Auch Jack hatte er so angesprochen. Anscheinend fühlte sich der Lieutenant in ihrer Gegenwart langsam etwas wohler. Dummerweise war Mia nicht bereit, ihm zu erlauben, es sich bequem zu machen. Sie war noch immer Abes Partnerin.

Aber bevor sie etwas sagen konnte, klingelte Sollidays Handy. »Barrington«, sagte er mit einem Blick auf das Display. »Was gibt's, Sam?« Er lauschte einen Moment. »Wir sind gleich da.« Er klappte das Telefon zu und sah sie ernst an. »Er hat etwas gefunden.«

Dienstag, 28. November, 13.35 Uhr

»Er obduziert gerade eine andere Leiche«, sagte Sams Assistent und deutete zur Tür. »Sie können reingehen und mit ihm durch die Scheibe sprechen.«

»Kann er nicht rauskommen?« Mitchell presste die Kiefer aufeinander. »Ich habe gerade gegessen, okay?«

Der Bursche lachte leise. »Ich sag ihm, dass Sie da sind.«

»Hills Leiche wird schlimmer sein als die Autopsie«, warnte Reed.

»Ja, ich weiß. Ich kann mich erinnern.« Sie schloss die Augen und schauderte. »Ich hasse es, wenn reingeschnitten wird. Ich weiß, in der Hinsicht bin ich ein Weichei, aber –«

»Schon gut, Mia«, unterbrach er sie.

»Ah, sind wir jetzt also auf persönlicher Ebene angelangt? Ich dachte, mein Vorname vorhin wäre ein Versehen gewesen. Du scheinst beschlossen zu haben, mich doch zu behalten.« Ihre Stimme troff vor Sarkasmus.

»Das erste Mal ist es mir wirklich rausgerutscht«, gab er zu. »Aber warum jetzt auf Formalitäten bestehen?«

»Ja, warum?«, murmelte sie, als Sam bereits herauskam und sich die Maske vom Gesicht zog. »Was gibt es?«, fragte sie.

Sam trat an eine Bahre, auf der ein Körper mit einem Tuch bedeckt lag. »Ihr Opfer hatte Kohlenmonoxid in der Lunge.«

»Oha«, sagte sie.

»Moment mal«, sagte Reed im gleichen Augenblick. »Die CSU hat Blut am Tatort gefunden. Wir dachten, er hat sie erschossen, genau wie Caitlin Burnette.«

»Nein. Die Röntgenbilder zeigen eine Gehirnerschütterung, die wahrscheinlich durch den Druck der hohen Temperatur entstanden ist. Kein Luftloch dieses Mal. Sie lebte noch, als das Feuer gelegt wurde.«

Mia zog die Brauen zusammen. »Und wie lange noch?«

»Nach der Kohlenmonoxidkonzentration zwei oder fünf Minuten. Nicht viel mehr.«

Reed hätte am liebsten gar nicht gefragt. »War sie bei Bewusstsein?«

»Ich habe keine Anzeichen von prämortalem Schädeltrauma gefunden.«

Mitchell war ein wenig blass geworden. Reed sog die Luft ein, unfähig, sich die Schmerzen vorzustellen, die die Frau in den letzten Minuten erlitten hatte. Also klammerte er sich an den letzten Strohhalm. »Kann es sein, dass sie betäubt war?«

»Ich habe schon Proben zu einem Tox-Screen losgeschickt. Die Blase war zerstört, einen Urintest konnte ich also nicht machen. Die Blutproben verweisen auf einen Alkoholgehalt von 0,8 Promille, das ist nicht gerade wenig für eine Person von ihrer Größe.«

»Sie war vorher auf einer Party«, murmelte Mitchell, dann straffte sie sich. »Wenn er sie nicht erschossen hat, woher dann das Blut?«

Behutsam zog Barrington das Tuch zurück, und Reed spürte, wie Mitchell sich versteifte. »Ich muss vorsichtig sein«, erklärte Barrington. »Die Leiche ist sehr fragil. Aber kommen Sie näher.« Er winkte ihnen. »Die Arme.«

Hills Oberkörper war schwarz, die Arme voller Blasen und Hautfetzen und … Reeds Magen hob sich, und Mitchell schluckte hörbar.

»Gott«, murmelte sie. »Die Arme waren vorher schwärzer.«

»Ruß. Wir haben sie abgewischt. Den Oberkörper hat es

stärker erwischt. Eine erwachsene Person verbrennt bei einem Hausbrand selten vollkommen«, erklärte Barrington, als spräche er vor Studenten. »Der Körper besteht aus viel Wasser.«

»Er hat sie mit dem Brandbeschleuniger bedeckt, aber die Glieder ausgelassen«, sagte Reed leise.

»Ich habe Ammoniumnitrat auf dem Torso gefunden. Es ist immer hilfreich zu wissen, wonach man suchen soll.«

»Was ist jetzt mit dem Blut?«, drängte Mitchell gepresst. »Woher kommt es?«

Ohne sich beirren zu lassen, deutete Sam auf die Innenseite seines Arms direkt oberhalb des Ellbogens. »Er hat ihr die Oberarmarterie durchtrennt. Hier. Wenn Sie genau hinsehen, entdecken Sie, dass die Haut sich in den Schnitt gezogen hat.«

»Er hat ihr die Adern aufgeschnitten?« Mitchell warf Reed einen verwirrten Blick zu, wandte sich dann aber wieder Barrington zu. »Wie lange dauert es, bis man verblutet?«

»Zwei bis fünf Minuten.«

Mitchells Miene verhärtete sich. »Dieser Widerling. Er wollte, dass sie langsam verblutete und verbrannte. Ein Kopfschuss wäre wohl zu gnädig gewesen.«

Reed stieß langsam den Atem aus. »Ihre Hände sind intakt«, sagte Reed. »Was gefunden?«

»Nein. Falls sie ihn gekratzt hat, hat sie keine Haut erwischt.«

»Haben Sie schon die Zähne überprüft?«, fragte Mia.

Sam schüttelte den Kopf. »Kommt noch.«

»Und nach was für einem Messer suchen wir?«

»Kein gezacktes, aber ein sehr scharfes.«

Mitchell wich einen Schritt von der Leiche zurück. »Wir müssen überprüfen, ob in Penny Hills Haushalt Messer fehlen. Hoffentlich weiß ihre Tochter, was sie in der Küche liegen hatte.«

Reed blickte auf seine Uhr. »Inzwischen müssten auch Burnettes Akten da sein. Fahren wir zum Sozialamt und holen uns dort Hills Unterlagen ab, dann können wir mit dem Abgleich beginnen.«

Mitchell sah ein letztes Mal auf die Leiche. »Ja. Gehen wir und finden heraus, wer Penny Hill so gehasst hat, dass er ihr das angetan hat.«

Dienstag, 28. November, 15.15 Uhr

Mias Arm schmerzte, aber sie biss die Zähne zusammen, während sie die Kiste mit den Unterlagen aus dem Sozialamt umklammerte. Solliday schleppte die schwerere Kiste, und seine Miene wirkte so finster wie ihre vermutlich auch. Es war, als hätte sich ihrer beider Stimmung zu einer düsteren Wolke vereint. Als sie das Leichenschauhaus verlassen hatten, war sie unglaublich wütend gewesen. Jetzt fühlte sie sich nur noch ausgelaugt und zu Tode erschöpft.

Penny Hill war beliebt gewesen. O ja. Die Trauer der Leute im Sozialamt war groß und ganz deutlich nicht gespielt gewesen. Die Telefone klingelten, das Personal ging seiner Arbeit nach, aber über allem lag eine bedrückte Stille. Wie in einer Kirche kurz vor dem Begräbnis. Oder auf dem Friedhof danach.

Der Fahrstuhl öffnete sich, und Mia betrat das Großraumbüro, während sie die Sekunden zählte, wann sie endlich den schweren Karton abstellen konnte. Doch als sie ihren Tisch erreichte, blieb sie wie angewurzelt stehen. Auf ihm türmten sich bereits Kisten und Unterlagen, während Abes Tisch noch vollkommen jungfräulich und blitzeblank war.

»Gott beschütze uns vor wütenden Sekretärinnen«, knurrte sie. Stacy war etwas verschnupft gewesen, dass Mia nicht ausreichend gewürdigt hatte, wie gründlich sie ihren Tisch aufgeräumt hatte. Nun konnte Mia nichts mehr von der Tischoberfläche sehen.

Wortlos ließ sie den Karton auf den Boden fallen, während Reed seinen etwas behutsamer auf Abes Tisch absetzte. Dann setzte er sich. Und noch bevor Mia die prompte Reaktion unterdrücken konnte, hatte sie schon abwehrend die Hand ausgestreckt. »Nein.«

Solliday hob den Blick, und sie wurde rot.

»Tut mir leid«, murmelte sie. »Das war wirklich blöd.«

Er zog die Mundwinkel nach unten. »Ich verspreche, meine Schuhe nicht auf seinen Tisch zu legen«, sagte er, und der schräge Humor in seiner Stimme entlockte ihr ein Lächeln, als sie sich auf ihren Stuhl fallen ließ.

»Entschuldige – wirklich. Abe hat bestimmt nichts dagegen. Ich glaube, ich bin einfach schon ewig nicht mehr so erledigt gewesen.«

»Das kann ich nachvollziehen. Wir waren ja auch die ganze Nacht auf. Und dann … so viel Trauer zu begegnen.« Er holte eine Akte aus der Kiste. »Es entzieht der Seele jegliche Energie.«

Mia blinzelte. »Das klang erstaunlich poetisch, Solliday. Ich meine das nicht ironisch. Es war nicht wie meine bösen Buben namens Bubba.«

Er senkte den Blick. »Wie sollen wir hiermit umgehen?«, fragte er und deutete auf die Unterlagen, und sie beugte sich neugierig vor.

»Solliday. Du wirst ja rot.«

Er presste die Zähne aufeinander, während er stur ihren Blick mied, und Mia war plötzlich durch und durch bezaubert. »Fangen wir mit den Akten an, die Hills Chef uns nahegelegt hat«, sagte er schließlich.

»Ah, ja. Die Brandstifter, die Penny Hill in Pflegefamilien unterzubringen versucht hat. Wir brauchen ein System, oder wir finden nie eine Verbindung. Wie wär's, wenn du alle Namen in Penny Hills Fällen aufschreibst, während ich dasselbe bei Burnettes mache? In einer Stunde machen wir eine Pause und vergleichen.« Sie musterte die Kartons finster. »Wenn ich bloß wüsste, womit ich anfangen soll.«

Er griff in seine Tasche und zog die Flasche mit Schmerzmitteln heraus. »Fang damit an. Allein dich zu beobachten, ist schmerzhaft. Du hast die verdammte Kiste geschleppt, als hättest du kein Loch in der Schulter.« Er warf ihr die Flasche zu, und Mia fing sie auf.

»Bist du immer wie eine Mutter zu anderen?«

Er sah überrascht auf. »Nein, aber wie ein Vater. Oder dürfen die ihren Kindern keine Medizin verabreichen?«

»Schon, aber …« Sie biss sich auf die Zunge. *Aber Väter sind meistens der Grund, warum Kinder Medikamente nehmen müssen. Die Mütter geben dir eine Tablette und ermahnen dich, sie nicht wieder zu provozieren.* Sie griff sich die oberste Akte und begann zu lesen. »Fangen wir einfach an, okay?«

Nun war er neugierig geworden, sie spürte seinen Blick, aber er schwieg und schlug seinen Ordner auf.

Dienstag, 28. November, 16.00 Uhr

Bart Secrest sah wirklich einschüchternd aus. Wie Meister Proper, nur in der gemeinen Variante. Sein Büro war finster und wenig einladend und enthielt nichts Persönliches, kein Foto, keinen hübschen Kleinkram.

Brooke setzte sich auf den Stuhl, den er ihr schweigend angeboten hatte.
»Sie haben das Richtige getan, Miss Adler«, sagte er ohne Umschweife.
»Ich wollte Julian aber nicht übergehen.« Dieser hatte über die Durchsuchung von Mannys Zimmer beinahe einen Tobsuchtsanfall bekommen.
»Julian wird's überleben«, sagte Bart, und aus seinem Tonfall schloss Brooke, dass die beiden keine große Sympathie füreinander hegten. »Sie hatten recht, sich Gedanken um Manny Rodriguez zu machen, Miss Adler.«
»Sie haben also etwas gefunden?«
Er nickte. »Jede Menge Berichte über Brände.«
»Hier im Stadtgebiet?«
»Nein, das meinte ich nicht. Es sind eher ... Gebrauchsanweisungen.«
»Ach du lieber Himmel. Er sammelt Artikel, die beschreiben, wie man Feuer legt?«
»Exakt.« Secrest lehnte sich zurück. »Und wir haben eine Streichholzschachtel im Schuh versteckt gefunden. Offensichtlich reingeschmuggelt.«
Sie runzelte die Stirn. »Aber sie sind eingesperrt. Wie soll das gehen?«
»Jede Festung hat ihre Schwachstelle, Miss Adler.«
Sie sah ihn verwirrt an. »Wie bitte?«
Sein Lächeln war kurz und änderte nichts an seiner Ausstrahlung. »Jede Institution hat ihre Kanäle für Schmuggelware. Wir bilden da keine Ausnahme. Aber ich finde die Lücke schon, das garantiere ich Ihnen.«
Er stand auf, und sie nahm an, dass er damit das Gespräch beenden wollte. Also tat sie es ihm nach. »Also dann ... Wiedersehen.«

Er nickte knapp, als sie das Zimmer verließ. Sie bog um die Ecke und ging auf den Haupteingang zu, als jemand ihren Namen rief. Julian stand vor seinem Büro. Er sah wütend aus. »Brooke. Was haben Sie da bloß angestellt?«
Brooke straffte das Rückgrat. Sie hatte das Richtige getan. Secrest hatte es selbst gesagt. »Ich habe verdächtiges Benehmen gemeldet, Julian. Was Sie eigentlich hätten tun sollen.«
Julian kam näher, bis er ihr förmlich auf die Zehen trat. Sie konnte den Tabakgeruch, der seinem Jackett entströmte, wahrnehmen. »Sie anmaßendes, kleines …« Er stieß zischend die Luft aus. »Wagen Sie ja nicht, mir vorzuschreiben, was ich tun soll. Sie haben monatelange Arbeit mit diesem Jungen zunichte gemacht. Ihretwegen ist jedes Vertrauen, das er zu mir aufgebaut hat, verschwunden.«
Brookes Herz hämmerte so heftig, dass sie glaubte, er müsse es hören. Er war groß und stand viel zu nah vor ihr, war in ihren persönlichen Schutzraum eingedrungen. Trotzig hob sie das Kinn und starrte zu ihm auf. »Sie haben gesagt, er würde hier in der Schule kein Feuer legen.«
»Und das hätte er auch nicht.«
Sie schüttelte den Kopf. »Secrest hat Streichhölzer in seinem Zimmer gefunden.«
Julian verengte die Augen. »Unmöglich.«
»Fragen Sie Secrest. Manny hätte locker zündeln und jeden hier in Gefahr bringen können. Ich habe das Richtige getan, auch wenn Sie das anders sehen.«
Von Kopf bis Fuß bebend, aber stolz, dass sie ihre Frau gestanden hatte, schaffte sie es bis zum Parkplatz und atmete tief durch, als sie sich anschnallte. Mit zitternden Finger holte sie die zwei Artikel hervor, die sie in den vergangenen zwei Tagen kopiert hatte. Montag aus der *Tribune*,

den heutigen aus dem *Bulletin*. Zwei Brände hier in der Stadt. Zwei Todesopfer. Manny war heute Morgen in sich gekehrt gewesen. Geistesabwesend. Und man hatte eine Streichholzschachtel in seinem Zimmer gefunden.
Natürlich konnte Manny nichts mit den Bränden zu tun haben. Er konnte nicht hinaus. Aber irgendjemandem war es gelungen, Streichhölzer einzuschmuggeln. Was machten die beiden Brände für ihn so interessant? Oder hatte sie Mannys Zwangsstörung mit ihrer Lektüre neue Nahrung gegeben, so dass jeder Zeitungsartikel über Feuer denselben Zweck erfüllt hätte?
Zwei Menschen waren im Feuer gestorben. Sie würde nicht mehr ruhig schlafen können, solange sie befürchten musste, dass sie daran irgendwie Schuld war. Nein, schlechte Wortwahl. *Daran beteiligt* war besser. Sie musste herausfinden, ob Manny beteiligt war und durch ihn … *auch ich*.
Sie konnte die Polizei anrufen. Das war sicherlich vernünftig. Aber es war noch wahrscheinlicher, dass sie sich lächerlich machte und es überhaupt keine Verbindung gab. Die Polizei würde Zeit verschwenden und niemandem wäre geholfen. Aber falls es doch eine Verbindung gab …
Es gab nur eine Möglichkeit, es herauszufinden. Der zweite Brand war relativ nah an der Schule gewesen. Sie würde hinfahren.

Dienstag, 28. November, 16.15 Uhr

»Mia. *Mia!*«
Sie schreckte auf, blinzelte heftig gegen die verschwommene Sicht und entdeckte Solliday vor sich. Verdammt. Sie war eingeschlafen. Hier, direkt auf dem Tisch. »Oh. Können wir schon Namen abgleichen?«

Er schüttelte den Kopf. »Wir haben Besuch.«
Eine Frau mit geschwollenen, geröteten Augen kam durch das Großraumbüro auf sie zu. »Ich tippe auf Penny Hills Tochter.«
Mia war mit einem Schlag hellwach und kam auf die Füße. Die Frau hielt den *Bulletin* in der Hand.
»Ich bin Margaret Hill. Ich suche Detective Mitchell. Sie hat mir eine Nachricht hinterlassen.«
»Das bin ich. Es geht um ihre Mutter.«
»Ist das wahr?«, flüsterte sie und hielt ihr die Zeitung entgegen. »Was hier drinsteht?«
»Es tut mir leid, Miss Hill. Lassen Sie uns irgendwohin gehen, wo wir ungestört reden können.« Sie führte sie zu einem kleinen Raum neben Spinnellis Büro. Margaret Hill sank auf einen Stuhl und schloss die Augen. Solliday drückte behutsam die Tür zu.
»Miss Hill, mein aufrichtiges Beileid. Das ist Lieutenant Solliday von der Feuerwehr. Wir arbeiten gemeinsam an diesem Fall.«
Margaret nickte und wischte sich die Tränen mit den Fingerspitzen ab. Solliday stellte ihr eine Taschentuchbox in den Schoß und lehnte sich dann gegen die Tischkante, so dass Margaret sich zwischen ihnen befand.
»Miss Hill.« Seine Stimme klang so sanft, dass es Mia die Kehle verengte. »Sie wissen aus der Zeitung, dass das Haus ihrer Mutter gestern Nacht abgebrannt ist.«
Margaret sah auf. »Und darin steht, dass … dass sie wahrscheinlich umgebracht worden ist.«
»Das ist richtig, Ma'am«, antwortete er, und Margaret begann erneut zu weinen.
»Verzeihen Sie«, flüsterte sie, »aber ich … ich kann nicht … O mein Gott. Mom.«

Mia berührte ihre Hand. »Hat sie in letzter Zeit etwas erwähnt, das ihr Sorgen machte? Oder eine Person?«

Margaret bemühte sich, die Fassung wiederzuerlangen. »Mom war Sozialarbeiterin. Sie hat fünfundzwanzig Jahre lang jede Woche Kinder aus kaputten Familien geholt.«

»Und haben diese Eltern ihr Sorgen gemacht?«

»Eigentlich nicht. Aber sie war oft nicht glücklich, wenn sie in die Wohnungen gehen musste. Einmal wurde sie angeschossen. Es war schlimm. Ich war so froh, dass sie aussteigen wollte. Ich hatte gedacht, dass sie dann wenigstens mal wieder schlafen könnte.«

»Sie konnte nicht schlafen? Ich dachte, sie hätte sich keine Sorgen um die Eltern gemacht.«

»Nicht um die Eltern.« Margaret lächelte verbittert. »Sie hatte entsetzliche Angst, dass ihr etwas entging. Dass deswegen einem Kind etwas geschähe. Manchmal wachte sie schreiend auf. Es wurde schlimmer, nachdem sie angeschossen worden war. Wir dachten, sie würde sterben. Ich war damals erst fünfzehn.«

»Und was ist mit dem Schützen passiert?«

»Er kam ins Gefängnis. Mom hat er nur angeschossen. Seine Frau hat er getötet.«

»Sitzt er noch?«

»Ich denke schon. Man wollte uns mitteilen, wenn er wieder rauskommt.«

Mia machte sich eine Notiz. »Miss Hill, gibt es noch jemanden, der glaubt, mit ihrer Mutter eine Rechnung offen zu haben?«

Margaret nickte. Langsam. »Mein Exmann wollte sie töten.«

Solliday zog die Brauen hoch. »Warum das?«

»Weil meine Mutter mich überzeugt hat, dass ich ihn verlassen muss. Vor zwei Monaten habe ich die Scheidung eingereicht. Meine Mutter hätte locker sagen können, sie hätte mich ja immer gewarnt. Aber so war sie nicht.«

»Warum haben Sie ihn verlassen?«, fragte Mia, und Margaret krempelte die Ärmel hoch. Solliday konnte nicht anders, er verzog automatisch das Gesicht. Die Arme der Frau waren mit kleinen, runden Narben übersät. Verbrennungen. Zigaretten. Mia schürzte die Lippen. »Okay. Das reicht als Antwort.«

»Wo ist Ihr Exmann jetzt?«, fragte Solliday gepresst. Er war wütend, hatte sich aber unter Kontrolle. Gut, dachte Mia.

»In Milwaukee.«

Mia zog Margarets Ärmel wieder herab. »Wusste Ihre Mutter, dass er sie misshandelte?«

»Eine ganze Weile konnte ich es vor ihr verbergen. Aber irgendwann nicht mehr.«

»Was hat Ihr Exmann getan, als er feststellte, dass Sie gegangen waren?«

»Er hat versucht, in Moms Haus einzudringen, aber sie drohte ihm, die Polizei zu rufen, und er zog mit wilden Flüchen ab. Ich hatte mich die ganze Zeit über im Haus versteckt. Tja, letztlich bin ich genauso vor Doug weggelaufen wie vor Mom.«

Solliday verengte die Augen. »Was meinen Sie damit?«

»Mom und ich hatten eine ziemlich angespannte Beziehung. Wahrscheinlich habe ich Doug nur geheiratet, um sie zu ärgern. Die ach so gute Sozialarbeiterin, die mit dem eigenen Kind nicht fertig wird. Aber das verstehen Sie vermutlich nicht.«

Mia dachte an ihre Schwester. *Ich muss Kelsey sagen, was an Bobbys Grab passiert ist.* »O doch. Wir brauchen den vollen Namen Ihres Mannes und seine Adresse.«

Margaret schrieb mit wütenden Bewegungen. »Er heißt Davis. Ich hasse diesen Mistkerl.«
»Auch das kann ich verstehen.« Mia spürte, dass Solliday sie beobachtete und offenbar tiefer blickte, als sie ihn lassen wollte. Plötzlich lief ihr ein prickelnder Schauder über den Rücken. Hastig konzentrierte sie sich auf Margaret. »Miss Hill, mag Ihr Ex Tiere?«
»Nein, er hasst Hunde. Als ich gegangen bin, habe ich Milo mitgenommen und ... O nein. Ist er auch tot?«
»Er war nicht im Haus, als es abbrannte«, sagte Solliday.
Erleichterung und Verwirrung spiegelten sich in ihrer Miene wider. »Aber Mom hat ihn nie ohne Leine rausgelassen.«
»Wir rufen Sie an, wenn wir ihn finden«, sagte Mia. »Ihr Bruder will morgen hier eintreffen.«
Margaret schloss die Augen. »Na, wunderbar.«
»Kann ich daraus schließen, dass Sie sich nicht so gut mit ihm verstehen?«, fragte Solliday.
»Mein Bruder ist ein feiner Kerl, aber nein, wir verstehen uns nicht besonders gut. Er hat mich einmal gewarnt, dass ich Mom eines Tages mehr Ärger machen würde, als sie verkraften könnte. Damit hat er wohl recht gehabt. Er hat meistens recht.« Sie stand unsicher auf. »Wann kann ich meine Mutter sehen?«
»Gar nicht«, sagte Mia sanft. »Tut mir leid.«
Ihre Augen weiteten sich entsetzt, als sie begriff, doch dann nickte sie knapp, verabschiedete sich und ging.
»Tja«, sagte Mia. »Doug mag ja vielleicht ein mieses Schwein sein, aber dass er unser Täter ist, glaube ich irgendwie nicht.«
»Ich auch nicht. Aber je eher wir ihn ausschließen können, desto eher kann Margaret Hill sich von ihren Schuldgefüh-

len verabschieden.« Er sah auf die Uhr. »Du könntest die Polizei in Milwaukee anrufen, während ich fahre.«
Mia legte die Stirn in Falten. »Und wohin geht's?«
»Noch einmal zur Uni. Wir müssen noch mit Caitlins Freunden reden. Ich habe die Hausmutter der Verbindung angerufen. Sie trommelt alle aus der Schwesternschaft für halb sechs zusammen.«
»Wann hast du denn das gemacht?«
»Als du geschlafen hast.« Er bedeutete ihr mit einer Geste, still zu sein, als sie den Mund öffnete. »Rechtfertige dich bloß nicht. Du warst die ganze Nacht auf. Du hast gestern einen Verbrecher niedergestreckt, obwohl du eigentlich noch krankgeschrieben sein solltest. Sogar du, denke ich, brauchst ab und zu Erholung, Mia.«
Die Anerkennung in seiner Stimme nahm der Kritik die Schärfe. »Danke. Denke ich.«

Dienstag, 28. November, 16.30 Uhr

»Hallo-ho«, sagte er gedehnt. »Kann ich bitte mit Emily Richter sprechen?«
Ihr Seufzen war das einer Leidenden. »Am Apparat. Und mit wem spreche *ich?*«
»Tom Johnson. Vom *Chicago Bulletin.*«
»Woher kriegt ihr Reporter nur immer meine Nummer?«, klagte sie.
»Sie stehen im Telefonbuch, Ma'am«, erwiderte er höflich. Blödes, selbstzufriedenes Weib.
»Nun ja.« Sie schniefte. »Ich habe bereits mit einer Mitarbeiterin von Ihnen gesprochen. Sie hieß … Carmichael. Wenn Sie etwas über den Brand wissen wollen, können Sie sie fragen.«

»Ich kümmere mich nicht um den Brand, Ma'am, sondern ich bin in einer anderen Abteilung tätig. Ich möchte Ihre Nachbarn in einem kleinen Artikel vorstellen. Die Leser wissen lassen, dass hier eine Notlage besteht. Ihnen die Möglichkeit geben, Hilfe zu leisten, Sie wissen schon. Und Redaktionsschluss ist in wenigen Stunden. Wenn Sie mir helfen könnten, wäre ich Ihnen wirklich dankbar.«

»Was wollen Sie von mir?«, fauchte sie.

Dir das Maul stopfen, du blöde, alte Schachtel, dachte er, dann gab er sich Mühe, seine Stimme so ölig wie möglich klingen zu lassen. »Ich versuche die ganze Zeit, die Doughertys zu erreichen, aber keiner weiß, wo sie sind. Ich möchte gern mit ihnen reden, herausfinden, was sie jetzt am dringendsten benötigen und dergleichen.«

»Sie sind erst heute Morgen zurückgekommen.« Sie schniefte. »Aus Florida. Vorhin haben sie mit der Polizei gesprochen. Als die Polizei weg war, bin ich rausgegangen. Weil ich selbstverständlich meine Hilfe anbieten wollte.«

Selbstverständlich. »Haben sie zufällig erwähnt, wo sie im Augenblick untergekommen sind?«

»Hab ich nicht nachgefragt Aber sie hatten eine Parkkarte vom Beacon Inn im Auto liegen.«

Schön, dass es so unerträgliche Klatschtanten gibt, die ihre Nase in alles stecken müssen. Er grinste. »Vielen Dank, Ma'am. Und einen schönen Tag noch.« Zufrieden legte er auf.

Mrs. Dougherty. Sie und ich haben eine Verabredung. Eine ganz heiße. Er lachte in sich hinein. Eine *heiße* Verabredung. *Manchmal übertreffe ich mich selbst.* Er zog das dicke Telefonbuch unter dem Apparat hervor, suchte die Nummer des Hotels heraus, fischte in seiner Tasche nach weiterem Kleingeld und wählte.

Eine muntere Stimme antwortete. »Beacon Inn, mein Name ist Tania. Was kann ich für Sie tun?«
Er stellte seine Stimme tiefer. »Ich hätte gern die Zimmernummer von Joe Dougherty.«
»Tut mir leid, Sir. Wir dürfen keine Zimmernummern herausgeben. Ich kann Sie verbinden.«
Er spürte, wie der Ärger ihm das Blut in die Wangen trieb. »Ich wollte Blumen schicken. Ich brauche nur die Nummer, um sie dem Händler mitzuteilen.«
»Oh, sagen Sie dem Händler einfach Hotelname und Adresse. Wir erledigen das dann für Sie.«
Ihr fröhlicher Tonfall nagte an ihm. *Wir erledigen das dann für Sie.* Sie würde es ihm nicht sagen, diese kleine Schlampe. Kam sich vermutlich toll vor in ihrer Stellung. »Vielen Dank, Tania. Sie haben mir sehr geholfen.« Wütend legte er auf.
Gut, es würde also Blumen geben. Und Tania würde sich wünschen, sie hätte ihm wirklich geholfen.

9. Kapitel

Dienstag, 28. November, 18.45 Uhr

Reed gähnte, als er neben Mitchells kleinem Alfa einparkte.

»Lass das«, protestierte sie. »Ich muss noch tonnenweise Akten lesen.«

»Du gehst nicht wieder an deinen Tisch zurück. Du brauchst Schlaf, Mia, und ich auch.«

»Ich will gar nicht sofort an den Tisch zurück. Ich muss vorher noch etwas erledigen. Aber wenigstens ein paar von den Akten muss ich noch durchsehen. Bisher haben wir rein gar nichts.«

»Ja, was wir von der Schwesternschaft erfahren haben, war eher enttäuschend«, stimmte er düster zu.

»Sie können uns doch nichts sagen, wenn sie nichts gesehen haben. Wenn dieser Typ Caitlin beobachtet hat, dann war er verdammt vorsichtig. Wenigstens können wir Doug Davis und Joel Rebinowitz von unserer Liste streichen.«

»Doug hat Glück, dass er ein solches Arschloch ist. Dass er wegen schwerer Körperverletzung im Knast sitzt, ist ein feines Alibi. Wir können Margaret Hill mitteilen, dass sie sich keine Schuld mehr zu geben braucht.«

»Und was für ein Glück, dass die Spielhalle eine Sicherheitskamera hat.« Die Joel dabei aufgenommen hatte, wie er in den fraglichen Stunden am Flipperautomat gestanden hatte. Sie rieb sich die Wangen und bedachte ihn mit einem schwachen Lächeln. »Geh nach Hause und kümmere dich um deine Tochter, Solliday. Fluffy ist tot, und er war sowieso nicht der beste Gesprächspartner. Ich verpasse zu Hause nichts.«

Er erwiderte ihr Lächeln nicht. Frustration und Verärgerung flammten gemeinsam auf. »Nichts da. Müde Menschen verursachen Unfälle. Und sterben. Fahr nach Hause, Mia.«

Sie blinzelte überrascht. »So müde bin ich gar nicht.«

»Das hat der Bursche auch gesagt, der über eine rote Ampel gebraust ist und meine Frau erwischt hat.« Augenblicklich wünschte er sich, er hätte den Mund gehalten, aber es war zu spät.

Ihre blauen Augen zeigten Mitgefühl. »Und sie ist bei dem Unfall gestorben?«

»Ja.« In diesem einzelnen Wort klang reine Wut mit, was ihn selbst überraschte. Er war sich nur nicht sicher, auf wen er momentan die meiste Wut hatte.

Sie seufzte. »Das tut mir sehr leid.«

»Es ist schon lange her.« Seine Stimme wurde sanfter. »Geh nach Hause, Mia. Bitte.«

Sie nickte. »Also gut.«

Das war zu einfach gewesen. Man brauchte kein Detective zu sein, um zu ahnen, dass sie es nicht tun würde.

Und plötzlich machten sich seine Gedanken selbstständig. Sie würde sich umbringen, aber verdammt noch mal, sie fing an, ihm etwas zu bedeuten. Inzwischen verstand er, warum Spinnelli eine derart hohe Meinung von ihr hatte. Und er musste außerdem zugeben, dass sie seine Neugier geweckt hatte.

Reed wartete, bis sie davongefahren war, dann folgte er ihr. An der ersten Ampel hatte sie ihn noch nicht bemerkt. Sie muss wirklich müde sein. Er holte sein Handy hervor, sprach »zuhause« hinein und wartete, dass die Nummer gewählt wurde.

»Hi, Dad«, sagte Beth, und er fuhr zusammen. Manchmal brachte ihn die Anruferkennung noch immer aus dem Konzept.

»Hallo, Schatz. Wie war die Schule?« Die Ampel sprang um, und Mitchell fuhr weiter, ohne zu versuchen, ihn abzuhängen. So weit, so gut.

»Ganz okay. Wann kommst du nach Hause?«

»Dauert noch ein bisschen. Im aktuellen Fall ist noch etwas aufgetaucht, dem ich nachgehen muss.«

»*Was?* Aber du hast doch versprochen, heute mit mir zu Jenny Q zu gehen. Und ihre Mutter kennenzulernen. Damit ich am Wochenende auf die Party darf.«

Ihre vehemente Reaktion ließ ihn stutzen. »Na ja, dann gehen wir eben morgen hin.«

»Aber ich muss noch heute mit ihr lernen.«

Es klang, als stünde sie kurz vor einem Wutanfall. »Beth, was ist los?«

»Du hältst deine Versprechen nicht, das ist los.«

War das gerade ein Schluchzen gewesen? Erschreckt setzte er sich kerzengerade auf. Wahrscheinlich spielten mal wieder die Hormone verrückt. Er wusste einfach nie, in welcher Woche er besonders vorsichtig sein musste. »Schätzchen? Wir kriegen das schon hin, okay? Ich frage Lauren, ob sie sich mit der Mutter trifft, wenn dir das so wichtig ist.«

»Okay.« Sie stieß seufzend den Atem aus. »Entschuldige.«

Reed verstand die Welt nicht mehr. »Schon gut, Schätzchen. Gib mir Lauren bitte mal.«

»Was war das denn gerade?«, fragte Lauren eine Minute später.

»Sie will am Wochenende zu der Party einer Freundin gehen, und ich sollte mich heute mit der Mutter treffen. Aber ich muss noch arbeiten.«

Es war nur eine kleine Lüge. Klein und harmlos. Dennoch zog er instinktiv den Kopf ein. Aber nun konnte er nicht mehr zurück. »Könntest du mit ihr rübergehen, damit sie mit ihrer Freundin lernt, und die Mutter einem kleinen Verhör unterziehen?«

»Nur, wenn ich das grelle Licht und den Gummischlauch einsetzen darf.«

Er lachte leise. »Tu, was du nicht lassen kannst. Ich weiß nicht genau, wann ich zurückkomme.«

»Reed, hast du mit dem Brand zu tun, in dem die Sozialarbeiterin getötet wurde?«

Er schnitt eine Grimasse. »Woher weißt du davon?«

»Na ja, aus den Nachrichten. Die arme Frau.«

»Welche Nachrichten?«

»Lokale. Richtig groß aufgeblasen. Soll ich die Zehn-Uhr-Nachrichten aufnehmen?«

»Ja, das wäre gut. Und denk dran – Beth muss um neun zu Hause sein.«

»Reed, ich mache das nicht zum ersten Mal«, sagte Lauren geduldig. »Du solltest dich nicht darum sorgen, ob ich meine Aufsichtspflicht erfülle. Sorge dich lieber darum, dass ich irgendwann heiraten könnte.«

»Planst du in nächster Zeit eine großangelegte Hochzeit?«, neckte er sie.

»Ich meine es ernst. Irgendwann bin ich weg. Du solltest mal über Ersatz nachdenken.«

»Oh. Es geht hier eigentlich um mich.«

»O ja. Du findest leichter eine Frau als ein gutes Kindermädchen. Meine biologische Uhr tickt, Bruderherz. Ich muss mir einen Mann suchen, bevor die guten alle weg sind. Okay, wir reden später.«

Reed legte auf und war noch frustrierter als vorher. Was sollte er tun, wenn Beth und Lauren ein eigenes Leben führen wollten? Eines jedoch wusste er genau: Er würde nicht heiraten, nur um ein kostenloses Kindermädchen respektive eine Haushälterin zu bekommen. Er hatte eine gute Ehe geführt. Und weniger würde er niemals akzeptieren. Während er Mitchell verfolgte, ließ er seine Gedanken schweifen und dachte an Christine. Sie war so wunderbar gewesen. Schön, klug, sexy. Er seufzte. Ja, sexy. Und er musste aufhören, seine Gedanken schweifen zu lassen, denn sie schweiften in sexuelle Gefilde ab.

Aber ein müder Geist ließ sich schlecht kontrollieren, ganz zu schweigen von einem müden Körper. Er konnte sich lebhaft an alles erinnern. Wie sie aussah, wie es gewesen war, mit ihr zu schlafen. Ihre Haut zu berühren, ihr Haar. Wie sie seinen Namen flüsterte, sich an ihn klammerte, ihn bat, nur nicht aufzuhören. Und dann kam sie, nahm ihn mit, und der unglaubliche Frieden danach, wenn sie aneinandergeschmiegt im Dunkeln lagen …

Stopp. Irgendetwas stimmte mit der Phantasie nicht. Etwas war anders. Reed blinzelte, schüttelte leicht den Kopf, bis er die Rücklichter der Autos vor sich wieder scharf sah. *Himmel!* Wieder blinzelte er, verstört diesmal, doch das Bild vor seinem geistigen Auge änderte sich nicht. Die Frau aus seinem mentalen Ausflug war nicht groß, dunkelhaarig und geschmeidig wie eine Tänzerin gewesen. Die Frau in seinem Kopf war blond. Ihr Körper kräftiger. Brüste … Beine … anders. Ihre Augen nicht dunkel und geheimnisvoll. Sie waren groß und blau wie der Sommerhimmel.

Meine Güte! Die Frau, die er im Geist geliebt hatte, war

nicht Christine. Es war Mia Mitchell gewesen. Obwohl er es zu verdrängen versuchte, hielt sich das Bild hartnäckig. Und nun, da er sie einmal so gesehen hatte – selbst wenn es nur in seinen Gedanken war –, würde es schwer werden, sie neutral und distanziert zu betrachten.

»Das fehlt mir gerade noch«, murmelte er. Mit einer Erinnerung zu schlafen schadete niemandem. Von einer lebendigen Frau zu träumen war allerdings viel zu gefährlich. Also zwang er jeden Gedanken daran resolut aus seinem Kopf. Das konnte er. Darin war er geübt. Er war diszipliniert.

Vier Autos vor ihm machte Mia Anstalten, auf die Interstate, Richtung Süden, einscheren zu wollen. Wenn er auch nur ein wenig Hirn besaß, würde er an der Auffahrt vorbeifahren, an der nächsten Kreuzung wenden und nach Hause fahren. Aber er tat es nicht. Aus Gründen, die er sich selbst nicht erklären konnte – oder wollte –, folgte er ihr weiter.

Dienstag, 28. November, 19.00 Uhr

Er stellte die Vase mit den Blumen auf dem Empfangstisch des Hotels ab. »Eine Lieferung, Ma'am.«

Eine kleine Frau stand hinter dem Tresen und tippte. Auf dem Namensschild stand der Name Tania, darunter etwas kleiner »Assistant Manager«. Um ihren Hals trug sie einen Bildausweis, an den eine Keycard geklemmt war. Wahrscheinlich der Generalschlüssel. Und genau so einen brauchte er.

Sie schaute mit einem müden Lächeln auf. »Ich bin in einer Minute für Sie da.«

Er gähnte und schob die Brille mit dem dunklen Gestell auf dem Nasenrücken hoch. Es war nur eine Zehn-Dollar-

Lesebrille, aber sie veränderte sein Aussehen. Und in Verbindung mit der Perücke, die er billig erstanden hatte, würde ihn auf dem Sicherheitsvideo niemand erkennen. »Lassen Sie sich Zeit.«

»Sie arbeiten aber noch spät«, sagte sie mitfühlend.

Sein Gähnen war nicht gespielt gewesen. Er hatte tatsächlich in letzter Zeit nicht allzu viel geschlafen. »Noch ein paar Auslieferungen in letzter Minute. Aber das hier war die letzte. Danach ist Feierabend.«

Ihr Lächeln war sehnsüchtig. »Sie Glückspilz.«

Er ließ sie noch ein bisschen tippen. »Die Straßen sind ganz schön rutschig. Seien Sie vorsichtig, wenn Sie nachher nach Hause fahren. Es soll noch mehr Schnee geben.«

»Danke, aber ich bleibe die ganze Nacht hier.«

Er verzog das Gesicht. »Die ganze Nacht? Oje, Sie Arme.« Die ganze Nacht? Verdammt, er brauchte die Karte.

Sie zuckte die Achseln. »Zwei meiner Leute liegen mit einer dicken Erkältung im Bett, das muss ich irgendwie auffangen. Frühestens um sieben bin ich morgen früh hier raus.« Sie hatte zu Ende getippt und wandte sich ihm nun zu. »Oh, das sind aber schöne Blumen.«

Das wollte er hoffen. Er hatte fünfzig Mäuse dafür ausgegeben. »Sie sind für …« Er zog einen Zettel aus der Tasche. »Für die Doughertys. Bin ich hier richtig?«

»Sind Sie«, sagte sie. »Sie sind Gäste bei uns.«

»Bekommen sie sie noch heute Abend?«

»Ganz bestimmt. Ich bringe sie ihnen selbst, sobald ich hier vom Tresen wegkomme.«

Dienstag, 28. November, 20.15 Uhr

Nach zwölf Jahren hätte Mia daran gewöhnt sein müssen, ihre Schwester in Gefängniskluft durch den Besucherraum kommen zu sehen. Kelsey ließ sich auf einen Stuhl fallen. Mia nahm den Telefonhörer auf ihrer Seite der dicken Plexiglasscheibe in die Hand, und nach einem kurzen Augenblick des Zögerns tat Kelsey dasselbe. »Er ist beerdigt«, sagte Mia, und Kelseys Mund verzog sich zu einem freudlosen Lächeln.

»Schön. Das wurde wohl auch Zeit.«

Mia lächelte traurig. »Ich wünschte, du hättest dabei sein können.«

»Du hattest ja Dana.«

»Ja. Sie war da, und dafür bin ich ihr dankbar. Dennoch hätte ich dich gebraucht.«

Kelseys Blick flackerte. »Und für dich wäre ich auch gekommen. Nicht für ihn.«

Das war verständlich. »Ich weiß.«

»Warum bist du hier, M?« Es hieß immer »M«. Nie »Mia«. Kelsey tat alles, was sie konnte, damit niemand herausfand, dass Mia ein Cop war. Zum Glück gab es keine Familienähnlichkeit zwischen ihnen. Kelsey sah aus wie ihre Mutter, während Mia das Abbild Bobby Mitchells war. In seiner Jugend war er ein blonder Verführer gewesen, der mit seinen strahlend blauen Augen unglaublich ernst und tiefgründig blicken konnte, falls dies erforderlich war. Mia hatte immer den Verdacht gehabt, dass er ein Aufreißer war. Inzwischen war ihr Verdacht bestätigt worden.

»Etwas ist passiert, das du wissen solltest. Als ich bei Bobbys Beerdigung war ...« Wieder sah sie den kleinen Grabstein vor ihrem inneren Auge. Es war ein eiskalter Schock gewesen. Ein weiterer Verrat in der langen Liste, die er begangen hatte. »Das Grab neben ihm war bereits belegt.«

Kelsey legte den Kopf zurück und verengte die Augen. »Von dem guten alten Liam.«

Mias Kinnlade fiel herab. Es dauerte, bis sie ihre Stimme wiederfand. »Das *wusstest* du?«

Kelsey zog die Brauen hoch. Ihr Blick war kühl. »Du nicht? Erstaunlich.«

»Aber *woher* wusstest du das?«

»Ich habe einmal, als ich nach Geld suchte, ein Foto in einer Kiste gefunden. Niedlicher Bursche, saß auf unserer Schaukel. Der ›wahre Erbe‹ des Königreichs.«

Mia war erschüttert. »Ich habe die Kiste gefunden, als ich seine Anzüge für die Beerdigung durchsah. Ich habe sie erst nach der Feier aufgemacht. Und bei dem Begräbnis sah ich den Grabstein neben seinem. Bis zu dem Zeitpunkt hatte ich keine Ahnung, dass Liam überhaupt existiert hat.« *Liam Charles Mitchell, Geliebter Sohn.*

Ein Schatten huschte über Kelseys Gesicht. »Verzeih mir. Du hättest das nicht auf diese Art herausfinden dürfen. Ich war mir wirklich sicher, dass du Bescheid wusstest. Und was hat *sie* getan?«

»Sie« war ihre Mutter. »Auf dem Friedhof? Sie hat sich geistig ausgeklinkt.« Später hatte sie geredet. Mia hatte ihr wenig Geduld entgegengebracht, und es würde lange dauern, bis sie beide wieder höflich miteinander umgehen würden. *Das sollte mich eigentlich mehr stören.* »Er wurde geboren, als ich zehn Monate alt war. Ein Jahr später ist er gestorben. Ich habe mir die Geburtsurkunde angesehen. Seine Mutter hieß Bridget Condon.«

»Ich weiß.«

Mia starrte sie an. »Bobby hat es dir gesagt?«

Kelsey hob eine Schulter. »Ich habe einen Zeitpunkt abgepasst, in dem er besoffen genug war, um ihn zu fragen.«
Mia schloss die Augen. »Wann war das?«
»Kurz vor Weihnachten. Ich war dreizehn.«
Mia erinnerte sich. »Deine Lippe musste mit sechs Stichen genäht werden.«
»Tja. Und *sie* hat dem Arzt erzählt, ich sei vom Skateboard gefallen.«
Typisch für ihre Mutter. Sie hatte sich stets mehr oder weniger geschickt durch die Notfallambulanzen, durch all die Lügen laviert. »Mein Gott, Kelsey.«
»Was soll's, das ist lange her, M. Er ist jetzt in seiner ganz privaten Hölle.«
»Aber das Baby hat seinen Namen getragen.« Das hatte sie in den vergangenen drei Wochen mehr beschäftigt, als gut für sie war.
»Er ist zu Bridget gezogen. Er wollte die Mutter seines Sohnes heiraten.«
»Und uns verlassen, weil Bridget einen Sohn hatte. Annabelle nicht.«
»Aber er ist zurückgekommen, als das Kind gestorben war.«
»Ja, ich weiß. Annabelle hat mir auch das erzählt. Sie hat ihn wieder aufgenommen.«
»Und neun Monate später flutschte ich auf die Welt. Wieder ein Mädchen.«
»Er hat zwei Kinder zurückgewiesen, weil keins von ihnen einen Schwanz hatte.« Die Wut drohte sie zu übermannen, und sie biss die Zähne zusammen. »Ich habe von klein an versucht, ihm zu gefallen. Ich wollte ihm so sehr gefallen.«
Mia seufzte. »Und was weißt du über die andere Tochter?«

Kelsey blinzelte. »Was?«
Mia sah sie erstaunt an. »Auf dem Friedhof. Da war eine Frau. Sie sah aus wie ich, bloß etwas jünger. Dieselben Augen.« Bobbys Augen. »Es war irgendwie unheimlich.«
Kelsey war eindeutig aus der Bahn geworfen. »Davon weiß ich nichts.«
»Na ja, danke jedenfalls, dass du mir das abnimmst. Es hört sich ja schon ziemlich verrückt an.«
Kelsey lehnte sich nachdenklich zurück. »Also gibt es drei ungeliebte nichtmännliche Sprösslinge.«
»Von denen wir wissen. Vielleicht noch mehr. Wer weiß, wie oft er versucht hat, einen Jungen in die Welt zu setzen.«
Kelsey grinste. »Tja, anscheinend konnte er nur auf X schießen. Kein einziges Y, aus dem ein kleiner Bobby werden konnte.«
Auch Mia musste trotz allem lächeln. »Mann, du fehlst mir.«
Kelsey schluckte. »Hör auf. Bring mich nicht zum …« Sie brach ab und sah sich hastig um. »Das wäre tödlich hier.«
»In drei Monaten kannst du wieder einen Antrag stellen.«
»Als wüsste ich den Zeitpunkt nicht ganz genau. Das bringt nichts.«
»Aber ich bin da, versprochen.«
»Du bist immer da, bei jeder Anhörung. Und dafür bin ich dir dankbar. Aber Shayla Kaufmann ist ebenfalls immer da, und ihr Verlust wiegt schwerer als deine guten Worte.«
Mia ballte die Fäuste. »Du hast doch schon zwölf Jahre hinter dir, Kelsey.«
»Und ihr Mann und ihr Sohn sind immer noch tot.«
»Aber *du* hast sie doch nicht erschossen. Das war auf dem Video im Laden eindeutig zu sehen.« Kelseys Hände hatten so sehr gezittert, dass sie die Waffe beinahe fallengelassen

hatte. Ihr damaliger Freund Stone hatte geschossen und lebenslänglich ohne Aussicht auf Bewährung bekommen. Kelsey hatte kooperiert und bessere Konditionen erhalten. Acht bis fünfundzwanzig Jahre. Damals war Mia erleichtert gewesen, dass das Urteil nicht strenger ausgefallen war. Doch nun, nach zwölf Jahren, wusste sie, wie langsam Zeit verstreichen konnte.

Kelseys Miene war unbewegt, aber in ihren Augen lag nun eine Qual, die sie Mia selten sehen ließ. »Ich habe zwar nicht geschossen, aber Stone schießen lassen. Ich habe nichts getan, um das Leben des Vaters und seines Sohnes zu retten. Der Vater hat noch versucht, seinen Sohn mit seinem Körper zu beschützen.« Sie blickte starr auf einen Punkt hinter Mias Schulter, und sie wusste, dass ihre Schwester daran dachte, dass ihr Vater für sie niemals etwas Derartiges getan hatte.

»Verdammt, Kelsey, du warst jung. Verängstigt. Und high.«

»Und schuldig.« Ihre Lippen bebten, und sie schürzte sie. »Und das bin ich immer noch.«

Mia biss sich auf die Innenseite der Wange. »Ich komme trotzdem zu der Anhörung.«

Kelsey schloss die Augen, und als sie sie schließlich öffnete, war der Blick wieder kühl und distanziert. »Man munkelt, du hättest dir eine Kugel eingefangen.«

Das Thema Bewährung war damit vom Tisch. »Ja. Vor zwei Wochen.«

»Wie geht's deinem Kumpel?«

»Abe? Er ist noch im Krankenhaus, aber er wird wieder.«

»Pass bloß auf dich auf.« Sie lächelte. »Du bist die Einzige, die mich je besuchen kommt. Wehe, dir passiert was.«

Mia räusperte sich. »Ich denk dran.«

»Oh, und sag Dana, danke, aber nein danke.«

»Für was?«
»Sie hat mir vom Strandurlaub eine Postkarte geschickt. Vorn drauf einen fiesen, fetten Krebs. Und sie hat geschrieben, sie wünschte, ich hätte dabei sein können, um dieses Vieh zu essen. Brr. So etwas würde ich nicht mal mit der Kneifzange anpacken.«
»Ich sag's ihr. Aber nun muss ich wieder los. Ich muss noch einiges durchsehen, aber vorher noch einen Dummkopf ohrfeigen.«
Kelsey zog träge die Brauen hoch, aber ihr Blick war scharf. »Verhörmaßnahmen?«
»Nein. Mein vorübergehender Partner. Er ist mir aus der Stadt bis hierher gefolgt und wartet jetzt auf dem Parkplatz.« Sie schnaubte. »Er glaubt tatsächlich, ich hätte ihn nicht bemerkt.«
Kelseys Augen leuchteten amüsiert. »Und warum tut er so was?«
»Weil er ...« Mia musste an all die netten Dinge denken, die Reed Solliday in den vergangenen Tagen für sie getan hatte. Kaffee, Schmerztabletten, die Türen für sie öffnen, als sei sie ... eine Lady. Solliday schien ein wenig altmodisch zu sein, aber das machte ihn nicht weniger freundlich. Ein netter Kerl. Der Football spielte. Und Gedichte mochte. Und den Schmerz der Opfer genauso heftig wahrzunehmen schien wie sie selbst. Sie seufzte. »Er macht sich Sorgen um mich. Seine Frau war in einen Autounfall verwickelt, den ein übermüdeter Fahrer verursacht hat.«
»Er ist also verheiratet.« Kelsey schüttelte vorwurfsvoll den Kopf. »M.«
»Er ist Witwer. Hat eine Tochter. Und spar dir diesen Blick, ja? Ich arbeite nur so lange mit ihm zusammen, bis Abe wieder da ist.«

»Und wie sieht er aus?«
Der Mann war groß. Und gut gebaut. »Wie Satan.« Sie fuhr sich mit Daumen und Zeigefinger an den Mundwinkeln vorbei. »Sauber gestutztes Bärtchen. Teuflisch.«
»Interessant. Satan als gefallener Engel oder mit Dämonenfratze?«
Mia rutschte voller Unbehagen auf ihrem Stuhl herum. »Er ist recht nett anzusehen.«
»Aha.« Kelsey sah sie prüfend an. »Und?«
Und er ist anständig. Und ich mag ihn. Sie holte tief Luft. *Verdammt.* »Das ist alles.«
Kelsey stand auf. »Okay, wenn du nicht willst, dann warte ich einfach auf Danas nächsten Brief. Sie sagt mir schon, was so alles passiert.« Ohne sich zu verabschieden, legte Kelsey auf und ging. Sie verabschiedete sich nie.
Mia blieb noch einen Moment lang sitzen. Dann hängte sie den Hörer behutsam ein und ging, um Solliday einen Elfmeter zu verpassen.

Dienstag, 28. November, 20.30 Uhr

Sie hatte verdammt lange gebraucht, dachte er wütend, als Tania mit den Blumen in der Hand aus der Hotelhalle trat. Im Inneren des Wagens, den er sich genommen hatte, war es schön warm, und er wäre beinahe eingeschlafen. Alle Türen in diesem Motel lagen in diese Richtung, daher hatte sie früher oder später hier entlangkommen müssen.
Langsam fuhr er über den Parkplatz, ohne sie aus den Augen zu lassen. Schließlich blieb sie stehen und klopfte. Die Tür öffnete sich, aber nicht weit genug, als dass er hineinsehen konnte. Aber das machte nichts. Er hob das Fernglas an die Augen und sah hindurch. Nummer 129. Schön.

Er gähnte wieder. Er war so müde. Er wollte die alte Dougherty, aber er wollte dabei nicht so müde sein, dass er es nicht würde genießen können. Oder, schlimmer noch, vielleicht sogar einen Fehler machte. Außerdem brauchte er die Keycard, und Tania würde erst morgen früh um sieben Feierabend machen. Wenn er sie sich jetzt holte, könnte jemand bemerken, dass sie nicht zur Rezeption zurückkehrte. Denn sobald er die Karte hatte, würde die kleine Tania nirgendwo mehr hingehen.
Er hatte Zeit. Die Doughertys würden hier so schnell sicher nicht ausziehen. Wo sollten sie schon hingehen? Also würde er nach Hause fahren, etwas schlafen und pünktlich zurückkehren, damit Miss Tania sicher nach Hause geleitet werden konnte.

Dienstag, 28. November, 20.45 Uhr

Reed träumte. Er wusste, dass er träumte, aber das war gut so. Denn er wusste auch, dass dieser Traum nicht wahr werden würde. Er würde Mia Mitchell nicht aufs Bett zerren. Ihr die Kleider vom Leib reißen. Jeden Zentimeter ihres Körpers küssen und sie stöhnen hören. Und er würde sie ganz sicher nicht zu einem Orgasmus bringen, der ihren Blick glasig werden ließ.
Da nichts davon geschehen würde, sollte er diesen Traum einfach genießen, solange er andauerte. Und er genoss es. Und sie auch. Ihr sehniger Körper bäumte sich auf, ihre Arme umklammerten ihn, als er sich in ihr bewegte. »Gott, Reed«, stöhnte sie, nicht leise, kein Flüstern, wie er es von Christine gewohnt war, sondern laut, so laut, dass es seinen seligen Nebel durchdrang. *»Reed.«*
Er erwachte schlagartig und fuhr zum Autofenster herum,

wo Mitchell stand und mit den Fäusten gegen die Scheibe trommelte. Sie verdrehte genervt die Augen, als sie sah, wie er erwachte. »Verdammt, Solliday. Ich dachte, du hättest zu viel Kohlenmonoxid eingeatmet.«

Er ließ das Fenster herab, noch halb in diesem Traum gefangen, der ihm viel zu gut gefallen hatte. Beinahe hätte er ihr Gesicht berührt, um festzustellen, ob es sich anfühlte wie in seinem Traum, aber er riss sich zusammen. »Ich muss eingeschlafen sein.«

Sie wirkte wütend. Warum war sie wütend? »Was willst du überhaupt hier?«

Hier? Er sah sich um, sah den hohen Zaun, die bewaffneten Wachleute. *Oh, stimmt ja.* Nun erinnerte er sich wieder. Er war ihr aus der Stadt gefolgt. Toll. So weit zum Thema, *Folgen Sie dem Wagen unauffällig.*

»Ähm …« Sein Verstand war absolut leer. Ein gewisser Körperteil absolut hart.

Sie sah ihn mit blitzenden Augen an. »Hast du wirklich geglaubt, ich würde dich nicht bemerken?«

Langsam kehrte ein wenig Blut aus den unteren Regionen in sein Hirn zurück, was ihm in doppelter Hinsicht guttat. »Ich, äh … okay, ja, ich habe gedacht, du siehst mich nicht. Schön blöd, oder?«

»Ja, aber deine Absichten waren ehrenhaft. Nehme ich an. Hübsch geträumt?«

Er spürte, wie er rot wurde. »Ja, in der Tat.« Er sah zum Gefängnis hinüber, dessen grelle Lichter den Nachthimmel erhellten. »Wenn ich dich jetzt frage, was du hier gemacht hast, sagst du mir dann, das geht mich überhaupt nichts an?«

Ihre Augen verengten sich. »Du bist unglaublich neugierig.«

»Tja, tut mir leid.«

»Aber auch sehr nett und ziemlich harmlos, wie mir scheint.«
Sein Traum blitzte in seinem Kopf auf, sehr deutlich und in Technicolor. Sie musste es ja nicht wissen. »Meistens schon.«
»Und du bringst mir zweimal am Tag Kaffee und zwischendurch ein Hotdog.«
Das klang vielversprechend. »Und ich habe dich kosten lassen, als wir zu Mittag gegessen haben. An beiden Tagen.«
Jetzt musste sie grinsen. »Stimmt.« Doch dann verschwand das Lächeln. »Ich habe meine Schwester besucht.«
Das hatte er nicht erwartet. »Was?«
»Du hast ganz richtig gehört. Meine jüngere Schwester sitzt hier wegen bewaffneten Raubüberfalls ein. Schockiert?«
»Ehrlich gesagt, ja. Wie lange schon?«
»Seit zwölf Jahren. Ich komme zu den regulären Besuchszeiten. Es soll niemand wissen, dass ihre Schwester bei der Polizei ist.«
Er hatte keine Ahnung, was er sagen sollte. Ein leichtes Lächeln erschien auf ihren Lippen, als hätte sie Mitleid mit ihm. »Wie du gestern schon gesagt hast – manchmal sind die Kinder von Cops besonders schlimm. Meine Schwester bezahlt, weil sie ein paar sehr falsche Entscheidungen getroffen hat. Und wenn es mit der Bewährung nicht klappt, zahlt sie noch einmal dreizehn Jahre.«
»Also konntest du Margaret Hill wirklich verstehen.«
Sie stand nur da und sah ihn an. Schwieg.
»Nun ja.« Er rieb sich über das Gesicht. Die frischen Stoppeln juckten. »Und nun?«
»Jetzt fahre ich zurück und lese Akten.«
Dunkle Schatten lagen unter ihren Augen. »Oder wir gehen etwas essen.«

Sie musterte ihn prüfend. »Warum?«
»Weil mein Magen so laut knurrt, dass du es eigentlich hören müsstest.«
Wieder zuckten ihre Lippen. »Stimmt, ich höre es. Aber ich wollte wissen, warum du mir gefolgt bist.«
»Du warst müde und hattest ein schlechtes Gewissen, weil du die ganzen Akten, für die wir gemeinsam vermutlich Tage brauchen werden, nicht an einem einzigen Abend hast durchackern können.« Aber sie kaufte ihm diese Erklärung nicht ab, das sah er ihr an. Also sagte er das, womit sie beide zurechtkommen konnten. »Ich mag dich. Ich will nicht, dass dir etwas passiert. Das ist alles.«
Sie verzog instinktiv das Gesicht, trat einen Schritt von seinem Fenster zurück und sah zum Gefängnis hinüber. Als sie sich wieder ihm zuwandte, war ihr Blick klar und leicht spöttisch. »Okay, essen wir etwas. Aber nicht hier in der Gegend, okay?«
Er nickte. »Okay. Diesmal fährst du hinter mir her.«

Dienstag, 28. November, 22.15 Uhr

Reed kam aus der Garage und wartete, bis Mias kleiner Alfa auf seiner Auffahrt parkte. Es überraschte ihn ein wenig, dass sie hinter ihm geblieben war, als klar wurde, dass sie zu ihm fuhren, aber nun war sie da. Warum auch nicht? Er hatte schließlich öfter mal jemand zum Essen zu Gast. Foster, ein Junggeselle ohne nennenswerte Küche, kam sogar regelmäßig.
Aber Foster sah nicht so aus wie Mia Mitchell. Reeds Herz hämmerte, als sie in ihrer schäbigen Jacke aus dem Wagen stieg. *Du bist verrückt*, dachte er. Das ist überhaupt keine gute Idee. Sogar eine ausgemacht blöde. Aber er hatte die

Verletzlichkeit in ihren Augen gesehen. Er hatte sich getäuscht, als er am Anfang geglaubt hatte, sie sei alles andere als sanft.

Sie hielt zwei Schritte vor ihm an und musterte ihn spöttisch. »Café du Solliday?«

»Ich weiß nicht, wie es dir geht, aber der Gedanke daran, schon wieder einen schnellen Burger zu vertilgen, spricht mich einfach nicht an.«

Ihre Lippen verzogen sich amüsiert. »Schau an. Willst du für mich kochen?«

»Kommt drauf an, wie du kochen definierst. Komm.« Er führte sie durch die Garage in die Küche, wo Beth vor der Mikrowelle stand und zusah, wie der ploppende Mais im Inneren die Tüte aufblähte. »Hallo, Schatz.«

Beth wandte nur den Kopf, um ihn anzufunkeln. Dann sah sie wieder weg.

Da er wusste, dass Mitchell direkt hinter ihm war, trat er auf seine Tochter zu. »Beth?«

»Was ist?!«

»Was ist denn nun schon wieder los?«

Beth presste die Kiefer zusammen. »Nichts.«

»Ich gehe wohl besser«, murmelte Mitchell, aber er hielt die Hand hoch.

»Nein, bestimmt nicht. Beth, das ist Detective Mitchell, ich arbeite momentan mit ihr zusammen. Und das ist meine Tochter Beth. Meine *gut erzogene* Tochter Beth.«

Beth schüttelte den Kopf und schnaufte spöttisch. »Freut mich, Detective.«

»Mich auch, Beth. Hör mal, Solliday, ich kann …«

Sein Lächeln war angestrengt. »Du kannst dich setzen. Bitte. Beth, wenn du mir nicht in normalem Tonfall erklären willst, worum es geht, dann geh bitte auf dein Zimmer.«

»Worum es geht, ist, dass mich jeder hier behandelt wie ein Kleinkind. Ich wollte doch bloß heute bei Jenny übernachten. Ich habe sogar meine Zahnbürste eingepackt, Herrgott. Aber Lauren ...« Sie biss die Zähne zusammen. »Aber Lauren hat mich vor allen Leuten völlig blamiert!«

»Wer ist alle Leute?«

»Ach, vergiss es.« In der angespannten Stille platzten die Maiskörner fröhlich weiter.

»Lauren hält sich nur an meine Anweisungen. Du weißt, dass du nirgendwo übernachtest, wenn du am nächsten Tag Schule hast.«

Die Mikrowelle piepte, und Beth riss die Tüte heraus. »Na, schön.« Sie warf die Gerätetür zu, und einen Moment später hörte man eine Zimmertür krachen. Reed drehte sich mit eingezogenem Kopf zu Mitchell um.

»Ich schwöre, ich hatte früher einmal eine nette Tochter.«

Sie lächelte mitleidig. »Aliens. Körperfresser, Gestaltenwandler. Es gibt keine andere Erklärung.«

Mit einem erschöpften Lachen zog er seinen Mantel und sein Jackett aus und legte beides über einen Stuhl. »Sie kann ein bisschen runterkühlen, bevor ich mit ihr die Sonderrechte diskutiere, die ich ihr für ihren kleinen Aufstand gewähre. Zieh deine Jacke aus, Mia. Bleib ein bisschen.«

Es war keine gute Idee gewesen, zu ihm nach Hause zu kommen. Aber während sie zusah, wie Solliday in der Küche hantierte, fiel es ihr schwer, das auch weiterhin so zu sehen. Er hatte sein Jackett ausgezogen und seine schmutzigen Schuhe draußen gelassen. Mia war allerdings sicher, dass die Schuhe morgen früh um acht wieder so makellos poliert waren, dass sie sich darin spiegeln konnte.

Die Begegnung mit seiner Tochter zu beobachten, war interessant gewesen. Beth war vierzehn, und vermutlich sagte das alles, aber seine Reaktion hatte ihr gefallen. Geduld, Ruhe und leichte Verwunderung. Bobby hätte ihr eine gelangt, so dass sie gegen den Schrank geschleudert worden wäre. Und nicht einmal Kelsey hätte es gewagt, ihn vor Besuch anzuschnauzen.

Reed zupfte nun an seiner Krawatte, und Mia empfand den Anblick als weitaus intimer, als gut für sie war. Das Spiel seiner Muskeln unter dem Hemd, während er die Krawatte vom Kragen löste, scheuchte eine Schmetterlingsarmee in ihrem Bauch auf und sandte ein scharfes Ziehen abwärts.

Reed Solliday war ein ansehnlicher Mann, und in der Stille der Küche konnte sie sich eingestehen, dass sie interessiert war. *Vorsicht. Du fängst nichts mit Cops an,* ermahnte sie sich streng. *Aber er ist ja gar kein Cop,* argumentierte das Teufelchen in ihr, während sie verzweifelt versuchte, nicht auf das krause, dunkle Haar zu starren, das aus dem offenen Kragen lugte. *Reine Wortklauberei,* murrte sie im Geist. *Reiß dich zusammen.* Sie löste ihren Blick von seinem Kragen und sah zu ihm auf, nur um festzustellen, dass er sie anstarrte. Seine Augen waren fast schwarz.

»Ist was?«, fragte er, die Stimme tief und rauh, als habe er ihre Gedanken gelesen.

Und ob etwas war. Er sah verdammt gut aus, so ohne Krawatte, und es war verdammt lange her, dass sie einen Mann gehabt hatte, und das unerwünschte Verlangen, das sie so lange unterdrückt hatte, klopfte nun an die Tür. Hämmerte. Trat diese verdammte Tür fast ein. Aber nichts davon schien als Antwort richtig zu sein, also zuckte sie nur die Achseln.

»Ich bin mir nicht sicher, warum ich hier bin.«

Er zog die Brauen hoch, und sein Blick ließ sie nicht los. »Zum Essen?«

Sie schluckte. »Ich hatte gedacht, wir halten auf dem Weg zum Büro irgendwo an.«
Er sah zur Seite und trennte damit das unsichtbare Band zwischen ihnen. Dann holte er aus dem Kühlschrank eine Glasauflaufform. »Ich ziehe eben echtes Essen vor, wann immer ich mir die Zeit nehmen kann.«
Das konnte Mia nachvollziehen. »Und was ist das?«
Er machte die Folie ab. »Sieht aus wie Lasagne.«
»Du hast die nicht gemacht?«
»Nein.« Er schob die Form in den Ofen. »Meine Schwester Lauren. Sie kocht verdammt gut.«
Also war seine Schwester diejenige, die sich um Beth kümmerte, wenn er lange arbeiten musste. Sie hatte darüber nachgedacht, und nun war sie erleichtert. Und verärgert, dass es sie überhaupt kümmerte. Sie sah zu, wie er im Kühlschrank herumwühlte und Grünzeug herausholte. »Brauchst du Hilfe?«
»Nein, danke. Ich koche zwar nicht so gut wie meine Mutter es getan hat, aber einen Salat schaffe ich gerade noch.«
Getan hat. »Ist sie tot? Deine Mutter?«
»Seit fünf Jahren. Sie hatte Krebs.«
»Das tut mir leid.« Sie meinte es ernst. Sein Tonfall ließ darauf schließen, dass er seine Mutter geliebt hatte und sie anscheinend vermisste. Sie dachte an Bobby. Sie würde ihren Vater garantiert nicht vermissen. »Und dein Dad?«
»Hat wieder geheiratet und verbringt seinen Ruhestand in Hilton Head. Spielt den ganzen Tag Golf.« Die Worte klangen nach tiefer Zuneigung, und sie empfand plötzlich einen so heftigen Neid, dass sie sich schämte.
Er stellte die Salatschüssel beiseite und holte einen Krug Tee aus dem Kühlschrank. »Ich habe meine Nachrichten abgerufen, während ich auf dem Parkplatz vom ... na ja,

auf dem Parkplatz gewartet habe. Ben hat den Beschleuniger vom Hill-Fall analysiert. Dasselbe wie bei den Doughertys. Das Zeug ist im Handel frei erhältlich – als Dünger zum Beispiel. Ich möchte Ben ungern auf eine Jagd schicken, die wahrscheinlich fruchtlos ist, aber bisher haben wir nichts anderes.«

»Wenn wir die Akten durchgesehen haben, finden wir vielleicht etwas und können Fotos bei den Händlern herumzeigen. Und was ist mit den Kunststoffeiern? Ich versuche die ganze Zeit mich zu erinnern, wann ich zum letzten Mal Strumpfhosen in einer solchen Verpackung gesehen habe.« Sie schnitt ein Gesicht. »Nicht, dass ich ständig auf der Suche nach diesen Dingern wäre. Nach Strumpfhosen, meine ich.«

Er lächelte, stellte zwei Gläser Eistee auf den Tisch und setzte sich. »Ich habe sie am Sonntag gegoogelt. Einundneunzig ist die Firma auf Kartons umgestiegen.«

»Aber unser Bursche hatte mindestens drei von den Dingern.«

»Im Kunstgewerbe kann man diese Eier immer noch kaufen, wie ich ebenfalls übers Netz herausgefunden habe, aber auch da suchen wir die Nadel im Heuhaufen. Ich habe Ben zwar gebeten, die Händler im näheren Umkreis abzuklappern, aber die Suche hat nichts ergeben. Allerdings tauchen die Eier auch immer mal wieder bei eBay auf, vielleicht hat er sie also von ganz woanders herbekommen. Im Grunde haben wir nichts als etwas Blut und ein paar Haare, die allerdings zu einem Opfer gehören, und einen Schuhabdruck, der zu jedem passen könnte.«

Die Frustration in seiner Stimme war deutlich. »Gib Jack etwas Zeit. Wenn der Typ etwas fallengelassen hat, dann findet er es.« Sie sah besorgt auf die Uhr. »Bald ist Mitternacht. Denkst du, er könnte wieder zuschlagen?«

»Wenn nicht heute, dann wahrscheinlich bald. Er hat zu viel Spaß am Feuer, um es sein zu lassen.«
Mia biss sich auf die Lippe. »Warum Feuer? Warum steht er so auf Feuer?«
»Feuer ist faszinierend und kann eine fast hypnotische Wirkung haben. Es zerstört mit unglaublicher Leichtigkeit.«
»Und es ist mächtig«, sagte sie, und er nickte.
»Und mit dieser Macht umzugehen, macht den Brandstifter unbesiegbar – zumindest für eine kleine Weile. Er kann Chaos erzeugen und ganze Löschzüge voll mit Feuerwehrleuten an den Tatort holen. Ein Brandstifter liebt es, die Fäden zu ziehen, als spiele er mit Marionetten.«
»Eine Zwangsstörung«, murmelte sie.
»Nein. Das würde bedeuten, er könne nicht anders. Aber er kann. Er entscheidet selbst.«
Mia erinnerte sich an sein knappes Gespräch mit Miles. »Du glaubst nicht an Zwänge?«
»Es gibt zu viele Menschen, die einen Zwang als Ausrede benutzen, wenn ihnen die Erfüllung ihrer Triebe mehr bedeutet als die Menschen, denen sie damit schaden. Sie weigern sich, die Verantwortung zu übernehmen.«
Sie runzelte die Stirn. »Du streitest ab, dass es psychische Störungen gibt?«
Er erwiderte den finsteren Blick. »Leg mir keine Worte in den Mund, Mia. Natürlich glaube ich, dass manche Menschen wirklich geistig gestört sind. Sie hören Stimmen oder glauben sich permanent verfolgt. Aber mir ist noch kein Brandstifter begegnet, der nicht mental auf der Höhe war. Das ist kein Zwang. Das ist eine Entscheidung.«
Hinter dieser Antwort steckte mehr. Und zwar steckte es sehr tief. Aber sie war im Augenblick zu müde, um auch nur den Versuch zu wagen, es zu verstehen, daher ließ sie

den Gedanken vorbeiziehen. »Du machst das schon ziemlich lange«, stellte sie fest.
Er zwang sich sichtlich zur Gelassenheit. »Ungefähr dreizehn Jahre.«
Sie malte ein Muster auf ihr beschlagenes Glas. »Du warst Feuerwehrmann, bevor du zur OFI kamst. Wenn ich dich fragen würde, warum du umgestiegen bist, würdest du mich dann anschnauzen, es ginge mich gar nichts an?«
»Ich fürchte, ich schulde Ihnen eine Enthüllung, Detective. Christine hat mich damals darum gebeten. Sie hatte Angst um mich. Ich fand die Ermittlerseite immer schon interessant; und ich hatte gerade den Abschluss hinter mir. Die Zeit schien reif dazu, und Christine war glücklich.«
Christine war offensichtlich seine Frau gewesen. Wieder war sie albernerweise eifersüchtig. »Ich hatte gedacht, dass es etwas mit deinen Händen zu tun hat.«
»Das wären dann schon zwei Geheimnisse. Aber okay. Ich bin nicht besonders stolz drauf. Nachdem Christine gestorben war, war ich eine Weile ziemlich daneben und trank zu viel. Eines Tages arbeitete ich an meinem Wagen. Ich hatte auch an diesem Abend ordentlich getrunken und ließ die Batterie fallen. Sie ging kaputt, und Säure gelangte auf meine Hände. Dadurch habe ich mir die Nerven in den Fingerspitzen ruiniert. Ziemlich dämlich.«
Dämlich kannte sie. »Wir alle machen dumme Fehler, wenn wir abgelenkt sind.«
Er begegnete ihrem Blick und hielt ihn eine lange Weile fest. »Und was lenkt dich ab, Mia?«
Sie öffnete den Mund, wusste aber nicht, was genau sie sagen sollte. Es erschütterte sie, dass sie ihm alles sagen *wollte*. Alle Geheimnisse verraten wollte. Doch eine schläfrige Stimme ersparte ihr eine Antwort.

»Reed?«

Eine Frau stand in der Tür. Sie rieb sich mit der einen Hand die Augen, in der anderen hielt sie ein Video. Mias Blick huschte von ihr zu Reed, dann wieder zu der Frau. Geschwister? Zu behaupten, dass es keine Familienähnlichkeit gab, wäre glatt noch übertrieben gewesen.

Die dunkelhäutige Frau streckte die Hand aus und kam mit strahlendem Lächeln durch die Küche. »Sie müssen Detective Mitchell sein. Ich bin Lauren Solliday.«

Mia schüttelte ihre Überraschung ab und griff nach der Hand, die ihr entgegengestreckt wurde. »Freut mich sehr. Ich hoffe, es ist nicht zu unhöflich, dass ich so spät noch hier bin.«

»Überhaupt nicht.« Sie schnupperte in der Luft. »Habt ihr die Lasagne gefunden?«

Solliday nickte. »Ich habe Salat dazu gemacht.«

Laurens Lippen zuckten. »Ein häuslicher Mann. Was gibt es Besseres?«

»Seine Häuslichkeit übersteigt auf jeden Fall meine«, gab Mia zu.

»Wir sind in einer Großfamilie aufgewachsen. Da musste jeder mal kochen, sogar Reed.« Sie gab ihm das Band. »Ich hatte es so programmiert, dass es die ganze Sendung aufnimmt, falls ich einschlafen sollte. Was natürlich passiert ist.«

»Was haben Sie denn aufgenommen?«, fragte Mia.

»Lauren hat mir erzählt, dass der Brand des Hill'schen Hauses groß in den Nachrichten gesendet wurde. Sehen wir es uns mal an.«

Er ging voran zum Wohnzimmer und legte die Kassette ein, während Mia sich umsah. Der Raum war elegant, aber wohnlich, und man konnte sich schnell wohlfühlen. Mia

hätte gern gewusst, ob die Einrichtung auf Christines oder Laurens Kappe ging. Auf dem Kaminsims stand eine Unmenge von Fotos und gerahmten Stickereien. Auf einer waren Rosen und die Initialen CS zu sehen. Also war dieses Zimmer Christines gewesen. Solliday bemerkte ihren Blick und schien fälschlicherweise zu glauben, sie betrachte ein Foto, das aussah, als stamme es von einer UN-Tagung.
»Das war die letzte Familienzusammenkunft, bevor Mom starb«, sagte er. »Da sind meine Eltern und ... wir anderen.«
Mia nahm ungläubig das Foto und zählte unwillkürlich. »Du lieber Himmel«, hauchte sie.
Er lachte leise. »Wir waren als Truppe recht einschüchternd.«
»Ich schließe daraus, dass deine Eltern keine Angst vor Adoption hatten.«
Laurens Lächeln blitzte nur so. »Sechs von uns sind ganz offiziell adoptiert worden. Reed war der Erste.«
Mia schob die seltsame Sehnsucht beiseite. »Meine beste Freundin ist Pflegemutter.«
»Die Freundin, deren Kinder deinen Goldfisch Fluffy getauft haben«, sagte Reed trocken.
»Genau die. Das Foto zeigt genau das, was Dana aufbauen will. Die Familie sieht sehr glücklich aus.«
Lauren nahm das Bild und stellte es wieder zurück. »Ja, das ist sie.« Und nun betrachtete sie Mia von Kopf bis Fuß, ohne sich die Mühe zu machen, ihre Musterung zu verschleiern. »Es freut mich wirklich sehr, Sie kennenzulernen, Mia Mitchell.«
»Lauren.« Es klang wie eine Warnung, aber Lauren grinste bloß. »Schauen wir uns die Nachrichten an.« Er setzte sich ans Ende des Sofas und Lauren sich rasch ans andere, so dass ihr nur die Mitte blieb, was sie viel zu nah an Reed

heranbrachte. Sie war sicher, dass sie manipuliert worden war, doch als das verkohlte Haus auf dem Bildschirm erschien, waren die Gedanken vergessen. Eine kesse Reporterin stand am Bürgersteig, das verbrannte Haus im Hintergrund, und Mias Puls beschleunigte sich. »Holly Wheaton«, brachte Mia angewidert hervor. Sie hasste diese Frau wirklich.

»Sie hat mich letztes Jahr wegen eines Wohnungsbrands halb wahnsinnig gemacht«, sagte Reed. »Sie mag mich nicht besonders.«

»Mich auch nicht, keine Sorge. War die Sechs-Uhr-Sendung live, Lauren?«, fragte Mia. »Oder die um zehn?«

»Um sechs auf jeden Fall. Und das sieht mir aus, als sei es nur eine Wiederholung.«

Holly Wheaton setzte ein ernstes Gesicht auf. »Hinter mir steht, was von dem Hab und Gut der Penny Hill übrig geblieben ist. Penny Hill war Sozialarbeiterin. Letzte Nacht ging ihr Haus in Flammen auf. Brandstiftung. Aber der Täter hat Penny Hill nicht nur ihren Besitz gestohlen, er hat ihr auch, wie die Polizei glaubt, das Leben gestohlen.«

Das Bild wechselte zu einer Amateuraufnahme des Feuers. »Und so sah es gestern Nacht aus, als die Flammen das Haus verzehrten«, hörte man Wheaton aus dem Off. »Ein reaktionsschneller Nachbar bannte diese Szene auf Film, obwohl er befürchtete, dass die Flammen auch auf sein Haus überspringen würden.«

Ja, einer der ach so besorgten Nachbarn hatte mit dem Filmchen wahrscheinlich ein stattliches Geschäft gemacht. Mia knirschte mit den Zähnen. »Blöder Idiot.«

Neben ihr stieß Solliday den Atem aus. »Dem stimme ich rückhaltlos zu.«

»Dies ist der zweite verdächtige Brand in weniger als einer

Woche«, sagte die Reporterin, als das Amateurvideo endete und erneut die Ruinen zu sehen waren. »Bei beiden Bränden gab es Todesopfer. Die Polizei ermittelt in beiden Fällen wegen Mordes.«

Die Kamera fuhr zurück und zeigte das gelbe Absperrband, das um das Haus herumlief, dann die Häuser zur Linken und zur Rechten, aus denen Schaulustige von den Kameras angelockt worden waren. Plötzlich beugte Mia sich vor. Eine Frau stand am Rand des Bildes neben einem Auto und blickte zum Haus. Etwas in ihrer Haltung deutete darauf hin, dass es ihr nicht nur um Neugierbefriedigung ging. Die Kamera hatte die seltsame Spannung dieser Person eingefangen.

»Sieh doch«, sagte Mia.

»Ich sehe sie«, erwiderte Solliday gepresst.

»Lieutenant Marc Spinnelli vom CPD wollte am Nachmittag noch keinen Kommentar abgeben, hat aber inzwischen für morgen früh eine Pressekonferenz angesetzt. Wir halten Sie selbstverständlich auf dem Laufenden. Ich bin Holly Wheaton von *Action News*.«

Mia starrte auf den Bildschirm. »Spul noch mal zurück.«

Solliday ließ bereits das Video Bild für Bild laufen. »Ein blauer Hyundai. Vier oder fünf Jahre alt. Aber das Nummernschild ist nicht zu erkennen.«

»Vielleicht ist sie nur eine ganz normale Schaulustige«, gab Lauren, wenn auch zweifelnd, zu bedenken.

Mias Haut prickelte, ihre Müdigkeit war wie weggeblasen. »Das glaube ich nicht. Wollen wir Holly Wheaton morgen früh einen Besuch abstatten? Vielleicht hat sie ja noch mehr aufgenommen.«

Solliday lächelte und sie erkannte, dass auch in ihm eine Alarmglocke schrillte. »Sie könnte noch in der Redaktion sein. Rufen wir sie an.«

Mia schüttelte den Kopf. »Es ist fast elf. Da geht doch niemand mehr ans Telefon.«
Seine Miene veränderte sich leicht. »Ich habe ihre Durchwahl und die Handynummer«, gab er zu. »Und die private.«
Mia spürte einen Hauch Verärgerung. »Ich dachte, sie mag dich nicht.«
»Ich dachte, sie hat dich letztes Jahr fast in den Wahnsinn getrieben«, fügte Lauren fröhlich hinzu, und er funkelte sie böse an. Aber Lauren grinste nur. »Ich packe euch das Essen ein, dann könnt ihr es mitnehmen.«
Als Lauren das Zimmer verlassen hatte, richtete er seinen wütenden Blick auf Mia. »In dem Wohnungsbrand im vergangenen Jahr starben fünf Menschen. Drei davon waren Kinder, eines noch ein Baby. Wheaton war das vollkommen egal, sie fing an mich zu umgarnen, um einen Exklusivbericht zu bekommen. Ich war allerdings gar nicht interessiert. Aber selbst wenn ich es anfangs gewesen wäre – spätestens da wäre es vorbei gewesen. Ich bin kein solcher Mensch, Mia.« Er brach ab und sah sie eindringlich an. »Ich habe ihre Karte nur behalten, weil ich niemals etwas wegwerfe.«
Und Mia glaubte ihm. Er würde nicht mit jemandem ins Bett gehen, dessen einzige Sorge die Kameraperspektive und die Sendezeit war. Der Ärger verschwand und an seiner Stelle wuchs Respekt. Und auch das Verlangen, das sie erfolgreich zu unterdrücken geglaubt hatte. Gefährliches Terrain. Sie trat mental einen Schritt zurück. »Dann rufen wir sie jetzt an.«
Er nickte knapp. »Okay.«

10. Kapitel

Dienstag, 28. November, 23.15 Uhr

Wheaton wartete vor dem Studio und lächelte – bis Mitchell herankam. Dann verzog sich ihr berühmtes Gesicht plötzlich missmutig.

Wheaton hatte ein schönes Gesicht. Und ihr Körper … na ja, Reed war schließlich nicht tot. Sie stieß ihn als Mensch ab, aber seine Hormone kannten anscheinend keine Moral. Das war damals nicht anders gewesen, als sie ihm während der Ermittlung sehr nah gekommen war. Ihre Bluse war so weit geöffnet gewesen, dass er den Spitzensaum ihres BHs hatte sehen können, aber dann hatte sie den Mund geöffnet und zu reden begonnen.

Und das war's dann gewesen.

»Wir haben eben den Bericht über den Brand von Penny Hills Haus gesehen«, begann er.

Sie lächelte zufrieden. »Er war gut, nicht wahr?«

»Ja, ganz toll. Wir wollen die Aufnahme. Alle Aufnahmen, die Sie heute dort gemacht haben.«

Wheaton musterte ihn. »Und was ist für mich drin?«

»Sie werden nicht aus einer Zelle senden«, sagte Mia beißend.

Wheatons Augen verengten sich. »Auf Drohungen reagiere ich nicht, Detective.«

Mia lächelte, aber ganz und gar nicht freundlich. »Dabei

habe ich damit noch gar nicht begonnen, Miss Wheaton. Wir sind insbesondere an dem Video interessiert, das der Nachbar aufgenommen hat. Welcher war es übrigens?«

»Sie wissen, dass ich Ihnen das nicht sage. Ich schütze meine Informanten.«

»Das hier ist ein Mordfall, Miss Wheaton«, fauchte Mia. »Zwei Menschen sind gestorben. Wenn Sie nicht kooperieren, lasse ich mir eine richterliche Verfügung ausstellen, die Ihnen verbietet, diese Aufnahmen weiterhin auszustrahlen. Ich will Ihr Band und das von dem Nachbarn. Und zwar sofort.«

»Holly, es war ein langer Tag«, sagte Reed beruhigend. »Wir arbeiten seit vierundzwanzig Stunden ununterbrochen an dieser Sache. Wir können das auf die harte Tour durchziehen, aber das will doch keiner.«

»Ich schon«, brummte Mia, und Holly klappte trotzig den Mund auf.

»Keiner«, wiederholte Reed rasch, bevor es zum offenen Streit zwischen den Frauen kommen konnte. »Bitte. Wir versuchen, einen Mörder hinter Gitter zu bringen, Holly. Und Sie können uns dabei helfen.«

Sie verzog den Mund. »Gegenleistung?«

Reed warf Mia aus dem Augenwinkel einen Blick zu. »Ein Interview, wenn alles vorbei ist.«

Wheatons Augen nahmen einen verschlagenen Ausdruck an. »Das kann ja noch ewig dauern. Wie wär's mit ein bisschen Geplauder jeden Morgen?«

»Wie wär's mit einmal die Woche?«, gab Reed zurück. Er wollte den Mörder. Er wollte das Band.

»Zweimal die Woche, Tage und Orte nach meinem Belieben.«

Reed unterdrückte einen Seufzer. »Schön«, sagte er müde. »Und jetzt das Band bitte.«

Sie lächelte katzenhaft. »Ich schicke es Ihnen morgen, wenn ich Zeit habe. Spätestens Donnerstag.«

Mia öffnete den Mund. »Sie v...«

Reed räusperte sich, um Mias Beleidigung zu unterbrechen. »Jetzt. Oder es gibt keinen Deal, und wir besorgen uns die richterliche Verfügung.« Er hob die Hand, als Wheaton etwas sagen wollte. »Außerdem sorge ich dafür, dass jeder Löschzug in dieser Stadt Sie, sobald Sie auftauchen, vom Schauplatz entfernt. Und dass Ihr Chef das erfährt«, setzte er sanft hinzu.

Wheaton presste die Lippen zusammen, und Reed wusste, dass er gewonnen hatte. »Warten Sie hier.«

Als sie fort war, wandte Reed sich an Mia. »Tut mir leid«, murmelte er.

Ihre blauen Augen waren kalt. »Ich warte draußen auf dich.«

Mit einem Seufzen sah er ihr nach. Nach ungefähr dreißig Minuten tauchte Wheaton mit einem Band auf. »Ist da auch das Nachbarvideo drauf?«, fragte Reed.

Da Mia nicht mehr zu sehen war, lächelte Wheaton. »Ich würde Sie niemals übers Ohr hauen, Lieutenant.«

»Nicht, wenn Sie Ihren Nutzen daraus ziehen. Wenn etwas fehlt, ist unser Deal gestorben.«

»Und woher wollen Sie wissen, ob etwas fehlt?«

»Detective Mitchell wird es mir sagen, sobald sie alle Aufnahmen seit Samstag beschlagnahmt hat. Spätestens um zehn Uhr morgen früh kann sie ihre richterliche Verfügung haben.«

Sie presste die Lippen zusammen und sah ihn wütend an. »Ich kann ja alles löschen.«

Er lächelte und holte das kleine Diktiergerät aus der Tasche, auf dem er ihr Gespräch aufgenommen hatte. »Das würde ich nicht tun. Mitchell hätte sicher Spaß daran, Ihren Hintern ins Gefängnis zu schaffen. Wahrscheinlich würden die Räumlichkeiten Ihnen nicht zusagen.«

»Sie Hurensohn«, presste sie hervor.

Er schob den Rekorder in die Tasche zurück und klemmte das Band unter den Arm. Im Grunde hatte sie damit nur allzu recht. »Gute Nacht«, sagte er. »Ich finde allein hinaus.«

Mia lehnte an der Motorhaube des Alfa und aß Lasagne aus der Tupperschüssel. Als sie ihn kommen sah, warf sie die Schüssel auf den Beifahrersitz. Ihre Miene war eisig. Er hielt ihr das Band hin, aber sie schüttelte den Kopf. »Können wir uns morgen ansehen. Um acht.« Sie ging, als er die Augen verdrehte, aber er holte sie ein.

»Mia, hör auf, dich wie ein Kleinkind zu benehmen.«

Sie wirbelte wütend herum. »Du hast meine Autorität untergraben«, zischte sie. »Wenn ich das nächste Mal von ihr etwas will, muss ich ganz andere Saiten aufziehen. Ich hätte die Verfügung spätestens morgen früh gehabt.«

»Aber dafür haben wir das Band jetzt.« Als sie ihn nur ansah, seufzte er frustriert. »Mit deiner Methode hättest du in diesem Fall nicht bekommen, was du wolltest. Manchmal zahlt es sich aus …« Er unterbrach sich, aber sie wich bereits einen Schritt zurück, als hätte er sie geohrfeigt.

»Nett zu sein«, beendete sie den Satz gepresst. »Ich merk's mir.« Und dann marschierte sie mit erhobenem Kopf um ihr Auto herum. Sie wirkte plötzlich sehr klein. Und sehr gekränkt.

Lass sie gehen, mahnte eine Stimme in seinem Kopf, als sie den Motor startete. *Sie beruhigt sich schon wieder. Sie regt sich ab, und morgen ist alles wieder gut.* Nur glaubte er eigentlich nicht daran.

Er stieg in seinen Wagen und dachte darüber nach, was er bisher über Mia Mitchell erfahren hatte. Was mit Opfern und den betroffenen Personen geschah, ging ihr nahe, aber sie versteckte diese Verletzlichkeit hinter Sarkasmus. Er dachte auch an den Augenblick in der Küche, als er sie ertappt hatte, wie sie ihn anstarrte. Oh, sie war ... interessiert. Dessen war er sich sicher. Und als er ihr erzählt hatte, er habe nie etwas von Holly Wheaton gewollt – *Ich bin kein solcher Mensch,* hatte er gesagt –, hatte er Respekt in ihrem Blick gelesen. Aber was für ein Mensch war er dann? Vielleicht war es an der Zeit, genau das herauszufinden.

Mittwoch, 29. November, 0.30 Uhr

Mia wohnte in einer ruhigen Straße mit identischen Wohnhäusern. Nicht besonders schick, aber recht gepflegt. An den meisten Fenstern hingen Blumenkästen, aber er konnte sich nicht vorstellen, dass Mia welche hatte. Vermutlich hatte sie für Blumen genauso wenig Zeit, wie sie für Fluffy gehabt hatte. Christine dagegen war eine passionierte Gärtnerin gewesen. Sie hatte Rosen geliebt.

Mia hatte hinter ihrem Wagen so wenig Platz gelassen, dass das Einparken ein heikles Manöver war und seine Stoßstange beinahe ihr Heck berührte. Autsch, sehr doppeldeutig, dachte er. *Lass es gut sein*. Er beobachtete, wie sie ausstieg. *Lass es gut sein.*

Ja, das sollte er. Aber irgendwie konnte er das nicht. Er blieb sitzen, als sie ausstieg, auf ihn zukam und neben dem Autofenster wartete, bis er die Scheibe heruntergelassen hatte.

»Sag mir eins, Solliday. Verfolgst du deine Partner eigentlich immer?«

Keine schlechte Frage. »Nein.«
»Und warum dann mich? Bin ich so jämmerlich unfähig, dass du meinst, ständig auf mich aufpassen zu müssen?«
»Nein.« Dummerweise wusste er auch nicht, warum er hier war. Nein, das stimmte so nicht. Er wusste es. Er mochte es sich nur nicht eingestehen. *Fahr nach Hause, Reed. Bleib im Wagen und hau ab.* Er stieg aus seinem SUV. »Ich wollte einfach nicht, dass die Sache von eben offenbleibt.«
Sie presste die Kiefer zusammen. »Mach aus einer Mücke keinen Elefanten. Wir wollten das Band holen. Wir haben das Band geholt.«
Eigentlich hatte *er* das Band bekommen. Nicht sie. Holly Wheaton hatte den Unterschied sehr deutlich herausgestrichen. Und das schmerzte Mia noch immer. »Mia, diese Frau ist einfach rachsüchtig und zickig.«
Ihre Wangen färbten sich rot. »Schon okay. Ich verspreche, ich werde mich nicht in den Schlaf weinen.«
»Schläfst du denn?«
»Wenn du verschwindest und mir die Chance dazu gibst, vielleicht«, sagte sie grantig. »Ich habe mich schon mit Zicken herumgeschlagen, die weit zickiger als Wheaton waren, glaub mir das. Hör zu, ich bin dir für deine Sorge wirklich dankbar. Aber fahr jetzt nach Hause. Wir werden uns das verdammte Band morgen vorwärts und rückwärts ansehen, okay?« Sie wandte sich um und quetschte sich durch den Spalt zwischen ihren beiden Autos.
Er setzte sich in Bewegung, während er sich innerlich ermahnte, ihrem Befehl Folge zu leisten. *Fahr nach Hause.* Aber seine Füße wollten nicht gehorchen, und er stützte eine Hand auf seine Motorhaube und sprang mit einem Satz über die beiden Stoßstangen. »Mia.«
»Verdammt noch mal, Solliday.« Sie riss die Beifahrertür

auf. »Zum letzten Mal, mit mir ist alles okay. Fahr. Nach Hause.« Sie bückte sich, um etwas unter dem Sitz hervorzuholen.

Einen Moment lang verfluchte er die schäbige lange Lederjacke, die ihren Hintern verbarg. Dann war er dankbar dafür. »Was machst du denn da?«

»Die Plastikschüssel deiner Schwester suchen.«

»Die müssen wir nicht sofort zurückgeben. Sie hat noch genug.«

»Ich will sie auch nicht zurückgeben. Ich will den Rest zum Frühstück essen.«

Er zog den Kopf ein. »Lasagne zum Frühstück?«

»Da ist von allen großen Lebensmittelgruppen etwas drin, also reg dich nicht auf.« Sie streckte sich und hob die Schüssel wie eine Trophäe in die Luft. »Lasagne, Frühstück für Helden.«

Während er sie betrachtete, nahm er plötzlich aus dem Augenwinkel eine Bewegung wahr. Ein Wagen näherte sich, zu schnell für die Geschwindigkeitsbegrenzung dieser Straße. Das Fenster wurde herabgelassen und ein Gesicht spähte heraus. Reed blieb ein Sekundenbruchteil, um zu begreifen, bevor er auch schon das Licht der Straßenlaterne auf dem Lauf der Waffe aufblitzen sah.

»Reed, fahr j…«

Aber Reeds Reflexe hatten bereits das Kommando übernommen. Er sprang auf sie zu, riss sie zu Boden und fiel schwer auf ihren Körper. Und dann krachte der Schuss, und die Scheibe auf der Fahrerseite zersplitterte. Schützend drückte er sie auf den Asphalt, als eine zweite Kugel die Frontscheibe zerriss und eine dritte von der Motorhaube nur Zentimeter über seinem Kopf abprallte. Dann quietschten Reifen, ein Motor heulte auf, und der Wagen brauste davon.

Nur noch der Geruch von verbranntem Gummi blieb zurück. Sie waren weg. Wenigstens der Wagen. Es wäre extrem dumm von dem Schützen, die Sicherheit des Autos aufzugeben, aber der Typ hatte auf einen Cop vor dessen eigener Wohnung geschossen – wie schlau konnte er also schon sein?

Reed lag da und versuchte angestrengt, über dem heftigen Pochen seines Herzens auf Schritte zu lauschen. Aber er hörte nichts, und auch ein weiterer Schuss blieb aus. Er lag in voller Länge auf ihr, einen Arm um ihre Taille geschlungen, sein Gesicht in ihrem Haar. Mit der Schulter hatte er die Wucht des Aufpralls abgefangen. Ihr rechter Arm ragte unter ihm hervor, und die Pistole wirkte riesig in ihrer kleinen Hand. Sie musste sie gezogen haben, als er sie zu Boden gerissen hatte. Er hatte dasselbe getan. Nun packte er seine 9-Millimeter fester und hob vorsichtig den Kopf. »Bist du getroffen?«

»Nur … von dir.« Ihr Ellbogen rammte seine Rippen. »Verdammt, Solliday, ich kann nicht atmen.«

Gern geschehen, dachte er säuerlich und hob seinen Körper ein winziges Stück an, damit sie Luft holen konnte. »Mein Gott.« Sie sog gierig den Atem ein. »Mit dir alles in Ordnung?«

»Ja.« Er stieß geräuschvoll die Luft aus. Nun, da es vorbei war, schien er keinen Muskel mehr bewegen zu können. »Ich konnte kurz sein Gesicht sehen. Ich hätte da eine Ahnung, wer das gewesen sein könnte.«

»Ja, ich hab ihn auch gesehen, diesen kleinen Scheißkerl Getts. Und die Methode ist dieselbe, mit der dieser ganze Mist angefangen hat. Schießereien aus dem Auto, unschuldige Menschen sterben. Man sollte meinen, dieses Schwein hätte seine Lektion gelernt, aber von wegen. Er macht weiter wie bisher und nimmt in Kauf, dass harmlose Passanten getroffen werden.« Sie hustete. »Den Wagen ist er jetzt schon los. Das macht er immer so.« Dann verlor ihr Körper plötzlich jegliche Spannung, und sie legte die Wange auf seinen Arm. »Verdammt.« Das letzte Wort war ein müdes Murmeln, als habe sie keine Kraft für mehr.

Auch er sackte jetzt über ihr zusammen. Jede der Kugeln hätte sie beide treffen können. Eine Sekunde später, und sie wäre vielleicht tot gewesen. Und wenn ihr Wagen noch ein paar Zentimeter kleiner gewesen wäre, dann hätte auch er jetzt tot sein können. Er ließ den Kopf sinken und atmete ein, doch diesmal nahm er den Zitronenduft ihres Haars wahr statt den beißenden Gestank von Gewehrfeuer oder verbranntem Gummi. Der Adrenalinspiegel sank, und er nahm langsam wieder seine Umgebung wahr. Überall um sie herum lagen Glassplitter. Der Gehsteig drückte unter seinen Ellbogen, und am linken Knie würde er eine stattliche Prellung bekommen. Aber unter ihm lag eine kleine Person, warm und weich. Eine Person, die sich im Augenblick an ihn schmiegte. Sie zeigte ihm damit eine Verletzlichkeit, die sie, wie er annahm, nur wenigen Menschen offenbarte.

Dass sie es nun tat, war schön. Und aufregend. Und in Verbindung mit dem Gefühl ihres runden Hinterteils unter ihm … unbestreitbar erregend. *Steh auf, Solliday, bevor du …* Aber es war zu spät. Er schnitt eine Grimasse, als sein Körper erwachte, und stemmte sich hastig hoch. Hoffentlich hatte sie noch nichts gemerkt. Er setzte sich auf die Fersen und zuckte zusammen, als der Schmerz in seinem lädierten Knie jeden Gedanken an etwas anderes überlagerte. Dann schüttelte er sich das Glas von den Schultern und senkte den Kopf, um auch sein Haar von Splittern zu befreien.

Sie setzte sich ebenfalls auf und lehnte sich behutsam mit dem Rücken gegen ihren Wagen. Zweimal in zwei Tagen hatte ihre verletzte Schulter einen heftigen Schlag aushalten müssen. Er hatte versucht, die Wucht des Sturzes aufzufangen, aber anscheinend war es ihm nicht richtig gelungen.

»Tut mir leid«, murmelte er. »Ich wollte dir nicht wehtun.«

Sie sog die Luft ein und nahm ihr Funkgerät vom Gürtel. »Mir geht's gut. Ich habe nur keine Luft mehr gekriegt.« Aber sie sah ihm nicht in die Augen, als sie die Zentrale anrief, und er war sich nicht sicher, ob sie seine körperliche Reaktion gespürt hatte oder ob es ihr peinlich war, dass er sie einmal nicht als Superwoman gesehen hatte.

»Hier Detective Mitchell, Morddezernat. Schüsse aus einem vorbeifahrenden Wagen, 1342 Sedgewick Place. Schütze und Fahrer sind in einem alten, braunen Ford flüchtig.« Sie gab das Nummernschild durch, und er war erstaunt, dass sie die Geistesgegenwart besessen hatte, es sich zu merken. »Wahrscheinlich wurde der Wagen hier in der Nähe abgestellt. Schicken Sie ein CSU-Team. Und sagen Sie den Streifenwagen, dass sich Zivilpolizisten am Tatort aufhalten.« Sie klickte das Gerät wieder an den Gürtel fest.

»Was willst du machen?«, fragte er.

In der Ferne hörte man Sirenen. »Nichts. Er ist weg.«

Reed kam auf die Füße und bewegte vorsichtig sein Knie. »Falls er zu Fuß ist, können wir ihn suchen«, sagte er, aber sie schüttelte den Kopf.

»Das bringt wenig. Der ist längst untergetaucht. Außerdem bist du kein Cop.«

Und plötzlich war er stocksauer. Er war kein Cop, aber er gehörte durchaus in die Kategorie Gesetzeshüter, und er trug eine Waffe. Ihre Haltung war typisch Polizist, und sie

ging ihm damit gehörig auf die Nerven. Aber sich deswegen zu streiten, war die Sache nicht wert.
Sie stand vorsichtig auf. »Du bist wütend.«
Er presste die Kiefer zusammen. »Wenn man auf mich schießt, dann ärgert mich das ein wenig, ja.« Er wartete darauf, dass sie sich in irgendeiner Form bedankte, aber sie tat es nicht, und er runzelte die Stirn und ging an ihr vorbei.
Sie hielt ihn am Arm fest. »Danke, Reed. Du hast mir das Leben gerettet.«
Sofort milder gestimmt, sah er auf sie hinab. Obwohl sie keine Kugel abbekommen hatte, sah ihr Gesicht übel zugerichtet aus; die Wange war zerschrammt und blutig. Sanft nahm er ihr Kinn, strich ihr mit dem Daumen über den Kiefer und spürte, wie sie zusammenzuckte. Zärtlichkeit schien sie stärker zu erschüttern als echter Schmerz. »Entschuldige. Ich wollte dich nicht verletzen. Weder jetzt noch vorhin im Studio.«
Ebenso sanft machte sie sich los. »Ich weiß.« Das Sirenengeheul war inzwischen ohrenbetäubend, und die ersten Polizeiwagen bogen in die Straße ein. »Die Kavallerie ist da.«
Nun, da die Gefahr vorbei zu sein schien, öffneten sich hier und da einige Fenster in der Nachbarschaft, und die Leute sahen heraus. Zwei Streifenwagen mit blitzenden Lichtern kamen neben Mias Alfa zum Stehen.
»Verdammter Mist«, knurrte sie, und Reeds Kopf fuhr herum, um die Gegend azusuchen. Aber alles, was er sah, waren Glassplitter und eine sich sammelnde Menschenmenge.
»Was ist denn?«
Sie deutete auf einen der Streifenwagen. Neben dem Vorderrad lagen die Überreste von Laurens Schüssel. »Jetzt muss ich doch wieder Pop-Tarts essen.«
Er konnte nicht anders. Er musste lachen.

Mittwoch, 29. November, 6.00 Uhr

Er hatte gut geschlafen und sein Hirn funktionierte wieder so effizient, wie es sollte. Er hatte überall nach Young gesucht, dem nächsten Namen auf seiner mentalen Liste. Es gab vier Youngs. Einer hatte es gewusst, war aber nur ein feiger Schlappschwanz gewesen. Er würde nicht gar so schmerzvoll sterben. Zwei hatten es gewusst und weggesehen. Ihr Ende würde qualvoll sein. Aber der letzte hatte schlimmes Leiden verursacht. Er hatte Shane getötet. *Er wird sich tausendmal wünschen, tot zu sein, bevor ich mit ihm fertig bin.* Bisher hatte er keinen einzigen Young ausfindig machen können. Bisher.

Im Grunde war es unfassbar, wie er ihm bisher entgangen sein konnte. Der, den er suchte, verkaufte Immobilien. Makler ließen ihre Namen fett auf Plakate und Schilder drucken, aber er hatte ihn auf der Website der ehemaligen Highschool-Schüler gefunden. Tyler Young wohnte nun in Indianapolis. Seine dortige Adresse in Erfahrung zu bringen, würde ein Kinderspiel werden. Er würde heute Abend die Doughertys erledigen und dann nach Süden reisen.

Aber die anderen Youngs musste er auch noch finden. Wenn es sein musste, würde er zurückkehren. Er wollte nicht, aber falls ihm nichts anderes übrigblieb ... Er hatte sich schon so vielen Geistern gestellt. Was bedeutete schon einer mehr?

Allerdings handelte es sich in diesem Fall nicht um irgendeinen Geist. Es war Shanes. Und sein eigener.

Mittwoch, 29. November, 7.25 Uhr

Mia wartete am Straßenrand, als Solliday seinen Wagen heranfuhr. Er lehnte sich zur Seite, um ihr die Tür zu öffnen. »Du siehst gruselig aus.«

Sie faltete den Kleidersack, den sie über der Schulter getragen hatte, einmal in der Mitte zusammen und warf ihn auf den Rücksitz. Ihr Kopf tat weh, ihre Schulter brannte höllisch, und ihre gesamte rechte Seite war mit blauen Flecken übersät. »Dir auch einen wunderschönen guten Morgen«, brummte sie, als sie sich anschnallte.

»Hast du wenigstens ein bisschen geschlafen?«

»Ja.« Vielleicht im Ganzen eine Stunde. In Zeitspannen von jeweils ein paar Minuten. Es war normal, dass man nach einem Adrenalinschub, wie sie ihn erlebt hatte, nicht besonders ruhig schlief. Aber immer wenn sie aufgeschreckt war, fielen ihr nicht zuerst die Schüsse und das splitternde Glas ein, sondern sein Körper, der, hart und erregt, auf ihrem gelegen hatte. Und sobald sie aufwachte, hatte sie neben sich nach ihm getastet. Das war das Ärgerlichste. »Und du?«

»Ein bisschen. Meinst du, wir könnten zu Spinnellis Acht-Uhr-Meeting ein wenig zu spät kommen?«

Sie musterte ihn misstrauisch. »Wieso?«

Er blickte beiseite, aber sie hatte schon gesehen, dass seine Wangen sich röteten, und plötzlich wurde es im Wageninneren zu warm. Auch er erinnerte sich an die vergangene Nacht. Und daran, dass es gegen die Vorschriften verstieß, wenn sich Partner außerhalb der Arbeit näherkamen. Weshalb genau das nicht passieren würde.

»Ich habe mir das Band gestern Nacht noch angesehen. Bei dem Amateurfilm brüllt der Typ mit der Kamera jemanden an, vom Feuer wegzubleiben und hinter ihn zu gehen.«

»Wahrscheinlich wollte er nicht, dass sich jemand ihm vor die Linse stellt«, bemerkte sie sarkastisch. »Na und?«
»Und er hat diese Person Jared genannt. Vielleicht noch ein Nachbar. Oder sein Sohn.«
»Sehr cool«, sagte sie. »Also sollten wir uns jetzt in der Nachbarschaft nach Jared erkundigen, und zwar am besten, bevor alle zur Arbeit ausfliegen. Ich rufe Marc an, aber er wird das Meeting nicht besonders lange aufschieben können. Er hat mich gestern Nacht noch angerufen, wollte wissen, ob wir zwei noch leben. Er meinte, er habe um zehn eine Pressekonferenz, bei der wir ebenfalls auftauchen sollen.«
Er verzog angewidert das Gesicht. »Wieso denn das?«
»Weil wir die Ermittler sind. Spinnelli wird die Fragen beantworten, aber wir sind die Vorzeigemodelle für behördenübergreifende Kooperation. Entspann dich. Deine Schuhe sind bereits blank poliert, und meine Schuhe drücken. Ich muss meine Ausgehuniform noch anziehen.«
Er schnitt eine Grimasse. »Also sind wir nur Dekoration.«
»Eher die Lockvögel.«
Er riss die Brauen hoch. »Wer ist denn zu der Konferenz zugelassen?«
»Spinnelli hat Anweisung gegeben, bei der Akkreditierung nicht allzu pingelig zu sein.«
»Er hofft, dass der Brandstifter sich blicken lässt.«
»Ganz sicher stellt sich Spinnelli nicht aufs Podium, weil er so gern im Rampenlicht badet. Spinnelli verabscheut seinen Anzug noch mehr als ich.«
»Plötzlich spüre ich ein Lächeln in mir aufsteigen.«
Sie lachte leise. »Fahr los, Solliday. Wir haben zu tun.«

Mittwoch, 29. November, 7.25 Uhr

Tania Sladerman trottete, vollkommen erschöpft von der Doppelschicht, die Treppe zu ihrer Wohnung hinauf. Sie wusste, dass der Hotelmanager ihr für ihren Einsatz nicht einmal einen feuchten Händedruck geben würde, aber die Überstunden würden ihr zumindest die Studiengebühren fürs nächste Semester sichern.
Sie verfehlte das Schlüsselloch zweimal, bevor sie den Riegel endlich öffnen konnte. Und plötzlich wurde sie an den Haaren zurückgerissen. Ein Messer. *An meinem Hals.*
Sie wollte schreien, doch eine Hand legte sich fest über ihren Mund. »Sei still«, hauchte er an ihrem Ohr. »Oder ich schneide dir die Kehle durch.«

Mittwoch, 29. November, 7.55 Uhr

»Das war leichter, als ich dachte«, sagte Reed, als sie sich dem Haus näherten, das Jareds Vater gehörte. Die Kids an der Bushaltestelle hatten ihren Kumpel ohne mit der Wimper zu zucken »verraten«.
»Es ist immer leichter, Kinder zu befragen. Sie machen sich keine Gedanken, wie man ein Video an den Höchstbietenden verkauft.« Mia klopfte an die Tür und wartete, den Kopf in vermeintlicher Entspannung geneigt, aber Reed kannte sie bereits besser. Mia war furchtbar wütend geworden, als sie herausgefunden hatten, wer Jareds Vater war. Die Tür öffnete sich, und Mr. Wright riss die Augen auf.
Mias Lächeln war nicht freundlich. »Sie erinnern sich vielleicht an mich, Mr. Wright. Oder besser Oliver Stone, denn, wie man hört, sind Sie ins Filmgeschäft eingestiegen.«

Mr. Wrights Blick verhärtete sich. »Ich habe nichts Böses getan.«

»Nichts Illegales, das ist richtig. Aber moralisch betrachtet reichlich. Sie war Ihre Nachbarin, und Sie profitieren von ihrem Tod. Sie haben mit Tränen in den Augen dagestanden. War das auch nur Show für die Kamera?«

»Ich habe Ihnen gesagt, was Sie wissen wollten. Im Übrigen hat mein Sohn gefilmt, Duane, er geht noch zur Highschool. Die Aufnahmen waren eine Art ... Hausaufgabe.«

Mitchells Lippen verzogen sich angewidert. »Nennen Sie es, wie Sie wollen. Hauptsache, Sie geben den Film raus. Der Sender hat uns das Material, das Sie ihm verkauft haben, bereits überlassen. Wir wollen aber auch den Rest. Ich könnte mir vorstellen, dass Sie auch noch gefilmt haben, als die Nachrichtencrew schon hier war.«

Sie schien einen Volltreffer gelandet zu haben. Wrights Kinnlade fiel herunter. »Das Video gehört aber mir.«

»Es ist ein Beweisstück. Wir können das auf verschiedene Arten regeln. Sie warten hier, bis ich eine richterliche Verfügung beantragt habe. Oder aber« – sie hielt die Hand hoch, als Wright protestieren wollte – »oder Sie gehen jetzt zur Arbeit, und ich tauche in ein oder zwei Stunden dort mit der Verfügung auf, wenn Ihre Kollegen alle am Platz sind. Da ich gleich eine Pressekonferenz habe, werde ich in Uniform kommen. Tja, oder Sie geben mir das Video jetzt und machen sich einen schönen Tag.«

»Drohen Sie mir, Detective?«, fragte Wright zähneknirschend.

Reed erinnerte sich lebhaft an die Szene mit Wheaton in der Nacht zuvor. Es war dasselbe Lied, zweite Strophe. Und je länger er darüber nachdachte, desto deutlicher erkannte er, dass Mia recht gehabt hatte. Er hatte ihre Autorität untergraben. Unter Partnern tat man so etwas nicht.

»Ja, das tut sie. Also, wofür entscheiden Sie sich, Mr. Wright? Tür Nummer eins, zwei oder drei? Und ich würde nicht einmal daran *denken*, das Band zu löschen, denn dann könnte sie Sie zur Wache schleppen und wegen ein paar ernsthafter Vergehen belangen. Wie zum Beispiel Vernichtung von Beweismaterial. Oder Behinderung der Polizeiarbeit.«

Mia nickte. »Das ist eine gute Idee, Lieutenant. Es wäre wohl die Behinderung der Polizeiarbeit.«

»Warten Sie hier.« Er knallte ihnen die Tür vor der Nase zu.

Mia blickte zu ihm auf. »Gut gemacht, Lieutenant Solliday vom OFI.«

Die Tür wurde wieder aufgerissen, und Mr. Wright klatschte ihr eine Kassette in die Hand. Er nahm sich kaum die Zeit, auf die Quittung zu warten, bevor er die Tür mit solch einer Wucht zuwarf, dass das ganze Haus bebte.

»Und wir danken Ihnen, dass Sie Ihre Bürgerpflicht mit solch guter Laune erfüllen«, murmelte sie. »Los, fahren wir zurück zum Büro und finden heraus, wer unsere Lady ist.«

Benommen trottete Reed hinter ihr her zu seinem Wagen. Sie blickte ihn besorgt an. »Alles okay, Solliday?«

Reed nickte, aber es war gelogen. Als sie eben mit ernsten blauen Augen zu ihm aufgesehen hatte, waren sein Mund und seine Kehle in Null Komma nichts vollkommen ausgetrocknet gewesen. Er presste die Kiefer zusammen, als sie einen Moment später wieder in Richtung Stadt fuhren. Das war keine gute Idee und einfach völlig undenkbar. *Sie* war keine gute Idee. Aber dann kehrten die Bilder des vergangenen Abends zurück und mit ihnen eine Sehnsucht, die beinahe wehtat.

Laurens Schuld, entschied er. Sie hatte ihm den Gedanken in den Kopf gesetzt, dass er angeblich jemanden bräuchte. Dass er sonst allein alt werden würde. Es war einfach Pech, dass das Schicksal ihn zur gleichen Zeit mit einem weiblichen Partner zusammengebracht hatte. Er verfluchte Lauren, und direkt danach das Schicksal. Und fragte sich, was Mia wohl von Verpflichtungen und festen Bindungen hielt.

»Solliday, dein Gesicht sieht ... grünlich aus. Wenn du meinst, dass du kotzen müsstest, lass mich lieber fahren.«

Er lachte grimmig. Mia Mitchell nahm kein Blatt vor den Mund. »Schon okay. Im Übrigen kämst du gar nicht an die Pedale.«

Sie verzog das Gesicht. »Klugscheißer. Fahr los.«

Mittwoch, 29. November, 10.10 Uhr

Mia blickte auf die Menschenmenge, die ungeduldig auf Spinnellis Erscheinen wartete. Es war kalt hier draußen, aber Spinnelli hatte möglichst vielen Leuten Zugang gewähren wollen. Im Publikum befanden sich einige Reporter, aber auch ein halbes Dutzend Polizisten in Zivil. Spinnelli hatte außerdem dafür gesorgt, dass im Vorfeld mehrere Kameras angebracht wurden, die die Konferenz aus verschiedenen Winkeln aufnahmen. Holly Wheaton saß in der ersten Reihe und ihre Augen schleuderten Blitze. Mia warf Reed einen Blick zu. Er stand mit leicht gespreizten Beinen und verschränkten Armen neben ihr und wirkte wie ein Bodyguard.

»Wheaton sieht aus, als wollte sie dir die Augen auskratzen«, flüsterte sie.

»Sie hat noch ein paar Dinge gesagt, nachdem du gegangen warst. Ich habe ihr vorgeschlagen, noch einmal darüber nachzudenken.«

Ihr wurde innerlich seltsam warm. »Du hast für mich Partei ergriffen?«

Seine Lippen zuckten. »So was in der Art.«

»Okay. Dann – danke, denke ich.«

»Oh, bitte.«

Mia wippte leicht in den drückenden Schuhen, während sie die Gesichter musterte. »Siehst du jemand Bekanntes?«

»Keine notorischen Pyromanen, wenn es das ist, was du meinst. Aber sieh mal da hinten. Auf zehn Uhr.«

Mia zog instinktiv die Stirn kraus. »Blonde Ziege mit Pferdeschwanz«, murmelte sie. »Ich bin immer noch sauer, dass sie Penny Hills Namen abgedruckt hat, bevor wir die Familie informieren konnten.«

»Aber sie hat dir DuPree geliefert. Und du hast gesagt, sie steht jetzt für ewig auf deiner Weihnachtskartenliste.«

»Ach, da habe ich gelogen«, murmelte sie und hörte sein leises Lachen. Eine Wärme breitete sich in ihr aus und besänftigte sie, obwohl sie das eigentlich nicht wollte.

Nun trat Spinnelli auf das Podest. Die Zuschauer setzten sich etwas gerader hin. »In den Zeitungen wurde in den vergangenen Tagen von einer Brandserie mit Todesopfern berichtet. Wir sind heute hier, um Missverständnisse aus dem Weg zu räumen. In der vergangenen Woche gab es zwei Brände, die vermutlich auf das Konto desselben Täters gehen. An beiden Tatorten wurde eine Leiche gefunden. Die Todesopfer sind vermutlich ermordet worden. Zurzeit gehen wir einer Reihe von Spuren nach. Die Ermittlungen leiten Detective Mitchell, Morddezernat, und Lieutenant Solliday vom OFI. Beide sind erfahrene und ausgezeichnete

Ermittler. Sie werden von beiden Abteilungen voll unterstützt. Und nun stehe ich Ihnen für Ihre Fragen zur Verfügung.«

Ein Reporter der *Trib* stand auf. »Können Sie bestätigen, dass das erste Opfer das Kind eines Polizisten war?«

»Ja. Caitlin Burnette, eine neunzehn Jahre alte Studentin. Wir möchten Sie bitten, die Trauerzeit der Familie zu respektieren. Weiter.«

Holly Wheaton erhob sich, und Mia knirschte mit den Zähnen. »Das zweite Opfer war eine Sozialarbeiterin. Es bleibt nicht aus, dass man zwischen den beiden eine Verbindung sieht. Polizistentochter und Sozialarbeiter. Haben wir es hier mit jemandem zu tun, der sich auf einem Rachefeldzug befindet?«

»Zum jetzigen Zeitpunkt kennen wir das Motiv des Täters nicht. Nächste Frage.«

»Sehr geschmeidig«, murmelte Solliday.

»Deswegen hat er die Streifen an der Jacke.« Mia fixierte das Meer von Köpfen, während ein Reporter nach dem anderen die gleiche Frage in zehn verschiedenen Versionen stellte. Spinnelli blieb ruhig. Er dehnte die Konferenz mit Absicht aus, damit die Überwachung Zeit bekam, sich das Publikum genau anzusehen und nach verdächtigem Verhalten zu suchen. Aber nichts sprang ins Auge. Nichts wirkte …

Sie verharrte plötzlich vollkommen reglos. Solliday neben ihr verspannte sich. »Was ist los?«, flüsterte er.

Mia schluckte, unfähig, den Augenkontakt mit der blonden Frau in der Menschenmenge zu unterbrechen. Sie war dazu auch nicht in der Lage gewesen, als ihre Blicke sich über dem Grabstein ihres Halbbruders begegnet waren. Die Frau sah genauso aus wie sie, und ihre Miene war unergründlich.

»Siehst du jemanden?«, fragte er. »Die Frau aus dem Video?«
Mia schaffte es, den Kopf zu schütteln. »Nein.«
Frustriert stieß er den Atem aus. »Wen dann?«, zischte er eindringlich.
Die Frau berührte mit zwei Fingerspitzen die Schläfe zu einem angedeuteten Gruß und tauchte in der Menge unter.
»Ich weiß nicht«, sagte Mia. »Gib mir Deckung.« Sie trat hinter ihn, dankbar, dass er so breit gebaut war, und zog sich dann an den Rand zurück, wo sie ihr Funkgerät hervorholte. »Hier Mitchell. Eine Frau, sie geht in westliche Richtung. Eins siebenundsechzig, schulterlanges blondes Haar, dunkles Kostüm. Haltet sie auf.«
Sie drängte sich am Rand der Menge vorbei und sah sich um. Die Beamten, die in diesem Gebiet standen, sahen ihr verwirrt entgegen. »Hier ist niemand durchgekommen, auf den Ihre Beschreibung passt, Detective.«
Mia fluchte leise und begann zu laufen, als sie sie sah. Sie ging rasch, hatte einen breiten Schal um den Kopf gewunden. Und nun … stieg sie in einen weißen Chevy Chevalier. Mia rannte los, doch der Wagen fuhr bereits an, wendete und war fort, bevor Mia noch mehr als die ersten drei Buchstaben des Nummernschilds erkennen konnte. »DDA.« Verdammter Mist.
Mia blieb mitten auf der Straße stehen. Diese Frau war wie ein Gespenst. Wütend machte sie sich auf den Rückweg. Spinnelli stand noch immer auf dem Podest.
Solliday schob sich durch die Menge und traf mit ihr auf halber Strecke zusammen. »Die Frau auf dem Band war braunhaarig. Warum lässt du eine Blondine verfolgen?«, fragte er barsch.
»Ehrlich gesagt, kann ich dir das nicht erklären. Aber mich

anzuschnauzen ändert nichts daran, das kann ich dir garantieren.«

»Hör zu, Detective, wir leiten diese Ermittlung gemeinsam«, sagte er angespannt und kontrolliert. »Sag mir nie wieder ›gib mir Deckung‹ und hau dann einfach ab. Was, wenn es jemand gewesen wäre, dem wir wirklich hätten folgen müssen? Ich hatte keine Ahnung, ob du echte Deckung brauchtest.«

»Es war etwas Privates, okay? Ich glaube kaum, dass das etwas mit diesem Fall zu tun hat.«

Sollidays Blick flackerte. »Du verdrückst dich von einer Pressekonferenz, auf der wir uns befinden, damit sich ein Killer blicken lässt, weil dir *etwas Privates* dazwischenkommt?«

So ausgedrückt, konnte sie seinen Ärger verstehen. »Ja.«

Spinnelli trat zu ihnen, die Augen schmal wie Schlitze. »Mia. Was sollte das?«

Mia schürzte die Lippen. »Ich ... ich kann das erklären.«

»Und ob Sie das werden«, fauchte Spinnelli. »In zehn Minuten in meinem Konferenzraum. Und kommen Sie ja pünktlich.«

Mia sah ihm nach und schaffte es, nicht das Gesicht zu verziehen. Solliday starrte sie noch immer wütend an. »Tut mir leid«, sagte sie. »Das wird nicht wieder vorkommen.«

»Um es mit den Worten deines Vorgesetzten zu sagen – und ob es das nicht wird.« Dann machte er auf dem Absatz kehrt und ging davon.

»Verdammt.« Aber Mia war sich nicht sicher, über wen sie fluchte. Wahrscheinlich über sich selbst.

Schließlich folgte sie den Männern ins Polizeigebäude.

11. Kapitel

Mittwoch. 29. November, 10.45 Uhr

Alle Blicke wandten sich ihr zu, als sie den Konferenzraum betrat. Spinnelli, Jack, Miles. Und Solliday. Sie setzte sich neben Jack. Ihr lag ein Stein im Magen.

»Ist die Frau aus dem Nachrichtenvideo aufgetaucht?«, bellte Spinnelli, ohne sich mit einer Begrüßungsformel aufzuhalten.

Solliday räusperte sich. »Nein. Mia dachte, sie hätte jemanden gesehen, den sie kannte, aber es stellte sich heraus, dass es sich nicht um die Frau aus den Nachrichten handelte. Wir haben inzwischen noch ein weiteres Amateurvideo, das gestern Abend gemacht wurde. Wir hoffen, darüber weitere Hinweise zu finden.«

Er deckte sie. Mia biss sich in die Wange. Obwohl er sehr wütend gewesen war, deckte er sie jetzt. Er benahm sich wie ein Partner. *Was man von mir bisher nicht behaupten kann.*

Spinnelli war nicht so leicht zu besänftigen. »Mia verlässt das Podium allein und ohne ihre Absichten deutlich zu machen und verschwindet, weil sie *glaubt*, jemanden zu erkennen?« Er verengte die Augen. »Das nehme ich Ihnen nicht ab. Um was ging es hier, Mia?«

Mia begegnete Spinnellis hartem Blick und verschränkte die Finger. »Es war etwas Privates.«

Spinnellis Augen waren fast nicht mehr zu sehen. »Nun, das Private ist aber soeben öffentlich geworden. Dank Ihres Verhaltens. Also – wen haben Sie gesehen?«

Ihr Magen zog sich schmerzhaft zusammen. Jetzt erfahren es alle. »Ich weiß nicht, wie sie heißt. Ich habe sie vor drei Wochen zum ersten Mal gesehen. In den vergangenen Tagen ist sie immer wieder plötzlich aufgetaucht. Und heute wieder.«

Spinnelli riss die Augen auf. »Sie werden verfolgt?«

»Sieht so aus.« Mia schluckte, aber die bittere Galle brannte dennoch in ihrer Kehle.

»Und was will diese Frau?«, fragte Solliday sehr leise.

»Weiß ich nicht. Sie sieht mich nur an. Und läuft dann weg, bevor ich sie fragen kann.«

»Heute hat sie dich gegrüßt«, sagte Solliday. Sie sah es vor ihrem inneren Auge. Der angedeutete Gruß, das widerstrebende Lächeln. »Ich weiß.«

Miles lehnte sich zurück. »Sie wissen durchaus, wer sie ist.«

»Ich *glaube* zu wissen, wer sie ist. Aber die Sache hängt nicht mit unserem Fall zusammen, Sir.«

Spinnelli schob den Unterkiefer zur Seite. »Nun, sie verfolgt Sie, und letzte Nacht wurde auf Sie geschossen.«

Mia schüttelte den Kopf. »Das eine hat nichts mit dem anderen zu tun. Gestern, das war Getts.«

Spinnelli beugte sich vor. »Das ist doch gar nicht sicher. Also, Mia – wir hören.«

Das war keine freundliche Aufforderung, sondern ein Befehl. »Also gut. Am Tag, an dem mein Vater beerdigt wurde, fand ich heraus, dass er einen Sohn mit … mit einer Frau hatte, die nicht meine Mutter war. Der Junge liegt im Grab direkt neben ihm. Die Frau, die mich verfolgt, war ebenfalls bei der Beerdigung. Sie sieht genauso aus wie mein Vater.« Sie hob das Kinn. »Ich vermute, dass auch sie seine Tochter ist.«

Ein unbehagliches Schweigen senkte sich über die Anwesenden. Dann streckte Jack die Hand aus und legte sie über ihre. Sie hatte nicht bemerkt, wie eiskalt sie waren, bis Jacks Wärme zu ihr durchdrang. »Du renkst dir noch die Finger aus«, murmelte er, während er sie mit etwas Druck dazu brachte, die Hände zu lösen.

Spinnelli räusperte sich. »Sie haben offensichtlich nichts von diesen ... Geschwistern gewusst.«

»Nein, Sir. Aber das ist gar nicht so wichtig. Tatsache bleibt, dass ich mich aus persönlichen Gründen von einem wichtigen Fall habe ablenken lassen. Ich werde die Konsequenzen natürlich tragen.«

Spinnelli starrte sie einen Moment lang hart an, dann stieß er geräuschvoll die Luft aus. »Alle raus. Mia, Sie bleiben.«

Stühle scharrten, als Miles, Solliday und Jack sich erhoben. Als die Tür zu war, schloss sie die Augen. »Bringen wir es hinter uns, Marc.«

»Sehen Sie mich an, Mia.« Sie gehorchte. Er stand auf der anderen Seite des Tischs, die Hände in den Hüften, den Schnurrbart herabgezogen. »Zum Teufel, Mia. Warum haben Sie mir nichts gesagt?«

»Ich ...« Sie schüttelte den Kopf. »Ich weiß nicht.«

»Abe meinte, Sie hätten ihm erzählt, Sie wären in jener Nacht ebenfalls abgelenkt gewesen. Ich denke, so langsam ergibt das alles einen Sinn.« Er seufzte. »Ich bin mir nicht sicher, ob ich es anders gemacht hätte.«

Ihr Herz hämmerte wild in ihrer Brust. »Sir?«

»Mia, wir kennen uns schon viel zu lange für einen solchen Blödsinn. Wenn Sie ein privates Problem haben, dann nehmen Sie sich private Zeit dafür, okay? Aber unter diesen Umständen wäre ich ihr vielleicht ebenfalls nachgelaufen. Halten Sie sie für eine Gefahr?«

Mia holte zum ersten Mal seit einer Stunde befreit Luft. »Nein, ich glaube nicht. Solliday hat es ja schon gesagt – sie hat mich gegrüßt. Es war beinahe ... respektvoll. Ich weiß, wir haben nach verdächtigen Gesichtern gesucht, und plötzlich habe ich sie entdeckt. Aber sie ist schon aufgetaucht, bevor der Brandstifter sich ans Werk gemacht hat.«

»Sie verursacht Ihnen bloß Gänsehaut.«

»Ja. Und ich frage mich, wie viele es noch gibt.«

»Nun, das müssen Sie in Ihrer Freizeit herausfinden.« Aber die Ermahnung klang sanft. »Und jetzt wieder an die Arbeit. Ich will wissen, wer die Frau aus den Nachrichten ist. Und zwar jetzt. Sie können gehen.«

Mia ging zur Tür, wollte sie öffnen, drehte sich aber noch einmal um. »Danke, Marc.«

Er grunzte nur. »Und nun werden Sie endlich diese albernen Schuhe los, Mitchell.«

Mia kehrte zum Büro zurück und blieb verwundert stehen. Dana wartete an ihrem Tisch, einen kleinen Karton in der Hand. »Was gibt's?«, fragte sie und ließ sich auf ihren Stuhl fallen.

Dana zog die Brauen hoch. »Ich muss einen Mord melden.« Sie stellte die Schachtel auf den Tisch und zog einen Krebs heraus, dessen Scheren mit Gummibändern umwickelt waren. Er regte sich nicht.

Mia rümpfte die Nase. »Mann, Dana, was ist das denn?«

»Das *war* ein Maryland-Krebs. Ich habe ihn mit eigenen Händen gefangen. Er lebte, und er würde auch noch leben, wenn du gestern Abend gekommen wärst. Jetzt ist er tot, und du bist schuld. Ich will Gerechtigkeit.«

»Ich kann nicht fassen, dass jemand so was essen will. Der sieht aus wie ein Monster aus einem schlechten Film aus den Fünfzigern.«

Dana ließ den toten Krebs in die Schachtel plumpsen. »Sie sind verdammt lecker, wie du festgestellt hättest, wenn wir gestern Abend für dich hätten kochen können. Ich hatte gehört, dass eine Pressekonferenz stattfindet, da dachte ich mir, dass du bestimmt hier bist. Ich habe mir Sorgen gemacht. Wie geht's deiner Schulter?«

»So gut wie neu.«

»Und man munkelt, du hättest ein neues Wehwehchen. Was hast du diesmal angestellt?«

»Ich musste einer Kugel ausweichen«, sagte sie, und Dana riss die Augen auf.

»Wegen dieses neuen Falls?«

»Nein.«

»Okay, du erzählst es mir später. Jetzt will ich wissen, was in dieser Brandgeschichte passiert.«

»Du weißt, dass ich dir keine Einzelheiten erzählen darf, Dana.«

Schmerz trat in Danas braune Augen. »Ich kannte Penny Hill.« Und sie trauerte um sie, wie Mia sehen konnte. »Sie war ein guter Mensch. Du kriegst diesen Mistkerl doch?«

»Sicher.« Aber wenn sie ein oder zwei vernünftige Anhaltspunkte gehabt hätten, denen sie nachgehen konnte, wäre ihr wohler gewesen.

»Gut.« Dana legte den Kopf schief. »Und der Rest? Wie läuft es sonst so?«

»Ich musste es Spinnelli sagen. Sie ist auf der Pressekonferenz erschienen.«

Dana blinzelte überrascht. »Himmel.«

»Sie ist mir aber wieder entwischt. Wenigstens habe ich ein halbes Nummernschild sehen können.«

»Soll Ethan nach ihr suchen?«

Danas Mann war ein Privatermittler, der mittels Computer Erstaunliches herausfinden konnte. »Noch nicht. Ich versuche es erst einmal selbst.« Mias Blick glitt zum Rand des Großraumbüros, das Solliday gerade mit einem kleinen Fernsehgerät unter dem einen und einem Videorekorder unter dem anderen Arm betreten hatte. Er hatte sie gedeckt, obwohl er es nicht hätte tun müssen. Dana drehte sich um, um zu sehen, wohin Mia sah, und stieß einen kleinen Pfiff aus.

»Und wer ist er?«

»Wer?« Dana sah sie nur strafend an, und Mia gab es auf. »Ach, der.«

»Ja, der.« Danas Lippen zuckten. »Sollen wir *ihn* überprüfen lassen?«

Mia spürte, wie ihr die Hitze in die Wangen stieg. Sie wusste genau, worauf Dana anspielte. Sie hatte Ethans Namen damals durch die Datenbanken gejagt, als Dana sich in ihn verknallt hatte, und ein paar Monate später hatten sie geheiratet. Man musste nicht besonders schlau sein, um Danas Andeutung zu begreifen. »Nicht nötig. Er ist mein neuer Partner.«

Dana wirkte ausgesprochen amüsiert. »Deine Informationen über ihn waren ein wenig spärlich, meine Liebe.« Sie stand auf, als Solliday die Videoausrüstung auf den Tisch stellte. »Hallo. Ich bin Dana Buchanan. Mias Freundin. Und Sie?«

Solliday schüttelte die Hand, die sie ihm hinhielt. »Reed Solliday, vorübergehend Mias Partner.« Ein herzliches Lächeln erschien auf seinen Lippen. »Sie sind die Pflegemutter.«

Dana strahlte ihn an. »Genau. Im Moment haben wir fünf, aber wir kriegen bald noch jemanden.«
»Ich war auch Pflegekind. Meine Eltern waren in dieser Hinsicht sehr engagiert. Sie sind zu bewundern.«
Dana hielt noch immer seine Hand und musterte ihn so eingehend, dass Mia wieder rot wurde. »Vielen Dank.« Dann ließ sie endlich seine Hand los und wandte sich wieder zu Mia um. »Ruf mich später an, oder ich mache mich auf die Suche nach dir und gehe nicht eher nach Hause, bis ich dich finde. Das ist ein Versprechen.« Mit einem letzten Winken verließ sie das Büro.

Reed sah ihrer Freundin aus dem Augenwinkel nach, während er Mia das Kabel zuwarf. »Du stöpselst ein, und ich bringe das Ding in Gang.«
Als die Rothaarige den Ausgang erreicht hatte, drehte sie sich noch einmal um und musterte ihn kurz, dann verschwand sie. Sie war eine ausgesprochen sympathische Frau, dachte Reed, und sie hatte ihm die Hand geschüttelt, als wären sie alte Freunde. »Sie hat den Karton vergessen«, sagte er.
Mia blickte auf und lachte. »Hätte ich an ihrer Stelle auch getan. Da ist ein toter Krebs drin.«
»Deine Freundin bringt dir tote Krebse mit?«
»Es sollte wohl ein kulinarischer Genuss werden.« Sie verschwand unterm Tisch, steckte den Stecker ein, kam wieder hoch und zupfte sich das Kostüm mit brüsken Bewegungen zurecht. »Dann schauen wir uns das Werk von Mr. Wright junior mal an.«
Reed schob das Band ein. »Das sind die Aufnahmen, die wir gestern Abend gesehen haben.« Schweigend sahen sie zu, sahen sich selbst agieren. Reed kämpfte die Verlegen-

heit nieder, als die Kamera zeigte, wie er an seinen Stiefeln herumnestelte und Mia ihm schließlich half.
»Mia, was eben in Spinnellis Büro passiert ist ...«
Ihre Augen fixierten den kleinen Bildschirm, aber sie presste die Kiefer zusammen. »Danke, dass du mich gedeckt hast. Das wirst du nicht noch einmal müssen.«
»Das meine ich nicht. Diese Frau. Deine ...« Er zögerte. »Es muss ein schlimmer Schock für dich gewesen sein.«
Ihre Augen verengten sich, als kurz eine junge Frau mit geflochtenem Zopf auf dem Bildschirm zu sehen war. »Da ist Carmichael. Die ist auch überall.«
Sie wollte dieses Thema nicht weiterverfolgen. »Sie hat sich im Hintergrund gehalten«, sagte er.
»Aber ich hätte sie dennoch sehen müssen.«
»Vielleicht. Das nächste Mal achtest du auf sie.«
Sie warf ihm einen zurückhaltenden Blick zu. »Auf Carmichael. Ja.«
Er hielt ihren Blick einen Moment lang fest, bevor sie wieder wegsah, sich wieder auf den Bildschirm konzentrierte, wo sich die Szene geändert hatte. Sie hatten recht gehabt mit ihrer Vermutung. Tatsächlich hatte Wrights Sohn auch am Tag danach noch Aufnahmen gemacht. Wheaton stand am Straßenrand, plusterte ihr Haar auf und erneuerte ihr Make-up. »Jareds Bruder hat ziemlich weit hinten gestanden«, sagte er.
»Wenn er nicht näher rangeht, werden wir nicht viel erkennen können.«
»Laut der Zeitanzeige am unteren Bildrand ist es erst viertel vor sechs. Die Frau ist noch nicht da.« Er holte Mitchells Stuhl heran. »Setz dich. Das könnte ein bisschen dauern.«
Das Bild konzentrierte sich auf Wheaton, bevor es abschweifte. Plötzlich setzte er sich kerzengerade auf. »Da ist

sie.« Der blaue Hyundai war zu sehen und daneben die Frau, die zum Haus hinaufblickte, wie sie es schon in den *Action News* getan hatte.

Mitchell beugte sich vor und kniff die Augen zusammen. »Können wir das Nummernschild irgendwie sichtbar machen?«

»Vielleicht die Jungs in der IT«, sagte Reed zweifelnd. »Duane ist immer noch zu weit weg, und der Winkel ist nicht der günstigste.«

Und dann, als wollte die Kamera ihrem Wunsch nachkommen, fuhr sie ein wenig heran und betrachtete den äußeren Rand der Autoreihe und die Zuschauer, die sich dort gesammelt hatten. Reed hielt den Atem an. »Nur noch ein Stückchen.«

»Holly ist auf Sendung«, sagte Mitchell. »Ihre Leute konzentrieren sich auf sie. Jetzt wird Duane etwas mutiger. Komm, Junge. Schaff deinen Hintern näher ran.« Und Duane tat es, rückte heran und hielt schließlich an. Er war noch zu weit entfernt, als dass man das Nummernschild hätte lesen können, aber es war nun deutlicher zu sehen.

»Nur noch ein Stückchen«, murmelte sie, aber die Kamera schien nicht mehr zu wollen, und schließlich wandte sie sich abrupt ab und filmte die Kamera-Crew, die die Ausrüstung einzupacken begann. Dann flimmerte der Bildschirm, und das Filmchen war zu Ende.

»Tja, besser wird's wohl nicht werden«, sagte Reed. »Zeigen wir das den Computerjungs. Vielleicht haben wir Glück.«

Mitchell schob ihren Stuhl zurück. »Die Abteilung sitzt im fünften Stock. Wenn du es ihnen bringst, ziehe ich mich in der Zwischenzeit um. Wag es ja nicht, Spaß zu haben, bis ich auch oben bin.«

Er sah ihr nach, als sie das Büro verließ. Sie hatte sich ihm verschlossen, genauso wie sie es getan hatte, als er ihr Gesicht berührt hatte. Er sollte die Sache vergessen. Aber er war sich nicht sicher, ob er das konnte.

Mittwoch, 29. November, 13.05 Uhr

Mia starrte aus dem Fenster des SUV, als Solliday langsam an dem Lehrerparkplatz vorüberfuhr. »Da ist er, der blaue Hyundai. Registriert auf Brooke Adler, Englischlehrerin.«
»Eure Computerjungs haben es echt drauf, Videoausschnitte zu vergrößern.«
»Moderne Technologie ist eine gute Sache«, stimmte sie zu, als er auf den Besucherparkplatz einbog. »Adler hat eine weiße Weste. Sie kommt mir nicht wie eine Brandstifterin vor.«
»Sehe ich auch so. Aber sie weiß etwas. Oder glaubt es zumindest.«
»Ja. Hätte sie das Feuer gelegt, hätte sie wohl zufrieden gewirkt. Aber so sah sie nur nach großen Schuldgefühlen aus.«
»Und die Tatsache, dass sie mit jugendlichen Straftätern zusammenarbeitet, passt auch nicht schlechter ins Bild als jede andere Spur, der wir momentan nachgehen könnten.«
»Unser Brandstifter ist kein Anfänger. Das hast du selbst gesagt. Könnte es sich wirklich um einen Jugendlichen handeln?«
»Ich sagte, seine Technik ist recht ausgefeilt. Ein Kind ist es sicher nicht. Aber ein Jugendlicher passt durchaus ins Profil.« Er neigte den Kopf. »Was ist los, Mia?«
Sie begegnete seinem Blick. »Penny Hill ist bei lebendigem Leib verbrannt, und das hatte er so beabsichtigt.«

»Und du willst nicht glauben, dass ein Jugendlicher zu so etwas fähig ist«, sagte er ruhig. »Obwohl ein Teil von dir es besser weiß.«
Sie nickte. »Das hast du recht gut zusammengefasst.«
Er hob mitfühlend die Schultern. »Vielleicht liegen wir auch vollkommen daneben.«
»Hoffentlich nicht. Das ist die erste echte Spur, die wir haben.« Sie stieg aus. »Komm.«
Sie trat durch die Tür, die er ihr aufhielt. An jemanden wie Reed Solliday konnte man sich gewöhnen. Türen, Stühle, Kaffee. Wenn er so weitermachte, war sie bald vollkommen verwöhnt.
Eine Frau saß hinter einer Glasscheibe. Ihr Schildchen zeichnete sie als Marcy aus. »Kann ich Ihnen helfen?«
»Detective Mitchell, und das ist Lieutenant Solliday. Wir haben uns schon am Tor ausgewiesen. Wir würden gern mit Miss Adler sprechen.«
»Sie unterrichtet im Moment. Kann ich ihr vielleicht eine Nachricht überbringen?«
Mia lächelte unverbindlich. »Können Sie nicht. Sagen Sie ihr bitte, dass wir jetzt mit ihr sprechen wollen.«
Ein Mann tauchte zu ihrer Linken auf. »Ich bin Dr. Bixby, Leiter des Hope Center. Kann ich Ihnen helfen?«
Mia misstraute ihm sofort. »Ja, wenn Sie uns mit Miss Adler sprechen lassen. Jetzt.«
»Marcy, sorgen Sie dafür, dass Miss Adler vertreten wird. Kommen Sie mit.« Er führte sie in einen kleinen, spartanisch eingerichteten Raum. »Sie können hier warten, das ist etwas gemütlicher als im Eingangsbereich. Als Miss Adlers Vorgesetzter muss ich fragen: Steckt sie in Schwierigkeiten?«
Mia hielt an ihrem Lächeln fest. »Wir wollen nur mit ihr reden.«

Unsicher schloss der Mann die Tür und ließ sie mit dem alten Tisch und den zwei zerschrammten Stühlen zurück. Das einzige Fenster war vergittert. Es war, was es zu sein schien: Ein Gefängnis für straffällig gewordene Kinder. »Ich frage mich immer, ob Räume wie dieser verwanzt sind.«

»Dann bitten wir sie, mit uns nach draußen zu gehen«, erwiderte Solliday, und Mia sah erstaunt auf.

»Kein ›Sei nicht paranoid, Mitchell?‹«

»Sagt Abe das?«

»Nein, nie. Er wirft nur eine Münze für das Mittagessen. Kopf ist gut. Zahl bedeutet vegetarisch.«

Er marschierte durch den kleinen Raum, und wieder war sie fasziniert von der Geschmeidigkeit seiner Bewegungen. Er wirkte anmutig, wenn auch ... ruhelos. »Du hältst offenbar nicht viel von vegetarischem Essen«, murmelte er.

»Nein. Ich bin mit Fleisch und Kartoffeln aufgewachsen.«

Er blieb am Fenster stehen und blickte zwischen den schwarzen Stäben hindurch. »Ich auch. Später.«

Seine Stimmung hatte sich plötzlich drastisch verändert. »Inwiefern später?«

Er warf ihr einen Blick über die Schulter zu. »Nachdem ich bei den Sollidays eingezogen bin.«

Sein Blick war zurückhaltend und gab ihr zu verstehen, das Thema äußerst behutsam zu verfolgen. »Sie haben dich adoptiert, richtig?«

Er nickte und wandte sich wieder dem Fenster zu. »Ich war schon in vier Familien gewesen, bevor sie mich aufnahmen. Von den letzten beiden bin ich weggelaufen. Ich war ziemlich nah dran, in eine Institution wie diese hier gesteckt zu werden.«

»Dann schulden wir den Sollidays eine Menge«, sagte sie leise und sah, wie er schluckte.

»O ja, das tun wir.« Er drehte sich um und setzte sich auf die Armlehne eines Stuhls. »Das tue ich.«
»Manchmal verläuft nur eine sehr dünne Linie zwischen einem guten und einem schlechten Ausgang. Eine gute Erfahrung, ein freundlicher Mensch kann das Steuer herumreißen.«
Er zog einen Mundwinkel nach oben. »Ich denke immer noch, dass gute Menschen es schaffen und schlechte nicht.«
»Das ist zu einfach. Aber verschieben wir die Diskussion auf ein anderes Mal. Da kommt jemand.«
Die Tür öffnete sich, und Mia sah der Frau vom Video entgegen. Sie war noch sehr jung. »Miss Adler?«, fragte sie, und sie nickte, die Augen angstvoll geweitet.
Adler betrat den Raum, Bixby direkt hinter ihr. »Ja. Womit kann ich Ihnen helfen?«
»Ich bin Detective Mia Mitchell, das ist mein Partner Lieutenant Solliday. Wir würden gern mit Ihnen reden. Hätten Sie Lust, draußen ein wenig spazieren zu gehen?«
Bixby räusperte sich. »Es ist zu kalt, Detectives. Hier drinnen ist es gemütlicher.«
»Ich bin kein Detective«, sagte Solliday freundlich. »Ich bin Fire Marshal.«
Adler wich alle Farbe aus dem Gesicht, und Bixby musterte sie finster. »Miss Adler. Was ist passiert?«
Sie verschränkte fest ihre Hände. »Hat Bart Secrest gestern mit Ihnen gesprochen?«
Bixbys Lippen pressten sich fast unmerklich zusammen. »Was haben Sie getan, Miss Adler?«
Es war kein sonderlich subtiler Kniff, sich von seiner Angestellten zu distanzieren. Adler zuckte zusammen und befeuchtete ihre Lippen. »Ich bin nur zu einem der abge-

brannten Häuser gefahren, über die in der Zeitung berichtet wurde, das ist alles.«
Mia trat einen Schritt vor. »Äh – hallo? Wir würden jetzt auch gern wissen, was hier eigentlich vor sich geht.«
Mr. Bixby bedachte Mia mit einem strengen Blick, der, wie sie vermutete, Miss Adler zum Beben gebracht hätte. Nun trat er zum Tisch und griff zum Telefonhörer. »Marcy. Rufen Sie Bart und Julian an. Bitten Sie sie, sofort in mein Büro zu kommen.«
»Wir würden gern zuerst mit Ihnen allein sprechen, Miss Adler«, sagte Mia. »Es dauert nicht lange. Aber wir warten selbstverständlich, bis Sie sich Ihren Mantel geholt haben.« Sie hielt die Tür auf und ignorierte den Direktor, der protestieren wollte, den Mund nun aber wortlos wieder zuklappte.
Adler schüttelte den Kopf. »Nein. Das geht schon.«

Mittwoch, 29. November, 13.25 Uhr

Er konnte den Parkplatz vom Fenster aus sehen. Drei Leute verließen das Gebäude und blieben in der Sonne stehen. Zwei waren eben eingetroffen. Ein Mann und eine Frau. Die Frau war Detective Mia Mitchell. Er hatte sie aus der Zeitung wiedererkannt. Dann war der Mann bestimmt dieser Lieutenant Solliday. Sein Herz würde ruhig und gleichmäßig schlagen. Er würde nicht den Kopf verlieren.
Sie redeten mit Brooke Adler, weil sie die Ruine besichtigt hatte, die dumme Kuh. Aber sie wussten nichts. Sie hatten nichts. Keine Beweise. Keinen Verdächtigen. Er brauchte sich also keine Sorgen zu machen. Sie konnten die ganze Schule durchsuchen und würden nichts finden, weil es hier nichts zu finden gab. Er lächelte. *Außer mir.*

Mitchell und Solliday würden mit Adler reden und herausfinden, was jeder hier schon wusste: Die neue Englischlehrerin war eine kleine, unbedeutende Maus mit hochtrabenden Plänen. Und, wie er zugeben musste, wunderschönen Brüsten. Er dachte in seiner Phantasie oft an ihren Körper und genoss ihn, ja, erlaubte sogar ihr, es zu genießen. Das musste nun natürlich anders werden. Wenigstens was ihren Genuss anging. Sie würde dafür zahlen, dass sie die beiden dort hergelockt hatte.

Aber das musste noch etwas warten. Im Augenblick waren Cops auf dem Grundstück. Zum Glück würden sie nicht lange bleiben. *Und dann mache ich weiter.* Heute Nacht war Mrs. Dougherty an der Reihe. Der Gedanke an die neue Herausforderung erregte ihn schon jetzt.

Aber auch das musste noch etwas warten. Er hatte noch anderes zu tun.

Mittwoch, 29. November, 13.25 Uhr

Brooke musste sich mächtig zusammenreißen, um nicht mit den Zähnen zu klappern, als die Polizistin sie abschätzend betrachtete.

»Sie waren gestern Abend an einem Tatort«, begann die Frau scharf. »Warum?«

»Ich …« Sie leckte sich über die Lippen, aber die kalte Luft ließ sie sofort wieder austrocknen. »Ich war neugierig.«

»Sind Sie nervös, Miss Adler?«, fragte der Fire Marshal sanft. Brooke sah nicht häufig fern, aber sie kannte genügend Krimiserien, um zu wissen, dass er den guten Cop mimte. Die kleine, blonde Frau füllte den Part des bösen Cops hervorragend aus.

»Ich habe nichts Verbotenes getan«, verteidigte sie sich,

hörte jedoch selbst, dass sie schuldbewusst klang. »Wenn wir reingehen könnten, werden wir Ihnen alles erklären.«

»Gleich«, sagte der Fire Marshal. Er hieß Lieutenant Solliday. Das musste sie sich unbedingt merken. Und sie musste sich unbedingt merken, dass sie nichts falsch gemacht hatte.

»Aber sagen Sie uns bitte zuerst, warum genau Sie sich gestern das abgebrannte Haus ansehen wollten.« Er lächelte freundlich. »Wir haben Sie in den Zehn-Uhr-Nachrichten erwischt.«

Auch sie hatte sich in den Nachrichten gesehen und augenblicklich Angst bekommen. Allerdings hatte sie vor allem befürchtet, dass Bixby oder Julian sie entdeckt hatten. Das hier war jedoch schlimmer. »Ich hab's doch schon gesagt – ich war neugierig. Ich habe von den Bränden gelesen und wollte es mit eigenen Augen sehen.«

»Und wer ist Bart Secrest?«, wollte die Frau wissen.

»Bitte fragen Sie Dr. Bixby.« Sie sah über die Schulter. Bixby stand am Fenster und beobachtete sie finster. »Ihretwegen schmeißt er mich noch raus.«

Sollidays Lächeln war immer noch freundlich. »Wir schleppen Sie aufs Revier, wenn Sie weiterhin unsere Zeit vergeuden.«

Der Kontrast zwischen dem freundlichen Tonfall und der Bedeutung seiner Worte war eklatant, und sie blinzelte verblüfft. Trotz der Kälte begann sie zu schwitzen. »Das können Sie nicht. Ich hab doch nichts getan.«

»Nun, wir können schon«, sagte er sanft. »Zwei Frauen sind tot, Miss Adler. Vielleicht wissen Sie etwas, das uns helfen kann, vielleicht nicht. Wenn ja, sagen Sie es uns bitte. Und zwar jetzt. Denken Sie daran, dass jede Minute, die verstreicht, dem Täter mehr Zeit gibt, seinen nächsten Brandanschlag zu planen. Ich frage Sie noch mal: Warum waren Sie gestern bei dem abgebrannten Haus?«

Ihr Mund wurde trocken. Zwei tote Frauen. »Einer unserer Schüler hat die Zeitungsartikel über die zwei Brände ausgeschnitten. Ich habe Bart Secrest, unserem Sicherheitschef, Bericht erstattet. Den Rest erfahren Sie von ihm.«

Die Augen der Frau verengten sich. »Ihm wer? Von Secrest oder dem Schüler?«

Brooke schloss die Augen und sah Manny wieder vor sich, dessen Blick heute Morgen so kalt gewesen war. Sie hatte Zweifel, dass man aus ihm etwas herausbekommen würde. »Secrest«, flüsterte sie. »Ich habe Ihnen wirklich alles gesagt, was ich sagen kann.« Die zwei Detectives sahen einander an, und Solliday nickte.

»Also gut, Miss Adler«, sagte die Frau. »Reden wir mit Dr. Bixby.«

Mittwoch, 29. November, 13.30 Uhr

Bixby wartete in der Eingangshalle auf sie. Der Blick, mit dem er Adler bedachte, war eisig, und Mia konnte nicht anders, als Mitleid mit der jungen Frau zu empfinden.

Er brachte sie zu einem Büro, das so üppig ausgestattet war, wie der Warteraum spärlich. Er deutete auf Ledersessel, die um einen Mahagonitisch standen. Zwei Männer saßen bereits. Einer war Mitte vierzig und wirkte sympathisch. Der andere sah aus, als würde er mit seinem kahlen Schädel nur zum Spaß Mauern rammen. »Dr. Julian Thompson und Mr. Bart Secrest«, stellte Bixby sie vor.

Der Sympathische erhob sich und lächelte. Augenblicklich misstraute Mia ihm genauso sehr wie Bixby. »Dr. Thompson. Der Schulpsychologe.«

Secrest schwieg.

»Setzen Sie sich«, sagte Bixby. Ungeduldig trommelte er

mit den Fingern auf den Tisch, während sie seiner Bitte nachkamen. Mia nahm sich jedoch absichtlich Zeit, nur um seine Reaktion zu erleben.

Dann sah sie beide Männer nacheinander an. »Um welchen Schüler geht es und wo sind die Zeitungsartikel?«

Thompson zuckte kaum merklich zusammen. Secrest reagierte noch immer nicht.

»Wir haben uns dieses Schülers angenommen und keinen Grund gesehen, die Sache weiterzuverfolgen. Miss Adler hatte nur ein ... persönliches Bedürfnis, den Schauplatz zu sehen«, sagte Bixby. »Sicherlich hat sie es aus Mitgefühl für die Opfer getan. Ist es nicht so, Miss Adler?«

Miss Adler nickte verunsichert. »Ja, Sir.«

Mia grinste. »Aha. Sie sind dem Staat verpflichtet, nicht wahr, Mr. Bixby? Sind Revisionen unterworfen und Überraschungsbesuchen vom Lizenzamt, ist es nicht so?«

Bixby presste die Kiefer zusammen. »Drohen Sie mir nicht, Detective.«

Mia blickte amüsiert zu Solliday. »Ich glaube, ich höre ein Echo. Ständig sagen mir Leute, dass ich ihnen nicht drohen soll.«

»Vielleicht, weil wir ständig mit Leuten sprechen, die etwas wissen, es uns aber nicht zu sagen bereit sind«, erwiderte er ruhig, sehr ruhig. Fast unheimlich. Perfekt.

»Das wird es sein.« Sie beugte sich vor, legte ihre Handflächen auf den Tisch und blickte Bixby direkt in die Augen. »Ich frage mich, was Sie wissen, Dr. Bixby. Sie haben sich, wie Sie sagten, dieses Schülers *angenommen*. Daraus schließe ich, dass auch Ihnen diese Sache nicht geheuer war. Zumindest sind Sie nicht davon ausgegangen, dass er diese Artikel für eine Hausaufgabe ausschneidet.«

»Wie ich bereits Miss Adler gesagt habe«, fuhr Solliday, immer noch sehr ruhig, fort, »liegen bei uns im Leichenschauhaus zwei Frauen. Unser Geduldsfaden ist dünn. Falls Ihr Schüler nichts damit zu tun hat, gehen wir wieder. Falls doch, ist er eine Gefahr für alle anderen. Möchten Sie diese Art von Negativ-Publicity wirklich herausfordern?«

Ein Muskel in Bixbys Gesicht zuckte, und Mia wusste, dass Solliday die richtige Saite angeschlagen hatte. »Unsere Schüler können die Einrichtung nicht verlassen. Deswegen kann er nichts damit zu tun haben.«

»Schön«, sagte Mia und entspannte sich. »Dann erzählen Sie uns doch mal etwas über die Einrichtung. Leben alle Schüler hier?«

»Zwanzig Prozent sind Tagesschüler«, erklärte Dr. Thompson. »Die anderen leben im Wohnheim.«

Mia lächelte. »Wohnheim. Das heißt, sie werden eingeschlossen?«

Thompson erwiderte das Lächeln, aber es wirkte angestrengt. »Das heißt, sie können nicht hinaus. Aber sie sind nicht in Zellen eingesperrt wie im Gefängnis, nein.«

Mia riss die Augen auf. »Sie lassen sie nie ins Freie?« Sie blinzelte. »Niemals?«

Bixbys Augen blitzten. »Schüler im Wohnheim verbringen unter Überwachung Zeit im Freien.«

»Der Ausgang im Hof«, sagte Mia, und Bixbys Wangen färbten sich rot. Mia hielt die Hand hoch. »Ich weiß, dass das hier kein Gefängnis ist. Aber Ihre Nachbarn wären wohl nicht sehr glücklich, wenn sie wüssten, dass hier möglicherweise ein Mörder wohnt – nur knapp eine Meile von ihrem Wohngebiet entfernt. Von ihren Kindern entfernt.«

»Hier ist kein Mörder«, sagte Bixby gepresst. »Das habe ich Ihnen bereits gesagt.«

»Und das haben wir durchaus vernommen«, sagte Solliday

sanft. Er sah zu Mia und zog eine Braue hoch. »Du vergisst doch nicht, dass du Carmichael versprochen hast, sie sei die Erste, die es erfährt?«

Sie strahlte ihn an. »Stimmt, ja.«

Secrest beugte sich vor und verengte die Augen. »Das ist Erpressung.«

»Wer ist Carmichael?«, fragte Bixby.

»Die Reporterin, die den Artikel im *Bulletin* geschrieben hat«, sagte Secrest.

Thompsons Kinnlade fiel herab. »Sie können doch keine falschen Informationen herausgeben.«

Mia zuckte die Achseln. »Sie wird mich fragen, wo ich gewesen bin. Manchmal verfolgt sie mich regelrecht, weil sie hofft, auf etwas zu stoßen. Vielleicht wartet sie jetzt gerade draußen vor Ihrem Tor. Na ja, ich kann mir vorstellen, dass das für Sie ziemlich unangenehm werden könnte. Aufgebrachte Anwohner, verängstigte Eltern ... oje.« Sie starrte Bixby an, bis er den Blick senkte. »Und Ihr Mangel an Kooperationsbereitschaft wird Ihr Verhältnis zur Behörde garantiert beeinflussen. Dafür sorge ich.«

Bixby wirkte, als stünde er kurz vor der Explosion. Er hämmerte auf seine Sprechanlage ein. »Marcy, holen Sie Manuel Rodriguez' Akte.« Dann wandte er sich wieder ihnen zu. »Ich hoffe, Sie sind zufrieden.«

»Das hoffe ich, ehrlich gesagt, auch«, gab Mia unumwunden zu. »Und die Familien der zwei Opfer bestimmt ebenfalls.«

Thompsons Gesicht war rot angelaufen. »Manny ist ein unschuldiger junger Mann.«

Mia zog die Brauen hoch. »Na, sicher, Dr. Thompson. Deswegen ist er ja auch hier.«

»Er hat die Brände nicht gelegt«, erwiderte Thompson stur.

»Haben Sie Mannys Zimmer durchsucht, Mr. Secrest?«, wandte sich Solliday an den Sicherheitsmann, ohne Thompson zu beachten.
»Ja.«
Mia sah ihn neugierig an. »Und?«
»Ich habe ein Streichholzbriefchen gefunden.«
»Fehlten welche? Und um uns Zeit zu ersparen – wie viele?«, fragte Solliday.
»Einige. Aber das Streichholzbriefchen wurde von jemand anderem benutzt.«
Mia bemerkte, dass Thompson nervös wurde. »Und von wem?«, fragte sie. Aus dem Augenwinkel sah sie, dass Secrest die Augen verdrehte.
»Er hat sie aus Dr. Thompsons Büro«, erklärte Secrest. »Er raucht Pfeife.«
Mia lehnte sich zurück. »Bitte bringen Sie Mr. Rodriguez her.« Alle Anwesenden standen auf. »Miss Adler, bleiben Sie noch ein bisschen.« Sie sah Bixby direkt an. »Allein.«
Als die Tür geschlossen war, wandte Mia sich an Adler, die leichenblass geworden war. »Und nun sagen Sie uns, warum sie zu dem abgebrannten Haus gefahren sind.«
Sie leckte sich die Lippen. »Ich hab's Ihnen doch schon gesagt. Ich war neugierig. Wegen der Zeitungsartikel.«
Solliday schüttelte den Kopf. »Nein. Wir haben Sie auf dem Band gesehen, Miss Adler. Sie wirkten nicht neugierig. Sondern schuldbewusst.«
»Es lag an dem Buch.« Die junge Frau ließ den Kopf hängen. Ihr Elend war beinahe greifbar. »Vor Thanksgiving haben wir mit *Herr der Fliegen* angefangen. Kurz bevor der erste Brand gelegt wurde.«
»Interessante Übereinstimmung«, bemerkte Solliday. »Und dennoch – warum?«

»Ich wollte herausfinden, was die Polizei wusste. Ob ich etwas getan habe ... etwas verursacht habe ...«

Mia sah Solliday stirnrunzelnd an. »Ich sehe die Verbindung mit dem Buch nicht.«

»Herr der Fliegen«, murmelte er. »Jugendliche stranden ohne Erwachsene auf einer Insel und steigen in die Anarchie ab. Sie entzünden ein Signalfeuer. Irgendwann fackelt die halbe Insel ab.«

»Oh. Okay.« Mia wandte sich wieder an Brooke Adler, die stumm zu weinen begonnen hatte. »War wohl nicht die beste Literaturwahl.«

»Dr. Bixby hat es gebilligt, mich sogar ermutigt. Er wollte die Reaktionen der Schüler beobachten. Ich bot an, etwas anderes zu lesen, aber Julian meinte, es könne für Mannys Therapie hilfreich sein.« Sie rang um Fassung. »Aber ich konnte immer nur daran denken, dass ich das vielleicht ausgelöst habe. Dass das Buch ihn erst wieder auf den Gedanken gebracht hat.«

Solliday seufzte. »Wenn er es getan an, sind nicht Sie dafür verantwortlich, Miss Adler.«

»Das glaube ich Ihnen dann, wenn Sie den Täter gefunden haben. Kann ich jetzt gehen?«

»Natürlich«, sagte Mia, die jetzt eher geneigt war, sich freundlich zu geben. »Aber verlassen Sie die Stadt nicht, ja?«

Adlers Lächeln war freudlos. »Komisch. Irgendwie habe ich geahnt, dass Sie das sagen.« Sie zog die Tür fest zu und ließ Solliday und Mia allein. Solliday betrachtete die Wände und Decken und beugte sich dann abrupt zu ihr. »Möglicherweise vergeuden wir hier nur unsere Zeit«, murmelte er.

Seine Wärme und sein Duft jagten ihr unvermutet einen

Schauder durch den Körper. Jeder Muskel spannte sich an, als die Erinnerung an die vergangene Nacht jeden vernünftigen Gedanken verdrängte. Sie zwang sich zur Konzentration. »Vielleicht. Aber außer einem Haufen Akten haben wir nichts. Cops, Sozialarbeiter und wütende Jugendliche … Und diese Typen hier verbergen etwas. Ich habe da so ein Gefühl.« Und das war garantiert der Instinkt einer Polizistin, sagte sie sich, und nicht das Prickeln auf ihrer Wange, wo seine Bartstoppeln sie gestreift hatten.

Die Tür öffnete sich, und Bixby erschien. »Manny wird gleich so weit sein. Ich werde während der Befragung dabei sein, da er minderjährig ist. Wünschen Sie noch etwas?«

Solliday stand auf. »Wir würden sein Zimmer gern selbst durchsuchen.«

Bixby nickte steif. »Wie Sie wollen.«

Mias Lippen verzogen sich zu einem Lächeln. »Wir wissen Ihr … Entgegenkommen zu schätzen. Behalten Sie Manny hier, während wir uns sein Zimmer ansehen. Wir reden mit ihm, wenn wir fertig sind.«

Mittwoch, 29. November 14.45 Uhr

Reed unterdrückte ein Seufzen, als Bixby Manny Rodriguez hinausbegleitete. Die Durchsuchung des Zimmers hatte ihnen nichts erbracht, und Manny war so verschlossen wie jeder andere Jugendliche auch. »Sturer Bursche. Aber ich glaube ohnehin nicht, dass er es war. Ich denke, wir haben Zeit vergeudet, weil eine idealistische junge Englischlehrerin ein überentwickeltes Schuldbewusstsein hat.«

»Tja, so kann's kommen.« Mia streifte sich ihre schäbige Lederjacke über. Die Begegnung mit dem Straßenpflaster gestern Nacht hatte das gute Stück nicht besser gemacht. »Fahren wir zurück und vergraben uns in Akten.«

Reed hielt ihr die Tür auf und folgte ihr nach vorn, wo eine grimmige Marcy nur darauf wartete, sie auszutragen. Er ging an den Vitrinen vorbei und hielt an, als er aus dem Augenwinkel etwas Schimmerndes wahrnahm. Er ging ein paar Schritte zurück, und sein Puls beschleunigte sich. »Mia, sieh dir das an.«

Sie starrte auf die Kunstwerke der Schüler, die in dem Glaskasten ausgestellt waren. »Interessante Gemälde«, bemerkte sie, während sie das Fach auf Augenhöhe betrachtete.

»Nein, weiter oben«, sagte Reed und sie blickte hinauf. »Noch weiter.«

»Ha, ha«, murmelte sie. Dann stellte sie sich auf Zehenspitzen und sah die Schülerversion eines Fabergé-Eis, das im obersten Fach zu bewundern war. Glasperlen und -steinchen funkelten in geometrischen Mustern. »Hübsch. Wär schön, wenn ich es besser sehen könnte.«

»Räuberleiter?«, fragte er, und sie betrachtete ihn mit einem halb wütenden, halb vergnügten Funkeln in den Augen.

»Blödmann«, murmelte sie. »Welches Monsterhuhn hat wohl so ein Ei gelegt.«

»Das Huhn hatte wahrscheinlich Hilfe.« Er beugte sich zu ihr herab. »Die Größe kommt hin.«

»Und die Farbe auch«, gab sie murmelnd zurück. »Wir brauchen wohl eine richterliche Verfügung. Ich kümmere mich darum.«

Sein Lächeln ließ ihn wie einen zufriedenen Kater aussehen. »Oh, und ich sage Mr. Bixby, dass wir noch ein Weilchen bleiben.«

Sie klappte das Handy auf und entfernte sich ein paar Schritte. »Immer darfst du die lustigen Sachen machen.«

Mittwoch, 19. November, 15.15 Uhr

Der Kunstlehrer hatte die gleiche Statur wie Reed Solliday. Seine Muskeln wölbten sich unter dem mit Farbspritzern bekleckerten Hemd. Sein Kahlkopf schimmerte wie polierter Onyx, und seine Finger waren so dick wie Hotdogs, und zwar solche von der Luxusversion. Er hieß Atticus Lucas und schien nicht froh, sie zu sehen.

»Welcher Schüler hat das Ei gemacht?«, fragte Solliday.

»Ich muss Ihnen nicht ...«

»Oh, oh, oh«, unterbrach Mia. »Nicht schon wieder. Doch, Sie müssen. Sagen Sie's ihm, Secrest.«

»Beantworten Sie die Frage«, brummte Secrest.

Lucas wirkte plötzlich verlegen. »Keiner der Schüler hat es gemacht.«

»Ah, Sie meinen, das ist ein echtes Fabergé-Ei?«, fragte Reed ironisch.

Lucas sah ihn wütend an. »Ihr Sarkasmus ist hier fehl am Platz, Lieutenant. Ich war das.«

Mia wandte sich ihm erstaunt zu. »Sie?«

Er nickte. »Ja, ich.«

Sie musterte seine dicken Finger. »Diese Feinarbeit?«

Finster zog er die Brauen zusammen. »Tatsächlich.«

»Und die anderen Kunstwerke in der Vitrine – haben Sie die auch gemacht?«

»Natürlich nicht. Ich wollte den Schülern zeigen, dass Kunst in unterschiedlicher Gestalt daherkommen kann. Ich wollte vor allem, dass sie dachten, ein anderer Schüler habe das Ei gebastelt, so dass sie ...«

»Sich nicht darüber lustig machen würden, dass so etwas irgendwie nach Schwuchtel aussieht«, endete Mia seufzend.

»So ungefähr«, sagte Lucas knapp.
»Nun ja, da wir Sie jetzt geoutet haben«, fuhr sie fort, »sagen Sie uns bitte, wo wir die anderen Eier finden.«
»Im Materialschrank.« Er trat zu einem Metallschrank und öffnete beide Türen. Er zog einen Karton heraus und nahm den Deckel ab. Und blickte erstaunt hinein. »Zumindest waren sie das. Jetzt sind sie weg.«
Solliday warf Mia einen Blick zu. »Wir müssen Fingerabdrücke von dem Karton und dem Schrank nehmen.«
»Ich rufe Jack an. Aber sagen Sie uns zuerst, Mr. Lucas, wann Sie zum letzten Mal in den Karton gesehen haben.«
»Im August habe ich das eine Ei gebastelt. Seitdem war ich nicht mehr am Karton. Warum?«
»Wie viele waren da drin?«, fragte Mia.
Lucas sah sie verdattert an. »Das sind doch nur Plastikeier. Ich möchte keinen Wind darum machen.«
»Beantworten Sie ihre Frage«, fuhr Solliday ihn an, und Lucas bedachte ihn mit einem finsteren Blick.
»Noch ein Dutzend vielleicht. Sie waren schon da, als ich vor zwei Jahren hier anfing. Niemand hat die Dinger je angerührt, außer mir, und ich habe es auch nur dieses eine Mal.«
»Ein Dutzend«, murmelte Solliday. »Drei hat er benutzt. Er hat also noch neun zum Spielen.«
Mia holte das Handy hervor, um Jack anzurufen. »Mist.«
Solliday wandte sich an Secrest. »Zeigen Sie mir Ihr Labor. Ich möchte die Chemikalien überprüfen.«
Mia hielt die Hand hoch. »Und wir nehmen Manny mit aufs Revier. Sehen Sie zu, dass ein Vormund oder ein Anwalt mitfährt.«

Mittwoch, 29. November, 15.45 Uhr

Solliday stand seitwärts in dem winzigen Chemielager, denn anders hätte er nicht in den Raum gepasst. Jeder andere Mann würde mit der Schutzbrille über den Augen seltsam aussehen, aber Sollidays Äußerem schien es nicht zu schaden. Aber weil das jetzt nicht der richtige Zeitpunkt war, daran zu denken, konzentrierte sie sich auf das, was wichtig war.

»Du scheinst dich in einem Labor ja wie zu Hause zu fühlen«, bemerkte sie.

»Eine Menge Leute in meiner Branche haben einen Abschluss in Chemie«, erwiderte er.

»Du auch?«

»Sozusagen.« Er verglich die vorhandenen Flaschen mit der Inventarliste, die er an einem Klemmbrett an der Tür entdeckt hatte. »Mein Vater war Chemieingenieur, und wahrscheinlich wollte ich ihm etwas beweisen, also habe ich mich auch in diese Thematik eingearbeitet.«

Dass er seinen Adoptivvater meinte, war klar. »Ich dachte, du wärst früher Feuerwehrmann gewesen.«

Er ging in die Hocke, um die unteren Regalfächer zu betrachten. »War ich auch. Ich wollte immer schon zur Feuerwehr. Am Tag, als ich die Armee verließ, habe ich mich bei der Akademie beworben.«

Die Armee erklärte seine Freude an polierten Schuhen. »Aber?«

»Aber mein Vater ermutigte mich, zu studieren, solange ich jung war, bevor ich eine Familie gründete, für die ich sorgen wollte. Also ging ich von meinem GI-Geld Vollzeit zur Schule, bis ich auf der Akademie angenommen wurde, danach studierte ich in meiner Freizeit weiter. Das waren anstrengende Jahre, aber sie waren es wert.« Er schaute auf. »Und du?«

»Strafverfolgung mit Fußballstipendium. Wonach suchst du eigentlich?«

»An Ammoniumnitrat kann man auf unterschiedliche Arten herankommen. Eine Möglichkeit ist diese Flasche hier.« Er hielt sie hoch. »Aber sie ist noch versiegelt, und laut Liste war ohnehin nur eine da.«

»Seit wann steht sie hier?«

»Seit August vor drei Jahren.« Er kniff die Augen zusammen, um das Etikett zu lesen. »Es überrascht mich, dass eine Schule von dieser Größe eine derart gute Ausstattung hat.«

»Der vorherige Lehrer hat sie hiergelassen. Ich habe noch nichts eingekauft, seit ich hier bin.«

Mia wandte sich um. Ein Lehrer hatte sich zu ihnen gesellt. »Seit wann lehren Sie an dieser Schule?«

»Seit ungefähr einem Jahr. Ich bin Mr. Celebrese.«

»Detective Mitchell und mein Partner Lieutenant Solliday.«

»Die Nitritsäure befindet sich in dem Schrank dort. Hier ist der Schlüssel.«

Mia reichte ihn an Solliday weiter. »Ich nehme an, eine andere Möglichkeit, an Ammoniumnitrat heranzukommen, ist Nitritsäure.«

»Exakt.« Solliday sah in den Schrank und schloss ihn wieder ab. »Noch verschlossen und versiegelt.«

»Wir verwenden solche Chemikalien hier nicht häufig«, erklärte Celebrese.

»Weil Sie befürchten, dass die Kids sich gegenseitig mit Säure bespritzen?«

Celebrese presste die Kiefer zusammen. »Haben Sie gefunden, wonach Sie suchten?«

Solliday kam aus dem Kämmerchen, die Schutzbrille noch immer im Gesicht. »Nein.« Ohne sich um Celebrese zu kümmern, ging er zu der anderen Wand, an der eine Art Theke mit Glasfront stand.
»Sieht aus wie eine Salatbar mit überdimensioniertem Niesschutz«, sagte sie, und er lachte.
»Das ist ein Gasabzug. Darin arbeitet man mit flüchtigen Gasen.« Er nahm das Gerät, mit dem er in Penny Hills Haus Kohlenwasserstoff nachgewiesen hatte, zog das Glasfenster ein winziges Stück hoch und schob das Gerät darunter. Es begann augenblicklich zu lärmen, und Solliday lächelte ein finsteres, angespanntes Lächeln. *Jetzt* hatte er gefunden, was er gesucht hatte.
»Bingo«, murmelte er. »Celebrese, wann haben Sie das hier zum letzten Mal benutzt?«
»Ich ... ich ... noch nie. Wie ich schon sagte, wir arbeiten hier selten mit stärkeren Chemikalien.«
Solliday zog das Fenster wieder herab. »Detective, hier ist Sergeant Ungers Anwesenheit erforderlich. Er möchte bestimmt ein paar Proben nehmen.«
Sie lächelte bewundernd. »Ich werde ihn sofort anrufen, Lieutenant.«
Seine dunklen Augen blitzten hinter der Schutzbrille. »Vielen Dank, Detective.«

12. Kapitel

Mittwoch, 29. November, 17.00 Uhr

Reed kam aus dem Verhörraum und ging zu Spinnelli, Westphalen und Staatsanwalt Patrick Hurst im angrenzenden Zimmer. »Sie haben mich gerufen.«

Durch die Scheibe sahen sie Manny, der zusammengesunken auf seinem Stuhl mehr hing als saß, die Arme über der Brust verschränkt. Mia saß neben ihm und bedrängte ihn, servierte ihm falsche Einzelheiten und hoffte, er würde diese korrigieren, aber bislang hatten sie von ihm nicht mehr erhalten als gelangweilte Blicke.

»Das ist er?«, fragte Spinnelli.

Reed nickte. »Manuel Rodriguez. Fünfzehn.«

»Wer ist *sie?*«, fragte Patrick und deutete auf eine zerbrechlich wirkende Frau an Mannys anderer Seite, die abwechselnd wütend und unbehaglich dreinsah.

»Seine Verteidigerin. Ehrlich gesagt entsetzt es mich, dass sie uns noch nicht längst unterbrochen hat.«

»Unser Glück«, sagte Patrick. »Wie ist seine Geschichte?«

»Manny ist seit sechs Monaten im Hope. Davor hat er das Haus seiner Pflegeeltern abgefackelt. Mit Benzin und Streichhölzern, nichts Ausgefeiltes also. Seine Pflegemutter erlitt dabei ernsthafte Verletzungen, und das scheint er zu bereuen, nicht aber den Brand selbst.«

»Und gestern Abend wurde sein Zimmer durchsucht?«, fragte Hurst.

»Ja. Dabei wurden Streichhölzer gefunden. Und außerdem, wie die Leitung zugab, nachdem wir die Eier entdeckt haben, noch Bauanleitungen für Brandbeschleuniger, aber alles hatte mit flüssigen Brennstoffen zu tun, wie zum Beispiel die richtige Mischung von Benzin und Öl. Nirgendwo haben wir einen Hinweis auf Plastikeier gefunden. Ebenso wenig Hinweise auf Ammoniumnitrat.«
»Und hat man auch Pornographie gefunden?«, fragte Westphalen ruhig mit Blick auf den Jungen.
»Ja, was keinen überrascht hat. Bei Brandstiftern rechnet man damit«, erklärte Reed an Hurst gewandt, der erstaunt die Brauen hochzog. »Viele Brandstifter legen Feuer und … belohnen sich dann.«
»Ah, ich verstehe«, sagte Hurst trocken. »Ist er denn nun unser Täter?«
»Als ich zum ersten Mal mit ihm gesprochen habe, habe ich es nicht geglaubt.« Reed zuckte die Achseln. »Auch jetzt eigentlich noch nicht. Dieser Bursche liebt Feuer. Fängt praktisch an zu sabbern, wenn man ihm Bilder von brennenden Gebäuden zeigt. Wenn er einen Brand gelegt hätte, wäre er geblieben, um zuzusehen. Ich denke nicht, dass er hätte weglaufen *können*. Außerdem kann ich in ihm nicht dieses Ausmaß an Wut entdecken. Dass er seine Pflegemutter verletzt hat, scheint ein Unfall gewesen zu sein.«
»Unser Täter hat Caitlin Burnette mit Benzin übergossen«, wandte Spinnelli ein.
»Aber Benzin über einen Menschen zu gießen, ist etwas anderes als es auf dem Boden zu verteilen«, entgegnete Reed. »Manny hat keine Vorstrafen wegen Gewalt gegen Personen. Ihm geht es um Gebäude.«
Spinnelli wandte sich an Westphalen. »Was denken Sie, Miles?«

»Ich bin geneigt, Lieutenant Solliday zuzustimmen. Aber haben Sie Fotos der Leichen, Lieutenant? Ich würde gern sehen, wie er auf das Ergebnis seiner Tat reagiert, falls es denn seine ist.«

»Mia hat sie in ihrer Mappe.« Und die stand auf dem Stuhl neben ihr. »Wir wollten ihm noch nichts davon zeigen, bevor Patrick nicht sein Okay gegeben hat.«

Patrick dachte einen Moment nach. »Tun Sie es. Ich will es auch sehen.«

Spinnelli tippte ans Glas. Mia beugte sich vor und feuerte noch ein paar abschließende Worte ab. Der Junge wirkte immer noch gelangweilt und schien kein einziges Mal zusammenzuzucken.

»Der Zorn des Killers scheint sich nach bisherigen Informationen vor allem gegen Frauen zu richten«, murmelte Reed. »Wir wollten sehen, ob wir ihn aus seinem Schneckenhaus hervorlocken können. Wollten ihn einschüchtern.«

»Aber es scheint Ihnen nicht zu gelingen«, bemerkte Westphalen. »Noch ein Grund, aus dem ich Ihnen eher zustimmen würde.«

Mia schloss die Tür. »Er rührt sich nicht. Aber seine Begleitung ist extrem nervös geworden.«

»Was denken Sie, Mia?«, fragte Spinnelli.

»Er verbirgt etwas, dessen bin ich mir ziemlich sicher. Er hat ein Motiv und die Mittel – seine Brandstifterkarriere, die Streichhölzer, die Gebrauchsanweisungen –, aber mir will nicht in den Kopf, wie er es hätte anstellen sollen. Ich meine, er kann das Center nicht verlassen. Wie hätte er hinausgelangen sollen, um Caitlin und Penny Hill zu töten, und selbst wenn es ihm gelungen wäre – wieso hätte er sich dann die Mühe machen sollen, wieder hineinzukommen?«

Mia hatte diese Bedenken bereits auf der Fahrt von der Schule hierher geäußert, und Reed hatte ziemlich viel darüber nachgedacht. »Wenn er es geschafft hat, rauszukommen, dann ist er vielleicht zurückgekehrt, weil es einfach bequemer so ist. Es ist kalt draußen. Im Hope Center gibt es eine Heizung und dreimal am Tag etwas zu essen. Plus Kuchen.«

Mias Brauen zogen sich zusammen. »Ja, das ist möglich. Ich wäre auch eher geneigt, an ihn als Täter zu glauben, wenn wir ihm irgendeine Verbindung zu Caitlin Burnette oder Penny Hill nachweisen könnten. Was nun?«

»Der Doktor möchte Manny die Fotos der Leichen zeigen.«

»Okay, aber dann solltest du reingehen. Mit dir spricht er. Mir starrt er nur auf die Brust.«

Und dafür, dachte Reed, konnte man dem Jungen keinen Vorwurf machen. »Irgendetwas, was ich beachten muss, Doktor?«

Westphalen dachte einen Moment lang nach. »Versuchen Sie, ihn aus der Reserve zu locken, bevor Sie ihm die Bilder vorlegen. Ich will diesen gelangweilten Gesichtsausdruck nicht mehr sehen. Er verbirgt etwas dahinter.«

»Ich versuch's.« Reed kehrte ins Verhörzimmer zurück und schloss die Tür.

Die Verteidigerin hob ihr Kinn. »Manny ist müde. Er hat Ihnen gesagt, was Sie wissen wollten. Können Sie nicht endlich mit diesem Unsinn aufhören, damit er zurück ins Hope Center gebracht wird?«

»Ich bin mir nicht sicher, ob er dorthin zurückkehren wird. Vielleicht bleibt er heute Nacht unser Gast.«

Mannys Kopf schnellte ruckartig hoch. »Das können Sie nicht tun. Ich bin noch nicht volljährig.«

»Oh, wir haben einen gesonderten Bereich für Männer unter achtzehn, die Kapitalverbrechen begangen haben.« Er nahm sich Zeit, die Fotos herauszusuchen, während er Manny aus dem Augenwinkel beobachtete.
Mannys Miene wirkte plötzlich panisch. »Wieso Kapitalverbrechen?«
Reed blickte auf. »Mord zum Beispiel.«
Manny sprang auf. »Ich habe niemanden ermordet.« Er wandte sich zu seinem Rechtsbeistand um. »Hab ich nicht.«
»Lieutenant.« Die Frau straffte sich, doch ihre Stimme bebte. »Sie versuchen nur, ihm Angst einzujagen. Er hat nichts getan.« Sie deutete auf den Stuhl. »Manny, setzen Sie sich wieder. Er will einen Anwalt. Sofort.«
»Er steht nicht unter Arrest«, sagte Reed sorglos. »Sollte er?«
»Nein!«, brach es aus Manny heraus.
Reed trat hinter seinen Stuhl, beugte sich über ihn und legte die Fotos der verkohlten Leichen auf dem Tisch aus. »Sollten Sie?«
Neben ihm presste sich die Frau die Hand auf den Mund und würgte.
Manny stieß sich vom Tisch ab, aber da Reed hinter ihm stand, konnte er nicht entkommen. »Sehen Sie sich die Bilder an«, sagte Reed barsch. »Das hat Ihr Feuer bewirkt, Manny. Das haben Sie getan. Und so werden auch Sie aussehen, wenn Ihr jämmerlicher Hintern wieder vom elektrischen Stuhl gezerrt wird.«
Manny packte die Tischkante und stieß sich mit aller Kraft ab. »Lassen Sie mich gehen!«
Die Panik in der Stimme des Jungen veranlasste Reed, zurückzutreten, und der Stuhl fiel krachend um, aber es war zu spät. Manny übergab sich. Unter anderem auf die Fotos.

Nun, sie hatten natürlich weitere Abzüge gemacht. Und Reed hatte im Wagen ein Paar Schuhe zum Wechseln. Der Junge ließ sich auf Hände und Knie sinken und versuchte schluchzend, den Brechreiz in den Griff zu bekommen. Mit einer angewiderten Grimasse betrat Reed das Nebenzimmer.

Mia zog den Kopf ein. »Entschuldige. Wenn ich das geahnt hätte …«

Er sah sie mit verengten Augen an. »Du hättest mich trotzdem reingeschickt.«

Sie nickte ergeben. »Wahrscheinlich. Aber ich muss gestehen, Solliday – nicht schlecht. Besonders die Sache mit dem elektrischen Stuhl.«

»Er wusste offenbar nicht, dass der Stuhl seit Jahren nicht mehr eingesetzt wird«, bemerkte Reed abwesend, während er durch die Scheibe blickte. Seine Fürsprecherin versuchte ihm zu helfen, aber Manny schüttelte ihre Hand ab und blieb schaudernd hocken. Reed schüttelte den Kopf. »Er war es nicht. Ansonsten hätten die Bilder ihn eher fasziniert.« Manny kroch zur Wand, lehnte sich an, zog die Knie an den Körper und schlang die Arme darum. Seine Augen waren geschlossen, seine Lippen bewegten sich. »Aber davon kann wohl keine Rede sein.«

»Nein«, murmelte Mia. »Er hat Angst. Hört mal.« Sie drehte die Lautstärke auf.

»Nichts sagen«, murmelte der Junge wieder und wieder. »Nur nichts sagen.«

Alle wandten sich zu Patrick um. »Und?«, fragte Spinnelli. »Können wir ihn festhalten?«

Patrick schnaufte frustriert. »Was haben Sie genau gegen ihn in der Hand?«

»Fehlende Plastikeier und einen Haufen Fingerabdrücke«,

sagte Mia. »Jack hat mehr als zwanzig verschiedene im Kunst- und Chemieraum gefunden. Er vergleicht sie gerade mit denen der Lehrer und der Insassen.« Sie tat erschrocken. »Ich meine, der Kinder.«

Patrick sah nicht glücklich aus. »Und das ist alles?«

Mia lächelte Reed an. »Du hast es gefunden«, sagte sie. »Dann darfst du's auch sagen.«

Er bekam die Rosinen. »Wir haben Reste von Chemikalien gefunden, die in den Zündvorrichtungen gewesen sind.«

Nun war Patricks Interesse geweckt. »Erklären Sie das genauer.«

Dass Mia ihn so bewundernd und respektvoll ansah, hätte ihm nicht so guttun dürfen. Aber es tat gut. »Wir haben das Chemielabor untersucht. Hinter dem Gasabzug haben wir Reste von Kohlenwasserstoffdämpfen gefunden, auf der Oberfläche der Arbeitsfläche Schießpulver und Zucker.«

»Wozu braucht man das?«, fragte Spinnelli.

»Was ist ein Gasabzug?«, wollte Patrick gleichzeitig wissen.

»Ein Gasabzug ist ein abgeschlossener Bereich mit einer Absaugevorrichtung. Ich wette, die Proben, die Jack dort genommen hat, enthalten auch Kerosin – die Analyse des Beschleunigers hat ergeben, dass unser Täter es mit dem Ammoniumnitrat gemischt hat. Mit flüssigem Brennstoff vermengt, wird Düngemittel explosiv.«

Patrick wirkte beeindruckt. »Und Schießpulver und Zucker?«

»Hausgemachte Lunten. Ganz normale Schuhbänder zum Beispiel können damit zu Zündschnüren werden.« Reed zuckte die Achseln. »Erschreckend leicht zu machen. Auf einem der Zettel, die Manny bei sich versteckt hat, befand sich eine Anleitung. Aus dem Internet ausgedruckt.«

Spinnelli nickte bedächtig. »Aber Sie glauben dennoch nicht, dass er es getan hat.«
»Nicht allein jedenfalls«, sagte Mia. »Hören Sie ihn sich doch nur an. Falls er nicht ein extrem guter Schauspieler ist …«
Hinter der Scheibe wiegte Manny sich immer noch vor und zurück.
»Reicht das, um ihn festzuhalten, Patrick?«, fragte Spinnelli.
»O ja. Ich werde eine Verhandlung vor dem Familiengericht beantragen. Dadurch gewinnen Sie ein paar Tage Zeit, um herauszufinden, was er wirklich weiß.«
»Ich glaube, eine Nacht hier drin genügt«, sagte Mia.
»Nun, wir werden ja sehen«, sagte Westphalen ruhig. »Ich hoffe, Sie haben recht.«
»Und was jetzt?«, fragte Spinnelli.
»Jack hat Latent gebeten, die Abdrücke zu vergleichen, das Labor analysiert das Pulver aus der Schule. Und wir kehren zurück zu den Akten, um nachzusehen, ob es eine Verbindung zwischen Roger Burnette, Penny und irgendjemandem aus dieser behämmerten Schule gibt.« Mia deutete auf Patrick. »Wenn wir hier durch sind, sollte sich Ihre Abteilung diesen Laden einmal genau ansehen. Die sind einfach total bescheuert da drin.«
»Ich schreibe es auf meine To-do-Liste«, erwiderte Hurst trocken. »Halten Sie mich auf dem Laufenden.«
»Ich kann mir morgen ein wenig Zeit freischaufeln, um Manny offiziell zu untersuchen«, erbot sich Westphalen.
Spinnelli folgte den beiden Männern. »Dafür wären wir Ihnen dankbar, Miles.«
Ein Officer brachte Manny hinaus, und seine Verteidigerin warf ihnen durch die Einwegscheibe einen bösen Blick zu,

bevor sie ebenfalls durch die Tür verschwand. Mia und Reed waren allein.

Mia seufzte. »Los geht's, Akten entstauben.«

»Ich muss mir zuerst andere Schuhe anziehen.«

Ihre Lippen zuckten. »Es tut mir wirklich leid.«

Reed lachte leise. »Nein, tut es nicht.«

Sie grinste. »Stimmt.«

Er begegnete ihrem Blick in der Absicht, noch eins draufzusetzen, verharrte aber plötzlich. Ihr Lächeln schwand, ihr Blick wurde unsicher, und plötzlich mischte sich in die Unsicherheit ein Glühen, das ihm die Kehle zuschnürte. Genau wie in der vergangenen Nacht in seiner Küche waren sie wieder auf diesem ganz anderen Niveau miteinander verbunden. Sanft nahm er ihr Kinn und drehte es behutsam ins Licht. Die Prellung auf dem Wangenknochen hatte eine gelbliche Färbung angenommen, und die Schramme verheilte.

Sie war keine klassische Schönheit, aber etwas in ihrem Gesicht zog ihn an. Er wusste, dass es unklug war, und er hatte sich selbst befohlen, es sein zu lassen, aber er wollte einfach nicht. Etwas Derartiges war ihm schon lange nicht mehr passiert. Sein Daumen strich sanft über ihre Wange, und ihre Augen wurden dunkler.

»Du hättest zum Arzt gehen sollen. Vielleicht bleibt eine Narbe zurück.«

»Ich neige nicht zur Narbenbildung«, murmelte sie, so leise, dass er es fast nicht verstanden hätte. Abrupt machte sie sich los. »Ich muss mich jetzt um diese blöden Akten kümmern.« Sie war fort, noch bevor er ihr die Tür öffnen konnte.

Mittwoch, 29. November, 17.00 Uhr

Brooke hielt zitternd vor Bixbys Bürotür inne. Man hatte sie herzitiert. Das klang nicht gut. Zögernd hob sie die Hand und klopfte.

»Herein.« Dr. Bixby schaute auf. Sein Blick war eisig. »Setzen Sie sich.«

Sie gehorchte so schnell es ihre bebenden Knie erlaubten. Als sie den Mund öffnete, schnitt ihr Bixby mit einer Geste das Wort ab. »Kommen wir direkt zur Sache, Miss Adler. Sie haben eine große Dummheit begangen. Jetzt schnüffelt die Polizei in meiner Schule herum, und das macht sich vor dem Beratungsausschuss gar nicht gut. Sie haben meine Arbeit gefährdet, und ich sollte Sie jetzt und hier vor die Tür setzen.«

Brooke konnte ihn nur anstarren. Bixby grinste höhnisch.

»Aber ich tu's nicht«, fuhr er fort. »Weil meine Anwälte sich dagegen ausgesprochen haben. Ihr Detective Mitchell hat anscheinend mit dem Staatsanwalt gesprochen, als sie heute Nachmittag das Gelände durchsuchten. Und ihm gesagt, Sie hätten Angst vor einer Kündigung. Und würde sich das nicht ausgesprochen schlecht machen, wenn es tatsächlich zu einer Anklage gegen uns käme?« Er sah sie mit verengten Augen an. »Wollen Sie mich verklagen, Miss Adler?«

Brooke wunderte sich, dass sie ihre Stimme fand. »Nein, Sir. Ich hatte keine Ahnung, dass Detective Mitchell mit irgendjemandem über mich gesprochen hat.«

»Wir stellen eine Akte über Sie zusammen, Miss Adler. Wir werden sehr bald in der Lage sein, Ihnen mit gutem Grund fristlos zu kündigen. Es wäre für alle Beteiligten weit gesünder, wenn Sie von sich aus kündigten. Und zwar sofort.«

Brooke musste eine Welle der Übelkeit zurückdrängen. Gedanken an Rechnungen, Miete und Darlehensrückzahlungen rasten durch ihren Kopf. »Ich … ich kann nicht, Sir. Ich habe Verpflichtungen.«

»Daran hätten Sie besser gedacht, bevor Sie Ihre unerlaubte Spritztour gemacht haben. Ich gebe Ihnen zwei Wochen Zeit. Danach habe ich genug in Ihrer Akte, um Sie vor die Tür zu setzen.«

Er lehnte sich so selbstzufrieden in seinem Stuhl zurück, dass etwas in Brooke zerriss.

Sie sprang auf die Füße, während das Blut ihr in den Kopf stieg. »Ich habe nichts Böses getan, und alles, was Sie gegen mich vorbringen könnten, sind reine Lügen.« Sie öffnete die Tür, umklammerte den Griff und wandte sich halb zu ihm um. »Wenn Sie versuchen, mich zu feuern, bin ich so schnell bei der Zeitung, dass Ihnen der Kopf schwimmt.«

Seine Lippen pressten sich zu einem Strich zusammen. »Schwirrt«, sagte er höhnisch. »Mir *schwirrt* der Kopf.«

Sie hätte fast einen Rückzieher gemacht, doch dann sah sie die Knöchel seiner Finger, die den Stift umklammerten, weiß hervortreten. »Wie auch immer. Versuchen Sie es gar nicht erst, Dr. Bixby, oder Sie sind es, dem es nachher leidtut.«

Dann warf sie die Tür zu und marschierte mit hoch erhobenem Kopf zu Devin White, der im Flur auf sie wartete.

Seine Lippen zuckten. »Ihm *schwimmt* der Kopf?«

Nun, da es vorbei war, brannten Tränen in ihren Augen. »Er wird mich rausschmeißen, Devin.«

Sein Grinsen verschwand. »Mit welchem Grund?«

»Er wird sich einen ausdenken.« Ein Schluchzen stieg in ihrer Kehle auf.

Devin drückte ihr die Schulter. »Ach, der wirft nur mit

Drohungen um sich, Brooke. Ich kenne einen guten Anwalt. Komm, trinken wir ein Bier, und Sie beruhigen sich, dann sehen wir weiter.«

Mittwoch, 29. November, 18.05 Uhr

Reed fand eine halbe Stunde ausreichend. In der Zeit konnte Mia ihre Fassung wiedererlangen, er seine Schuhe wechseln und ihnen beiden Kaffee besorgen. Er hätte eigentlich nach Hause fahren sollen, denn es war schon nach sechs und er musste mit Beth einiges klären. Er dachte daran, wie er am Vorabend mit Beth umgegangen war und wie er sich vor einer halben Stunde Mia Mitchell gegenüber verhalten hatte. Seufzend fragte er sich, ob Frauen jemals ein Alter erreichten, in dem die Männer tatsächlich das Richtige sagen oder tun konnten?

Aber Mia gegenüber verhielt er sich genau richtig. Es klang selbstgerecht, aber es hatte sich zu richtig angefühlt, um falsch gewesen zu sein. Natürlich war sie wachsam und unsicher gewesen. Aber dass die Chemie zwischen ihnen stimmte, war Tatsache. Nun, eine Beziehung mit einem Cop war natürlich schwierig. Es gab Prioritäten, die nicht immer mit dem Privatleben vereinbar waren. Aber je länger er darüber nachdachte, desto sicherer war er, dass Mia eine Frau war, die von ihm nicht mehr erwartete, als er zu geben bereit war. Keine Verpflichtungen.

Aber wenn doch? Die Frage tauchte ungefragt in seinem Kopf auf und verstörte ihn. Was, wenn unter Mias rauher, sarkastischer Schale ein Kern steckte, der sich doch ein Heim, einen Ehemann und Kinder wünschte? Dann würde er sich mit Bedauern, aber Bestimmtheit verabschieden. Keine Erwartungen, keine Enttäuschungen.

Reed durchquerte das Großraumbüro und verlangsamte sein Tempo, als er sich ihrem Tisch näherte. Ihrem leeren Tisch. Die Akten, die sie gelesen hatte, waren fort. Und Mia auch.

»Sie ist nach Hause gegangen«, sagte ein Cop in einem zerknitterten Anzug, dem etwas Schmales, Orangefarbenes zwischen den Lippen steckte. Eine Möhre, dachte Reed. Ein anderer Mann saß ihm gegenüber und tippte rasch auf seiner Tastatur, eine Geschenkschachtel und ein Dutzend roter Rosen neben sich. »Sie müssen Solliday sein. Ich bin Murphy«, sagte der Zerknitterte entspannt, obwohl seine Augen wachsam blickten. »Und das ist Aidan Reagan.«

Reed erkannte den jüngeren Mann. »Wir sind uns schon begegnet.«

Murphy sah überrascht auf. »Aha? Wann?«

Reagan warf seinem Partner einen Blick zu. »Im Leichenschauhaus am Montag. Ich hab's dir doch gesagt.« Dann widmete er sich wieder seiner Tastatur, und Murphys Lippen zuckten.

»Machen Sie sich nichts aus den schlechten Manieren meines Partners. Er ist frisch verheiratet und hat heute Einmonatiges.«

Aidan sah auf und kniff die Augen zusammen. »Das war eigentlich gestern, aber ich hatte zu viel zu tun und hab's vergessen. Falls ich es heute wieder vergesse ...« Er schüttelte energisch den Kopf. »Nein, heute vergesse ich es nicht.«

Murphys Grinsen war nur einen Hauch boshaft. »Bloß nicht. Ich möchte mir nicht einmal vorstellen, in was für einer Laune du morgen ins Büro kommst, wenn Tess nicht heute Nacht anprobiert, was sich da in der Schachtel befindet.«

Reagan machte sich nicht die Mühe, aufzublicken. »Du

versuchst, meine Konzentration zu stören, aber es wird dir nicht gelingen.« Er hämmerte noch einen Moment lang auf die Tastatur ein und drückte dann triumphierend die Maustaste. »So. Der Bericht ist fertig und abgeschickt. Und ich bin jetzt weg. Das Essen mit meiner Frau wartet.«

»Und die Nachspeise«, sagte Murphy.

Reagan verdrehte die Augen zur Zimmerdecke, als er seinen Mantel überzog. »Ja, doch, auch das. Mach nicht mehr so lange, Murphy. Hat mich gefreut, Solliday.« Und schon stob er mit Geschenk und Rosen unter dem Arm davon.

Murphy seufzte. »Ich war dabei, als er das Ding in der Schachtel gekauft hat. Hat in mir fast den Wunsch geweckt, mal wieder zu heiraten.« Er warf Reed einen Blick zu. »Sind Sie verheiratet, Solliday?«

»Nein.« Aber leider lief seine Phantasie bereits auf Hochtouren und malte sich aus, was sich in der Schachtel befinden mochte. Und wie es wohl an einer kleinen Blonden aussehen mochte. »Sie auch nicht, wie ich aus der Bemerkung schließe.«

»Nö.« Murphy nagte abwesend an seinem Karottenschnitz, aber sein Blick war plötzlich scharf, und Reed hatte den vagen Eindruck, dass dieser Mann mit einem Mal von ihm genervt war.

»Wie ist Mia nach Hause gekommen?«

»Spinnelli hat ihr einen Wagen geben lassen.«

»Oh. Und … war alles in Ordnung mit ihr, als sie ging?«

»Sicher. Sie hat die Akten eingepackt und gesagt, sie wolle sie zu Hause durchsehen. Sie hat mir aufgetragen, Ihnen mitzuteilen, dass Sie sich morgen früh um acht mit ihr in Spinnellis Büro treffen. Oh, und sie hat eine Nachricht für Sie angenommen.« Murphy schob ihm einen Zettel bis zum Rand des Tischs entgegen und wartete ab.

Reed seufzte, als er den Text las.

Holly Wheaton hat angerufen. Sie wartet heute um sieben bei Leonardo's zum Essen auf dich. Du sollst dir eine Krawatte umbinden. Sie meint, die Pasta sei göttlich und geht auf ihre Rechnung.

»Verdammt. Sie hat meine Handynummer. Warum hat sie Mia angerufen?«
»Wahrscheinlich, um es Mia unter die Nase zu reiben. Und sie dann wie Ihre Sekretärin zu behandeln, um noch eins draufzusetzen. Haben Sie mit Wheaton irgendwas laufen?«
Reed zog den Kopf ein. »Himmel, nein. Die Frau ist eine Viper. Ich habe mit ihr einen Deal ausgehandelt, damit sie uns die Aufnahmen von einem Brandschauplatz überlässt. Das habe ich schon einmal gemacht – Informationen gegen ein Interview getauscht. Ich hätte nie gedacht, dass Mia deswegen so wütend wird.«
»Meistens ist Mia wie eine von den Jungs – ziemlich vorhersehbar. Aber wenn ihr Wheaton über den Weg läuft ... dann fährt sie die Krallen aus.«
Davon hatte er am vergangenen Abend ein wenig gesehen.
»Warum?«
»Das müssen Sie sie selbst fragen. Eine persönliche Sache. War der Kaffee für sie?«
»Ja.« Reed reichte Murphy einen der Becher. »Kennen Sie sie schon lange?«
»Seit zehn Jahren. Noch aus der Zeit, als Ray Templeton ihr Partner war.«
»Und was ist mit ihm passiert?«
»Er ist tot.« Murphy sah zur Seite. »Im Dienst getötet. Mia hat den Typ, der das getan hat, erledigt. Und sich dabei

selbst eine Kugel eingefangen.« Er richtete seinen Blick wieder auf Reed. »Damals hätten wir sie fast verloren.«
Reed hockte sich auf die Tischkante. »Mein Gott. Und dann wiederholt sich das Ganze beinahe mit ihrem nächsten Partner. Kein Wunder, dass sie …«
»Im Augenblick ziemlich verletzlich ist.«
Es war eine Warnung, und Reed besaß genug Verstand, sie ernst zu nehmen. »Es war ein Schock für sie, heute Morgen diese Frau in der Menge zu sehen. Aber ich denke, die Sache der versammelten Mannschaft zu unterbreiten, war wahrscheinlich noch schlimmer.«
Murphy nickte. Langsam. »Sie ist ein starkes Mädchen – meistens jedenfalls. Aber ihr gutes Herz verschafft ihr manchmal Probleme. Bereiten Sie ihr keine Probleme, Solliday.«
»Keine Sorge.«
»Gut. Und jetzt werfen Sie mir die Schachtel Pop-Tarts aus ihrer Schublade rüber. Diese Möhren gehen mir auf die Nerven. Eine Sucht loszuwerden macht keinen Spaß.«
Reed warf ihm die Packung zu. »Das wird ihr nicht gefallen.«
Murphy zuckte die Achseln. »Ich schieb's Ihnen in die Schuhe.«

Mittwoch, 29. November, 19.15 Uhr

»Das war köstlich«, sagte Reed. »Kannst du das bitte noch mal kochen?«
Beth strahlte. »Das haben wir in Konsumtechnologie gemacht.«
»Hauswirtschaft«, erklärte Lauren. »Aber er hat recht, Beth. Das schmeckt einfach großartig.« Sie zog eine Braue

hoch. »Bald werde ich hier als Köchin sang- und klanglos ersetzt.«
Beth lachte. »Das kann ich mir nicht vorstellen. Außerdem war das eine Hausaufgabe. Ich kriege Punkte, wenn ihr den Fragebogen ausfüllt.«
Sie holte zwei Stifte hervor. »Wenn ihr zu sehr schwärmt, dann glaubt Mrs. Bennett, ihr würdet zu meinen Gunsten lügen. Also seid nett genug, damit ich ein A kriege. Neunen sind hervorragend, aber bitte eine Zehn für Reinlichkeit. Die Bennett ist ein Putzteufel.«
»Und ich habe gedacht, du wolltest mich mit dem Essen bestechen, um mir irgendetwas aus dem Kreuz zu leiern«, murmelte Reed, der sich den Fragebogen ansah. »Oder um dich zu entschuldigen.«
Beth zog die glatte Stirn in Falten. »Da-ad.«
Er hatte die schlimmste Strafe verhängt, die ihm eingefallen war. Keine Party am Wochenende. »Was?«
»Ich dachte, du würdest mir vielleicht doch erlauben, am Wochenende wenigstens zu Jenny Q zu gehen.«
Reed streckte den Arm aus und tippte ihr auf die Nase. »Du musst mich nicht bestechen, Bethie. Sag's einfach. Es … tut … mir … leid.«
Beth verdrehte die Augen. »Okay, tut mir leid«, schnappte sie, weit weniger aufrichtig, als er es sich gewünscht hätte.
»Was tut dir leid?«
»Dad!« In ihrem aufgebrachten Zustand sah sie ihrer Mutter so ähnlich, dass es ihm wehtat. Nun seufzte sie übertrieben. »Es tut mir leid, dass ich gestern Abend ein bisschen schwierig war.«
»Du warst nicht schwierig, Beth, du hast dich vor einem Gast wie eine kleine, ungezogene Göre benommen.«
Ihr Blick wurde verschlagen. »Ein neuer Partner. Eine neue

Partner*in*. Heißt das, Foster darf jetzt nicht mehr zum Essen kommen? Das wäre nämlich schade.«
»O doch, er kommt noch. Und Detective Mitchell ist nur vorübergehend meine Partnerin. Was hast du mit Foster?«
»Na ja, ich weiß nicht. Er ist irgendwie ziemlich scharf. So auf künstlerischer Ebene. Kameras, Filme ... vielleicht kann er ja mal Aufnahmen von mir machen. Für meine Modelkarriere.« Als sein Unterkiefer herabfiel, lachte sie. »War nur 'n Scherz.« Sie stützte das Kinn auf die Faust. »Erzähl doch mal von deiner Lady.«
Lauren lachte herzlich. »Genau, Reed, erzähl doch mal.«
Reed holte tief Luft, noch immer grantig wegen der Bemerkung über den »scharfen Foster«. »Nur, damit ich das richtig verstehe – was war ein Scherz? Das mit deiner Modelkarriere oder das mit Foster, dem Scharfen?«
Sie spähte auf seinen Zettel. »Neun für Geschmack und zehn für Sauberkeit?«
Seine Augen verengten sich. Frauen und Verhandlungstaktik. Der Gedanke daran, jetzt Holly Wheaton gegenüberzusitzen, ließ ihn beinahe genauso kalt wie die Vorstellung, mit Foster zu essen. Obwohl er dessen Gesellschaft immer vorgezogen hätte. »Okay.«
Beth lächelte. »Beides.« Sie blickte auf ihren Teller, dann wieder zu ihm auf. »Entschuldige, Dad. Ich habe mich wirklich unhöflich benommen. Ich war bloß so sauer, dass ich nicht bei Jenny übernachten durfte und ...« Sie ließ den Satz offen. »Also, tut mir leid. Wirklich.«
»Akzeptiert.« Er füllte den Fragebogen aus und gab ihn ihr. »Und fertig.«
Sie lächelte. »Also darf ich am Wochenende zu Jenny?«
Lauren stellte ihm eine Tasse Kaffee neben den Teller, und ihre Miene besagte, dass sie bei dem, was nun kommen

würde, hinter ihm stand. »Nein«, sagte er. »Deine Entschuldigung ändert nichts daran.«
Beth blieb der Mund offen stehen. »Dad!« Sie sprang auf die Füße. »Das glaube ich einfach nicht.«
»Setz dich«, sagte er und staunte, als sie gehorchte. »Du hast dich unmöglich benommen. Du hast mich vor einem Besucher angebrüllt und oben die Tür so fest zugeworfen, dass ein Bild von der Wand gefallen ist. Normalerweise bin ich immer stolz auf dich. Gestern war es mir enorm peinlich.«
Sie senkte den Blick. »Ich verstehe.« Als sie ihn wieder ansah, wirkte sie ruhig. »Die Hausaufgabe für Physik, an der wir gearbeitet haben, muss morgen fertig sein. Kann ich wenigstens zu ihr fahren, um das noch fertig zu machen? Es ist ja nicht fair, wenn ihre Noten auch darunter leiden müssen.«
Reed warf Lauren einen Blick zu, die die Schultern zuckte. »Meinetwegen«, sagte er. »Dann hol deine Sachen. Ich muss mich noch mit jemandem treffen, also hole ich dich ab, wenn ich fertig bin.«
Mit zusammengepresstem Kiefer nickte Beth und ging.
Reed seufzte. »Ich bin ein Spießer, richtig?«
»Ja, aber du liebst sie. Sie hat es wirklich nicht schlecht, und manchmal wünschte ich, sie würde begreifen, dass einem das ›Nein‹ oft viel schwerer fällt. Meine biologische Mutter hat nicht genug Verantwortung aufgebracht, um mir Grenzen zu setzen.«
»Meine auch nicht.« Reed starrte finster in seinen Kaffee. »Dazu war sie nie nüchtern genug.«
Laurens Gesicht verzog sich. »Entschuldige. Ich wollte dich nicht auf trübe Gedanken bringen.«
»Schon gut.« Er sah auf. »Es ist nur so, dass Mia und ich heute in einer Jugendstrafanstalt waren.«

»Ah, jetzt ist es schon Mia. Und um Beth zu zitieren – erzähl doch mal.«
»Sie ist meine Partnerin, Lauren.«
Laurens Lippen verzogen sich. »Aber heute kommt schon kein ›Das ist alles‹ mehr hinterher.«
»Ich bin fertig«, rief Beth von der Tür.
Reed stand auf. »Na, dann mal los, Herzchen.«

Mittwoch, 29. November, 19.45 Uhr

Dana sah auf Mias leeren Teller, dann nickte sie. »Du bist fertig. Na, endlich.« Sie waren die Letzten am Tisch, Danas Pflegekinder waren schon längst aufgestanden.
Mia verdrehte die Augen. »Du schikanierst mich. Ich hasse Gemüse.«
»Du kommst her, weil du schikaniert werden willst.«
Viel von dem Zorn, den Holly Wheatons Anruf geweckt hatte, war bei dem guten Essen mit ihrer Freundin verschwunden. Wenn sie Zeit mit Dana und den Kindern verbrachte, fiel es ihr immer schwer, schlechte Laune zu haben. Trotzdem war sie noch immer gereizt genug, um zu sticheln. »Ha. Du wärst die perfekte Domina.«
»Dana, die Domina. Klingt ziemlich gut.«
»Finde ich auch.« Danas Mann, Ethan, betrat die Küche und küsste sie auf den Nacken. »Das bringt mich auf verschiedene Ideen.«
Dana schlug nach ihm. »Du brauchst keine neuen Ideen.« Sie zog seinen Kopf zu sich, um ihm einen richtigen Kuss zu geben, und wie immer empfand Mia einen Stich. Gewöhnlich rührte dieses Ziehen daher, dass sie sich für Dana freute und gleichzeitig Sehnsucht nach ebensolchem Glück verspürte.

Aber heute war es Neid und ... Abneigung. Von sich selbst angeekelt, räusperte sie sich. »He, Leute? Um Himmels willen, ihr habt Gäste!«
Ethan machte sich los und sah sie, verwirrt über ihren scharfen Tonfall, an. »Entschuldige, Mia. Liebes, ich kümmere mich um die Hausaufgabenaufsicht. Plaudert ihr weiter.« Zärtlich strich er Dana mit einem Finger über die Wange, dann ging er, und Mia konnte den Gedanken von Reeds Daumen auf *ihrer* Wange plötzlich nicht mehr verdrängen.
Heute Abend war sie weggelaufen. Sie hatte Angst bekommen und war wie ein kleines Kind weggerannt. Wheatons Anruf war nur eine Ausrede, auf ihn sauer zu sein. Das war leichter, als sich mit ihren eigenen Gefühlen auseinanderzusetzen.
»Ich bin bereit, wenn du es bist«, sagte Dana ruhig.
Mia schob ein Fünfcentstück über den Tisch, und Dana lächelte. »Es ist jetzt ein Vierteldollar. Inflation, tut mir leid. Aber, okay, du darfst anschreiben. Los. Rede mit mir.«
»Ich bin eine Vollidiotin.«
»Okay.«
Mia sah sie finster an. »So verdienst du dir den Vierteldollar aber nicht.«
Danas Lachen war tröstend. »Hilf mir auf die Sprünge, Mia. Ich bin keine Psychologin.« Sie wurde wieder ernst. »Aber ich will es dir leichter machen. Erstens ist da die Frau, die du für deine Halbschwester hältst. Zweitens bist du aufgewühlt, weil zwei Menschen tot sind und du sie nicht wieder zum Leben erwecken kannst, weil du zufällig nicht Gott bist. Drittens, du wärst gestern Nacht fast erschossen worden, was du übrigens bisher noch kein einziges Mal angesprochen hast, oder viertens, Reed Solliday.«

»Wie wär's mit fünftens? Alles zusammen?«
»Mia.«
Sie seufzte. »Fünftens, alles zusammen, aber im Augenblick hauptsächlich viertens.«
»Behandelt er dich nicht gut?«, fragte Dana, als spräche sie mit einer Fünfjährigen.
Sie öffnete den Mund zu einer höhnischen Erwiderung, aber irgendwie schien ihr Reservoir an schlagfertigen Antworten plötzlich erschöpft zu sein. »Gar nicht. Er ist der perfekte Gentleman. Er hält mir Türen auf, zieht mir Stühle unterm Tisch hervor und hält mir Regenschirme über den Kopf.«
»Was für ein Schwein«, sagte Dana trocken.
»Ich meine es ernst, Dana.«
»Das weiß ich, Schätzchen. Also mal abgesehen davon, dass er dich mit dem Respekt behandelt, den du verdienst – was tut er sonst noch?«
»Du bist fies.«
»Ich weiß, mein Herz. Lenk nicht ab.«
»Gestern Abend ist er mir bis zum Gefängnis hinterhergefahren. Ich wollte Kelsey von Liam und ihr erzählen.«
»Interessant. Und wie geht's Kelsey?«
»Stur wie immer, was die Bewährung betrifft. Und sie wusste bereits von Liam und seiner Mutter, von der Frau allerdings nicht. Oh, und sie sagt, du sollst deine Krebse behalten.«
Dana grinste. »Komisch, das habe ich mir beinahe gedacht. Okay, die Verschnaufpause ist vorüber. Er ist attraktiv, freundlich und will was von dir, und du hast eine Heidenangst.«
Die vielen Jahre als Sozialarbeiterin hatten Danas Beobachtungsgabe geschärft. All die Jahre als Mias Freundin hatte

ihr einen entsetzlich lästigen Durchblick verschafft. »Das fasst es im Grunde ganz gut zusammen.«
Dana beugte sich verschwörerisch vor. »Und? Habt ihr euch schon geküsst?«
Ein Lachen stieg in ihr hoch. »Nein.« Sie seufzte. »Aber es hat sich in diese Richtung bewegt.«
»Und?«
»Und ... ich bin nicht auf der Suche nach einer Beziehung.«
»War ich auch nicht.«
»Das ist etwas anderes.«
Dana zog eine Braue hoch. »Aha?«
»Du liebst Ethan. Du hast ihn geheiratet.« Und für Dana war das ein großer Schritt gewesen.
»Aber anfangs wollte ich bloß mit ihm ins Bett gehen und mich davonmachen, wenn ich genug hatte.«
Mia blinzelte. Das hatte sie nicht gewusst. »Oh.«
»Ja, oh. Aber ich hatte nicht genug. Ich habe immer noch nicht genug. Und ich glaube auch nicht, dass ich jemals genug haben werde. Er ist einfach zu gut im Bett. Hmm, die Muskeln, diese Energie ...« Sie fächelte sich Luft zu.
Mia stellte fest, dass sie die Beine zusammenpresste, um das Pulsieren dazwischen zu unterdrücken. »Lass das. Weißt du, wie lange es her ist, dass ich Sex hatte?«
Dana lachte. »Entschuldige. Ich konnte nicht widerstehen. O Mia.« Ihr Lächeln wurde traurig. »Sieh dich doch nur an. Du bist vierunddreißig und tust nichts als arbeiten. Du kommst nach Hause in eine kalte, einsame Wohnung und legst dich in ein leeres Bett. Dein Leben zieht an dir vorbei, und du siehst in aller Seelenruhe zu.«
Mia schluckte, aber der Klumpen in der Kehle wollte nicht weggehen. »Das ist nicht fair.«

»Ich will auch nicht fair sein«, flüsterte Dana. »Ich will nicht mehr zusehen, wie du dein Leben wegwirfst, weil du meinst, dass du es nicht besser verdienst. Verdammt, dein Vater ist tot, Kelsey sitzt im Knast und deine Mutter … Gott weiß, was mit ihr ist. Aber dich, dich kenne ich. Und du bist mir wichtig. Es bricht mir das Herz, dich so zu sehen, Mia.« Danas Stimme brach. »Und *das* ist nicht fair.«
Mia senkte den Blick. »Entschuldige.«
Dana schlug mit der flachen Hand auf den Tisch. »Herrgott noch mal, Mia, nimm den Stock aus deinem Hintern und hör mir zu. Du hast es verdient, zu leben. Sag mir nicht, du wolltest es nicht.« Sie breitete die Arme aus. »Du wolltest das hier auch nicht haben. Sieh mir in die Augen und sag mir, dass dir das alles hier überhaupt nichts bedeutet.«
Mia sah sich in der Küche mit den fröhlichen Farben um, sah die Teller im Spülbecken, den Kühlschrank mit den Kunstwerken der Kinder. Und sie wollte genau das, sie wollte es so sehr, dass es ihr den Atem verschlug. »Doch«, flüsterte sie. »Es bedeutet mir viel.«
»Dann nimm es dir.« Dana beugte sich vor und sah sie eindringlich an. »Such dir den Richtigen und nimm es dir.«
»Ich kann nicht.«
»Du meinst, du willst nicht.«
»Gut, ich will nicht.«
Dana lehnte sich zurück. »Und warum nicht?«
»Weil ich alles kaputtmachen würde.« Sie wandte den Blick ab. »Und ich müsste verrückt sein, wenn ich riskierte, das Leben von Kindern so zu ruinieren, wie meins ruiniert worden ist.«
Sie schwiegen, dann hörte Mia das Geräusch der Münze, die über den Tisch zurückgeschoben wurde. »Dann kann ich dir nicht helfen, Mia«, flüsterte Dana. Wieder schwie-

gen sie eine lange Weile, dann seufzte Dana. »Darf ich dir einen kostenlosen Rat geben?«

»Kann ich dich davon abhalten?«

»Nein. Menschliche Nähe ist ein Grundbedürfnis – genau wie Nahrungsaufnahme. Wenn du nicht isst, stirbst du. Wenn du dir menschliche Nähe versagst, kann deine Seele absterben. Findest du Reed attraktiv?«

Mia holte tief Luft. »Ja.«

»Dann lauf nicht vor ihm weg. Lass es einfach auf dich zukommen. Du brauchst kein Haus und viele Kinder, um eine Beziehung zu führen. Und was auch immer auf Valentinskarten steht – nicht jede Beziehung ist für die Ewigkeit ausgelegt.«

»Würdest du etwas anderes akzeptieren?«

»Nein, weil ich das mit der Ewigkeit probiert habe und es mir jetzt nicht mehr anders vorstellen kann. Wenn du wild entschlossen bist, das Filet Mignon zurückzuweisen, dann greif wenigstens beim Hamburger zu. Wenn du mit dem Mann ehrlich umgehst, dann ist der Hamburger vielleicht ausreichend, um dir die nötigen Nährstoffe zu verpassen. Und wer weiß – vielleicht mag er auch nur Hamburger.«

»Und das ist genau der Punkt, bei dem du falsch liegst. Nur die Widerlinge wollen nur Hamburger.«

»Und Reed Solliday ist kein Widerling«, sagte Dana seufzend.

Nein, das war er nicht. »Dana, ich will niemandem mehr so wehtun wie Guy. Reed ist ein feiner Kerl. Also heißt es, Hände weg. Ich muss jetzt übrigens los. Danke für das Essen.«

Vom Küchenfenster aus beobachtete Dana, wie Mia davonfuhr. Ethan stellte sich hinter sie und schlang die Arme um ihre Taille. Sie lehnte sich an ihn.

»Hast du es ihr gesagt?«, murmelte er, und sie schüttelte den Kopf.
»Nein. Der Zeitpunkt war nicht der Richtige.«
Ethan legte ihr die Hand auf den Bauch und spreizte die Finger. »Du musst es ihr irgendwann sagen, Dana. Sie ist ein großes Mädchen, und sie liebt dich. Sie wird sich für uns freuen.«
Aber genau das war das Problem. »Ich weiß, dass sie sich für uns freuen *will*, Ethan. Aber ich denke, ich bin egoistisch genug, um lieber zu warten, bis sie es auch wirklich tun kann.«
»Na, hoffen wir, dass du nicht mehr lange warten musst. Ich will es allen Leuten sagen. Ich will Kinderbettchen und Spieluhren und Strampler in kitschigen Farben kaufen.« Er drehte sie zu sich um und küsste sie. »Aber zuerst können wir mal überlegen, was wir aus dieser Domina-Geschichte machen.«
Dana lachte, wie er es bezweckt hatte. »Ich denke, ich liebe dich.«
Er zog sie an sich und hielt sie fest. »Das denke ich auch.«

Mittwoch, 29. November, 19.55 Uhr

Holly Wheaton sah Reed entgegen wie eine wütende Katze einer aufsässigen Maus. Nur trug diese wütende Katze eine tief ausgeschnittene, durchsichtige Bluse, einen Wildlederminirock und Killerpumps.
Es war hinreichend deutlich, was sie beabsichtigt hatte. Reed war sowohl fasziniert als auch abgestoßen und ertappte sich dabei, dass er … verglich. Er wünschte sich, Mia wäre hier, um diese Frau in ihre Schranken zu weisen. Aber auch, um bei ihm zu sein. Mia hatte zwar nicht das schöne

Gesicht Holly Wheatons, für das zappende Männer schon mal die Fernbedienung ruhen ließen. Aber Mia hatte mehr Natürlichkeit, mehr Energie ... einfach mehr. Er ließ seinen Blick kurzfristig unterhalb von Wheatons Kinn gleiten. Da konnte sich Mia ebenfalls mit ihr messen. Hände weg. Oder Hände dran? *Konzentriere dich, Solliday. Der Hai zieht seine Kreise.* Er setzte sich der Frau gegenüber und schüttelte den Kopf, als der Kellner kam und sein Glas füllen wollte. »Nein, danke.« Er reichte dem Mann die Speisekarte. »Ich bleibe nicht.«

Wheatons Wangen wurden rot. »Ich kann mich an einen Deal erinnern. Und wo wir gerade dabei sind – Sie sind zu spät.«

»Ich hatte eine andere Verabredung.«

»Die hätten Sie absagen können.«

»Nein, hätte ich nicht. Ich habe nicht viel Zeit, Miss Wheaton. Ich habe Ihnen ein Interview versprochen. Dann beginnen Sie doch bitte.«

»Also gut.« Sie stellte das Aufnahmegerät auf den Tisch. »Erzählen Sie mir von den Ermittlungen.«

»Ich darf keinen Kommentar zu laufenden Ermittlungen abgeben.«

Ihre Augen verengten sich. »Sie halten Ihr Wort nicht?«

»Doch. Sie wollten ein Interview. Ich habe nicht versprochen, Ihre Fragen zu beantworten. Und ich kann das auch nur dann tun, wenn Sie Fragen stellen, die zu beantworten mir freistehen.«

Sie saß einen Moment lang einfach nur da, dann lächelte sie, und ihm stellten sich die Nackenhaare auf. »Wer war die Frau, die Detective Mitchell heute verfolgt hat?«

Reed tat verwirrt, aber innerlich kochte er vor Zorn. »Oh, Sie meinen auf der Pressekonferenz? Sie dachte, sie habe

jemanden gesehen, mit dem wir sprechen wollten, aber sie hat sich geirrt.« Er zuckte die Achseln. »Das ist kein Geheimnis.«
Wheaton lachte leise, bevor sie einen tragbaren DVD-Spieler aus der Tasche zu ihren Füßen holte. Sie reichte ihm das Gerät. »Drücken Sie einfach auf Play. Die Ähnlichkeit ist schon verblüffend.«
Er tat es, und der Zorn in ihm wuchs, als er zusah, wie die Kamera die Menge streifte und an einer Frau hängenblieb, die sehr wahrscheinlich Mias Halbschwester war. Das ging Wheaton nichts an. Es war allein Mias Sache, und er wollte verdammt sein, wenn er zuließ, dass Wheaton diese Information nutzte. Sie nahm ihm den DVD-Spieler aus der Hand. »Sagen Sie mir, was ich wissen will, oder ich gehe hiermit an die Öffentlichkeit.«
»Damit?«, fragte er sanft. »Das ist keine Person von öffentlichem Interesse. Nur ein Gesicht in der Menge.«
Sie hob die Schultern. »Na gut. Dann finde ich es selbst heraus.«
»Tun Sie das. Und wenn Sie es herausgefunden haben, dann lassen Sie es mich wissen. Vielleicht gehe ich mal mit *ihr* essen.«

Mittwoch, 29. November, 20.00 Uhr

Er saß an seinem Tisch und verfluchte Atticus Lucas, obwohl er eigentlich ein letztes Mal die Planung des Abends durchgehen sollte. Ein einzelnes Ei irgendwo in einer Vitrine, und nun schnüffelten die Cops überall in der Schule herum. Was musste ein erwachsener Mann auch mit Perlen und hübschen Steinchen spielen?
Er war in diesem Kunstraum gewesen. Die Cops würden

seine Fingerabdrücke über kurz oder lang finden. Und wenn sie nicht ganz hohl waren, mussten sie ebenfalls über kurz oder lang erkennen, dass hier etwas nicht stimmte. Aber um zu dieser Erkenntnis zu gelangen, würden sie mindestens … oh, Tage brauchen.

Ärgerlich war, dass sie auch Beweise seiner Arbeit im Labor gefunden hatten. Das begriff er nicht. Er hatte so gründlich saubergemacht und den Ventilator die ganze Zeit, die er im Gasabzug gearbeitet hatte, laufen lassen. Nun – jedenfalls hatten sie etwas gefunden. Er würde natürlich nicht in Panik geraten. Er brauchte Zeit, um seine Sache zu beenden. Sie richtig zu machen. Aber dank Adler und ihrer schwachsinnigen Bedenken musste er sich nun beeilen.

Gut, es half ja nichts. Das alles lenkte ihn ab, aber er hatte zu arbeiten. Bald musste er seinen nächsten Schachzug ausführen, und der Gedanke daran erfrischte ihn. Diesmal würde es etwas Neues geben. Er hatte Einfamilienhäuser ohnehin langsam satt.

Er hatte gut und gründlich geplant, aber er würde schnell sein müssen. Sowohl die Sprinkleranlage als auch die Rauchdetektoren würden das Motelpersonal alarmieren, obwohl das zu dem gegebenen Zeitpunkt nur aus einer einsamen Person an der Rezeption bestehen würde, die sich verzweifelt mit Kaffee wach zu halten versuchte.

Mr. Dougherty würde nicht leiden. Es war nicht sein Fehler, dass er mit einer Schlampe verheiratet war. Mrs. Dougherty dagegen hatte eine Menge, für das sie sich rechtfertigen musste. Und bald würde sie damit anfangen.

Das Klingeln des Telefons riss ihn in die Realität zurück. Seine erste Reaktion war Angst, aber sofort danach kam die Wut. Wut auf Adler, dass sie ihm die Polizei auf den Hals gehetzt hatte. *Dass sie mir die Angst auf den Hals gehetzt hat.* War das die Polizei? Was wussten sie? Beim vierten Klingeln nahm er endlich ab. »Ja?«

»Wir müssen reden.«

Er blinzelte, eher über den strengen Tonfall. »Okay. Warum?«

»Ich habe mit Manny gesprochen. Er hat mir alles erzählt.«

Seine Faust umklammerte den Hörer, dann zwang er sich, sich zu entspannen. Er verlieh seiner Stimme einen Hauch Belustigung. »Und Sie glauben ihm? Kommen Sie schon.«

»Ich weiß nicht. Wir müssen reden.«

»Okay. Wo sollen wir uns treffen?«

Eine lange Pause entstand. »Flannagan's Bar in einer halben Stunde.«

Er sah auf seine Liste. Er hatte das meiste erledigt, aber es gab noch ein paar Kleinigkeiten zu tun, bevor er die Doughertys besuchte. »Sagen wir in einer Dreiviertelstunde.«

Er stand auf und legte die Eier behutsam in den Rucksack. Dann zog er das Messer aus der Scheide und bewegte es, damit sich das Licht darin fing. Er hatte es nach Penny Hill geschärft. Ein verantwortlicher Waffenbesitzer hielt sein Werkzeug in Schuss.

Der Junge sah zu, und ihm war schlecht vor Angst. Er wusste genau und aus Erfahrung, was diese Klinge anrichten konnte. Er wusste ebenfalls, was diese Klinge anrichten würde, wenn er ihn je entdeckte. Also rollte er sich zusammen, machte sich ganz klein und versteckte sich vor dem Monster, das seine Träume heimsuchte.

13. Kapitel

Mittwoch, 29. November, 20.40 Uhr

Reed sah sie in seinem Rückspiegel kommen. Er sollte nicht hier sein. Er hätte einfach bis zum Morgen warten sollen, um es ihr zu sagen. Es gab ohnehin nichts, was sie heute noch tun konnte. Aber er wusste, dass sie es wissen wollte. Sie war nicht der Typ, der – wie würde sie es ausdrücken? Der sich wie ein kleines Kind unter der Decke versteckte.

Sie drosselte das Tempo des Leihwagens aus dem Polizeifuhrpark und kam neben dem SUV zum Halten. Einen Moment lang sah sie ihn an, dann parkte sie am Straßenrand. Er stieg aus und ging zu ihr, die Hände in den Hosentaschen vergraben.

Sie öffnete den Kofferraum und sah ihn aus dem Augenwinkel an. »Irgendeine Neuigkeit in Bezug auf den Fall?«, fragte sie. Im Kofferraum befanden sich ein halbes Dutzend Einkaufstüten.

Er schüttelte den Kopf. »Nein.«

»Brauchst du jemanden, der dir die Schuhe zubindet oder die Senfpäckchen aufreißt?«

»Nein.« Er drängte sie sanft zur Seite und griff mit beiden Händen nach den Tüten. »Ist das alles?«

Sie warf den Kofferraumdeckel zu. »Ich brauche nicht viel.«

Ohne ein weiteres Wort ging sie voran, drei Etagen hinauf und schloss die Tür ihrer Wohnung auf. Sie war spärlich möbliert, wie er es erwartet hatte. Keine Bilder an den Wänden, ein winziger Fernseher auf einer Styroporkiste. Das war kein Zuhause. Das war ein Dach über dem Kopf, unter dem man schlafen konnte, wenn man gerade nicht arbeiten musste.

Sein Blick blieb an einer kleinen Holzkiste auf dem Tisch in ihrer Essecke hängen, doch bevor er noch genau hinsehen konnte, nahm sie sie mitsamt einer dreimal gefalteten Flagge und legte sie in ihren Garderobenschrank, in dem eine ebensolche Kargheit herrschte wie in ihrer restlichen Wohnung.

Dass die Flagge mit ihrem Vater zu tun hatte, war ziemlich sicher. Er war ein Cop gewesen. Und als Cop begraben worden. Auch die Kiste musste mit ihm zu tun haben. Es war vielsagend, dass die Tochter und nicht die Witwe die Flagge besaß. Aber nach dem, was sie heute Morgen erzählt hatte, auch vollkommen verständlich. Wie hart musste es gewesen sein, am Grab des Vaters von seiner Untreue zu erfahren. Und wie viel härter noch für die Witwe. Er überlegte, wie er sich gefühlt hätte, wenn er erfahren hätte, dass er von Christine betrogen worden wäre. Aber der Gedanke erschien ihm zu abwegig.

Dass Mia Mitchell sich überhaupt noch auf die Arbeit konzentrieren konnte, zeigte, was für eine Polizistin sie war.

»Du kannst den Einkauf auf den Tisch stellen«, sagte sie, und er gehorchte.

Einen Moment später packte er einen Stapel Tiefkühlkost aus. »Ich komme gerade von einem Treffen mit Holly.«

Ihre Augen blitzten. »Und bestimmt ist sie nun glücklich und zufrieden.«

Nun brauste er doch auf. »Ich mag sie auch nicht, Mia. Also spar dir deine Andeutung.«
Sie zuckte die Achseln. »Du hast recht – entschuldige«, murmelte sie. »Ist ohnehin egal.« Sie griff nach den Tiefkühlpackungen, aber er hielt sie am Arm fest.
»Verdammt, Mia, was ist denn los mit dir?«
Einen Sekundenbruchteil sah er statt Zorn Angst in ihren Augen, doch genauso schnell war diese Regung wieder fort. Sie riss sich los. »Hau ab, Reed. Ich bin heute Abend nicht in Stimmung für Gesellschaft.«
Sie nahm die Kartons und verschwand in der Küche. Er hörte, wie die Kühlschranktür erst aufgerissen, dann zugeknallt wurde. Dann tauchte sie wieder auf. »Du bist ja immer noch da.«
»Sieht so aus.« Wie sie dort stand, in ihren Khakihosen und den abgewetzten Stiefeln, die Hände in die Hüften gestemmt und ihn finster anfunkelte, wirkte sie auf ihn weit attraktiver als Wheaton mit ihrem Minirock und den Stilettos. Und er wollte sie mit Haut und Haar und finsterem Blick.
»Hör zu. Du scheinst ein netter Kerl zu sein. Und du hast es sicher nicht verdient, dass ich dich so anschnauze. Ich bin nicht herzlich und verspielt, aber eigentlich auch nicht so unhöflich.« Das Lächeln auf ihren Lippen war eindeutig gezwungen. »Ich gebe mir in Zukunft mehr Mühe. Lösen wir diesen Fall, und dann kannst du wieder gehen und dich um andere wichtige Dinge kümmern.« Sie bewegte sich auf die Eingangstür zu, um ihn höflich hinauszukomplementieren.
Noch nicht. »Mia, ich muss mit dir über Holly Wheaton reden. Es ist wichtig.«
Sie blieb mit dem Rücken zu ihm stehen. »Es kümmert mich wirklich nicht.«

Er seufzte. »Das schon.«
Sie wandte sich zu ihm um, der Blick misstrauisch. »Wieso? Was hat sie gesagt?«
»Dein Abgang von der Pressekonferenz heute Morgen ist nicht unbemerkt geblieben.«
Sie schloss die Augen. »Oh, verdammter Mist.«
»Sie weiß von der Frau, der du gefolgt bist, und sie weiß, dass sie dir etwas bedeutet. Sie hat sie in der Menge gefilmt. Ich fand, du solltest es wissen, damit du vorbereitet bist.«
Sie riss die Augen auf, dann verengte sie sie wieder. »Verdammt, ich hasse diese Ziege.«
»Ich fürchte, das Gefühl beruht auf Gegenseitigkeit. Was hat sie eigentlich gegen dich?«
»Wir haben einmal an einem Vergewaltigungs- und Mordfall gearbeitet, als sie versucht hat, sich Abe an den Hals zu werfen, genau wie sie es jetzt mit dir versucht. Es war ihr egal, dass Abe verheiratet ist. Abe und ich kamen überein, dass wir sie am besten loswürden, wenn wir jemand anderem ein Exklusivinterview geben würden. Also haben wir mit Lynne Pope von *Chicago on the Town* gesprochen.«
»Ich habe die Sendung schon gesehen, aber die Frau noch nicht kennengelernt.«
»Lynn hat Klasse, und man kann ihr vertrauen. Als Holly das herausfand, reichte sie bei Spinnelli eine formelle Beschwerde ein. Er hat uns natürlich den Rücken gestärkt, und als *er* das nächste Mal eine Story hatte, hat er sie ebenfalls an Lynne Pope gegeben. Holly meint jetzt, ich würde versuchen, ihre Karriere zu ruinieren.«
»Wieso ausgerechnet du?«
»Weil die Männer ihr in ihren Augen nicht widerstehen können, ohne Unterstützung schon gar nicht. Da musste es ja meine Schuld sein.« Sie seufzte. »Die Frau ist ein Ärger-

nis, aber sie ist gut bei dem, was sie tut. Sie findet heraus, was sie herausfinden will. Die meisten Männer können ihrem hübschen Gesicht tatsächlich nicht widerstehen. Und einem Minirock mit einem wackelnden Hintern darin erst recht nicht.«

In dieser Aussage steckte eine Art Kompliment an ihn, wie Reed begriff, weil er widerstanden hatte. Und auch eine Art von Resignation, dass sie selbst, Mia, nicht so begehrenswert war. Was ihn plötzlich furchtbar ärgerte, weil er der lebende, atmende, sich sehnende Beweis dafür war, dass sie *absolut* begehrenswert war. »Niemand weiß von deiner Beziehung zu dieser blonden Frau, bis auf die Männer, die heute Morgen im Konferenzraum anwesend waren. Ich sage nichts. Spinnelli, Jack und der Seelenklempner garantiert auch nicht.«

Sie rieb sich über die Augen. »Ich weiß. Und ich bin dir dankbar, dass du gekommen bist, um mir das zu sagen. Entschuldige, dass ich dich so angefaucht habe.«

Reed wäre am liebsten zu ihr gegangen, hätte sie in die Arme genommen und sie festgehalten. Aber sie hatte ihn schon zweimal abgewiesen, und er fürchtete sich vor einem dritten Mal. Also stand er nur da, die Hände in den Taschen. »Schon okay.« Er versuchte, belustigt zu klingen. »Wenn ich gewusst hätte, wie wenig du sie ausstehen kannst, hätte ich dir deine richterliche Verfügung gelassen.«

Sie lächelte leicht und ein wenig traurig. »Ich wusste doch, dass du ein Gentleman bist.«

Du hast deinen Text aufgesagt. Jetzt hau ab. Aber seine Füße schienen am Fußboden verwurzelt zu sein. Er mochte sie nicht so niedergeschmettert allein lassen. »Mia, ich beobachte dich jetzt seit drei Tagen. Du machst dir Gedanken um die Opfer. Um ihre Familien. Du bewahrst ihnen die Würde und lässt ihnen die Trauer. Das ist mir wichtig. Du *bist* herzlich. Und das ist mir wichtiger als alles andere. Vor allem wichtiger als ein wackelnder Hintern.«

Sie musterte ihn ernst und schwieg eine ganze Weile. »Danke. Das ist das netteste Kompliment, das mir je gemacht wurde.«

Und jetzt kannst du gehen. Los, geh doch endlich. Aber es klappte immer noch nicht. »Obwohl du in einem Minirock garantiert mindestens so einen Bombenhintern hättest.«

Ihr Blick veränderte sich, und sein Herz setzte aus. »Das war das zweitnetteste.«

Er machte probeweise einen Schritt voran. Sie blieb stehen, aber er sah den Puls an ihrem Hals pochen. Die Hände an ihren Seiten ballten und streckten sich, und er kam zu einer verblüffenden Erkenntnis. Er machte sie nervös. Und dies war eine egostärkende, Mut machende Entdeckung, die er sofort nutzen würde. »Wegen gestern Nacht«, begann er. »Ich habe dich zu Boden gerissen.«

Sie hob das Kinn. »Ich weiß. Ich war dabei.«

»Man hat seit meiner Zeit bei der Armee nicht mehr auf mich geschossen. Meine Reflexe sind ein wenig eingerostet.«

Sie sog eine Wange ein. »Nicht alle.«

Das war die Eröffnung, auf die er gewartet hatte. »Du hast es also bemerkt.«

»Es wäre schwer gewesen, das nicht zu tun. War es also Reflex oder Interesse?«

Sie hatte ihr Gleichgewicht wiedergefunden. Und das tat ihm gut. Er wollte sie nicht überrumpeln, wenn sie traurig und niedergeschmettert war. »Und wenn ich sagte, beides?«

»Dann wärst du immerhin aufrichtig.« Sie musterte ihn abschätzend. »Du hättest mir das mit Wheaton auch morgen sagen können. Warum bist du hergekommen?«

Er überlegte, was er antworten sollte, und der Augenblick dehnte sich wie ein Gummiband, das plötzlich riss, als er mit zwei Schritten bei ihr war. Er schob ihr eine Hand ins Haar, in den Nacken und tat, was er schon eine ganze Weile tun wollte. Als seine Lippen ihre berührten, versteifte sie sich, dann gab sie nach, schlang die Arme um seinen Hals, hob sich auf Zehenspitzen und erwiderte den Kuss.

Er schauderte, sowohl aus Erleichterung als auch Erlösung. Er hatte schon lange keine Frau mehr so im Arm gehabt. Schon lange keine Lippen mehr auf seinen gespürt. Es war schön, erkannte er. Und so vertraut, als habe er das mit Mia schon einmal getan. Weil er an ihr zerschrammtes Gesicht dachte, war er sanfter, als er gern gewollt hätte, und hörte früher auf, als es für ihn befriedigend war. Stoisch das aufbegehrende Verlangen ignorierend, hob er den Kopf, hielt sie aber noch fest.

»Ich wusste nicht, ob du das wolltest. Du bist mir immer wieder ausgewichen.«

Sie legte ihre Stirn an seine Brust. »Ja, ich weiß.«

Es klang so müde, dass er ein Stück von ihr abrückte, um ihr Gesicht zu sehen. »Und warum hast du das getan?«

»Weil ich das hier nicht wollen wollte. Aber ich will.« Sie sah zu ihm auf, und es war, als erhielte er einen wohlgezielten Schlag in die Magengrube. Ihre blauen Augen waren dunkel vor Verlangen. Sein hämmerndes Herz stieg ihm in die Kehle und mit Mühe zwang er es zurück, damit er weiter atmen konnte.

»Warum? Warum willst du das nicht wollen?«

Sie zögerte. »Wie viel Zeit hast du?«

Zeit. Verdammt. »Wie spät ist es?«

»Kurz nach neun.«
»Mist. Ich habe Beth versprochen, sie um neun abzuholen, und ich muss quer durch die Stadt.«
Sie nickte. »Ich verstehe. Wir können uns später unterhalten.«
Er schnappte sich seinen Mantel vom Sofa, lief zwei Schritte auf die Tür zu, hielt plötzlich an und drehte sich zu ihr um. »Es ist nicht schlimm, wenn ich etwas zu spät komme. Wahrscheinlich freut sich Beth sogar darüber.«
Ihre Mundwinkel wanderten aufwärts. »Und wie möchtest du die paar Minuten nutzen?«
»Indem wir tun, was du nicht wollen willst.« Er packte ihr Kinn und hob ihr Gesicht, und dieses Mal kam sie ihm sofort entgegen, so dass der Kuss augenblicklich inniger, heißer wurde und sein ganzer Körper zu pulsieren begann. Gott, er wollte mehr, viel mehr. Doch er war sich bewusst, dass die Zeit verstrich, und so machte er sich abrupt los und stellte zufrieden fest, dass sie genauso schwer atmete wie er.
»Warne mich, wenn du anfängst, wollen zu wollen«, sagte er. »Dann bringe ich besser einen Defibrillator mit.«
Sie lachte. »Geh nach Hause, Solliday. Wir machen morgen da weiter, wo wir aufgehört haben.« Ihr Lächeln verblasste ein ganz klein wenig. »Aber nicht im Büro, okay?«
»Okay.« Er beugte sich vor, um sich noch einen letzten Kuss zu holen, dann machte er auf dem Absatz kehrt. »Mist, ich muss wirklich los. Schließ die Tür hinter dir ab.«
»Das mache ich immer.«
Er blieb draußen stehen. »Wir sehen uns morgen um acht.« Mit dem körperlichen Abstand klärten sich seine Gedanken wieder. »Und geh nicht allein raus, okay?«
Sie sah ihn amüsiert an. »Solliday, ich bin Polizistin. Ich bin diejenige, die anderen so etwas sagt.«

Er war nicht amüsiert. »Bitte, Mia.«
»Ich pass auf mich auf.«
Ein weiteres Zugeständnis würde sie nicht machen, wie er wusste. »Gute Nacht, Mia.«
Ein ernster, sehnsüchtiger Ausdruck huschte über ihr Gesicht. »Gute Nacht, Reed.«

Mittwoch, 29. November, 22.05 Uhr

Er war endlich wieder in sein Auto gestiegen. Er hatte verdammt lange gebraucht. Er hatte gedacht, sein Zielobjekt würde höchstens eine Viertelstunde bei Flannagan's warten, aber tatsächlich hatte er fast eine Stunde ausgeharrt. Während *er* sich hinten im Wagen des Mannes versteckt gehalten hatte.
Der erste Teil war lächerlich einfach gewesen. Er war früh dagewesen und hatte im Schatten gewartet. Er hatte beobachtet, wie der Mann den Wagen abschloss, was ein absoluter Scherz war. Er hatte das Schloss in fünfzehn Sekunden geknackt. Dann hatte er sich hinten im Wagen langgemacht, seine Skimaske übergezogen und sich vorgestellt, was gleich geschehen musste.
Es würde nicht schön werden, aber es würde schnell gehen. Und schmerzlos sein. Denn sein Zielobjekt war sein Freund und verdiente es nicht, sich vor Schmerz zu winden, wie Mrs. Dougherty es später tun würde. Nun, alles zu seiner Zeit. Nun erst einmal dies. Sie fuhren nun schon eine Viertelstunde. Es würde nicht mehr lange dauern.
Er wollte seufzen, unterdrückte das Bedürfnis aber. Er hatte noch nie jemanden getötet, den er mochte. Es gab für alles ein erstes Mal, aber Spaß würde es ihm nicht machen.
Er stemmte sich auf einen Ellbogen und kam vorsichtig

hoch, um aus dem gegenüberliegenden Fenster zu sehen. Sie befanden sich auf einer kleinen Straße, einspurig in jede Richtung. Das war gut. In der Nähe befand sich ein Einkaufszentrum, das die ganze Nacht geöffnet hatte. Dort konnte er später einen Wagen stehlen. Er zog sein Messer. Blitzschnell richtete er sich auf und legte das Messer an die Kehle seines Freundes. »Bieg an der nächsten Ampel ab«, sagte er mit leiser Stimme.

Der Blick seines Freundes schoss zum Rückspiegel, doch er konnte nur die schwarze Skimaske sehen. Seine Augen waren schreckgeweitet. »Wenn Sie den Wagen wollen, den können Sie haben. Aber lassen Sie mich gehen.«

Sehr gut. Er hatte gehofft, dass sein Freund glaubte, es würde sich um einen simplen Autodiebstahl handeln. Er wollte nicht riskieren, dass er ihn identifizieren konnte, falls sein Plan danebenging. Andererseits – was sollte schon danebengehen? Die Gegend war zwar ein wenig zu bevölkert für seinen Geschmack, aber es würde funktionieren.

Er packte das Haar seines Freundes und riss den Kopf zurück. »Langsamer. Ja, gut. Ganz brav und langsam. Und jetzt da vorn halten. Noch ein Stück. Jetzt stopp.«

»Bitte. Töten Sie mich nicht.« Er schluchzte jetzt. »Bitte töten Sie mich nicht!«

Er runzelte die Stirn. Er hätte erwartet, dass der Mann mit etwas mehr Mumm abtrat. So eine Memme. Vielleicht sollte er es doch nicht ganz so schmerzfrei machen. »Auf Parken stellen. Gut so. Und jetzt das Fenster öffnen.«

Kalte Luft strömte herein und erfrischte seine überhitzte Haut. »Jetzt zieh den Schlüssel ab.« Sein Opfer zögerte, aber er drückte das Messer fester gegen seinen Hals. »Los doch.«

Der Motor erstarb. »Wirf die Schlüssel aus dem Fenster.«

Die Schlüssel landeten mit einem gedämpften Klirren im Schnee.
»Man wird Sie erwischen«, sagte sein Opfer verzweifelt.
Peinlich. Ein Standardspruch. Ein Klischee sogar. Er würde seine Freunde sorgfältiger aussuchen müssen, wenn er sein neues Leben begann.
»Ich denke nicht«, sagte er mit seiner normalen Stimme und genoss den kurzen Augenblick, in dem sein Opfer ihn erkannte und ungläubig die Augen aufriss. Aber dann zog er ihm die Klinge mit einer einzigen Handbewegung über die Kehle.
Blut sprudelte hervor. Ein metallischer Geruch erfüllte den Wagen. Er bewegte den Kopf des Opfers nach links und rechts und stellte fest, dass er ihn beinahe abgetrennt hätte. Cool. Diese Erfahrung war neu.
Er ließ das Haar los und stieg hinten aus. Er reinigte das Messer im Schnee und nahm sich dann die Schlüssel. Schlüssel waren schöne Souvenirs.
Seine Jacke musste verschwinden, denn der Ärmel war blutig. Ärgerlich. Vielleicht hatte er ja das Glück, beim Einkaufscenter einen Wagen mit einem Mantel darin zu finden. Es war noch früh. Er hatte sogar noch Zeit, ein wenig zu schlafen, bevor er die Doughertys besuchte. Er wollte frisch und ausgeruht sein.

Mittwoch, 29. November, 23.15 Uhr

Das Haus war still. Beth schlief, und Lauren befand sich auf ihrer Seite des Doppelhauses. Reed saß auf der Bettkante und gab sich erneut seiner Phantasie hin. Was wäre wohl passiert, wenn er nicht hätte gehen müssen? Ihr Kuss war heiß und süß, weich und eindringlich zugleich gewesen.

Besser, als er es sich vorgestellt hatte. Und sie hatten sich ja erst geküsst. Wenn er erst einmal mit ihr im Bett lag …
Sie wollte ihn. Er würde sie kriegen. Ein angenehmer Schauder schüttelte ihn. Gott, er wollte sie so sehr, dass es wehtat. Er nahm die Kette von seinem Hals, hielt sie hoch und betrachtete den Ring mit dem weichen Glanz. Er hatte diesen Ring die fünf glücklichsten Jahre seines Lebens am Finger getragen, zwei weitere Trauerjahre. Es war nur den besorgten Wünschen seiner Familie zuzuschreiben, dass er ihn endlich abgenommen hatte, doch seitdem trug er ihn um den Hals. Es war, als trüge er auf diese Art stets ein wenig von Christine bei sich, und genau wie ihre Gedichte hielt der Ring die Erinnerung an sie lebendig. Heute Nacht jedoch waren es nicht die Erinnerungen an sie, die seine Gedanken ausfüllten. Heute war es Mia, und er wusste, sie würde dort bleiben, bis sie diese Sache ausprobiert hatten, wohin sie sie auch führen würde. Was immer es kosten würde.
Er ließ den Ring leicht pendeln, als wollte er sich hypnotisieren. Er könnte zu ihr fahren. Das Blut pochte in seinen Schläfen und übertönte all die Gründe, die dagegen sprachen. Er ließ den Ring behutsam auf dem Nachttisch aufkommen und die Kette hineingleiten.
Dann nahm er das Telefon und drückte Laurens Kurzwahl. »Kannst du bei Beth bleiben?«
Sie gähnte. »Gib mir zwei Minuten. Ich komme rüber.«
Er legte auf und ließ zu, dass sein schlechtes Gewissen von dem Verlangen, das mit jeder Minute wuchs, verdrängt wurde. Sie wollte ihn, auch wenn sie ihn nicht wollen wollte. Und er musste herausfinden, warum das so war.

Mittwoch, 29. November, 23.50 Uhr

Mia blinzelte. Diesen Namen hatte sie schon gelesen. Ihre Augen brannten und waren müde. Sie musste aufhören.

Sie lehnte sich auf dem harten Stuhl zurück und dehnte ihre Nackenmuskeln. Sie hatte sich zuerst Burnettes Fälle vorgenommen und sich auf den Monat konzentriert, der Manny Rodriguez' Einweisung ins Hope Center vorausging. Sorgsam hatte sie jeden Namen, jeden Ort aus jedem Fall aufgelistet, an dem Burnette in irgendeiner Hinsicht beteiligt gewesen war.

Es war keine hübsche Liste. Sie beneidete Burnette nicht um seine Drogenklientel. Aber abgesehen von der Tatsache, dass es sich um einen Haufen Abschaum handelte, war aus der Liste nichts herauszuholen. Kein einziger Name oder Ort sprang ihr ins Auge. Die Arbeit war mühsam, und sie hatte noch immer tonnenweise Papiere durchzusehen.

Aber wie es so mit mühsamer Arbeit war, sie half, Reed Solliday und seinen schönen Mund aus ihrem Gedächtnis zu verdrängen. Na ja, eigentlich nicht ganz zu verdrängen. Eher in einen Winkel zu verschieben. Aus dem er immer wieder mit aller Macht zurückkehrte und jeden anderen Gedanken unmöglich machte. Verdammt und zugenäht.

Sie hatte ihn geküsst. Und wusste nun, wie er schmeckte. Wie seine Lippen sich anfühlten. Wie es sich anfühlte, sich an die solide Mauer aus Muskeln zu schmiegen, die er Brust nannte. Und da sie ihn geschmeckt hatte, wollte sie das wieder haben. Und sie wollte es sehr, sehr dringend.

Gottverdammter Hamburger. Dana war schuld daran. Sie war zufrieden in ihrem Elend gewesen, bis Dana ihr Geschmack auf Hamburger gemacht hatte. Und was würde geschehen, wenn Solliday einen exklusiveren Geschmack

hatte? Das Filet dem Hamburger vorzog? Dann bliebe sie mit gebrochenem Herzen zurück, das war klar.
Und er vielleicht auch. Es war ein ernüchternder Gedanke. Aber nicht ernüchternd genug, um das Verlangen zu löschen. Sie wollte ihn nicht nur küssen. Sie wollte ... nun ja. Wenn er nun hereinmarschierte, wäre er ein glücklicher Mann. Zumindest für eine kurze Weile. Sie war recht gut im Bett, wie Mia wusste. Sex war nie das Problem gewesen. Aber Nähe.
Sie stand auf und streckte sich ausgiebig. Von Sollidays Bodycheck der vergangenen Nacht taten ihr noch immer alle Knochen weh, aber müde war sie nicht. Sie hatte zu viel Koffein im Körper, um schlafen zu können. Also würde sie sich ins Bett legen, an die Decke starren und sich wünschen, dass sie wilden Sex haben könnte.
Verfluchte Dana. Sie *hatte* wahrscheinlich gerade wilden Sex. Das war ungerecht.
Sie wanderte ruhelos im Wohnzimmer umher und fragte sich, was Solliday gerade machte. Ob er schlief? Sie hoffte nicht. Sie hoffte, er war ...
Ein Klopfen an der Tür ließ sie zusammenfahren. Sie zog ihre Waffe aus dem Schulterholster, das über dem Stuhl hing, trat zur Tür und spähte durch den Spion.
Und seufzte erleichtert. Dann öffnete sie Reed Solliday die Tür. »Du hast mir einen Höllenschreck eingejagt«, sagte sie statt einer Begrüßung, begann jedoch augenblicklich, sich Sorgen zu machen. Es war beinahe Mitternacht, und sein Blick war finster. »Ist etwas passiert?«
»Kann ich reinkommen?«
Sie trat zur Seite und ließ ihn ein. Er rauschte in ihr Wohnzimmer, als sie die Tür schloss und sich dagegen lehnte. »Was ist passiert?«, wiederholte sie.

Er zog seinen Trenchcoat aus und ließ ihn auf ihr Sofa fallen. Er trug weder Jackett noch Krawatte. Sein Hemd stand ein wenig offen, und sie sah ein paar dunkle Haare. Ihr Herz begann ein tiefes Wummern in ihrer Brust. Und es wurde heftiger, als er zu ihr trat, ihr die Waffe abnahm und sie ins Holster zurückschob. Und als er dann mit einem Raubtierblick zurückkam, wurde das Wummern zu einem tiefen Vibrieren.

Er stemmte seine Hände links und rechts von ihrem Kopf gegen die Tür, ohne den Blick von ihr zu lassen. Sie war gefangen, aber sie fürchtete sich nicht. Sie empfand nichts als Erregung, und das Vibrieren, das ihren ganzen Körper weckte. Als er seinen Kopf senkte und sie küsste, geschah es wild und gierig und vertrieb jeden Zweifel, warum er zurückgekehrt war. Sie ließ sich mitreißen. Sein Mund auf ihrem. Sie stöhnte, und er zog den Kopf zurück, doch sie ließ die Augen geschlossen und spürte seinen Atem auf ihrem Gesicht.

»Ich konnte nicht schlafen«, sagte er heiser. »Ich konnte nur an dich denken. Du unter mir. Ich will dich. Jetzt. Aber wenn du nicht willst, dann sag es mir, und ich gehe.«

Ihr Herz tat ihr tatsächlich weh. Ihr Körper pochte. Er war, was sie wollte. Dies war, was sie brauchte. Jetzt. »Geh nicht.« Sie schlug die Augen auf und sah ihn an. Dann hob sie die Hände, berührte sein Gesicht und zog seinen Kopf zu sich heran, und der Kuss, der nun folgte, bewirkte, dass ihr die Knie weich wurden. Er strich mit den Händen über ihre Seiten, über ihre Brüste, tastete, drückte, fühlte. Seine Daumen strichen über ihre aufgerichteten Brustspitzen, und sie schauderte.

Es war so lange her, dass Männerhände sie berührt hatten. Viel zu lange, dass *sie* einen Mann berührt hatte. Sie griff nach seinem Hemd, öffnete die Knöpfe und zerrte am Stoff, bis sie die Haut freigelegt hatte. Eine volle Minute strich sie mit den Handflächen über die harten Muskeln und das rauhe schwarze Haar.

Mit einem gemurmelten Fluch packte er ihren Hintern, zog sie an sich hoch und drückte sie gegen die Tür. Er war heiß und hart und genau da, wo es sich am besten anfühlte.

Nein, nicht genau da, wo es sich am besten anfühlte. Noch nicht. Seine Lippen lösten sich von ihren und zogen einen Pfad an ihrem Hals entlang. Die harte Schwellung drückte sich nicht mehr gegen sie, als er sie höher hob und ihre Beine um seine Hüften schlang.

Sie wollte protestieren und öffnete den Mund, als er ihr Hemd hochschob und sein Mund sich über ihre Brust legte und saugte. Sie schrie auf, stöhnte, schob ihre Finger in sein Haar und hielt ihn fest. Dann zog er den Kopf zurück, nahm die andere Brust, und sie ließ den Kopf an die Tür zurücksinken und … genoss.

Abrupt richtete er sich auf, und sie klammerte sich erschrocken an seine Schultern. »Nimm meinen Mantel«, sagte er, und sie sah ihn verwirrt an.

»Was?«

Er trug sie zum Sofa. »Nimm meinen Mantel.«

Sie hielt sich an seiner Schulter fest und beugte sich herab, um zu tun, was er sagte. »Wieso?«

Er war bereits auf dem Weg zum Schlafzimmer. »Kondome in der Tasche.«

Sie wühlte in der Tasche und zog eine kleine Drogerietüte heraus. Sie ließ den Mantel fallen und begann, an seiner Lippe zu knabbern. »Hab sie.«

Er kniete sich vor ihr Bett und legte sie behutsam auf die Matratze. Er streifte ihr die Hose ab, bevor sie noch blinzeln konnte, und da sie nicht untätig zusehen wollte, zog sie ihr Hemd über den Kopf. Sie griff nach hinten, um den BH zu öffnen, als seine Lippen sich auf das Dreieck ihres Slips pressten. Sie ließ sich zurückfallen, krallte ihre Finger in die Decke.

»Du bist nass«, murmelte er. »So nass.« Er hob den Blick, und seine Augen glitzerten. »Darauf hatte ich gehofft.«

»Ich habe an dich gedacht.«

Er zog eine Braue hoch, und wieder sah er wie der Teufel persönlich aus, aber das Bild erregte sie noch mehr. »Und was genau hast du gedacht?«

Sie hob ihm die Hüften entgegen, damit er fortsetzte, was er eben getan hatte. Noch nie hatte es sich für sie so unglaublich gut angefühlt. »Solliday, bitte.«

»Erst musst du es mir erzählen.«

Sie stützte sich auf die Ellbogen. »Das ist Erpressung.«

Er grinste und leckte über die Seide. »Verklag mich doch.«

Sie konnte das Spiel mitspielen. »Ich habe an gestern Nacht gedacht. Als du auf mir lagst.« Sie zog die Brauen hoch. »Du bist … verdammt gut ausgestattet, Solliday.«

Seine Augen verengten sich. »Zieh den BH aus.«

Sie tat es und streifte außerdem die Kette mit den Marken ab.

Er sog die Luft ein. »Du auch.« Er zog den Slip zur Seite und entlockte ihr mit seiner Zunge ein Stöhnen.

»Ich habe schon am ersten Tag an deinen Mund gedacht«, sagte sie und begann zu keuchen. Dann drang seine Zunge in sie ein, und sie schloss die Augen. »Bitte.«

»Sag mir, wenn ich etwas tue, was du nicht magst.«

»Ich mag es nicht, wenn du aufhörst«, murmelte sie, und er lachte. Dann widmete er sich wieder seiner Aufgabe, trieb sie weiter und höher hinauf, ließ sie beben und stöhnen. Sie bäumte sich auf, und er drückte sie auf die Matratze und leckte, und sie bog sich ihm entgegen. Der Orgasmus durchdrang sie wie ein elektrischer Schock, und sie fiel erschöpft und keuchend auf die Decke zurück.

Er drückte ihr ein Kondom in die Hand. »Mach du es«, presste er hervor und streifte seine Hose ab.

Mia riss die Augen auf. Im Augenblick befriedigt, war sie in der Lage, ihn zu bewundern. »Oh, wow. Das wird gut werden.«

»Mia, bitte. Ich kann mich nicht mehr lange zurückhalten.«

Sanft berührte sie ihn mit den Fingerspitzen, und er zuckte zusammen. *»Mia!«*, knirschte er.

Und so streifte sie ihm das Kondom über und keuchte wieder auf, als er mit einem Stoß in sie eindrang. Dann verharrte er.

»Habe ich dir wehgetan?«

»Nein, ich war nur ... Nein.« Sie strich ihm über die Schultern. »Mach weiter. Hör nicht auf.«

Er verzog das Gesicht. »Ich bin nicht sicher, ob ich noch aufhören könnte.« Er begann sich in ihr zu bewegen, und sie hob die Beine und schlang sie um seine Hüften und begegnete jedem seiner Stöße, doch er wurde immer schneller. Sie spürte, wie sich der Orgasmus ein zweites Mal aufbaute, diesmal wie eine Woge, die nicht enden zu wollen schien, und sie kam keuchend und stöhnend und ließ sich zurückfallen, zu ausgefüllt, um sich noch bewegen zu können.

Über ihr erstarrte Reed plötzlich. Er legte den Kopf zurück, schloss die Augen, und die Muskeln in seinen Armen begannen zu zittern. *Schön,* war alles, was sie denken konnte. Er war einfach schön. Dann fiel sein Kopf nach vorn, und er ließ sich seufzend auf seine Unterarme sinken.

Sie strich ihm mit dem Finger über das Bärtchen, zu erschöpft, um sprechen zu können. Es war unglaublich gewesen. Die Erde hatte gebebt, oder?
Kein Hamburger. Sie schloss die Augen. Sorgen konnte sie sich später. Nicht jetzt. Jetzt wollte sie nur nehmen, was sie bekommen konnte. Und es speichern für die Zeit danach, wenn es vorbei war. Er küsste ihre Stirn, ihre Wange, ihr Kinn. »Wir müssen reden«, sagte er.
Sie nickte. »Aber nicht jetzt.« Das hier hatte sie genießen dürfen. Niemand konnte es ihr nehmen. Und niemand konnte es verderben.
»Dann später.« Er lehnte seine Stirn gegen ihre. »Mia. Ich kann nicht die ganze Nacht bleiben.«
»Ich weiß.«
»Aber ich möchte auch nicht sofort gehen.«
Lauf nicht vor ihm weg. Lass es einfach auf dich zukommen. »Das möchte ich auch nicht.« Sie grinste leicht. »Du bist bei einer Drogerie vorbeigefahren. Du musst dir ja reichlich sicher gewesen sein.«
Er hob den Kopf und sah sie ernst an. »Gar nicht. Ich wusste bloß, dass ich vermutlich explodieren würde, wenn ich dich nicht bekommen würde. Ich habe so sehr gehofft, dass du ja sagst. Ich hoffe, du sagst wieder ja.«
Sie nickte ebenso ernst. »Ja. Wieder.«

Donnerstag, 30. November, 00.30 Uhr

Er war bereit. Er fühlte die Energie durch seinen Körper strömen, es war fast wie ein leises Summen. Ihr Hotelzimmer hätte nicht günstiger liegen können. Alle Zimmer waren von außen zugänglich, aber ihres lag im ersten Stock, die Parkplätze nur ein paar Meter entfernt.

Er streifte seinen Rucksack über. Drei Eier waren darin. Eins für Doughertys Bett. Er wusste inzwischen, wie man die Sprinkleranlage im Zimmer austricksen konnte. Er hatte die Treppen und Notausgänge und die Wäscherei gecheckt und wusste genau, wo er die anderen beiden Eier plazieren musste, um das Hotel in eine Feuerhölle zu verwandeln. Die Leute würden schreiend und panisch hinausstürmen, und die Panik würde ihn ein wenig für die Tatsache entschädigen, dass es hier kein Gas für eine Explosion gab. Die Feuerwehr würde drei, vielleicht vier Wagen schicken. Krankenwagen, blinkende Lichter. Reporter würden herbeieilen, Kameras das Inferno aus allen Winkeln aufnehmen. Sie würden hektisch überprüfen, ob auch alle Menschen draußen waren. Und dann würden sie zwei Leichen finden.
Sein Kreislauf lief auf Hochtouren. Er war nicht zu bremsen. Den blutigen Mantel hatte er längst entsorgt. Er trug nun einen Overall, den er aus der Wäscherei gestohlen hatte. Eine Universal-Keycard war ein nützliches Ding.
Nun stand er vor der Zimmertür der Doughertys und war zuversichtlich, dass niemand ihm einen zweiten Blick gönnen würde. Nicht, dass es etwas ausmachen würde, falls doch. Dank einer Perücke und ein paar Polstern an den richtigen Stellen sah er aus wie ein anderer Mensch. Seine rechte Hand hielt das extrascharfe Messer. In der linken befand sich Tanias Karte. Er steckte sie ein und rüttelte versuchsweise an der Tür, doch sie hakte. Die Doughertys hatten den Riegel vorgeschoben. Aber keine Sorge. Er hatte beträchtliche Erfahrung mit solchen Sicherheitsvorkehrungen. Nichts war wirklich sicher, wenn man wusste, wie man es umging. Er schob behutsam die Klinge durch den schmalen Spalt und schob den Riegel hoch, dann schlüpfte

er ins Zimmer und drückte die Tür lautlos zu. Bis auf ein sanftes Schnarchen war nichts zu hören. Er stand still da und wartete, bis sich seine Augen an die Dunkelheit gewöhnt hatten.

Und nahm augenblicklich zwei Dinge wahr. Erstens standen keine Blumen im Zimmer. Und zweitens lag nur eine Person im Bett. Eine Frau, jung, nicht älter als fünfundzwanzig. Panik durchdrang ihn. Er war im falschen Zimmer. *Hau ab.*

Aber die Frau erwachte und öffnete den Mund, um zu schreien. Er war schneller. Stärker. Er riss ihren Kopf am Haar zurück, wie er es vorhin schon einmal getan hatte. Dann hielt er ihr die Klinge an den Hals. »Nicht schreien. Hast du verstanden?«

Sie nickte, wimmerte jedoch.

»Wie heißt du?«

»N-Niki Markov. Bitte …«

Seine Hand packte ihr Haar fester. »Welche Nummer hat dieses Zimmer?«

»Ich … ich weiß es nicht.« Er riss fester, und sie wimmerte wieder. »Ich kann mich nicht erinnern. Bitte. Ich habe zwei Kinder. Tun Sie mir nichts.«

Sein Blut pochte in den Schläfen, als die Woge der Wut ihn überschwemmte. Verdammte Frauen. Nie blieben sie bei ihren Kindern. »Wenn du zwei Kinder hast, warum bist du dann nicht zu Hause?« Er riss wieder an ihrem Haar. »Und passt auf sie auf?« Er schaltete das Licht ein und blickte auf das Telefon. Die Zimmernummer stimmte. »Wann bist du hergekommen?«

»Heute Abend. Bitte. Nehmen Sie, was Sie wollen. Aber tun Sie mir bitte nicht weh.«

Sie waren weg. Sie waren verdammt noch mal weg. Er hatte

sie verpasst. Die Wut kochte wieder hoch. Kochte über. Brannte wie Säure. »Komm mit«, knurrte er. Sie stolperte, als er sie ins Badezimmer zerrte.
»Bitte nicht«, schluchzte sie völlig außer sich.
Er riss an ihrem Haar, bis sie sich auf die Zehenspitzen stellte. »Halt die Klappe.« Er konnte nicht noch mehr Kleider ruinieren. Aber er konnte sie auch nicht leben lassen. Sie würde ihn verraten. Und das durfte nicht geschehen.
Also stieß er sie in die Wanne und hielt ihr die Klinge an den Hals, während er die Dusche voll aufdrehte. Es kam nur ein jämmerliches Rinnsal heraus. Er riss sie herum, bis sie sich auf den Bauch drehte. Dann schnitt er ihr mit Gewalt die Kehle durch.
Und sah zu, wie das Blut in den Ausguss rann.
Sein Blut kochte noch immer. Er war so wütend, dass er zu zittern begann. Man hatte ihm seine Befriedigung verwehrt. Seine Rache.
Die Doughertys waren ihm erneut entkommen. Er würde sie finden, aber es würde Zeit kosten, und die wurde ihm allmählich knapp. Mit zusammengepressten Zähnen beobachtete er, wie die Frau in der Wanne ausblutete. Trotzdem würde es noch eine Weile dauern, ehe die Bullen aufkreuzten.
Aber sie würden aufkreuzen, und daran war diese dämliche Brooke Adler schuld. Ihretwegen würde er noch entdeckt werden. Zum Glück hatte er drei Eier im Rucksack, und er dachte ja gar nicht daran, sie nicht zu nutzen.
Zuerst aber musste er sich um das hier kümmern. Wenn er sie hierließ, würde man sie spätestens morgen früh finden. Die Polizei war nicht so unfähig, dass ihr die Verbindung zwischen der toten Frau und dem Zimmer, in dem zufällig

kurz zuvor die Doughertys gewohnt hatten, entgehen würde. Sie musste verschwinden.
Er konnte sie hinausschleppen, aber ihre Größe würde ihm Probleme bereiten. Also musste er sie zerkleinern. Er hielt das Messer unter das Rinnsal, das aus der Dusche kam, und reinigte es, bevor er es an seinem Daumen testete. Gut. Es war noch immer scharf genug.

14. Kapitel

Donnerstag, 30. November, 3.10 Uhr

»Was machst du denn da?«

Brooke sah verblüfft von ihrem Computer auf. Ihre Zimmergenossin stand im Flur, ihren iPod in der Hand. »Es ist drei Uhr früh.«

»Ich weiß nicht, was ich tun soll«, murmelte Brooke.

Roxanne seufzte. »Heute Nacht kannst du sowieso nichts mehr tun. Geh schlafen, Brooke.«

»Ich hab's ja versucht, aber es klappt nicht. Ich kann nur an Rechnungen und Schulden denken.«

Roxannes Blick wurde mitfühlend. »Es wird schon alles gut werden. Du findest einen Job, glaub's mir.«

»Das sagst du so. Aber ich habe die ganze Nacht gesucht. Hier in der Nähe gibt es keine freie Stelle für mich.«

»Du wirst eine finden. Bestimmt. Aber jetzt geh ins Bett. Wer zu wenig schläft und sich zu viele Sorgen macht, wird krank, und dann findest du wirklich keine Stelle.«

»Du hast ja recht. Aber ohne Empfehlung von Bixby wird es beinahe unmöglich sein, auch nur in die engere Auswahl zu kommen.«

»Ich finde ja immer noch, dass du diesen Mistkerl verklagen solltest, egal was Devins Rechtsanwaltfreund meint.«

Devin hatte seinen Freund im Flannagan's angerufen, aber dieser hatte ihm erzählt, dass eine solche Klage schwer zu begründen war und viel Zeit in Anspruch nehmen würde. Sie hatte aber keine Zeit. Sie hatte nur noch zweiundvierzig Dollar auf dem Konto. »Vielleicht. Aber das hilft mir jetzt nicht weiter. Ich bin pleite.« Sie schloss die Augen. »Du wirst dir wohl eine andere Mitbewohnerin suchen müssen.«

»Darüber denken wir nach, wenn es so weit ist. Ich muss jetzt jedenfalls schlafen. Bachs Musik ist da sehr hilfreich. Solltest du auch mal probieren.« Sie drückte sich den Knopf ins Ohr und verschwand in ihr Zimmer.

Mit Bach ist es nicht getan, dachte Brooke. Sie ging in die Küche und holte den Brandy hervor, den sie für besondere Gelegenheiten aufbewahrte. Es war keine besonders edle Marke, aber er war stark genug, um den erwünschten Effekt zu erzielen. Sie kippte das erste Glas herunter, schenkte sich nach und setzte sich an den Tisch. Während sie am zweiten Glas nippte, ließ sie der Verzweiflung freien Lauf. Sie hatte kein Geld. Ihre Eltern konnte sie nicht anrufen, die besaßen selbst nichts. Wut quoll in ihr auf. Bixby war ein Schuft. *Ich habe nichts falsch gemacht*. Sie kippte den Brandy herunter und schnitt eine Grimasse. Aber was machte das schon? Bald war sie so oder so ohne Job.

Sie war nicht sicher, wie lange sie schon dort saß und brütete, als sie es plötzlich hörte.

Klick. Sie schaute auf und versuchte, das Geräusch einzuordnen. Sie stand auf, betrat den Flur und starrte auf die Eingangstür. Sie wurde geöffnet. Mit einem Schlüssel. *Da hat jemand meinen Schlüssel.*

Ruf die Polizei. Wo war das Telefon? Warum gab es schnurlose Telefone? Sie wich in die Küche zurück und zog ein Fleischermesser aus dem Block. O Gott. Sie rannte ins Wohnzimmer. Wo war das verdammte Telefon?

Dann blieb ihr der Mund offen stehen, als der Mann eintrat. Sie erkannte ihn sofort, hatte jedoch keine Zeit, etwas zu sagen, bevor seine Hand sich über ihren Mund presste und er ihr mit der anderen das Handgelenk verdrehte. Das Messer fiel zu Boden.
Dann ließ er ihre Hand los, und mit schreckgeweiteten Augen sah sie eine schmale Klinge aufblitzen, bevor sich sein Messer an ihre Kehle senkte. *Er will mich umbringen.* Sie wollte sich wehren, doch der scharfe Druck an ihrem Hals verstärkte sich. Sie verharrte abrupt, und er lachte leise.
Die Hand über ihrem Mund verschwand, das Messer blieb, und ein Schluchzen stieg in ihrer Kehle auf. »Ich habe heute schon zwei Kehlen durchgeschnitten«, sagte er. »Sag ein Wort, und es sind drei.« Er drückte das Messer aufwärts, so dass sie sich auf Zehenspitzen stellen musste, und steuerte sie in Richtung Schlafzimmer. Dort warf er sie aufs Bett, stieß ihr das Knie in die Rippen und stopfte ihr ein Stoffknäuel in den Mund.
Sie wehrte sich, als er eine Hand packte und es an ihr Kopfende fesselte. Er schmetterte seine Faust gegen ihren Kiefer, und sie schrie auf, doch der Schrei war durch den Knebel gedämpft. Einen Moment später war auch ihr zweites Handgelenk gefesselt.
»Du hast meine ganze Arbeit ruiniert, Brooke«, zischte er dicht an ihrem Gesicht. Sein Blick war verrückt. Das konnte nicht der Mann sein, den sie kannte. Aber er war es. »Jetzt habe ich kaum noch Zeit, alles zu Ende zu bringen, und dafür musst du büßen. Ich habe dir gesagt, dass du es sein lassen sollst, aber du wolltest ja nicht hören. Das hast du jetzt davon.«
Er kam auf die Füße, und sie begann, wild um sich zu treten, um ein Geräusch zu machen, das Roxanne hören wür-

de. Er bückte sich, wühlte in seinem Rucksack und richtete sich mit einer riesigen Rohrzange in der Hand wieder auf. *Nein!* Sie schrie das Wort, aber niemand hörte es. Beim ersten Schlag stöhnte sie auf. Beim zweiten wünschte sie sich, tot zu sein. Beim dritten wusste sie, dass sie es bald war.

Zufrieden warf er das Kondom in den Beutel und verschloss ihn, genau wie er es bei Penny Hill gemacht hatte. Er erinnerte sich, wie Hills Augen vor Schmerz glasig geworden waren, aber irgendwann hatte sie sie zugemacht und ihm das Vergnügen genommen, sie leiden zu sehen.

Er stand über Brooke und spürte den Schweiß über sein Gesicht rinnen. Dann ohrfeigte er sie, bis ein ersticktes Stöhnen zu hören war. Gut. Sie war noch bei Bewusstsein. Er wollte, dass sie alles spürte, dass sie alles hörte, was er ihr zu sagen hatte. »Du hast mein Werk ruiniert. Jetzt bekomme ich vielleicht nie meine Rache. Also musst du ihren Platz einnehmen.«

Er arbeitete rasch, gab das Gel auf ihren Körper, legte ein Ei zwischen ihre Knie und führte die Zündschnur an den Füßen vorbei. Hier in der Wohnung gab es kein Gas, nur Elektrizität, also musste er improvisieren.

Er hatte bereits beschlossen, ein zweites Ei an die Eingangstür zu legen. Nur ein kleiner Reifen, durch den die Feuerwehrleute würden springen müssen.

Er präparierte das Ei und deponierte es neben seinem Messer auf den Nachttisch. Dann holte er sein Feuerzeug hervor und beugte sich zu Brookes Gesicht herunter. »Du bist wie alle anderen. Du sagst, du kümmerst dich um andere, aber du verrätst sie. Du behauptest, du wolltest den Jungen helfen, aber bei der ersten Gelegenheit lieferst du sie an die Polizei aus. Du bist eine falsche Schlange, und du bist schuldig. Wenn ich die Lunte anzünde, dann fang an zu zählen.«

Ihr Blick flackerte und fokussierte etwas über seiner Schulter. Er fuhr herum und konnte der Geige, die auf seinen Kopf niedergekracht wäre, gerade noch ausweichen, so dass sie nur seine Schulter erwischte. Hinter ihm stand eine Frau, schwer atmend, die Augen weit aufgerissen. Wieder hob sie die zerbrochene Geige, doch er hielt ihr Handgelenk fest. Sie riss sich los und packte einen Stuhl, aber er wich ihr mit Leichtigkeit aus und griff beinahe gleichzeitig nach dem Messer auf dem Nachttisch.

Mit einer geschmeidigen Drehung versenkte er es im Bauch der Geigerin und schlitzte sie auf. Ihr Gesicht verzerrte sich, und sie sank zu Boden. Sein Herz hämmerte wild, sein Blut rauschte in den Ohren. Er fühlte sich wach und lebendig. Unbesiegbar. Er entzündete das Feuerzeug, hielt es an die Lunte zu Brookes Füßen und beugte sich noch einmal zu ihrem Ohr herab. »Zähle bis zehn, Brooke. Und fahr zur Hölle.«

Er nahm Rucksack, Messer und das andere Ei und rannte aus der Wohnung und die Stufen hinunter. Dann entzündete er die zweite Lunte und legte das Ei in einen Winkel der Eingangshalle. Der Teppich war fadenscheinig, würde aber wunderschön brennen. Und dann stürmte er zur Tür hinaus.

Und hätte beinahe einen Schlag bekommen. Zwei Streifenwagen fuhren mit Rotlicht und plärrenden Sirenen in die Einfahrt. Das Miststück hatte die Bullen gerufen! Er duckte sich und rannte zum Parkplatz hinter dem Gebäude. Wenigstens hatte er genug Verstand besessen, sich den Komplex genau anzusehen, bevor er zur Tat geschritten war. Im Schatten der Bäume knackte er den erstbesten Wagen. Eine Minute später fuhr er davon.

Er wäre beinahe gefasst worden. Er rang um Luft und roch das Blut der Geigerin. Es bedeckte seinen Mantel, seine Handschuhe. Sie war in seinem Plan nicht vorgesehen gewesen, aber … *wow*. Es war ein unglaubliches Gefühl, jemandem das Leben auf diese Art zu nehmen, ihm in die Augen zu sehen, während die Seele verpuffte. Er lachte leise. Das Vokabular der Englischlehrerin hatte auf ihn abgefärbt.

Dann wurde er wieder ernst. Und fragte sich, wie viel von ihm wohl auf die Englischlehrerin abgefärbt hatte. Das Feuer musste inzwischen lustig brennen, aber ohne das Gas vielleicht nicht stark genug, um jeden Beweis zu vernichten. Er hatte ein Kondom benutzt, Handschuhe getragen. Dennoch: Was, wenn ein Haar von ihm zurückgeblieben war? Aber um es gegen ihn zu verwenden, mussten sie ihn erst einmal fassen.

Er hatte nicht mehr viel Zeit. Er musste Laura Dougherty finden, dann noch vier andere. Und diese vier waren die Schlimmsten gewesen. *Sie haben Shane umgebracht.* Er musste sie aufspüren und erledigen. Dann war er fertig.

Anschließend würde er sich ein neues Leben suchen, so wie er sich dieses gesucht hatte, würde neue Freunde finden und eine neue Frau, die seine Bedürfnisse befriedigte. Außerdem musste er an eine neue Stelle denken. Er hätte nie geglaubt, dass er einmal einen Job wie diesen haben würde, aber er hatte zugegriffen, als die Gelegenheit kam, und er hatte es verdammt gut gemacht.

Wer brauchte schon einen Hochschulabschluss? Er war ein Chamäleon.

Donnerstag, 30. November, 3.50 Uhr

»Heilige Scheiße.« Mia zischte die Worte, als sie sich erschöpft und völlig zufrieden auf die Matratze sinken ließ.

Solliday lachte leise. »Ich liebe deine Ausdrucksweise.«

Sie stützte sich auf einen Ellbogen und lächelte ihn an. »Du weißt, dass wir beide morgen fix und fertig sein werden. Heute«, verbesserte sie sich, als sie auf die Uhr neben dem Bett sah.

»Ja, aber das war es wert. Mir war, glaube ich, nicht klar, wie sehr ich das gebraucht habe.«

Sie strich ihm über den harten Bauch und spürte die Muskeln beben. »Wie lange ist es her?«

Sein Blick suchte den ihren. »Sechs Jahre.«

Sie zog beide Brauen hoch. »Heilige Scheiße«, wiederholte sie, und er lachte. Dann zupfte sie sanft an den rauhen Haaren auf seiner Brust. »Ich hatte es aber auch nötig.«

Er betrachtete sie eine Weile stumm. »Ich möchte immer noch wissen, warum du es nicht wollen wolltest.«

»Und ich sag's dir.«

»Nur nicht gerade jetzt.« Sie nickte ernst. »Heute Abend?«, drängte er, und wieder nickte sie wortlos. »Es wäre besser, wenn du zu mir kommen könntest, sobald Beth im Bett ist. Dann muss ich nicht Lauren bitten, rüberzukommen.«

»Ich hatte eigentlich nicht den Eindruck, als würde sie dir das verübeln«, sagte Mia trocken, und seine Miene veränderte sich. Er hatte Lauren nicht gesagt, wohin er fuhr. Seine Schwester glaubte, er sei zu einem Feuer gerufen worden. Die Erkenntnis versetzte ihr einen Stich. »Du willst nicht, dass sie es weiß.«

»Noch nicht.« Er setzte sich auf, und sie ließ sich auf den Rücken fallen. Die Nacht war offiziell vorbei.

»Morgen«, begann sie. »Heute, meine ich. Wir sind Kollegen, nichts weiter.«
Er bedachte sie mit einem ruhigen Blick. »Nichts weiter.« Dann überraschte er sie, indem er sich herabbeugte und sie so gierig küsste, dass es ihr den Atem verschlug. »Heute Abend aber sehr viel mehr.«
Er schloss seinen Gürtel, als sein Handy klingelte. »Solliday.« Er lauschte, während er sich bückte, um seine Socken zu suchen. »Gab es eine Gasexplosion? ... Okay. 2026 Chablis Court. Danke, Larry. Ich bin spätestens in zwanzig Minuten da.«
»Es ist weit nach Mitternacht«, bemerkte Mia, und er warf ihr einen Blick über die Schulter zu.
»Keine Gasexplosion, wahrscheinlich also nicht unser Bursche. Ein Wohnungsbrand, daher sind vier Löschzüge vor Ort – Larry ist auch dabei.« Er zog die Schuhe an. »Wir müssen nicht beide auf Schlaf verzichten. Ich sehe nach und melde mich dann. Könntest du mir wohl mit den Hemdknöpfen helfen? Dann geht's schneller.«
Sie tat es. »Ich kann auch mit Hotdogs umgehen.«
Er hob eine Augenbraue, und nun konnte sie sich eingestehen, dass sie ihn von Anfang an ausgesprochen attraktiv gefunden hatte. »Du bist ziemlich unanständig, Mia Mitchell.«
»Wieso? Ich rede von Senf- und Ketchuptütchen.« Sie verpasste ihm einen Klaps auf den Hintern, als er zur Tür ging. »Ausprobieren?«
»Verlass dich drauf.« Er war fast durch die Tür verschwunden, als die Erkenntnis sie wie ein Schlag vor den Kopf traf. 2026 Chablis Court.
»Reed. Warte.« Sie lief ihm nach. »Hast du Chablis gesagt? Wie der Wein?«
Er zog die Brauen zusammen. »Ja. Warum?«

Ihr Herz setzte aus, als sie vor dem geistigen Auge den Archivausdruck sah, den sie gestern angefordert hatte. »Das ist Brooke Adlers Adresse.«
Seine Miene wurde grimmig. »Wir treffen uns dort. Beeil dich.«

Donnerstag, 30. November, 4.15 Uhr

Das Feuer brannte im letzten Gebäude des Komplexes. Für ein ungeübtes Auge mochte die Szene chaotisch wirken, aber es war alles unter Kontrolle. Menschen standen am Rand des Parkplatzes in kleinen Gruppen zusammen, und viele weinten, Kinder und Erwachsene gleichermaßen.
Reed entdeckte Larry Fletcher und erkannte sofort, dass es schlimm stehen musste. »Was ist passiert?«
»Wir waren noch unterwegs, als du uns angerufen und von dieser Frau, dieser Adler erzählt hast.« Larrys Stimme klang tonlos. »Die 186 war schon drin, aber Mahoney und Hunter wollten ebenfalls rein. Wollten unbedingt diesmal rechtzeitig kommen. Der Chef der 186 hat gesagt, es sei okay, also habe ich sie gelassen. Jetzt wünschte ich, sie hätten es den anderen überlassen.«
»Sind sie verletzt worden?«
»Nicht körperlich, nein. Sie haben Adler und ihre Mitbewohnerin herausgeholt. Es war schlimm, Reed.«
Reed blickte über die Schulter. Mia bog gerade von der Hauptstraße ein.
»Leben sie?«
»Die eine ist tot. Die andere auf dem Weg ins County.«
Zehn Streifenwagen sperrten das Gebiet ab, und die Beamten hielten die Leute zurück und teilten Decken an die Opfer aus. »Was ist mit den Cops, die zuerst hier waren?«

Larry deutete auf den Wagen, der am weitesten weg stand. »Jergens und Petty.«

»Danke.« Reed lief hinüber. »Solliday, OFI. Jergens und Petty?«

»Ich bin Jergens«, sagte der Beamte zur Linken. »Das ist mein Partner.«

Mia kam nun auf ihn zu. Reed bedeutete ihr, sich zu beeilen, und sie begann zu laufen, während er sein Aufnahmegerät aus der Tasche zog. »Das ist Detective Mitchell.« Er wandte sich ihr zu. »Zwei Frauen sind aus dem Feuer geholt worden, eine tot, die andere auf dem Weg ins Krankenhaus.«

»Das war der Typ, der Burnettes Tochter ermordet hat, oder?«, sagte Jergens verbittert. »Dieses Schwein.«

»Welche von den beiden Frauen ist tot?«, fragte Reed, aber die Männer schüttelten den Kopf.

»Schwer zu sagen. Beide waren übel verbrannt. Die Nachbarn meinen, sie hätten ungefähr dieselbe Größe und beide braune Haare, aber niemand mochte die Identifizierung übernehmen. Das ist die Tote.« Eine Bahre wurde vorbeigerollt, doch der Leichensack war bereits verschlossen.

Mia bedeutete den Sanitätern, stehenzubleiben. »Dann sehen wir mal nach.« Beide zuckten zusammen und stießen den Atem aus, als einer der Sanitäter den Sack öffnete. Es sah wirklich schlimm aus. »Das ist nicht Adler«, murmelte sie, dann wandte sie sich wieder zu Jergens und Petty um. »Haben die Nachbarn uns wenigstens einen Namen sagen können?«

Jergens sah auf seine Notizen. »Roxanne Ledford. Sie hat die 911 angerufen.«

»Erzählen Sie uns, was passiert ist«, sagte Mia. »Von dem Notruf an.«

Jergens nickte. »Um drei Uhr achtunddreißig wurde eine Vergewaltigung gemeldet. Noch im Gang. Die Vermittlung hat der Anruferin gesagt, sie solle sofort den Ort verlassen, aber sie hat es scheinbar nicht getan. Wir sind um drei Uhr zweiundvierzig hier gewesen. Oben und in der Eingangshalle waren Flammen. Petty hat die Feuerwehr gerufen. Ich habe den Feuerlöscher aus dem Streifenwagen genommen und versucht reinzukommen, aber das Feuer im Eingang war schon zu groß. Kurz nach uns kam ein anderer Streifenwagen. Ich bin losgegangen, um zu sehen, ob der Täter noch irgendwo zu finden war, während Petty und die anderen beiden mit der Evakuierung angefangen haben.«

»Aber Sie haben niemanden mehr gefunden?«, fragte Mia.

»Leider nein, Detective.«

»Beim letzten Mal ist er im Wagen des Opfers geflohen. Finden Sie heraus, welche Autos Adler und Ledford gehörten und sehen Sie nach, ob sie noch da sind. Falls nicht, geben Sie eine Fahndung raus.«

»Noch etwas?«, fragte Petty. »Wir wollen dieses Schwein wirklich gern erwischen.«

Mia sah sich um. »Ist einer von den Typen hier der Hausmeister?«

»Der da.« Petty zeigte die Richtung. »Der große Kerl mit den rosa Plüschpantoffeln.«

»Fragen Sie nach, ob es Sicherheitskameras gibt. Ich will jede einzelne Aufnahme der letzten Woche. Oh, und was machen wir mit den Leuten hier?«

»Zwei Busse sind unterwegs«, sagte Jergens. »Wir bringen sie erst einmal in der Grundschule am Ende der Straße unter.«

»Wir müssen ihre Aussagen aufnehmen. Ich will wissen, ob hier jemand herumgelaufen ist, der den Leuten nicht bekannt war.« Sie bedachte die beiden mit einem gezwungenen Lächeln. »Danke. Auch in Roger Burnettes Namen.« Sie schaute zu Reed auf, als sich die beiden Beamten in Bewegung setzten. »Wir müssen sofort zu Brooke. Vielleicht kann sie uns etwas sagen.«

»Hunter und Mahoney haben sie herausgeholt.«

Sie warf ihm einen ungläubigen Blick zu. »Sie sind *wieder* reingegangen? Hier sind vier Löschzüge! Warum ausgerechnet die beiden, um Himmels willen?«

Sofort meldete sich wieder die kleine, böse Stimme der Eifersucht in seinem Kopf. Energisch sperrte er sie aus. Was immer in der Vergangenheit zwischen Mia und Hunter gewesen war – Reed war derjenige, der vorhin aus ihrem Bett gekommen war.

»Sie wollten es so. Wenn man einmal eine Leiche rausholt, tut es gut, jemanden retten zu können. Der andere Chief hat das begriffen und Larry freie Hand gelassen.«

»Wie Howard und Brooks mir bei DuPree freie Hand gelassen haben.«

»Ja, genau so.«

Hunter und Mahoney saßen hinten am Rüstwagen. Beide wirkten, als stünden sie unter Schock.

»David.« Sie legte ihm eine Hand auf die Schulter. »Seid ihr okay?«

Hunter nickte, seine Augen ausdruckslos. »Ja.«

Mahoney verzog das Gesicht. »Na klar, uns geht es bestens.« Verbittert blickte er auf seine Stiefel. »Ich hasse diesen Kerl.«

»Was ist passiert?«, fragte Reed sanft. »Erzählen Sie uns, was Sie gesehen haben.«

»Wir sind vorn reingegangen«, begann Mahoney. »Da hat es auch gebrannt, aber die Jungs von der 186 hatten schon gelöscht. In Adlers Wohnung hatte sich starker Rauch entwickelt, aber der Herd stand noch da, wo er hingehört.«

»Wo haben Sie sie gefunden?«, fragte Mia.

»Im hinteren Schlafzimmer.« Mahoney räusperte sich. »Das Bett stand in Flammen, die Wände, der Teppich, alles.« Seine Stimme brach. »Zwei Frauen waren im Zimmer, eine auf dem Boden. Ich hob sie auf und brüllte nach Hunter. Die Sanitäter sagen, sie sei schon tot gewesen. Sie hat einen schwer entzündbaren Schlafanzug getragen, so dass sie nicht so schlimm verbrannt war, aber Gesicht und Hände waren kaum noch erkennbar. Sie ist erstochen worden. Richtig aufgeschnitten.« Er schürzte die Lippen und sah zur Seite.

»Und die zweite Frau?«, fragte Reed.

Hunter schluckte. »Sie war ans Bett gefesselt. Nackt. Ihr Körper brannte. Ich nahm die Decke und rollte sie darin ein. Ihre Beine waren gebrochen.«

Mia versteifte sich plötzlich, und ihr Blick schweifte zur Straße ab, wo sich eine Frau mit einem blonden Zopf näherte. »Verdammt noch mal.«

Wieder Carmichael. »Sie ist dir gefolgt«, bemerkte Reed, und ihr Blick begegnete seinem. Er wusste, dass sie dasselbe dachte wie er. Carmichael hatte vor ihrer Wohnung gewartet. Dann hatte sie auch gesehen, dass Reed kurz vor Mia herausgekommen war. Dass er die Nacht bei ihr verbracht hatte, würde bald überall auf den Titelseiten stehen. *Mist.*

Aber Mia widmete sich bereits wieder Hunter. »Und dann?«

»Ich musste die Stricke durchschneiden. Aber sonst habe ich nichts angefasst. Ich habe sie hochgehoben und rausgetragen. Sie hat schlimme Verletzungen.« Sein Kinn bebte, und er presste die Lippen zusammen. »Der Sanitäter sagt, er weiß nicht, ob sie durchkommt.«

Mia drückte Hunters Hand. »Wenn ja, dann nur durch euch beide. Bitte konzentriere dich darauf, David.« Sie ließ los und sah zu Reed auf. »Ich muss mit Brooke sprechen.«

Reed blickte zum Gebäude. Das Feuer war praktisch eingedämmt. »Ich bleibe hier und gehe rein, sobald ich kann. Foster und Ben sollten jeden Augenblick hier eintreffen. Kannst du Jack anrufen?«

»Ja.« Sie stieß wütend einen Kieselstein beiseite. »Verdammt. Er ist uns schon wieder entkommen.«

Donnerstag, 30. November, 4.50 Uhr

»Mein Name ist Detective Mitchell. Sie haben eben eine Miss Brooke Adler aufgenommen. Vergewaltigungs- und Brandopfer.«

Die Schwester der Notaufnahme schüttelte den Kopf. »Sie können unter keinen Umständen zu ihr.«

»Das muss ich aber. Sie ist die Einzige, die einen Mörder gesehen hat. Sie ist sein viertes Opfer.«

»Ich wünschte, ich könnte Ihnen helfen, Detective, aber ich kann Sie nicht zu ihr lassen. Sie ist sediert.«

Ein Arzt trat mit düsterer Miene zu ihnen. »Sie ist zwar sediert, aber irgendwie noch klar genug, um vor sich hin zu murmeln. Sie hat Verbrennungen dritten Grades, und neunzig Prozent der Haut ist in Mitleidenschaft gezogen. Wenn ich wüsste, dass sie überlebt, würde ich Sie zum Warten anhalten. Beeilen Sie sich. Wir wollten sie gerade intubieren.«

Mia passte sich an den raschen Schritt des Arztes an. »Sie wurde vergewaltigt. Wir müssen Beweise sichern.«

»Ich weiß. Ich habe es schon auf ihrer Karte notiert. Sie sieht schlimm aus, Detective.«
»Ich habe die ersten zwei Opfer im Leichenschauhaus gesehen, Doktor. Auch sie sehen schlimm aus.«
»Ich wollte sie nur vorwarnen.« Er gab ihr eine Maske und einen Kittel. »Nach Ihnen.«
Mia trat ein und blieb wie angewurzelt stehen. Säure stieg ihr in der Kehle auf, und sie würgte. *Lieber Gott,* war alles, was sie denken konnte. »Das … das ist …«
»Ja, das meinte ich«, murmelte der Arzt. »Sie haben zwei Minuten. Nicht mehr.«
Die Schwester neben Brooke sah sie böse an. »Was will die denn hier?«
»Sie ist der böse Cop«, sagte der Arzt unumwunden. »Lassen Sie sie vorbei.«
Mia warf ihm einen scharfen Blick zu. »Wie bitte?«
Er zuckte die Achseln. »Sie hat sie so genannt. Sie murmelt die ganze Zeit. Unter anderem vom bösen Cop.«
»Und irgendwas von ›zehn‹«, fügte die Schwester hinzu.
»Zehn wie die Zahl?«
»Ich denke schon.«
»Hey, Brooke. Ich bin's, Detective Mitchell.«
Brooke schlug die Augen auf, und Mia sah das Entsetzen und die Schmerzen in ihrem Blick. *»Zehn.«*
Mia hob die Hand, aber es gab keine Stelle, wo sie sie hätte berühren können. »Wer war das, Brooke?«
»Zähl bis zehn«, flüsterte die Frau. Sie stöhnte vor Schmerzen, und Mias Herz zog sich zusammen.
»Brooke, bitte sagen Sie mir, wer das getan hat. War es jemand vom Hope Center? Bixby?«
»Fahr zur Hölle.«
Mia zuckte zusammen. Die Frau hatte sich gefürchtet, mit

ihnen zu reden, aber sie hatten sie dazu gezwungen, sie und Reed. *Und damit werde ich leben müssen.* Und obwohl sie wusste, dass sie nicht anders gekonnt hatte, verstand sie Brookes Hass. »Es tut mir so leid, Brooke. Aber ich brauche Ihre Hilfe.«

»Zähl bis zehn.« Sie rang um Luft, und die Maschinen begannen zu piepen.

»Blutdruck fällt«, sagte die Schwester eindringlich. »Sauerstofflevel sinkt.«

»Geben Sie ihr eine Ampulle Adrenalin«, befahl der Arzt. »Und dann hängen Sie sie an den Adrenalintropf. Wir intubieren jetzt. Detective, Sie müssen gehen.«

»Nein.« Brooke kämpfte. »Zähl bis zehn. Fahr zur Hölle.«

Die Schwester arbeitete rasch, aber präzise. »Gehen Sie, Detective.«

»Moment noch.« Mia beugte sich vor. »War es Bixby? Thompson? Secrest?«

»Weg, Detective«, knurrte der Arzt, und Mia wich endlich zurück, entsetzt, hilflos, während der Arzt und die Schwester um Brookes Leben kämpften.

Dreißig zermürbende, endlose Minuten später trat der Arzt einen Schritt zurück. Seine Schultern hingen herab. »Das war's. Todeszeitpunkt fünf Uhr fünfundzwanzig.«

Es musste ein Wort für das Gefühl geben, das sich in Mia ausbreitete, aber sie kannte es nicht. Sie begegnete dem müden Blick des Arztes. »Ich … ich weiß nicht, was ich sagen soll.«

Der Mann presste die Lippen zusammen. »Sagen Sie einfach, Sie schnappen denjenigen, der das getan hat.«

Roger Burnette hatte das in Caitlins Namen verlangt, Dana in Penny Hills. »Das werden wir. Das müssen wir. Er hat schon vier Frauen getötet. Danke. Ich weiß, Sie haben getan, was Sie konnten.«

Grimmig nickte er. »Es tut mir leid.«
»Ja. Mir auch.« Sie stand auf, ging zur Tür und drehte sich noch einmal um. Zwang sich, Brooke Adler ein letztes Mal zu betrachten. Dann bekreuzigte sie sich und verließ den Raum.

Donnerstag, 30. November, 5.45 Uhr

Das Kind sah von seinem Versteck aus zu. *Er* war wieder draußen. Er wusste nicht, was der Mann vergrub, aber er wusste, dass es etwas Schlimmes sein musste. Denn er war ein böser Mann. *Weiß das sonst keiner? Bin ich der Einzige, der weiß, wie böse dieser Mann ist?*
Er dachte an seine Mutter, die sich im Bett herumwarf und wurde plötzlich furchtbar wütend. Sie musste es doch wissen. Sie musste es sehen. Sie wusste, dass er mitten in der Nacht verschwand. Aber sie stand jeden Morgen auf und setzte ein fröhliches Gesicht auf. Machte ihm Eier mit Schinken und lächelte, als wären sie eine normale Familie. Aber sie waren nicht normal.
Er wünschte, er würde einfach gehen. Sie zufriedenlassen. Er wünschte, seine Mutter würde ihn hinauswerfen. Aber sie tat es nicht, denn sie hatte Angst. Er wusste das. Und sie hatte Grund dazu. *Genau wie ich.*

Donnerstag, 30. November, 7.20 Uhr

»Daddy?«
Reed, der gerade dabei war, sich das Hemd zuzuknöpfen, sah auf. »Ja?«
Sie stand an der Tür und sah ihn besorgt an. »Ist alles okay mit dir?«

Nein. Er fühlte sich hundeelend. Noch zwei Tote. »Nur müde, Schätzchen. Sehr, sehr müde.«
Sie zögerte. »Dad, ich brauche mehr Geld fürs Mittagessen.«
Er runzelte die Stirn. »Ich habe dir am Montag erst welches gegeben.«
»Ich weiß.« Sie verzog das Gesicht. »Ich musste in der Bücherei Überziehungsgebühren zahlen. Es tut mir leid.«
Mit leichtem Unbehagen gab er ihr weitere zwanzig Dollar. »Bring das nächste Mal die Bücher rechtzeitig zurück, okay?«
»Na klar. Danke, Dad.« Sie steckte das Geld in die Jeans. »Ich mache dir Kaffee.«
»Den kann ich gebrauchen.« Erschöpft setzte er sich auf die Bettkante. Mia hatte recht gehabt. Er war fix und fertig. Wo mochte sie jetzt wohl sein? Wahrscheinlich zu Hause, allein. Er hätte sich zurückhalten sollen, hätte warten sollen, bis sie die Grundregeln aufgestellt hatten. Keine Verpflichtungen. Aber er war dazu nicht in der Lage gewesen. Er hatte nur noch an sie denken können. Sein Körper hätte ihm niemals gehorcht. Aber er musste die Kontrolle bewahren, denn er wollte ihr nicht wehtun.
Er sah sich in seinem Schlafzimmer um. Alles war noch so, wie Christine es hinterlassen hatte – elegant und zeitlos geschmackvoll. Mias Wohnung war ein Chaos aus sich beißenden Farben wie Orange und Pink. Gestreifte Decken und karierte Vorhänge. Stoffe und Dekoration vom Grabbeltisch.
Aber das Bett hatte seinen Zweck erfüllt, und das ganz wunderbar. Sex mit Mia konnte suchterzeugend sein, wenn er es zuließ. Aber er mochte kein Suchtverhalten. Er war stärker. Geistesabwesend rieb er sich die tauben Fingerspit-

zen. Er hatte zu trinken aufgehört, als er die Kontrolle darüber verloren hatte. Das war seiner biologischen Mutter nie gelungen. Eine Krankheit, hatte sie behauptet. Ihre Entscheidung, hatte er gewusst. Sie hatte den Schnaps mehr geliebt als alles andere. Mehr als ihn.

Er verzog das Gesicht und verdrängte den Gedanken an seine Mutter. Er hatte in dieser einen Woche öfter an sie gedacht als im gesamten vergangenen Jahr.

Er musste die Kontrolle behalten. Und durfte nicht zulassen, dass ihn diese Sache mit Mia von dem ablenkte, was wichtig war. Das Leben, das er für Beth aufgebaut hatte. Er nahm die dünne Goldkette von seinem Nachttisch und legte sie sich um den Hals. Ein Talisman vielleicht. Eine Mahnung, Prioritäten zu setzen, auf jeden Fall.

Und jetzt musste er los, sonst kam er zu spät zum Meeting.

15. Kapitel

Donnerstag, 30. November, 8.10 Uhr

Zähl bis zehn und fahr zur Hölle?« Spinnelli saß stirnrunzelnd am Kopf des Tischs. Jack war da, Sam und Westphalen ebenfalls. Spinnelli schien seine Truppen zu sammeln, denn auch Murphy und Aidan Reagan hatten sich zu ihnen gesellt. Mia hatte sich so weit wie möglich von Reed weggesetzt, und ihr Blick verriet nichts. Aber er wusste, wie es um sie stand. Sie hatte ihn angerufen, als sie aus dem Krankenhaus gekommen war, und ihre Stimme hatte verzweifelt geklungen.

»Das waren ihre letzten Worte«, sagte sie nun. »Buchstäblich.«

Westphalen betrachtete sie eingehend. »Was, denken Sie, soll das bedeuten, Mia?«

»Keine Ahnung. Ich dachte zuerst, sie wolle *mich* zur Hölle schicken.« Sie lachte schnaubend, aber es klang eher gequält. »Und das wäre schließlich ihr Recht gewesen.«

»Mia«, begann Spinnelli, aber sie hielt die Hand hoch und straffte die Schultern.

»Ja, ich weiß. Es ist nicht unsere Schuld. Ich glaube inzwischen auch, dass *er* das zu ihr gesagt hat, Miles. Bevor er den Brand gelegt hat. Ich … ich habe so etwas noch nie gesehen. Und ich will so etwas auch nicht wieder sehen.«

»Dann sollten wir uns anständig ins Zeug legen.« Spinnelli ging an die Tafel. »Was wissen wir jetzt?«
»Tja, Manny Rodriguez kann es nicht gewesen sein«, bemerkte Mia. »Er saß in Haft.«
»Ja, Sie hatten recht, was ihn betrifft«, stimmte Spinnelli zu. »Aber nun ist es umso wichtiger herauszufinden, was er weiß und uns verheimlicht. Was noch? Was ist mit den Opfern?«
»Brooke Adler und Roxanne Ledford«, sagte Mia. »Beide Lehrerinnen. Brooke für Englisch, Roxanne für Musik. Roxanne war sechsundzwanzig, Brooke ist gerade zweiundzwanzig geworden.«
Spinnelli seufzte resigniert. »Todesursache?«
»Bei Adler kardiovaskulärer Kollaps aufgrund starker Verbrennungen«, sagte Sam. »Das zweite Opfer hatte eine Stichwunde im Abdomen.«
»Die Klinge?«, fragte Mia gepresst.
»Etwa fünfzehn Zentimeter lang. Dünn. Scharf. Er hat es ihr in die Bauchhöhle gestoßen und« – er machte eine waagerecht schlitzende Bewegung – »sie aufgeschnitten, ungefähr zwölf Zentimeter weit.«
»Das Messer passt zu den sexuellen Übergriffen«, bemerkte Westphalen. »Für viele gilt das Messer als Penisverlängerung.«
»Ich würde gern mal das Messer an seiner Verlängerung ansetzen«, murmelte Mia.
Reed zog den Kopf ein – und nicht nur er. »Rauch in der Lunge?«, fragte er.
»Nein. Ledford starb innerhalb weniger Minuten. Auf jeden Fall bevor das Feuer gelegt wurde.«
Spinnelli schrieb es an die Tafel und drehte sich um. »Weiter.«

»Adlers Wagen ist weg.« Mia warf einen Blick auf ihre Notizen. »Wir lassen ihn suchen, aber bisher haben wir nichts.«
»Auch Penny Hills Wagen hat er genommen«, sagte Spinnelli nachdenklich. »Was stimmt noch mit den anderen Fällen überein?«
»Das Ei«, sagte Reed. »Ich habe Bruchstücke in Brookes Schlafzimmer und in der Eingangshalle gefunden.«
»Adlers Beine waren gebrochen, wie bei den ersten beiden Opfern«, fügte Sam hinzu. »Aber er hat sie nicht ausbluten lassen wie die Hill. Wenn er das getan hätte, hätte sie vermutlich nicht lange genug gelebt, um sie noch retten zu können. Ledford hatte nur die Stichwunde – und natürlich die Verbrennungen.«
»Ich denke, wir können davon ausgehen, dass Roxanne Ledford ihn überrascht hat«, sagte Jack. »Wir haben Teile ihrer Geige in unmittelbarer Nähe ihrer Leiche gefunden. Wahrscheinlich hat sie ihn damit attackiert.«
»Nachdem sie die Polizei gerufen hat«, murmelte Mia.
»Und dafür können wir ihr dankbar sein«, sagte Spinnelli. »Eine Menge Leute wären zu Schaden gekommen, wenn die Feuerwehr nicht rechtzeitig aufgetaucht wäre.«
»Das wird Roxannes Familie garantiert ein enormer Trost sein«, bemerkte Mia leise.
»Haben Sie es ihnen schon gesagt?«, fragte Westphalen.
»Ja, vor ungefähr zwei Stunden. Sie haben es nicht gerade mit Fassung getragen.«
Murphy drückte ihren Unterarm. »So etwas ist immer zum Kotzen, Kleine«, murmelte er mit seinem Möhrenstreifen im Mund.
Sie lächelte verbittert. »Meinst du?«
Reed hätte sie auch gern berührt, ihre Hand gehalten, aber

er wusste, dass das nicht in Frage kam. Also fixierte er stattdessen die Tafel. »Es gab keine Gasexplosion. In den Wohnungen wird mit Strom gekocht. Außerdem gab es Unterschiede in den Fragmenten der Eier.« Er stieß ein Schraubglas an, in dem ein Klumpen geschmolzenes Plastik zu sehen war. »Das hier lag ein paar Meter von Brookes Schlafzimmertür entfernt. Ich denke, das Ei ist auseinandergefallen, bevor die Lunte es erreicht hat. Es ist nicht zerborsten.«

Spinnellis Schnurrbart wanderte abwärts. »Interessant. Theorien?«

»Nun, wenn ich den Brand mittels Ei hätte legen wollen, dann hätte ich es direkt auf die Matratze gelegt. Es wäre näher an Brooke gewesen und hätte schneller Feuer gefangen. Aber ich denke, das hier lag nicht dort.«

Aidan Reagan machte sich eifrig Notizen. »Und wieso nicht?«

»Weil Mahoney und Hunter Brooke nicht mehr hätten retten können, wenn das Ei auf der Matratze gelegen hätte – sie wäre zu dem Zeitpunkt wie Penny Hill und Caitlin Burnette jenseits aller Rettungsversuche verbrannt gewesen. Außerdem zeigt das Muster, dass das Feuer nahe der Tür eingesetzt hat und ein paar Minuten brauchte, bis es das Bett erreichte.«

»Das würde die Brandwunden beim zweiten Opfer erklären«, sagte Sam. »Obwohl auf ihrem Körper kein Brandbeschleuniger zu finden war, lag sie näher an der Quelle.«

»Und dann habe ich noch Ammoniumnitrat in den Teppichfasern entdeckt. Irgendwie ist das Ei auf dem Boden gelandet, jedoch ohne aufzubrechen.«

»Hat sie es vom Bett getreten?«, überlegte Mia, und Reed zuckte die Achseln.

»Möglich.«
Sam schüttelte den Kopf. »Sie hatte die Beine gebrochen. Ich kann mir schwer vorstellen, dass sie damit noch um sich treten konnte.«
»Der Arzt meinte, er könne sich kaum vorstellen, wie sie in ihrem sedierten Zustand noch murmeln konnte«, sagte Mia.
»Sie hat außerdem versucht, sich mit einem Messer zu wehren«, meldete sich Jack zu Wort. »Wir haben ein Fleischermesser mit ihren Fingerabdrücken im Wohnzimmer gefunden. Dummerweise ohne Blut, also hat sie ihn nicht erwischt.«
»Mir scheint, Brooke Adler war ein ganzes Stück stärker, als ich sie gestern noch eingeschätzt hätte.« Mia lächelte verbittert. »Tja, auch das dürfte die Eltern enorm trösten.«
»Mia.« Westphalen verzog mitfühlend die Lippen. »Sie haben beide Familien nacheinander informiert?«
»Ich bin sicher, dass sie weitaus schlimmer daran zu knabbern haben als ich«, gab sie gepresst zurück. »Übrigens denke ich, das ›Fahr zur Hölle‹ bezieht sich auf das Feuer. Es muss eine symbolische Bedeutung haben.«
»Ja, das ergibt sicher Sinn«, stimmte Westphalen ihr zu. »Und ich denke, die Leute, die er tötet, haben etwas getan, das sie in seinen Augen zur Hölle verdammt. Was hat es mit ›Zähl bis zehn‹ auf sich?«
»Die Lunte«, erklärte Reed. »Penny Hills Nachbar, Mr. Wright, meinte, er hörte Reifen quietschen, sah den Wagen davonfahren, und eine Sekunde später flog das Haus in die Luft. Wenn wir davon ausgehen, dass Wright richtige Angaben gemacht hat und der Mörder direkt nach Entzünden der Lunte weggerannt ist, hätte er zwischen zehn und fünfzehn Sekunden, um sich selbst außer Gefahr zu bringen. Ich hab's ausprobiert.«

»Aber warum zehn?«, überlegte Westphalen. »Kann es nicht noch eine Bedeutung außer dieser Clint-Eastwood-haften Coolness haben?«
Mias Miene wirkte angespannt. »Hoffen wir, es ist nicht die Anzahl der Menschen, die er zu töten gedenkt.«
Einen Moment lang herrschte tiefes Schweigen. »Na, wenn das kein aufbauender Gedanke ist«, murmelte Jack.
»Dann wollen wir jetzt ein paar ermutigende Dinge hören«, sagte Spinnelli spitz. »Jack?«
»Wir haben die Abdrücke aus der Schule Tag und Nacht durchs System laufen lassen. Theoretisch müssten alle Abdrücke aus dem Kunstraum und dem Labor zu finden sein. Jeder im Hope Center ist auf die eine oder andere Art registriert, sowohl das Personal als auch die Bewohner. Aber ein Satz stimmte mit keinem Abdruck aus dem Archiv überein. Und obwohl es wahrscheinlich überflüssig ist, es zu erwähnen, waren das nicht Mannys. Darüber hinaus sind die Abdrücke auch nicht bei AFIS zu finden, was bedeutet, dass unser Bursche kein Vorstrafenregister hat.«
»Vielleicht hat sich jemand unberechtigt Zugang zur Schule verschafft«, meinte Spinnelli.
»Kann sein.« Mia begegnete Reeds Blick, und er konnte ihr Hirn förmlich arbeiten sehen. »Aber Secrest wirkte auf mich nicht wie jemand, dem so etwas entginge. Er ist ein Fiesling, der sich nicht in die Karten sehen lassen will, aber er weiß, was an der Schule vor sich geht. Bixby hat für jeden Schüler und jeden Lehrer eine Karteikarte angelegt. Jeder Abdruck müsste im System zu finden sein.«
Reed wusste, worauf ihre Gedanken zusteuerten. »Also ist Secrest entweder doch jemand entgangen, oder eine der Karteikarten, die Bixby uns gegeben hat, war falsch. Fragt

sich nur, ob er es mit Absicht getan hat oder selbst nichts davon weiß.«

Spinnelli presste die Kiefer zusammen. »Machen Sie von jedem in der Schule neue Abdrücke. Wer nicht will, wird hergeschleppt.«

Mias Lächeln war raubtierhaft. »Mit Vergnügen.«

»Haben Sie inzwischen eine Verbindung zwischen Burnettes und Hills Akten gefunden?«

»Äh ... nein.« Ihre Fassung geriet vorübergehend ins Wanken, und Reed konnte nicht verhindern, dass er an das dachte, was sie getan hatte, anstatt in den Akten zu schmökern. Aber jeder Mensch hatte ein Anrecht auf Pausen und Zeit für sich selbst, und deswegen dachte er ja gar nicht daran, sich schuldig zu fühlen. Und er hoffte, dass es ihr genauso ging. Sie räusperte sich. »Wir suchen noch. Haben die Nachrichten schon die Namen der neuen Opfer genannt?«

»Ich habe zwei Sendungen der Lokalsender gesehen«, sagte Aidan. »In beiden wurde gesagt, man halte die Namen der Opfer zurück, bis die Angehörigen informiert worden sind.«

»Auf Channel Nine dasselbe«, fügte Westphalen hinzu.

»Und das Haus hat erst nach Drucklegung der Zeitungen gebrannt«, sagte Mia.

»Das heißt, wir können annehmen, dass Bixby und Co. noch nichts von den Morden wissen, sofern sie nicht daran beteiligt sind.«

Sie nickte und zog die Brauen hoch. »Am besten fahren wir direkt nach dem Meeting ins Hope Center. Ich möchte herausfinden, ob die Achse des Bösen uns in die Augen sehen kann.«

Reeds Lippen zuckten. »Die Achse des Bösen? Bixby, Thompson, Secrest. Das passt.«

Sie erwiderte das Lächeln, dann wurde sie wieder ernst. »Und ich will Manny mitteilen, dass Brooke tot ist. Vielleicht verunsichert ihn das genug, dass er uns endlich sagt, was er weiß.«
»Warten Sie, bis ich mit ihm gesprochen habe«, bat Westphalen. »Ich möchte nicht, dass er vollkommen zusammenbricht und wir gar nichts mehr von ihm erfahren. Ich bin bis Mittag fertig.«
»Also gut. Aber nicht viel später. Ich will ihm keine Zeit lassen, sich eine gute Geschichte zu überlegen.«
»Haben wir was aus Adlers Wohnung?«, fragte Murphy. »Kameraaufzeichnungen?«
»Nein«, sagte Reed. »Ein Wohnhaus ohne Schnickschnack, und das, was da ist, ist nicht vernünftig gewartet worden. In einigen Wohnungen funktioniert nicht einmal der Rauchmelder. Wir werden alle Mieter ganz altmodisch befragen müssen.«
»Murphy und Aidan, Sie machen das«, ordnete Spinnelli an. »Sonst noch etwas Brauchbares?« Aber niemand hatte noch etwas zu sagen, und sie erhoben sich. »Wir treffen uns um fünf wieder hier. Ich will den Namen eines Verdächtigen, Mia.«
Sie seufzte. »Das will ich auch.«

Donnerstag, 30. November, 8.15 Uhr

Er blinzelte, um die Überschriften erkennen zu können. Er war so müde. Er hatte überlegt, sich krankzumelden, aber das hätte vielleicht Verdacht erregt. Unter diesen Umständen.
Und was für Umstände das gewesen waren! Er war gestern wirklich in Form gewesen. Vier. Beseitigt. Tot. Das war

Rekord. Jedenfalls für ihn. *Meine persönliche Bestleistung.* Er gluckste und blätterte die Titelseite des *Bulletin* um. Dieses elende Klatschblatt schien immer die Nase vorn zu haben, also wollte er damit anfangen. Aber er las nichts Neues. Nur aufbereiteter Kram von der Pressekonferenz am Tag zuvor. Er setzte sich ein wenig aufrechter hin. Er war Thema einer Pressekonferenz gewesen. Cool.

Er überflog die anderen Nachrichten und hielt auf Seite drei inne, als ihm zwei bekannte Namen ins Auge sprangen. Joanna Carmichael und niemand anderes als Detective Mia Mitchell.

Auf Mitchell war am Dienstagabend geschossen worden. Quasi vor der eigenen Haustür. Sedgewick 1342. Nun, das war etwas, was man nicht alle Tage las. Die Adresse eines Cops in der Zeitung gedruckt. Musste das nicht gutes Karma oder so etwas sein? Langsam fing er an, ans Schicksal zu glauben. Der Schütze hegte, laut Bericht, irgendeinen persönlichen Groll gegen Mitchell, der wiederum auf eine andere Schießerei vor drei Wochen zurückzuführen war. Aber der Typ schien seine Waffe nicht zu beherrschen und hatte unverrichteter Dinge abtauchen müssen.

Er riss den Artikel aus und schnitt die Kanten penibel glatt. Mitchell hatte ziemlich viel zu tun. Und viele Feinde. Sie war ihm gestern zu nahe gekommen. Und nun, da Brooke Adler tot war, würde sie versuchen, noch näher an ihn heranzurücken. Wenn sie erschossen wurde, würde man sie natürlich ersetzen, aber man würde auch nach dem Schützen suchen. Er legte den Finger unter den Namen. Melvin Getts. Falls Mitchell zufällig starb, würden sie sich gewiss eine Weile auf diesen Idioten konzentrieren. Eine Ablenkung, und im Grunde war das alles, was er brauchte. Er musste Zeit gewinnen.

Er schob den Artikel zu den anderen in das Buch. Er konnte schlafen, wenn alles vorbei war. Nun hatte er zu tun und ein betroffenes Gesicht aufzusetzen. Die arme Brooke war tot. Er würde niedergeschmettert sein. Und natürlich der Polizei sofort seine Hilfe anbieten.

Das war das mindeste, was er tun konnte.

Donnerstag, 30. November, 8.35 Uhr

Mias gewaltiges Gähnen renkte ihr beinahe den Kiefer aus. »Ich bin müde.«

»Wem sagst du das.« Solliday tippte gleichmäßig auf seiner Tastatur.

Er wirkte frisch und professionell und überhaupt nicht müde, und einen Moment lang erlaubte sie sich den Luxus, daran zu denken, wie er in ihrem Bett ausgesehen hatte. Nachdem sie zum dritten Mal miteinander geschlafen hatten. Es war der beste Sex gewesen, den sie je gehabt hatte.

»Was machst du da?«

Er sah nicht auf. »Ich wollte mich über die Herkunft der Akteure schlaumachen, bevor wir zum Hope Center fahren.« Er grinste. »Oder besser die ›Achse des Bösen‹.«

»Das hätte ich längst tun müssen«, brummelte sie und hievte sich vom Stuhl.

»Nun, hast du aber nicht«, sagte er sanft. »Deswegen hat man ja Partner, Mia. Man muss nicht alles selbst machen.«

Sie lehnte sich mit der Hüfte gegen den Tisch und atmete sein Aftershave ein. Sein Gesicht war um den Bart herum, der sie an den Innenseiten ihrer Oberschenkel gekitzelt hatte, sauber rasiert. Sie stieß den Atem aus. »Also, *deswegen* hat man einen Partner?«, murmelte sie, gerade laut genug, dass er es hören konnte.

Seine Finger auf der Tastatur hielten inne. »Mia«, warnte er leise.

»Entschuldige. Du hast ja recht.« Sie schüttelte sich leicht und konzentrierte sich auf den Bildschirm. Er kannte sich mit staatlichen Datenbanken aus. Sie hatte nie daran gedacht, dass auch Fire Marshals sie benutzten. In letzter Zeit lernte sie eine ganze Menge über die Arbeitsweise von Feuerwehrleuten. »Und? Hast du was gefunden?«

Er gab ein paar Befehle ein und las dann interessiert, was auf dem Schirm erschien. »Secrest ist ein Expolizist.«

»Viele Polizisten arbeiten nach der Pensionierung für private Sicherheitsunternehmen. Überrascht mich nicht.«

»Nein, aber das hier schon. Er hat vor vier Jahren gekündigt, um für Bixby zu arbeiten. Zwei Jahre vor seiner Pensionierung.«

»Und hat sich dadurch eine satte Rente entgehen lassen«, murmelte Mia. »Wieso?«

»Vielleicht kannst du mit ein paar alten Freunden von ihm reden und es herausfinden.«

»Darum bitte ich lieber Spinnelli. Der kriegt Dinge heraus, die man mir nie sagen würde. Und Thompson?«

»Unser hilfreicher Schulpsychologe«, sagte er. »Keine Daten.« Er gab den Namen bei Google ein. »Er hat in Yale promoviert.«

Mia runzelte die Stirn. »Was macht einer aus Yale in einer Jugendstrafanstalt? Das Gehalt muss doch zum Weinen sein.«

»Er hat ein Buch herausgegeben. *Rehabilitation jugendlicher Straftäter*. Ich habe Mannys Akte im Hope Center eingesehen. Er ist seit einiger Zeit bei Thompson in Therapie.«

Sie zog eine Braue hoch. »Vielleicht will Thomspon ja eine Fortsetzung schreiben.«

»Das würde seinen Wutanfall erklären, als wir Manny mitgenommen haben. Können wir seine Unterlagen einsehen?«
»Aufgrund dessen, was wir haben, wahrscheinlich nicht, aber ich kann nachfragen. Und Bixby?«
Er konzentrierte sich wieder auf den Monitor. »Hat ein paar Artikel zur Schulbildung veröffentlicht.«
»Zwei davon über Schulbildung in der Rehabilitation«, bemerkte sie.
»Aber auch hier fragt man sich doch, warum er kein höheres Gehalt anstrebt.«
»Wir werden es herausfinden. Und jetzt sieh mal Atticus Lucas nach. Der Kunstlehrer.«
Er tat es. »Verschiedene Ausstellungen.« Er überflog die Seite. »Einige wichtige Galerien. Noch einer, der sich plötzlich mit einem jämmerlichen Gehalt zufriedengibt.«
»Und das Hope Center selbst? Gemeinnützig, richtig? Weißt du, wie man die Finanzen einsehen kann?«
Er warf ihr einen sehr, sehr geduldigen Blick zu. »Ja, Mia.«
Sie grinste. »Dann sieh nach, ob du etwas findest, während ich meine Mailbox abhöre. Dann sollten wir los. Die Lehrer werden um neun da sein.«
Eine Zeitung landete auf ihrem Tisch. Murphy war hereingekommen, seine Miene war ausgesprochen düster. »Was ist?«, fragte sie.
»Du bist schon wieder in den Nachrichten, Glamour-Girl. Seite drei des *Bulletin,* unten rechts.«
Einen Moment lang überlegte sie, ob Carmichael schon etwas über ihre wilde Nacht mit Reed hatte verlauten lassen, aber das konnte nicht sein. Der *Bulletin* ging um ein Uhr nachts in Druck, und Reed war erst gegen vier gegangen. Ihr Blick fiel auf den Artikel, und ihr wich das Blut aus dem Gesicht.

Das war schlimmer. Viel schlimmer. Die Wut kochte in ihr hoch, und sie verspürte das dringende Bedürfnis, Carmichael zu erwürgen. »Verdammt. Ich könnte diese Frau ...« *Umbringen!* Sie verbiss sich das Wort und sah zu Solliday auf, der sie besorgt musterte. »Carmichael. Sie hat mitbekommen, dass Getts auf uns geschossen hat. Sie hat hier meine Privatadresse abgedruckt. Erst Wheaton und jetzt das. Adieu Privatsphäre. Ich glaube, ich hasse Reporter.«

»Wieso? Was war mit Wheaton?«, fragte Murphy, und sie seufzte.

»Ihr ist die geheimnisvolle Blonde von gestern aufgefallen. Sie hat versucht, Reed damit zu erpressen, um an vertrauliche Informationen zu kommen.«

»Aber Sie haben sich nicht erpressen lassen.« Murphy trommelte mit den Fingern auf der Tischplatte.

Reed sah ungeduldig auf. »Natürlich nicht.« Er nahm die Zeitung und las. Seine Lippen pressten sich zusammen. »Diese Frau muss aufgehalten werden.«

»Sie wird sich auf die Pressefreiheit berufen.« Mia fuhr sich mit der Zunge über die Zähne. »Das war's, sie ist von meiner Weihnachtskartenliste gestrichen. Und mir ist es egal, ob sie mir DuPree geliefert hat oder nicht.«

»Das wird sie garantiert tief treffen.« Wütend schüttelte Reed den Kopf. »Mia, du kannst nicht in deiner Wohnung bleiben. Jeder kleine dreckfressende Möchtegerngangster wird es sich auf deiner Fußmatte gemütlich machen.«

Sie grinste. »Dreckfressender Möchtegerngangster? Ich glaube, ich färbe auf dich ab, Solliday.«

»Ich mein's ernst, Mia. Du musst dir eine neue Bleibe suchen.«

»Er hat recht«, sagte Murphy. »Da hätte sie dir auch gleich eine Zielscheibe auf den Hintern malen können.«

»Ich ziehe nicht um, und ich will auch nicht mehr darüber reden. Ich höre jetzt meine Mailbox ab, und dann mache ich meinen verdammten Job.«

Sie nahm ihr Telefon und ignorierte die zwei Männer, die sie finster anstarrten. Dann runzelte sie die Stirn. »Gestern Abend ist eine Nachricht von Thompson eingegangen.«

»Welcher auf der Achse des Bösen war er noch mal?«, fragte Murphy, noch immer sauer auf sie.

»Der Psychologe. Er sagt, dass er uns sprechen muss. Und dass es dringend sei.«

»Ich traue dem Mann nicht«, sagte Reed zähneknirschend.

»Ich auch nicht. Aber ich will hören, was er zu sagen hat.«

Donnerstag, 30. November, 9.15 Uhr

»Solliday und Mitchell. Wir wollen mit Dr. Bixby und Dr. Thompson sprechen«, sagte Reed.

Marcys Lippen pressten sich zusammen. »Ich sage Dr. Bixby Bescheid.«

Secrest war bei Bixby, aber Thompson fehlte. Keiner von beiden wusste von Brookes Tod, entschied Reed. Oder falls doch, konnten sie es großartig verbergen.

»Was kann ich heute für Sie tun?«, fragte Bixby förmlich.

»Wir haben auch nach Dr. Thompson gefragt«, sagte Mia. »Wir müssen mit ihm reden.«

Bixby legte die Stirn in Falten. »Das geht nicht. Er ist nicht da.«

Reed und Mia tauschten einen Blick aus. »Nicht da?«, fragte Reed. »Und wo ist er?«

»Das wissen wir nicht. Er ist gewöhnlich schon um acht an seinem Platz, aber heute ist er noch nicht gekommen.«

Reed zog eine Braue hoch. »Und ist das normal, dass er einfach fernbleibt?«
Bixby sah ihn verärgert an. »Ganz und gar nicht. Er ruft immer an.«
»Hat jemand bei ihm zu Hause nachgefragt?«, fragte Mia.
Secrest nickte. »Ja. Aber niemand ist ans Telefon gegangen. Warum wollen Sie ihn sprechen?«
»Er wollte *mich* sprechen. Ich dachte, es könnte etwas mit dem Mord an Brooke Adler zu tun haben.«
Einen Moment lang regte sich keiner der beiden Männer. Dann knirschte Secrest mit den Zähnen, und Bixby wurde blass. Hinter sich hörte Reed Marcy nach Luft schnappen.
»Wann?«, fragte Secrest. »Und wie?«
»Heute Morgen sehr früh«, sagte Reed. »Sie ist an Verbrennungen gestorben.«
Bixby sah wie betäubt zu Boden. »Das kann ich nicht glauben.«
Mia hob das Kinn. »Ich schon. Ich war bei ihr, als sie starb.«
»Hat sie etwas gesagt, bevor sie starb?«
Mia lächelte böse. »Sie hat eine Menge gesagt, Dr. Bixby. Nur, um die Formalitäten einzuhalten – wo waren Sie zwischen drei und vier Uhr morgens?«
Bixby brauste auf. »Sie können doch nicht mich verdächtigen.«
Secrest seufzte. »Antworten Sie einfach, Bix.«
Bixby verengte die Augen. »Zu Hause im Bett. Bei meiner Frau. Sie wird das bestätigen.«
»Das wird sie bestimmt«, sagte Mia. »Und Mr. Secrest? Die gleiche Frage an Sie.«
»Zu Hause. Im Bett. Bei meiner Frau«, sagte er ohne eine Spur Sarkasmus.

»Was sie bestätigen wird.« Mia grinste. »Danke, meine Herren.«
Reed hätte beinahe gelächelt. Sie machte sich über die beiden lustig und genoss es. »Wir müssen mit Ihrem Personal reden und die Akten einsehen. Können Sie uns einen Raum dafür geben?«
»Marcy«, fauchte Bixby. »Konferenzraum zwei. Ich bin in meinem Büro.«
Secrest bedachte sie nur mit einem langen, verbitterten Blick, bevor er seinem Chef folgte.
»Ich bin mal gespannt, ob wir gleich Schreddern aus den Büros hören werden«, murmelte Reed.
»Patrick meint, wir haben nicht genug, um alle Akten zu beschlagnahmen«, gab Mia ebenso leise zurück. »Aber vielleicht reicht es für Thompsons Akte, wenn wir beweisen können, dass er die Stadt verlassen hat. Wir sollten ein paar Anrufe erledigen.« Sie sah zu Marcy hinüber. »Am besten draußen.«
Im Freien holte sie ihr Handy hervor. »Ich frage Patrick, ob wir eine Verfügung für Thompsons Computer und seine Akten hier und bei ihm zu Hause bekommen können. Rufst du Spinnelli an? Er soll jemanden zu Thompsons Haus schicken.«
»Ich werde ihn auch um Leute bitten, die hier die Eingänge überwachen. Ich möchte nicht, dass uns einer erwischt.«
Sie telefonierten und steckten ihre Handys gleichzeitig wieder weg. Mia sog eine Wange ein. »Bald wirst du meine Sätze beenden.«
Etwas in ihm begann sich zu winden, denn die angedeutete Intimität behagte ihm nicht. Der letzte Mensch, der seine Sätze hatte beenden können, war Christine gewesen. »Kriegst du die Verfügung?«, fragte er barsch, und sie sah

ihn überrascht an. Sofort rührte sich sein schlechtes Gewissen. »Entschuldige. Ich wollte dich nicht anfauchen.«
Sie zuckte die Achseln. »Patrick will es versuchen. Was sagt Spinnelli?«
»Er meldet sich, wenn der Streifenwagen bei Thompsons Adresse ist. Und Jack ist auf dem Weg mit einem Abdruckexperten und jemandem, der nach Wanzen sucht.«
Sie zog die Stirn kraus. »Am liebsten würde ich das komplette Personal aufs Revier schleppen, aber das würde ewig dauern. Ich will *jetzt* mit ihnen reden.«
»Dann tun wir das.« Er brachte sie zum Lächeln. »Bereit, der Achse des Bösen auf die Zehen zu treten?«
Sie lachte, und das beruhigte ihn. »Gehen wir.«

Secrest wartete mit einem Stapel Akten in der Hand und führte sie in das Kämmerchen, in dem sie am Tag zuvor bereits gewartet hatten. Es schien schon ewig her zu sein.
»Schicken Sie mir das Personal einzeln herein«, sagte Mia, als sie auf den harten Stühlen Platz nahmen. »Und wir möchten erst mit jenen reden, die Miss Adler am besten gekannt haben.«
Secrest ließ den Stapel auf den Tisch fallen. »Jawohl, *Ma'am.*«
Reed zog den Kopf ein, als Secrest ging. »Autsch.«
»Verzeihen Sie.« Ein Mann stand in der Tür, und er war sehr, sehr blass. »Sie sind die Detectives.« Er warf einen Blick über die Schulter. »Ich muss mit Ihnen reden.«
Mia sah Reed an. »Sollen wir auf den Techniker warten, der die Wanzen aufspürt?«, murmelte sie.
»Er wirkt nervös. Vielleicht geben wir ihm besser keine Zeit, es sich noch einmal zu überlegen. Im Übrigen könnte Bixby auch einfach an der Tür lauschen, wenn er wollte.«

»Also gut. Wir stellen direkte Fragen und nehmen jeden mit aufs Revier, der uns irgendwie verdächtig vorkommt.« Sie nickte dem Mann zu. »Ich bin Detective Mitchell, und das ist Lieutenant Solliday. Bitte treten Sie ein und setzen Sie sich.«

»Mein Name ist Devin White.« Er legte das Buch, das er bei sich hatte, auf den Tisch und setzte sich. »Ich habe es soeben gehört. Ich kann's einfach nicht fassen. Ich weiß durch die Nachrichten, dass es einen Brand gegeben hat, aber ich hätte nicht im Traum daran gedacht, dass Brooke ihm zum Opfer gefallen ist.«

»Ihr Verlust tut uns sehr leid, Sir«, sagte Mia freundlich. »Wir müssen Ihnen ein paar Fragen stellen.«

Er rang nervös die Hände und sah zur Tür. »Ja, natürlich.«

Reed stellte sein Aufnahmegerät auf den Tisch. »Kannten Sie Miss Adler gut?«

»Nein. So lange war sie noch nicht hier. Eigentlich habe ich sie gerade erst letzte Woche kennengelernt. Ich meine, ich habe sie natürlich schon hier gesehen, aber vorher haben wir kaum miteinander gesprochen.«

»Wie lange lehren Sie hier schon, Mr. White?«

»Seit fünf Monaten. Seit letztem Sommer.«

»Wann haben Sie sie zum letzten Mal gesehen?«

»Gestern Abend.« Er seufzte, dann beugte er sich vor. »Hören Sie, Detectives. Es macht mich ein wenig nervös, hier mit Ihnen zu reden«, sagte er leise.

»Und warum?«

»Weil Brooke mit Ihnen gesprochen hat und sie jetzt tot ist«, blaffte er. Dann senkte er seine Stimme wieder zu einem Flüstern. »Brooke hatte gestern Streit mit Bixby. Ich habe nur das Ende davon mitbekommen, aber er hat gedroht, sie zu feuern und verlangt, dass sie kündigt. Sie war vollkommen fertig und hatte Angst, bald ohne Geld dazustehen. Wir sind zusammen ins Flannagan's gegangen – eine Bar, wo viele von uns hin und wieder einen trinken.«

»Wann haben Sie sich verabschiedet?«, wollte Reed wissen.

»Gegen halb acht.« Seine Stimme nahm wieder normale Lautstärke an. »Brooke hatte ein Bierchen zu viel intus, also habe ich sie nach Hause gefahren und nach oben gebracht. Danach bin ich direkt zu mir gefahren. Brooke meinte, sie habe eine Freundin, die sie zur Arbeit fahren könne und ich solle sie morgen zum Flannagan's bringen, damit sie dort ihren Wagen abholen könnte. Aber dann ist sie heute Morgen nicht aufgetaucht, und ich dachte schon, sie sei eingeknickt und habe tatsächlich von sich aus gekündigt.«

Also hatte der Mörder doch nicht Brookes Wagen genommen. »Ist das Flannagan's hier in der Nähe?«, fragte Reed.

»Ungefähr eine Meile von hier. Sie machte sich solche Sorgen, weil sie ihre Jungs dieses verdammte Buch hat lesen lassen – *Herr der Fliegen*. Sie hat befürchtet, es habe Manny dazu angespornt, wieder Feuer zu legen. Er hat ihr Angst gemacht.«

»Hatte sie vor noch jemandem Angst?«, fragte Reed, und White zuckte die Achseln.

»Jeff DeMartino hat ihr wohl eine Gänsehaut verursacht, aber der verursacht jedem eine Gänsehaut.«

Mia schrieb sich den Namen auf. »Ist das ein Schüler?«

»Ja. Klug, eigentlich. Macht aber immer Ärger. Julian hält ihn für einen Psychopathen.«

»Noch jemand?«, fragte sie.

»Bart Secrest hat sie nervös gemacht. Aber das war's schon.«

»Noch eine Frage.« Mia hielt den Blick des Mannes fest. »Wo waren Sie gestern Nacht zwischen drei und vier?«
Er erbleichte. »Bin ich verdächtig? Oh, okay, wahrscheinlich ist das momentan jeder hier. Ich war zu Hause. Und habe geschlafen.«
»Kann das jemand bestätigen?«, fragte sie freundlich.
»Meine Verlobte.«
Mia sah ihn ein wenig erstaunt an. »Aber ich dachte, zwischen Ihnen und Miss Adler …«
»Nur Freundschaft. Sie hatte Angst, und ich wollte sie ein wenig aufbauen. Sonst war da nichts.«
Mia gab ihm ihre Karte. »Vielen Dank. Bitte rufen Sie mich an, wenn Ihnen noch etwas einfällt.«
White stand auf und schob sich das Buch unter den Arm. »Sie sehen sich Bixby genau an, ja?«, flüsterte er. »Ich hätte nie gedacht, dass dieser Mann irgendetwas Böses im Schilde führt, aber nun bin ich mir dessen nicht mehr so sicher.«
Sie reagierte nicht. »Ich danke Ihnen, Mr. White. Ihre Informationen werden uns sicher weiterhelfen.« Sie öffnete die Tür und fand draußen eine grantig wirkende Marcy vor. Mit einem ängstlichen Seitenblick huschte White hinaus. Marcy zog düster die Brauen zusammen.
»Da draußen steht ein Sergeant Unger. Er sagt, Sie erwarten ihn.«
»Das ist richtig. Könnten wir einen weiteren Raum bekommen? Sergeant Unger nimmt von allen Schülern und dem Personal neue Fingerabdrücke.«
Marcy hob indigniert das Kinn. »Dr. Bixby wird das nicht billigen.«
»Das muss Dr. Bixby auch nicht«, sagte Mia mit milder Stimme. »Der Staat verlangt, dass in bestimmten Berufen

Fingerabdrücke registriert werden. Wir haben Grund zu der Annahme, dass ... bei Ihren Akten Fehler gemacht wurden. Bitte suchen Sie dem Sergeant ein Zimmer. Er braucht einen Tisch und eine Steckdose.«

Reed lehnte sich auf seinem Stuhl zurück. »Ich denke, Dr. Bixby sollte seine Abdrücke als Erster geben.«

»Ich stimme dir zu.« Sie seufzte. »Die beiden hatten also Streit. Wenn das nicht interessant ist.« Sie steckte den Kopf durch die Tür. »Wer immer der Nächste ist – bitte eintreten.«

Donnerstag, 30. November, 10.15 Uhr

»Bitte setzen Sie sich, Miss Kersey.« Jackie Kersey hatte geweint, ihr Gesicht war rot und aufgequollen. Mia stellte sich und Solliday vor. »Ich weiß, dass der Zeitpunkt für Sie schlecht gewählt ist, aber wir müssen Ihnen einige Fragen stellen.«

Das waren dieselben Worte, die sie zu dem Mathelehrer, dem Geschichtslehrer und der Bibliothekarin gesagt hatte, aber sie klangen deswegen nicht weniger aufrichtig. Kersey nickte bebend. »Entschuldigen Sie bitte. Ich kann einfach nicht aufhören zu heulen.«

Mia drückte sanft ihren Arm. »Schon gut. Also – welches Fach unterrichten Sie hier, Miss Kersey?«

Sie schniefte und holte tief Luft. »Geographie.«

»Was können Sie uns über Miss Adler sagen?«

Jackie Kersey rang die Hände. »Brooke war noch sehr jung. Und so enorm ... optimistisch. Aber diese Einstellung verliert man hier ziemlich schnell. Sie wollte unbedingt das Richtige tun und zu den Kindern durchdringen.«

»Bestimmte Schüler insbesondere?«

»Sie machte sich Sorgen wegen Manny.« Sie schüttelte leicht den Kopf. »Vor Jeff hatte sie Angst.«

Das hatten sie heute schon viermal gehört, dachte Reed.

»Und Sie? Haben Sie auch Angst vor Jeff?«, fragte Mia leise.

»Sagen wir einfach, ich bin froh, dass er nicht raus kann. Sobald er achtzehn ist, würde ich sagen, ja.«

»Wie gut kannten Sie Miss Adler?«, wollte Reed wissen.

»So gut wie jeder andere auch, denke ich. Sie fing gerade an, etwas aus sich herauszugehen. Ich habe sie am Montag überreden können, mit ins Flannagan's zu kommen. Devin wollte dorthin, und sie fand ihn attraktiv, glaube ich.«

»Und mochte er sie auch?«

»Devin mag jeden.« Sie lächelte vage. »Und besonders, wenn er jemanden überreden kann, bei seinen Footballwetten mitzumachen. Aber, ja, ich denke, er mochte sie auch.«

»Mehr als einfach nur so? Als Kumpels?«

»Ich habe ihn mehrmals dabei ertappt, wie er ihr auf den Busen starrte, aber meines Wissens haben die beiden sich nicht privat getroffen. Hören Sie, wir alle wissen, dass Sie gestern schon hier waren. Irgendwie hatte Brooke mit dieser Sache zu tun, und nun ist sie tot. Ich will ja nicht hysterisch werden, aber sind wir anderen vielleicht auch in Gefahr?«

Mia zögerte lange genug, um Jackie Kersey erbleichen zu lassen. »Jedenfalls sollten Sie im Augenblick möglichst nicht allein ausgehen.«

»O Gott«, flüsterte Kersey. »Dieser Laden hier ist ein Alptraum. Ich wusste es schon immer.«

Reed sah sie eindringlich an. »Was wussten Sie, Ma'am?«

»Ich bin hergekommen, weil die Schule, an der ich vorher war, dichtgemacht hat. Aber ich habe mich hier nie wohlgefühlt. Mehr kann ich dazu nicht sagen, denn, wie gesagt, es ist nur ein Gefühl.«

Mia drückte Kerseys Hand, bevor sie ihr die Visitenkarte gab. »Vertrauen Sie Ihrem Instinkt, Miss Kersey. Dazu ist er da.«

Als sie weg war, kam Mia um den Tisch herum und lehnte sich neben Reed mit der Hüfte gegen die Kante. »Kersey wusste nichts davon, dass White verlobt ist.«

»Das schien mir auch so.« Reed zog Kerseys Personalakte aus dem Stapel. »Sie ist auch erst seit acht Monaten hier.« Er schaute auf und versuchte, seine Gedanken zu verknüpfen. »Ist dir aufgefallen, dass keiner der Lehrer länger als zwei Jahre hier arbeitet? Die Schule gibt es aber seit fünf Jahren. Bixby und Thompson waren von Anfang an dabei. Secrest ist seit vier Jahren hier.«

»Hm.« Er konnte sehen, dass sie noch nicht daran gedacht hatte, aber anders als heute Morgen war sie nicht verärgert, dass sie nicht zuerst draufgekommen war. »Du hast recht.« Sie strich mit dem Daumen über den Aktenstapel und zählte rasch. »Ungefähr zwei Dutzend. Lass uns die Akten erst auf diesen Punkt hin durchsehen, bevor wir mit weiteren Lehrern sprechen. Mal sehen, ob es für alle gilt.« Sie nickte ihm beeindruckt zu. »Nicht schlecht, Solliday.«

Ihr schlichtes Lob hätte ihn nicht so freuen sollen, aber es bereitete ihm erstaunlich gute Laune. Er räusperte sich und schlug die erste Akte auf. »Okay. Schreibst du?«

Sie wedelte mit dem Stift. »Dann los.« Sie hatten drei Akten überprüft und festgestellt, dass alle drei Angestellten noch kein Jahr hier waren, als Jack klopfte.

»Das ist Officer James. Er ist der Abhörexperte. Officer Willis wird die Fingerabdrücke nehmen. Ich bin nur gekommen, um zu sehen, ob alles nach Vorschrift läuft. Ich will keine offenen Fragen mehr zu dem Abdruck ohne Entsprechung haben, wenn wir durch sind.«

Reed und Mia folgten Jack in ein anderes Besprechungszimmer, in dem ein Officer einen Scanner an einen Laptop anschloss. »Thompsons Abdruck müssen Sie sich aus seinem Büro besorgen«, sagte Reed. »Er ist heute nicht hier.«

»Interessant. Ich hole die Abdrücke, dann kann Willis mit dem Personal beginnen.«

»Hat Spinnelli Leute für die Eingänge geschickt?«

»Ich habe niemanden gesehen, als ich kam«, meinte Jack.

Willis sah auf. »Die sind kurz nach mir gekommen. Ich bin etwas später eingetroffen«, fügte er zur Erklärung hinzu.

»Willis hat an einer gelben Ampel gebremst«, höhnte Jack.

Willis zwinkerte Mia zu. »Eher kirschgelb. Ich hätte mir selbst einen Strafzettel ausschreiben müssen.«

»Was hat das hier zu bedeuten?«, erklang eine wütende Stimme. Bixby stand in der Tür. »Sie kommen hierher und verlangen Fingerabdrücke von uns, als wären wir alle Verbrecher! Das ist ungeheuerlich.«

»Nein, ist es nicht.« Langsam verlor Reed die Geduld. »Wir haben vier tote Frauen im Leichenschauhaus, Dr. Bixby. Und eine davon war bis gestern bei Ihnen angestellt. Man sollte meinen, dass es Sie interessiert, wer dafür verantwortlich ist. Und man sollte meinen, dass Sie sich vielleicht auch ein bisschen zu fürchten beginnen.«

Bixby wurde ein wenig bleicher. »Warum sollte ich mich fürchten?«

»Jeder hat Feinde«, erwiderte Reed ruhig. »Tun Sie sich einen Gefallen und stehen Sie uns nicht im Weg. Oder besser noch – bringen Sie Sergeant Unger zu Thompsons Büro, damit er seine Arbeit tun kann.«

Bixby nickte steif. »Hier entlang, Sergeant.«

Mia lächelte. »Nicht schlecht«, sagte sie wieder. Im gleichen Moment klingelte ihr Telefon. »Spinnelli«, murmelte sie mit Blick auf das Display und meldete sich. Plötzlich riss sie die Augen auf.

»Ach, verdammt, Marc. Sie machen Witze.« Dann seufzte sie. »Noch nicht. Willis fängt gerade an. Ja, danke.« Sie klappte das Handy zu. »Tja, sieht aus, als hätten wir Thompson gefunden.«

Reed lehnte sich zurück, betrachtete ihre frustrierte Miene und wusste Bescheid. »Wie tot ist er?«

»Sehr, sehr tot. Jemand hat ihm die Kehle aufgeschlitzt. Ein Typ auf dem Weg zur Arbeit hat ihn gefunden. Er hat ein Auto am Straßenrand entdeckt und fand es ziemlich komisch, dass innen an der Windschutzscheibe irgendein Dreck klebte. Tja, der Dreck war Blut. Der Wagen ist auf Dr. Julian Thompson registriert. Gehen wir.«

Auf dem Weg nach draußen entdeckte Mia Secrests Büro. »Wir müssen für ein Weilchen weg.«

»Verzeihen Sie mir, wenn ich nicht weine«, sagte er beißend.

»Und es interessiert Sie nicht, weshalb wir wegmüssen?«, fragte sie.

»Warum sollte es?«

Mia stieß den Atem aus. »Verdammt, Secrest, was für ein Cop waren Sie eigentlich?«

Seine Augen blitzten auf. »Waren, Detective. Die Betonung liegt auf ›waren‹.«

»Thompson ist tot«, sagte sie, und er zuckte zusammen, dann versteinerte seine Miene wieder.

»Wann ist es passiert? Was ist passiert?«

»Keine Ahnung«, fuhr sie ihn an. »Während wir weg sind, wird Sergeant Unger von Personal und Schülern Fingerabdrücke nehmen.«

Er versteifte sich. »Warum das denn?«
Reed räusperte sich. »Weil wir in Ihren Aufzeichnungen eine Diskrepanz entdeckt haben, Mr. Secrest«, erwiderte er ruhig. »Wir hoffen auf Ihre Mithilfe.«
Er nickte. »Sonst noch etwas, Lieutenant?«, und Reed hätte beinahe den Kopf eingezogen, so krass war der Unterschied zwischen seinem plötzlich zivilisierten Tonfall und dem, den er für Mia übrig gehabt hatte.
Mia tat, als habe sie nichts bemerkt. »Ja. Niemand, aber auch wirklich niemand wird diesen Gebäudekomplex betreten oder verlassen. Jeder, der es versucht, kommt augenblicklich mit aufs Revier. Sie alle sind hier quasi eingesperrt, bis wir die Sache mit den Fingerabdrücken aufgeklärt haben. Haben wir uns verstanden, Secrest?«
»Absolut.« Er fletschte die Zähne in der Parodie eines Lächelns. »Ma'am.«
»Schön«, sagte sie. »Wir sind sobald wie möglich zurück.«

16. Kapitel

Donnerstag, 30. November, 10.55 Uhr

Himmel.« Mia verzog das Gesicht, als sie auf Thompsons Saab zugingen.

Das war das Erste, was sie sagte, seit sie das Hope Center verlassen hatten. Er war ihr wieder ziemlich fest auf die Zehen getreten, indem er sich eingemischt hatte. Aber sie brauchten einen kooperativen Secrest, und Mias Art war in dieser Hinsicht eher kontraproduktiv gewesen. Doch jeder Gedanke an Secrest verpuffte, als er Thompson auf dem Fahrersitz sah. Sein Kopf war zur Seite gekippt, wie bei einer Stoffpuppe, der die Füllung fehlte. Überall war Blut.

Vorsichtig steckte Mia den Kopf durchs Fenster. »O Gott. Er ist bis zum Knochen gekommen.«

»Der Kopf hängt nur noch an einem kleinen Stück Haut«, bestätigte der Gerichtsmediziner.

»Na, wunderbar«, brummte sie. »Dafür trägt er noch den Gurt.«

Der Gerichtsmediziner machte sich Notizen. »Tja, der hat ihm jedenfalls nicht das Leben gerettet.«

»Das ist nicht witzig«, fauchte Mia. »Herrgott noch mal.«

Der Gerichtsmediziner warf Reed einen »Muss-PMS-sein«-Blick zu, aber Reed schüttelte den Kopf. »Nicht«, formte er mit den Lippen.

»Todeszeitpunkt?«, fragte Mia beißend.

»Zwischen neun und Mitternacht. Sagen Sie mir, wenn ich ihn mitnehmen kann. He, tut mir leid«, fügte er hinzu. »Manchmal hilft nur ein Witz, um damit fertigzuwerden.«
Mia holte tief Luft, atmete wieder aus und wandte sich dann dem jungen Mediziner mit einem schiefen Lächeln zu. »Sie haben recht, Michaels. Verzeihen Sie mir. Ich bin müde und frustriert und hätte Sie nicht anblaffen sollen.« Wieder steckte sie den Kopf in den Wagen. »Hat jemand seinen Schlüssel gefunden?«
»Nein.« Eine Frau mit einer CSU-Jacke richtete sich auf der anderen Wagenseite auf. »Wir haben ihn allerdings noch nicht angerührt. Vielleicht liegt er unter ihm.«
Mia öffnete die Tür hinter dem Fahrersitz. »Er hat vermutlich hier gesessen. Ihn am Haar zurückgerissen und ihm die Kehle durchgeschnitten. Irgendwelche Anzeichen von einem Kampf oder Schleuderspuren oder Dellen im Wagen?«
Die CSU-Frau schüttelte den Kopf. »Ich habe alles abgesucht. Kein einziger Kratzer. Und der Wagen war brandneu. Wundert mich, dass er nicht geklaut wurde.«
»Ein teures Gefährt. Und das bei dem Gehalt«, murmelte Mia. »Sie können ihn bewegen, wenn Sie wollen.«
Die Gerichtsmediziner taten es und stützten Thompsons Kopf ab, damit er nicht vollständig abriss. »Er trägt einen Ring«, bemerkte Reed.
Mia hob Thompsons Hand. »Ein Rubin. Bestimmt echt. Auf jeden Fall haben wir es hier nicht mit einem Raubüberfall zu tun.«
»Hast du wirklich daran geglaubt?«, fragte Reed, und sie schüttelte den Kopf.
»Nein. Die Brieftasche steckt auch noch in der Tasche. Das Handy im Jackett.« Sie holte es heraus und drückte auf ein

paar Knöpfe. »Er hat gestern Nachmittag sechs Anrufe getätigt.« Sie betrachtete das Display mit verengten Augen. Viermal die Nummer 708-555-6756, einer ging an mich und einer an ... Das ist die Nummer der U-Haft.« Rasch holte sie ihr eigenes Handy aus der Tasche und wählte. »Hi, Detective Mitchell hier. Ist Dr. Thompson gestern Abend dagewesen?« Sie hob die Brauen. »Danke.«

Sie steckte das Handy weg und sah Reed zum ersten Mal, seit sie das Hope Center verlassen hatten, an. »Er hat Manny Rodriguez besucht«, sagte sie. »Er hat sich auf dem Besucherformular ausgetragen und fünf Minuten danach auf meine Mailbox gesprochen.«

»Können wir die andere Nummer zurückverfolgen?«, fragte Reed.

»Ich würde meinen Hintern darauf verwetten, dass es sich um ein Wegwerfhandy handelt.«

Michaels sah von seiner Arbeit an Thompson auf. »Warum rufen Sie nicht einfach an?«

Sie lächelte. »Weil er dann wüsste, dass wir Thompson gefunden haben. Aber danke.« Sie klopfte dem jungen Mann auf die Schulter. »Und, ähm, Michaels? Der Witz mit dem Gurt ... na ja, der war schon witzig. Jedenfalls auf kindische Art.« Sie lachte müde. »Wäre ich auch gern draufgekommen.«

Michaels grinste mitfühlend. »Sie dürfen ihn sich jederzeit ausleihen, Detective.«

Donnerstag, 30 November, 11.45 Uhr

Solliday stellte seinen SUV auf dem Parkplatz ab. »Wenn ich einen kindischen Witz mache, sprichst du dann wieder mit mir?«

Sie sah abwesend zu ihm auf. Er hatte ihre Gedankengänge unterbrochen. »Was?«
»Mia, du zeigst mir jetzt seit mindestens zwei Stunden die kalte Schulter. Ich stehe kurz davor, mich vor dir im Staub zu winden.«
Ihre Lippen zuckten. »Die Fahrt dorthin war die kalte Schulter. Die Fahrt zurück war reine Nachdenklichkeit. Aber ich würde dich durchaus gern einmal im Staub vor mir sehen.«
Er seufzte. »Du hast Secrest mit Absicht wütend gemacht. Das war nicht nötig.«
Sie drückte mit der Zunge gegen ihre Wange. »Aber es hat so gutgetan.«
»Wir brauchen ihn aber noch.«
»Ja, okay, okay. Aber ich würde mich weit besser fühlen, wenn ich wüsste, warum er vorzeitig aus dem CPD ausgeschieden ist.«
»Und ich würde mich weit besser fühlen, wenn er dich mit Respekt behandeln würde.«
Sie zuckte die Achseln. »Das kenne ich von meinem alten Herrn zur Genüge.« Sie stieg aus, bevor er die Frage stellen konnte, die er so offensichtlich stellen wollte. »Schauen wir mal nach, was Jack so getan hat.«
Secrest wartete am Eingang auf sie. »Und?«
»Er ist tot«, sagte Mia. »Kehle durchgeschnitten. Wir müssen die Angehörigen benachrichtigen.«
Dieses Mal war Secrests Reaktion heftiger. Er öffnete den Mund, schloss ihn wieder und räusperte sich erst. »Er war geschieden«, murmelte er. Sein Gesicht war blass geworden. »Aber ich kenne seine Exfrau. Ich gebe Ihnen die Nummer.«
»Gut. Wir sind in dem Raum zu finden, wo die Fingerab-

drücke genommen werden«, sagte sie und gab sich Mühe, nett zu klingen. »Danke.«

Officer Willis kümmerte sich gerade um Atticus Lucas' Wurstfinger, als sie eintraten. »Mr. Lucas«, sagte Mia. »Vielen Dank für Ihre Hilfe.«

»Ich habe nichts zu verbergen.« Und schon war er fort.

Mia drückte die Tür hinter ihm zu. Die mobile Fingerabdruck-Einheit war ein digitales, farbfreies System. Sobald der Abdruck eingescannt war, konnte man ihn sofort mit dem Bestand in der Datenbank abgleichen. Jack blickte von seinem Laptop auf. »Beide Räume sind sauber. Keine Wanzen. Was gibt's bei euch Neues?«

»Thompson ist tot. Er ist ermordet worden. Gestern Abend war er noch bei Manny.«

Jack blinzelte. »Das ist interessant.«

Solliday holte sich einen Stuhl herein und sah auf den Bildschirm. »Und?«

»Ich habe die Abdrücke von allen, bis auf einen. Ich habe den Empfangsdrachen gebeten, ihn mir herbeizuschaffen. Sie hat ihn gerade ausrufen lassen. Wenn wir seine Abdrücke haben, machen wir mit den Schülern weiter.«

Mias Lippen zuckten. Marcy, der Empfangsdrache. Das gefiel ihr. Sie nahm sich den Stapel Karten mit den Abdrücken. »Haben wir jetzt etwas?«

»Sorry, Mia. Alle Abdrücke passen zu denen der staatlichen Datenbank.«

»Und die Karten, die uns Bixby gegeben hat?«, fragte Solliday.

»Eigentlich nur ein hübsches Souvenir, das die Agenturen mitliefern. Ich halte mich an das, was im staatlichen System zu finden ist. Und keiner davon passt zu dem Abdruck im Kunstraum.«

»Wer ist der Lehrer, der seine Abdrücke noch nicht abgeliefert hat?«

Es klopfte an der Tür, und Mia öffnete sie für Marcy, alias der Empfangsdrache.

»Ich habe überall nach Mr. White gesucht, aber er ist nicht hier.«

Secrest tauchte hinter ihr auf. »Und sein Wagen steht auch nicht mehr auf dem Parkplatz.«

Mias Gedanken begannen sich zu überschlagen. »Scheiße. O scheiße!«

»Er kann nicht weg sein«, sagte Jack. »Wir haben doch vorhin die Leute postiert.«

»Er war hier, als Marcy dich angekündigt hat, Jack«, rief Mia ihm in Erinnerung. »Er muss mitgehört haben, dass wir Fingerabdrücke nehmen wollen. Willis war ein paar Minuten hinter dir, und in diesem Augenblick kamen auch die Leute, die die Eingänge abriegeln sollten.«

»Thompson«, sagte Solliday durch zusammengepresste Zähne. »Die Handynummer.«

Solliday stürzte hinaus in den anderen Raum, in dem er die Personalakten hatte liegenlassen. Als Mia ihn eingeholt hatte, wühlte er bereits darin herum. »Bitte sag mir, dass seine Handynummer nicht 708-555-6756 lautet.«

»O doch.« Er sah auf und ihre Frustration spiegelte sich in seinen Augen wider. »Es ist White. Und der ist weg.«

Sie ballte die Hände auf beiden Seiten zu Fäusten. »Gottverdammter Mistkram!« Eine Woge müder Verzweiflung überspülte sie. »Er ist uns einfach durch die Finger gerutscht.« Brooke Adlers Gesicht erschien vor ihrem geistigen Auge. Die Frau hatte sich in ihrem entsetzlichen Zustand ans Leben geklammert, nur um ihnen eine wichtige Information zu geben. Zähl bis zehn. Fahr zur Hölle.

Damit würden sie dieses Schwein finden. »Schnappen wir ihn uns, bevor er noch jemanden umbringt.«

Donnerstag, 30. November, 12.30 Uhr

»Beacon Inn, River Forest. Kerry am Apparat. Was kann ich für Sie tun?«
Er stand mit dem Rücken zur Telefonzelle und suchte die Umgebung mit den Augen ab, bereit, sofort loszurennen, falls es nötig war. »Guten Tag. Könnten Sie mich bitte mit der Familie Dougherty verbinden?«
»Tut mir leid, Sir, aber die Doughertys haben gestern ausgecheckt.«
Das habe ich schon selbst festgestellt, du Vollidiot. »Oje. Ich rufe von Mike Drummond's Gebrauchtwagen an. Wir haben gehört, dass sie ihr Haus und all ihre Habe verloren haben und wollten ihnen nun einen Gebrauchtwagen anbieten, bis ihre Versicherung für den Schaden aufkommt. Könnten Sie mir vielleicht mit einer Adresse oder Telefonnummer weiterhelfen?«
»Mal sehen ...« Er hörte es rascheln. »Ah, hier. Mr. Dougherty hat gebeten, Lieferungen nach 993 Harmony Avenue weiterzusenden.«
»Vielen Dank.« Er legte auf, äußerst zufrieden. Er würde sofort hinfahren und sich vergewissern, dass sie wirklich da waren. Ein drittes Mal würden sie ihm nicht entwischen.
Er stieg in den gestohlenen Wagen. Innerlich kochte er vor Wut, doch äußerlich fror er. Er hatte das Hope Center mit nichts als den Kleidern am Leib und dem Buch mit seinen Zeitungsartikeln verlassen müssen. Und keine Sekunde zu früh. Er war noch keinen Block weit gekommen, als ein Streifenwagen vor dem Haupttor geparkt hatte. Noch eine

Minute länger, und er hätte in der Falle gesessen. Er hatte den Wagen rasch stehenlassen und sich einen anderen gestohlen, nur für den Fall, dass der Polizei seine Abwesenheit sofort auffiel.
Diese verdammte Schlampe von Polizistin. Sie hatte die Fingerabdruck-Geschichte schneller entdeckt, als er es ihr zugetraut hatte. Er hatte geglaubt, wenigstens noch einen weiteren Tag Zeit zu haben. Verflucht. Nun musste er erst einmal mit leichtem Gepäck reisen. Er war nach Hause gerannt, um die sieben übrigen Eier zu holen und für die Dame des Hauses eine kleine Überraschung zurückzulassen. Er musste sicherstellen, dass die Frau, die für ihn in den vergangenen Monaten geputzt und gekocht hatte, ihn nicht an die Polizei auslieferte, denn er hatte noch große Pläne für seine kleinen Bomben. Wenn der Staub sich wieder ein wenig gelegt hatte, würde er den Rest seiner Sachen holen. Souvenirs aus einem Leben, das er nun hinter sich ließ. Und dann konnte er ein neues beginnen, ein Leben, aus dem der Ursprung seines Zorns getilgt worden war.
Und dann wäre er endlich frei.

Donnerstag, 30. November, 14.45 Uhr

»Isst du die Fritten noch oder nicht?«, fragte Murphy, und Mia reichte ihm die Styroporpackung.
Sie waren um Spinnellis Konferenztisch versammelt, Reed, Mia, Jack und Westphalen, Murphy und Aidan. Spinnelli wanderte auf und ab und trug generell eine grantige Miene zur Schau.
»Wir haben also keine Ahnung, wo er sich aufhalten könnte?«, fragte er nun schon zum dritten Mal.
»Nein, Marc«, sagte Mia verärgert. »Die Adresse auf seinem

Personalbogen war falsch. Er sagte uns, er sei verlobt, aber keiner seiner Kollegen kannte den Namen der Frau. Er hat keine Kreditkarten. Sein Bankkonto ist geräumt und führt zu einer Postfach-Adresse, wodurch wir es mit circa einer Million Menschen, die nicht gefunden werden wollen, zu tun haben. Wir lassen nach seinem Wagen fahnden, haben ihn aber bisher noch nicht. Also – nein, wir haben keine Ahnung.«

Spinnelli sah sie finster an. »Sollte das etwa eine unangebrachte Form von Sarkasmus sein, Mia?«

»Würde mir nicht im Traum einfallen«, fauchte sie.

»Was wissen wir über Devin White?«, warf Westphalen ein, und Reed kam der Verdacht, dass der alte Mann die beiden schon öfter hatte auseinanderbringen müssen.

»Er ist dreiundzwanzig Jahre alt«, begann Reed. »Mathelehrer am Hope Center, davor Student an der Drake University in Delaware. Laut Personalakte hat er dort einen Abschluss als Mathematiklehrer gemacht und im Golfteam gespielt. Die Uni bestätigt das.«

»Irgendwo muss er ja wohnen«, sagte Spinnelli. »Wohin haben sie seine Gehaltsschecks geschickt?«

»Direkt überwiesen«, sagte Reed.

»Wir haben Abdrücke von seiner Kaffeetasse im Klassenraum genommen«, meldete Jack sich zu Wort. »Sie passen zu denen, die wir suchten, also brauchte ich mir die Schüler gar nicht mehr vorzunehmen.«

»Wie ist er durch die Überprüfung bei seiner Einstellung gekommen?«, wollte Aidan wissen.

Jack zuckte die Achseln. »Ich habe mit der Gesellschaft gesprochen, die das mit den Fingerabdrücken für das Hope Center gemacht hat. Sie schwören, sie hätten seine Abdrücke genommen und in die Datenbank gespeist.«

»Ich habe früher mit Exknackis in der Resozialisierung gearbeitet«, warf Westphalen ein. »Regelmäßig wurden die Leute auf Drogen getestet. An den entsprechenden Tagen kauften sie den Urin von anderen. Nachher mussten wir das Verfahren ändern. Einer von uns musste mit aufs Klo und den Jungs beim Pinkeln zusehen.«
Alle schnitten ein Gesicht. »Danke für die Aufklärung, Miles«, sagte Spinnelli trocken.
»Ich will damit nur sagen, dass es immer Möglichkeiten gibt, einer Registrierung von nur allzu Persönlichem aus dem Weg zu gehen. Vor allem, wenn die Firma, die die Abdrücke genommen hat, nicht allzu penibel vorgegangen ist.«
Spinnelli setzte sich. »Wie vertrauenswürdig ist sie, diese Firma?«
Wieder zuckte Aidan die Achseln. »Es handelt sich um eine private Gesellschaft, die für viele Unternehmen in der Gegend arbeitet. Ich nehme an, es ist möglich, dass White irgendwie tricksen konnte, aber wozu? Seine Abdrücke sind nicht bei AFIS registriert.«
Murphy zog nachdenklich die Mundwinkel herab. »Vielleicht hat er es befürchtet.«
»Könnte sein, dass er einmal wegen einer Ordnungswidrigkeit festgenommen worden ist«, überlegte Mia. »Aber auch das wäre bei einer Überprüfung irgendwie herausgekommen. Es sei denn … na ja, der Typ hat keine Kreditkarten und alle Adressen, die er angegeben hat, sind falsch. Er fliegt knapp unterhalb des Radars. Was, wenn Devin White selbst falsch ist?«
»Die Universität hat doch bestätigt, dass er dort war«, meinte Reed. Erschöpft rieb er sich über das Gesicht. »Und seinen Abschluss gemacht hat.«

»Ja, sie haben uns einen Devin White bestätigt.« Sie neigte den Kopf. »Können wir ein Foto von der Uni bekommen? Haben sie Jahrbücher?«

Aidan stand auf. »Ich überprüfe das. Murphy, du erzählst, was wir herausgefunden haben.«

»Ein Nachbar von Adler hat uns gesagt, dass er gestern Abend jemanden gesehen hat, der auf Whites Beschreibung passt. Er hat Brooke die Treppe hinaufgeholfen.«

»Das stimmt mit Whites Geschichte überein. Laut Barkeeper hat Brooke drei Bier getrunken. Ihr Wagen stand noch vor der Bar. Aber das wussten wir alles schon«, sagte Mia ungeduldig. »Sonst noch was?«

»Etwas pampig heute, hm?« Murphy schüttelte mit gespielter Nachsicht den Kopf. »Während wir von Tür zu Tür gingen, begegneten wir einer Frau, die kreischte, man habe ihren Wagen gestohlen. Ein Honda, zehn Jahre alt.«

»Sein Fluchtauto«, bemerkte Reed.

»Aber es wird noch besser.« Murphy zog die Brauen hoch. »Der Wagen hat GPS. Nachgerüstet.«

Mia setzte sich auf. »Ha. Er hat sich wahrscheinlich die alte Möhre ausgesucht, weil er dachte, dass die garantiert kein GPS hat. Wo steht der Wagen?«

»Auf einem Parkplatz eines 7-Eleven-Supermarkts bei Chicago und Wessex.«

Reed zog die Brauen zusammen. »Moment.« Er zog ein Blatt über Whites Kontobewegungen hervor. »Das ist ganz in der Nähe der Filiale, in der er sich einige Schecks hat auszahlen lassen.«

Mias Grinsen hatte etwas von einem Honigkuchenpferd. »Das heißt, dass er dort vermutlich lebt. Das Schwein hat zwei Frauen umgebracht und ist dann nach Hause gefahren, um sich gemütlich hinzulegen und zu schlafen.«

Spinnelli stand auf. »Ich schicke Leute hin, die mit einem Foto von White die Gegend durchkämmen.«

»Wir sollten uns an die Presse wenden«, schlug Westphalen vor, und Mia zog mit aufgesetztem Entsetzen den Kopf ein.

»Müssen wir?«, jammerte sie.

Spinnelli warf ihr einen verständnisvollen Blick zu. »Das ist der direkteste Weg.«

»Aber dann weder Wheaton noch Carmichael, okay? Wie wär's mit Lynn Pope? Die mögen wir.«

»Tut mir leid, Mia, aber die Sache hier sollte an alle Sender und Verlage gehen. Wir können zumindest versuchen, Miss Wheaton zu umgehen.« Und damit erhob er sich, um die Fahndung zu organisieren.

»Verdammt.« Mia wandte sich an Westphalen. »Haben Sie schon mit Manny gesprochen?«

»Ja.«

»Thompson war gestern Abend bei ihm. Kurz bevor er mich anrief. Ein paar Stunden bevor er starb.«

Westphalen nahm die Brille ab und polierte die Gläser. »Hm, ich verstehe. Er sagte mir, dass sein Arzt ihm geraten habe, mit niemandem zu reden. Nicht mit ›Cops, Anwälten oder Psychofritzen‹.«

»Das heißt, er hat Ihnen nichts gesagt?«, fragte Reed.

»Nicht viel, nein. Er hatte echte Angst, aber nicht vor Thompson. Er hat mir erzählt, dass nicht er die Idee hatte, die Zeitungsartikel auszuschneiden. Man habe sie ihm gegeben, aber wer ›man‹ ist, wollte er nicht verraten. Außerdem hat er beteuert, dass er die Streichhölzer nicht genommen habe. Sie müssten in seinem Zimmer deponiert worden sein. Als ich ihn fragte, wer denn so etwas tun würde, wurde er schweigsam. Sagte kein einziges Wort mehr, sosehr ich auch zu bohren versucht habe.«

Mias Brauen zogen sich zusammen. »Kann er paranoid sein?«
»Schwer zu sagen ohne längere Beobachtung. Ich würde sagen, dass er tatsächlich genau so fasziniert von Feuer ist, wie Sie gesagt haben, Lieutenant. Obwohl er kein Wort gesagt hat, wurden seine Augen ganz glasig, als ich ihm ein Video von einem brennenden Haus gezeigt habe. Es war, als hätte er es nicht unter Kontrolle. Hätte er von den Streichhölzern in seinem Zimmer gewusst, hätte er kaum widerstehen können, sie zu benutzen. Wissen Sie, wo genau man sie gefunden hat?«
Reed war verärgert. Als könnte Manny sich kaum beherrschen! Der Junge liebte Feuer. Der Junge traf die falschen Entscheidungen. Und der Seelenklempner zeigte sein wahres Gesicht. Und weil er so verärgert war, biss er sich auf die Zunge und schwieg.
»In der Spitze seiner Schuhe«, sagte Mia.
Westphalen nickte. »Nicht gerade besonders schlau.«
Sie sah ihn perplex an. »Wollen Sie damit sagen, dass Sie ihm glauben? Dass die Streichhölzer tatsächlich von jemand anderem dort versteckt worden sind?«
»Ich weiß es nicht. Sie sind der Detective. Übrigens ist Ihr Lieutenant gerade sehr böse auf mich.«
Reed gab sich Mühe, ruhig zu sprechen. »Sie haben recht.«
»Und warum?«, wollte Westphalen wissen.
Reed schnaubte. »Manny Rodriguez ist kein ferngesteuerter Zombie«, gab er zurück. »Er ist ein Junge, der bewusst den falschen Weg eingeschlagen hat. Jedes Mal, wenn er ein Streichholz entzündet hat, wusste er, dass es falsch war, aber er hat es dennoch getan. Vielleicht hat er die Streichhölzer nicht gestohlen. Ich weiß es nicht. Aber anzudeuten, er könne sich nicht beherrschen, sie zu benutzen, ist nicht nur albern, sondern hochgradig gefährlich.«

Westphalens amüsierter Blick war Ernsthaftigkeit gewichen. »Dem stimme ich zu.«
Reeds Augen verengten sich. Er traute der komplikationsfreien Kapitulation nicht. »Wollen Sie mich auf den Arm nehmen?«
Westphalen lächelte leicht. »Nein, will ich nicht. Wirklich nicht. Reed, ich glaube auch nicht, dass jemand von der Verantwortung freigesprochen werden sollte, wenn er den falschen Weg einschlägt. Aber ich denke, dass bei manchen Menschen die Impulskontrolle ein wenig gestört ist.«
»Durch die Herkunft«, sagte Reed tonlos.
»Unter anderem.« Westphalen musterte ihn eingehend. »Aber das akzeptieren Sie auch nicht.«
»Nein.«
»Und Sie werden mir auch nicht verraten, warum das so ist.«
Reed entspannte seine Gesichtszüge und brachte ein Lächeln zum Vorschein. »Das ist kaum von Bedeutung, nicht wahr?«
»Ich denke, dass es von großer Bedeutung ist«, wandte Westphalen murmelnd ein. »Aber im Moment suche ich nach Devin Whites Auslöser. Was ist der Grund, dass er ausgerechnet jetzt angefangen hat? Und was steckt dahinter? Wir können annehmen, dass Brookes Tod ein Racheakt war, aber welche Rolle haben die anderen Opfer in seinem Leben gespielt? Warum hasst er sie mit solcher Inbrunst?«
Mia seufzte. »Also wieder zurück zu den Akten.«
Westphalen lächelte sie väterlich an. »Ich fürchte schon. Rufen Sie mich an, wenn Sie mich brauchen.«
Mia sah ihm nach, dann wandte sie sich zu Reed um. Aber sie stellte die Frage nicht. »Reden wir erst mit Manny, dann nehmen wir uns die Akten vor.«

Donnerstag, 30. November, 15.45 Uhr

Reed wartete, bis sich der Junge gesetzt hatte. Mia stand hinter dem Spiegel und sah zu.

»Hi, Manny.«

Der Junge schwieg.

»Ich wäre schon früher hergekommen, aber wir hatten ziemlich viel zu tun.« Nichts.

»Detective Mitchell und ich sind um vier Uhr früh zu einem Brandschauplatz gerufen worden. Ziemlich großer Wohnkomplex.«

Mannys Gesicht blieb stoisch ruhig, aber in seinen Augen flackerte es. »Ein gewaltiges Feuer. Die Flammen stiegen bis in den Himmel.«

Er machte eine Pause, damit der Junge seinen Speichelfluss kontrollieren konnte. »Miss Adler ist tot.«

Manny fiel die Kinnlade herab. »Was?«

»Ihre Englischlehrerin ist tot. Sie hat in dem Haus gewohnt, das in Brand gesteckt wurde.«

Manny senkte den Blick. »Ich war das nicht.«

»Das ist klar.«

Manny sah auf. »Ich hätte nie gewollt, dass sie stirbt.«

»Das ist klar.«

Er saß einen Moment lang nur da und starrte auf Reeds Brust. »Ich will nicht mit Ihnen reden.«

»Manny.« Er wartete, bis er die Aufmerksamkeit des Jungen hatte. »Dr. Thompson ist auch tot.«

Manny wurde blass und riss schockiert die Augen auf. »Das glaube ich nicht. Sie lügen.«

»Leider nein. Ich habe die Leiche selbst gesehen. Man hat ihm die Kehle durchgeschnitten.«

Manny zuckte zusammen. »Nein.«

Er schob ihm das Foto von Thompson im Kühlhaus über den Tisch. »Sehen Sie selbst.«

Manny tat es nicht. »Nehmen Sie das weg. Scheiße, nehmen Sie das weg.« Die letzten Worte waren als Schluchzen herausgekommen.

Reed nahm es wieder an sich und drehte es um. »Wir wissen, wer es getan hat.«

Zweifel war in seinem Blick zu lesen. »Ich sage nichts. Sonst geht es mir wie Thompson.«

»Wir wissen, dass es Devin White war.«

Manny hob langsam den Blick. »Warum wollen Sie dann mit mir reden?«

»Dr. Thompson hat Detective Mitchell kurz nach dem Besuch bei Ihnen hier angerufen. Er sagte, es sei dringend. Danach hat er Mr. White angerufen. Ein paar Stunden später war er tot. Wir wollen wissen, was er uns so dringend erzählen wollte. Nachdem er hier war.«

»Sie haben White noch nicht.«

Reed schüttelte den Kopf. »Nein. Und vielleicht erwischen wir ihn auch nicht, wenn Sie uns nicht sagen, was Sie wissen.«

Manny schüttelte den Kopf. »Vergessen Sie's.«

»Okay. Dann zu den Streichhölzern. Wie, denken Sie, sind sie in Ihren Schuh gelangt?«

Manny verzog das Gesicht. »Sie glauben mir doch sowieso nicht.«

»Wie sollte ich auch? Sie erzählen mir ja nichts. Waren die Schuhe die ganze Zeit in Ihrem Zimmer?«

Der Junge dachte über die Frage nach. »Nein«, sagte er schließlich. »Ich hatte sie den ganzen Tag bei mir. Meine Gruppe war mit Sport dran.«

»Und wann waren Sie beim Sport?«

»Nach dem Mittagessen.« Er setzte sich zurück. »Mehr sage ich nicht. Ich will zurück in die Zelle.«
»Manny, White kann Ihnen hier drin nichts tun.«
Manny lächelte freudlos. »Und ob er das kann.«

Donnerstag, 30. November, 16.45 Uhr

»Etwas gefunden?«, fragte Mia, als sie und Solliday an Aidans Tisch traten.
Aidan sah auf. »Ja. Ich habe das Büro an der Uni in Delaware angerufen, aber die Meldestelle hatte schon geschlossen – sie sind uns zeitlich eine Stunde voraus. Zum Glück habe ich die Sekretärin im Fachbereich Didaktik noch erwischt. Sehr nett, die Dame.«
Mia hockte sich auf die Tischkante. »Und was hat sie gesagt, die nette Dame?«
Aidan reichte ihr ein Schwarzweißfoto auf Papier. »Sie hat das hier vor zwanzig Minuten gefaxt. Das stammt aus einem Newsletter und wurde auf einem Wohltätigkeitsgolfturnier im letzten Jahr aufgenommen. Sie hat Devin White eingekringelt. Es ist ziemlich körnig, aber man kann das Gesicht erkennen.«
Solliday beugte sich über ihre Schulter, und wenn sie den Kopf gedreht hätte, hätte sie ihn küssen können. Je länger sich der Tag hinzog, umso gespannter war sie auf den Abend. Aber sie hatten eine Abmachung, und Aidan beobachtete sie mit Argusaugen.
»Könnte hinkommen, oder?«, murmelte Solliday. »Größe und Haarfarbe werden wohl ungefähr stimmen.«
Er richtete sich auf, und sie atmete endlich aus.
»Das ist aber nicht der Mann, mit dem wir heute Morgen gesprochen haben«, sagte sie. »Das Gesicht stimmt nicht.

Aber die meisten Leute sehen wahrscheinlich nicht genau hin. Er hat sich seine neue Identität sorgfältig ausgesucht. Ich würde wetten, dass der echte Devin White nicht mehr lebt. Hatte die Sekretärin irgendeine Kontaktadresse für uns?«

»Sie meinte, er hätte die Spalte ›Familie‹ nicht ausgefüllt. Hätte wohl keine lebenden Verwandten. Seine Mutter ist tot, den Vater kannte er nicht.«

»So, so. Hat die nette, hilfreiche Dame noch mehr hilfreiche Informationen für uns gehabt?«

»Sie hat mir erzählt, dass Devin einer ihrer Lieblingsstudenten war«, erklärte Aidan. »Er habe ihr versprochen, sie einmal anzurufen, wenn er eine Stelle hätte. Aber das hat er nie getan, und sie ist davon ausgegangen, dass er einfach zu beschäftigt war. Er war nach Chicago zu einem Vorstellungsgespräch gefahren, das wusste sie noch, hatte aber wohl vorgehabt, in Atlantic City haltzumachen und dort sein Glück beim Spiel zu testen. Das wäre im vergangenen Juli gewesen, Anfang des Monats.«

Sie spürte, wie frische Energie durch ihren Körper strömte. »Wir können in den Hotels nachfragen.«

»Ich habe schon angefangen. Das sind die größeren Hotels in Atlantic City. Wenn wir sie aufteilen, sind wir schneller durch.«

Mia nahm das Blatt mit zu ihrem Tisch und blieb stehen. Ein brauner, gefütterter Umschlag in Videokassettengröße lag auf dem Aktenstapel. In großen Buchstaben stand ihre Adresse darauf. Kein Absender. »Was ist denn das?«

Aidan kam auf die Füße und sah hinüber. »Keine Ahnung. Der war eben noch nicht da, als ich vom Faxgerät kam. Frag Stacy.«

Mia zog sich ein Paar Handschuhe über. »Ich habe sie gehen sehen, als wir hereinkamen.« Sie schüttelte das Band aus dem Umschlag. Solliday hatte das Abspielgerät noch auf dem Tisch stehen, also legte sie die Kassette ein.

Holly Wheatons Gesicht erschien. Sie wirkte ernst und traurig. »Im Licht des grausamen Mordes an einer Polizistentochter, wollen wir heute einen Blick darauf werfen, welche Opfer die Familien unserer Ordnungshüter bringen müssen, wenn ihre Angehörigen ihre Arbeit tun. Häufig zahlen sie einen hohen Preis, und manche – wie Caitlin Burnette – werden zur Zielscheibe von Racheakten, die gegen ihre Eltern gerichtet sind.«

»Miststück«, murmelte Mia. »Benutzt Roger Burnettes Trauer, um ihre Einschaltquoten in die Höhe zu treiben.«

»Andere wiederum«, fuhr Wheaton ernst fort, »halten dem Druck der Erwartungen, die der Beruf der Eltern mit sich bringt, nicht stand und geraten auf die schiefe Bahn.« Die Kamera fuhr zurück, und Mia spürte, wie sich ihr der Magen umdrehte. Sie sperrte den Mund auf, um etwas zu sagen, aber kein Ton kam heraus. Solliday packte ihren Arm und drückte sie auf den Stuhl nieder. Seine Hände blieben auf ihren Schultern liegen. »Ganz ruhig, Mia.«

Wheaton deutete auf das Backsteingebäude hinter ihr. »Das ist die Hart-Justizvollzugsanstalt für Frauen. Hier leben Straftäterinnen, die für Verbrechen von Drogenbesitz bis zu Mord verurteilt worden sind. Sie stammen aus allen möglichen Familien, haben die unterschiedlichsten Lebensläufe.« Die Kamera zoomte an Wheatons gequälte Miene heran. »Manche stammen sogar aus Polizistenfamilien. Eine solche Insassin ist Kelsey Mitchell.«

»Was ist das denn?« Spinnelli war hinter ihnen aufgetaucht. »O Gott, Mia.«

Sie bedeutete ihm, ruhig zu sein, als Kelseys Polizeifoto

den Bildschirm ausfüllte. Sie wirkte weitaus älter, als sie damals gewesen war, das Gesicht hager, von Drogen ausgezehrt. »Sie war erst neunzehn«, flüsterte Mia.

»Kelsey Mitchell sitzt eine Strafe von fünfundzwanzig Jahren Haft wegen bewaffneten Raubüberfalls ab. Sowohl ihr Vater als auch ihre Schwester stehen beziehungsweise standen im Dienst der Polizei. Ihr Vater ist kürzlich verstorben. Ihre Schwester, Mia Mitchell, ermittelt in Mordfällen, und ist – Ironie des Schicksals – verantwortlich für die Inhaftierung mehrerer Frauen, die im gleichen Block sitzen wie ihre Schwester.«

»Sie werden sie umbringen.« Mia konnte ihre Stimme kaum hören. »Sie werden Kelsey umbringen!« Sie sprang auf die Füße, ihr Herz hämmerte wild. »Sie kann diese Reportage nicht senden. Sie droht mir. Sie will ihre verdammte Story, und es ist ihr völlig egal, wer dabei draufgeht!«

»Ja, so sieht es aus.« Spinnelli warf das Band aus. »Ich werde sofort den Produzenten anrufen. Und Sie versuchen, sich zu beruhigen, Mia.« Mit grimmiger Miene marschierte er davon.

Mia griff nach Sollidays Handy. »Ich werde diese miese Schlampe selbst anrufen.«

Solliday packte ihre Schultern und drehte sie herum, bis sie ihn ansehen musste. »Mia. Spinnelli kümmert sich darum. Lass ihn das machen.« Sie wollte sich aus seinem Griff herauswinden, aber er hielt fest.

Ihre Schulter begann zu pochen. »Du tust mir weh.«

Sofort ließ er locker, aber er ließ sie nicht los. »Versprich mir, dass du Wheaton nicht anrufst. Du wirst ihr nicht drohen. Du wirst das Spinnelli überlassen. Versprich es mir, Mia.«

Schließlich nickte sie. Er hatte recht. Plötzlich unglaublich müde, senkte sie den Kopf und lehnte die Stirn gegen seine Brust. Seine Hände packten erst fest zu, dann entspannte er sich und zog sie an sich.

»Es wird alles gut. Irgendwie«, murmelte er in ihr Haar.

Sie nickte, kämpfte aber gegen die Tränen an. Polizisten weinten nicht. Sie musste es wissen. Bobby hatte es ihr eingebleut. »Sie bringen sie um, Reed.« Er schwieg, hielt sie nur fest, bis sie sich wieder gesammelt hatte. Dann machte sie sich los. »Geht wieder.«

»Nein, glaube ich nicht«, erwiderte er ruhig. »Die letzten drei Wochen waren die Hölle für dich. Du hast dich verdammt gut gehalten, Mia, besser, als man hätte erwarten können.« Er tippte ihr Kinn an. »Als du selbst erwartet hast.«

Sein Blick war voller Mitgefühl und Respekt, und beides war tröstend. Sie wandte sich um, sah, dass Aidan sie beobachtete, und spürte, wie sie rot wurde.

Um von dem abzulenken, was so eindeutig eine öffentliche Umarmung gewesen war, sah sie Aidan mit verengten Augen an. »Manchmal denke ich, dass Jacob Conti doch nicht so unrecht gehabt hat.«

Aidan riss die Augen auf, dann musste er grinsen, wenn auch sichtlich widerstrebend. »Schäm dich, Mia Mitchell.«

Solliday sah sie verwirrt an. »Wer ist Jacob Conti?«

Mia setzte sich auf ihren Platz und studierte die Liste der Hotels in Atlantic City. »Böser Mann. Sehr böse.« Conti war ein reicher, böser Mann, der beschlossen hatte, Selbstjustiz zu üben, nachdem eine Fernsehreporterin die Aufmerksamkeit eines Killers auf seinen Sohn gelenkt hatte. Contis Rache für den Tod seines Sohnes war sehr effektiv und endgültig gewesen. Dummerweise auch illegal. Mia würde auf konventionellere Methoden zurückgreifen müssen.

»Ein alter Fall«, erklärte Aidan. »Meine Schwägerin Kristen war damals darin verwickelt.«
Solliday setzte sich an seinen Tisch und tippte auf seine Tastatur ein. Dann blickte er mit geweiteten Augen auf. »Oha. Das war wirklich bösartig.«
Er hatte sich also den alten Fall angesehen. »Sag ich doch.«
»Und Reagan hat recht. Du solltest dich schämen.« Aber in seinen Augen funkelte es plötzlich. »Böses Mädchen.«
Sie lachte leise, als sie daran dachte, wann er zum letzten Mal so mit ihr gesprochen hatte. Doch im nächsten Augenblick war die kleine Pause vorbei und die Angst um ihre Schwester kehrte zurück.
Sie blickte zu Spinnellis Tür. Wenn Wheaton damit auf Sendung ging, war das Leben ihrer Schwester in Gefahr. Aber sie würde es Spinnelli überlassen. Im Augenblick wenigstens. »Rufen wir die Hotels an. Und dann will ich nach Hause.«

Donnerstag, 30. November, 17.30 Uhr

Der Truck der Doughertys fuhr endlich in die Auffahrt der Harmony Avenue Nummer 993. Eine Weile hatte er geglaubt, das Mädchen im Hotel hätte ihn angelogen. Das wäre schlecht gewesen.
Er hatte Radio gehört. Niemand hatte Tania als vermisst gemeldet. Und niemand hatte Niki Markov erwähnt, die Frau, die besser bei ihren zwei Kindern zu Hause geblieben wäre, stattdessen aber im Hotelbett der Doughertys gelegen hatte. Wenn Frauen dortblieben, wohin sie gehörten, hätten sie nicht so viele Probleme am Hals. Niki Markov war nun tot und vergraben, und ihre eigenen Koffer hatten als letzte Ruhestätte für sie herhalten müssen. Er grinste.

Ruhestätten, musste man wohl sagen, Plural. Die Cops würden sie niemals ganz finden.
Die Doughertys stiegen aus und gingen mit ihren Einkaufstüten hinter das Haus. Wahrscheinlich hatten sie sich neue Kleider gekauft, sie besaßen ja kaum noch welche. Zu schade, dass sie umsonst Geld ausgegeben hatten. Tote brauchten keine Wechselwäsche.
Wenn er hier heute Nacht fertig war, würde er Chicago verlassen. Er würde nach Süden fahren und die letzten Namen seiner Liste abhaken. Sein Magen knurrte und erinnerte ihn daran, dass er seit dem Frühstück nichts mehr gegessen hatte.
Er startete den Motor und fuhr an. Wenn er zurückkam, war es Zeit zu handeln. Und für die alte Dougherty Zeit zum Sterben.

Donnerstag, 30. November, 17.55 Uhr

»Mia, könnten Sie kurz herkommen?« Spinnelli stand in der Tür zu seinem Büro.
Sie warf Solliday und Aidan einen besorgten Blick zu und gehorchte. »Was ist?«
»Kommen Sie rein. Und schließen Sie die Tür. Reporter müssen die niederste Spezies auf diesem Planeten sein.«
Ihr wurde klamm ums Herz. »Sie werden die Aufnahmen senden.« Ihr Magen rumorte. »O Gott, Marc.«
»Ganz ruhig. Ich habe mit Wheaton gesprochen. Sie behauptet, es sei ein Irrtum, dass Sie das Band bekommen haben. Angeblich wollte sie Ihnen eine Kopie des Videos der Pressekonferenz senden, da Sie so offensichtlich jemanden in der Menge gesucht hätten. Sie habe Ihnen ja nur helfen wollen.« Seine Lippen verzogen sich angewidert.

»Was ist mit Kelsey?«

»Mia, Sie sollen sich beruhigen. Sie sagte etwas von einem Exklusivinterview. Ich habe rundheraus abgelehnt und ihr erklärt, es sei eine Straftat, einen Polizisten zu erpressen. Sie reagierte grantig und stritt die Erpressung natürlich ab. Das Band mit Ihrer Schwester würde Sonntag gesendet, ob wir nun etwas zu sagen hätten oder nicht. Und im Grunde war das ihr Ultimatum.«

Ihr Herz hämmerte so wild, dass es wehtat. »Und?«

»Ich kann die Ausstrahlung nicht verbieten, Mia, aber ich will verdammt sein, wenn diese …« Er holte tief Luft, um sein Vokabular im Zaum zu halten. »Ich habe Patrick angerufen. Er setzt ein paar Hebel in Bewegung, damit Ihre Schwester noch morgen früh in eine andere Anstalt verlegt wird. Dort wird sie unter einem anderen Namen registriert. Alles wird sehr diskret gehandhabt.« Er hob die Schultern. »Mehr kann ich leider nicht tun.«

Mia schluckte, als sie eine Woge der Erleichterung und der Dankbarkeit zu überwältigen drohte. »Und nicht viele Leute hätten so etwas getan.«

»Sie haben für diese Polizei und diese Stadt zahllose Opfer gebracht, Mia. Ich werde nicht zulassen, dass Wheaton oder jemand anderes diese Dienststelle benutzt, um Sie oder Ihre Familie zu bedrohen.«

Sie schloss gerührt die Augen. »Vielen Dank«, flüsterte sie.

»Gern geschehen«, sagte er leise.

Seine Stimme kehrte zur üblichen Forschheit zurück. »Murphy sucht immer noch die Gegend ab, in der Whites Fluchtauto gefunden wurde, aber bisher erfolglos. Sie werden noch knapp eine Stunde weitermachen, dann aber die Suche erst wieder morgen fortsetzen. Ich habe das Foto von Mathelehrer White an die Zeitungen und Lokalsender gefaxt. Auf diese Art finden wir ihn am schnellsten.«

»Ich weiß.«

»Haben Sie schon etwas über den echten White erfahren?«

»Noch nicht. Wir telefonieren noch die Hotels ab.«

Spinnelli neigte den Kopf. »Wo übernachten Sie heute?«

Ihre Augen verengten sich. »Was?« Er konnte doch wohl nichts von ihr und Solliday wissen? Schon lag ihr etwas auf der Zunge, um die Umarmung von vorhin zu erklären.

»Ihre Adresse stand in der Zeitung, Mia. Suchen Sie sich eine andere Wohnung. Das ist ein Befehl.«

»Sie können mir doch nicht vorschreiben, wo ich wohne. Soweit ich mich erinnern kann, bin ich Polizistin. Ich kann auf mich aufpassen.«

»Soweit ich mich erinnere, bin ich Ihr Chef. Suchen Sie sich eine andere Unterkunft, Mia. Ich will mir nicht die Nacht um die Ohren schlagen müssen, weil ich mir um Sie Sorgen mache.« Als sie starrsinnig die Lippen zusammenpresste, explodierte er. »Verdammt noch mal, Mia. Tagelang saß ich neben Abes Bett und habe mich gefragt, wo Sie wohl sind. Ich dachte, ich würde zwei meiner besten Leute verlieren. Sie werden mich nicht noch einmal in solch eine Lage bringen!«

Sie blickte zu Boden und fühlte sich plötzlich klein. »Na ja, wenn Sie das so auslegen.«

Er seufzte. »Es ist besser so. Und Howard und Brooks stehen kurz davor, Getts einzubuchten.«

»Er wusste meine Adresse sowieso schon.«

»Ja, aber jetzt weiß sie auch jeder andere Depp. Sie machen sich Sorgen um Kelsey, die eingesperrt ist. Aber Sie sind hier draußen, und da gibt es sehr viel mehr Ganoven, die sich gern damit rühmen, einen Cop kaltgestellt zu haben.«

»Ich habe eine Waffe. Kelsey nicht.«
»Und Sie beide müssen irgendwann einmal schlafen.«
Sie seufzte. »Vermutlich haben Sie nicht ganz unrecht. Aber«, beeilte sie sich hinzuzufügen, bevor er noch etwas sagen konnte, »wen soll ich in Gefahr bringen? Dana? Sie hat Kinder. Abe? Kristen und das Baby.«
Spinnellis Tür ging auf, und Solliday trat ein. »Sie kann bei mir bleiben.«
Mia blieb der Mund offen stehen. »Wie bitte?«
Spinnelli blinzelte nur. »Wie bitte?«
Er zuckte die Achseln. »Warum nicht? Ich habe ein Doppelhaus. Meine Schwester hat die andere Hälfte gemietet, aber sie ist, weil sie auf meine Tochter aufpasst, mehr bei mir als bei sich. Detective Mitchell könnte erst einmal drüben wohnen.«
Mia fand endlich ihre Stimme wieder. »Du hast gelauscht. Schon wieder.«
Er hob erneut die Schultern. »Ich musste mit Spinnelli reden. Kann ich etwas dafür, dass ich gute Ohren habe?«
Sie funkelte ihn an. »Ich ziehe nicht bei dir ein.«
»Sollst du ja nicht. Nicht bei mir.« Er lächelte unschuldig. »Du ziehst bei Lauren ein. Komm, Mia, das ist die beste Lösung. Wir können sogar noch nach dem Abendessen die Akten durchsehen. Das beschleunigt die Angelegenheit enorm.«
Von wegen.
Allein der Gedanke daran, was sich tatsächlich beschleunigen würde, ließ ihr das Blut in die Wangen steigen. Und Solliday stand bloß da und lächelte lieblich wie ein elender Messdiener.
Aber falls Spinnelli etwas von Sollidays niederen Motiven ahnte, so ließ er sich nichts anmerken. »Das ist tatsächlich

eine gute Idee, Mia. Sie haben tagsüber wirklich kaum Zeit, sich den Akten zu widmen.«

Sie sog beherrscht den Atem ein. »Dann möchte ich hiermit ganz formell und offiziell meinen Widerspruch gegen diese dämliche Idee einlegen.«

Spinnelli nickte. »Offiziell vermerkt. Tun Sie es trotzdem.«

»Und was ist mit Sollidays Tochter? Bringe ich nicht auch sie in Gefahr? Die werden mir doch folgen …«

»Mia, inzwischen sollten Sie in der Lage sein, Verfolger abzuhängen.« Spinnelli schubste sie sanft in Richtung Tür. »Rufen Sie die letzten Hotels an, dann machen Sie Schluss und essen zu Abend. Danach können Sie sich den Akten widmen.«

»Wie gut Sie wieder zu mir sind.«

Sein Schnurrbart bauschte sich, was ein sicheres Zeichen dafür war, dass ihm die Geduld ausging. »Wir brauchen eine Verbindung zwischen Burnette, White und Hill, oder wir haben nichts weiter als Indizien. Wir können ihn mit keinem der Tatorte verknüpfen, also brauchen wir wenigstens ein starkes Motiv. Finden Sie eins. Hören Sie auf, sich um Ihre Wohnung Gedanken zu machen und konzentrieren Sie sich auf die wirklich wichtigen Dinge. Und finden Sie diesen Kerl, bevor er noch mehr Menschen tötet.«

Sie wusste, dass sie geschlagen war. »Also gut. Und Sie vergewissern sich, dass Kelsey in eine andere Anstalt verlegt wird.«

»Darauf gebe ich Ihnen mein Wort.«

»Okay. Dann bleibe ich auf Laurens Seite des Doppelhauses.«

Spinnelli seufzte, und es klang verdächtig erleichtert. »Danke. Und Ihnen auch, Reed. Ich weiß Ihre Großzügigkeit zu schätzen.«

Mia warf Solliday einen Blick zu. »Genau. Vielen Dank, Solliday.«
Etwas flackerte in seinen Augen auf, und sie wusste, er wusste, dass sie sauer war. »Gern geschehen«, sagte er, an Spinnelli gewandt. Und setzte kaum hörbar hinzu: »Glaube ich wenigstens.«

Donnerstag, 30. November, 18.15 Uhr

Er hatte nahezu aufgegessen, als das Gesicht auf dem Fernsehschirm ihn fast erbrechen ließ. Das Gesicht war seines. Entsetzt fixierte er den Fernseher. Er hatte gewusst, dass sie nach ihm fahnden würden. Aber er wäre nie auf die Idee gekommen, dass sie das Fernsehen für ihre Zwecke einspannen würden. Wieso? Wieso hatte er das nicht vorausgesehen?
Während er noch versuchte, den Schock zu verarbeiten, begann die Wut in ihm zu brodeln. Dieses Miststück. Das war das Werk dieser Mitchell. Nun konnte er sich in dieser Stadt nicht mehr frei bewegen.
Heute war die Ausstrahlung noch auf Chicago beschränkt. Aber morgen schon konnte es von CNN gesendet werden. Er würde überall erkannt werden.
Zuerst musste er aus diesem Restaurant verschwinden. Und zwar sofort. Mit einer Beiläufigkeit, die ihm nur durch seine enorme Selbstkontrolle möglich war, stand er auf, warf die Reste auf seinem Tablett in den Mülleimer, schlenderte hinaus und ging zu seinem Wagen.
Sie musste verschwinden. Er tätschelte seine Tasche, in der immer noch Caitlins Pistole steckte. Mitchell musste verschwinden. Und wenn sie tot war, würde sich die Fahndung zunächst wieder auf den Heckenschützen konzen-

trieren, der sie zuvor zu ermorden versucht hatte. Melvin Getts hieß er. Dann würde Getts' Gesicht in den Nachrichten gezeigt werden. Ein Cop-Killer übertrumpfte einen Brandstifter allemal.

17. Kapitel

Donnerstag, 30. November, 18.45 Uhr

Reed legte auf. »Ich habe ihn.«

Hastig legten auch Mia und Aidan die Hörer auf.

»Wo?«, fragte Mia.

»Im Willow Inn in Atlantic City. In ihrem Computer steht, dass Devin White am ersten Juni eingecheckt und sich am dritten wieder verabschiedet hat. Hat bar bezahlt. Der Mann am Empfang erinnert sich nicht an ihn.«

»Das heißt, wir wissen nicht, ob es der echte White oder unser Mathe-Boy war«, sagte Mia. »Und wir wissen auch noch immer nicht, in welches Kasino er gegangen ist. In diese Läden strömen Unmengen von Leuten. Da wird sich wohl kaum einer an einen College-Jungen erinnern.«

»Aber alle Kasinos sind mit Kameras ausgestattet«, sagte Reed. »Wir wissen, an welchen Tagen wir nachsehen müssen, also sollten wir ihn auch finden. Zumindest werden wir dann herausfinden, ob es sich noch um den echten Devin White handelt oder bereits um …« Er zog ein Gesicht. »Mathe-Boy. Können wir uns nicht einen anderen Kosenamen ausdenken?«

»Im Augenblick passt er doch.« Sie zog die Brauen zusammen. »Es gibt mindestens ein Dutzend Kasinos in Atlantic City. Wo sollen wir anfangen?«

»Kennt jemand sich in dieser Stadt aus?«, fragte Aidan.

»Ich nicht«, sagte Reed, und auch Mia schüttelte den Kopf.
»Tess und ich sind auf der Hochzeitsreise an der Küste von Jersey gewesen. Einen Tag waren wir auch in Atlantic City, meine Erinnerung ist also noch recht frisch. Vielleicht reicht es ja.« Aidan legte eine Karte auf seinem Schreibtisch aus. »Das Willow Inn ist hier unten, in der Nähe des Silver Casino. Harrah's und Trumps Marina sind viel weiter weg und alle anderen großen Kasinos liegen am Strand.«
»Also ist er vermutlich erst einmal ins Silver Casino gegangen«, sagte Mia.
»Und zum Glück ist es nicht ganz so groß, so dass wir ihn dort leichter finden.«
Reed betrachtete das grobkörnige Foto. »Die Universität hat ein besseres Foto des echten Devin. Sollen wir die Polizei von Atlantic City bitten, sich heute schon mit diesem Bild umzusehen, oder sollen wir bis morgen früh warten?«
»Vier Frauen sind tot«, sagte Mia. »Ich denke, wir können es uns nicht leisten zu warten.«
»Das sehe ich genauso«, stimmte Aidan zu. »Und wenn sie ihn bis morgen früh nicht gefunden haben, reichen wir ihnen das bessere Foto nach und bitten sie, noch einmal von vorn anzufangen.«
»Gut. Ich schicke dem Atlantic City PD Fotos von beiden Whites rüber. Vielleicht ist der Echte ja auch vermisst gemeldet worden. Danke für die Hilfe, Aidan. Geht jetzt nach Hause, Jungs.«
Aidan gehorchte nur allzu gern und winkte ihnen zum Abschied, Reed aber blieb. »Du kommst mit mir, Mia.«
Sie sah auf und bedachte ihn mit einem düsteren Blick. »Das war ein schmutziger Schachzug, Solliday.«

Er neigte den Kopf. »Warum? Weil ich dazu beitragen will, dass du am Leben bleibst?«
Sie wandte sich wieder ihrem Computer zu. »Du hättest das erst mit mir absprechen können.«
Seine Antwort überraschte sie. »Stimmt. Das hätte ich. Tut mir leid.«
»Tja. Na gut. Fahr nach Hause, Solliday. Ich komm nach. Sobald Beth im Bett ist.«
»Warum kommst du nicht gleich mit zum Essen?«
Ihr Blick war noch immer auf den Monitor fixiert. »Abe ist entlassen worden, und ich habe ihm versprochen, bei Kristen und ihm zu essen. Im Übrigen brauchst du Zeit mit deiner Tochter. Fahr, Solliday. Ich komme nach.«
Er lehnte sich gegen den Tisch, kam ihr näher, als es klug war, aber, verdammt, er spürte noch immer das Zittern von vorhin, als er sie im Arm gehalten hatte. Sie hielt sich für Superwoman, aber sie war sehr viel menschlicher, als sie zugeben wollte. »Mia, ich war dabei. Ich habe miterlebt, wie man dir fast den Kopf von den Schultern geschossen hat. Bereitet dir das nicht ein wenig Sorge?«
Sie sah ihn an. »Ja. Aber das ist mein Job und mein Leben. Ich denke nicht daran, wegzurennen, sobald irgendein böser Bube mit einem Ballermann vor meiner Nase herumwedelt. Wenn ich das täte, wäre ich wohl niemandem von Nutzen.«
»Wenn du tot bist, bist du auch niemandem von Nutzen«, entgegnete er.
»Ich sagte, ich komme nach.« Sie schloss die Augen. »Versprochen. Und jetzt geh nach Hause zu deiner Tochter.«
Mia wartete, bis er weg war, dann rief sie die Polizei von Atlantic City an, erklärte, was sie wollte und beantwortete alle Fragen so gut sie konnte. Anschließend ging sie zum

Faxgerät, um die Fotos zu versenden, und als sie zurückkam, sah sie, dass Roger Burnette an ihrem Tisch wartete. Er wirkte leicht angetrunken. In seinem Blick lag Schmerz und ein verzweifelter Zorn, der sie dazu veranlasste, ihr Tempo ein wenig zu verlangsamen. Instinktiv legte sie die Fotos auf den erstbesten Tisch, an dem sie vorbeikam, so dass sie sich ihm mit leeren Händen nähern konnte. Es war nicht gesund, einem von Trauer zerfressenen Vater das Bild des potentiellen Mörders seiner Tochter zu zeigen. Vor allem nicht, wenn dieser Vater Polizist war. »Sergeant Burnette. Was kann ich für Sie tun?«

»Sie können mir sagen, wer meine Tochter umgebracht hat.«

»Wir glauben, es zu wissen, Sir, aber bislang fehlen uns noch die endgültigen Beweise.«

Er atmete zu schnell. »Mit anderen Worten – Sie wissen einen Dreck.«

»Sergeant.« Sie kam vorsichtig näher. »Ich rufe jemanden an, der Sie nach Hause bringt.«

»Verdammt, ich brauche niemanden, der mich nach Hause bringt. Ich will wissen, wer meine Caitlin umgebracht hat.« Mit einer wütenden Geste fegte er den Stapel Akten vom Tisch. Papier flatterte durchs Büro. »Sie sitzen hier und lesen den ganzen Tag. Warum gehen Sie nicht raus und suchen da, wo es sinnvoll ist?« Plötzlich packte er sie an den Schultern, und wieder schoss ein scharfer Schmerz durch ihren Arm. Sie hatte sich geirrt. Burnette war nicht nur leicht angetrunken. »Sie sind kein echter Cop«, zischte er. »Ihr Vater war es, und er hätte sich für Sie geschämt.«

Sie drückte seine Arme weg. »Sergeant. Setzen Sie sich.«

Er dachte nicht daran, sondern ballte die Fäuste. »Morgen begrabe ich meine Tochter. Begreifen Sie überhaupt, was das bedeutet?«

Sie blieb stehen, ließ sich nicht zurückdrängen und sah zu ihm auf, obwohl sie den Kopf in den Nacken legen musste. »Ja, ich begreife es, Sergeant. Wir sind nah dran, aber wir haben ihn noch nicht. Es tut mir leid.«

»Roger!« Spinnelli war aus seinem Büro gekommen und ging jetzt so rasch dazwischen, dass Mia nur staunen konnte. Sie hatte Spinnelli sich noch nie so schnell bewegen sehen. »Was soll das? Was tun Sie hier?«

Burnette trat einen Schritt zurück. »Ich will bloß auf den neuesten Stand gebracht werden. Nicht, dass es etwas Neues gäbe«, fügte er verächtlich hinzu.

»Detective Mitchell hat seit Montag beinahe ohne Pause an diesem Fall gearbeitet.«

»Dann macht sie ihren Job nicht besonders gut, oder?«, höhnte er.

»Roger, benehmen Sie sich«, bellte Spinnelli.

Burnette machte auf dem Absatz kehrt. »Ach, gehen Sie doch zur Hölle, Sie beide.«

Spinnelli musterte sie besorgt. »Alles in Ordnung?«

»Ja, ich schon, aber der ist betrunken«, murmelte Mia. »Sorgen Sie besser dafür, dass er das Auto stehen lässt.«

»Mia, gehen Sie endlich nach Hause.« Er seufzte. »Nein, nicht nach Hause. Zu Solliday. Oder zu wie auch immer sie heißt.«

»Lauren.« Sie deutete auf Burnette, der an der Tür stehengeblieben war und selbst von hinten verloren und geschlagen wirkte. »Helfen Sie dem Burschen. Wir sehen uns morgen.«

Donnerstag, 30. November, 20.05 Uhr

»Das Essen war großartig, Kristen.« Mia lächelte der kleinen Kara Reagan zu, während sie sich abmühte, dem Kind die dicke Schicht Spaghettisauce aus dem Gesicht zu wischen. »Und dir hat's auch geschmeckt, was, Zwerg?«

Kara erklomm Mias Schoß und sah sie mit einem listigen Blick an. »Eis haben? Bittebitte?«

Mia lachte. Sie liebte diese Kleine innig. Spielerisch zupfte sie an einer roten Locke. »Da musst du deine Mommy fragen.«

»Mommy sagt nein«, mischte Abe sich ein. Sein Teint wirkte bereits etwas frischer, aber er war noch immer viel zu dünn. »Aber Daddy und Kara hoffen, dass Tante Mias Anwesenheit hier Mommys Meinung beeinflussen kann.«

Kristen seufzte theatralisch. »Zwei gegen eine. Sie verbünden sich ständig gegen mich. Übrigens habe ich dir oben im Gästezimmer das Bett gemacht. Du kannst heute Nacht hier bleiben.«

Kara hüpfte vor Freude. »Ja. Bleiben.« Dann drückte sie Mia einen feuchten Schmatz auf die Wange.

Kristen hob das Kind von Mias Schoß. »Zeit zum Baden, Süße. Und dann ab ins Bett. Sag Tante Mia gute Nacht.«

Kara küsste lautstark Mias andere Wange, dann trug Kristen sie weg, während sie und ihre Tochter irgendein albernes Kinderlied sangen.

»Du hast Sauce auf der Wange«, sagte Abe trocken, und Mia wischte sie weg.

»Macht nichts, das war's wert.« Sie sah den beiden mit einem sehnsüchtigen Lächeln hinterher. Dieses unschuldige kleine Ding würde sich niemals fragen müssen, ob ihre Eltern es wirklich liebten. »Es ist mir schleierhaft, wie Kristen ihr je widerstehen kann.«

»Ja, sie weiß ihre Reize einzusetzen. Lass dich nicht um den Finger wickeln.« Abe lehnte sich zurück. »Du bleibst nicht, richtig?«
»Nein. Aber sag's Kristen erst, wenn ich weg bin. Sonst kettet sie mich irgendwo an. Hat sie mir jedenfalls angedroht.«
»Und du wirst nicht nach Hause fahren.«
Mia verdrehte die Augen. »Solliday hat ein Doppelhaus. Ich darf die andere Seite bewohnen. Dann habe ich mein eigenes Schlafzimmer, meine eigene Küche, meinen eigenen Eingang.«
Abes Lippen zuckten. »Und deinen eigenen unterirdischen Gang zur anderen Seite?«
Mia sog die Wange ein. Abe lachte jetzt, und sie wusste, dass Aidan mal wieder die Klappe nicht hatten halten können. Diese verdammte Büroumarmung. »Dein Bruder zerreißt sich bloß das Maul. Es war nichts.«
»Na, klar.« Abe lachte in sich hinein. »Aber du solltest dein Gesicht sehen. Es ist knallrot.«
Sie warf die Serviette nach ihm. »Und dich habe ich vermisst!«
»Oh, ich komme früh genug zurück. Und mit mir Curry und Sushi und vegetarische Köstlichkeiten.«
Sie verengte die Augen. »Solliday lässt mich aussuchen.«
Er grinste noch breiter. »Was lässt er dich denn aussuchen?«
Sie spürte, wie ihr Gesicht noch heißer wurde, doch Abe wurde wieder ernst. »Sag mir Bescheid, wenn du … wenn du Hilfe brauchst.«
»Wobei? Haust du ihn, wenn er gemein zu mir ist?«
»Zum Beispiel.«
Im Grunde meinte er es ernst, und Mia hatte plötzlich einen Kloß in der Kehle. »Er ist vielleicht ein bisschen an-

maßend, aber alles in allem ein Gentleman. Allerdings geht es mir auf die Nerven, dass er mich auszutricksen versucht hat.«

»Das klingt eher, als sei es ihm gelungen.« Er zuckte die Achseln, als sie ihn anfunkelte. »Du bist momentan nicht in deiner Wohnung. Ich halte das für richtig. Vielleicht kann er dich ja auch zum Umziehen bewegen.«

Mia starrte ihn wütend an. »Jetzt gehst du mir auch auf die Nerven. Abe, das ist meine Wohnung. Du würdest dein Haus doch auch nicht einfach verkaufen. Wenn ich jedes Mal umziehen wollte, sobald irgendein Vollidiot sauer auf mich ist, dann kann ich mir ja ein verdammtes Zelt kaufen und als Nomadin herumziehen.«

»Diesmal geht es aber nicht nur um *einen* Vollidioten. Was unternimmt Spinnelli wegen der Sache mit Carmichael?«

»Was soll er schon tun? Sie hat ja nicht gesagt, dass es sich um meine Adresse handelt – nur, dass auf mich geschossen wurde. Sie überlässt es dem Leser, die beiden Informationen zu verknüpfen. Damit hat sie nichts Illegales getan.«

»Sag mal, woher wusste sie eigentlich, wo DuPree und Getts zu finden waren?«

»Sie hätte Quellen, sagt sie.«

»Und was, wenn sie selbst die Quelle ist?«

»Du meinst, wenn sie an dem Abend, als du angeschossen wurdest, dabei war?« Er nickte, und sie dachte darüber nach. »Ja, dann könnte sie ihnen gefolgt sein. Das würde aber bedeuten, dass sie die ganze Zeit wusste, wo sich die beiden aufhalten, und nichts gesagt hat.«

»Das würde bedeuten, sie hat mit dieser Auskunft absichtlich gewartet, bis du wieder zurückkamst.«

Mia spürte, wie der Zorn in ihr hochschäumte. »Verdammt. Sie wollte eine Story, wie ich mir die beiden schnappe, und ich habe ihr auch noch wenigstens zur Hälfte zugearbeitet, als ich DuPree erwischt habe.«

»Und wir konnten es kurz darauf auf der Titelseite lesen. Du darfst der Frau nicht trauen, Mia.«

»Mist.« Sie stand auf. »Heute ist wirklich nicht mein Tag.«

»Bleib noch ein bisschen. Du siehst ziemlich müde aus.«

Sie blinzelte mehrmals. »Ich *bin* müde. Aber ich muss Burnettes Akten endlich durchsehen. Wir haben ...« Sie zögerte, dann verwendete sie Burnettes Worte. »Wir haben einen Dreck in Bezug auf echte Beweise. Wir müssen eine Verbindung finden.«

»Aber wenn ihr doch seinen echten Namen nicht kennt, wonach willst du suchen?«

Sie rieb sich die Stirn. »Komm mir nicht mit Logik«, brummte sie. »Ich lege mich ein Stündchen hin, dann attackiere ich die Akten.« Sie bewegte sich auf die Eingangstür zu.

Er folgte ihr, wenn auch noch ein wenig langsam. »Bring mir ein paar rüber. Dann kann ich helfen.«

Sie streifte sich den Mantel über und zuckte zusammen, als ihre Schulter sich bemerkbar machte. »Du bist krankgeschrieben, Kumpel.«

»Das hindert mich nicht daran zu lesen. Ich drehe sowieso langsam durch, wenn ich nicht endlich wieder etwas tun kann.« Er legte den Kopf zur Seite. »Bittebitte.«

Sie lachte. »Jetzt weiß ich, woher Kara das hat. Falls Spinnelli nichts dagegen hat, bist du eingestellt. Ich rufe dich morgen an. Sag Kristen danke fürs Essen und gib Kara einen Kuss von mir.«

Als sie den Wagen auf die Straße fuhr, sah sie ihn am Fenster stehen, genau wie Dana am Fenster gestanden hatte, um ihr nachzusehen. Erneut empfand sie den unwillkommenen

Stich aus Neid und Verbitterung. Sie missgönnte Abe und Dana ihr Glück nicht. Eigentlich nicht. Die beiden kamen für sie dem, was man als Familie bezeichnete, am nächsten. Das erkannte sie an. Aber sie beneidete sie darum, in ein lärmendes Haus voller geliebter Menschen zurückzukehren. Weil sie das nicht hatte. Weil sie in eine leere Wohnung zurückkehren musste.
Und sie würde auch heute Abend allein sein. In der einen Hälfte des Doppelhauses, während Reed und seine Familie sich in der anderen versammelten. Ihre eigene Familie ... nun, sie hatte keine echte Familie. Kelsey war im Gefängnis, ihr Vater tot. Mit ihrer Mutter hatte sie seit dem Begräbnis nicht mehr gesprochen. Annabelle hatte ihr gesagt, sie solle nicht wiederkommen, ein Befehl, dem sie nur allzu gern gehorchte. Sie dachte an die geheimnisvolle blonde Frau. Wer war sie? Und hatte *sie* Familie? Mochte *sie* ihre Mutter?
Sie musste noch versuchen, das Nummernschild zurückzuverfolgen. Wenn diese Sache mit dem Brandstifter vorbei war, würde sie sich darum kümmern. *Wenn diese Sache vorbei war. Wenn der Staub sich gelegt hat. Wenn sich alles wieder beruhigt hat.* Das waren stets ihre Ausreden, um etwas aufzuschieben. Um noch keine neuen Möbel zu kaufen, um ihr Schlafzimmer noch nicht zu streichen. Um nicht mit Guy zusammenzuziehen, als er sie im vergangenen Jahr danach gefragt hatte. Sie gefragt hatte, ob sie ihn heiraten wolle. Wenn sich alles wieder beruhigt hat ...
Und wann wird das sein, Mia? Wie alt wirst du dann sein?
Müde und verwirrt verbannte sie diesen Gedanken aus ihrem Bewusstsein. Nun gab es Wichtigeres. Sie musste in ihre Wohnung gehen und ein paar Sachen zusammenpacken, und dazu brauchte sie einen klaren und wachen Ver-

stand, falls irgendein Abschaum mit Pistole auf sie lauerte. Über ihre Sehnsüchte konnte sie später noch nachdenken. Sie lachte laut auf, aber es klang selbst in ihren Ohren verbittert. *Wenn sich alles wieder beruhigt hat …*

Donnerstag, 30. November, 20.15 Uhr

»Lecker war das, Lauren«, sagte Reed, als er ihr beim Abräumen half.

Lauren sah ihn nachdenklich an. »Das überrascht mich. Du hast deinen Teller derart attackiert, dass ich mich gefragt habe, ob du ihn bestrafen willst.«

Er hatte sich selbst bestrafen wollen. Die Sache mit Mia war ihm gründlich danebengegangen. »Tut mir leid. Mir spuken verschiedene Dinge im Kopf herum.«

»Ja, das dachte ich mir schon.« Sie drückte seinen Arm und stellte die Teller in die Spüle.

»Hey, hey.« Er hielt Beth auf, die sich ohne ein Wort davonmachen wollte. »Wohin willst du jetzt?«

Beth bedachte ihn mit einem herablassenden Blick. »Nach oben«, sagte sie, als sei er geistig minderbemittelt.

Sie war die ganze Mahlzeit über schweigsam gewesen und hatte geschmollt. Wieder hatte sie gefragt, ob sie nicht doch am Wochenende bei ihrer Freundin übernachten durfte, und wieder hatte er nein gesagt. Langsam ging es ihm auf die Nerven. »Komm zurück und hilf deiner Tante. Ich weiß wirklich nicht, was mit dir los ist, Beth.«

Sie presste die Kiefer zusammen, dann begann sie, mit lautem Geschepper Besteck auf die Teller zu werfen. »Beth!«

Sie sah auf, und er sah mit Schrecken Tränen in ihren Augen. »Was *ist?*«

»Beth, Spatz, was ist denn bloß los?«

Mit wütender Geste wischte sie Krümel vom Tisch. »Nichts, was du verstehen kannst.« Sie warf die Krümel in den Müll, dann stürzte sie hinaus und ließ Reed einfach stehen.

»Was war denn das?«, fragte er verdattert.

Lauren nahm den Besen und fegte um den Mülleimer herum, da die meisten Krümel am Boden gelandet waren. »Irgendetwas beschäftigt sie. Vielleicht ein Junge.«

Er schloss die Augen und schauderte. »Sie ist vierzehn, Lauren. Sag so was nicht.«

»Sie ist vierzehn, Reed. Gewöhn dich dran.«

»Ich gehe rauf und rede mit ihr.«

»Gib ihr noch ein bisschen Zeit, sich zu beruhigen.« Sie stützte sich auf den Besen und sah ihn abschätzend an. »Du bist in den letzten Tagen auch nicht ganz bei dir. Gesprächsbedarf?«

Reed dachte nach. Von all seinen Geschwistern war Lauren ihm immer am nächsten gewesen. Er liebte die anderen, aber zwischen Lauren und ihm hatte immer eine besondere Verbindung bestanden. »Ich weiß nicht.«

Sie lächelte. »Na ja, du weißt ja, wo ich wohne.«

»Aah, genau!« Verlegen rieb er sich den Nacken. »Ich habe dein Haus, ähm, sozusagen angeboten. Verliehen. Vorübergehend. Es ist für eine gute Sache.«

Sie verengte die Augen. »Du hast mein Haus verliehen? Warum?«

»Mitchell muss für ein paar Tage woanders unterkommen. Ich habe ihr deine Doppelhaushälfte angeboten. Ich dachte, es würde dir bestimmt nichts ausmachen, weil du doch sowieso die meiste Zeit in deinem Zimmer hier schläfst.«

Sie dachte einen Moment lang schweigend darüber nach. »Und warum können sie und ich uns das Haus nicht einfach teilen?«

Er öffnete den Mund. Schloss ihn wieder. Das war ihm auch in den Sinn gekommen, aber es hatte ihm nicht wirklich gefallen. Er wollte, dass Mia allein drüben war. Damit er zu ihr konnte. Und weder seine Tochter, noch seine Schwester es hören würde, wenn sie beim Höhepunkt aufschrie. Laurens Blick besagte, dass sie gerade zu einem ähnlichen Schluss gekommen war. Reed wurde rot.
»Sieh an. Du hörst endlich auf meinen Rat.«
»Blödsinn.«
»Aber …«
»Lauren, es geht dich zwar nichts an, aber diese Sache ist bloß vorübergehend. Genau wie das Arbeitsverhältnis.«
»Weißt du, was du tust, Reed?«
Er sah sie verdutzt an. »Bitte?«
»Ich meine nicht das, was du nachher vermutlich noch vorhast. Ich nehme an, das hast du drauf.«
»Lauren«, warnte er, aber sie ignorierte ihn.
»Ich meine die Sache zwischen Mia und dir. Denk bitte nur daran, dass es nicht weniger wichtig ist, nur weil ihr heimlich miteinander turtelt. Und dir selbst einzureden, es sei ja nur vorübergehend, bedeutet nicht, dass da nichts ist. Deine Mia Mitchell benimmt sich zwar wie eine harte Nuss, aber die Frau hat auch Gefühle.«
Das wusste er. »Und ich will ihr nicht wehtun.«
»Wollen kann man viel.« Sie fegte die Krümel auf eine Schaufel und kippte sie in den Müll. »Ich mache ihr ein Zimmer fertig.« Sie trat zu ihm und strich mit dem Finger über die Kette, die unter seinem Hemd zu sehen war. »Die hast du gestern Nacht abgenommen.«
»Du warst in meinem Zimmer?«
»Ich habe Aspirin gesucht. Und die Kette lag gut sichtbar auf deinem Nachttisch. Sei vorsichtig, Reed. Keine Frau

mag im Schatten ihrer Vorgängerin leben. Auch nicht vorübergehend.«

Er wusste nicht, was er darauf antworten sollte, aber das Klingeln seines Handys rettete ihn. Die Nummer auf dem Display sagte ihm nichts. »Solliday.«

Lauren schüttelte den Kopf und verließ den Raum.

»Abe Reagan. Mias Partner.«

Reed war augenblicklich misstrauisch. »Freut mich. Aber woher haben Sie meine Handynummer?«

»Von Aidan, der sie von Jack hat. Mia ist gerade von hier gestartet. Sie sagte, sie würde in Ihrem Haus übernachten, aber ich weiß, dass sie vorher in ihre Wohnung fahren wird. Wenn ich könnte, würde ich ihr vorsichtshalber folgen.«

»Ich mache das. Danke für die Information.« Reed steckte das Handy ein. Aber zunächst musste er mit Beth sprechen. Er nahm jeweils zwei Stufen auf einmal und klopfte an ihre Tür. Laute Musik drang aus ihrem Zimmer. »Beth? Ich muss mit dir reden.«

»Lass mich in Ruhe.«

Er packte den Türknauf, doch sie hatte abgeschlossen. »Beth, wir müssen reden. Mach die Tür auf.«

Es dauerte mindestens eine Minute, bis sich die Tür öffnete und sie wütend zu ihm aufsah. Ihre Augen waren rot und geschwollen. »Was willst du?«

Behutsam streckte er die Hand aus, um ihr eine Haarsträhne von der Wange zu streichen. Sie zuckte zusammen und fuhr zurück, was ihn mehr verletzte als die Worte zuvor. »Beth. Bitte sag mir doch, was mit dir los ist. Ich kann es nicht verstehen, wenn du es mir nicht sagst.«

»Es ist nichts. Ich bin bloß müde.«

Hilflos und frustriert seufzte er. »Bist du krank? Müssen wir zum Arzt?«

Ihr Lächeln war verbittert und schon viel zu erwachsen. »Willst du damit sagen, ich müsste zu irgendeinem Seelenklempner? Das kann doch wohl nicht sein. Du bist doch immer derjenige, der über diese Leute schimpft.«
Volltreffer. Er zog den Kopf ein. »Na ja, vielleicht hätte ich mich nicht so negativ äußern dürfen. Vielleicht gibt es vieles, was ich anders machen müsste. Aber ich kann das nicht beurteilen, solange du nicht mit mir reden willst, Spätzchen.«
Ihre Augen blitzten. »Ich bin kein Spätzchen.« Dann wurde ihr Blick traurig, aber er nahm ihr die Regung nicht ab. »Du könntest mich bei Jenny übernachten lassen. Dann wäre ich glücklicher.«
Er trat entsetzt zurück. Das war nicht mehr seine Tochter. Diese berechnende Fremde musste zu jemand anderem gehören. »Nein. Das haben wir bereits durchgekaut, und nichts, was du sagst, wird mich davon abbringen. Tatsächlich ist eher das Gegenteil der Fall. Ich habe keine Ahnung, warum dir diese Übernachtung so wichtig ist, aber – nein, du gehst nicht. Und ab jetzt wirst du überhaupt nicht mehr zu dieser Jenny gehen.«
Ihre Nasenflügel weiteten sich. »Du gibst ihr die Schuld. Das hat sie vorausgesehen.« Sie wich zurück, bereit, die Tür zuzuwerfen. »Bist du jetzt fertig damit, mir mein Leben kaputtzumachen?«
Er traute seinen Ohren nicht und schüttelte den Kopf. »Beth, ich muss noch mal kurz weg. Wir reden weiter, wenn ich wieder da bin.«
»Nein, lass mal«, sagte sie kalt. »Bis dahin schlafe ich schon.« Dann schlug sie ihm die Tür vor der Nase zu.
Er fuhr sich mit der Hand durchs Haar und umfasste seinen Hinterkopf, als müsse er ihn stützen. Was war los mit

seinem Kind? Nur Launenhaftigkeit? Oder steckte mehr dahinter? Etwas … Schlimmeres? Aber das konnte er nicht ernsthaft glauben. Beth war ein kluges Kind? Sie war erst vierzehn. Natürlich wusste er aus Erfahrung, in was Vierzehnjährige hineingeraten konnten. Aber das hier war Beth. Sie war nicht die Tochter von Alkohol- oder Drogenabhängigen, die sich mehr um ihren nächsten Schuss als um ihren Nachwuchs kümmerten.

Beth hatte Glück. *Sie hat mich*. Er seufzte. *Und im Augenblick kann sie mich nicht ausstehen*. Er wusste nicht, was er tun sollte. Am liebsten hätte er ihre Tür eingetreten, aber er wusste, dass er damit nichts erreichen würde. Er brauchte Hilfe. Er würde gleich morgen früh ihren Vertrauenslehrer anrufen.

Und nun musste er einer Frau hinterherfahren, die ihn wahrscheinlich genauso herzlich willkommen heißen würde. »Gib's einfach auf, Solliday«, murmelte er, als er die Treppe hinunterging und im Vorbeigehen seinen Mantel nahm. Er begegnete Lauren im Vorgarten, als er hinausging. »Ich muss noch mal weg«, sagte er barsch. »Beth ist in ihrem Zimmer.«

»Hast du mit ihr gesprochen?«, fragte Lauren, die eine Tasche über der Schulter trug.

»Tja, genützt hat es nicht viel. Ich rufe morgen früh ihren Vertrauenslehrer an.«

»Gute Idee.«

»Bis später.«

Griesgrämig stampfte er auf seinen Wagen zu.

»Reed?«

Er blieb stehen, drehte sich aber nicht um. »Was?«

»Nimm die Kette ab, bevor du losfährst.«

Noch grantiger stieg er in den Wagen, fuhr los und hielt

einen Block weiter wieder an. Dann nahm er die Kette ab, starrte den Ring einen Moment lang an und legte ihn dann ins das Fach zwischen den Sitzen. »Verdammter Mist.«

Donnerstag, 30. November, 20.45 Uhr

Da war sie. Er hatte in der Gasse gegenüber gewartet, richtete sich nun auf und rückte den Rucksack auf seinem Rücken zurecht. Es zahlte sich aus, mit leichtem Gepäck unterwegs zu sein. Wenn er weglaufen musste, hatte er alles, was er brauchte, dabei. Der Wagen, den er sich genommen hatte, stand nur einen Block entfernt. Er würde erledigen, was zu tun war, und verschwinden. Und dann war Melvin Getts in den Nachrichten.

Mitchell stieg mit einer Tasche aus ihrem Wagen. Sie sah sich einen Moment lang wachsam um, aber er hielt sich im Schatten. Sie bot ein perfektes Ziel, hielt den Kopf genau richtig. Mit ruhiger Hand richtete er die Pistole auf sie. Aus dieser Entfernung konnte er sie nicht verfehlen. Er zielte und –

Ein SUV hielt neben ihr an. Verdammt. Lieutenant Solliday.

Solliday ließ das Fenster herunter, und sie redeten miteinander, aber nicht laut genug, als dass er sie hätte verstehen können. Auch Solliday sah sich nun um.

Verdammter Mist. Sie wollten in ihre Wohnung. Wer wusste, wann sie zurückkommen würde. Vielleicht erst morgen früh. Aber er hatte noch anderes vor. Musste noch die Doughertys umbringen. Er konnte hier nicht ewig ausharren und auf sie warten. *Jetzt oder nie*. Er trat aus dem Schatten und hob die Pistole. Und schoss.

»Polizei! Lassen Sie die Waffe fallen!«

Er fuhr zurück. Der Ruf war nicht aus Mitchells und Sollidays Richtung gekommen. Mitchell war nirgendwo zu sehen, und Solliday war ausgestiegen und hatte ebenfalls seine Waffe gezogen. *Dreck!*
Er wich weiter zurück, einen Schritt, zwei. Sein Herz blieb stehen, als Solliday ihn entdeckte.
»Stehen bleiben!« Der Mann begann zu laufen. Auf ihn zu.
Verschwinde. Er wandte sich um und rannte los.

Mia kam auf die Füße, das Funkgerät in der einen, die Waffe in der anderen Hand. »Schießerei, 1342 Sedgewick Place. Zivilbeamter hat Verfolgung aufgenommen. Brauche Verstärkung.«
Sie stand mitten auf der Straße und zwang sich zur Konzentration. Jemand hatte gebrüllt, kurz nachdem der Schuss abgefeuert worden war, aber sie konnte niemanden sehen. Sie atmete tief durch, dann nahm sie das Funkgerät erneut hoch.
»Solliday.« Als keine Antwort kam, packte sie die Angst und sie begann zu laufen. Solliday!
»Bin da.« Die Stimme kam knisternd, und sie blieb schwer atmend stehen, so erleichtert, dass ihr die Knie weich wurden. »Verdammt, er ist weg«, knurrte er. »Fahndungsbefehl für White.«
Sie erstarrte. »Was?«
»White. Mathe-Boy. Schnell, Mia, mach schon. Er ist hier noch irgendwo.«
Er hat versucht, mich umzubringen. »Hier Detective Mitchell, Morddezernat. Wir verfolgen einen männlichen Weißen, ungefähr dreiundzwanzig Jahre. Eins neunzig, hundertfünfzig Pfund, blond, blaue Augen. Der Verdächtige ist

bewaffnet und wird im Zusammenhang mit vier Morden gesucht. Bekannt unter dem Namen Devin White. Wiederhole, Verdächtiger ist bewaffnet.«

»Gehört, Detective«, sagte die Vermittlung. »Brauchen Sie medizinische Versorgung?«

»Nein, nur Verstärkung. Wir müssen die Gegend abriegeln. Er ist zu Fuß unterwegs, also schicken Sie noch einen Wagen zur Bahnstation zwei Blocks von hier.« Sie sah auf und entdeckte Solliday, der im Laufschritt auf sie zukam. Kurz vor ihr blieb er stehen.

»Du bist getroffen.«

Sie hob die Hand an die Wange und spürte das Blut. »Nur ein Streifschuss. Schon okay.«

Er hob ihr Kinn, nickte, ließ dann wieder los. »Wer hat eben ›Polizei‹ gerufen?«

»Wenn ich das wüsste.« Sie drehte sich langsam um die eigene Achse und blickte suchend die Gegend ab. »Das war Mathe-Boy? Sicher?«

Er nickte, rang immer noch um Atem. »Ja. Und er ist schnell, der kleine Bastard. Ich hatte ihn fast, aber er hat mir ein paar Mülleimer in den Weg gestoßen.«

»Du bist auch ganz schön schnell.«

»Leider nicht schnell genug. Er ist uns wieder entwischt.«

»Wir lassen Straßensperren errichten.« Ihr Instinkt sagte ihr, dass er noch irgendwo in der Nähe war. »Aber die Hochbahn ist nicht weit. Vielleicht ist er schon da. Verdammt, ich habe den Eindruck, als würde jemand uns beobachten …« Ein Geräusch hinter ihr ließ sie herumwirbeln, die Waffe in beiden Händen. »Mit erhobenen Händen rauskommen!«

»Das gibt's doch nicht«, murmelte Solliday, und Mia fiel die Kinnlade herab.

Aus dem Schatten ganz in der Nähe der Stelle, wo White ihnen entwischt war, trat … sie. Ihr blondes Haar steckte unter einem schwarzen Barett, und statt des dunklen Kostüms von der Pressekonferenz trug sie eine schwarze Lederjacke, die der, die Mia am Abend der Schießerei mit DuPree und Getts getragen hatte, erschreckend ähnlich sah. Sie lächelte selbstironisch. In der einen Hand hielt sie eine Pistole auf der offenen Handfläche, in der anderen eine Polizeimarke.
Mia blies sich die Haare aus der Stirn. »Toll. Ich sage doch, dass heute nicht mein Tag ist.«

Donnerstag, 30. November, 21.15 Uhr

Er stieg zwei Stationen später aus der Hochbahn und trat mit seinem Dietrich in der Hand auf einen kleinen Ford zu. Ein wenig Gefummel, und schon saß er hinterm Steuer und fuhr die Straße entlang, den Rucksack auf dem Sitz neben sich.
Kurzfristig war er in Sicherheit. In der Bahn hatte er sich die ganze Zeit gefragt, ob jemand ihn bereits mit dem Foto verglich, das in den Nachrichten gezeigt worden war. Er war kühl und gelassen geblieben, hatte aber auch niemandem in die Augen gesehen. Ganz normales Verhalten in einer Großstadt.
Hatte er sie erwischt? War Mitchell tot? Er war sich nicht sicher. Seine Kugel war gut gezielt gewesen. Aber er war so oder so gescheitert. Solliday hatte ihn gesehen, ihn erkannt. Sein Plan ging nicht auf.
Also nichts wie weg. Zieh dich eine Weile zurück. Tu heute, was du tun musst, und dann verschwinde aus der Stadt.
Nur noch vier, dann war er fertig.

Donnerstag, 30. November, 21.15 Uhr

»Nehmen Sie die Waffe runter. Langsam«, sagte Mia.

Die Frau gehorchte und legte die Pistole behutsam auf den Gehweg. »Du bist verletzt«, sagte sie.

Mia steckte ihre eigene Dienstwaffe ins Holster zurück. »Nicht schlimm.«

Zwei Streifenwagen kamen auf der Straße zum Stehen, und Mia warf einen Blick über die Schulter. Vier weitere näherten sich.

»Ich kümmere mich drum«, sagte Solliday. »Auch um die Straßensperren.«

»Danke«, murmelte sie, dann wandte sie sich wieder der Frau zu. »Na, dann los.« Sie nahm die Marke der Frau und hielt sie ins Licht. »Olivia Sutherland. Minneapolis PD.«

Sutherland schenkte ihr erneut ihr selbstironisches Lächeln. »Hallo, Schwester.«

Mia gab ihr die Marke zurück. »Warum kommst du nicht einfach zu mir und redest mit mir? Warum läufst du mir seit Wochen hinterher? Willst du mich in den Wahnsinn treiben?«

»Nein, das will ich bestimmt nicht. Ich wusste, ehrlich gesagt, nicht, ob ich mit dir reden will. Ich wusste nicht einmal, ob ich dich kennen will. Eher nicht, glaube ich.«

Mia neigte den Kopf. »Aha. Und warum nicht?«

Sie zuckte die Achseln. »Weil er dich wollte. Nicht mich. Deine Mutter. Nicht meine.«

Mia blinzelte überrascht. Dann lachte sie. »Willst du mich veräppeln?«

Das spöttische Lächeln verschwand. »Nein. Bestimmt nicht.«

Offensichtlich hatte jemand dieser Frau ein weit rosigeres

Bild von Bobby Mitchell gemalt, als er es verdient hatte.
»Okay, fangen wir noch einmal an. Olivia Sutherland, danke, dass du mir das Leben gerettet hast.«
Das Lächeln war wieder da. »Ich hatte gehofft, dass dir das auffällt.«
»Und warum hast du das getan?«
Sie zuckte wieder die Achseln. »Ich wollte dich nicht mögen. Ich wollte dich eigentlich hassen. Aber ich habe dich beobachtet und erkannt, dass ich vielleicht ein paar Dinge falsch beurteilt habe. Ich wollte eigentlich heute Nachmittag abreisen, als ich sah, dass in der Zeitung deine Adresse abgedruckt war.« Sie runzelte die Stirn. »Gegen diese Reporterin solltest du unbedingt etwas unternehmen. Die scheint nicht mehr alle Tassen im Schrank zu haben.«
»Tja, so weit war ich auch schon. Also ... dann hast du den ganzen Tag hier gewartet?«
»Immer mal wieder. Meistens, ja. Ich dachte, wenn du nach Hause kommst, sage ich schnell hallo und tschüs. Aber du scheinst nicht gerade regelmäßig nach Hause zu kommen.«
»Nein. Ich bin lieber bei Freunden.«
»Zum Beispiel bei der Rothaarigen von der Beerdigung?«
»Zum Beispiel bei der. Hör mal, ich möchte gern mit dir reden, aber ich muss hier noch einiges erledigen.« Sie deutete über die Schulter auf Solliday, der gerade eine Karte auf der Kühlerhaube eines Streifenwagens ausbreitete.
Sutherland lächelte. »Wir reden, wenn sich alles ein bisschen beruhigt hat.«
Wenn sich alles ein bisschen beruhigt hat. Plötzlich schmeckte der Satz bitter auf ihrer Zunge. Sie hatte zu vieles verloren, weil sie immer darauf gewartet hatte, dass sich alles ein wenig »beruhigte«. Nun hatte sie eine Gelegenheit, die

vielleicht nie wieder kommen würde. »Nein. Denn das tut es nicht. Wie alt bist du?«

Sutherland sah sie überrascht an. »Neunundzwanzig.« Dann lächelte sie. »Solche Fragen sind ziemlich unhöflich.«

Mia grinste. »Na und? Wie lange bist du noch in Chicago?«

»Eigentlich müsste ich abreisen. Ich hatte ein paar Tage Urlaub genommen, aber mein Captain will, dass ich zurückkomme.«

»Nur noch einen Tag. Bitte. Ich wusste bis vor drei Wochen nicht einmal, dass du existierst. Wir haben – außer dem Vater – offensichtlich noch ein paar Dinge gemeinsam. Wo wohnst du?«

Sutherland musterte Mia einen Moment lang, dann nickte sie. »Mutter zog nach Minnesota um, als ich geboren wurde, aber meine Tante wohnt noch hier. Ich bin bei ihr untergekommen.« Sie kritzelte eine Adresse und die Telefonnummer auf die Rückseite ihrer Visitenkarte. »Wo du wohnst, weiß ich ja.«

»Die nächsten Tage nicht. Ich werde ziemlich viel unterwegs sein. Aber hier ist meine Handynummer.« Sie reichte Sutherland ihre Karte, die diese einsteckte. Dann begegnete sie Mias Blick.

»Mein ganzes Leben lang habe ich mir gewünscht, du zu sein. Und ich habe dich gleichzeitig gehasst. Du bist allerdings nicht so, wie ich es mir immer vorgestellt habe.«

»Tja, manchmal überrasche ich mich selbst«, sagte Mia ironisch. »Aber wir müssen jetzt deine Aussage aufnehmen. Der Typ, den du verscheucht hast, hat vier Frauen ermordet.«

Ihre Augen weiteten sich, und es kam Mia vor, als sähe sie in einen Spiegel. »Dann war das ...?«

Die kleine Schwester las Zeitung. »So ist es. Komm. An die Arbeit.«

Donnerstag, 30. November, 22.00 Uhr

Mathe-Boy war weg. Reed kochte innerlich, während er zusah, wie die Polizisten von Tür zu Tür gingen. Sie waren so nah dran gewesen. Er war ihnen so nahe gekommen. Er konnte das höhnische Gesicht des Mistkerls vor sich sehen. Sein triumphierendes Grinsen, sobald er wusste, dass er entkommen war. Wenn er bloß ein wenig schneller gewesen wäre …

»Wenn du weiterhin so die Stirn runzelst, siehst du ganz früh alt aus«, sagte Mia, die sich neben ihn an den Wagen lehnte.

»Ich hatte ihn fast«, sagte er zähneknirschend. »Verdammt noch mal, ich hatte ihn fast.«

»Knapp daneben … na, du weißt schon«, sagte sie. »Wir verschwenden hier unsere Zeit, Reed. Der versteckt sich hier nicht mehr. Er ist längst weit weg.«

»Ja, ich weiß«, knurrte er.

»Ich frage mich bloß, was das sollte. Warum schießt er jetzt auf mich?«

Reed zuckte die Achseln. »Wir kommen ihm näher, und er weiß das. Und wenn er deine Adresse gelesen hat, hat er auch gelesen, dass man am Dienstag auf dich geschossen hat.«

Sie berührte mit den Fingern die Stelle an der Wange, die der Sanitäter mit zwei Stichen genäht hatte. »Er wollte von sich ablenken, meinst du?«

»Mia!«

Sie wandten sich gleichzeitig um und entdeckten Jack im Eingang zu ihrem Wohnhaus. Er hielt ihnen die Hand entgegen, auf der eine Kugel lag. »Wenn er besser und nur einen Millimeter weiter gezielt hätte …«

Wie schon mehrmals in der letzten Stunde wurde Reed eiskalt. Nur einen Millimeter weiter, und die Kugel wäre in ihren Schädel eingedrungen. Nur einen Millimeter weiter, und er hätte sie verloren.

»Ja, ja, ja«, sagte sie. »Und ich wäre tot. Danke, Jack.«

»Vermutlich«, sagte Jack trocken, »wäre die Kugel an deinem Dickschädel einfach abgeprallt. Manchmal muss man sich wünschen, dass du nicht so viel Glück hättest. Du hältst dich inzwischen wahrscheinlich schon für kugelsicher. Aber das bist du nicht.«

Nein, das war sie nicht. Reed schluckte die Furcht herunter, die ihm jedes Mal in der Kehle aufstieg, wenn er daran dachte, wie sie vorhin zu Boden gegangen war. »Jack, wir sind durch. Kann Mia ihre Sachen packen, damit wir verschwinden können?«

Jack betrachtete ihn interessiert, und Reed erkannte, dass die Herren Abe, Aidan und Jack untereinander getratscht hatten. »Ja. Passen Sie auf sie auf, bis sie ... dort ankommt, wo sie übernachtet.«

»Keine Sorge.« Reed hielt ihr die Haustür auf. »Packen wir deine Sachen.« Er wartete, bis sie die Wohnungstür aufgeschlossen hatte, dann schob er sie hinein und gegen die Tür und küsste sie heftig und verzweifelt. Zu verzweifelt. Doch sie schlang die Arme um seinen Nacken und schmiegte sich an ihn, und alles war nicht mehr ganz so schlimm.

Als er sich von ihr losmachte, atmete er genauso schwer wie nach der Verfolgungsjagd. »Danke, das brauchte ich«, flüsterte sie.

Er lehnte seine Stirn an ihre. »Ach, verdammt, Mia, ich hatte solche ...«

Sie holte tief Luft. »Ja. Ich auch.«

Er trat einen Schritt zurück, und sie sah zu ihm auf. »Beeil

dich mit dem Packen. Ich will hier verschwinden.« Aber er konnte nicht widerstehen, legte ihr die Hand an die Wange und strich ihr behutsam über die Stelle unterhalb der Wunde. »Ich will *dich,* Punkt. Komm mit mir nach Hause.«
»Ich habe ja keine große Wahl.« Sie zog einen Mundwinkel hoch. »Das war mies von dir, mich so zu manipulieren. Und deine Schwester aus ihrem Haus zu werfen.«
Sein Daumen wanderte zu ihrer Unterlippe. »Technisch betrachtet, ist es mein Haus. Sie wohnt nur zur Miete.« Er machte eine winzige Pause. »Ihr Gästezimmer hat ein Doppelbett. Richtig gemütlich. Feste Matratze.«
»Meine ist fest genug«, sagte sie herablassend, aber ihre Augen wurden dunkler. »Sonst noch etwas?«
»Na ja ... die Feuerwehrstange. Und das Trapez. Und das Trampolin.«
Sie lachte. »Du hast gewonnen. Ich packe.«
Er folgte ihr ins Schlafzimmer. Dort sah es aus, als sei ein Wirbelsturm durchgezogen, Decken, Laken und abgelegte Kleider lagen auf dem Boden. Noch genau so, wie sie es am Morgen zurückgelassen hatten. Er beäugte erst das Bett, dann sie. Sie beäugte es ebenfalls. Dann schüttelte sie den Kopf. »Nein. Nicht mit der CSU vor meinem Fenster.«
Rasch sammelte sie die Sachen, die sie brauchte, zusammen und blieb zögernd vor einem gerahmten Foto stehen. Zwei junge Mädchen lächelten dem Betrachter strahlend entgegen, aber obwohl sie dicht beieinander standen, berührten sie sich nicht. »Du und Kelsey?«
»Ja.« Sie schob das Foto in ihre Tasche. »Ich muss ihr unbedingt von Olivia erzählen, aber ich habe Angst, sie in der neuen Anstalt zu besuchen. Ich habe sogar Angst zu erfahren, wo sie ist.«
»Hm.« Er legte ihr einen Finger unters Kinn, damit sie ihn

ansah. Zum ersten Mal hatte sie die Frau erwähnt, deren Aussage sie eben aufgenommen hatte. Jack hatte sich schon zusammengereimt, wer sie war, aber Reed wusste, dass Mia keine Lust hatte, jedem Uniformierten in Hörweite mitzuteilen, um wen genau es sich handelte. »Erzähl mir doch von Olivia.«

Sie zuckte die Achseln. »Du weißt doch schon alles. Wir versuchen morgen Abend eine Stunde Zeit zu finden, um uns zu unterhalten.« Sie wollte sich die Tasche über die Schulter hängen, aber er nahm sie ihr ab.

»Lass mich. Bitte«, fügte er hinzu, als ihre Augen aufblitzten. Es fiel ihr so unglaublich schwer, Hilfe zu akzeptieren. Das würde sie lernen müssen.

Aber für wie lange? Das würde von dem Gespräch abhängen, das sie führen mussten, sobald sie bei ihm waren. Im Augenblick betete er, dass er sie nicht falsch eingeschätzt hatte und sie ihre Unabhängigkeit genauso liebte, wie er glaubte. Keine Verpflichtungen, keine feste Bindung.

Sie nickte, ging zur Tür und hielt an. »Verdammter Mist«, murrte sie, riss den Garderobenschrank auf und holte die einsame Kiste und die gefaltete Flagge heraus. Mit zusammengepressten Zähnen stopfte sie die Schachtel in die Tasche. »Gehen wir.«

18. Kapitel

Donnerstag, 30. November, 22.40 Uhr

Olivia Sutherland?« Danas Stimme klang selbst durch die Telefonleitung noch nachdenklich.

Mia saß an Laurens Küchentisch. Reeds Schwester hatte das Gästezimmer mit frischen Handtüchern und parfümierter Seife ausgestattet. Mia hatte die Seife zuerst ignorieren wollen, war aber inzwischen froh, dass sie es nicht getan hatte. Der Duft wirkte beruhigend und – so albern es war – weiblich.

Sie hatte an Reed gedacht, während sie die Seife benutzte, hatte sich gefragt, ob der Duft ihm gefiel und hatte gleichzeitig gewusst, dass es so war. Hatte gewusst, dass Lauren das vermutlich auch so beabsichtigt hatte. Schwestern. Reeds Schwester ... *und ich habe jetzt auch eine.*

»Sie hatte genau so eine Jacke an wie ich, sah aber irgendwie besser darin aus.«

»Willst du, dass Ethan sie überprüft?«

»Ach, das ist nicht nötig. Als wir ihre Aussage aufgenommen haben, hat sie alles gesagt, was ich wissen musste. Und wenn sie jetzt nicht vorzeitig verschwindet, erfahre ich früh genug, was mich interessiert. Sie hasst mich. Oder hat es früher jedenfalls getan.«

»Es muss hart sein, mit dem Wissen aufzuwachsen, dass der Vater eine andere Familie vorzieht.«

»Dafür bin *ich* mit dem Wunsch aufgewachsen, jemand anderes zu sein.«
»Du wirst dir diese Chance nicht entgehen lassen, richtig? Bitte, sag mir, dass du das nicht tust.«
»Nein, werde ich nicht. Ich habe über das, was du gesagt hast, nachgedacht. Ich meine, über Filet Mignon und Hamburger.«
»Das bezog sich auf Beziehungen zu Männern«, sagte Dana trocken. »Nicht zu Frauen und schon gar nicht auf Beziehungen zu Frauen, die irgendwie mit dir verwandt sind. Das haut nicht hin, Mia.«
»Ach, halt die Klappe. Es geht doch darum, ob man sich mit dem begnügt, was man hat, oder sich nimmt, was man haben will. Ich habe schon zu viel verpasst, während ich darauf gewartet habe, dass mein Leben sich irgendwie ordnet. Vielleicht kann ich zu Olivia eine Beziehung aufbauen, vielleicht nicht. Sie hat den ersten Schritt getan. Ich übernehme den nächsten. Wenigstens kann ich sie darüber aufklären, dass sie eine verklärte Sicht ihres Vaters hat.«
Am anderen Ende der Leitung war es einen Moment lang still. »Wie viel willst du ihr erzählen, Mia?«
»Ich weiß nicht. Nicht alles, nehme ich an. Man kennt das ja – zu viel ist auch wieder nicht gut.«
»Willst du, dass ich dabei bin?«
Mia lächelte. Es tat gut, eine Freundin zu haben. »Ich denke darüber nach.«
»Und hast du auch mal darüber nachgedacht, was ich über Hamburger in Bezug auf Männer gesagt habe?«
Mia blickte zur Decke. »Ja.«
»Und?«
Sie stieß den Atem aus. »Der Mann ist definitiv keiner. Hamburger, meine ich.«

»Oh?« Danas Stimme klang plötzlich sehr fröhlich. »Erzähl doch mal.«
»Rumpsteak – mindestens.« Sie dachte daran, wie er sich angefühlt hatte. Welche Gefühle er in ihr geweckt hatte. »*Sehr* gute Qualität.« Und wie aufs Stichwort erschien Reed an der Hintertür. »Ups. Muss Schluss machen.«
»Warte noch«, protestierte Dana. »Du hast mir noch gar nicht gesagt, wo du heute übernachtest.«
Reed schnitt vor dem Fenster Grimassen. »In Sicherheit«, sagte sie und kam auf die Füße. »Und jetzt werde ich ... ähm, für mein leibliches Wohl sorgen.«
»Aha. Ruf mich morgen an, aber dann will ich etwas mehr hören, okay? Speise mich nicht mit solchen Allgemeinplätzen ab.«
Mia legte auf und ließ ihn ein. Auch er hatte geduscht und sich umgezogen und trug nun eine verwaschene Jeans und ein altes T-Shirt und Lederslipper ohne Socken. Er schauderte. »Ich habe den Schlüssel zu dieser Hausseite verlegt.«
Sie standen einander in der Küche gegenüber und musterten sich gegenseitig. Dann legte sie den Kopf schief. »Du hast mich angelogen. Hier gibt es weder Stange noch Trapez.«
Er lächelte nicht. »Aber im Garten steht ein Trampolin.«
Ganz plötzlich war ihr auch nicht mehr zum Lachen. »Also, spuck's aus, Solliday.«
Er gab nicht vor, sie misszuverstehen. »Wir müssen ein paar Grundregeln aufstellen.«
Regeln. Damit konnte sie umgehen. Sie hatte selbst ein paar für sich aufgestellt. »Okay.«
Er runzelte die Stirn. Sah einen Moment zur Seite. »Warum bist du Single?«

Bei der Frage stellten sich ihr die Nackenhärchen auf. »Straffer Terminplan«, gab sie sarkastisch zurück. »Hatte bisher nie die Zeit, zur Anprobe für das Hochzeitskleid zu gehen.«

Er stieß den Atem aus. »Ich meine es ernst.«

Sie dummerweise auch. Dennoch hatte sie eine andere Antwort parat, die ebenso wahr war. »Ich bin Cop.«

»Viele Cops heiraten.«

»Und viele lassen sich wieder scheiden. Hör zu, ich bin eine gute Polizistin. Verheiratet zu sein ist selbst unter normalen Umständen nicht leicht. Ich denke nicht, dass ich beides gleichzeitig gut machen könnte.«

Die Antwort schien ihn zu beruhigen. »Warst du es schon?«

»Was – verheiratet? Nein.« Sie zögerte, dann zuckte sie die Achseln. »Verlobt schon, aber weiter ist es nicht gekommen.« Sie betrachtete ihn prüfend. »Warum hast du dich nie wieder verheiratet?«

Er begegnete ihrem Blick. »Glaubst du an Seelenverwandtschaft? Dass man füreinander geschaffen sein kann?«

»Nein.« Aber ihr Bauch sagte etwas anderes. Ethan und Dana waren es. Abe und Kristen waren es. Bobby und Annabelle … waren es nicht. »Gut, für manche mag es zutreffen«, gab sie zu.

»Aber nicht für dich?«

»Nein, nicht für mich. Warum? War Christine für dich gemacht?«

Er nickte. »Ja.«

Seine Überzeugung war unangreifbar. »Und du meinst, man begegnet im Leben immer nur einem solchen Partner?«

»Das weiß ich nicht«, sagte er aufrichtig. »Aber mir ist nie

wieder jemand wie sie über den Weg gelaufen, und ich denke nicht daran, mich mit dem zweitbesten zufriedenzugeben.«
Sie zog den Kopf ein, bevor sie es verhindern konnte. »Tja, das war sehr ehrlich.«
»Ich will dir nichts vormachen. Du sollst mich nicht in einem falschen Licht sehen. Ich mag dich. Ich respektiere dich.« Er betrachtete seine Schuhspitzen. »Ich will dir nicht wehtun.«
»Du willst nur mit mir ins Bett.« Es kam tonloser heraus, als sie beabsichtigt hatte.
Er sah wachsam aus. »Im Prinzip ja.«
Ärger kochte in ihr auf. »Warum gabelst du dir dann nicht eine Frau aus irgendeiner Bar auf?«
Seine dunklen Augen blitzten. »Ich will keinen One-Night-Stand. Ich will nicht wieder heiraten, aber das heißt ja nicht, dass ich billigen … Oh, schon gut, vergiss es. Ich hätte damit gar nicht anfangen sollen.«
»Moment.«
Er hielt inne, die Hand schon auf dem Türgriff.
»Nur, damit ich das richtig verstehe. Du willst Sex mit jemandem, den du respektierst, dessen Gesellschaft du bis zu einem gewissen Grad genießen kannst. Du willst keine Ehe oder irgendeine Form von offizieller Beziehung. Das, was man gemeinhin als Affäre ohne Verpflichtungen bezeichnet. Ist das korrekt so?«
Er holte tief Luft und stieß sie mit der Antwort wieder aus. »Ja. Und meine Tochter erfährt davon nichts.«
Mia hätte am liebsten wieder den Kopf eingezogen. »Wir wollen ihr doch kein schlechtes Beispiel geben.«
»Sie ist zu jung, um das zu verstehen. Ich will nicht, dass sie denkt, es sei okay, wahllos mit irgendjemandem zu schlafen. Weil das mit uns ja auch nicht so wäre.«

Mia setzte sich an den kleinen Tisch und fuhr sich mit der Hand durchs Haar. »Also ist dies hier eine für beide Seiten gewinnbringende, körperliche Beziehung mit ein bisschen Bettgeflüster und keinerlei Verpflichtungen.«
Er regte sich nicht. »Wenn du magst.«
Sie hob das Kinn. »Und wenn nicht?«
»Dann gehe ich nach Hause und schlafe allein.« Sein Blick glühte auf. »Aber ich will wirklich nicht allein schlafen.«
»Hm. Und hast du eine solche Beziehung schon geführt?«
»Nicht oft«, gab er zu.
Jetzt verstand sie seine lange Abstinenz. »Deswegen ist es sechs Jahre her.«
»Im Grunde ja. Willst du Verpflichtungen, Mia?«
Da war es. Das Angebot. Filet Mignon oder Hamburger. Der volle Geschmack ohne das ganze Getue um das richtige Besteck und Kellner, die um einen herumwuselten. Vor vierundzwanzig Stunden hatte sie in Danas Küche darauf bestanden, dass sie genau das wollte. Nun, hier in Laurens Küche, erkannte sie, dass es ihr Schicksal war. Keine Herzen, die gebrochen wurden, keine Kinder, die man verziehen konnte. So war es am besten. »Nein. Ich mag Verpflichtungen genauso wenig wie du.«
Er betrachtete sie schweigend. Er glaubte ihr nicht, wie sie zu erkennen meinte. Sie war nicht sicher, ob sie sich selbst glaubte. Dann streckte er die Hand nach ihr aus. Sie ergriff sie, und er zog sie vom Stuhl. Behutsam zuerst, aber dann zerrte er sie förmlich an sich und schlang ihre Arme um seinen Körper. Und dann küsste er sie, heiß und hart und … eindringlich. Das Verlangen flammte augenblicklich in ihr auf und war zu stark, um sich dagegen zu wehren.
Sie legte die Arme um seinen Nacken, wühlte mit den Fingern durch sein Haar und nahm sich, was sie brauchte. Sei-

ne Hände packten ihren Po, hoben sie hoch und rieben sie gegen die harte Schwellung in seiner Jeans. Sie presste sich an ihn und schauderte. *Mehr bitte*. Sie äußerte die Worte nicht, aber ihr Körper tat es, und er verstand.

»Ich will dich«, murmelte er. »Bitte, ich will dich.« Er hob sie höher, legte die Lippen über ihre Brust und entlockte ihr ein tiefes Stöhnen. »Sag ja. Jetzt.«

»Ja.«

Er schauderte ebenfalls, als sei er sich ihrer Antwort nicht sicher gewesen. Dann trug er sie durch die Küche, die Treppe hinauf und zu dem riesigen Doppelbett. »Jetzt.«

Freitag, 1. Dezember, 2.30 Uhr

Der Wagen, den er den größten Teil der vergangenen zwei Stunden finster angestarrt hatte, wurde gestartet. Endlich. Er hatte schon befürchtet, diese beiden Teenies würden nie aufhören, auf dem Rücksitz zu fummeln. Und als sie es endlich getan hatten, hatte der Junge das Mädchen zur Harmony Avenue 995 – nur ein Haus neben dem, das ihn so *brennend* interessierte – begleitet, nur um ihr die nächste halbe Stunde vor der Haustür heiße, feuchte Abschiedsküsse zu verabreichen. Jetzt war das Mädchen im Haus und der Junge war weg. Zum Glück.

Die Skimaske saß, als er sich dem Haus Nummer 993 von hinten näherte. Es besaß einen Anbau mit separatem Eingang. Er hatte keine Ahnung, warum Joe und Laura Dougherty hier waren. Es war ihm auch egal. Er wollte sie nur endlich umbringen, damit er wieder nach vorn sehen konnte. Er knackte das Schloss der Hintertür mit Leichtigkeit und schlüpfte hinein.

Sofort fiel ihm ein weißer Fleck ins Auge. Die Katze, die er in der Nacht, in der er Caitlin Burnette getötet hatte, nach draußen gesetzt hatte. Er hob sie rasch auf, streichelte ihr einmal über den Rücken und setzte sie erneut nach draußen. Anschließend betrat er die Küche und sah verärgert, dass auch hier mit Strom gekocht wurde. Kein Gas, keine Explosion. Frustriert schnaufte er.

Nun, letztendlich war es egal. Er würde Laura Dougherty auch so genug Schmerzen zufügen können und sie schließlich wie alle anderen in Brand stecken. Lautlos schlich er zum Schlafzimmer. Gut. Zwei Personen schliefen im Bett. Jetzt hatte er sie. Jetzt entkamen sie ihm nicht noch einmal.

Er klopfte sich auf den Rücken, vergewisserte sich, dass die Pistole sicher befestigt war. Er hatte nicht vor, sie zu benutzen, aber es war gut, sie für alle Fälle dabeizuhaben. Er hätte sie heute für diesen Fire Marshall benutzen sollen, dachte er finster. Dass er das nicht getan hatte, war letztlich genauso peinlich wie die Tatsache, dass man ihn beinahe erwischt hätte.

Solliday hatte ihn wahrhaftig überrascht. Er hatte nicht erwartet, dass ein Typ von seiner Größe so schnell rennen konnte. Aber in den Momenten, die er um sein Leben gelaufen war, hatte er nicht an die Waffe gedacht. Er ging ohnehin lieber mit Messern um.

Nun näherte er sich dem Bett. Joe Dougherty schlief auf dem Bauch, Laura hatte sich seitlich zusammengerollt. Ihr Haar war dunkler, als er es in Erinnerung hatte.

Es ärgerte ihn, wenn Frauen versuchten, sich jünger zu machen, als sie waren. Aber er würde sie sich später vornehmen. Erst musste er sich um Joe kümmern. Und das tat er, indem er dem Mann mit tödlichem Geschick das Messer in den Rücken stach, so dass er augenblicklich tot war. Nur ein kleines Gurgeln entwischte seinen Lungen. Die alte Dougherty war vermutlich schon zu taub, um noch etwas zu hören.

Aber sie regte sich. »Joe?«, murmelte sie. Er war auf ihr, bevor sie sich auf die andere Seite rollen konnte, drückte ihr das Gesicht ins Kissen und sein Knie in die Nieren. Sie wehrte sich mit überraschender Kraft. Er holte einen Lumpen aus seiner Tasche und stopfte ihn ihr in den Mund, packte ihre Hände und fesselte sie mit einer dünnen Schnur hinter ihrem Rücken zusammen.

Dann warf er sie auf den Rücken und schnitt das Flanellnachthemd auf, bevor er ihr ins Gesicht sah. Sein Herz setzte einen Schlag aus. Das war nicht sie.

Gottverdammt noch mal, das war nicht sie. Das konnte doch nicht wahr sein. Zähneknirschend hielt er ihr die Klinge an die Kehle. »Wenn du schreist, schlachte ich dich wie ein Schwein ab.«

Die Augen vor Entsetzen weit aufgerissen nickte sie ganz leicht, so dass er ihr den Knebel aus dem Mund nahm. »Wer bist du?«

»Donna Dougherty.«

Er atmete schwer. Kontrolle! »Donna Dougherty. Wo ist Laura?«

Ihre Augen weiteten sich noch mehr. »Tot«, krächzte sie.

Er griff in ihr Haar und riss ihren Kopf hoch. »Lüg mich nicht an, Frau.«

»Das tue ich nicht«, schluchzte sie. »Sie ist tot. Ich schwör's.«

Ein nicht mehr menschliches Knurren stieg in seiner Kehle auf. »Seit wann?«

»Seit zwei Jahren. H-herzanfall.«

Der Zorn drohte ihn zu überwältigen. Er drehte den Mann

neben ihr auf den Rücken. Blut rann aus seinem Mundwinkel, und Donna stöhnte.
»Joe. O nein.«
»Scheiße.« Der Mann war zu jung. Das musste Joes *Sohn* sein. Joe junior. Die Frau musste beseitigt werden, sie hatte ihn gesehen. Vor Zorn außer sich, dass er wieder betrogen worden war, drehte er sie um, hielt den Kopf am Haar hoch und schnitt ihr die Kehle durch.
Er legte ein Ei auf das Bett. Seine Hände zitterten. Er hätte den Wink des Schicksals erkennen müssen, als sie beim ersten Mal schon nicht zu Hause gewesen waren. Hätte es akzeptieren müssen. Sie war nicht so wichtig wie die anderen, aber sie war ein fehlendes Teil im Gesamtbild gewesen, etwas, das ihn störte, solange sie lebte. Aber sie lebte ja nun nicht mehr. Sie war endgültig außer seiner Reichweite.
Er entzündete die Lunte, diesmal nicht, um zu strafen oder zu feiern, sondern nur, um Spuren zu beseitigen.

Freitag, 1. Dezember, 3.15 Uhr

Reed spürte, wie sie langsam erwachte. Er lag auf der Seite, und sie schmiegte sich mit dem Rücken an ihn. Ihr muskulöser Körper streckte sich leicht. »Hey«, murmelte sie.
Sein Gesicht ruhte in der schönen Mulde zwischen ihrem Hals und der Schulter, während seine Hand mit der Wärme zwischen ihren Beinen beschäftigt war. »Habe ich dich geweckt?«, fragte er.
Sie sog scharf die Luft ein, als sein Daumen ihre empfindlichste Stelle fand. »Ich frage mich die ganze Zeit, wie du das machst«, sagte sie. »Ich meine, in Anbetracht der Tatsache, dass …« Sie zuckte zurück, drückte sich gegen ihn, schauderte heftig. »… deine Finger beschädigt sind. Verdammt.«

»Oh, das geht sehr gut«, sagte er, streichelte sie und genoss, wie ihr Körper erbebte. »Ich bin aufgewacht und wollte dich schon wieder.« Er war aufgewacht und erleichtert gewesen, sie neben sich zu spüren, statt in einem leeren Bett nach ihr zu tasten.

Sie wollte sich zu ihm umdrehen, aber er hielt sie fest.

»Nein.« Er zog ihr Bein wieder über seine Hüfte. »Lass mich. Lass mich bitte.« Sie gab auf und stöhnte tief auf, als er in sie eindrang. »Lass mich bitte, Mia.«

Sie schob ihm ihre Hüften entgegen. »Tue ich ja.«

Und sie tat es. Sie ließ ihn tun, was er wollte, und reagierte mit einer Intensität, die ihm das Gefühl gab, er habe einen neuen Erdteil entdeckt. Und sie kam und riss ihn mit zum Höhepunkt, und sein Orgasmus war so heftig, dass ihm beinahe das Herz stehenblieb. Dann lagen sie keuchend aneinandergeschmiegt, bis ihr Lachen den Raum erfüllte. »Ja, du hast mich aufgeweckt.«

Er drückte ihr einen Kuss auf den Hals. »Soll ich mich entschuldigen?«

»Wäre das aufrichtig?«

»Nein.«

Sie lachte, diesmal etwas leiser. »Dann lass es lieber.« Er streichelte sie, als er plötzlich im Licht der Straßenlaterne eine Prellung auf ihrem Arm entdeckte. Entsetzt knipste er das Licht an. »War ich das?«

»Was? Oh – nein. Ich habe mich gestern, als ich aus dem Büro kam, irgendwo gestoßen.«

»Gut. Ich wollte dir nicht wehtun.«

»Hast du auch nicht. Es war genau richtig so.« Sie seufzte zufrieden. »Ich denke, wir beide haben ziemlich viel Lust aufgestaut. Bei mir ist es zwar keine sechs Jahre her, aber lange genug.«

Sie war verlobt gewesen. Plötzlich wollte er mehr wissen. »Mia, warum hast du nicht geheiratet?«
Sie schwieg so lange, dass er glaubte, keine Antwort mehr zu bekommen. Er verfluchte sich schon, dass er gefragt hatte, als sie wieder seufzte, diesmal nachdenklich. »Du willst etwas über meinen Ex hören.«
»Was ich eigentlich wissen will, ist, warum du das hier nicht wollen wolltest.« Er drückte ihr einen Kuss auf die Schulter und gab sich locker. »Ich meine, wo du doch so gut darin bist.«
Aber sein neckender Tonfall färbte nicht auf sie ab. »Sex war nie das Problem. Guy hat sich jedenfalls nie beschwert.«
Guy. Ein französischer Name. Er konnte sich Mia irgendwie nicht mit einem französischen Typen namens Guy vorstellen. In seinen Augen bedeuteten Franzosen Rosen und Romantik. Okay, das war ein Vorurteil. Jedenfalls war er plötzlich eifersüchtig, und er schalt sich. *Unangemessen.* Außerdem war Guy schließlich nicht mehr aktuell. »Worüber hat er sich denn beschwert?«
»Über meine Arbeit. Die Überstunden.« Sie hielt inne. »Seine Mutter hat sich auch beschwert. Sie fand, dass ich nicht gut genug für ihren Schatz war.«
»Das ist bei Müttern oft so.«
»Hat deine Mutter Christine gemocht?«
Er dachte an die herzliche Beziehung zwischen den beiden. »Ja. Das hat sie. Christine und Mom waren Freundinnen. Sie sind zusammen shoppen und essen gegangen und all solche Dinge.«
»Bernadette und ich haben so etwas nie geschafft.« Sie seufzte. »Ich habe Guy auf einer Party kennengelernt. Er war fasziniert von meinem Job. Jemand wie aus dem Fernsehen. CSI und so weiter. Und er liebte seinen eigenen Job.«

»Was hat er gemacht?«
Sie drehte sich auf den Rücken und sah zu ihm auf. »Er heißt Guy LeCroix.«
Reed musste zugeben, dass er beeindruckt war. »Der Hockeyspieler?« LeCroix hatte sich in der vergangenen Spielsaison verabschiedet, aber davor war er ein Künstler auf dem Eis gewesen. »Wow.«
Sie grinste leicht. »Ja, wow. Ich hatte immer einen tollen Platz, direkt hinter der Strafbank.« Ihr Lächeln verblasste. »Er hat mich immer als seine Freundin, Morddezernat, vorgestellt.«
»Und warum hast du dich mit ihm verlobt?«
»Weil ich ihn wirklich mochte. Guy ist ein netter Kerl, und als er noch spielte, lief alles sehr gut. Er war nicht oft genug zu Hause, um Forderungen zu stellen. Aber als er aufhörte, wurde es anders. Er wollte heiraten, und dann mischte sich auch noch Bernadette ein. Sie hat ganz bestimmte Vorstellungen von Hochzeiten. Und Ehefrauen, was das angeht.«
»Und ich nehme an, du hast die Anforderungen nicht erfüllt.«
»Nein«, sagte sie mit einem schiefen Lächeln. »Jedenfalls habe ich eine Anprobe zu viel versäumt, und Bernadette platzte der Kragen. Das erfuhr ich, als Guy mich am nächsten Abend in ein schickes Restaurant mit echten Tischtüchern und vielen Gläsern schleppte.« Sie verzog das Gesicht.
Er strich ihr mit dem Daumen über das Kinn. »Und weiter?«
»Guy teilte mir mit, dass ich dreiundsiebzig Prozent aller Verabredungen, die seine Mutter wegen der Hochzeit getroffen hatte, abgesagt hatte, und dann fügte er ganz streng hinzu, dass ich außerdem siebenundsechzig Prozent *un-*

serer Verabredungen nicht eingehalten hatte. Dass unsere Zeit miteinander erst an zweiter Stelle kam, war sehr vielsagend, wie ich fand. Jedenfalls bestand er darauf, dass ich ›meine Leistung steigern sollte‹. Ja, ich denke, genauso hat er sich ausgedrückt.«

»Und hatte er ein paar schlaue Trainer-Tipps für dich, wie man das erreicht?«

Ihre Lippen zuckten. »Aber sicher.« Wieder verschwand das Lächeln rasch. »Aber das Wesentliche war, dass ich mich in eine andere Abteilung versetzen lassen sollte. Oder besser, gleich ganz kündigte. Ich könnte sowieso nicht mehr arbeiten, wenn ich schwanger wäre.« Sie starrte ihn trotzig an. »Ich hatte ihm nie etwas vorgemacht. Ich wollte keine Kinder. Aber das hatte er passenderweise vergessen oder schien zu glauben, er könne mich doch noch dazu überreden. Ich erinnerte ihn allerdings daran, und wir hatten Streit. Anschließend habe ich ihm seinen Ring zurückgegeben. Er war überzeugt gewesen, dass ich so etwas niemals in aller Öffentlichkeit tun würde.«

Reed war plötzlich albernerweise stolz auf sie. »Aber er hat sich geirrt.«

»Ja. Doch ich habe ihn auch gekränkt. Das war wirklich nicht meine Absicht gewesen, aber es ist trotzdem geschehen. Er wollte ein Heim und eine Frau, aber er hat eine Polizistin bekommen.«

Reed konnte sie verstehen. Sie hätte sich zu sehr ändern müssen, aber er empfand auch ein gewisses Mitgefühl für LeCroix. »Das tut mir aber leid.«

Sie zog einen Mundwinkel hoch. »Ach, tatsächlich?«

Er strich ihr mit der Fingerspitze an der Unterseite ihres Busens entlang und beobachtete, wie sich die Spitzen aufrichteten. Sie hatte unglaubliche Brüste. »Nein«, sagte er rauh.

Ihre Augen verdunkelten sich. »Nun, jedenfalls glaube ich, dass Guy weniger erschüttert war über die Trennung als Bobby.«

Ah. Nun ging es endlich ans Eingemachte. »Bobby. Dein Vater.«

Ihr Lächeln war nun gezwungen. »Mein Vater. Ihm hatte es nur allzu gut gefallen, Guy LeCroix als Schwiegersohn zu haben. Ich glaube, in seinen Augen war er das Beste, was ich je zustande gebracht habe. *Hätte*.«

Er war erschüttert, über die Feindseligkeit in ihrer Stimme. »Besser, als Polizistin zu werden?«

»Für ihn war ich nie Polizistin. Ich war ja bloß ein *Mädchen*.« Sie spuckte das Wort aus, als sei es eine Beleidigung. »Heiraten war das Richtige für mich. Und wenn man dann noch kostenlos Karten fürs Eishockey und tolle Plätze bekam – wunderbar.«

Reed griff über ihren Kopf hinweg nach der Kette mit den Hundemarken – den Polizei- und Militärabzeichen – auf dem Nachttisch. Er hielt sie ins Licht. Mitchell, Robert B. »Das sind seine. Warum trägst du sie, wenn du ihn hasst?«

Sie zog die Brauen zusammen. »Deine Mutter ... wussten alle, wie sie mit dir umsprang oder zeigte sie nach außen meistens ein freundliches Lächeln?«

Der Wunsch, mehr über sie zu erfahren, drohte ihn plötzlich beinahe zu ersticken. »Mia, hat dein Vater dich ...«

Ihr Blick wich ihm aus, kehrte zurück und war plötzlich voller Schuldgefühle. »Nein.« Aber er glaubte ihr nicht, und sein Magen drehte sich um, als seine Phantasie Bilder produzierte, die er nicht sehen wollte. »Nein«, wiederholte sie fast trotzig. »Er hat meistens nur zugeschlagen. Wenn er besoffen war.«

Sein erster Impuls war, das Thema zu wechseln aus Angst

vor ihrem Zusammenbruch, aber stattdessen schluckte er den Klumpen, der in seiner Kehle aufstieg, und legte seine Lippen an ihre Schläfe. »Du musst nicht weiterreden, Mia. Es ist in Ordnung.«

Aber sie redete weiter, den Blick nun auf die Kette gerichtet, die er noch immer hielt. »Als Kind dachte ich immer, wenn ich nur schnell genug, klug genug, gut genug wäre … dann würde er zu trinken aufhören. Und der Vater sein, den er dem Rest der Welt vorspielte. Auf der Highschool war ich Spitzensportlerin. Ich dachte, er wäre stolz auf mich. Aber als ich erkannte, dass er sich nicht ändern würde, wurde Sport zu meiner Fahrkarte, um zu verschwinden.«

»Du hast ein Fußballstipendium bekommen«, erinnerte er sich.

»Richtig. Ich ging. Aber Kelsey war noch zu Hause und gebärdete sich immer wilder.« Sie schürzte die Lippen, und er fragte sich, was sie nicht sagte. »Es war ihre Methode, Bobby zu bestrafen. Sie konnte ihn nicht ändern, aber sie konnte ihm das Leben zur Hölle machen, und was Kelsey sich in den Kopf gesetzt hatte, das tat sie auch.«

Scheint in der Familie zu liegen, dachte er. »Sie hat sich in Schwierigkeiten gebracht.«

»Oh, das kann man wohl sagen. Sie war mit einem Süchtigen zusammen, Stone hieß er. Ich versuchte, sie davon abzubringen, aber … sie wollte nichts mit mir zu tun haben. Mit siebzehn war sie ebenfalls süchtig. Mit neunzehn saß sie im Knast. Die ersten drei Jahre hat sie mir nicht einmal erlaubt, sie zu besuchen. Dann aber ließ sie mich und …« Sie beendete den Satz nicht und schluckte. »Sie ist alles, was mir geblieben ist. Wenn Marc sie nicht woanders hinbringen lässt …«

»Hat Marc Spinnelli dich je angelogen?«
»Nein. Und ich vertraue ihm hundertprozentig. Mehr als jedem anderen. Mit Ausnahme von Abe vielleicht.« Sie holte Luft, blies die Wangen auf und stieß den Atem wieder aus. »Und dir wahrscheinlich. Ich habe dir Dinge erzählt, die ich dir nicht hätte erzählen sollen.«
Er lächelte flüchtig. »Ich sag's nicht weiter. Versprochen.«
»Ja, ich weiß. Ich fürchte, der Tag heute hat mich doch mehr mitgenommen, als ich gedacht hätte. Ich kann es wirklich nicht leiden, wenn man auf mich schießt.« Sie tippte an die Marken in seiner Hand. »Aber ich habe deine Frage noch nicht beantwortet. An dem Tag, als ich meine eigene Marke bekam, ging ich mit meinem Vater und seinen Polizei-Kumpels einen trinken. Ich war jetzt eine von ihnen. Gehörte zu einer ... einer Gruppe. Verstehst du das?«
Er nickte. Zu einer Gruppe zu gehören, die für ihre Mitglieder einstand, wenn man so lange einsam gewesen war. Das hatte er mit den Sollidays erlebt, dann bei der Feuerwehr. Und dann mit Christine. »Es war, als hättest du endlich eine Familie. Richtig?«
»Ja. Na ja, jedenfalls war Bobby in seinem Element und zog eine Riesenshow ab. Es sei ein großer Tag für ihn, behauptete er. Und vor all den Jungs holte er die Kette hervor und überreichte sie mir feierlich. Sie hätte ihn in Vietnam beschützt und jetzt solle sie mich im Dienst schützen. Was sollte ich machen? Ich kannte die meisten Männer, die dabei waren, schon von Kindesbeinen an, aber natürlich wusste kein Einziger, wie es bei uns zu Hause wirklich lief.«
»Oder sie wollten es nicht wissen«, murmelte er, und sie zuckte die Achseln.
»Wer weiß. Wie auch immer – ich fuhr nach Hause und

wollte die Kette irgendwo in eine Schublade werfen, aber noch auf der Fahrt hatte ich einen Unfall. Mein Wagen war ein Totalschaden, aber ich hatte nicht einmal einen Kratzer abbekommen. Und ich dachte, vielleicht bringen die Dinger ja doch Glück. Tja, und in all den Jahren hatte ich öfter unverschämtes Glück, als ich zählen möchte.«

Er drückte ihr einen Kuss auf die Schulter, wo sich eine wulstige Narbe gebildet hatte. »Murphy hat mir vom letzten Mal erzählt. Als dein erster Partner erschossen worden ist. Er sagte, damals wärst du ebenfalls fast gestorben.«

»Damals hatte ich auch unglaubliches Glück.« Sie legte sich die Hand auf den Bauch. »Die Kugel ist direkt durchgesaust und hat alle wichtigen Organe verfehlt. Es stellte sich heraus, dass mir eine Niere fehlt. Ich bin ohne diese zweite Niere auf die Welt gekommen, also war nichts zu treffen.« Sie sah zur Seite. »Aber Ray starb. Und danach musste ich wegen der Niere noch diese neue Marke dazunehmen – die Medic-Alert-Plakette. Manchmal will ich die Kette abnehmen, tue es dann aber doch nicht. Wahrscheinlich bin ich letztlich zu abergläubisch.«

Sie schob die Medic-Alert-Plakette hinter die anderen, und er fragte sich, ob sie sich der Geste bewusst war. »Oder vielleicht steckt in dir immer noch der Wunsch, deinem Vater zu gefallen«, sagte er, und ihr Blick veränderte sich. Behutsam legte sie sich die Kette um den Hals.

»Jetzt klingst du wie Dana. Und ihr könntet recht haben. Was, Lieutenant Solliday, der wahre Grund ist, warum ich keine feste Bindung will. Ich mache so viel Blödsinn, dass ich mich darin aufhängen könnte.« Sie rollte sich herum, richtete sich auf und setzte sich auf die Bettkante. Sie wirkte plötzlich einsam, und ihm tat das Herz weh.

»Tut mir leid, Mia.«

»Wirklich?« Ihre Stimme klang brüsk.

»Diesmal ja. Ich …« Ihr Handy begann zu klingeln. »Verdammt.«

Sie nahm das Telefon vom Nachttisch. »Spinnelli.« Mit Blick auf Reed klappte sie es auf. Sie lauschte und stieß dann lautstark den Atem aus. »Ich rufe ihn an. Wir sind in spätestens zwanzig Minuten da.« Sie klappte das Handy zu. »Zieh dich an.«

Er war bereits dabei. »Noch jemand?«

»Ja. Joe und Donna Dougherty sind tot.«

Er hielt mitten in der Bewegung inne. »Was?«

»Ja. Sie sind aus dem Beacon Inn ausgezogen.« Sie zog sich das Hemd über den Kopf. »Offenbar waren sie doch die ursprünglichen Ziele.«

Freitag. 1. Dezember, 3.50 Uhr

Er war nicht nach Hause gekommen. Das Kind lag in seinem Bett, hatte sich ganz klein gemacht und lauschte dem gedämpften Weinen, das durch den Flur drang. Es war nicht die erste Nacht, die seine Mutter weinend im Bett lag. Und es würde nicht die letzte sein. Es sei denn, er unternahm etwas.

Er war nicht nach Hause gekommen, aber er war in den Nachrichten gewesen. Er hatte es selbst gesehen. Und seine Mutter auch. Deswegen weinte sie nun. *Wir müssen es erzählen*, hatte er gesagt, aber sie hatte ihn gepackt und ihn wild und verängstigt angesehen. *Das darfst du nicht. Niemals. Er wird es herausfinden.*

Er hatte auf ihren Hals gestarrt, auf den Schnitt, der über ihrem Kleid zu sehen war. Die Narbe würde bleiben. *Er* hatte das seiner Mutter angetan, in der allerersten Nacht.

Und ihr gedroht, Schlimmeres zu tun, wenn sie etwas sagte. Seine Mutter hatte zu viel Angst.
Er machte sich noch ein wenig kleiner, um das Zittern zu unterdrücken. *Und ich auch.*

Freitag, 1. Dezember, 3.55 Uhr

Die Front des Hauses war unbeschädigt. Zwei Feuerwehrleute kamen von hinten und zogen den Schlauch hinter sich her. Der Brandgeruch hing noch in der Luft. Mia ging an dem Feuerwehrwagen vorbei, neben dem zwei Uniformierte mit dem Gerichtsmediziner sprachen. Es war Michaels, der Mann, der Dr. Thompsons Leiche weniger als vierundzwanzig Stunden zuvor untersucht hatte. Hinter ihm standen zwei leere Bahren, auf jedem ein gefalteter Leichensack.
»Wissen Sie schon etwas, Michaels?«, fragte sie.
»Zwei Erwachsene, männlich und weiblich. Beide um die fünfzig. Der Mann hat eine Stichwunde im Rücken, der Frau wurde die Kehle aufgeschnitten. Beide lagen im Bett, und das Bett wurde angezündet, aber die Sprinkleranlage hat das Feuer ziemlich schnell eingedämmt, so dass die Leichen zwar verbrannt, aber nicht verkohlt sind. Ich habe sie liegen lassen, damit sich der Fire Marshal umsehen kann. Er soll auf dem Weg sein, habe ich gehört.«
»Ich habe Lieutenant Solliday sofort angerufen, als ich es erfahren habe. Ich denke«, sie sah über die Schulter, »da ist er schon.«
Solliday stellte seinen Wagen ans Ende der Reihe geparkter Autos und griff nach seiner Ausrüstung, als er ausstieg. Er blieb stehen, um mit dem Löschzugleiter zu sprechen, und warf dabei immer wieder Blicke zum Haus. Kurz hob er

die Hand zum Gruß, als sei er nicht soeben aus ihrem Bett gestiegen. Als hätte sie ihm nicht ihre ganze verdammte Lebensgeschichte vorgejammert. *Was habe ich mir bloß dabei gedacht*? Und was dachte er jetzt von ihr?

Am besten, sie ging genauso damit um, wie er. Sie wandte sich wieder den Uniformierten zu. »Wer hat die beiden identifiziert? Wir haben geglaubt, sie wären noch im Beacon Inn.«

»Die Hausbesitzerin. Sie sitzt im Streifenwagen«, sagte ein Officer. »Ihr Name ist Judith Blennard.« Mia folgte ihm zum Wagen, und er bückte sich und sprach laut auf sie ein. »Ma'am, hier ist Detective Mitchell. Sie möchte mit Ihnen reden.«

Judith Blennard war über siebzig und wog nicht viel mehr als ebenso viele Pfund. Aber ihre Augen wirkten wach, und ihre Stimme dröhnte. »Detective.«

»Sie werden lauter sprechen müssen, Detective. Man hat sie ohne ihr Hörgerät herausgeholt.«

»Danke.« Mia hockte sich neben die offene Tür. »Geht's Ihnen gut, Ma'am?«, fragte sie laut.

»Ja. Aber wie geht es Joe junior und Donna? Niemand will mir etwas sagen.«

»Es tut mir leid, Ma'am. Sie sind tot.«

Die alte Frau presste sich eine knochige Hand auf den Mund. »O nein, o mein Gott.«

Mia ergriff ihre Hand. Sie war eiskalt. »Ma'am, warum waren die beiden bei Ihnen?«

»Ich kenne Joe junior, seit er fünf Jahre alt war. Für mich gab es keine besseren Menschen auf der Welt als Joe senior und Laura Dougherty. Immer bei Wohltätigkeitsvereinen, immer haben sie sich um Jungen ohne Familien gekümmert. Als ich erfuhr, was Joe junior und Donna zugestoßen war, wollte ich mich für einen Gefallen revanchieren und habe ihnen den Anbau angeboten, solange wie sie ihn brauchten. Zuerst wollten sie nicht, aber dann ... Das hier ist doch kein Zufall, Detective.«

Mia drückte ihre Hand. »Nein, Ma'am. Haben Sie irgendetwas gesehen oder bemerkt?«

»Ohne mein Hörgerät kriege ich so gut wie gar nichts mit. Ich gehe um zehn ins Bett und stehe um sechs wieder auf. Wäre der nette junge Mann von der Feuerwehr nicht gewesen, würde ich wohl immer noch schlafen.«

Es war nicht David Hunters Löschzug, wie Mia sofort aufgefallen war. Die Feuerwehrleute packten ihre Ausrüstung gerade zusammen, und Reed kam nun auf sie zu, während er in sein Diktiergerät sprach. Er hielt neben dem Streifenwagen an, und Mia winkte ihn zu sich heran.

»Das ist Mrs. Blennard. Ihr gehört das Haus. Sie kannte Joe Doughertys Eltern. Bitte sprich etwas lauter.«

Solliday hockte sich neben sie. »Das Feuer hat nur den Anbau beschädigt«, sagte er. »Jemand war so klug, ihn mit Sprinklern und Brandschutzmauern auszustatten.«

»Mein Schwiegersohn ist Bauunternehmer. Wir hatten den Anbau ursprünglich für meine Mutter gedacht. Wir hatten Angst, dass sie einmal eine Kerze oder so etwas anlassen würde, deshalb haben wir die Sprinkleranlage eingesetzt.«

»Und das hat Ihr Haus gerettet, Ma'am«, sagte er. »Wahrscheinlich können Sie in ein paar Tagen schon wieder rein, aber heute Nacht sollten Sie woanders unterkommen.«

Sie warf ihm einen scharfen Blick zu. »Mein Schwiegersohn holt mich ab. Ich bin keine dumme alte Frau. Jemand hat Joe junior und seine Frau umgebracht. Ich werde wohl kaum bleiben und darauf warten, dass er zurückkommt. Obwohl es gut wäre, wenn ich mein Hörgerät bekäme.«

»Ich schicke jemanden rein, der es holt, Ma'am.« Solliday leitete die Bitte an einen der Officer weiter, dann winkte er Mia ein Stück zur Seite. »Vom Standpunkt der Beweissicherung war der Sprinkler eine Katastrophe, aber die Leichen sind nicht verbrannt.«

»Ja, das habe ich schon von Michaels gehört. Können wir rein?«

»Ja. Ben ist schon drin, und ich warte auf Foster mit der Kamera.«

»Und ich habe Jack angerufen. Er schickt sein Team.« Sie ging mit ihm ums Haus herum und betrat den Anbau, in dem Ben Trammell gerade Scheinwerfer aufbaute.

»Das Feuer hat nur im Schlafzimmer gebrannt, Reed«, sagte er. »Und nicht besonders wild. Vielleicht haben wir diesmal Glück und finden etwas.«

»Hoffen wir's«, sagte Solliday und leuchtete mit der Taschenlampe an die Decke. »Hübsche Installation. White hat die Sprinkler nicht gesehen.« Die Scheinwerfer gingen an, und alle drei starrten aufs Bett. Beide Leichen lagen auf dem Bauch, Mr. Dougherty hatte das Gesicht zur Seite gewandt, Mrs. Doughertys Gesicht war in das Kissen gepresst. Blut durchtränkte die Bettwäsche.

»Er war sofort tot«, sagte Michaels hinter ihnen. »Die Klinge hat das Herz getroffen. Sie hat Wunden, die auf einen Kampf hindeuten.« Er schob ihr Nachthemd hoch, um ein großes Hämatom auf ihrem Rücken zu zeigen. »Vermutlich sein Knie.«

»Haben Sie ihr Nachthemd durchtrennt?«, fragte Mia.

Michaels schüttelte den Kopf. »Wir haben sie so gefunden.«

»Untersuchen Sie sie auf Vergewaltigung, okay?«

Er warf ihr einen Blick zu. »Keinerlei Anzeichen für Gewaltanwendung, Detective. Die Frau scheint zu blauen Flecken zu neigen, an den Oberschenkeln ist jedoch nichts zu sehen. Aber ich untersuche sie.«

»Danke. Kann er sie mitnehmen?«, fragte sie Solliday, und er nickte. Frustriert und traurig stand sie neben ihm am Fuß des Bettes, während Michaels die beiden abtransportierte. Dann schüttelte sie sich, um wieder klar zu werden. »Er hat zuerst Mr. Dougherty getötet.«

Er nickte. »Sonst hätte er seine Frau zu beschützen versucht.«

»Ja. Und er ist schmerzlos gestorben. Aber Mrs. Dougherty … Er hat sie gefesselt, ihr das Knie in den Rücken gestoßen und irgendwann das Nachthemd aufgeschnitten.«

»Aber es schein ja tatsächlich so, als habe er sie nicht vergewaltigt. Verstehe ich nicht. Ich kann mir nicht vorstellen, dass er plötzlich Reue zeigt oder Gnade walten lässt.«

»Vielleicht ist er gestört worden. Da hat er ihr noch schnell die Kehle durchgeschnitten und ist abgehauen.«

»Aber warum überhaupt die Doughertys?«

»Ja, das ergibt keinen Sinn«, stimmte sie ihm zu. »Jedenfalls kannten sie Penny Hill nicht.«

»Und wir haben die ganze Woche über nach Verbindungen gesucht, die es überhaupt nicht gibt«, setzte er grimmig hinzu.

Aber viel schlimmer als die Tatsache, dass sie mit dem Lesen der Akten Zeit vergeudet hatten, war der Gedanke an den Kummer in Roger Burnettes Augen, als er sie gestern zur Rede gestellt hatte. Weil sie nicht vorangekommen waren.

»Wir müssen es Burnette sagen. Ich denke, es ist ein kleiner Trost, wenn er weiß, dass nicht er für den Tod seiner Tochter verantwortlich ist.«

»Soll ich mitkommen?«, fragte er.

Sie dachte an den trunkenen Zorn des Mannes. Solliday neben sich zu haben, war wahrscheinlich nur klug. »Wenn du magst.«
»Wir machen es, sobald ich hier fertig bin.«
»Ich rufe Joe Doughertys Vater in Florida an.« Sie war bereits auf dem Weg zu ihrem Wagen, als sie ihren Namen hörte. Es war einer der Officer, und er hielt eine weiße Katze auf dem Arm.
»Detective? Die hier haben wir draußen gefunden, und Mrs. Blennard sagt, sie gehörte den Doughertys. Sie kann sie nicht mit zu ihrer Tochter nehmen, sagt sie.«
Mia starrte die Katze an. »Und was soll ich jetzt damit machen?«
Er zuckte die Achseln. »Ich kann das Tierheim anrufen, aber ...« Er grinste einnehmend. »Wollten Sie nicht schon immer eine Katze haben?«
Mit einem Seufzen nahm Mia ihm das Tier ab. Die Marken an dem Halsband der Katze erinnerten sie stark an ihre eigenen an der Kette.
»Du hast Glück, Percy. Du bist in dieser Woche zweimal einem Anschlag entkommen.«
Der Kater sah mit einem trägen Blinzeln zu ihr auf. »Wir sind uns wohl ähnlich«, murmelte sie. »Magst du in meinem Wagen warten?«

Freitag, 1. Dezember, 5.05 Uhr

Er spürte sie hinter sich, bevor sie etwas sagte. »Und?«, fragte Mia.
Reed verneinte. »Er hat kein Gas benutzt, weil es hier keines gibt. Und er hat Donna Dougherty nicht mit Brandbeschleuniger bedeckt.«

»Bei Ei und Lunte ist er geblieben«, sagte Ben, der in der Ecke Schutt durchsuchte. »Das war's aber auch schon.«
»Ich habe Joe senior benachrichtigt und ein paar Nachbarn befragt.«
Reed konnte sehen, dass etwas nicht stimmte. »Hast du ihn nach einer möglichen Verbindung zu Penny Hill gefragt?«
»Ich hab's versucht. Aber als er vom Tod der beiden erfahren hat, wurde es unnatürlich still.« Sie seufzte. »Es kam gar nichts mehr, aber er hatte auch nicht aufgelegt. Daraufhin habe ich den Ortssheriff angerufen, und der ist hingebraust und hat den Mann ohnmächtig auf dem Boden gefunden. Hörer noch in der Hand. Sie haben ihn ins Krankenhaus gebracht. Möglicherweise Herzanfall.«
»Na, toll. Glück muss der Mensch haben. Armer Kerl«, fügte er hinzu.
»Ja. Ich wünschte, ich hätte gewusst, wie es um sein Herz steht. Was Donna Doughertys Angehörige betrifft, kann ich die Adressen erfahren, sobald ihr Büro in ein paar Stunden wieder besetzt ist. Aber es gibt zumindest auch etwas Positives, nämlich die Beschreibung eines verdächtigen Fahrzeugs, das circa zwei Stunden am Straßenrand geparkt war. Ein Mädchen hat mit ihrem Freund in dessen Auto geschmust, und jedes Mal, wenn sie Luft geholt haben, ist ihnen dieser Wagen aufgefallen. Ein hellblauer Saturn.«
»Haben sie sich zufällig das Nummernschild gemerkt, als sie Luft geholt haben?«, fragte Jack trocken.
»Zur Hälfte zumindest. Oh, und er hat wieder die Katze ins Freie gelassen.«
»Und wo ist sie jetzt?«, fragte Reed.
»In meinem Auto. Ganz sauber. Wenn du jetzt so weit bist, würde ich gern zu Burnette fahren.«
»Ja, wir können.« Er wandte sich um und stöhnte. Ein Van

von *Action News* stand am Straßenrand und eine gut frisierte Holly Wheaton daneben. Er spürte, wie Mia sich neben ihm versteifte. »Sag nichts«, murmelte er. »Bitte. Auch wenn du ihr am liebsten das Gesicht zerkratzen möchtest. Erwähne vor allem nichts von Kelsey oder der Story. Lass mich ›Kein Kommentar‹ sagen.«

Und schon kam Holly auf sie zu, in ihren Augen ein beinahe gefährliches Leuchten. »Das ist nun das vierte Feuer, das der Brandstifter gelegt hat. Was unternimmt die Polizei, um Chicago vor dieser Gefahr zu beschützen?«

»Kein Kommentar«, sagte Reed und beschleunigte seine Schritte, aber Holly ließ sich nicht so schnell abwimmeln.

»Die heutigen Opfer sind Mr. und Mrs. Joe Dougherty, das Paar, dessen Haus vor ein paar Tagen abgefackelt wurde.«

Mia blieb stehen, und Reed wollte protestieren, aber er war ihr schon beim letzten Mal, als die beiden aneinandergeraten waren, in die Parade gefahren. Diesmal würde er den Mund halten. Wenigstens solange er konnte.

»Wir veröffentlichen die Namen der Opfer nicht, bis ihre Familien benachrichtigt worden sind.« Sie blickte direkt und sehr ernst in die Kamera. »Dies ist in unserer Abteilung so üblich, da wir die Trauer der Angehörigen respektieren möchten. Das sehen Sie sicher auch so. Und wenn Sie uns bitte jetzt unsere Arbeit machen lassen würden.«

»Detective Mitchell, heute wird Caitlin Burnette begraben. Werden Sie anwesend sein?«

Mia ging weiter, und Reed atmete befreiter durch.

»Detective Mitchell, es heißt, Caitlin Burnettes Tod hinge mit der Arbeit ihres Vaters zusammen. Denken Sie, ein Kind solle für die Sünden der Väter bestraft werden?«

Mia blieb stehen, ihr Körper war plötzlich angespannt wie

eine Bogensehne. Sie öffnete den Mund, um etwas zu erwidern, doch dann spürte Reed plötzlich eine Veränderung. Mia entspannte sich und setzte sich wieder in Bewegung. »Fahr hinter mir her«, sagte sie so leise, dass nur er es hören konnte. »Holly hat mich auf eine Idee gebracht.«

19. Kapitel

Freitag, 1. Dezember, 5.40 Uhr

Mia wartete am Straßenrand auf ihn. »Tut mir leid. Ich wollte nicht, dass sie uns hierher folgt.«
Reed sah sich um. Es war eine gepflegte Gegend. »Wo sind wir?«
»Hier wohnt Blennards Tochter. Als Wheaton eben etwas von den Sünden der Väter gesprochen hat, ist mir ein Gedanke gekommen.«
»Wheaton wollte dich nur aus der Reserve locken, Mia.«
»Das weiß ich.« Sie ging auf das Haus zu. »Aber was, wenn die Doughertys wegen der Sünden ihrer Eltern sterben mussten? Und wenn man in Betracht zieht, wie Donna Dougherty ermordet wurde – wegen der Sünden der Mutter? Überleg mal. Blennard sagte, die Doughertys hätten sich um Jungen gekümmert.«
Nun dämmerte ihm, worauf sie hinauswollte. »Pflegeeltern. Und beide Männer heißen Joe Dougherty. Joe junior hat das Namensschild an der Tür nicht geändert – wozu auch? Der Killer hat das falsche Paar umgebracht!«
»Nicht abwegig, oder? Ich habe eben noch versucht, Joe senior zu erreichen, aber die Cops in Florida sagen, es steht wirklich nicht gut um ihn. Er ist intubiert, kann also nicht sprechen. Aber vielleicht kann sich Blennard an etwas erinnern.« Sie drückte auf den Klingelknopf, und ein Mann

kam an die Tür. »Detective Mitchell und Lieutenant Solliday. Wir müssen mit Mrs. Blennard reden.«
»Clyde, wer ist da?« Mrs. Blennard trat an die Seite des Mannes. Diesmal hatte sie ihr Hörgerät im Ohr. Sie riss überrascht die Augen auf. »Was kann ich für Sie tun, Detectives?«
»Ma'am«, begann Mia. »Sie haben gesagt, dass sich die Doughertys um Jungen ohne Familien gekümmert hätten. Meinten Sie als Pflegeeltern?«
»Ja. Nachdem Joe junior ausgezogen ist und geheiratet hat. Bestimmt noch zehn Jahre lang. Wieso?« Ihre alten Augen blickten scharf. »Die andere Tote, Penny Hill … sie war Sozialarbeiterin.«
Mia lächelte anerkennend. »Ja, Ma'am. Können Sie sich vielleicht an irgendetwas erinnern – Streit mit jemandem oder Ärger? Mit den Jungen oder ihren Familien?«
Sie zog die Brauen zusammen und dachte nach. »Das alles ist schon lange her. Ich weiß, dass sie ziemlich viele Jungen aufgenommen haben. Es tut mir leid, Detectives, aber mir fällt nichts ein. Sie sollten Joe senior fragen. Ich kann Ihnen die Nummer geben.«
»Danke, schon gut, ich habe ihn bereits angerufen.« Mia zögerte. »Er hat die Nachricht nicht gut aufgenommen.«
Ihre zerknitterten Wangen wurden noch ein wenig blasser. »Er hat seit Jahren ein schwaches Herz. Ist er tot?«
»Nein, aber gutgeht es ihm nicht.« Sie riss eine Seite aus ihrem Notizblock und kritzelte einen Namen drauf. »Das ist der Officer in Florida, mit dem ich gesprochen habe. Wir müssen jetzt gehen. Vielen Dank, Mrs. Blennard.«
Als sie draußen waren, sagte Mia: »Er hat Joe junior schnell sterben lassen und mitten in dem Racheakt gegen die Frau, die er für Laura Dougherty gehalten hat, aufgehört.«

»Weil er gemerkt hat, dass er die falsche Frau hatte. Das ergibt Sinn. Gute Arbeit.«
»Besser wäre es gewesen, wenn mir das früher eingefallen wäre.« Sie blieb an ihrem Wagen stehen und sah durchs Fenster. Die Katze hatte sich auf ihrem Sitz zusammengerollt. »Nun müssen wir eine Liste all der Jungen erstellen, die Penny Hill bei den Doughertys untergebracht hat.«
»Und herausfinden, welcher dieser Jungen eine Verbindung zu White hat. Oder White ist.«
»Oder wie auch immer er heißen mag. Rutsch rüber, Percy.« Sie stieg ein und schob die Katze auf den Beifahrersitz. »Aber zuerst muss ich mit Burnette sprechen.«
»Ich fahr dir hinterher.«

Freitag, 1. Dezember, 6.05 Uhr

Wieder wartete Mia auf ihn am Straßenrand. »Im Haus ist noch alles dunkel«, sagte er. »Wahrscheinlich schlafen sie noch.«
Mia bedachte ihn mit einem ernsten Blick. »Reed, er muss heute seine Tochter begraben und glaubt, er sei für ihren Tod verantwortlich. Wenn es sich um Beth handeln würde … könntest du schlafen?«
Er räusperte sich. »Nein, sicher nicht.« Sie gingen zur Tür, an der noch das Bild des Truthahns hing. Ein winziges Detail nur, doch plötzlich tat ihm das Herz weh. Für diese Familie hatte die Zeit stillgestanden. Hier wohnte ein Vater, der eine Woche lang geglaubt hatte, er habe den Tod seiner Tochter mitverursacht. Wenn es sich um Beth handeln würde …
Mia klopfte. Die Tür ging auf, und vor ihnen stand Roger Burnette. Sein Gesicht war hager und grau.

»Können wir reinkommen?«, fragte Mia, und er nickte wortlos und ließ sie ein.

Im Wohnzimmer blieb Burnette mit dem Rücken zu ihnen stehen, und Reed bemerkte, dass der Raum, der vorher so sauber und aufgeräumt gewesen war, nun ... nicht mehr so aussah. Überall lag etwas herum und in einer Wand befand sich auf Hüfthöhe ein Loch. Reed konnte sich den verzweifelten Vater vorstellen, wie er in seiner Hilflosigkeit auf etwas einschlagen musste.

Burnette drehte sich langsam zu ihnen um. »Sie haben ihn gefasst«, murmelte er.

Mia schüttelte den Kopf. »Noch immer nicht.«

Er fixierte sie mit kalten Augen. »Was wollen Sie dann hier?«

Mia begegnete seinem Blick. »Wir haben herausgefunden, dass die ehemaligen Bewohner des Hauses, in dem Ihre Tochter getötet wurde, die eigentlichen Ziele des Täters waren. Doughertys Eltern.« Sie machte eine Pause, damit er begreifen konnte. »Nicht Caitlin. Und auch nicht Sie.«

Einen Moment lang stand Burnette nur da. Dann nickte er. »Danke.«

Sie schluckte. »Versuchen Sie, noch ein wenig zu schlafen, Sir. Wir finden allein hinaus.«

Sie wandten sich zum Gehen, als Reed den ersten Schluchzer hörte. Es klang eher wie das Wimmern eines verwundeten Tiers. Aber es war nicht Burnettes von Trauer und Gram geprägter Gesichtsausdruck, der Reed einen Stich ins Herz versetzte. Es war Mias. Ihre Miene drückte eine nackte, verzweifelte Sehnsucht aus, die Reed vor der vergangenen Nacht nicht hätte verstehen können.

Roger Burnette hatte sein Kind geliebt. Bobby Mitchell nicht.

Erschüttert nahm Reed ihren Arm und zog sie sanft mit sich. »Lass uns gehen.«
»Detective.«
Mia schauderte und wandte sich noch einmal um. »Sir?«
»Verzeihen Sie mir, Detective. Ich habe mich geirrt.«
Reed runzelte die Stirn, aber Mia schien zu wissen, was er meinte. »Schon gut«, sagte sie.
»Nein, ist es nicht. Was ich gesagt habe, war falsch und beleidigend. Sie sind eine gute Polizistin. Jeder sagt das. Ihr Vater wäre stolz auf Sie gewesen, und ich hätte nie etwas anderes behaupten dürfen.«
Sie nickte knapp. »Vielen Dank, Sir.«
Aber Reed spürte, dass sie heftig zu zittern begonnen hatte. »Wir müssen jetzt gehen«, sagte er. »Noch einmal: Unser Beileid.« Und damit führte er sie hinaus. »Was war denn das?«, fragte er.
Sie sah ihn nicht an. »Er kam gestern Abend zu mir. Nachdem du weg warst. Er war nicht gerade froh, dass wir den Täter, der seine Tochter verstümmelt und getötet hat, noch nicht gefasst haben.«
Der Zorn überraschte ihn selbst. »Sag mir nicht, dass *er* dir den blauen Fleck am Arm verpasst hat.«
»Lass es gut sein. Er wusste nicht wohin mit seiner Trauer und seiner Wut.«
»Das gibt ihm noch lange nicht das Recht, dich anzufassen.« Reed ballte die Fäuste.
»Nein, da hast du recht.« Sie setzte sich wieder in Bewegung. »Aber wenigstens hat er sich gekümmert.«
»Und dein Vater hätte das nicht. Es tut mir leid, Mia.«
Ihre Hand blieb auf dem Griff der Autotür liegen. »Tja nun.« Sie schnupperte an ihrem Ärmel. »Ich rieche wie ein kalter Kamin. Ich fahre zu Laurens Haus, um noch schnell

zu duschen. Meinst du, sie hat etwas dagegen, wenn ich Percy mitbringe? Er hatte sozusagen eine harte Woche.«

Das Thema Bobby Mitchell war beendet. Für den Moment wenigstens. »Nein. Sie hat bestimmt nichts dagegen.«

»Schön. Dann treffen wir uns um acht bei Spinnelli.«

Er sah ihr stirnrunzelnd nach, als sie davonfuhr. Sie hatte sich von ihm zurückgezogen, und er mochte sich nicht eingestehen, dass es wehtat. Aber so war es. Das, nahm er an, war die Kehrseite einer Beziehung ohne Verpflichtungen. Er konnte gehen, wann immer er wollte. Sie allerdings auch.

Aber so wollte er es haben. So wollte sie es, wie sie behauptet hatte. Er fragte sich plötzlich, ob sie beide überhaupt wussten, was sie da taten.

Freitag, 1. Dezember, 7.10 Uhr

»Da«, sagte Mia, während sie Katzenstreu in eine Kunststoffschale füllte. »Sag ja nicht, ich würde mich nicht um dich kümmern.« Sie öffnete eine Dose Katzenfutter und gab es in einen Napf, auf dem ›CAT‹ stand und den sie auf dem Heimweg bei Wal-Mart erstanden hatte. Sie stellte den Napf auf den Boden, setzte sich und sah zu, wie Percy sich darüber hermachte.

»Ich bin eine Idiotin«, murmelte sie. Was hatte sie Reed bloß in der vergangenen Nacht alles erzählt! Aber in seinen Armen war es ihr nur natürlich vorgekommen, er war ein guter Zuhörer und ... Verdammt. Seit wann benahm sie sich wie die Klischeefrau, die nach bombastischem Sex unbedingt tiefgründige Gespräche führen musste? Sie verdrehte die Augen und spürte, wie sie rot wurde.

»Ich bin eine Vollidiotin.« Sie hatte sich einem Mann geöffnet, der ehrlich genug gewesen war, um klarzustellen, dass er nur den bombastischen Sex wollte. Heute Morgen in Burnettes Wohnzimmer hatte Reed zu viel gesehen und verstanden. Und er hatte Mitleid gehabt.

Der Gedanke war demütigend und bitter. Sie wollte gleichberechtigt sein. Sex. Keine Verpflichtungen. Mitleid machte daraus etwas vollkommen anderes. Etwas Unerträgliches.

Sie sah sich in Laurens Küche um. Sie gehörte nicht hierher. Er hatte es geschafft, sie so weit zu manipulieren, dass sie sich auf dieses vorübergehende Wohnarrangement eingelassen hatte, und das zeigte, dass sie sich keinesfalls auf gleicher Ebene befanden. Sie sollte einfach ihre Tasche packen und verschwinden. Sie betrachtete die Katze. Vielleicht würde Dana ihr ein Zuhause geben. Das schuldete sie ihr für all das Gerede über Hamburger und sich nehmen, was man wollte. Sie stand auf. O ja, Dana würde die verdammte Katze nehmen. Und morgen würde sie sich eine neue Bleibe suchen. Lauren ihr Haus zurückgeben. Und was Solliday betraf … sie musste aufrichtig sein. Kein Grund, das Kind mit dem Bade auszuschütten. Sie wollte immer noch bombastischen Sex. Also musste sie sich zunächst wieder auf die gleiche Ebene bringen. Kein Bettgeflüster mehr. Kein Mitleid mehr.

Freitag, 1. Dezember, 8.10 Uhr

»Tja, wenigstens haben wir nun die Verbindung«, sagte Spinnelli grimmig.

»Bis Mittag sollten wir eine Liste von Namen haben«, meldete sich Mia vom anderen Ende des Tischs zu Wort. »Das Sozialamt geht alle Akten aus der Zeit durch, als die älteren Doughertys Pflegeeltern waren.«

»Wir hatten uns bisher nur Penny Hills Akten von den letzten zwei Jahren mitgenommen«, fügte Reed hinzu und versuchte, die Tatsache zu überspielen, dass sie bisher noch keinen einzigen Blick darauf geworfen hatten. »Wenn wir erst einmal Namen haben, können wir sie ins Bild einpassen.«

Spinnelli trat an die Tafel. »Okay, dann haben wir also jetzt ein paar Eisen im Feuer. Ich will wissen, wer dieser Kerl wirklich ist und wo er lebt.« Während er sprach, machte er sich Notizen an der Tafel. »Ich will Beweise, die auf seine Täterschaft bei den ersten beiden Bränden hindeuten, und ich will Beweise, die über den Zugang zu ein paar Plastikeiern hinausgehen. Murphy, Sie und Aidan finden heraus, wo er lebt. Gehen Sie weiter mit dem Bild in der Gegend hausieren, in dem wir den Wagen gefunden haben, mit dem er vom Tatort Brooke Adler geflohen ist. Wir müssen jemanden finden, der ihn auch außerhalb des Hope Centers kennt. Jack, gibt es irgendeinen Hinweis, der ihn zweifelsfrei mit dem Brand bei den Doughertys oder in Penny Hills Haus verknüpft?«

»Wir haben jeden Millimeter von dem, was geblieben ist, durchgesiebt«, gab Jack zurück. »Nichts.«

»Wir haben Penny Hills Wagen noch immer nicht gefunden«, sagte Reed. »Vielleicht hat er darin etwas zurückgelassen.«

»Pennys Chef hat uns eine ziemlich detaillierte Liste der Geschenke gegeben, die Penny Hill auf ihrer Abschiedsparty erhalten hat.« Mia rieb sich müde den Nacken. »Falls jemand den Wagen entdeckt hat, hat er vielleicht irgendetwas davon versetzt oder verkauft.«

»Ich lasse jemanden in den Leihhäusern nachfragen«, sagte Spinnelli. »Mia, irgendetwas Neues von der Polizei in Atlantic City?«

»Nein, bisher nicht. Ich rufe gleich an.« Sie betrachtete die Tafel mit zusammengekniffenen Augen. »Irgendetwas fehlt. Wir müssen wissen, warum er das alles tut, aber auch, wieso ausgerechnet jetzt. Miles meint, dass es einen Auslöser gegeben haben muss.«

»Was empfehlen Sie?«, wollte Spinnelli wissen.

»Ich weiß nicht. Aber ich habe immer noch kein gutes Gefühl, was die Schule betrifft. Er hat da sechs Monate gearbeitet und fängt ganz plötzlich an zu zündeln und zu morden. Wieso?«

»Sie haben mit allen Lehrern über Brooke gesprochen. Befragen Sie sie noch einmal zu White.«

Sie nickte. »Okay.«

»Ich möchte wissen, wie er die Doughertys gefunden hat«, meinte Reed. »Am Dienstag haben sie ins Beacon Inn eingecheckt. Judith Blennard sagte, sie wären Mittwochnachmittag bei ihr eingezogen. Aber er kann sie nicht die ganze Zeit beschattet haben, weil er tagsüber im Hope Center sein musste.«

»Er muss es vom Hotel wissen«, sagte Mia. »Wir sollten auf dem Weg zum Hope mal vorbeifahren.«

»Aidan, du kümmerst dich um das Atlantic City PD. Mia und Reed erledigen Schule und Hotel.«

Aidan notierte es sich auf seinem Block. »Mach ich.«

»Sonst noch etwas?«, fragte Spinnelli.

»Caitlin Burnettes Beerdigung findet um zehn statt«, sagte Mia. »Glauben Sie, unser Mörder wird dort erscheinen? Sollten wir dort erscheinen?«

»Darum kümmere ich mich schon«, gab Spinnelli zurück. »Jack will das Ereignis überwachen, und ich gehe ohnehin als Vertreter der Polizei hin. Ich denke allerdings nicht, dass der Täter auftauchen wird. Caitlin war ein Versehen, aber ich werde mich gründlich umsehen. Sie können jetzt gehen. Rufen Sie mich an, sobald es etwas Neues gibt. Ich habe um zwei eine Pressekonferenz, und ich möchte einigermaßen kompetent wirken. Mia, Sie bleiben bitte noch eine Minute.«

Reed wartete vor der Tür, hörte aber dennoch alles mit.

»Kelsey wurde heute Morgen um null siebenhundert verlegt. Sie ist in Sicherheit.«

Reed konnte den müden Seufzer der Erleichterung hören.

»Danke.«

»Gern. Oh, und Mia – versuchen Sie, ein paar Stunden Schlaf aufzuholen. Sie sehen scheußlich aus.«

Sie lachte leise. »Danke.«

Als sie herauskam, gesellte sich Reed zu ihr. »Ich finde, du siehst verdammt gut aus«, murmelte er, während sie nebeneinander losmarschierten.

Er hatte sie zum Lachen bringen wollen, aber der Blick, den sie ihm zuwarf, war so ernst, dass er plötzlich einen Anflug von Panik verspürte. Es war das erste Mal, dass sie ihn wirklich ansah, seit sie Burnettes Haus verlassen hatten.

»Danke«, sagte sie ruhig.

Er schwieg, bis sie in seinem Wagen saßen. »Was ist los?«

»Nur müde. Ich muss mir morgen ein bisschen Zeit nehmen und auf Wohnungssuche gehen.«

Die Luft strömte aus seinen Lungen. »Was?«

Sie lächelte, aber es war ein kühles Lächeln. »Ich bin nie davon ausgegangen, dass ich mehr als ein, zwei Tage bei Lauren bleibe. Reed, wir wussten beide, dass diese Lösung nur vorübergehend ist.«

Vorübergehend. Er fing langsam an, das Wort zu verabscheuen. Aber sie hatte natürlich recht. Auch er hatte nicht vorgehabt, Lauren für immer aus ihrer Doppelhaushälfte zu verbannen. *Wie lange hattest du vor, Mia bei dir zu behalten? Bis dein Verlangen gestillt ist? Bis du sie satt hast?* Ja. Nein. Verdammt. »Und was ist mit uns?«

Sie blieb vollkommen ruhig, während sein Herz zu jagen begann, was ihn höllisch ärgerte. »›Uns‹ gibt es, solange wir beide Lust haben, das fortzuführen. Lass uns an die Arbeit gehen. Beacon Inn, bitte.«

Mit zusammengepresstem Kiefer fuhr er los. Er kam bis zur ersten Ampel, als ihr Handy klingelte.

»Mitchell hier … ja, stellen Sie ihn durch. Mr. Secrest, was kann ich für Sie tun?« Plötzlich richtete sie sich kerzengerade auf. »Wann? … Haben Sie irgendetwas angefasst? … Danke. Wir sind gleich da.«

Reed zog auf die linke Spur, um zu wenden. »Was ist?«

»Jeff DeMartino ist tot.«

Freitag, 1. Dezember, 8.55 Uhr

»Er hat auf den Weckruf nicht reagiert, also hat der Wachmann die Schwester gerufen«, sagte Secrest. »Die Schwester hat mich angerufen und ich Sie.« Der Junge lag auf dem Rücken und starrte mit leblosen Augen an die Decke. Seine Haut war wächsern. Die CSU machte bereits Fotos.

»Wann hat ihn jemand zuletzt lebend gesehen?«, fragte Mia.

»Die Wachen überprüfen die Räume in der Nacht alle dreißig Minuten. Er lag in seinem Bett.« Secrest wirkte frustriert. »Das letzte Mal, als ihn jemand auf den Füßen stehend und atmend gesehen hat, muss in etwa gegen halb zehn gewesen sein. Da geht seine Gruppe duschen.«

»Entschuldigen Sie mich.« Sam Barrington betrat den kleinen Raum, der ohnehin schon überfüllt war.

»Oha, diesmal kommt der Boss persönlich«, murmelte Mia, und Reed brachte sie mit einem »Sch« zum Schweigen.
»Niemand hat ihn angefasst, Sam«, sagte Reed.
»Wo ist die Schwester? Ich will seine Kartei am besten schon gestern.«
Secrest hielt sie ihm hin. »Sie hat sie herausgesucht, nachdem sie mich angerufen hat.«
»Wo ist sie?«, wiederholte Sam, während er sich die Handschuhe überstreifte. »Ich brauche sie hier.«
Secrest bedachte Barrington mit einem grantigen Blick und reichte Mia die Akte. »Sie ist in der Krankenstation. Ich rufe sie an.«
Sam ging neben dem Toten in die Hocke. »Spinnelli hat mich herzitiert. Das Opfer ist mindestens zehn Stunden tot. Keine sichtbaren Wunden, kein Trauma, nur …«
Reed stellte sich links neben Sam, Mia rechts. »Nur was?«, fragte sie.
»Das.« Sam hielt die Hand des Jungen hoch. »Da ist ein Schnitt am Daumen. Frisch.«
»Vor-Todeseintritt-frisch oder danach?«, wollte sie wissen.
»Vor. Aber kurz davor.« Sam musterte die Leiche. »Lassen Sie mich die Akte sehen.« Mia reichte sie ihm, und Sam überflog sie. »Er war gesund. Kein Herzproblem, kein Asthma.«
»Nur ein kleiner Schnitt«, überlegte Mia. »Wo ist das Blut aus dem Schnitt?«
»Hier ist ein Fleck auf der Decke«, sagte der CSU-Techniker.
»In der Mitte des Betts«, sagte sie. »Als hätte er hier gesessen und den Daumen abgewischt. Sieht irgendjemand ein Messer?«

Der CSU-Mann schüttelte den Kopf. »Könnte unter ihm liegen.«
»Sind Sie fertig mit den Fotos?«, fragte Sam. »Gut, sehen wir nach. Vorsichtig.« Sam und Reed hoben den Körper an, und Mia sah darunter.
»Da ist es«, sagte sie. »Klappmesser, die Klinge ist draußen.« Es lag flach auf dem Bett.
»Nicht anfassen«, fauchte Sam, als sie mit einer behandschuhten Hand danach greifen wollte. »Wenn es das ist, was ich denke, *wollen* Sie das Ding nicht anfassen.«
Mia zog die Brauen hoch. »Gift?«
»Ja.« Sam bückte sich und leuchtete mit der Taschenlampe über den nackten Rücken des Jungen. »Nach den Totenflecken und den Druckstellen würde ich sagen, er lag auf dem Griff, als er starb.«
»Er ist draufgefallen«, sagte sie nachdenklich. »Aber woher kriegt Jeff ein Messer?«
»Woher konnte Manny Streichhölzer bekommen«, konterte Reed.
»Sieht ganz so aus, als habe Manny doch die Wahrheit gesagt. Hast du dir die Streichhölzer angesehen?«
Reed schüttelte den Kopf. »Nein. Würde ich aber jetzt gern.«
Sam sah von Mia zu Reed. »Sie denken, dass sie präpariert sind?«
»Ja.« Reed wandte sich zu Secrest um, der sie vom Türrahmen aus beobachtete. »Haben Sie die Streichhölzer noch?«
Secrest nickte. »In meinem Büro. Ich hole sie.«
Mia hielt die Hand hoch. »Einen Moment noch bitte. Mr. Secrest, welche Jungen gehören noch zu Jeffs Gruppe? Die, die zur gleichen Zeit geduscht haben?«

»Jeff, Manny, Regis Hunt und Thaddeus Lewin. Die Jungs haben Thad ›Schwuchtel‹ genannt.« Der Ausdruck von Unbehagen huschte über Secrests Gesicht. »Er ist Thanksgiving ins Krankenhaus gekommen.«
»Weswegen?«, wollte Mia wissen.
»Er klagte über Bauchschmerzen«, sagte die Schwester. »Aber es hat einen … Übergriff gegeben.«
Secrest trat zur Seite, so dass die Schwester eintreten konnte. Sie betrachtete den Toten mit einer seltsamen Mischung aus Verachtung und … Befriedigung, was Reed ein wenig befremdlich fand. »Was heißt Übergriff?«
Sie blickte zu ihm auf. »Er ist vergewaltigt worden. Wir haben rektale Verletzungen entdeckt, aber er hat es bestritten.«
»Und Sie glauben, dass es Jeff war«, sagte Reed ruhig.
Sie nickte. »Thad wollte nichts sagen. Alle Jungs hatten Angst vor Jeff.«
»Und deswegen sind Sie nicht traurig, dass er tot ist«, fuhr Mia fort, und der Blick der Schwester wurde hart.
»Ich bin nicht froh, dass er tot ist.« Sie zuckte die Achseln. »Grundsätzlich. Aber er war ein bösartiger, wütender, krimineller Junge. Wir alle haben uns furchtbare Sorgen gemacht, was wohl geschehen würde, wenn er im nächsten Monat wieder auf freiem Fuß gewesen wäre. Nun – diese Angst brauchen wir nun nicht mehr zu haben.« Plötzlich wandte sie sich abrupt zu Secrest um. »Thad hatte Thanksgiving Besuch. Devin White. Thad hat ihn angerufen.«
»Da haben wir den Auslöser«, murmelte Reed.
»Ich denke auch.« Mia räusperte sich. »Ich möchte Thad und Regis zum Plaudern mit aufs Revier nehmen. Holen Sie ihre gesetzlichen Vertreter und schicken Sie sie bitte zu uns.« Sie sah sich um. »Wo ist Bixby? Ich hätte gedacht, er würde bei solch einer Sache dabei sein wollen.«

Wieder der Ausdruck des Unbehagens in Secrests Gesicht. »Er ist noch nicht eingetroffen.«
Mia verdrehte die Augen. »Wunderbar. Ich schicke einen Wagen zu seiner Adresse und lasse nach seinem Auto fahnden.«

Freitag, 1. Dezember, 10.10 Uhr

Der Manager vom Beacon Inn war ein unerfreulicher Mensch. »Entschuldigen Sie«, sagte Mia laut.
Er sah nicht auf. »Tut mir leid, Ma'am, aber Sie werden warten müssen, bis Sie an der Reihe sind.«
Der Gast am Tresen grinste höhnisch. »Da hinten ist das Ende der Schlange.«
»Soll ich ihm ein paar Manieren beibringen?«, fragte Reed leise hinter ihr, und sie musste unwillkürlich lachen, während sie versuchte, den Schauder zu unterdrücken, den seine Nähe ihr verursachte. Genau das war der Grund, warum sie keine Beziehung mit einem Cop wollte und warum es gegen den Ehrenkodex verstieß, sich mit seinem Partner einzulassen. Es war viel zu schwer, sich auf die Arbeit zu konzentrieren. Sie hatte sich kühl und distanziert gegeben, als er gefragt hatte, was »mit uns« geschehen sollte, aber es hatte sie einiges gekostet. Nun konzentrierte sie sich auf den Hotelmanager, der so dumm war, sie ignorieren zu wollen.
»Nein, das mache ich selbst.« Sie knallte ihre Marke auf die Theke. »Jetzt ist Pause, Kumpel.«
Der Blick des Managers hätte töten können. »Was denn jetzt schon wieder?«
Mia sah ihn finster an. »Was soll das heißen – was denn jetzt schon wieder? Und Sie, Sie warten«, sagte sie zu dem

Gast, der nun nicht mehr höhnisch blickte. »Ich bin Detective Mitchell, Morddezernat. Das ist mein Partner, Lieutenant Solliday, OFI. Was meinen Sie mit ›Was denn jetzt schon wieder‹?«

»Mord? So etwas hatte ich befürchtet.« Mit einem Mal wirkte er nur noch müde und resigniert. »Tut mir leid. Die Hälfte des Personals liegt mit Grippe im Bett, und meine Stellvertretung ist heute Morgen gar nicht aufgetaucht. Ich bin Chester Preble. Was kann ich für Sie tun?«

»Erzählen Sie mir bitte zuerst, was passiert ist«, sagte Mia etwas sanfter.

»Heute Morgen tauchten Polizisten auf und fragten nach einer Niki Markov. Sie hat hier am Mittwoch eingecheckt, und ihr Mann rief mich am Donnerstag an, weil sie nicht ans Telefon ging. Ich habe ihm gesagt, dass sie vielleicht einfach unterwegs sei.« Er zuckte voller Unbehagen die Achseln. »Nicht selten kommen Leute zu uns, die ... nun, etwas Abstand zu ihrem Partner brauchen, wenn Sie wissen, was ich meine. Wir versuchen, so diskret wie möglich zu sein.«

»Aber der Ehemann hat sie als vermisst gemeldet«, sagte Mia und spürte, wie sich alle Härchen im Nacken aufrichteten. Zu passend, um Zufall zu sein. »Und sie ist noch nicht zurückgekehrt.«

»Sie wollte bis heute bleiben. Ihre Sachen hängen auch noch im Schrank.«

»Welche Zimmernummer?«, fragte Mia.

»Hundertneunundzwanzig. Ich bringe Sie hin, wenn Sie mir nur eine Minute Zeit geben, damit ich mich um die Leute kümmern kann, die ein Flugzeug erwischen müssen.«

»Sir«, sagte sie scharf. »Es handelt sich um einen Mordfall. Diese Leute werden warten müssen.«

»Dann haben Sie … ihre Leiche gefunden?«, fragte er und wurde ein wenig blasser.
»Nein. Ich ermittle in einem anderen Mordfall. Ein Paar, das bis Mittwoch bei Ihnen war, ist vergangene Nacht ermordet worden. Können Sie uns sagen, in welchem Zimmer sie waren? Joe und Donna Dougherty.«
Er tippte den Namen ein und sah auf. Nun war auch der Rest Farbe aus seinem Gesicht gewichen. »Hundertneunundzwanzig.«
»Verdammter Mist«, murmelte Solliday.
Mia fuhr sich mit den Fingern durchs Haar. Sie würde Kopfschmerzen bekommen. »Ja.«

Freitag, 1. Dezember, 10.50 Uhr

»Was ist los?«, fragte Jack, als er das Zimmer Nummer 129 betrat. Seine Leute, alle in blauen Overalls, folgten.
»Niki Markov, vermisst. Vor ihr haben Joe und Donna Dougherty hier gewohnt. Bis Mittwoch«, erklärte Mia.
»Und du meinst, er könne hergekommen sein, weil er gedacht hat, sie wären noch hier«, sagte Jack. »Dabei ist er auf Markov gestoßen.«
»Ihre Sachen hängen im Schrank«, sagte Solliday. »Aber die Koffer sind weg. Das da auf dem Bett sind ihre Arbeitsunterlagen.«
Jack verzog das Gesicht, als er sich zusammenreimte, was Solliday andeutete. »Oje.« Dann nickte er seinem Team zu. »Ihr fangt hier an. Ich sehe mich im Bad um.« Schnell und effektiv zog er das kleine Sieb aus dem Abfluss. »Wir untersuchen es auf Haare und … anderes.« Dann behandelte er die Kacheln mit Luminol. Dreißig Minuten später schaltete er das Licht aus.

Alles um sie herum leuchtete. Einen Moment lang konnten sie alle drei nur fassungslos starren.
»Verdammt viel Blut«, sagte Jack schließlich. »In Anbetracht der Tatsache, dass die Koffer weg sind, können wir wohl davon ausgehen …«
»Dass er sie zerstückelt hat«, endete Mia grimmig. »Lieber Gott, ich verliere den Überblick.« Sie legte sich die Finger an die Schläfen. »Caitlin, Penny, Thompson, Brooke, Roxanne …«
»Joe und Donna«, fügte Solliday ruhig hinzu. »Jeff und jetzt Niki Markov. Neun.«
Sie sah ihn an. »Zähl bis zehn?«, fragte sie, und er zuckte die Achseln.
»Vielleicht. Obwohl er gegen die Frau hier nichts haben konnte.«
»Sie war nur ein Versehen«, murmelte sie. »Wie Caitlin. Falscher Ort zur falschen Zeit.«
»Vielleicht finde ich ja diesmal etwas«, sagte Jack hoffnungsvoll. »Irgendwann muss er doch mal etwas zurücklassen.«
»Und ich besorge mir die Nummer der Angehörigen. Von Donnas Chef habe ich inzwischen eine Adresse bekommen.« Sie seufzte. »Dann müssen wir also jetzt nicht nur Donnas Mutter, sondern auch Markovs Ehemann die unfrohe Botschaft überbringen.«
»Das mache ich schon«, sagte Reed. »Du musst das nicht immer übernehmen, Mia.«
Sie nickte müde und überraschte ihn damit. »Gut. Ruf uns an, wenn du etwas hast, Jack. Wir schauen nach, ob er Markovs Wagen genommen hat. Hoffentlich finden wir die Leiche.«

Freitag, 1. Dezember, 11.50 Uhr

Jenny Q stellte ihr Tablett in der Cafeteria neben Beths und setzte sich. »Und was willst du jetzt machen?«

»Ich weiß nicht. Aber ich lasse mir das nicht entgehen, so viel steht fest. Mann, er ist wirklich unerträglich im Moment.«

Jenny seufzte. »Und ich hatte meine Schwester schon so weit, dass sie uns Deckung gibt. War auch nicht einfach.«

Beth presste die Lippen zusammen. »Ich … ich gehe eben einfach.«

Jenny lachte. »Nein. Du wirst nicht abhauen, während er hinter dir herbrüllt.«

»Nein«, stimmte Beth zu. »Ich finde schon eine andere Möglichkeit.«

Freitag, 1. Dezember, 13.30 Uhr

»Ich hatte mir einen Verdächtigen in Gewahrsam gewünscht«, sagte Spinnelli ruhig. »Nicht zwei weitere Tote.«

Sie hatten sich erneut versammelt. Mia saß zwischen Murphy und Aidan, Reed neben Westphalen, Sam ganz am Ende des Tisches. Jack war noch im Beacon Inn bei der Arbeit.

Reed hatte sich noch nicht von den beiden Besuchen erholt. Es hatte ihn sehr mitgenommen, zwei Familien mitteilen zu müssen, dass ein geliebter Mensch nicht mehr nach Hause kommen würde. Als Brandursachenermittler hatte er nicht allzu oft mit Todesfällen zu tun. Der Wohnungsbrand im vergangenen Jahr war das Schlimmste, was er in dieser Hinsicht in seiner Laufbahn erlebt hatte, und er konnte kaum begreifen, wie Mia damit zurechtkam. Sie

hatte das in den vielen Jahren, die sie bereits im Morddezernat arbeitete, schon oft tun müssen.
Mia seufzte. »Wir wissen noch immer nicht, wo er ist, aber wir kommen seinem Motiv näher. Es hängt mit diesem Jungen, Thad, zusammen. Wir haben sowohl ihn als auch Regis Hunt herbringen lassen. Sie sitzen in zwei verschiedenen Verhörräumen. Wir reden mit ihnen, sobald wir hier fertig sind.«
»Und ich habe den Brandbeschleuniger auf den Streichhölzern gefunden, die Secrest aus Mannys Schuh geholt hat«, sagte Reed. »Hätte der Junge eins angezündet, hätte er sich übel verbrannt.«
»Secrest hat sich die Sicherheitsbänder aus Whites Klasse vom Dienstag angesehen – der Tag, an dem Mannys Zimmer durchsucht worden ist«, sagte Mia. »Darauf war zu sehen, wie White etwas länger neben Mannys Tisch stand. Er hätte die Streichhölzer in diesem Moment in seine Schuhe fallen lassen können oder auch nicht. Jedenfalls sieht man auf dem Video, wie er das Messer in Jeffs offenen Rucksack gleiten lässt.«
»Ist das Zimmer des dritten Jungen durchsucht worden?«, wollte Aidan wissen.
»Secrest hat auch dort ein Messer gefunden«, sagte Mia.
»Und zwar mit D-Tubocurarin präpariert«, erklärte Sam. »Genau wie das erste Messer. Und im Urin des Opfers konnten wir es auch nachweisen.«
Reed runzelte die Stirn. »Tubocurarin? Sind Sie sicher?«
»Ich habe den Test selbst gemacht«, sagte Sam. »Es interessierte mich. Ich hatte noch nie ein Curare-Opfer gesehen.«
Mia riss die Augen auf und lachte ungläubig. »Curare? Wie bei Giftpfeilen irgendwelcher Stämme am Amazonas? Das meinen Sie doch nicht ernst.«

»Absolut«, sagte Sam. »Man setzt es häufig in der Chirurgie ein. Man bekommt es in Krankenhäusern, Tierkliniken … Unser Täter brauchte bloß etwas zu stehlen und in einem ganz normalen Topf auf einem ganz normalen Herd einzukochen.« Er stand auf. »Danke fürs Essen. Ich muss jetzt wieder los.«

»Aidan?«, sagte Spinnelli, als Barrington fort war. »Etwas Neues aus Atlantic City?«

»Ja. Im Silver Casino ist der echte Devin White auf Video zu sehen. Er hat ziemlich viel Geld verspielt, bis das Blatt sich plötzlich wendete. Er gewann – nicht so viel, dass man ihn dezent hinauskomplementiert hätte, aber doch genug, um ihn zu beobachten. Die Security erinnert sich an ihn, weil er sich am Ende seines Besuchs mit einem gewissen, wohlbekannten Spieler traf, der tatsächlich schon aus dem Casino geworfen worden war.«

»Mathe-Boy«, murmelte Mia.

»Ganz genau. Er nannte sich Dean Anderson, aber es hat sich bereits herausgestellt, dass der echte Anderson vor zwei Jahren verstorben war. Die Security bestätigt, dass unser Bursche ein Talent besitzt. Er kann seine Wettchancen berechnen, als hätte er einen Computer im Kopf. Aber nicht nur diese Leute kennen ihn gut. Die Polizei hat ihn seit mindestens einem Jahr auf der Beobachtungsliste.«

»Will ich wissen, warum?«, fragte Spinnelli.

»Vergewaltigung«, sagte Aidan genüsslich. »Eine Reihe von Überfällen in den sechs Monaten vor dem letzten Juni. Sie hatten keine Beweise, denken aber, dass er es war. Dann war im Juni plötzlich Schluss mit den Vergewaltigungen. Und ihr Verdächtiger war verschwunden.«

»Er hat den echten Devin White getroffen, ihm zum Gewinnen verholfen und sich sein Vertrauen ergaunert.« Mia

schüttelte den Kopf. »Dann hat er ihm seine Identität gestohlen und sein Leben ... beendet.«
»Das würde erklären, warum er bei den Fingerabdrücken für die Schule getrickst hat. Er wusste, dass er gesucht wurde und wollte kein Risiko eingehen«, sagte Murphy nachdenklich.
»Das denke ich auch«, stimmte Aidan zu. »Übrigens hatten die meisten Vergewaltigungsopfer gebrochene Beine, so dass sie weder abhauen noch treten konnten. Wenn wir ihn fassen, möchte New Jersey auch einen Bissen abhaben.«
»Dann müssen sie sich hinten anstellen«, brummte Mia.
»Und wir müssen ihn erst mal haben«, sagte Spinnelli beißend. »Dabei wissen wir noch nicht einmal, wie er wirklich heißt. Murphy?«
»Wir haben ungefähr die Hälfte der Gegend abgegrast. Niemand hat ihn gesehen.«
Ein Gedanke drängte sich durch die dunkle Wolke, die über Reed hing. »Haben Sie die Zoogeschäfte überprüft?«
»Nein«, sagte Murphy. »Wieso?«
»Weil der Kerl Tiere mag und offensichtlich an Medikamente für den tierärztlichen Bedarf kommt. Einige der großen Geschäfte haben inzwischen ihre eigene Praxis. Ich war neulich mit dem Hund meiner Tochter bei so einem Zoo-Center. Es ist vielleicht einen Versuch wert.«
»Allerdings«, sagte Murphy. »Ich erledige das, sobald wir hier durch sind.«
Spinnelli stand auf und zog seine Uniform zurecht. »Ich muss jetzt zu der leidigen Pressekonferenz. Es sind ungefähr dreihundert Anrufe eingegangen, nachdem das Foto in den Nachrichten gezeigt wurde. Stacy hat die allzu eindeutigen Nieten bereits herausgesucht, Aidan ein paar weitere. Ich habe die Liste auf Ihren Tisch gelegt, Mia.«

Sie wandte sich an Westphalen, der die ganze Zeit über geschwiegen hatte. »Was denken Sie, Miles?«

»Ich denke, dass wir hier sowohl Muster als auch rein menschliches Verhalten finden.«

»Okay«, sagte sie. »Fangen Sie mit den Mustern an.«

»Zahlen. Er sagt ›Zähl bis zehn‹ und kann im Kopf Statistiken berechnen. Er ist sehr präzise in dem, was er tut. Und betrachten wir es einmal so: Er hat zwar Devin Whites Identität angenommen, hätte seine Stelle aber nicht antreten müssen. Doch unser Mann mag Zahlen. Er mag Mathe.«

»Er hat die Footballwetten im Hope gemanagt.« Mia zog einen Zettel aus den Unterlagen und zog die Brauen zusammen. »Und oft verloren.«

Reed kam um den Tisch herum, um ihr über die Schulter zu sehen. »Aber nur, wenn die Lions verloren haben. Er hat auf die Lions gesetzt, selbst wenn er wusste, dass die Statistik dagegensprach.«

Sie sah zu ihm auf und lächelte leicht. »Heimatgefühle?«

Er nickte. »Unser Bursche hat Wurzeln in Detroit.«

»Schicken wir dem Detroit PD ein Foto. Vielleicht erkennt ihn jemand.«

»Und schicken Sie es auch an das dortige Sozialamt«, schlug Miles vor. »Ich wette, er hat schon vorher in Schwierigkeiten gesteckt. Und er weiß, wie diese Jungs ticken. Man muss sich nur ansehen, was für eine Falle er Manny und Jeff gestellt hat. Er hat ihnen Gegenstände geliefert, von denen er wusste, dass sie ihnen nicht widerstehen konnten.« Er wedelte mit der Hand, bevor Reed protestieren konnte. »Dass sie nicht widerstehen wollten.«

»Danke schön«, sagte Reed trocken. »Aber Sie haben recht. Er hat sie in Versuchung geführt. Und auch wenn Manny die Streichhölzer nicht entzündet hat, ist er doch damit erwischt worden. Er wusste, dass Jeff sofort die Schärfe der Klinge überprüfen würde, aber hätte er es nicht getan, hätte man ihn wenigstens damit ertappt. Und er wäre in ein echtes Gefängnis gesteckt worden. Ja, Sie haben auch damit recht: Er weiß, wie es läuft. Entweder er war selbst in Jugendhaft oder kennt jemanden, der dort war.«

»Danke schön«, erwiderte Miles ebenso trocken. »Noch eines. Es fällt auf, dass er die Doughertys sehr hartnäckig verfolgt hat. Zweimal sind sie ihm entwischt. Beim dritten Mal hatte er Erfolg.«

»Er musste die Sache beenden«, sagte Mia. »Entweder sind sie ihm superwichtig gewesen oder er ist superzwanghaft.«

»Ich denke, ein wenig vom ersten und sehr viel vom zweiten«, sagte Miles. »Vielleicht ist seine zwanghafte Natur etwas, das wir nutzen können.«

Mia seufzte. »Aber wie Spinnelli schon sagte, müssen wir ihn erst einmal haben.«

Murphy klopfte mit seinem unvermeidlichen Möhrenschnitz auf den Tisch. »Mia, du sagst, du hättest bis zum Mittag die Namen der Kinder, die Penny Hill bei den Doughertys untergebracht hat.«

»Ja, stimmt. Die Liste müsste eigentlich schon da sein. Ich rufe dort noch mal an. Aidan, kannst du uns mit den eingegangenen Hinweisen helfen?«

»Sicher.«

Sie stand auf. »Dann an die Arbeit.«

20. Kapitel

Lido, Illinois, Freitag, 1. Dezember, 14.15 Uhr

Er hatte vergessen, wie sehr er den Anblick von Getreide verabscheute. Meilenweit nur Kornfelder. Die sich sanft und ach so leicht im Wind bewegten, als sei die Welt in Ordnung. Dieser Ort, dieses Haus, dieses Feld … war Shanes Grab geworden.

Sie hatten das Haus auf dem alten Fundament errichtet. Das neue Haus war schön und freundlich. Im Garten stand ein Dreirad, und eine junge Frau lief im Hausinneren umher. Er sah sie immer dann, wenn sie an einem der Fenster vorbeikam. Sie erledigte wahrscheinlich ihre Hausarbeit.

Ihre Arbeit erledigen. Er hatte die Farmarbeiten gehasst. Hasste den Mann, der ihn hergebracht hatte, damit er als billige Hilfskraft für stinkende Schweine eingesetzt werden konnte. Er hasste die Frau, die wusste, was unter ihrem Dach vor sich gegangen war und nichts unternommen hatte. Er hasste den jüngeren Bruder, weil er ein Feigling war. Er hasste den älteren, weil … Er presste die Lippen zusammen, als ein Schauder der Wut ihn überkam. Er hasste Penny Hill, dass sie zu dumm gewesen war, es zu bemerken, und zu faul, um jemals herzukommen und nachzusehen, wie es ihnen ging.

Penny Hill hatte für ihre Sünden bezahlt. Die Youngs würden dasselbe tun. Er stieg aus seinem Wagen, als die Frau

mit einem Säugling auf der Hüfte herauskam. Als sie ihn entdeckte, blieb sie stehen. Ihr Blick war ängstlich.
Er schenkte ihr sein freundlichstes Lächeln. »Verzeihen Sie, Ma'am, ich wollte Sie nicht erschrecken. Ich suche nach einem Freund. Er hat einmal hier gewohnt, aber wir haben den Kontakt verloren. Er heißt Tyler Young.«
Er wusste ganz genau, wo Tyler Young war. In Indianapolis, wo er Immobilien verkaufte. Aber er hatte keine Ahnung, wo die anderen Youngs sich aufhielten. Die Frau blieb, wo sie war, die Hand auf dem Türknauf, bereit, zu flüchten, falls es sein musste. Kluge Frau.
»Wir haben dieses Haus vor vier Jahren von den Youngs gekauft«, sagte sie. »Der Mann ist gestorben, und die Frau wollte die Farm nicht mehr allein bewirtschaften. Was mit den Jungen ist, weiß ich nicht.«
Der Zorn flammte heißer auf. Wieder war einer gestorben, bevor er seine Rache bekommen konnte. Dennoch blieb er äußerlich ruhig und gab sich leicht enttäuscht. »Das tut mir leid. Ich würde gern Mrs. Young mein Beileid aussprechen. Wissen Sie vielleicht, wo ich sie finden kann?«
»Soweit ich weiß, ist sie im Pflegeheim in Champaign. Ich muss jetzt wieder rein.« Und schon war sie fort. Er konnte ihre Finger auf der Jalousie sehen, hinter der sie ihn beobachtete.
Er stieg wieder in den Wagen. Champaign war weniger als eine Stunde Fahrt entfernt.

Chicago, Freitag, 1. Dezember, 16.20 Uhr

Mias Laune wollte sich einfach nicht bessern. »Mir fallen gleich die Augen raus.«

»Was hast du bisher herausgefunden?«, fragte Solliday, der ein Gähnen unterdrücken musste.

»Von den zweiundzwanzig Kindern, die Penny bei Pflegeeltern untergebracht hat, sind drei tot, zwei im Gefängnis und sechs immer noch in Pflege. Von dem Rest habe ich exakt von zweien die Adressen.«

Er strich sich über den Bart. »Irgendjemand aus Detroit?«

»Niemand, bei dem es in der Geburtsurkunde steht.« Sie stand auf und streckte sich, ließ ihre Arme aber fallen, als sie bemerkte, dass er jede ihrer Bewegungen beobachtete. »Entschuldigung.«

»Schon okay«, murmelte er. »Nur meinetwegen musst du nicht aufhören.«

Sie zwang sich, nicht zu lächeln. Eine Ebene. Dann ging sie um den Tisch herum. Er durchsuchte die eingegangenen Anrufe aus dem Beacon Inn. »Und du?«

»Die Gäste kriegen verflucht viele Anrufe. Keiner stammt aus dem Hope Center, aber das hatte ich mir schon gedacht. Ich gehe davon aus, dass er, falls er die Doughertys hat anrufen wollen, es von einem öffentlichen Telefon oder einem Wegwerfhandy getan hat. Daraufhin sehe ich mir jetzt die Liste an.«

Mia strich mit dem Finger die Liste entlang. »Hier. Die Nummer stammt aus der Gegend, in der Murphy gerade arbeitet.«

Er gab die Zahlen in den Computer ein. »Nicht schlecht, Mia. Es ist ein Öffentliches.« Er wählte die Nummer des Hotels und schaltete den Lautsprecher an.

»Beacon Inn, Chester, guten Tag, womit kann ich Ihnen behilflich sein?«

»Chester, hier Lieutenant Solliday vom OFI. Detective Mitchell und ich haben noch eine Frage an Sie. Wir haben einen Anruf an Sie gefunden, Dienstag um sechzehn Uhr achtunddreißig. Es könnte jemand gewesen sein, der versucht hat, Doughertys Zimmernummer herauszufinden.«

»Er hätte sie nicht bekommen«, sagte er. »So etwas tun wir nicht.«

»Chester, hier ist Detective Mitchell. Können Sie herausfinden, wer den Anruf angenommen hat?«

»Dienstagnachmittag müsste das Tania Sladerman gewesen sein. Allerdings können Sie nicht mit ihr sprechen. Sie ist heute Morgen nicht ...« Seine Stimme verebbte. »O nein. Sie ist nicht zur Arbeit gekommen.«

Solliday warf Mia einen scharfen Blick zu. »Wir brauchen die Adresse. Sofort.«

Freitag, 1. Dezember, 17.35 Uhr

»Gott, Reed.« Mia stand in Tania Sladermans Schlafzimmer und starrte auf die tote Frau, als die Spurensicherung den Sack zuzog. »Das ist Nummer zehn.«

Die stellvertretende Managerin des Beacon Inn war ans Bett gefesselt und vergewaltigt worden. Die Beine waren gebrochen, die Kehle durchgeschnitten. »Wäre besser, wenn er das gezählt hätte, denn dann wäre er jetzt fertig, aber ich glaube nicht daran.«

»Sie liegt seit Mittwochmorgen hier. Warum hat niemand diese Frau vermisst?« Das Mitgefühl ließ ihre Stimme schwanken, und sie räusperte sich. »Oder nach ihr gesehen?«

Er hätte ihr gern den Arm um die Schultern gelegt, tat es aber nicht. »Komm, ich bringe dich nach Hause.«

Sie straffte den Rücken. »Mir geht's gut. Ich fahre mit der CSU zurück zum Hauptgebäude. Fahr du nach Hause, Reed. Du hast eine Tochter, die bestimmt auch hin und wieder dein hübsches Gesicht sehen will.«

Er runzelte die Stirn. »Von wegen. Sie und ich hatten gestern einen hübsch fetten Streit.«

»Worüber?«

»Eine Party am Wochenende. Von einer gewissen Jenny Q. Ich fand ihr Benehmen neulich unmöglich, also habe ich ihr verboten, hinzugehen.«

»Ups. Fahr nach Hause, Reed. Verbring ein bisschen Zeit mit ihr. Ich rufe dich an, wenn sich irgendetwas ergibt.« Er zögerte, und sie stieß ihn leicht an. »Nun geh schon. Ich meine es ernst. Auch ich würde mich besser fühlen, wenn ich wüsste, dass du und Beth euch aussprecht. Sie braucht ihren Vater.«

Sie setzte sich in Bewegung, um die Wohnung zu verlassen, aber er war noch nicht ganz bereit, sie gehen zu lassen. »Und was ist mit dir und Olivia?«, fragte er leise.

»Wir haben uns gegenseitig auf die Mailbox gesprochen. Wir versuchen, uns heute Abend noch zu treffen. Ich rufe dich in jedem Fall an. Versprochen.« Sie zögerte, blieb noch stehen, und er wünschte sich nichts mehr, als sie in den Arm zu nehmen und sie zu trösten. Und selbst ein wenig Trost zu bekommen.

Er senkte seine Stimme ein wenig. »Ich habe den Schlüssel zur anderen Hausseite gefunden.« Ihre Augen blitzten auf, und er wusste, dass sie an die vergangene Nacht dachte. Mit normaler Stimme sagte er dann: »Also gut. Wir sehen uns morgen.«

Freitag, 1. Dezember, 18.20 Uhr

Aidan war fort, als sie zurückkam, aber Murphy saß noch am Schreibtisch und tippte einen Bericht mit seinem Einfingersuchsystem ein. »In der Gegend gibt es drei Zoohandlungen. Zwei davon haben einen eigenen Tierarzt entweder im Gebäude oder direkt daneben. Petsville war mein letzter Versuch … und rate mal, was in ihrem Bestand fehlte?«

»D-Turbo-was-auch-immer«, sagte sie. »Das ist Amazonas-Dschungelgift.«

Er grinste. »Und der Preis geht an dich. Nachdem ich ihnen mit einem Durchsuchungsbefehl gedroht habe, bekam ich eine Liste der Angestellten und bin gerade damit fertiggeworden, die Adressen zu plazieren. Diese hier wohnen in einem Umkreis von einer Meile von der Stelle, an der er den Wagen nach dem Mord an Brooke Adler stehengelassen hat.«

»Vierzehn Haushalte. Fünf oder sechs sollte ich heute noch abklappern können.«

Murphy stand auf. »Wir.«

»Murphy …«

»Mia, das kannst du nicht allein machen. Was ist, wenn du ihn findest?«

Sie dachte an all die Toten, die sie in dieser Woche ins Leichenschauhaus gebracht hatten. »Du hast recht. Wenn ich allein gehe, könnte es passieren, dass ich ihn umbringe. Ich sollte Solliday anrufen, aber er muss zu seiner Tochter.«

»Du und ich haben keine solchen Verpflichtungen.«

Mia bekam augenblicklich noch schlechtere Laune. Keine Verpflichtungen. »Sag mal, Murphy … willst du welche?«

Er knöpfte seinen Mantel zu und bedachte sie mit einem

kurzen Grinsen. »Was – Verpflichtungen? Die hatte ich schon einmal. Massenweise.«
Sie schüttelte den Kopf, musste aber ebenfalls grinsen. »Die Frage war ernst gemeint.«
Sein Lächeln verschwand. »Es nagt langsam an dir, richtig? Alle deine Freunde tun sich mit jemandem zusammen.«
Abe, Dana, Jack und Aidan. Nur noch sie und Murphy waren übrig. »Ja. An dir nicht?«
Er nickte. »Doch. Aber ich war schon einmal verheiratet.« Er schlang ihr brüderlich den Arm um die Schultern. »Und du weißt ja, was man so sagt. Betrüg mich einmal, Schande über dich …«
»Betrüg mich zweimal, Schande über mich.«
»Komm, gehen wir.«

Freitag, 1. Dezember, 18.55 Uhr

Das Klopfen an der Tür durchbrach die Stille. Seine Mutter sah angstvoll auf.
»Das ist er nicht, Mutter. Er hat einen Schlüssel.« Den sie ihm gegeben hatte. Warum, hatte er nicht verstanden. Aber da war es ohnehin zu spät gewesen.
Sie stand auf und glättete ihr Haar. Und öffnete die Tür. »Guten Tag?«
»Entschuldigen Sie bitte die Störung, Ma'am. Ich bin Detective Mitchell, und das ist Detective Murphy. Wir suchen nach diesem Mann.«
Er spähte um die Ecke, aber er sah nur Beine. Ein Paar Schuhe, ein Paar Stiefel. Kleinere Stiefel. Aber er hörte die Stimmen. Die Frau klang … nett.
»Ist das der Mann, der auch im Fernsehen war?«, fragte seine Mutter ängstlich.

»Ja, Ma'am«, sagte die Frau. »Haben Sie ihn vielleicht gesehen?«

»Nein, tut mir leid.«

»Nun, falls Sie ihn sehen, könnten Sie wohl diese Nummer anrufen? Und machen Sie ihm nicht die Tür auf. Er ist gefährlich.«

Ich weiß, dass er gefährlich ist. Bitte, Mom, bitte sag es ihnen.

Aber seine Mutter nickte nur und nahm das Blatt, das die Polizisten ihr hinhielten. »Mach ich«, sagte sie und schloss die Tür. Einen Moment lang stand sie nur da und zerknüllte das Papier in ihrer Faust. Dann warf sie sich auf die Couch, machte sich ganz klein und begann zu weinen.

Er ging in sein Zimmer, drückte die Tür zu und tat es ihr nach.

Mia lehnte an ihrem Wagen und betrachtete das saubere kleine Häuschen. Murphy gesellte sich zu ihr. »Sie weiß etwas«, sagte er.

»Ja, das denke ich auch. Und sie hat furchtbare Angst. Vielleicht, weil sie ein Kind hat.«

»Ich habe ihn gesehen. Er hat um die Ecke geschaut.«

»Ich habe ihn auch gesehen.« Sie stieß den Atem aus. »Murphy, vielleicht ist er da jetzt gerade drin.«

»Aber hast du gesehen? Der Tisch war nur für zwei gedeckt. Falls er drin ist, versteckt er sich. Sie ist Angestellte der Zoohandlung, also hat sie, theoretisch, nicht zwangsläufig Zugang zu der Tierarztpraxis. Und ein ängstliches Gesicht wird dem Richter nicht reichen, um uns einen Durchsuchungsbefehl für ihr Haus auszustellen.«

»Komm, fragen wir bei den Nachbarn nach. Vielleicht hat ihn jemand gesehen. Falls ja, könnte das dem Richter reichen.« Sie stemmte sich vom Wagen ab, als sie aus dem Augenwinkel eine Bewegung wahrnahm. »Murphy, schau mal zum Fenster hoch.« Kleine Finger zupften an der Jalousie.

»Der Junge beobachtet uns.«

Mia lächelte herzlich und winkte. Augenblicklich verschwanden die kleinen Finger, und ihr Lächeln verblasste.

»Wir müssen mit ihm reden.«

»Dazu müssen wir erst einmal hineinkommen. Los, klopfen wir an ein paar andere Türen.«

Freitag, 1. Dezember, 19.30 Uhr

»Und?«, fragte Murphy, als sie sich wiedertrafen. »Ich habe praktisch nichts.«

»Bei mir war's nicht besser. Niemand hat ihn gesehen, und sie hat anscheinend so gut wie keinen Kontakt zu den Leuten hier. Einer erinnerte sich, morgens früh ein Kind mit dem Fahrrad gesehen zu haben. Wahrscheinlich auf dem Weg zur Schule. Also, als ich klein war, kannte jeder jeden. Man hatte richtig Angst, irgendwas Dummes zu tun, weil man befürchtete, dass die Eltern sofort davon erfahren würden.« Mia klimperte mit dem Schlüssel in ihrer Hosentasche. »Okay. Und jetzt?«

»Jetzt gehst du nach Hause, schlafen. Ich bleibe hier und beobachte das Haus. Ich rufe dich an, wenn etwas passiert.«

»Das sollte ich nicht tun, aber ich bin zu müde, um mit dir zu streiten.«

»Was mich tatsächlich überrascht«, sagte Murphy sanft. »Mia, ist alles in Ordnung mit dir?«

Sie waren schon so lange befreundet. »Eigentlich nicht.«

Zu ihrem Entsetzen spürte sie Tränen in ihren Augen brennen. »Ich bin bloß müder, als ich dachte.«
Er nahm sie beim Arm. »Wenn du mich brauchst, weißt du, wo du mich findest.«
Ihre Lippen zuckten. »Klar. Hier, wo du dir deinen Hintern abfrierst, du Depp. Danke, Murphy.« Er war wirklich ein guter Freund. Aber heute Nacht brauchte sie etwas anderes als einen guten Freund. Heute Nacht wollte sie … mehr. *Verpflichtungen,* spottete eine Stimme in ihrem Kopf. *Komm schon, gib es zu.*
Okay. Dann wollte sie eben Verpflichtungen. Eine feste Bindung. Aber man wusste ja, dass man nicht immer alles bekam, was man wollte.

Freitag, 1. Dezember, 20.15 Uhr

Mia erkannte den Wagen am Straßenrand und wollte laut stöhnen. Ihr war nun wirklich nicht nach einer herzergreifenden Aussprache mit der kleinen Schwester. Olivia wartete auf sie vor Laurens Doppelhaushälfte mit einer Pizzaschachtel in der Hand. »Du hast mich also ausfindig gemacht.«
»Ich habe mich ein bisschen umgehört und die Adresse deines Partners bekommen. Hoffentlich war das okay.«
Nein, war's nicht, hätte sie am liebsten geschrien. Komm wieder, wenn die Dinge … sich beruhigt haben. Aber sie würden sich nicht beruhigen, und Olivia musste bald fahren. Bobbys dritte Tochter musste die Wahrheit erfahren. Oder wenigstens einen Teil davon.
»Natürlich. Komm rein.« Bei Lauren war alles dunkel und still, aber sie hörte den Fernseher von nebenan. Reed war da. Aber zuerst musste sie das hier erledigen.

Reed hörte sie hereinkommen. Er hatte vor dem Fernseher gesessen, etwas gesehen, das ihn überhaupt nicht interessierte, und nur auf das Klappen der Tür nebenan gelauscht. Beth war in ihrem Zimmer und schmollte. Lauren lernte. Er war allein. Und, wie er zugeben musste, einsam. Aber nun war Mia drüben, und selbst wenn er ihr nur zusah, wie sie die Reste des Hackbratens vertilgte, so wäre er immerhin nicht mehr einsam.

Er nahm die Glasschüssel vom Herd und schlich aus der Hintertür. Die Schüssel wie einen Fußball unterm Arm, griff er nach dem Türknauf, hielt jedoch plötzlich inne. Sie war nicht allein. Die andere Stimme gehörte zu Olivia Sutherland.

Er sollte wieder in seine Hälfte zurückkehren und sie in Ruhe lassen. Aber er musste unwillkürlich an ihre Augen denken, als sie ihm in der vergangenen Nacht ihre Geheimnisse gestanden hatte. Und wie sie sich von ihm abgewandt hatte. Sie war einsam.

Sie beide gingen allein durchs Leben. Wie konnten sich zwei intelligente Menschen nur für die Einsamkeit entscheiden?

Mia ging in die Küche voran und nahm Olivia die Pizza ab. »Die ist ja eiskalt.«

»Na ja, ich habe schon eine Weile gewartet.«

Mia seufzte. »Tut mir leid. Dieser Fall …«

»Ich weiß.« Olivia öffnete ihre Jacke und wickelte sich den Schal vom Kopf. Sie sah ein wenig aus wie eine Schauspielerin aus alten Zeiten. Elegant und ein wenig unsicher. Und so jung.

Und unverdorben. Neid und Zorn hinterließen ein Brennen in ihrem Magen, und sie schämte sich sofort dafür. Olivia konnte schließlich nichts dafür, dass sie von Bobby Mitchell verschont geblieben war. Sie schob die Pizza auf einem Blech in den Ofen. »Also ... Minneapolis PD. Du bist auch Detective.«

»Ich habe die Marke letztes Jahr bekommen«, sagte sie. »Du bist schon länger dabei.«

Mia setzte sich und stieß den anderen Stuhl mit dem Fuß an. »Ich bin um einiges älter.«

Olivia setzte sich. »Du bist noch keine fünfunddreißig.«

»Ich fühle mich heute aber wie siebzig.«

»Schlimmer Fall?«

Zehn Gesichter zogen in rascher Abfolge vor ihrem geistigen Auge vorbei. »Ja. Aber wenn es dir nichts ausmacht, würde ich momentan lieber nicht dran denken.« Sie blickte auf Olivias Hand. »Du bist nicht verheiratet?«

»Noch nicht.« Sie lächelte. »Ich möchte erst noch etwas weiterkommen.«

»Warte nicht zu lange.«

»Ein schwesterlicher Rat?«

Mia stieß den Atem aus. »Kaum. Für so etwas scheine ich eher ungeeignet zu sein.«

»Du sprichst von Kelsey.«

Etwas in Olivias Blick trieb Mia in die Defensive. »Also weißt du auch von ihr.«

»Ich weiß nur, dass sie im Gefängnis sitzt. Bewaffneter Raubüberfall.« In ihrer Stimme lag etwas Verurteilendes.

Mia presste die Lippen zusammen. »Sie trägt ihre Schuld ab.«

»Okay.«

Aber das war es nicht. Es war nicht okay. Heute war überhaupt nichts okay.

»Du dagegen«, fuhr Olivia fort, »bist eine Polizistin mit

Auszeichnungen und warst mit einem Hockeyspieler liiert.«
Mia blinzelte überrascht. »Lässt du mich beobachten?«
»Nein. Ich habe mich bloß erkundigt. Bis vor kurzem wusste ich ja gar nichts von dir.«
»Ich denke, du hast mich dein ganzes Leben lang gehasst.«
»Richtig. Aber nur als Person, die man sich nicht vorstellen kann. Ich wusste nicht, wie du aussiehst oder wer du bist, bis er starb.«
»Was hat deine Mutter dir gesagt?«
»Viele Jahre lang gar nichts. Über meinen Vater wurde nicht geredet, und ich konnte immer davon träumen, dass er irgendwann zu mir kommen würde. Als ich acht war, erzählte meine Mutter mir die Wahrheit – oder einen großen Teil davon.«
Mia hörte Schmerz aus diesem Satz heraus. Wie war die Wahrheit wohl ans Licht gekommen? »Das heißt?«
»Meine Mutter war erst neunzehn, als ich auf die Welt kam. Sie lernte meinen Vater in einer Bar kennen, in der sie kellnerte. Sie glaubte, er sei ein guter Mann, ein Polizist, der es ernst meinte. Sie verliebte sich in ihn, und eins führte zum anderen. Dann stellte sich heraus, dass sie schwanger war, und er sagte ihr, dass er verheiratet war. Sie hatte nichts davon gewusst.«
»Das glaube ich ihr unbesehen«, sagte Mia ruhig und sah, wie Olivia ein Stück in sich zusammensackte. »Du hast es nicht geglaubt.«
»Doch, ich wollte gern. Ich wollte mir nicht vorstellen, dass meine Mutter etwas mit einem verheirateten Mann anfing. Aber unwissentlich oder nicht – sie hat genau das getan. Er sagte damals, er würde seine Frau verlassen und sie heiraten.«

»Aber das hat er nicht getan.«
»Nein. Als ich auf der Welt war, sagte er ihr, er könne seine Frau und seine Töchter nicht im Stich lassen. Es täte ihm leid.«
Es hat ihm leidgetan, dass Oliver eine Olivia geworden ist, dachte Mia, nickte aber. »Und dann seid du und deine Mutter nach Minnesota gezogen.«
»Kurz danach, ja. Sie hat auch die Brücken zu ihren Eltern abgebrochen. Sie wollten, dass sie mich zur Adoption freigibt, aber sie dachte ja gar nicht daran. Daher dauerte es ziemlich lange, bis ich meine Großeltern kennenlernte, aber irgendwann glätteten sich die Wogen. Ab da verbrachte ich regelmäßig meine Sommerferien in Chicago und fragte mich bei jedem Polizisten, der mir begegnete, ob er es wohl war.«
»Du wusstest nicht einmal, wie er heißt?«
»Nein, nicht bis er starb. Mama sagte es mir nicht, und ansonsten schien es keiner zu wissen.«
»Lebt deine Mutter noch?«
Olivias blaue Augen wurden traurig. »Nein. Sie ist im vergangenen Jahr gestorben. Und ich fand mich damit ab, nun niemals etwas über meinen Vater zu erfahren. Aber sie hatte es ihrer Schwester erzählt. Als meine Tante seine Todesanzeige in der Zeitung sah, rief sie mich an. Ich bin vom Flughafen direkt zum Friedhof gefahren.« Sie seufzte. »Und dann sah ich dich, neben deiner Mutter, in deiner Ausgehuniform. Deine Mutter gab dir die Flagge, und dann hast du mich entdeckt. Offensichtlich hast du nichts von mir gewusst.«
»Nein. Es war ein ziemlicher Schock.«
Olivia sah auf ihre Hände. »Das kann ich mir vorstellen. Deinen Namen habe ich zum ersten Mal in der Anzeige gelesen. Kelsey wurde nicht erwähnt.«

»Darum habe ich gebeten. Ich wollte nicht, dass jemand sie mit mir in Verbindung bringt.«

»Kann ich verstehen. Es kann sich nicht gut auf deine Karriere auswirken, eine Schwester im Gefängnis zu haben.«

Mia versteifte sich. »Es ist nicht gesund für *sie* eine Schwester zu haben, die Polizistin ist. Olivia, ich will nicht, dass du sie verurteilst. Nicht, bevor du sie kennengelernt hast.«

Nicht, bevor du alles weißt.

»Also gut. Jedenfalls war ich auch ziemlich schockiert, als ich dich sah. Es gibt eine gewisse … Familienähnlichkeit.«

»Das ist mir auch aufgefallen«, sagte Mia trocken. »Warum bist du nicht auf mich zugekommen und hast mich angesprochen?«

»Ich war anfangs so aus der Bahn geworfen, dass ich nicht wusste, was ich tun sollte. Du warst diejenige, die ich mein ganzes Leben lang gehasst hatte. Du warst diejenige, die einen Vater hatte, eine Familie. Mama und ich hatten nichts. Niemanden. Und dann habe ich dich gesehen, in Uniform. Und du sahst aus wie ich. Anschließend war ich bei meiner Tante, ging da ins Internet und brachte über dich in Erfahrung, was möglich war.« Sie stand auf und sah nach der Pizza. »Du hast vergessen, den Ofen anzuschalten.« Ungeduldig tat sie es.

»Ich bin nicht gerade die begeisterte Meisterköchin.«

Olivia wandte sich mit ausdruckslosem Blick zu ihr um. »Was bist du dann?«

»Du hast doch recherchiert. Sag du es mir.«

Sie dachte einen Moment lang nach. »Ich habe dich die ganze Woche gründlich überprüft und beobachtet. In erster Linie Polizistin.«

»In erster Linie und überhaupt«, sagte Mia, nun genauso tonlos wie sie.

»Aber du hast ziemlich viel Mitgefühl. Zeigst Hingabe. Die Reporter können dich nicht ausstehen, also scheinst du einiges richtig zu machen.« Mia stieß ein Schnauben aus, das ein Lachen hätte werden sollen, und Olivia grinste. »Du hast ein paar gute Freunde, und du bist ihnen gegenüber unbedingt loyal. Du hast dann und wann eine Beziehung gehabt und warst einmal verlobt. Scharfer Bursche, übrigens.«

»Tja, danke.«

»Du hast gerade ein Verhältnis mit Lieutenant Solliday angefangen und willst nicht, dass es jemand weiß. Aber ich denke, die meisten wissen es.«

Mia runzelte die Stirn. »Was meinst du damit?«

»Es ist schwer, nichts zu bemerken. Du hast ein blinkendes Neonschild auf deiner Stirn. ›Ich mag ihn. Hau ab, er gehört mir.‹ Oh, jetzt habe ich endlich etwas erreicht. Du wirst rot. Übrigens ist er auch ziemlich scharf.«

Mia verdrehte die Augen. »Vielen Dank.«

Olivia wurde wieder ernst. »Gern geschehen.« Sie wandte sich zum Kühlschrank um, öffnete ihn, blickte hinein und schloss ihn wieder. »Ich bin beeindruckt und wütend und neidisch zugleich.« Sie wandte sich wieder um und begegnete Mias Blick. »Aufrichtig genug, große Schwester?«

Mia nickte. »Ja. Aber ich bin mir nicht sicher, dass du es zu schätzen weißt, wenn ich dir den Gefallen zurückgebe.«

Olivia sog bedächtig die Luft ein. »Okay.«

»Dein Vater war nicht der Mann, den du dir als Vater gewünscht hast.«

Ihr Blick flackerte. »Niemand ist perfekt.«

»Nein, sicher nicht, aber Bobby Mitchell hat's in der Hinsicht ein wenig übertrieben. Er hat zu viel getrunken und seine Kinder verprügelt.«

Ihre Augen verengten sich. »Nein.«
»O doch. Weißt du, was ich dachte, als ich dich eben gerade sah? Ich war beeindruckt und wütend und neidisch zugleich. Du hast vielleicht nichts gehabt, aber nichts war besser als das, was wir zu Hause ertragen haben.«
»Wie kann etwas besser als nichts sein?«, fragte Olivia verbittert.
»Meine Wunden heilen schnell, und das war nützlich, denn Bobby hatte große Fäuste und setzte sie nur allzu gern ein. Bei mir etwas weniger als bei Kelsey. Gebrochene Knochen und Platzwunden und Lügen, während wir von einem Arzt zum anderen zogen, damit es bloß nicht auffiel.« Olivia starrte sie nun entsetzt an. »Und das ist die Wahrheit.«
»Aber das ist …«
»Entsetzlich? Unglaublich? Nicht wiedergutzumachen?«
»Ja. Er kann doch nicht so …«
»Schlimm gewesen sein? Lüge ich dich an?«
Sie schüttelte den Kopf. »Nein, das meinte ich nicht. Kelsey war als Jugendliche schwierig. Vielleicht …«
Mia sprang auf die Füße. »Vielleicht hat sie es verdient, oder was?«
Olivia hob das Kinn. »Sie ist im Gefängnis, Mia. Schuldig gesprochen und verurteilt.«
»O ja, das ist sie. Mit sechzehn lief sie von zu Hause weg. Hat sich mit den falschen Leuten eingelassen. Sie war sicher kein unschuldiges Ding, aber so übel war sie auch nicht.«
»Aber sie hat ein Verbrechen begangen. Hör zu, sie ist deine Schwester. Natürlich verteidigst du sie.«
Mias Kehle wurde eng, und in ihren Augen brannten Tränen. »Du hast doch keine Ahnung.«
»Du bist lange genug Polizistin, um zu wissen, dass die Leute Entscheidungen treffen. Sie ist weggelaufen. Und ei-

nen prügelnden Vater zu haben, rechtfertigt nicht, dass man in einem Laden die Waffe auf den Verkäufer richtet, während der Freund zwei Kunden niederschießt. Ein Vater und sein kleiner Sohn sind gestorben, und dafür ist Kelsey verantwortlich. Das kannst du wohl kaum entschuldigen.«

Das Blut rauschte Mia in den Ohren. O ja, die kleine Schwester las Zeitungen, sogar alte. »Nein, das tue ich auch nicht und Kelsey genauso wenig. Vielleicht überrascht es dich, dass sie noch kein einziges Mal selbst auf eine Bewährungsverhandlung bestanden hat. Sie wird ihre Zeit absitzen. Und wenn sie es getan hat, wird sie über die Hälfte ihres Lebens im Knast verbracht haben.«

Olivia sah tatsächlich überrascht aus, aber ihre Miene blieb hart. »Und das hat sie verdient.«

Mia presste die Lippen so fest zusammen, dass sie schmerzten. »Du hast keine Ahnung, was sie *verdient*. Du weißt *gar nichts*.«

Olivias Augen blitzten auf. »Ich weiß, dass sie eine Familie hatte. Ein Haus. Etwas zu essen. Eine Schwester, die sie liebt. Was weit mehr ist, als ich je hatte, und ich bin nicht so geworden.«

Etwas zerriss in ihr. »Stimmt, und du hattest auch keinen Vater, der für seinen Schutz Sex verlangte.« Sobald die Worte heraus waren, hätte Mia sich dafür treten können. »Verdammt noch mal«, zischte sie.

Olivia stand da und wurde mit jeder Sekunde bleicher. »Was?«

»Gott.« Mia stützte sich an der Spüle ab und ließ den Kopf hängen, aber Olivia packte ihren Arm, bis sie aufblickte. »Was hast du gesagt?«

»Nichts. Ich habe nichts gesagt. Lass es gut sein. Ich will nicht mehr.«

»Hat Kelsey dir das gesagt?«
Alles in ihr erstarrte, und die angedeutete Anschuldigung der Lüge hing zwischen ihnen. »Ja, das hat sie mir gesagt.« Sie schluckte. »Und ich weiß, dass es wahr ist.«
Olivias Augen waren dunkel. »Das kann nicht wahr sein.«
»Ist es aber. Du kannst von *deinem* Vater glauben, was du willst, aber was *meinen* betrifft, ist es die Wahrheit.«
Olivia wich bebend einen Schritt zurück. »Und warum bist du dann Cop geworden? Wie er?«
Und wie Olivia, dachte Mia und empfand den Schmerz über ihren Verlust so stark, als sei es ihr eigener. »Nicht wie er«, sagte sie müde. »Ich bin unter Cops aufgewachsen. Gute, anständige Leute. Sie hatten einen Familiensinn, den ich nicht kannte. Das wollte ich auch haben. Und ich denke, ich wollte Kinder wie Kelsey beschützen, da es mir bei ihr nicht gelungen war. Es gibt so viele Kinder wie Kelsey. Du bist selbst Polizistin. Du hast sie gesehen. Anfangs habe ich mich vor allem um Ausreißer gekümmert. Während meiner Ausbildung lernte ich, die miesen Kerle zu erwischen, die ihnen etwas antaten, und ich machte es gut. Und genau das bin ich. Polizistin. Nicht mehr und nicht weniger.«
»Verzeih mir.« Tränen liefen ihr über das Gesicht. »Das wusste ich nicht.«
»Das konntest du auch nicht, und ich wollte auch nicht, dass du es weißt. Ich dachte, du würdest verstehen, was für ein Mensch er war, ohne dass ich das erzählen musste. Aber ich wollte auch nicht, dass du um einen Mann trauerst, der die Trauer nicht wert ist. Oder dich minderwertig fühlst, weil er dich vielleicht nicht wollte.«
»Ich muss gehen.« Sie wich weiter zurück, packte Mantel und Schal. »Ich muss gehen.«
Mia sah zu, wie sie durch die Haustür stürmte. Zuckte zu-

sammen, als die Tür laut ins Schloss krachte. Dann zog sie die Pizza aus dem Ofen und hätte sie am liebsten durch die Küche geschleudert, aber es war nicht ihr Haus. Es war Laurens Haus mit den hübschen gerahmten Stickereien von Teekannen und Blumen und den Initialen CS in einer Ecke. Gefertigt von Reeds Frau. Der keine andere je das Wasser reichen konnte.

Und ich schon gar nicht. Zitternd stellte sie das Blech auf dem Herd ab und drehte das Wasser auf, dann den Müllhäcksler. Und im Schutz des Lärms erlaubte sie sich zu weinen.

Reed stand vor dem Fenster und lauschte dem Hämmern seines Herzens. Lieber Gott. Sein Leben vor den Sollidays war finster und trostlos gewesen. Er hatte immer Hunger, immer Angst gehabt, seine Mutter hatte ihn geschlagen. Aber das hier ... Er hatte sich schon vergangene Nacht davor gefürchtet, das hier zu hören. Sie hatte es zu heftig abgestritten. Der Vater hatte seine Töchter belästigt. Vielleicht missbraucht. Zorn und Hass kochten in ihm hoch, und Reed hätte nur allzu gern Bobby Mitchell wiederbelebt, um ihn eigenhändig umbringen zu können. Aber das war nicht das, was Mia brauchte. Er sah durchs Fenster, wie ihre Schultern zitterten, während sie weinte, und auch seine Augen brannten. Das war so typisch für sie. Zu weinen, wenn niemand sie hörte. Wenn niemand kommen konnte. Wenn niemand helfen konnte.

Aber er wollte ihr unbedingt helfen. Er öffnete die Tür, plazierte die Schüssel auf den Herd, stellte Häcksler und Wasser ab und drehte sie zu sich um. Sie erstarrte, wollte sich gegen ihn wehren, aber er hielt sie fest, bis sich ihre Finger in sein Hemd krallten und sie sich an ihn klammerte.

Sanft führte er sie durch die Küche, setzte sich und zog sie auf seinen Schoß, wo sie ihm die Arme um den Hals schlang und so furchtbar weinte, dass er glaubte, ihm selbst würde das Herz brechen. Er hielt sie, wiegte sie leicht und küsste ihr Haar, bis die Tränen langsam versiegten. Sie ließ sich gegen ihn fallen, verbarg jedoch ihr Gesicht an seiner Brust. Es war ihre letzte Schutzmöglichkeit, und er gewährte sie ihr.

Sie schwieg eine lange Zeit. »Du hast schon wieder gelauscht.«

»Ich wollte dir etwas zu essen bringen. Ich kann nichts dafür, dass die Wände dünn sind.«

»Ich müsste eigentlich stinksauer auf dich sein. Aber ich fürchte, ich habe nicht mehr genug Stinksauer übrig.«

Er fuhr ihr mit der Hand über den Rücken. »Ich würde ihn umbringen, wenn er nicht schon tot wäre.«

»Du verstehst nicht.«

»Dann erklär's mir. Ich würde dir gern helfen.«

Sie schüttelte den Kopf. »Wir haben eine Abmachung, Solliday. Hier sind schon zu viele Bindungen.«

Er hob ihr Kinn an, damit sie ihn ansah. »Ich will dir helfen.«

Sie hielt seinen Blick fest. »Es ist nicht so, wie du denkst. Mich hat er nie angerührt.«

»Nur Kelsey?«

»Ja.« Sie stand auf, ging zur Hintertür und sah aus dem Fenster. »Ich erinnere mich noch gut an den Tag, als ich begriff, dass Bobby sich nicht ändern würde. Ich war fünfzehn, und er war betrunken. Kelsey hatte etwas angestellt, und er hatte sie bereits mit dem Gürtel verprügelt. Ich flehte ihn an, ihr nichts mehr zu tun, und er sagte, dann müsste ich ihm etwas versprechen. Er legte den Arm um mich und … irgendwie wusste ich es plötzlich. Und dann meinte er, wenn *ich* es täte, würde er Kelsey in Ruhe lassen.«

Reed schluckte. »Aber du hast es nicht getan.«

»Nein. Stattdessen fing ich an, wie verrückt zu lernen, um ein Stipendium zu kriegen. Ich klaute ihm eine Pistole und legte sie mir unters Kopfkissen. Er war so betrunken gewesen, dass er sich wahrscheinlich gar nicht mehr daran erinnerte, was er gesagt hatte, aber ich wollte kein Risiko eingehen. Ich redete mit Kelsey und versuchte sie zu überzeugen, nicht mehr mit ihm zu streiten, aufzupassen und sich von ihm fernzuhalten, aber sie wollte nicht auf mich hören. Damals konnte sie mich nicht ausstehen. Das dachte ich wenigstens.« Sie wandte sich abrupt zu ihm um. »Kennst du die Bedeutung von Opfer, Reed?«

»Ich weiß nicht, wie ich das beantworten soll.«

Ihre Lippen verzogen sich zu einem bitteren Lächeln. »Weise Antwort. Weißt du, ich habe immer gedacht, ich hätte den meisten Prügeln entkommen können, weil ich irgendwie schneller als Kelsey war. Irgendwie besser, klüger. Ich reizte ihn nicht, stellte mich ihm nicht entgegen. Er ließ mich in Ruhe. Erst viele Jahre später erfuhr ich von Kelsey, dass er ihr denselben Vorschlag gemacht hatte.« Sie zog die Brauen hoch und sagte nichts mehr.

»O mein Gott«, brachte er mühsam hervor, unfähig, es sich auszumalen. »O Mia.«

»Ja. Die ganze Zeit über habe ich ihr gesagt, sie müsse nur brav sein und sich zurückhalten, solle ihn nicht provozieren … die ganze Zeit …« Ihre Stimme brach. »Sie hat es getan. Für mich. Um mich zu beschützen. Bis ich endlich aufs College gehen konnte. Dann ist sie mit einem Idioten namens Stone abgehauen und hat ihr Leben ruiniert. Jetzt sitzt sie im Gefängnis. Olivia hat recht. Kelsey ist schuldig, weil sie das Verbrechen begangen hat. Aber ich muss mich immer wieder fragen, ob sie es auch getan hätte, wenn alles anders gekommen wäre. Wäre ich vielleicht im Gefängnis und sie die Polizistin?«

»Wärst du nicht. Du hättest es anders gemacht.«

»Das kannst du nicht mit Sicherheit behaupten«, sagte sie, und der Zorn machte ihre Stimme hart. »Ich habe die ganze Woche mitgehört, wie du mit Miles über Anlagen kontra Erziehung debattiert hast, aber so einfach ist das nicht, Reed. Manchmal begehen die Menschen Fehler, die sie nicht begehen würden, wenn die Bedingungen anders wären. Du hast gesagt, du wärst beinahe in so einer Anstalt wie das Hope Center gelandet. Und was, wenn das geschehen wäre? Wenn die Sollidays dich nicht aufgenommen hätten? Wo wärst du dann jetzt?«

»Ich habe nie das Gesetz gebrochen«, sagte er gepresst. »Selbst als ich Hunger hatte, habe ich nichts geklaut. Was ich bin, bin ich, weil ich mich dafür entschieden habe.«

»Und die Sollidays haben damit gar nichts zu tun.«

»Sie haben mir ein Zuhause gegeben. Ich habe den Rest erledigt.«

Sie sah ihn an, und in ihren Augen lag etwas, das beinahe wie Verachtung aussah, und plötzlich war es ihm wichtig, dass sie verstand. »Ich bin drei Jahre lang immer wieder weggelaufen. Ich tat mich mit ein paar Kids zusammen – Handtaschendiebe. Aber ich klaute nicht. Eines Tages nahm einer der Jungs einer Frau die Handtasche ab und warf sie mir zu. Die Frau gab mir die Schuld und rief die Polizei. Ich wäre fast verhaftet worden, aber eine Passantin hatte alles gesehen und sprach sich für mich aus. Sie hieß Nancy Solliday. Und sie und ihr Mann nahmen mich auf.«

»Und dafür bin ich ihnen dankbar«, sagte sie, etwas sanfter. »Aber, Reed, sieh es bitte realistisch: Wie lange hättest du auf der Straße durchgehalten?«

»Ich hätte schon irgendeinen Weg gefunden.«

»Okay. Hör mal, es war sehr lieb von dir, mir deine Schulter zum Ausweinen zu leihen, aber ich brauche ein bisschen Zeit für mich. Ich habe mich seit Tagen nicht mehr bewegt, deshalb werde ich jetzt ein paar Runden um den Block laufen.«

Sie hatte ihm erneut die Tür vor der Nase zugeschlagen.

»Was ist mit deinem Abendessen?«

»Ich mache es mir später warm.« Sie küsste ihn auf die Wange. »Danke. Wirklich. Ich melde mich, wenn ich zurück bin.«

Reed blieb sitzen, während sie hinauflief, um sich umzuziehen. Als sie zurückkehrte, verließ sie das Haus ohne noch ein Wort zu sagen, und ihm blieb nichts anderes übrig, als auf die Küchenwände zu starren. Christine hatte dieses Zimmer ausgestattet, wie alle anderen auch. Sie waren schön und elegant, aber auch wohnlich und gemütlich. Christine hatte gewusst, wie man ein solches Gleichgewicht herstellt. Mia hätte hier höchstens eine Mikrowelle und einen Toaster für ihre Pop-Tarts und vielleicht sogar einen Stapel Pappteller stehen.

Er stand auf, um die Schüssel abzudecken und fragte sich, ob ein Mensch wirklich mehr brauchte.

Freitag, 1. Dezember, 21.15 Uhr

Mia rannte um den Block und lief ein zweites Mal auf Sollidays Haus zu. Wenn sie sich morgen auf Wohnungssuche begeben würde, dann in einem hübschen gewachsenen

Viertel wie diesem. Mindestens drei Spaziergänger mit Hund hatten ihr freundlich zugewunken, als sie vorbeigelaufen war. In ihrem Viertel sah niemand dem anderen in die Augen, und in manchen Gegenden wussten die Leute, wie sie heute erfahren hatte, nicht einmal, wer direkt neben ihnen oder gegenüber wohnte. Wodurch ihr einfiel, dass sie vergessen hatte, Solliday zu sagen, dass seine Idee mit den Zoohandlungen wahrscheinlich etwas erbracht hatte. Sie zog ihr Handy aus der Tasche, um sich bei Murphy nach dem Stand der Dinge zu erkundigen, als sie etwas Seltsames entdeckte.

Eines der Fenster oben in Sollidays Haus öffnete sich. Ein dunkler Kopf erschien, sah sich nach allen Seiten um, dann folgte der Körper, und die Gestalt rutschte an dem Baum vor dem Fenster herunter wie an einer Feuerwehrstange. Wie es schien, ging Beth Solliday doch auf ihre Party. Auch Kelsey hatte so etwas getan, dachte sie. War aus dem Fenster geklettert und hatte sich heimlich mit Gott-weiß-wem getroffen, um Gott-weiß-was zu tun. *Aber du, meine kleine Beth, wirst das nicht tun.*

Beth strich ihren Mantel glatt, zog die Handschuhe an und machte sich im Laufschritt durch die Gärten auf den Weg, wobei sie wie ein Hürdenläufer über die Zäune setzte. In einigem Abstand folgte ihr Mia.

Freitag, 1. Dezember, 21.55 Uhr

»Du bist aber spät«, zischte ein Mädchen mit einem Ring im Nasenflügel und zog Beth hinein. »Du hättest fast deinen Einsatz verpasst.« Das, nahm Mia an, war die berühmtberüchtigte Jenny Q.

Mia war Beth mit der Hochbahn bis in die Innenstadt zu

einem Club namens Rendezvous gefolgt. Es war verflixt schwer gewesen, an der Kleinen dranzubleiben. Sie war eine trainierte Läuferin.

Beth zog ihren Mantel aus. »Ich musste warten. Mein Dad ist nach nebenan gegangen, und ich dachte die ganze Zeit, er könnte wiederkommen, ist er aber nicht. Wahrscheinlich ist er wieder die ganze Nacht drüben.«

Wieder? So weit zur Geheimhaltung, dachte Mia. Solliday hielt seine Tochter für die Unschuld in Person. Nun, sie war zwar nicht auf einer Party, hatte sich aber trotzdem hinausgeschlichen. Mia hatte keine Ahnung, was das für ein Laden war. Keine Bar jedenfalls, denn niemand verlangte am Eingang, die Ausweise zu sehen. Es gab eine Bühne, und etwa fünfzig kleine Tische, an denen verschiedene Grüppchen saßen und standen. Jenny und Beth verschwanden in der Menge, und als Mia folgen wollte, hielt sie jemand am Arm fest.

»Zehn Dollar bitte.« Sein Namensschildchen wies ihn als Sicherheitsmann aus. Er wirkte nicht wie ein Süchtiger.

Sie wühlte in ihrer Tasche und zog ihren Notfall-Zwanziger hervor. »Was passiert hier?«

Er wechselte das Geld und gab ihr ein Programm. »Heute findet der Wettbewerb statt.«

»Und wer misst sich?«

Er lächelte. »Wer immer Lust dazu hat. Soll ich nachfragen, ob man sich noch anmelden kann?«

»Nein, vielen Dank. Ich suche jemanden. Beth Solliday.«

Er sah auf sein Clipboard. »Wir haben eine Liz Solliday. Beeilen Sie sich lieber. Sie müsste jetzt dran sein.«

Sie fühlte sich wie Alice im Wunderland, als sie sich einen Platz suchte, während die Lichter ausgingen und die Bühne erleuchtet wurde. Und schon trat Beth Solliday in einem

Lederminirock auf die Bühne. Das Publikum klatschte höflich.

»Mein Name ist Liz Solliday und der Titel meines Gedichts lautet ›Casper‹.«

Gedicht? Mia hielt ihr Programm ins rote Licht des Exit-Schilds und blinzelte. Was immer ein Poetry-Slam war – Beth Solliday war bis ins Halbfinale gekommen. Und sobald das Mädchen den Mund öffnete, wusste Mia auch, warum. Beth hatte echte Bühnenpräsenz.

Hab ich schon erwähnt, dass ich mit einem Geist lebe?
Wir nennen sie Casper
Sie folgt mir,
sieht mich an
ihre Augen, meine Augen, ihre Augen
sie hat meine Augen gestohlen
mein Dad – er hat sie eingeladen
und wenn er mich ansieht, sehe ich manchmal Sehnsucht
als sähe er sie, doch bin es ich
und ich bin willig drauf zu wetten
er würde mich tauschen und sei es nur
für einen Tag

Casper war Christine. Es schnürte Mia die Kehle zu, doch Beths Stimme war kräftig. Wie Musik. Und als sie nun fortfuhr, berührte sie Mia dort, wo es am meisten schmerzte.

Ich bin nur ein Doppelgänger
Erinnere die Welt an die bessere Version, die sie einst war
Husche durch das Leben meines Vaters, fast unsichtbar
Ihre dunkleren Augen
Meine Augen, die immer mehr verblassen

Mein Dasein, das immer weiter verblasst
Bis ich mich frage, wer der Geist ist
Und wer etwas Bess'res verdient

Der Scheinwerfer verlosch, und Mia stieß den Atem aus. Wow. Froh um die Dunkelheit, rieb sie sich die Tränen von den Wangen. Reeds Tochter hatte Talent. Ein wunderschönes, seltenes Talent.

Mia stand auf. Und Reeds Tochter würde Ärger bekommen. Großen Ärger. Sie kam auf die Füße und machte sich auf die Suche nach *Liz*, die einiges zu erklären hatte.

Freitag, 1. Dezember, 22.15 Uhr

Er war noch immer da draußen, dieser Polizist. Die Frau war schon vor Stunden weggefahren. Er wusste nicht, was er tun sollte. Oder doch, er wusste es, aber er hatte solche Angst.

Aber die Polizei war doch dein Freund. Das hatte sein Lehrer gesagt. Wenn du in Schwierigkeiten steckst, kannst du zur Polizei gehen. Er wandte sich vom Fenster ab und setzte sich aufs Bett. Er musste darüber nachdenken. Er konnte es der Polizei sagen, aber vielleicht kam *er* zurück und tat ihnen etwas an. Aber vielleicht würde er das sowieso tun. Die Frau in den Nachrichten hatte gesagt, er hätte Leute getötet, und das glaubte er ihr.

Ich kann warten, bis er kommt und mein ganzes Leben Angst vor ihm haben, oder ich kann es der Polizei sagen und hoffen, dass sie wirklich mein Freund ist. Es war eine beängstigende Entscheidung. Aber wenn man sieben Jahre alt war, hatte man noch furchtbar viel vom Leben vor sich.

Freitag, 1. Dezember, 22.45 Uhr

Beth rutschte näher ans Fenster der Hochbahn heran, während die Häuser an ihr vorbeijagten. *Ich bin so was von erledigt.* Ihr Magen krampfte sich jedes Mal zusammen, wenn sie daran dachte, wie ihr Vater ausrasten würde. Sie warf einen verstohlenen Blick zu Mitchell, die schweigend und mit verschränkten Armen dasaß. Beth sah die Ausbeulung des Holsters unter der Sweatjacke. Sie hatte eine Pistole bei sich. Na ja, sie war ein Cop.

Sie konnte immer noch nicht fassen, dass die Frau ihr gefolgt war. *Sie ist mir gefolgt, um Himmels willen.* Es war der Augenblick gewesen, von dem sie geträumt hatte, der Applaus, den sie sich so sehr gewünscht hatte. Und es war nicht nur höflicher Applaus gewesen, sondern echter, begeisterter Applaus. Jenny Q und die ganze Truppe waren da gewesen, hatten sie umarmt, sich für sie gefreut. Und dann hatte sie Mitchell entdeckt, die schweigend ein wenig abseits gestanden und sie angesehen hatte. Und ihr war das Herz ganz tief nach unten gerutscht. Wo es immer noch war.

Ich bin so was von erledigt. Sie hatte kaum eine Wahl gehabt. Wenn sie nicht mit der Frau gegangen wäre, hätte diese garantiert eine Szene gemacht. Also saß sie nun hier, in der EL, und fuhr ihrem Schicksal entgegen.

»Ob Sie's mir glauben oder nicht, ich habe so etwas vorher noch nie gemacht«, murmelte sie.

Mia betrachtete sie aus dem Augenwinkel. »Was – Poetry-Slam oder über den Baum aus dem Zimmer klettern und quer durch die Stadt fahren, wenn dein Vater dir gesagt hat, dass du zu Hause bleiben sollst.«

»Beides«, sagte Beth düster. »Ich bin ja so was von erledigt.«

»Besser als überfallen oder vergewaltigt. Zu dieser Nachtzeit in der Gegend hätte das leicht passieren können.«
Beth sah die Frau trotzig an. »Ich bin kein Kind mehr. Ich weiß, was ich tue.«
»Aha. Okay.«
»Wirklich.«
»Okay.«
Beth verdrehte die Augen. »Ich meine, ja, Sie haben recht, die Ecke ist wirklich nicht der sicherste Stadtteil.«
»Nein.«
»Könnten Sie vielleicht mal etwas sagen, was nicht so einsilbig ist?«
Mitchell wandte sich ihr zu. Ihr Blick war kühl. »Du bist eine Idiotin. Eine sehr talentierte Idiotin. Hat das genug Silben für dich? Im Übrigen hat ›okay‹ zwei.«
Obwohl das Kompliment ihr ungemein guttat, stellte sie sofort die Stacheln auf. »Ich bin keine Idiotin. Ich habe überall nur A's in der Schule. Ich bin eine der besten in meinem Jahrgang.«
Sie schüttelte verärgert den Kopf. Dann seufzte sie. »Aber es hat Ihnen gefallen?«
Mitchells Blick veränderte sich. Plötzlich wirkte sie … besiegt. »Ja, sehr sogar.«
»Ich hätte Sie nicht als Poesie-Fan eingeschätzt.«
Mia verzog einen Mundwinkel nach oben. »Ich mich auch nicht. ›Es war mal 'ne Frau aus Nantucket‹ ist eher mein Kaliber.«
Beth lachte leise. »Ich finde Limericks aber auch klasse.« Sie wurde wieder ernst und holte tief Luft. »Sie werden es meinem Dad also sagen?«
Sie zog wieder die Brauen hoch. »Sollte ich nicht?«
»Er wird ausflippen.«

»Das ist wohl verständlich. Er ist ein toller Vater, Beth, und er liebt dich.«
»Aber er sperrt mich ein wie eine Gefangene.«
Mitchells Blick flackerte. »Glaub mir, davon kann keine Rede sein. Liebst du deinen Dad?«
Beth spürte Tränen in den Augen. »Ja«, flüsterte sie.
»Warum hast du ihm dann nichts von dem Dichterwettbewerb gesagt?«
»Damit hat er nichts am Hut. Er ist Sportfan. Er würde das nicht verstehen.«
»Ich denke, er würde sich aber Mühe geben.« Sie seufzte. »Hör zu, ich möchte mich nicht zwischen euch stellen. Du hast bis morgen früh Zeit, es ihm zu sagen. Wenn nicht, dann tue ich es.«

21. Kapitel

Indianapolis, Freitag, 1. Dezember, 23.00 Uhr

Da war es. Tyler Youngs Stadthaus. Er saß im Wagen und beobachtete die Gegend. Er würde noch etwas warten müssen, bis die Leute hier ins Bett gingen.

Er war beinahe ruhig, aber es kostete ihn Kraft. Er hatte zu lange damit gewartet, seine Geister auszutreiben, und nun waren sie alle tot. Laura Dougherty und Bill Young und seine Frau Bitsey ebenfalls. Seine Gattin sei ihm geradewegs gefolgt, hatte man ihm im Pflegeheim in Champaign mitgeteilt. Und natürlich, hatte man traurig und verständnisvoll hinzugefügt, wären ihre Unterlagen vertraulich, so dass man ihm leider, leider nicht mit der Adresse der nahen Angehörigen weiterhelfen durfte.

Und in diesem Moment hätte er beinahe die Kontrolle über sich verloren. Aber er hatte das plötzliche Misstrauen im Blick der Schwester gesehen, sich also respektvoll verabschiedet, in den Wagen gesetzt und war irgendwo hinausgefahren, wo er ein Kornfeld in Brand gesteckt hatte. Ein kleiner Akt der Nächstenliebe.

Jetzt gab es also nur noch zwei. Tyler und Tim. Es war, als wäre Tim Young vom Erdboden verschluckt worden. Er könnte Tim aufgeben, denn er war kein Täter gewesen. Aber er hatte sich schuldig gemacht, denn er war damals groß und stark genug gewesen, hatte aber nicht den Mut

besessen, sich gegen Tyler aufzulehnen. Er musste beide kriegen. Um das hier endgültig zu beenden.
Falls Tyler weiß, wo sein Bruder zu finden ist, dann wird er es bei Gott ausspucken. Denn diesmal habe ich *die Macht. Ich will ihn flehen hören.* Und er wollte ihn umbringen. *Jetzt zählst du bis zehn, verdammtes Schwein. Und dann fahr zur Hölle.*

Chicago, Freitag, 1. Dezember, 23.05 Uhr

Mia schloss die Tür zu Laurens Haus. Es war dunkel und still. »Reed?«
Keine Antwort. Sie wanderte durch das Haus und hoffte beinahe, sie würde ihn irgendwo schlafend auf der Couch oder, besser noch, in ihrem Bett finden, aber er war nicht da. *Nur ich.*
Sie hätte todmüde sein müssen, aber sie war noch immer aufgedreht. Sie hielt Laurens Schlüssel ins Licht. Es waren zwei – einer für drüben. Sie konnte hinübergehen. Beth war in ihrem Zimmer. Sie war wieder über den Baum zurück ins Fenster geklettert, obwohl Mia dagegen gewesen war.
Einen Moment lang überlegte sie ernsthaft, ob sie über denselben Baum in Reeds Zimmer klettern sollte, verwarf den Gedanken aber mit einem Grinsen. Wahrscheinlich würde sie runterfallen und sich etwas brechen. Unwillkürlich betastete sie die Kette um ihren Hals. Oder auch nicht. In letzter Zeit schien sie bemerkenswert widerstandsfähig zu sein.
Oder auch nicht. Ihr fiel ein, wie sie heulend auf seinem Schoß gesessen und ihm wieder Dinge erzählt hatte, die sie ihm nicht hätte erzählen sollen. Aber es war leicht, ihm et-

was anzuvertrauen, und sie hatte gewollt, dass er es wusste. Zum ersten Mal in ihrem Leben wollte sie sich die Fehler der Vergangenheit von der Seele reden.

Vielleicht war es ja ein Test gewesen. Um zu sehen, ob er sie zurückweisen würde. Das hatte er noch nicht getan.

Sie schlüpfte leise in Reeds Haus. Hier war es auch still. Mit pochendem Herzen schlich sie die Treppe hinauf. Wenn das Haus spiegelbildlich wie Laurens angeordnet war, ging die letzte Tür rechts zum Schlafzimmer. Und da war er, lag ausgestreckt auf der Tagesdecke und schlief bei eingeschalteter Nachttischlampe. Vollkommen angekleidet, inklusive polierter Schuhe.

Auch er hatte einen langen Tag gehabt. Sie würde es ihm etwas bequemer machen, dann wieder ins andere Haus hinübergehen. Und morgen würde sie sich eine Wohnung in der Nähe suchen. Denn wenn etwas hundertprozentig feststand, dann die Tatsache, dass sie nie und nimmer in diesem Zimmer mit ihm schlafen würde. Alles hier war Christine, bis zu der spitzengesäumten Tagesdecke.

Sie zog die Brauen zusammen, als sie das gerahmte Foto auf dem Nachttisch sah. Christine. Natürlich hatte er ein Bild von ihr neben dem Bett. Er hatte sie geliebt. Liebte sie immer noch. *Hat nie jemanden gefunden, der ihr gleichkommt,* rief sie sich in Erinnerung. Beth empfand dasselbe. Und als Mia zu ihm trat, um ihm den Gürtel zu lockern, sah sie das Buch. Behutsam nahm sie es ihm aus den Fingern und betrachtete neugierig den Einband, aber es gab keinen Titel. Es war ein Notizbuch, und jede Seite darin war mit der Hand beschrieben.

Sie musterte sein Gesicht. Er schlief noch immer fest. Sie sollte das Buch wieder hinlegen. Sofort. Aber schließlich belauschte *er* ihre Gespräche, da musste es gestattet sein.

Sie blätterte zur ersten Seite. »Meine Gedichte, von Christine Solliday«, stand da. Aber die nächste Seite schnürte ihr die Kehle zu. »Für meinen geliebten Reed. Ich habe dir mein Herz versprochen. Hier hast du es.«

Gedichte. Jede Seite Gedichte. Daher hatte Beth also ihr Talent. Und wie sehr das Mädchen sich geirrt hatte. Ihr Vater würde sie nur allzu gut verstehen. Die Seiten waren abgegriffen, manche hatten Eselsohren. Dieses Buch wurde oft gelesen und sehr geliebt. Es war Christines Herz. Und Reeds genauso.

Die Worte verschwammen, während sie las, und Mia blinzelte, um die dummen Tränen wegzudrücken. Er war immerhin aufrichtig gewesen. Er wollte keine Verpflichtungen. *Und ich dumme Kuh habe gedacht, das könnte reichen.*

Mit bebenden Händen legte sie das Buch auf den Nachttisch zurück und begann, sein Hemd aufzuknöpfen. Eine dünne goldene Kette erschien. Er hatte sie nicht getragen, als sie miteinander geschlafen hatten, aber sie erinnerte sich jetzt, sie an ihrer Wange gespürt zu haben, als sie sich vorhin an seine Brust geschmiegt hatte, um zu weinen. Sie würde jetzt nicht weinen. Noch nicht. Sie würde ihn ins Bett bringen, zurückkehren und dann ... Sie war beim letzten Knopf angekommen, das Hemd fiel auseinander, und ihre Finger verharrten.

Am Ende der Kette hing ein Ring. Ein schlichter Goldring. *Er trägt noch immer seinen Ehering.* Ihr Herz zog sich schmerzhaft zusammen, aber ihre dumme Hand hob die Kette selbstquälerisch hoch. Der Ring baumelte und funkelte im Licht der Lampe.

Mit einem Ruck war Reed wach. Eine Hand schloss sich um den Ring, die andere so fest um ihr Handgelenk, dass sie zusammenzuckte. »Du tust mir weh«, flüsterte sie.

Augenblicklich ließ er ihre Hand los, nicht aber den Ring. Sein Gesicht war hart und zornig. »Was machst du hier?«

Mia wich einen Schritt zurück. »Anscheinend einen großen Fehler. Gute Nacht, Reed.«

Sie verließ sein Zimmer, eilte rasch aus dem Haus, steckte mit zitternden Fingern den Schlüssel in Laurens Haustür und trat ein. Dann stand sie dort und atmete so heftig, als habe sie einen Marathon hinter sich. Sie hatte geglaubt, dass er ihr folgen würde. Offenbar hatte sie sich geirrt. Inzwischen zitterte sie am ganzen Körper. Heftig.

Reine Dummheit. Wann hatte sie das letzte Mal etwas gegessen? Sie konnte sich nicht erinnern. Sie nahm sich ein Stück kalte Pizza, dann ein zweites. Als sie gerade hineinbeißen wollte, ging die Tür auf. Reeds Miene wirkte gequält. Er hatte sein Hemd zugeknöpft, und falls er den Ring noch trug, so besaß er wenigstens den Anstand, ihn vor ihr zu verbergen. Nein, das war nicht fair. Der Ring ging sie nichts an. *Er hat es dir von Anfang an gesagt, Mia. Keine Verpflichtungen, keine Bindungen.*

»Mia, wir müssen reden.«

Sie schüttelte den Kopf. »Schon okay. Geh wieder ins Bett, Reed.«

Er regte sich nicht, und ihr riss der Geduldsfaden. »Reed! Ich hatte einen richtig üblen Tag. Ich würde jetzt gern allein sein.«

Er trat zu ihr und legte ihr eine Hand an die Wange. »Verzeih mir. Ich wollte dir nicht wehtun.«

»Da gibt es nichts zu verzeihen.« Sie schluckte den Klumpen, der in ihrer Kehle aufstieg. »Du hast mir von Anfang an gesagt, was du wolltest. Ich bin diejenige, die ständig Grenzen überschreitet. Ich kann aber nicht nach deinen Grundregeln spielen, Reed. Es geht nicht ohne Bindungen.

Ich hätte es nicht versuchen sollen. Es tut *mir* leid.«

Er verharrte plötzlich. »Dann können wir vielleicht die Grundregeln ändern.«

Die Hoffnung entzündete ein kleines Feuer in ihrem Herzen. Dann schob sie ihre Hand in sein Hemd und holte die Kette mit dem Goldring heraus, und das Feuer erstarb. »Weißt du, ich habe mein ganzes Leben damit verbracht, mit einem toten Jungen, von dessen Existenz ich nicht einmal wusste, um die Liebe eines Mannes zu wetteifern, der diese Liebe überhaupt nicht wert war. Ich will nicht mit deiner toten Frau in Konkurrenz treten, auch wenn der Preis … es durchaus wert ist. Aber inzwischen bin ich der Meinung, dass ich nach mehr streben darf. Und ich glaube auch, dass du jetzt gehen solltest, Reed. Ich bin morgen hier weg.«

Sie hatte geglaubt, dass er ihr widersprechen würde, aber er stand nur da und sah sie niedergeschlagen an. »Dann sehen wir uns wohl morgen.«

»Um acht in Spinnellis Büro. Ich bin da.«

Sie brachte ihn nicht an die Tür, sondern wandte sich dem Garten zu und wünschte sich innig, dass alles anders wäre. Dass sie anders wäre. Dann strich etwas gegen ihr Bein, und sie fuhr zusammen.

Percy sah anklagend zu ihr auf und maunzte.

Mit einem schwachen Lachen nahm sie ihn auf den Arm. »Dich habe ich natürlich mal wieder vergessen. Wenigstens kannst du dich bemerkbar machen, ganz im Gegensatz zu dem armen Fluffy.« Sie legte ihre Wange an sein weiches Fell und spürte das Schnurren. »Essen wir was, Percy, und dann ab ins Bett.«

Indianapolis, Samstag, 2. Dezember, 2.15 Uhr

Man sollte meinen, dass ein Makler das eigene Haus besser sichert, dachte er, als er die Tür zu Tyler Youngs Veranda öffnete. *Schlecht für ihn, gut für mich*. Mit seiner schweren Last über der Schulter schlich er die Treppe hinauf und lauschte, hörte aber nichts als das Hämmern seines eigenen Herzens. *Endlich*.

Endlich würde er demjenigen gegenüberstehen, der Shane getötet hatte, und nun war er erwachsen und kein hilfloses Kind mehr wie damals. Zwei Personen schliefen im Bett, eine weiblich. Ein Deckenventilator lief und dessen Geräusch und Tylers Schnarchen übertönten seine Schritte, als er an die Seite der Frau trat. Er stach einmal mit dem Messer zu – sie gab ein leises Gurgeln von sich und verstarb.

Tyler schnarchte noch immer lautstark, und aus der Nähe roch er den Schnaps in seinem Atem. Gut. Betrunkene waren so leicht zu überwältigen. Mit Tyler sollte es keine Probleme geben.

Von diesem Szenario hatte er als Kind in der Vorhölle des Young'schen Hauses geträumt. Jede Nacht hatte er sich vorgestellt, wie er sich an Tyler rächen würde. Er schluckte, als die Erinnerung ihm sogar jetzt noch, nach zehn Jahren, im Magen brannte. Die Rachephantasien hatten damals dafür gesorgt, dass er nicht verrückt wurde. Und nun konnte er sie endlich umsetzen. Konnte tun, was Tyler damals getan hatte. Alles und in jeder Einzelheit. Lautlos befestigte er die Kette, die er mitgebracht hatte, am Kopf des Bettes unten am Boden. Am Ende der Kette befand sich eine Handschelle, und mit einem Klick legte er sie um Tylers fleischiges Handgelenk. Und hielt den Atem an.

Aber Tyler schnarchte weiter. Der Lumpen, den er Tyler als

Knebel in den Mund stopfte, war mit Urin getränkt, noch ein kleiner Trick, den er von seinem Gefangenen gelernt hatte. Aber er hatte auch ein paar eigene Tricks gelernt. Mit äußerster Vorsicht holte er das letzte der Messer, die er mit Curare-Paste präpariert hatte, hervor. So schlicht und so ungewöhnlich. Die Pistole in der Linken, öffnete er mit der Rechten Tylers Vene. Endlich schlug Tyler die Augen auf, aber der Lauf der Waffe zielte bereits zwischen seine Augen. Langsam schlich sich das Entsetzen in Tylers Blick, als er nacheinander die Waffe, die Kette und seinen blutenden Arm wahrnahm.

Aber es lag kein Erkennen in diesem Blick, was ihn mehr als nur ein bisschen ärgerte. »Ich bin's – Andrew.« Ah, jetzt erinnerte Tyler sich, und er lachte leise. »In ungefähr zwei Minuten kannst du dich nicht mehr bewegen, aber du wirst noch alles spüren, was ich mit dir mache.« Er beugte sich zu ihm herab. »Und diesmal darfst *du* bis zehn zählen, Tyler. Diesmal fährst *du* zur Hölle. Aber zuerst wirst du mir ein paar Fragen beantworten. Ich nehme den Knebel jetzt raus. Wenn du schreist, bist du sofort tot, begriffen?«

Tyler nickte. Auf seiner Stirn sammelten sich Schweißperlen.

Angewidert zog er den Lumpen heraus. »Wo ist Tim?«

Tyler leckte sich nervös die Lippen. »Lässt du mich gehen, wenn ich es dir sage?«

Er hatte noch nicht einmal nach seiner Frau gefragt. »Ja.«

»In New Mexico. Santa Fe. Lässt du mich jetzt gehen?«

Bevor Tyler reagieren konnte, stopfte er ihm wieder den Lumpen in den Mund. »Du bist dumm geboren und geblieben. Aber ich bin dir gern behilflich. Eins, zwei, drei …«

Während er zählte, erstarrte Tylers Körper und erschlaffte dann. »Zehn. Showtime.«

Er wusste, dass er nicht viel Zeit hatte. Unter normalen Umständen würde Tyler in weniger als zehn Minuten das Bewusstsein verlieren. Aber nach der langen, langen Zeit, die er auf seine Rache hatte warten müssen, wollte er mehr als diese zehn Minuten, und er wollte, dass Tyler Young bei vollem Bewusstsein war. Tyler Young sollte alles spüren. Tyler Young sollte bezahlen.

Also hatte er vorgesorgt. Er legte seine Pistole auf den Nachttisch und packte seine Ausrüstung aus. Wie gewöhnlich hatte er sein scharfes Messer, die schwere Rohrzange und die restlichen Eier dabei, aber er hatte auch noch ein paar zusätzliche Gegenstände mitgebracht. Er holte einen Sauerstofftank und eine Maske aus dem Rucksack. Damit würde er die Zeit, die Tyler bei Bewusstsein blieb, locker verdreifachen können. Vielleicht würde er vor Schmerz ohnmächtig werden.

Der Gedanke entlockte ihm ein Lächeln.

»Also, Tyler«, sagte er im lockeren Plauderton, während er ihm die Sauerstoffmaske auf das erstarrte Gesicht presste. »Wie ist es dir so ergangen? In letzter Zeit mal wieder ein paar kleine Jungen missbraucht?« Tyler und seine Frau hatten keine Kinder, zumindest keine, die bei ihnen wohnten. Er hatte alle Schlafzimmer überprüft. Niemand sonst war hier, nicht einmal ein Haustier. Also konnte er sich gänzlich auf seine Arbeit konzentrieren. »Du kannst nicht reden? Wie schade. Dann wirst du mir wohl zuhören müssen. Aber mach dir keine Sorgen, ich werde jeden Schritt ansagen, damit dir auch nichts entgeht. Zuerst breche ich dir die Beine.«

Und er tat es und genoss dabei, wie Tyler vor Schmerz zu schielen begann. Dann warf er die Rohrzange von einer Hand in die andere. »Normalerweise bin ich an diesem

Punkt mit dem Werkzeug fertig«, sagte er, noch immer im Plauderton. »Aber für dich setze ich es auch noch anders ein. Weißt du, ich stehe nicht auf Männer – nur auf Frauen. Aber ich möchte keinesfalls deswegen darauf verzichten, dir dasselbe Vergnügen zu bereiten wie du mir damals.« Er konnte sehen, dass Tyler begriff. »Wunderbar. Oh, und das Messer? Gewöhnlich schneide ich damit nur Kehlen auf, aber bei dir werde ich noch eine Ausnahme machen.« Er grinste auf sein Opfer herab, das nur noch lebte, weil er es so wollte. Tyler würde erst dann sterben, wenn er bestimmte. »Du hast uns damals schwanzlose Muschis genannt. Und jetzt kannst du herausfinden, was das wirklich bedeutet. Dann wollen wir mal anfangen, Tyler. Bevor uns der Sauerstoff ausgeht.«

Chicago, Samstag, 2. Dezember, 6.35 Uhr

Murphy sah Mia entgegen, die sich seinem Wagen näherte. Er fühlte sich wach, freute sich aber auf den Kaffee, den sie ihm mitgebracht hatte. Er stieg aus, streckte sich und nahm ihr den Becher ab, den sie ihm hinhielt. »Danke.«

Sie lehnte sich gegen den Wagen. »Und? War etwas?«

»White ist nicht zurückgekommen, aber der Junge hat mich die ganze Nacht beobachtet. Immer wieder. Wie jetzt.« Wieder sah man, wie sich die Lamellen der Jalousie unter den kleinen Fingern verbogen. Wieder lächelte Mia und winkte. Und wieder verschwand der Kleine. »Ich würde sagen, wir versuchen es mit dem Durchsuchungsbefehl. Wir haben schon für weniger einen bekommen.«

»Ich rufe einen Streifenwagen, der hier aufpasst, wenn wir beim Meeting sind. Wir müssen uns mit den anderen austauschen.«

Den anderen. Zu denen auch Reed gehörte. Sie würde ihre Arbeit tun.
»Spuck's schon aus, Kleine«, befahl Murphy freundlich. »Was hat unser hübscher Fire Marshal dir getan?«
Sie lächelte und war überrascht, dass es ihr gelang. »Nichts. Er hat mir nichts versprochen, Murphy, also auch kein Versprechen brechen können. Und ich habe zwei Nächte richtig, richtig guten Sex gehabt.«
Murphy verzog das Gesicht. »Musst du mir das so direkt sagen?« Dann neigte er den Kopf. »Wenn ich ihm die hübsche Visage polieren soll, sag's mir einfach.«
»Mein Held.« Schlagartig wurde sie ernst. »Schau mal, wen wir da haben.«
Die Eingangstür öffnete sich und der Junge kam heraus, für die Kirche feingemacht mit einem dunklen Anzug und einer Krawatte. Er blieb auf der Veranda stehen, dann holte er sichtlich Luft, setzte sich in Bewegung und hielt nicht an, bis er Murphy und Mia erreicht hatte. Er hielt den Zettel in der Hand, den Mia seiner Mutter gegeben hatte. Der Zettel war zerknüllt gewesen, aber jemand hatte ihn geglättet. Sein Schlucken war hörbar.
Der Junge war sieben, höchstens acht. Das rotblonde Haar war feucht und sorgfältig gekämmt. Sein Kindergesicht war übersät mit Sommersprossen.
Sie hatte immer schon eine Schwäche für Sommersprossen gehabt. Ernst streckte sie ihm die Hand entgegen. »Detective Mitchell, guten Morgen. Das ist Detective Murphy.«
Er schüttelte ihr die Hand. »Ich bin Jeremy.«
»Jeremy Lukowitch?«, fragte Murphy, und der Junge nickte.
»Wo ist deine Mom, Jeremy?«, fragte Mia.

»Schläft noch. Ich denke, wir sollten aufs Revier gehen«, sagte er ernst.
»Ja, ich denke, das sollten wir tun«, sagte Mia und ging dann vor ihm in die Hocke. »Jeremy, hast du diesen Mann von dem Bild gesehen?«
»Ja.«
»Wann?«
Er schluckte wieder. »Oft. Manchmal wohnt er bei uns.«
Oh, bingo. Danke, danke. »Weißt du noch, wann du ihn zum letzten Mal gesehen hast, mein Schatz?«, fragte sie.
»Am Donnerstag. Morgens. Bevor ich zur Schule gegangen bin. Er ist da erst nach Hause gekommen.«
»Kannst du dich noch an die Zeit erinnern?«
»Viertel vor sechs. Ich habe auf meinen Wecker geguckt.«
Jeremy hob das Kinn. »Sie sollten einen Durchsuchungsbefehl für unseren Garten holen.«
Mias Herz hämmerte wild, aber sie zwang sich, ruhig zu sprechen. »Und was können wir da finden?«
»Er hat da was vergraben.« Jeremy zählte an den Fingern ab. »Donnerstag und Dienstag, Sonntag und den Freitag davor.«
Mia blinzelte. »Freitag?«
Jeremy nickte nüchtern. »Ja, Ma'am. Ich werde aussagen, wenn Sie mich und meine Mutter ins Zeugenschutzprogramm nehmen. Vielleicht können wir den Namen ändern und nach ... Iowa gehen.«
Mia sah zu Murphy auf, der ohne Erfolg versuchte, sein Grinsen zu unterdrücken, dann wandte sie sich wieder Jeremy zu. »Du siehst ziemlich viel fern, oder, Jeremy?«
»Ja, aber ich lese auch viel«, sagte er. »Okay, aber ich gucke meistens Fernsehen.« Dann begann sein Kinn zu zittern und machte seinen Versuch, cool zu sein, zunichte. »Aber

Sie müssen meine Mom schützen. Er tut ihr weh. Sie hat Angst.« Tränen traten in seine Augen. »Und sie weint die ganze Zeit. Bitte. Bitte passen Sie auf, dass er meiner Mom nichts mehr tun kann.« Er stand vor ihnen, so einsam und so tapfer, während die Tränen über sein sommersprossiges Gesicht liefen, dass Mia sich fest auf die Wange beißen musste, um nicht mit ihm zu weinen.

Aber Weinen entsprach nicht Jeremys hoher Erwartung von der Polizei. Dennoch zog sie ihn in die Arme und drückte ihn an sich. »Wir beschützen deine Mom, Jeremy. Mach dir keine Sorgen.«

Murphy hatte bereits sein Funkgerät in der Hand und forderte Verstärkung an.

Mia trat einen Schritt zurück und wischte Jeremy mit den Daumen die Wangen trocken. »Hast du Hunger?«

Er nickte, schniefend. »Wir haben gestern nicht mehr zu Abend gegessen.«

»Ich habe im Auto einen Burrito. Den können wir uns teilen, solange wir auf die Spurensicherung warten.«

Jeremy nickte wissend. »Sie sollen auch Metalldetektoren und Bodenradar mitbringen.«

Mias Lippen zuckten. »Ich geb's weiter.«

Samstag, 2. Dezember, 7.15 Uhr

Reed hielt am Ende der langen Reihe von Streifenwagen und CSU-Transportern. Bisher tat sich noch nichts, vermutlich warteten alle noch auf die richterliche Verfügung. Mia lehnte an ihrem momentanen Leihwagen. Er näherte sich ihr, ohne zu wissen, was er sagen sollte oder wie sie auf ihn reagieren würde.

Er wusste nicht einmal, was er fühlte. Oder wollte. Er hatte in der vergangenen Nacht nicht mehr geschlafen. Sie sah zu ihm herüber und lächelte freundlich, aber es war ein nichtssagendes Lächeln. »Lieutenant Solliday«, sagte sie. »Hier ist jemand, den du unbedingt kennenlernen solltest.«

Im Wagen saß ein kleiner Junge mit rotblondem Haar und Sommersprossen.

»Lieutenant, das ist Mr. Jeremy Lukowitch«, sagte Mia. »Jeremy, Lieutenant Solliday. Er ist Brandursachenermittler.«

Angst verdunkelte die Augen des Kindes. »Detective Mitchell hat mir gesagt, sie würde meine Mom beschützen.«

»Dann tut sie das auch. Sie ist eine hervorragende Polizistin.«

Mia schluckte, aber das Lächeln blieb. »Jeremy, du bleibst hier in meinem Auto im Warmen, okay? Ich weiß, dass du nichts anrühren wirst.«

»Bestimmt nicht.«

Sie setzte sich in Bewegung, blieb aber plötzlich stehen und steckte den Kopf zurück in den Wagen. »Jeremy, wir können nicht rein, bis wir den Durchsuchungsbefehl haben, aber meinst du, dass deine Mutter rauskommen würde?«

»Sie schläft wahrscheinlich noch. Manchmal nimmt sie Schlafmittel.«

Mia nickte. »Okay. Ich bin gleich zurück.« Sie entfernte sich vom Wagen, die Miene nun grimmig. »Hast du Ahnung von Erster Hilfe, Reed?«

»Ja. Glaubst du, sie hat eine Überdosis eingenommen?«

Mia rannte nun auf das Haus zu, wo Jack Unger bereits ungeduldig auf seinen Einsatz wartete. »Vielleicht nicht absichtlich. Aber sie kennt White. Er hat bei ihr gewohnt. Er wird sie kaum leben lassen.«

»Können wir endlich?«, fragte Jack.

»Noch nicht. Aber ich denke, die Mutter des Jungen hat Tabletten geschluckt. Wir gehen rein.« Sie warf sich mit der Schulter gegen die Hintertür, die in den Angeln knirschte, und Mia verzog das Gesicht. »Verdammt. Das tat weh.«

»Ach was«, sagte Reed trocken. »Geh zur Seite.« Er trat gegen das Schloss, und die Tür gab splitternd nach. Beide zogen ihre Waffen, und er trat nach ihr ein.

»Mrs. Lukowitch, hier ist die Polizei.« Sie rannte zum Schlafzimmer, wo eine Frau zusammengerollt auf dem Bett lag. »Ach, Scheiße. Ach, zum Teufel. Ich rieche Zyanid.« Sie steckte die Waffe weg und fühlte nach dem Puls. Dann trat sie zurück. »Sie ist tot, Reed. Die Totenstarre setzt schon ein.«

Reed seufzte. »Elf.«

»Du hattest recht. Es sind nicht Leichen, die er zählt.« Sie schloss die Augen. »Und wie sage ich jetzt dem Kleinen, dass seine Mutter tot ist?«

»Wir machen es zusammen.«

Sie nickte. »Gut. Dann los.«

Samstag, 2. Dezember, 8.10 Uhr

Mia und Reed stellten sich vor den Jungen, damit er nicht sah, wie die Gerichtsmedizin die Bahre mit seiner Mutter im Leichensack abtransportierte. Aber der Junge sah ohnehin nicht in diese Richtung. Er blickte stur geradeaus. Mia ging neben ihm in die Hocke. »Jeremy, Schätzchen, ich muss jetzt in euer Haus gehen.«

»Was wird jetzt aus mir?«, fragte er so leise, dass sie sich vorbeugen musste, um ihn zu verstehen. »Meine Mom ist tot. Mein Dad ist weg. Wer kümmert sich jetzt um mich?«

Ich, wollte Mia sagen, tat es aber nicht. Dies war ein Kind, keine Katze. »Ich habe jemanden angerufen. Du wirst vorübergehend in eine Familie kommen, bis wir wissen, wo du am besten aufgehoben bist.«

»Ein Pflegeheim«, sagte er tonlos. »So was habe ich schon im Fernsehen gesehen. Da geht's einem schlecht.«

Reed warf ihr einen Blick zu, und sie trat zurück. Er hockte sich vor Jeremy nieder. »Hör mal, mein Junge, ich weiß, was man so im Fernsehen sieht. Aber du musst wissen, dass die da nur die schlimmen Familien zeigen, und die sind ganz selten.« Der Junge glaubte ihm nicht, also versuchte er es anders. »Jeremy, du bist doch ein kluges Kind, oder? Was denkst du, wie viele Flugzeuge täglich über Amerika fliegen?«

Jeremy wandte ihm das Gesicht zu. »Tausende.«

»Genau. Und manchmal hört man in den Nachrichten, dass eins abgestürzt ist. Aber nicht oft. Man hört trotzdem immer nur von den ein, zwei schlimmen Flügen, die es nicht schaffen, aber nie von den zigtausend Flugzeugen, die täglich sicher und problemlos die Leute zu ihren Zielen fliegen. Genauso ist es mit den Pflegeheimen. Es gibt schlechte, aber die sind ganz selten. Nur hört man nur von diesen. Ich bin selbst in einer Pflegefamilie aufgewachsen, ich muss es wissen.«

Jeremys Schultern fielen herab. »Okay.« Er sah zu Mia auf. »Können Sie mich dann bitte besuchen kommen?«

Ihr Herz zog sich heftig zusammen. »Und ob ich das tue. Aber jetzt müssen wir an die Arbeit, Jeremy. Du bleibst bitte hier und gehst nicht weg – und wenn, dann nur in Begleitung von mir, Lieutenant Solliday oder einem dieser Männer.«

Sein Blick war viel zu erwachsen für seine sieben Jahre. »Ich bin ja nicht blöd, Detective Mitchell.«

Sie wuschelte ihm durchs Haar. »Das weiß ich.«
Murphy winkte ihnen. »Hab den Befehl.«
»Großartig, was du zu ihm gesagt hast«, murmelte sie, als sie neben Reed herging. »Danke.«
»Mia …«
»Nicht jetzt. Das kann ich jetzt nicht.« Sie legte an Tempo zu und ließ ihn stehen. Verwirrt und hin- und hergerissen fiel er in Laufschritt, um sie einzuholen und um zu sehen, welche Schätze Jack wohl heben würde.

Samstag, 2. Dezember, 10.30 Uhr

Es war ein schöner Tag zum Leben. Langsam, aber sicher entwickelten sich die Dinge so, wie sie sollten. Grund genug zum Fröhlichsein. Er grinste über die albernen Phrasen, die durch seinen Verstand zogen. Er hatte sich von Tyler verabschiedet, als dieser noch lebte und schon brannte. Ausgesprochen befriedigend. Beinahe hätte er sich sofort auf den Weg nach Santa Fe gemacht, aber der Adrenalinrausch war schnell abgeebbt. Erschöpft hatte er ein billiges Motel gefunden und erst einmal geschlafen. Aber als er erwacht war, war er wieder sehr klar im Kopf gewesen. Er würde über kleinere Straßen nach Santa Fe fahren. Und wenn er dort war und alles erledigt hatte, war Mexiko bestens geeignet, um sich eine Weile zu verstecken. Ja, er musste untertauchen, sich wie eine Memme verstecken. Weil Mitchell sein Foto überall verteilt hatte.
Erneut kochte Zorn auf diese Frau in ihm hoch, aber er drängte ihn zurück. Er hatte bereits versucht, sie zu erledigen. Er sollte von Laura Dougherty lernen. Hör auf dein Schicksal. *Lass es gut sein*.
Er brachte sich wieder unter Kontrolle und konzentrierte

sich auf das, was er sich nach dem Aufwachen im Motel überlegt hatte. Ja, er würde untertauchen müssen und nie wieder nach Chicago zurückkehren können, das war ihm klar geworden. Er würde sich irgendwo im Süden niederlassen, wo es warm war. Aber er musste seine Sachen holen. Seine Erinnerungen. Es hatte ihn ein paar Stunden Zeit gekostet, wieder herzukommen, aber was bedeuteten schon ein paar Stunden, wenn man zehn Jahre gewartet hatte? Seine Erinnerungen waren wichtig.

Also war er nun wieder hier, in Chicago. Näherte sich dem Haus, in dem er gewohnt hatte. Purer Instinkt ließ ihn vorher anhalten. Und dann sah er die vielen Polizeiwagen, die Vans, die Männer mit den Schaufeln. An seinem Haus. Mitchell hatte sein Haus gefunden. Hatte ihm seine Sachen weggenommen. Eiskalte Wut überkam ihn, als er den Wagen wendete. Zur Hölle mit dem Schicksal. Die Frau musste bezahlen. Zweimal war sie in dieser Woche einer Kugel entgangen. Sie hatte Glück gehabt, die Schlampe. Aber nun war es mit ihrem Glück vorbei.

Samstag, 2. Dezember, 11.45 Uhr

Mia wiegte sich auf den Fersen vor und zurück, die Hände in die Hüften gestemmt. Der Tisch war mit Gegenständen bedeckt, die sie aus dem Lukowitch-Garten ausgegraben hatten. Und sie hatten tatsächlich sowohl Röntgenscanner als auch Metalldetektor benötigt. Jeremy konnte stolz auf sich sein – sofern ihm das etwas nützte. »Bemerkenswert.« Spinnelli betrachtete einen Gegenstand nach dem anderen. »Caitlins Tasche, eine Kette von Penny Hill, vierzehn verschiedene Schlüsselbunde, Schuhe, noch mehr Halsketten … meine Güte.«

»Die Schlüssel hier gehören Dr. Thompson«, sagte Reed. »Das sind Brookes. Wir nehmen an, dass er sie ihr abgenommen hat, als sie ein Bier zu viel getrunken hatte. Das hier gehörte Tania aus dem Hotel, dies Niki Markov, die Vertreterin. Die anderen Sachen können wir bisher nicht zuordnen.«

»Zumindest können wir ihm nun eine Verbindung an den Morden der Burnette und Penny Hill nachweisen«, sagte Spinnelli zufrieden. »Ich will immer noch eindeutige Beweise, aber das ist schon weitaus besser als alles, was wir vorher hatten.«

»Atlantic City schickt jemanden, der sich die Sachen ansehen will«, sagte Aidan. »Die vergewaltigten Frauen haben ausgesagt, er habe ihre Schlüssel genommen – um ihnen klarzumachen, dass er jederzeit wiederkommen könnte.«

»Dreckschwein«, murmelte Reed.

»Ich denke, diese Empfindung teilen wir alle«, sagte Spinnelli. »Sam hat angerufen. Er konnte in Yvonne Lukowitchs Urin Valium und Zyanid nachweisen, aber nicht das Ambien, für das sie ein Rezept hatte.«

»Wir haben eine Quittung von einem Fotolabor gefunden. Daher hat er das Zyanid«, sagte Jack. »Man braucht es zur Filmentwicklung. Sam meint, sie hat wenigstens nichts gespürt.«

Sie seufzte. »Ich nehme an, dass es Jeremy, wenn er älter ist, wichtig sein wird, dass seine Mutter nicht Selbstmord begangen hat, aber im Moment ist es ihm wohl kein Trost. Er hat erzählt, dass sie White kennengelernt hat, als sie im vergangenen Juni im Park einen Kurs in Hundeerziehung geleitet hat. Seine Mutter muss wohl ziemlich begeistert gewesen sein. Er hat ihr Rosen und Wein geschenkt. Und nach nur drei Wochen ist er eingezogen.«

»Ziemlich schnell«, bemerkte Jack.

»Sie war einsam«, gab Mia zurück. »Sie hat eine Narbe vom Schlüsselbein bis zur Brust – von einem Messer verursacht. Jeremy hat gesagt, White hätte das in der ersten Nacht, die er bei ihnen gewohnt hat, getan. Er habe ihr gedroht, dass er ihr und Jeremy noch viel Schlimmeres antun würde, wenn sie ein Wort sagte. Die beiden lebten seit einem halben Jahr in Angst und Schrecken.«

»Und wir kennen noch immer nicht seinen Namen«, sagte Murphy verbittert.

Spinnelli sah auf. »Vielleicht habe ich etwas für Sie. Heute Morgen kam ein Anruf vom Abschleppdienst rein. Die haben einen Wagen gefunden, der am Donnerstag gestohlen gemeldet worden ist. Er stand in der Gegend, in der Murphy sich umgesehen hat. Unter dem Sitz lag ein Buch.«

Reed setzte sich auf. »Ein Mathebuch?«

Spinnellis Lächeln war raubtierhaft. »Algebra Eins. Es sollte gleich hier eintreffen. So, wie machen wir weiter?«

»Ich gehe noch Hinweisen nach, die durch das Foto in den Nachrichten eingegangen sind«, sagte Aidan. »Außerdem stehe ich mit dem Atlantic City PD in Verbindung. Ich habe das Foto auch nach Detroit geschickt, aber bisher noch nichts gehört.«

»Gut. Mia?«

»Wir haben inzwischen eine Liste mit den Namen der Kinder, die Penny Hill bei den älteren Doughertys untergebracht hat. Bei neun Namen fehlen die aktuellen Adressen, bei den bekannten sind noch einige Alibis zu überprüfen.«

»Okay«, sagte Spinnelli. »Haben wir irgendetwas von den zwei Jungen aus dem Hope Center erfahren?«

»Miles hat mit ihnen gesprochen«, sagte Mia. »Als Thad gehört hat, dass Jeff tot ist, hat er zugegeben, dass dieser ihn belästigt hat. Genauer gesagt, waren es Jeff und Regis, während Manny an der Tür aufgepasst hat. Sie haben ihm gedroht, ihn wie ein Schwein abzuschlachten, wenn er etwas sagte. Also hat er den Mund gehalten. Regis Hunt wird in ein Untersuchungsgefängnis verlegt, Thad kommt in eine andere Jugendstrafanstalt. Aber Bixby wird noch immer vermisst.«

»Er ist jedenfalls nicht zu Hause, weder tot noch lebendig«, sagte Spinnelli. »Wir lassen nach seinem Wagen fahnden.«

»Und es sieht nicht so aus, als wären seine Schlüssel hier bei den Andenken unseres Mörders«, fügte Reed hinzu.

»Also könnte er am Leben sein und sich verstecken, oder er ist tot und irgendwo verscharrt. Noch etwas?«

»Nur etwas, das Jeremy gesagt hat«, überlegte Mia laut. »Weißt du noch, Murphy? Er hat uns erzählt, dass White am Freitag schon etwas im Garten vergraben hat – am Tag nach Thanksgiving. Wenn er da auch jemanden ermordet hat, wissen wir bisher nichts davon.«

Es klopfte an der Tür, und ein Officer steckte den Kopf hinein. »Lieutenant Spinnelli? Ich soll hier ein Beweisstück aus einem abgeschleppten Auto abliefern.«

»Danke. Hoffentlich bringt es uns weiter.« Spinnelli reichte Mia das Buch, sobald der Mann wieder fort war. »Ihnen gebührt die Ehre, Mia.«

Mia zog Handschuhe an und holte das Buch aus der Plastiktüte. »Ein Mathebuch. Und darin …« Sie sah auf. »Ausgeschnittene Zeitungsartikel. Hill und Burnette.« Sie verzog das Gesicht. »Und ich. Hier ist einer über die Sache mit DuPree, hier der mit meiner Adresse, vielen Dank auch, Carmichael, und hier … aber hallo!« Sie grinste. »Ein Ausschnitt aus der *Gazette* aus Springdale, Indiana. *Zwei Tote bei Brand in der Thanksgiving-Nacht.* Datiert einen Tag nach Thanksgiving.«

»Und danach hat White zum ersten Mal etwas im Garten vergraben, wie Jeremy erzählt hat«, murmelte Murphy. »Wen hat er umgebracht?«
Mia überflog den Artikel, und ihr Herzschlag beschleunigte sich. »Eines der Opfer hieß Mary Kates. Kates ist einer der Namen auf der Liste des Sozialamts.« Hastig ging sie ihre Unterlagen durch. »Es kommt noch besser. Hier stehen noch zwei Namen. Andrew und Shane Kates. Brüder. Andrew könnte im richtigen Alter sein.«
»Wunderbar.« Spinnelli begann, auf und ab zu gehen. »Wir können also annehmen, dass wir endlich seinen Namen haben. Aber jetzt müssen wir herausfinden, wo er ist oder wo er das nächste Mal zuschlagen wird. Sie vier übernehmen das. Ich rufe den Captain an und sage ihm, dass wir endlich Fortschritte machen.«
Mia spürte frische Energie durch ihren Körper strömen. Sie betrachtete die Fundstücke auf dem Tisch. »Andrew Kates, du Mistkerl, deine Tage sind gezählt.«

Samstag, 2. Dezember, 17.15 Uhr

Er schwitzte unter der Perücke. »Wie hoch ist die Miete?« Es war eine leere Wohnung in Mitchells Wohnhaus. Die Hausmeisterin hielt den Schlüssel in der Hand. Er wartete nur auf den richtigen Augenblick, um sich die Information zu verschaffen, die er brauchte. Wenn sie sie ihm nicht sagen würde, würde er ihr den Schlüssel abnehmen und selbst auf die Suche nach Mitchells Wohnung gehen.
»Achthundertfünfzig«, sagte die alte Frau. »Zahlbar zum ersten des Monats.«
Er sah bedächtig in die Schränke. »Und ist die Gegend einigermaßen sicher?«

»Absolut.«
Nichts weiter als zwei Schießereien auf offener Straße in einer einzigen Woche. Haha. »Ich habe in der Zeitung über diese Polizistin gelesen.«
»Ach ja. Sie ist ausgezogen. Jetzt wird es hier noch ruhiger.«
Zorn und Panik stiegen in ihm auf. Aber wahrscheinlich log sie schon wieder. »Na, das ging ja schnell.«
»Die Umzugsleute sind noch nicht gekommen, aber sie wohnt trotzdem nicht mehr hier. Also machen Sie sich keine Sorgen.«
Aber er machte sich jede Menge Sorgen. Er wollte Mitchell. Er musste in ihre Wohnung gelangen, bevor sie ihre Sachen abholen ließ. Irgendwo würde gewiss ein Hinweis zu finden sein, wohin sie ziehen wollte. Er überlegte, ob er die Alte auf der Stelle erschießen sollte, aber die neue Pistole war laut. Tyler hatte eine ganz stattliche Sammlung gehabt, und am liebsten hätte er alle mitgenommen, aber es war besser, mit leichtem Gepäck unterwegs zu sein, so dass er nur zwei eingesteckt hatte. Eine .38 und eine .44, die beide so viel Krach machten, dass sofort eine Menge Leute herbeigestürmt wären. Also musste er es auf die bewährte Art tun. Er holte seine Rohrzange unter der Jacke hervor und zog sie der alten Frau über den Schädel. Sie sackte zusammen, und ihr Blut sickerte in den Teppich. Schnell fesselte und knebelte er sie und steckte sie in den Schrank.
Es dauerte nicht lange, bis er Mitchells Wohnung gefunden hatte. Die Frau hatte einen Raumausstatter nötig. Methodisch durchwühlte er Schränke und Regale. Im Kühlschrank lagen Fertiggerichte, im Küchenschrank Pop-Tarts. Offenbar hatte sie einen Ernährungsberater noch dringender nötig.

Ihr Schlafzimmer war ein einziges Chaos aus Decken und abgelegten Kleidungsstücken. Interessanterweise stand auf dem Nachttisch eine Schachtel Kondome. Geöffnet. Im Kleiderschrank herrschte ein solches Durcheinander, dass man unmöglich sagen konnte, ob sie etwas mitgenommen hatte oder nicht. Frustriert kehrte er ins Wohnzimmer zurück und entdeckte einen Stapel Post auf einem kleinen Tischchen. Hastig ging er die Briefe durch. Das Einzige, was als persönlich bezeichnet werden konnte, war eine Postkarte mit einem Krebs auf der Vorderseite. »Liebe Mia, schade, dass du nicht bei uns bist. Du fehlst mir. Alles Liebe, Dana.« Dana? Eine Freundin, bei der Mitchell vielleicht wohnen könnte?

Er öffnete die Schublade im Tischchen und zog mit einem Grinsen ein Fotoalbum hervor. Volltreffer. Er schlug es auf und seufzte. Mitchell war in Bezug auf Erinnerungen nicht ordentlicher als bei allem anderen. Keines der Bilder steckte in der Klarsichthülle. Sie lagen einfach darin, als hätte sie sie dort reingesteckt mit der Absicht, irgendwann einmal Ordnung ins Album zu bringen. Wie hatte sie es bloß geschafft, in ihrem Beruf so weit zu kommen?

Ganz oben auf dem Stapel lag eine Todesanzeige, die aus einer Zeitung herausgerissen worden war. Er musste beinahe gegen den Drang ankämpfen, die Kanten gerade zu schneiden, als er zu lesen begann. Ihr Vater war vor vier Wochen gestorben. Interessant. Die Mutter hatte ihn überlebt. Noch interessanter. Mitchell würde gewiss zu Hilfe eilen, sobald ihre Mutter in Gefahr war.

Er ging die Fotos durch. Viele Schulbilder. Ein Hochzeitsfoto. Mitchell in Rosa neben einer großen Rothaarigen in weißer Spitze. Auf der Rückseite stand: »Mia und Dana.« Bingo. Aber Dana wer? Und wo sollte er sie finden? Frage und du bekommst Antwort. Unter dem Hochzeitsfoto lag eine Einladung. *Dana Danielle Dupinsky und Ethan Walton Buchanan laden ein …*

Die Karte war noch mit allem versehen. Mia war Brautjungfer gewesen, sie hatte kein U.A.w.g. zurückschicken müssen. Er steckte die Karte und die Todesanzeige ein. Dana Dupinsky wohnte eine gute halbe Stunde Fahrt von hier. Er sollte sich besser beeilen.

Samstag, 2. Dezember, 18.45 Uhr

»Ich warte«, sagte Spinnelli am Kopf des Tischs. Sie hatten sich erneut versammelt, Reed und Mia, Murphy und Aidan und auch Miles Westphalen. »Was haben wir?«

Der Tisch war wieder übersät, diesmal jedoch mit Papieren. Nach über sieben Stunden Telefonaten, Faxen und E-Mails hatten sie ein großes Stück von Andrew Kates' Vergangenheit rekonstruieren können. Reed war voller Energie. Sie kamen ihm immer näher.

»Wir wissen jetzt, wo Andrew Kates gewesen ist«, begann er, »wohin er vermutlich will und, am wichtigsten, warum zehn seine magische Zahl ist.«

Mia schob ihre Notizen zusammen. »Andrew und Shane Kates sind von Gloria Kates geboren worden. Aidan hat Andrew im Jugendstrafsystem von Michigan gefunden und von den Behörden Kopien der Geburtsurkunden bekommen. Andrew ist vier Jahre älter und war wegen Autodiebstahls in Jugendhaft. Damals war er gerade zwölf. Niemand kann sich dort an ihn erinnern, aber es ist ja auch schon zehn Jahre her.«

»Zählt er deswegen bis zehn?«, fragte Westphalen, aber Mia schüttelte den Kopf.

»Haben Sie etwas Geduld, Miles. Wir haben hierfür sieben Stunden gebraucht. Zehn Minuten müssen Sie noch zuhören.«

»Verzeihung«, brummelte Westphalen derart zurechtgewiesen, und Reed musste ein Lächeln unterdrücken.

»Jedenfalls habe ich mit der Leiterin der dortigen Jugendstrafanstalt gesprochen«, fuhr Mia fort. »Sie hat sich nicht erinnert, aber in seiner Akte nachgesehen. Er war ein absolut beispielhafter Insasse. Hat damals behauptet, seine Mutter habe ihn gezwungen, den Wagen zu stehlen, damit sie ihn gegen Drogen eintauschen konnte. Gloria Kates hat ein ellenlanges Vorstrafenregister wegen Drogenbesitzes, also könnte das durchaus der Wahrheit entsprechen.«

»Er ist wieder freigekommen«, sagte Spinnelli.

»Ja«, nahm Reed den Faden auf. »Als Andrew auf frischer Tat ertappt wurde, verschwand Gloria aus der Stadt und überließ es ihm, die Sache auszubaden.«

»Was seine Feindseligkeit Frauen gegenüber erklären könnte«, sagte Westphalen. »Warum ist er ihr nicht gefolgt?«

»Weil sie tot ist«, antwortete Reed. »Überdosis Heroin, nur wenige Monate später.«

»Also muss er sich Ersatz suchen«, überlegte Westphalen. »Interessant.«

»Es wird noch besser«, versprach Reed. »Als Gloria verschwand, kam Andrew in eine Anstalt, während das Sozialamt in Detroit Shane bei seiner Tante mütterlicherseits, Mary Kates, in Springdale unterbrachte.«

»Das Feuer vom vorherigen Freitag«, murmelte Spinnelli.

»Ja«, sagte Reed. »Ich habe bereits mit dem Sheriff und dem Chef der Feuerwehr gesprochen. Die Feuerwehr hat Gasflaschen im Garten gefunden, aber keine Eier oder

Hinweise auf einen festen Brandbeschleuniger. Gas und Streichhölzer, keine Fingerabdrücke, kein gar nichts. Die Tante und ihr Lebensgefährte, Carl Gibson, wurden tot in ihrem Schlafzimmer gefunden. In der Nähe des Fensters. Beiden waren die Beine gebrochen worden, so dass sie nicht weglaufen konnten.«

»Dasselbe wie bei den Vergewaltigungsopfern in Atlantic City«, sagte Aidan.

»Und bei einigen von unseren Opfern«, stimmte Reed zu. »Keiner in Springdale war traurig oder überrascht, dass es passiert ist, und die Beamten dort haben ziemliche Schwierigkeiten, an vernünftige Informationen zu kommen. Gibson hatte eine Vergangenheit als Kinderschänder. Er war auf Bewährung frei.«

Westphalen nickte. »Ah. Jetzt kommen wir der Sache näher.«

»Wann ist Gibson inhaftiert worden?«, wollte Spinnelli wissen.

»Ich habe mich erkundigt«, sagte Murphy. »Als das Sozialamt Shane dort unterbrachte, lag gegen Gibson noch nichts vor. Tatsächlich kam es erst wegen Shane Kates zur Anklage. Das Verfahren wurde eingestellt, aber später konnte man ihn wegen sexueller Belästigung an zwei anderen Kinder festnageln.«

»Das ist der Auslöser«, sagte Westphalen. »Gibson belästigt Andrews Bruder, und fast zehn Jahre später wird dieser Junge im Hope Center, Thad, missbraucht. In derselben Nacht sterben Gibson und Andrew Kates' Tante. Allerdings erstaunt es mich, dass man einen solchen Zorn zehn Jahre lang zurückhalten kann.«

»Weil Sie der Geschichte schon wieder vorgreifen«, sagte Mia. »Nun haben Sie doch ein bisschen Geduld, Miles.«

Westphalen verzog das Gesicht. »Ups. Entschuldigung. Fahren Sie fort.«

Reed nickte. »Okay. Shane wurde also in dem Jahr, in dem er dort untergebracht war, von Gibson sexuell belästigt. Wahrscheinlich nicht nur einmal. Gibson ist ein widerliches, krankes Stück Dreck.«

»War«, berichtigte Mia. »Nun ist er ein totes, krankes Stück Dreck.«

»War«, wiederholte Reed. »Shane muss ungefähr sieben oder acht gewesen sein.«

»Im selben Alter wie Jeremy Lukowitch jetzt«, bemerkte Murphy, und Mia nickte besorgt.

»Ich weiß nicht genau, was ich damit anstellen soll. Vielleicht hat er dem Jungen deshalb nichts getan, sondern nur der Mutter. Entschuldige, Reed, sprich weiter.«

»Andrew war ein Jahr lang in der Haftanstalt. Als er herauskam, wurde er zu seiner Tante gebracht, schnappte sich aber sofort Shane und lief weg. Ein paar Tage später sammelte die Polizei von Indiana sie auf, aber Andrew erzählte ihnen, was Gibson seinem Bruder angetan hatte, und da die Tante das Sorgerecht für beide Jungen besaß, beschloss man, sie lieber in Pflegefamilien unterzubringen, als sie wieder nach Detroit zu schicken. Gibson musste sich vor Gericht verantworten.«

»Es war aber schwierig, die zwei Jungen zusammen unterzubringen«, fuhr Mia fort, »vor allem, da einer von beiden bereits eine Jugendstrafe abgesessen hatte, also schickte man den Fall an das Jugendamt von Chicago, wo weit mehr Familien zur Verfügung standen. Penny Hill war die zuständige Sachbearbeiterin. Sie wählte Laura Dougherty aus, die schon einen guten Ruf hatte, was den Umgang mit schwierigen Kindern betraf. Und sie willigte ein, beide aufzunehmen.«

»Was hat Laura Dougherty getan, dass Kates sie dreimal umzubringen versucht hat?«

»Das herauszufinden hat einiges an Arbeit erfordert«, sagte Mia. »Die Leiterin des Amts wusste es nicht, und Penny Hill hat es nicht in ihrer Akte vermerkt. Ich bin aber noch einmal hingefahren, um mit Mrs. Blennard, ihrer alten Freundin, zu reden. Sie erinnerte sich an Shane. Er war ein hübscher Junge, blond, blauäugig. Irgendwann überlegte Laura wohl, die beiden zu adoptieren, aber dann fing Shane an, einen der kleineren Jungen zu belästigen. Der war gerade fünf.« Sie seufzte resigniert. »Er hat ihn angefasst.«

»Der Missbrauchte wird zum Täter«, sagte Miles und hielt die Hand hoch, als Reed die Stirn runzelte. »Das kommt vor, Reed. Wie Sie es auch erklären möchten, es kommt vor.«

»Nun, bei Shane ist es jedenfalls vorgekommen«, warf Mia ein, bevor die beiden sich zu streiten begannen. »Als Laura Penny Hill zum Gespräch bat, bestritt Shane alles und gab die Schuld dem Jüngeren, aber Mrs. Dougherty glaubte ihm nicht.«

»Wer hat also letztlich die Jungen hinausgeworfen?«, fragte Westphalen.

»Mrs. Blennard meinte, Andrew hätte Laura angefleht, sie nicht wegzuschicken, und sie ließ sich erweichen. Penny brachte sie zu einem Psychotherapeuten, aber dann tat Shane es wieder, und dieses Mal erwischte Laura ihn in flagranti. Die Jungen mussten gehen.«

»Und wohin kamen sie dann?«, fragte Spinnelli.

»Natürlich wurde es immer schwerer, sie zusammen unterzubringen, aber Penny Hill versuchte es. Schließlich fand sie eine Familie auf dem Land, wirklich sehr bäuerlich. Sie dachte, es würde den Jungen guttun – viel frische Luft,

Arbeit und so weiter.« Mia zuckte die Achseln. »Und Kühe. Die Farm gehörte Bill und Bitsey Young. Sie hatten selbst zwei Söhne im Highschool-Alter, also etwas älter als die beiden Kates-Brüder.«

»Und ab hier wird es ziemlich schwierig«, sagte Reed. »Wir haben viele Fragen beantwortet, aber durch unsere Nachforschungen steht das Sozialamt nun vor einem echten Problem. Alle diese Informationen stammen aus Andrews Akten. Shanes sind nicht aufzufinden.«

Spinnelli riss die Augen auf. »Sie haben die Akten verloren?«

»So sieht es aus«, sagte Mia. »Die Jungen kamen vor ungefähr zehn Jahren zu den Youngs, aber im folgenden Jahr wurden keinerlei Einträge in Andrews Akte gemacht. Weder von Penny Hill noch sonst jemandem. Sie sind sozusagen im Stich gelassen worden.«

»Wieder von einer Frau«, fügte Reed hinzu.

»Hat Penny Hill sie etwa vergessen?« Westphalen zog eine graue Braue hoch. »Das klingt nicht nach einer Frau, die als überaus engagiert und gewissenhaft beschrieben wird.«

»Nein, das ist richtig.« Mia sah ihn stirnrunzelnd an. »Pennys Tochter erzählte, ihre Mutter habe sich immer Sorgen gemacht, dass ihr etwas entging, dass einem der Kinder etwas zustoßen könnte. Mag sein, dass das grundlose Ängste waren. Jedenfalls stammt der nächste Eintrag erst wieder aus dem Jahr darauf, als Andrew in eine andere Pflegefamilie transferiert wurde. Er wird darin als stilles, zurückgezogenes Kind beschrieben. Gut in der Schule.« Sie zog eine Braue hoch. »Besonders gut in Mathe. Aber über Shane tauchte nichts mehr in den Akten des Sozialamts auf.«

»Wir wissen nicht, was in dem Haus der Youngs passiert ist.« Reed holte ein Foto aus seinem Ordner. »Aber wir wissen, dass das Haus schließlich so aussah.«

»Bis auf die Grundmauern abgebrannt«, murmelte Westphalen. »Wann passierte das?«

»Nachdem die Jungen beinahe ein Jahr dort waren«, antwortete Mia.

Murphy beugte sich über den Tisch und nahm das Foto zur Hand. »Wie haben Sie das gefunden?«

»Das habe ich bei den Versicherungsunterlagen entdeckt.« Reed zuckte die Achseln. »Ich hatte so eine Ahnung.«

Mia schüttelte den Kopf. »Mehr als nur eine Ahnung. Shane Kates' Sterbeurkunde befand sich in der Datenbank des County. Todesursache Lungenversagen.«

»Durch den Brand«, sagte Aidan.

Mia nickte. »Genau. Reed überprüfte das Sterbedatum in seiner Versicherungsdatenbank, dann sah er bei den Youngs nach und fand heraus, dass sie eine Woche danach den Hausbrand bei der Versicherung gemeldet haben.«

»Dieses Foto stammt von der örtlichen Feuerwehr«, sagte Reed. »Sie versuchen die Leute, die damals dabei waren, zusammenzutrommeln, so dass wir sie befragen können, aber es ist ja schon fast neun Jahre her.«

»Also können wir davon ausgehen, dass Andrew das Feuer legte und sein Bruder dabei starb«, sagte Westphalen.

Mia nickte wieder. »Der Bruder, den er doch so unbedingt beschützen wollte.«

Westphalens Augen verengten sich nachdenklich. »Wenn das kein Kindheitstrauma ist.«

»Eines, das man vielleicht beinahe zehn Jahre zu verdrängen versucht?«, fragte Mia.

»Möglich. Eine Zwangspersönlichkeit kann so etwas immer wieder durchleben oder es vollkommen leugnen.«

Spinnellis Stirn legte sich in Falten. »Aber mir fehlt da noch etwas. Was hat es nun mit der magischen Zahl auf sich?«

»Oh, die Frage erscheint beinahe einfach zu beantworten.« Mia schob zwei Faxseiten nebeneinander über den Tisch. »Shanes Geburtsurkunde aus Michigan und die Sterbeurkunde aus Illinois. Ich habe das Todesdatum beim ersten Mal im Computer übersehen, weil es beinahe identisch mit seinem Geburtsdatum ist. Nur eine Zahl ist anders.«

»Shane Kates ist an seinem zehnten Geburtstag gestorben«, murmelte Westphalen.

»Bei einem Brand«, ergänzte Reed.

Mia seufzte. »Zähl bis zehn und fahr zur Hölle.«

»Und was nun?«, wollte Spinnelli wissen.

»Jetzt suchen wir die Youngs und die Söhne«, sagte Reed. »Er hat bisher alles nach einer Art logischen Reihenfolge gemacht. Es liegt nahe, dass die Youngs die Nächsten sind.«

Spinnelli nickte. »Dann will ich sie gleich morgen früh in … wo war das noch gleich, Mia?«

»Die Youngs wohnten in Lido, Illinois.«

»Dann fahren Sie dorthin. Murphy und Aidan, Sie haben Rufbereitschaft. Das war's, Leute.«

22. Kapitel

Samstag, 2. Dezember, 19.25 Uhr

Mia suchte im Internet nach den Youngs, als Reed sich an ihren Tisch lehnte, und näher stand, als gut für sie war. Nun, sie würde ganz der Profi bleiben. »Das Meeting war sehr erfolgreich.«

»Ja. So langsam zeichnet sich ein Bild ab. Wir müssten ihn bald haben.«

»Fahr du ruhig nach Hause zu Beth. Ich habe noch ein wenig zu tun.«

»Du warst heute nicht auf Wohnungssuche.« Seine Stimme klang wie ein Schnurren.

Sie biss die Zähne zusammen, als ihre Haut zu prickeln begann. »Nein, aber ich habe meine Tasche im Kofferraum. Ich übernachte heute bei Dana. Percy hat genug zu fressen bis morgen. Dann hole ich ihn ab.«

»Bleib noch eine Nacht in Laurens Wohnung, Mia. Ich belästige dich auch nicht, versprochen.«

Aus dem Augenwinkel sah sie Murphy an seinem Tisch sitzen und sie auf seine ganz eigene, ruhige Art beobachten. Sie blickte zu Reed auf. Sie hatte gedacht, dass sie inzwischen abgehärtet sei, aber jedes Mal, wenn sie ihn ansah, tat es weh. Und sie wünschte sich so sehr, dass sie nicht jedes Mal noch hoffte, er hätte vielleicht ihretwegen den Ring abgenommen.

Was genauso jämmerlich wie dämlich war. »Reed, hör auf damit. Das ist nicht fair.«

Er schien förmlich in sich zusammenzufallen. »Ruf mich bitte an, wenn du bei Dana angekommen bist. Damit ich weiß, dass alles okay ist.«

Sie wartete, bis er an seinen Tisch zurückgekehrt war, bevor sie sprach. »Und wenn du zu Hause bist, solltest du dich unbedingt mit deiner Tochter unterhalten.«

Er sah sie stirnrunzelnd an. »Wieso?«

Mia zögerte. »Sag ihr einfach, dass du sie liebst, okay?«

Er nickte, verunsichert. »Sicher.« Dann sammelte er seine Sachen zusammen und ging.

»Bist du sicher, dass ich ihm nicht die hübsche Visage polieren soll?«, fragte Murphy.

»Ja.« Sie wandte sich wieder ihrem Computer zu. »Ich suche jetzt die Youngs, rufe dann die Polizei vor Ort an und bitte sie, sie zu warnen. Mehr kann ich im Augenblick nicht tun.«

»Weißt du, Mia, dieser Junge heute. Jeremy. Du bist toll mit ihm umgegangen.«

Und Reed auch, dachte sie. *Wir sind ein gutes Team.* »Danke. Netter kleiner Kerl.«

»Ich wette, er ist im Augenblick vollkommen verschüchtert. Ich wette, ich könnte herausfinden, wohin man ihn gebracht hat.«

Sie dachte an Jeremy, an die Angst und die Einsamkeit, die er jetzt empfinden musste. »Ich habe mich schon erkundigt. Für den Fall, dass ich früher hätte Schluss machen können.«

Murphy kam zu ihr und schaltete ihren Computer ab. »Da, du hast früher Schluss. Ich suche nach den Youngs. Du gehst zu Jeremy und dann zu Dana. Ich rufe dich an, wenn ich etwas gefunden habe.«

»Danke, Murphy.« Ihr wurde die Kehle eng, als sie das Mitgefühl in seinem Blick sah. »Ich gehe dann jetzt.«

Als sie unten angekommen war, hatte sie sich wieder im Griff. Was gut war, da eine Frau mit blondem Zopf draußen vor dem Eingang wartete. »Möchten Sie noch etwas von mir, Carmichael?«, fragte Mia beißend. »Vielleicht eine Niere?«

»Ich weiß, wo Getts wohnt.«

Mia blieb stehen. »Ach, und wo?« *Und wie lange weißt du das schon?*

Carmichael gab ihr einen Zettel, auf dem sie eine Straße und eine Hausnummer notiert hatte. »Ich wollte nicht, dass Ihre Adresse in der Zeitung abgedruckt wird. Es tut mir sehr leid.«

Mia hätte ihr fast geglaubt, so überzeugend war diese Frau. Mia nahm den Zettel trotzdem entgegen. »Bleiben Sie mir bloß vom Leib, Carmichael. Und Sie sollten sich wünschen, niemals einen Polizisten zu brauchen.«

Carmichaels Augen verengten sich. »Ich meine das absolut ernst. Ich hatte keine Ahnung. Mitchell, Sie sind im Grunde mein Essenscoupon. Ich würde garantiert nicht riskieren, dass man Sie abschießt oder rauswirft.«

Nun war Mia an der Reihe, die Augen zu verengen. »Was soll das heißen? Wieso ›rauswirft‹?«

»Ich war in der Nacht, in der Brooke Adlers Haus abgebrannt ist, vor Ihrer Wohnung. Ich habe gesehen, dass Solliday Ihr Haus verlassen hat. Es wäre eine tolle Klatschgeschichte, aber wenn Sie auf die Straße gesetzt würden, wäre ich meine beste Quelle los. Ich habe Ihre Adresse wirklich nicht in den Artikel gesetzt. Das war der Redakteur. Er fand, dass es die Story aufpeppen würde. Und es tut mir wirklich leid.«

Mia war plötzlich zu müde, als dass es sie noch kümmerte. »Fein.« Als sie im Auto saß, rief sie Spinnelli an und gab ihm die Information über Getts durch. »Sollen Brooks und Howard ihm auf den Pelz rücken.«

»Und Sie verzichten auf das Vergnügen?«

Vor einer Woche war ihr das noch wichtiger als alles andere gewesen, aber jetzt ... »Ich glaube, ich brauche Urlaub.«

»Sie haben genug geschuftet. Nehmen Sie sich eine Auszeit, sobald die Sache hier ausgestanden ist. Fahren Sie an den Strand. Holen Sie sich eine gesunde Gesichtsfarbe.«

Sie lachte, obwohl ihr gar nicht danach war. »Da besteht bei mir so gar keine Hoffnung. Sagen Sie mir Bescheid, wenn Sie Getts haben, okay?« Sie hatte nun etwas Wichtiges zu tun.

Zwanzig Minuten später klopfte sie an die Tür des Pflegeheims, in dem Jeremy kurzfristig durch das Sozialamt untergebracht worden war. Er saß auf der Couch und sah fern.

»Er hat sich den ganzen Tag noch nicht wegbewegt«, sagte die Pflegemutter. »Armer Bursche.«

Mia setzte sich neben ihn. »Hey, du.«

Er sah sie an. »Haben Sie ihn erwischt?«

»Noch nicht.«

»Warum sind Sie dann hier?«

Er klang wie Roger Burnette. »Weil ich dich sehen wollte. Alles klar bei dir?«

Er nickte mit ernster Miene. Dann schüttelte er den Kopf.

»Ja, das war wohl auch eine blöde Frage. Ich versuch's noch mal. Was siehst du da?«

»Die Geschichte der Luftfahrt.«

Sie legte ihm einen Arm um die Schultern. »Gut.« Nach ein paar Minuten gab er seine verspannte Haltung auf und legte den Kopf an ihre Schulter. Und so blieb er sitzen, bis die Sendung vorbei war.

Samstag, 2. Dezember, 21.20 Uhr

Mia fuhr auf Danas Auffahrt. Sie kam viel später als geplant. Sie war länger bei Jeremy geblieben, als sie vorgehabt hatte, aber nach dieser Woche war es ein gutes Gefühl gewesen, mit einem kleinen Jungen zusammen zu sein, der ihre Gesellschaft genauso sehr brauchte, wie sie die seine.

Sie hatte schon die Hand auf dem Türknauf, als Dana und Ethan am Fenster in ihr Blickfeld traten. Dana lachte, und Ethan hatte die Hand auf ihren Bauch gelegt. Dann beugte er sich herab und sprach mit Danas Mitte, und plötzlich verstand Mia.

Zu ihrem eigenen Entsetzen empfand sie keine überschäumende Freude. Nur eine traurige Leere. Und Scham. Ihre beste Freundin war schwanger, und sie war zu sehr mit ihrem eigenen Gefühlsleben beschäftigt, um sich für sie zu freuen. *Wie egoistisch kann man eigentlich sein?* Heute Abend offensichtlich sehr. Wie ein Feigling wich sie zurück und hatte fast ihren Wagen erreicht, als die Tür aufging.

»Mia?« Dana stand fröstelnd auf der Veranda. »Komm schon rein, um Himmels willen.«

Mia schüttelte den Kopf. Schürzte die Lippen. Holte tief Luft und zwang sich zu einem Lächeln. »Mir ist gerade eingefallen, dass es schon spät ist. Ich hatte versprochen …« Aber die Lüge wollte ihr nicht über die Lippen kommen, und Dana schien plötzlich zu begreifen.

»Verzeih mir. Ich wollte es dir sagen.«

»Ich weiß.« Sie schluckte. »Ich komme morgen wieder, um mir alle Einzelheiten anzuhören.«

Dana nickte kläglich. »Wo schläfst du heute Nacht?«

»In Laurens Haus.« Wenn die Hölle gefriert. »Hey, habt ihr noch Platz für ein Kind?«

»Zufällig ja. Der Kleine, der zu uns kommen sollte, kann jetzt doch zu seiner Mom zurück.«
»Ich kenne einen Jungen, der eine gute Familie braucht. Seine Mutter ist gestern Nacht ermordet worden.«
Tränen füllten Danas Augen. »Blöde Hormone«, murmelte sie. »Wie heißt er?«
»Jeremy Lukowitch. Ein lieber Kerl.« Und einer, der mehr verdiente, als er bisher bekommen hatte. *Aber wollen wir nicht alle mehr?* »Ich muss jetzt los. Und du ruhst dich aus.« Sie grinste verlegen. »Koch schon mal Wasser ab.«

Er hatte in einer Seitenstraße parken müssen, damit man ihn nicht sah. Aber er hatte ein Fernglas, und so konnte er beobachten, wie Mitchell mit der Rothaarigen sprach, dann in ihren Wagen stieg und davonfuhr.
Er hatte nicht einmal besonders lange warten müssen. Auf dem Weg hierher hatte er beim Archiv haltgemacht und sich die Adresse ihrer Mutter besorgt. Und aus einer Laune heraus hatte er auch Sollidays nachgesehen. Früher oder später würde sie an der einen oder anderen Adresse auftauchen. Und wenn nichts gelang, dann würde er sich einfach vor das Dezernat stellen und lang genug warten. Aber wie das Schicksal so wollte, hatte er nichts davon tun müssen. Er hatte sie bereits bei dieser Dana gefunden. Er würde ihr nun folgen und irgendwann zuschlagen. Früher oder später musste auch sie einmal schlafen.
Sie hatten den Highway erreicht und plötzlich gab sie Gas, scherte vor einem Lastwagen ein. Bis er den Truck überholen konnte, war von ihr nichts mehr zu sehen. Sie hatte ihn abgehängt.
Verdammt. *Sie hat mich abgehängt*. Sein Zorn war eiskalt. Also gut. Dann musste sie eben zu ihm kommen.

Samstag, 2. Dezember, 22.00 Uhr

Man sagt, Elend liebt Gesellschaft, und es musste etwas Wahres dran sein, denn nachdem sie die Pest von Carmichael abgehängt hatte, fand sie sich auf dem Parkplatz der Feuerwache 172 wieder. Hoffentlich hatte David Hunter Dienst.

Er war in der Küche und kochte Chili. »Mann, wenn das kein Klischee ist«, sagte sie, und er wandte sich um und sah sie überrascht an.

»Aber auch gut.« Er zuckte die Achseln. »Willst du was?«

»Klar.« Sie setzte sich an den Küchentisch. »Riecht auf jeden Fall lecker.«

»Du wirst staunen, ich kann richtig gut kochen.« Er stellte eine Schüssel vor sie hin. »Habt ihr ihn?«

»Noch nicht.«

»Warum bist du dann hier?«

Mia verdrehte die Augen. »Ich schwöre, den Nächsten, der mir diese Frage stellt, zu erwürgen. Ich bin hier, weil ich sehen wollte, wie es dir geht. Nach dem Brand, in dem Brooke Adler und ihre Freundin umgekommen sind.«

Er setzte sich zu ihr. »Es geht schon. Ich nehme an, dass du regelmäßig Schlimmeres siehst.«

Sie überlegte einen Moment und schüttelte dann den Kopf. »Nein, ich denke nicht. Das war richtig übel. Und komm dir nicht dumm vor, falls du noch darüber reden musst.«

Er sagte nichts, und sie musterte sein schönes Gesicht und verglich ihn mit Reed. Wahrscheinlich war sie nicht ganz bei Sinnen, denn Reed gewann den Vergleich. Sie seufzte. »Ich wünschte, ich wollte dich, David.«

Nach der ersten Überraschung grinste er amüsiert. »Gebe ich gern zurück.«

»Du auch?«
Er lachte traurig. »Manchmal frage ich mich, warum man auf manche Personen steht und auf manche eben nicht so sehr. Na ja, und auf dich stehe ich eher nicht, Mia, es tut mir leid. Obwohl mindestens fünf Jungs von uns hier für ein Date mit dir morden würden. Das war natürlich nur so ein Ausdruck.«
»Natürlich.« Wenn sie Reed verarbeitet hatte, würde sie David bitten, sie mal einem dieser fünf Glückspilze vorzustellen. »Du bist noch immer nicht über sie hinweg, nicht wahr?« Über Dana, die er schon seit Jahren liebte und die absolut keine Ahnung hatte, wie sehr sie ihm wehgetan hatte.
Seine grauen Augen blickten abweisend. »Iss dein Chili, Mia.«
»Okay. Hör mal, auf meinen Wagen ist neulich geschossen worden. Die Polizei ersetzt das Fenster, aber eine Kugel hat die Motorhaube getroffen. Kannst du dir das einmal ansehen?«
Er sah sie entgeistert an. »Kugeln haben deinen kleinen Alfa attackiert?«
»Ja.« Sie grinste. »Ganz schön aufregend.«
Er warf den Kopf zurück und lachte, und einen Moment lang fragte sie sich, ob Dana und sie blind und dumm waren. »Typisch Mia.« Er wurde wieder ernst. »Also, was willst du hier?«
Sie hätte ihn auf Dana und das Baby vorbereiten müssen, denn so schwer es für sie war, für ihn würde es noch viel schlimmer sein. Aber heute Abend wollte sie ihm das nicht antun. »Ich kann heute nichts mit mir anfangen.«
Er sah sie prüfend an. »Okay. Wir haben oben einen Billardtisch.«

»Darf ich dann nachher an der Stange runterrutschen?«
Er grinste. »Na klar.«
»Dann schwing das Queue, Herzchen.«

Samstag, 2. Dezember, 22.50 Uhr

Lauren war bei irgendeiner Verabredung, und Beth hatte sich in ihr Zimmer zurückgezogen. Es war elf Uhr am Samstagabend, und er war allein. Er schloss die Augen und gestand sich ein, dass er nicht allein sein wollte. Er wollte mit Mia zusammen sein. Er wollte ihren hübschen Mund, ihre rauhen Kanten, ihre weichen Kurven. Gott, die Frau fühlte sich so gut an. Sie war …
Perfekt. Er schlug die Augen auf, starrte an die Wand und fragte sich, ob er blind und dumm gewesen war. Perfekt. Sie war nicht elegant, und ein gemeinsames Zuhause wäre durch Fertiggerichte und Bettzeug, das nicht zueinanderpasste, gekennzeichnet. Aber es würde ein Zuhause sein. Weil ihre Anwesenheit es dazu machte. Sie machte ihn …
Glücklich. Er betastete die Kette an seinem Hals. Er hatte sie tief verletzt. *Mia.*
Aber es war noch nicht zu spät. Bestimmt nicht. Er stand auf und begann, auf und ab zu gehen. Das würde er nicht zulassen.
Sein Computer piepte. Entweder hatte er eine E-Mail bekommen oder einen Treffer bei der Suche in der Datenbank gelandet, die er dreimal täglich durchlaufen ließ. Er setzte sich vor den Monitor und hielt den Atem an. Ein neuer Treffer für seine Suche nach dem Brandbeschleuniger. Die ersten Einträge stammten von ihm. Aber der fünfte war erst am Nachmittag gesendet worden. Von einem Tom Tennant aus Indianapolis.

Reed suchte die Nummer der Feuerwehr in Indianapolis. Zehn Minuten und drei Weiterleitungen später, kam er durch. »Tennant«, sagte eine tiefe, schläfrige Stimme.

»Tom Tennant? Mein Name ist Reed Solliday, vom OFI in Chicago. Sie haben heute Nachmittag einen Brand mit Feststoffbrandbeschleuniger und Gas in die Datenbank eingespeist.«

»Ja, habe ich. Höllisches Feuer. Hat den halben Block abgefackelt.« Im Hintergrund hörte ihn Reed tippen. Der Mann überprüfte ihn rasch.

»Sie werden in der Datenbank vier Einträge von mir finden. Die gehören zu einer Brandserie hier in Chicago. Wie war der Name des Hausbesitzers?«

»Sie wissen, dass ich Ihnen das so nicht sagen kann.«

Reed stieß ungeduldig den Atem aus. »Können Sie mir dann vielleicht bestätigen, dass der Nachname Young lautete?«

Ein Zögern. »Ja. Tyler Young.«

Einer der Söhne. »Hat er überlebt?«

Tennant zögerte wieder. »Ich muss Sie erst genau überprüfen. Geben Sie mir die Nummer Ihrer Marke.«

Reed ratterte sie herunter. »Beeilen Sie sich bitte. Und rufen Sie mich zurück.« Sie hatten einen der Youngs gefunden. Zu spät, wie es schien. Aber vielleicht kamen sie für die anderen drei noch rechtzeitig. Er begann, Mias Nummer einzutippen, brach dann aber ab. Er würde auf Tennants Rückruf warten, und dann –

Das aufgeregte Bellen des Hundes zerriss die Stille. Es klang, als sei Biggles draußen, aber er hatte Beth nicht herunterkommen hören, geschweige denn bemerkt, dass sie ihn herausgelassen hatte. Und dann setzte das Jaulen des Rauchmelders ein. Sein Puls jagte, während er die Treppe hinauflief und dabei die 911 eintippte. Beth war oben. Und in den Flur quoll bereits dichter Rauch.

»Feuer in der Morgan 356. Wiederhole, Feuer in der Morgan 356. Es sind noch Leute im Haus.«

»Sir, verlassen Sie sofort das Haus«, sagte die Vermittlung.

»Meine Tochter ist noch drin!«

»Sir …« Reed klappte das Telefon zu und riss den Feuerlöscher von der Wand. »Beth!« Er versuchte, die Tür zu öffnen, aber sie war verschlossen. Wahrscheinlich hatte sie den Kopfhörer auf und konnte ihn nicht hören. Er warf sich gegen die Tür, die splitternd aufsprang. Einen Moment lang starrte er nur entsetzt auf das Feuer, das an den Wänden leckte. Durch den dichten Rauch war so gut wie nichts zu erkennen. *»Beth!«* Er rannte zum Bett, zerrte die Decke weg und leerte den Feuerlöscher, aber sie war nicht da.

Sie war nicht da. *Wo ist sie?* Er rannte in den Flur, sah im Bad nach, im anderen Zimmer. Nichts! Er berührte den Knauf der Tür zu seinem Schlafzimmer und verbrannte sich die Hand.

Zurück zum Bad. Handtücher nass machen. Gesicht und Hände bedecken. Er hatte auf Autopilot geschaltet, als er seine Tür aufstieß. Die Hitze schleuderte ihn zurück, ließ ihn zu Boden gehen. Sein Bett bestand nur noch aus Flammen. Er ließ sich auf den Bauch fallen und versuchte, in den Raum zu kriechen. *Meine Tochter!* »Beth, ich bin hier. Sag was. Wo bist du?«

Aber in dem Brüllen der Flammen war selbst seine eigene Stimme kaum zu hören. Dann zerrten Hände an ihm, und er wehrte sich. »Nein. Meine Tochter ist da drin. Sie ist hier irgendwo.«

Die Feuerwehrleute in den Schutzanzügen zerrten ihn aus dem Raum. Masken bedeckten ihre Gesichter. Einer von ihnen zog die Maske aus. »Reed? Mein Gott, raus hier!«

Reed schüttelte ihn ab. »Meine Tochter!« Rauch drang in seine Lungen, und er sank auf die Knie und hustete, bis er überhaupt keine Luft mehr bekam.

»Wir finden sie. Sie müssen hier raus!« Einer der Männer schob ihn durch die Eingangstür, wo ein Rettungssanitäter ihn übernahm und festhielt. »Das ist Lieutenant Solliday. Seine Tochter ist noch drin. Lassen Sie ihn nicht wieder hinein!«

Reed riss sich von dem Sanitäter los, aber ein weiterer Hustenanfall brachte ihm zum Taumeln. Der Mann führte ihn hastig zum Krankenwagen und drückte ihm eine Sauerstoffmaske aufs Gesicht.

»Atmen Sie, Lieutenant. Und setzen Sie sich, Sir.«

»Beth.« Sein Körper hatte plötzlich keine Kraft mehr. Er starrte zum Haus hinauf, als die erste Scheibe zerbarst.

Der Rettungssanitäter verband bereits seine Hände. »Sie holen sie raus, Sir.«

Er schloss die Augen. *Beth ist noch drin. Sie ist schon tot. Sie schaffen es niemals rechtzeitig.*

Ich habe nicht einmal mein eigenes Kind retten können. Wie betäubt saß er da. Und wartete.

Samstag, 2. Dezember, 23.10 Uhr

Die Männer hatten sich um den Pooltisch geschart, und Mia war sicher, dass mindestens zwei von ihnen zu denen gehörten, die für ein Date mit ihr morden würden. Normalerweise hätte sie sich geschmeichelt gefühlt, aber wie sie Reed bereits gesagt hatte – Sex war nie ein Problem gewesen. Es war die Nähe. Aber der eine Mann, dem sie wirklich nah gewesen war, der Erste, dem sie ihr Innerstes dargeboten hatte, wollte sie nicht.

Nicht so jedenfalls, wie sie es wollte. Sie hatte keinen Zweifel daran, dass er sie in sexueller Hinsicht begehrte. Sie wusste sogar, dass er sie auch auf emotionaler Ebene begehren wollte. Aber er hatte Angst. Und das hatte sie auch. Und bevor sie diese Angst nicht loswerden konnte, würde sie abends allein nach Hause fahren und für die Kinder anderer Tante Mia spielen.

»Ich habe gewonnen.« Larry Fletcher legte sein Queue auf den Tisch.

»Weil Sie geschummelt haben«, grinste Mia. »Dennoch – hat Spaß gemacht. Ich muss jetzt aber los.« Wohin sie fahren sollte, wusste sie allerdings nicht. Die zwei Verehrer protestierten, doch plötzlich schwiegen alle, als ein Funkruf durchkam. Als klar wurde, dass der Ruf nicht der 172 galt, setzte das Geplauder wieder ein. Doch Mia hörte einen Satz, der ihr Herz zum Stillstand brachte. »Ruhe.«

»Das sind nicht wir, Mia«, sagte David, aber sie rannte bereits auf die Treppe zu.

»Aber es geht um Reeds Haus«, rief sie ihm über die Schulter zu.

Auch Larry hatte es gehört. »Ich komme mit Ihnen«, sagte er direkt hinter ihr.

Samstag, 2. Dezember, 23.25 Uhr

Mia rannte zum Krankenwagen. »Reed. Mein Gott.« Sein Gesicht war leblos bis auf die Tränen, die über seine verrußten Wangen strömten. Seine Hände waren dick verbunden, und eine Sauerstoffmaske baumelte an seinem Hals. Sie ließ sich auf die Knie fallen. »Reed?«

»Beth ist noch drin«, sagte er tonlos. »Ich konnte mein Mädchen nicht finden.«

Sie nahm eine bandagierte Hand in ihre. »Wo ist Lauren?«

»Weg. Nur ich und Beth waren da.«

»Reed, hör mir zu. Warst du in Beths Zimmer?«

Er nickte mechanisch. »Sie war nicht da.«

Biest, dachte Mia zornig. Vermutlich war Beth wieder heimlich aus dem Haus geschlichen. Ihr Vater trauerte um sie, während sie sich wahrscheinlich gerade prächtig amüsierte. »Larry, bleiben Sie bei ihm.« Sie ging ein paar Schritte zur Seite und nahm das Funkgerät. »Hier Mitchell, Morddezernat. Ich brauche einen Streifenwagen, der mit größtmöglicher Geschwindigkeit und Sirenen zum Rendezvous-Café fährt.« Sie gab die Adresse durch. »Sie sollen nach einer Liz Solliday suchen. Und zwar mit richtig viel Brimborium. Und wenn sie da ist, sollen sie ihr eine Höllenangst machen!«

»Okay. Verstehe, Detective Mitchell«, sagte die Vermittlung misstrauisch.

»Nein, tun Sie nicht. Das Haus brennt, und ihr Vater glaubt, sie ist noch drin.«

»Okay, ich schicke einen Wagen hin.« Mia wartete ungeduldig, während sie Reed beobachtete, der sich vor Kummer in eine Art Trancezustand zurückgezogen zu haben schien. Doch dann schwand ihr Zorn. Was, wenn sie sich irrte? Was, wenn Beth doch noch im Haus war? Dann war sie vielleicht tot. Kates hatte *hier* zugeschlagen, hatte Reed attackiert!

Nach einer Weile, die ihr wie eine Ewigkeit vorkam, knisterte es im Funkgerät. »Ja?«

»Das Mädchen ist gesund und munter und, äh, hat höllische Angst. Sollen wir sie nach Hause bringen?«

»Ja. Sie soll hinten mitfahren. Und sorgen Sie dafür, dass jeder es sieht.« Mia ging auf wackligen Beinen zu Reed.

»Reed, Beth ist nichts geschehen. Sie war nicht im Haus.«
Sein Kopf fuhr herum. *»Was?«*
»Sie ist durchs Fenster geklettert. Wahrscheinlich schon vor Stunden.«
Sein Blick wurde finster. »Wo ist sie?« Er sprach jedes Wort überdeutlich aus.
»Sie war bei einem Poetry-Slam-Wettbewerb in der Innenstadt. Ein Streifenwagen bringt sie gerade her.« Ihre Lippen zuckten. »Ich habe ihnen gesagt, dass sie ihr richtig Angst machen sollen.«
Er kam zitternd auf die Füße. »Du hast *gewusst*, dass sie dorthin gegangen ist?«
»Nein, nicht heute. Gestern habe ich es beobachtet.« Die Alarmsirenen in ihrem Kopf begannen zu schrillen. Er war nicht nur wütend auf Beth. *Er ist wütend auf mich.*
»Du wusstest, dass meine Tochter durchs Fenster abgehauen ist und hast mir nichts gesagt?«
»Sie hat mir versprochen, es dir selbst zu sagen. Ich habe ihr angedroht, wenn sie es nicht täte, würde ich es tun.«
»Das hast du aber nicht.« Er spuckte die Worte förmlich aus und Larry Fletcher zog die Brauen zusammen.
»Reed, sie ist doch okay. Beth ist nichts geschehen. Und Mia wollte dir helfen.«
Reed überragte sie, und seine Augen blitzten in kaltem Zorn. »Das war keine Hilfe.«
Sie wich zurück und begann nun auch zu zittern. »Es tut mir leid. Ich dachte, ich würde das Richtige tun. Das ist wohl der Grund, warum ich keine Kinder haben will.« Sie schluckte, und plötzlich fiel ihr Percy ein. Sie wandte sich um und suchte den Einsatzleiter. »Das Mädchen, von dem Sie glaubten, es sei noch im Haus, war woanders. Sie wird hergebracht.«

Der Mann sah sie finster an. »Ich habe das Leben meiner Männer für eine Ausreißerin riskiert?«
»Hey, es ist nicht meine Tochter. Aber meine Katze ist auf der anderen Hausseite.«
»Wir haben das Feuer eingedämmt, und es ist nicht übergesprungen. Wir suchen Ihre Katze, sobald wir können.«
»Danke. Oh, und da war ein junger Hund. Wuschlig, so groß.« Sie zeigte es ihm.
»Da drüben. Wir haben ihn am Baum gefunden. Ein Bein ist gebrochen, aber sonst ist er in Ordnung.«
»Danke. Sagen Sie – ist das Haus zerstört?«
»Hauptsächlich die erste Etage. Die Schlafzimmer komplett.«
Mia dachte an das Buch, das er in der Hand gehabt hatte. *Für meinen geliebten Reed.* Es war vernichtet. Sie schloss die Augen vor Mitgefühl. Sie konnte ihm nicht verübeln, dass er wütend war. Er hatte sich zu Tode geängstigt. Sie hätte ihm das mit Beth sagen müssen. Und sie hatte an diesem Tag einen Haufen Gelegenheiten dazu gehabt. Aber sie hatte wirklich so sehr gehofft, dass Beth es ihm selbst sagen würde.
Sie riss sich zusammen und konzentrierte sich. Das war das Werk von Andrew Kates. Er war ganz in der Nähe. Sie hatte Jack und Spinnelli angerufen und dann erst gesehen, dass Murphy sich in den vergangenen fünfzehn Minuten viermal gemeldet hatte. Bei all dem Lärm hatte sie das Klingeln nicht gehört.
Sie rief ihn zurück. »Murphy, hier ist Mia. Was ist los?«
»Ich kann dich kaum verstehen.«
»Weil Reeds Haus brennt. Um mich herum tobt die Feuerwehr.«
»Ist jemand verletzt?«

»Nein, aber Kates hat uns offensichtlich gefunden. Diesmal war Reed das Ziel. Was hast du herausgefunden?«

»Dass drei der vier Youngs tot sind. Vater und Mutter sind eines natürlichen Todes gestorben, Tyler Young starb gestern Nacht in Indianapolis bei einem Brand. Ich habe der dortigen Polizei sein Foto gefaxt.«

Sie waren zu spät gekommen. »Danke, Murphy. Ich sage es Reed.«

Er sah ihr entgegen, als sie zu ihm zurückkehrte. Sein Blick war noch immer kalt. »Verzeih mir, Reed. Es war falsch, dass ich dir das mit Beth nicht gleich gesagt habe.« Er schwieg. »Murphy hat drei der vier Youngs ausfindig gemacht. Einer wurde gestern Nacht bei einem Brand getötet.«

Sein Blick wurde ein klein wenig milder. »Ja, ich weiß. Die OFI in Indy hat die Meldung in die Datenbank gestellt, in der ich schon die ganze Woche eine Suche laufen lasse. Ich wollte dich anrufen, sobald ich eine Bestätigung hatte, aber dann passierte das hier.«

»Also haben wir nur noch eine Person übrig.«

Er nickte. »Danke, dass du es mir gesagt hast. Mit den Youngs.«

»Reed, ich wollte mich einfach nicht zwischen Beth und dich stellen.« Sie sah, wie der Streifenwagen herankam. Seine Sirene durchdrang kaum den Lärm. »Die verlorene Tochter kehrt zurück.«

»Wir werden wohl kein gemästetes Kalb schlachten«, knurrte Reed und marschierte auf steifen Beinen zu dem Polizeiwagen hinüber. Beth stieg aus, und ihre Miene verriet Entsetzen und Furcht, und Reed stand eine Weile da, die bandagierten Fäuste in die Hüfte gestemmt. Doch dann zog er seine Tochter in eine so verzweifelte Umarmung, dass es Mia die Tränen in die Augen trieb.

Hinter ihr räusperte sich Larry. »Mia, ich kenne Reed Solliday nun schon einige Jahre. Er ist wirklich ein netter Kerl. Er wollte Sie nicht kränken. Er war einfach nur vollkommen fertig.«

»Ja, ich weiß. Und ich verstehe es.« Und sie wusste außerdem, dass er sie immer wieder kränken würde, bis das hier vorbei war. Müde wünschte sie sich, es wäre schon so weit. »Ich hole jetzt meine Katze und suche mir ein Hotel. Passen Sie auf ihn auf, Larry.«

Larry sah sie wissend an, ähnlich wie Murphy es gern tat. »Welches Hotel?«

Sie lachte. »Das Erste, das mir begegnet. Gute Nacht, Larry.«

Beth schluchzte. »Es tut mir so leid, Daddy, es tut mir so furchtbar leid.«

Er hielt sie fest, konnte sie einfach nicht loslassen. »Ich dachte, dass du tot bist«, sagte er heiser. »Beth, tu so etwas nie, nie wieder, hörst du?«

Sie nickte, dann machte sie sich los und sah zum Haus hinüber. »O Daddy. Alles ist kaputt.«

»Nicht alles. Nur die obere Etage.« Aber es würde eine Weile dauern, sich wieder einzurichten. Er hätte gern gewusst, wie lange es dauern würde, ihr Vertrauen zueinander wiederherzustellen. »Mia sagt, dass du auf einem Dichterwettbewerb warst. Beth, warum hast du mir nicht einfach davon erzählt?«

»Ich dachte, du würdest das sowieso nicht verstehen. Wieso mir das so wichtig ist.« Sie hob die Schultern. »Vielleicht brauchte ich auch etwas, das ganz allein meins ist.«

»Beth, alles, was ich habe ist deins. Das weißt du.«

Sie sah auf, und ihre Augen blickten plötzlich sehr ernst. »Nein, Daddy. Es ist alles ihrs. Mutters.«

Er blinzelte. »Ich verstehe nicht.«

Sie seufzte. »Ich weiß.« Sie berührte seine Hände, und beim Anblick der Verbände traten ihr erneut Tränen in die Augen. »O Gott, deine Hände. Ist es schlimm?«

»Nur leichte Verbrennungen. Das wird wieder.« Er schob ihr eine Locke aus dem Gesicht. »Ich liebe dich, Beth.«

Seine kleine Tochter warf sich ihm an die Brust. »Ich dich auch, Daddy.« Und während seine Arme sich fest um sie schlangen, fiel ihm ein, was Mia gesagt hatte. *Sag ihr einfach, dass du sie liebst, okay?* Und plötzlich erkannte er, dass diese Frau weit mehr verstand, als er ihr zugetraut hatte. Er hob den Kopf und sah sich nach ihr um. Aber sie war verschwunden. Er straffte sich plötzlich. Mia war verschwunden.

»Was ist?«, fragte Beth ängstlich.

»Ich muss Detective Mitchell finden.«

»Sie ist in ein Hotel gegangen«, sagte Larry hinter ihm.

»In welches?«

»Sie meinte, das Erste, das ihr begegnet.« Der Gesichtsausdruck seines alten Freundes war nonchalant.

Reeds Augen verengten sich. »Wieso seid ihr zwei eigentlich zusammen hergekommen?«

Larry zuckte die Achseln. »Sie hat mit Hunter, mir und ein paar Jungs heute Abend Pool gespielt.«

Ein scharfer Stich der Eifersucht durchfuhr ihn. Mia, umgeben von Männern, einer davon Kalender-Boy David Hunter, den sie schon von früher kannte. Larrys Augen funkelten plötzlich vergnügt. »Soll ich versuchen herauszufinden, um welches Hotel es sich handelt?«

»Ja. Bitte.« Reed wandte sich wieder Beth zu, die ihn prüfend beobachtete. »Was ist?«

»Detective Mitchell hat mir gesagt, ich müsste es dir unbedingt erzählen. Du wärst ein toller Vater und das wäre ich dir schuldig. Sie hat recht gehabt. Bitte verzeih mir, Dad.«

»Ich weiß nicht, was ich ihretwegen unternehmen soll, Beth. Sie ist nicht ... wie deine Mutter.«

»Na und? Dad, soweit ich weiß, ist meine Mutter tot.« Sie holte tief Luft. »Du aber nicht.«

Und irgendwie war es tatsächlich so simpel. »Und du bist deiner Mutter unglaublich ähnlich. Sie hat auch Gedichte geschrieben.« Die nun für immer vernichtet waren. Aber damit würde er später fertigwerden müssen.

»Wirklich? Warum hast du mir nie etwas davon erzählt?«

»Vielleicht wollte ich auch etwas haben, das ganz allein meins ist.« Er legte ihr die Hand an die Wange, seine Stimme war sanft. »Du hast für den Rest deines Lebens Hausarrest.«

Ihre Kinnlade fiel herab. Sie wollte schon protestieren, schloss aber klugerweise den Mund wieder. »Okay.«

»Ich glaube, ich habe gehört, dass Biggles unbedingt Pflege braucht. Du kümmerst dich um ihn, und ich sehe zu, dass ich die Formalitäten hier erledige.«

Sonntag, 3. Dezember, 3.15 Uhr

Die Geschichte der Luftfahrt kam beim zweiten Mal besser rüber. Mia lag auf dem Hotelbett, Percy auf ihrem Bauch. Der Sender wiederholte das Programm des Tages komplett, und sie hatte bereits Sendungen über das alte Griechenland und das alte Rom gesehen. Sie würde mit Jeremy darüber sprechen, wenn er bei Dana war. Der Junge würde dort glücklich werden können, und sie konnte ihn dort regelmäßig ...

Das Klopfen an der Tür ließ sie zusammenfahren. Sie griff

nach ihrer Pistole auf dem Nachttisch und spähte durch den Spion. Dann öffnete sie resigniert die Tür. Reed.

Er war geduscht und rasiert und trug nur noch einen leichten Verband um eine Hand. In der anderen hielt er eine Drogerietüte, und die Erinnerung, die diese Tüte in ihr weckte, ließ ihr Herz ein paar Takte schneller schlagen. Er sah gut aus und … sehr begehrenswert. Sie konnte die Farben der Keycard durch seine Brusttasche erkennen. Er hatte also auch hier eingecheckt. Die Versuchung war groß, sehr groß, aber sie sah die Goldkette an seinem Hemdkragen glänzen und verwies ihr überquellendes Herz auf seinen Platz. »Reed.«

»Kann ich reinkommen?«

»Es ist schon spät.«

»Aber du hast noch nicht geschlafen.« Er sah sie eindringlich an. »Bitte.«

Noch während sie sich verfluchte, trat sie zur Seite und legte ihre Pistole auf das Tischchen neben der Tür. »Okay.«

So vieles ging ihr durch den Sinn, aber sie sprach nichts davon aus. Im Grunde genommen war Reed verheiratet. Und sie fing nichts mit verheirateten Männern an. Oder mit Cops. Oder Partnern. Oder sonst wem.

Er schloss die Tür. »Ich wollte mich entschuldigen. Beth hat mir erzählt, was passiert ist. Du hast genau das Richtige getan.« Er sah auf seine Füße, dann mit einem jungenhaften Grinsen wieder auf. »Die Sirenen und die blitzenden Lichter waren eine klasse Idee. Ich denke nicht, dass sie so bald wieder aus dem Fenster klettert.«

»Gut.« Sie seufzte. »Was willst du, Reed?«

Sein Lächeln verschwand. »Ich glaube, dich.«

Sie schüttelte den Kopf. »Nein. Tu mir das nicht an. Ich will mehr, als du mir geben kannst.« Sie lachte verbittert.

»Und wenn du doch könntest, dann wüsste ich wahrscheinlich überhaupt nicht, was ich damit anstellen sollte. Also lassen wir es ab jetzt. Du hast gesagt, dass du mir nicht wehtun willst. Dann geh jetzt bitte.«

»Kann ich nicht.« Er strich ihr mit dem Daumen über die zwei Stiche unter dem Auge. »Ich kann nicht gehen.« Er fuhr ihr mit den Fingern durchs Haar und hob ihren Kopf an. Und küsste ihre Lippen süßer und zärtlicher, als sie je geküsst worden war. »Schick mich nicht weg, Mia, bitte.«

Ein Schauder packte sie. Sie hatte noch nie etwas so sehr gewollt. Als hätten sie ein Eigenleben, schlangen sich ihre Arme um seinen Nacken, und sie erwiderte den Kuss, erst sanft und vorsichtig, dann jedoch gierig und hastig. Und sie wollte ihn. O ja, sie wollte ihn.

Nein. Sie machte sich los und trat zurück. »So grausam bist du nicht, Reed.«

Er atmete schwer. »Ich hoffe nicht.« Er schluckte schwer, als er die Tüte auf den Tisch neben die Waffe stellte. Dann zog er zwei kleine Schmuckkästchen aus schwarzem Samt heraus und öffnete sie. Beide waren leer. »Ich dachte, wir könnten das gemeinsam tun.«

Sie verlor die Geduld. »Was tun?«

»Die Ketten abnehmen. Du deine, ich meine.«

Ihr blieb der Mund offen stehen. Er sah sie erwartungsvoll an. Und sehr unsicher. »Und was dann?«

»Weiß ich nicht. Wir improvisieren. Jeden Tag neu. Aber diesmal mit Bindung.«

Ihr Herz hämmerte. »Ich weiß nicht, wie man das mit den Bindungen anstellt, Reed.«

Er lächelte. »Ich schon.« Dann schob er die Finger unter ihr dünnes Tanktop und holte die Kette hervor. Schüttelte sie leicht, so dass die Marken daran klimperten. »Also? Was meinst du?«

Mit trockenem Mund nickte sie. »Okay.« Und sah erstaunt, wie er sich plötzlich entspannte. Er hatte tatsächlich geglaubt, sie könnte nein sagen. »Aber ich muss die Medic-Alert-Marke behalten.«

»Daran habe ich gedacht.« Er holte eine billige Silberkette aus der Tüte. »Für den Anfang geht das sicher.« Er legte ihr die Kette in die Hand. Sie hatte fünf Dollar gekostet, wie das Preisschild verriet. Aber plötzlich war sie mehr wert als jeder Diamant dieser Welt. Und dann nahm er ihr die Kette ab. »Komm, tu es sofort. Leg die Plakette ab.«

Mit zitternden Händen tat sie es, dann legte sie die neue Kette um. »Sie ist leichter.«

»Manchmal ist es gut, Altlasten abzuwerfen.« Er holte tief Luft und nahm auch seine Kette ab. »Tun wir es einfach, Mitchell.«

Beide legten die Ketten in jeweils eines der Kästchen. Ihres schloss sich mit einem befriedigenden Schnappen, er drückte seines mit einer Liebkosung des Daumens zu. »Ich werde meins wohl in einen Safe legen«, sagte er.

»Ich weiß noch nicht«, sagte sie. »Vielleicht werfe ich meins in den Michigansee.«

Er grinste. Sie auch. Es fühlte sich gut an. »Und was ist noch so in der Tüte, Solliday?«

Sein Grinsen wurde breiter. »Jumbopack«, sagte er. »Bunte Vielfalt.«

Sie schlang ihm die Arme um den Nacken. »Aha. Du warst dir ja sehr sicher.«

Seine Hände strichen ihr über den Rücken. »Gar nicht. Ich habe gehofft.«

Sie musste schlucken. »Wo ist Beth?«

»Ein Stück den Flur entlang. In einem Zimmer mit Lauren.«
»Und der Hund?«
»In einer Tierklinik. Dem geht's gut. Für meine Familie ist gesorgt.« Er küsste sie sanft. »Komm ins Bett mit mir, Mia.«
Sie lächelte ihn an. »Okay.«

Sonntag, 3. Dezember, 7.15 Uhr

Wie hatte er sie nur wieder verlieren können? Er hatte sie gehabt. Sie war zu ihm gekommen. Er hatte bei Sollidays Haus gewartet, und sie war gekommen. Aber mit einem anderen Mann, nicht allein. Und als sie gegangen war, hatte sie sich ein Hotel mit ziemlich guten Sicherheitsvorkehrungen ausgesucht.
Nun war sie heute Morgen auch noch mit Solliday aus ihrem Zimmer gekommen, der ein paar Stunden nach ihr eingecheckt hatte. Sollidays Arm hatte um ihre Schultern gelegen, ihrer um seine Taille. Er hatte an die Schachtel Kondome auf ihrem Nachttisch denken müssen, und ihm war in den Sinn gekommen, dass er vermutlich nur ein wenig hätte warten müssen, um sie beide im Bett zu erwischen.
Jetzt war es zu spät. Er würde ihnen folgen müssen. Aber irgendwann war auch eine Mia Mitchell allein.

23. Kapitel

Sonntag, 3. Dezember, 8.00 Uhr

Murphy warf die Ausgabe des *Bulletin* quer über den Konferenztisch. »Howard und Brooks haben gestern Nacht Getts hochgenommen. Seite vier, Ecke unten.«

Mia blätterte zu dem Artikel und lächelte. »Sehr schön.«

Reed musterte sie. »Ich dachte, *du* wolltest das unbedingt machen.«

Sie hob die Schultern. »Abe und ich sind zu dem Schluss gekommen, dass Carmichael in der Nacht damals dabei war und die ganze Zeit über wusste, wo sich DuPree und Getts versteckt hielten. Wahrscheinlich hat sie mir die Information häppchenweise gegeben, um möglichst viele Titelstorys unterbringen zu können. Gestern Abend hat sie mir Getts wie einen Köder angeboten und sogar versucht, mir hinterherzufahren. Ich habe beschlossen, dass ich dieses Spiel nicht mitspielen muss.«

Westphalen tätschelte ihr die Hand. »Sieh an. Die Kleine wird erwachsen.«

Mia grinste bloß. »Still, alter Mann.«

Spinnelli lehnte sich zurück. »Wie steht's mit Ihrem Haus, Reed?«

Reed schnitt eine Grimasse. »Ich weiß jetzt, wie es ist, am Papierende einer Versicherungsmeldung zu sitzen. Aber es war Kates, das steht außer Frage. Er kam durch ein Fenster und legte oben den Brand, während ich unten telefonierte. Wir gehen davon aus, dass er den Hund auf dem Weg hinaus mitgenommen, ihn aber auf dem Baum versehentlich fallengelassen hat. Ben Trammell hat Reste von Plastikeiern in beiden Räumen gefunden.« Er brach ab und dachte einen Moment lang nach.

»Mit dem Ei bei Tyler Young hat er nun insgesamt neun verbraucht. Wenn wir davon ausgehen, dass er sich die zwölf aus dem Kunstraum genommen hat, bleiben ihm noch drei übrig.«

»Was wissen wir über Tyler Young?«, fragte Spinnelli.

»Sein Name stand im Computer, den wir aus Yvonne Lukowitchs Haus mitgenommen haben«, sagte Jack. »Kates hat die Website von Youngs Immobilienfirma durch eine Ehemaligenliste der Highschool gefunden.«

»Ich habe Tom Tennant vom OFI in Indianapolis heute Morgen noch einmal angerufen. Tyler und seine Frau sind beide tot. Beide Leichen waren verkohlt, aber der Gerichtsmediziner hat Organschäden bei der Frau gefunden, die auf ähnliche Stichwunden wie bei Joe Dougherty verweisen. Sie lag auf dem Bauch, ganz wie Joe junior. Tyler war ans Bett gekettet. Beine gebrochen.«

»Er kriegt richtig Übung darin«, murmelte Mia.

»Tja. Der Gerichtsmediziner glaubt außerdem, dass Tyler mehrere Stichwunden in der Lendengegend hat.«

»Ich denke, wir können uns jetzt zusammenreimen, was in dem Jahr, in dem Andrew und Shane dort gewohnt haben, passiert ist«, sagte Westphalen. »Sie waren sozusagen gefangen, und keiner hat nach ihnen gesehen.«

»Und Laura und Penny sind verantwortlich gewesen, dass die Jungen dort waren«, sagte Mia. »Andrew hat sie wahrscheinlich jeden Tag verflucht. Sie waren ein Jahr da, dann kam das große Feuer. Irgendetwas muss an Shanes zehntem Geburtstag geschehen sein.«

»Vielleicht hat Tyler sich den ersten Übergriff geleistet«, sagte Aidan.

Mia nickte. »Möglich. Vielleicht weiß es der andere Sohn.

»Tennant hat eine Telefonnummer in Tylers Adressbuch gefunden«, fuhr Reed fort. »Sein Bruder Tim arbeitet als Jugendpfarrer in New Mexico. Er kümmert sich um benachteiligte Kinder.«

Westphalen zog die Brauen hoch. »Das erscheint mir entweder wie eine Buße oder wie das sprichwörtliche Kind im Bonbonladen. Wäre interessant, das herauszufinden.«

Reed war ebenso begierig darauf. »Tennant hat ihn gestern noch über den Tod seines Bruders informiert. Er will heute nach Indianapolis kommen. Tennant ruft mich an, sobald er eintrifft.«

»In der Zwischenzeit bleibt uns nur eine Person, die weiß, was geschehen ist«, sagte Mia. »Andrew Kates selbst. Er ist in der Stadt, wenigstens war er das noch vor neun Stunden. Er wollte Laura unbedingt töten – dreimal hat er es versucht, und sie trotzdem nicht erwischt. Bei den Versuchen hat er Fehler gemacht: Caitlin, Niki Markov und Donna. Übrigens hat er sich auch bei Penny einen groben Schnitzer geleistet.«

»Was meinen Sie damit?«, fragte Spinnelli. »Sie hat sich ein Jahr nicht um ihn gekümmert.«

»Nein. Das passte einfach nicht zu dem Bild, das alle anderen von ihr gezeichnet haben, deshalb habe ich mir noch einmal meine Notizen angesehen. Reed, erinnerst du dich, was Margaret Hill uns erzählt hat? Wie sie ihre Mutter beinahe verloren hätte, als sie fünfzehn war?«

»Ja. Ihre Mutter war angeschossen worden. Sie wäre fast gestorben.«

»Margaret Hill ist fünfundzwanzig. Jetzt rechne mal nach.«

»Oh.« Reed fasste sich unwillkürlich an den Kopf. »Penny Hill wurde, kurz nachdem sie die Kates-Brüder untergebracht hatte, ins Krankenhaus eingeliefert. Sie hat sie gar nicht vergessen. Ich wette, ihre Akten wurden an andere Mitarbeiter verteilt, und der Fall der Jungen ist bei der Maßnahme einfach versehentlich verlorengegangen.«

Mia nickte. »Dann stirbt Shane, und jemand stellt fest, dass da Murks gemacht worden ist. Andrew wird hastig woanders untergebracht und Shanes Tod unter den Teppich gekehrt.«

»Und die Akte verschwindet ganz zufällig, damit es auch ja niemandem auffällt«, schloss Spinnelli. »Keine Empfehlung für den Staat. Ich kümmere mich darum.«

»Gut. Aber zurück zu Kates«, sagte Mia. »Da wir wissen, wie ungern er sein Ziel verfehlt – was wäre, wenn er herausfindet, dass er sich bei Penny Hill geirrt hat? Sie hat ihn gar nicht im Stich gelassen. Sie hat in diesem Jahr nicht einmal gearbeitet. Jemand anderes hat die Sache in den Sand gesetzt. Jemand anderes hat Schuld.«

»Und jemand anderes muss zahlen«, murmelte Reed, als er begriff.

Ein kleines Lächeln entstand auf Spinnellis Lippen. »Das gefällt mir. Vielleicht können wir ihn damit hervorlocken.«

»Aber wir müssen einen Sachbearbeiter erfinden«, sagte Mia. »Und das Sozialamt muss mitspielen.«

»Überlassen Sie das mir«, sagte Spinnelli.

»Und«, fügte sie hinzu, konnte aber das Lächeln nicht mehr unterdrücken, »wir müssen es an die Presse durchsickern lassen. Versehentlich, versteht sich. Ich möchte schließlich keinen netten Reporter übers Ohr hauen.«

»Natürlich nicht«, erwiderte Spinnelli trocken. »Wheaton geht zur Schlachtbank?«
»O ja. Wir geben ihr eine kleine, wahre Information, zum Beispiel, dass Kates seinen Hass entwickelt hat, weil er in der Pflegefamilie vergessen wurde. Wheaton wird sofort recherchieren. Das kann böse werden.«
»Er hat allein in meinem Bezirk elf Menschen umgebracht«, sagte Spinnelli grimmig. »Woanders noch weitere fünf, von den Vergewaltigungen ganz zu schweigen. Ich will ihn haben. Also lassen Sie durchsickern. Verraten Sie sein Motiv. Aber erwähnen Sie weder den toten Bruder, noch die verlorene Akte. Das versuchen wir, intern zu regeln.«
»Wheaton hat gesagt, dass sie heute um sechs den Clip mit Kelsey senden würde, Marc«, sagte Mia.
Spinnelli nickte. »Denken Sie, Sie könnten glaubhaft zu Kreuze kriechen, Mia?«
»Oh, aber sicher. Unter den Umständen ... Wheaton wird denken, dass sie das tollste Exklusivinterview seit Deep Throat kriegt.«
»Dann warten wir also darauf, dass Kates zu uns kommt«, sagte Reed abschließend.
Sie sah ihn zufrieden an. »Und dann leben wir alle glücklich bis an unser Lebensende.«

Sonntag, 3. Dezember, 11.15 Uhr

Mia trat mit wütenden Schritten an Wheatons Tisch, Trotz und Frustration im Blick. Wheaton hatte darauf bestanden, sie in demselben Restaurant zu treffen, in dem sie vor ein paar Tagen mit Reed gesprochen hatte.
Wheaton musterte sie missbilligend von Kopf bis Fuß. »Ich hätte gedacht, dass Sie sich hierfür etwas besser anziehen.«

Mia sah betont in Wheatons freizügigen Ausschnitt. »Ich auch.«
Die andere lächelte katzenhaft. »Detective, benehmen Sie sich immer so kindisch?«
»So wie Sie vermutlich, als Sie mir das Band mit meiner Schwester schickten. Und wir beide wissen, dass das kein Irrtum war, also sparen Sie sich das Gerede.« Eine Frau am Nebentisch sah anklagend herüber.
»Wenn Sie damit fertig sind, den anderen Gästen hier auf die Zehen zu treten, sagen Sie mir dann, was Sie wollen?«
Mia verzog den Mund. »Sie werden das Filmchen über meine Schwester nicht senden.«
»Ah.« Wheaton gab Butter auf ihren Toast und lächelte. »Ich hatte mich schon gefragt, wann Sie deswegen wohl bei mir antanzen würden. Nun, der Beitrag ist bereits eingeplant.«
Sie biss die Zähne zusammen. »Wenn Sie das tun, bringen Sie meine Schwester in ernste Gefahr.«
»Das ist nicht mein Problem. Ich bin Journalistin.«
Mias Augen blitzten auf. »Okay, fein. Und was, wenn Sie eine Alternative hätten? Eine, die mehr Aufsehen erregt? Und besser passt? Und die niemand anderes bringt? Bisher.«
Wheaton sah interessiert auf. »Exklusiv?«
Mia schloss die Augen und presste das Wort hervor. »Ja.«
»Und worum handelt es sich?«
»Erst sagen Sie mir, dass Kelsey vom Tisch ist.«
»So läuft das nicht.« Wheaton beugte sich vor und stützte das Kinn in ihre Handfläche, so dass ihre perfekt manikürten Nägel zur Geltung kamen. »Erst Sie.«
Mia holte tief Luft, und das war nur halb gespielt. *Ich hasse dich. Ich hasse dich wirklich.* »Das zweite Opfer, Penny

Hill, war ein Fehler. Er hat sich das falsche Opfer ausgesucht.«

Wheatons Augen verengten sich. »Und wer ist das richtige Ziel?«

Mia presste die Kiefer zusammen. Zögerte. »Das … das kann ich nicht verraten. Sie senden den Namen, und die Person hat quasi eine Zielscheibe am Hinterkopf. Es ist mir egal, was …« Sie stand auf. »Nein. Das kann ich nicht machen.«

Wheaton lehnte sich mit kühlem Blick zurück. »Ich habe ein aktuelleres Bild von Kelsey. Das alte war ihr gar nicht mehr ähnlich. Und wir Frauen möchten ja immer so gut wie möglich rüberkommen, nicht wahr? Die meisten von uns jedenfalls.«

Mia beugte sich vor, als müsste sie gegen den Drang, der Frau an die Kehle zu springen, ankämpfen, und im Grunde entsprach das der Wahrheit. Entschlossen schob sie die Fäuste in die Taschen. »Sie sind widerwärtig.«

Wheaton zuckte die Achseln. »Wir können einander helfen. Ihre Entscheidung, Detective. Ich gewinne so oder so.«

Mia schloss die Augen. »Milicent Craven«, presste sie zwischen den Zähnen hervor.

»Sagen Sie mir, warum Kates das tut.«

Mia schlug die Augen auf und tat beschämt. »Penny Hill hat ihn vor Jahren bei einer Pflegefamilie untergebracht. Dann wurde sie verwundet und war erst lange im Krankenhaus, dann in der Reha. Seine Akte wurde an Craven weitergegeben, die sich nicht wirklich darum kümmerte und den Jungen vergaß. In dieser Familie hatte Kates ziemlich zu leiden. Hier geht es um seine Rache. Aber er hat sich an der falschen Person gerächt.«

Wheaton schwieg so lange, dass Mia schon glaubte, sie würde den Köder nicht schlucken. Dann nickte sie. »Okay. Wenn das funktioniert, ist Ihre Schwester vom Haken.«

Mia nickte abrupt und wandte sich zum Gehen.

»Oh – Detective Mitchell?« Sie wandte sich um und sah, dass Wheaton grinste wie eine satte Katze. »Wir sehen uns nächste Woche. Derselbe Song.«

Dieses Miststück. »Das ist Erpressung«, zischte Mia so leise, dass die anderen Gäste nichts hören konnten.

»Ein unschönes Wort. Ich bevorzuge ›Partnerschaft‹. Also?«

»Also gut.«

Mia machte auf dem Absatz kehrt, marschierte hinaus, stieg in ihren Wagen und fuhr, nachdem sie sicher war, dass ihr niemand folgte, neben den Polizeitransporter, der einen Block entfernt parkte. Sie stieg ein und setzte sich neben Reed. Jack hatte Kopfhörer auf den Ohren und sah sich das Band gerade an.

»Das mit der Erpressung hätte ich beinahe nicht mitbekommen«, beschwerte er sich.

Mia zog den Draht unter ihrem T-Shirt hervor. »Entschuldige. Aber ich wollte das nicht so herausbrüllen.«

Reed zog die Brauen hoch. »Hattest du nicht etwas von zu Kreuze kriechen gesagt?«

»Das hätte sie mir doch gar nicht abgekauft. Ich hasse sie aus tiefstem Herzen, und das ist auch nicht mein Stil. Und? Meinst du, das reicht, damit Patrick Anklage erheben kann?«

»Ich hoffe es«, meinte Jack. »Falls nicht, hat sie sich aber soeben das Leben schwergemacht. Cops und die Familien zu bedrohen, nur um an Informationen zu kommen ... wir wissen ja nicht, ob sie das nicht schon viel öfter getan hat.

Mit Leuten, die nicht die Kraft gehabt haben, sich gegen sie zu wehren.«

»Oder die keine Rückendeckung hatten«, sagte Mia ruhig. »Ich bin heilfroh, dass Kelsey aus dem Programm ist.«

Jack begann, seine Gerätschaften abzuschalten. »Leute, es ist Sonntag. Ich bringe das Band ins Büro und dann fahre ich nach Hause zu Frau und Kind. Es war spaßig, ihr zwei, aber geht jetzt bitte.«

Mia lächelte. »Grüß Julia von mir. Und gib dem Baby einen Kuss.«

Jack grinste. »Ich gebe auch Julia einen Kuss. Oder zwei. Jetzt verschwindet. Ich habe zu tun.«

Mia und Reed stiegen aus, und Mia blickte zum Himmel empor. »Die Sonne scheint.«

»Das perfekte Wetter, um nach einem Hausbrand aufzuräumen«, sagte Reed trocken.

Mia lächelte. »Ich muss noch einiges erledigen, komme aber, um dir zu helfen, sobald ich kann. Und dann müssen wir uns auf diese Nacht vorbereiten. Das könnte wirklich klappen.«

Reed sah ihr nach, wie sie in ihrem kleinen Alfa davonfuhr. Sie hatte ihn, mit neuem Fenster, just heute Morgen zurückbekommen. Die Delle in der Motorhaube war noch da. Sie lebte jeden Tag mit dem Risiko und kümmerte sich nicht groß darum.

Wenn sie beide tatsächlich etwas beginnen konnten, wenn sich dies hier entwickelte, dann musste auch er lernen, mit dem Risiko zu leben. Nun wusste er, wie Christine sich gefühlt hatte, wenn er Feuerwehreinsätze durchgeführt hatte. Er seufzte. Und wo er gerade beim Thema Feuerwehreinsatz war – er hatte aufzuräumen.

»Was hast du getan?« Dana kam aus dem Haus geeilt, während Mia mit der großen Schachtel kämpfte, die ein hilfreicher Verkäufer in den Kofferraum gequetscht hatte.
»Freitag war Zahltag, also bin ich shoppen gegangen. Einen Mantel, ein paar Bücher und dieses Monster.« Sie blickte zu Dana auf. »Verzeih mir. Wegen gestern Abend.«
»Du mir bitte auch. Ich wollte dir das mit dem Baby längst sagen, aber du wirktest in letzter Zeit ziemlich empfindlich.«
»Tja. Na ja. Hilf mir mal bitte.« Sie befreite endlich den Karton, schleppte ihn in die Küche und stellte ihn auf den Tisch. »Mach auf.«
Ethan betrat die Küche, barfuß, das Hemd offen, und Mia konnte nur denken, dass Reed tausendmal besser war. Wenigstens für sie. Besonders ohne den Ring. Der fehlende Ring trug stark zu seinem Sexappeal bei. »Hey, Mia«, sagte er, während Dana sich über das Einpackpapier hermachte.
»Ethan. Ich hoffe, ich habe euch nicht bei etwas gestört.«
Ethan grinste. »Nö. Zu viele Kinder im Haus. Versucht habe ich es allerdings.«
»Oh, Ethan, sieh nur.« Dana sah mit feuchten Augen auf. »Unser erstes Babygeschenk.«
Mia trat verlegen auf der Stelle. »Das ist nur ein Kindersitz, Dana. Kein Grund zu heulen.«
»Das sind die Hormone«, vertraute Ethan ihr im lauten Flüsterton an, dann küsste er Mia auf die Wange. »Vielen Dank.« Er lächelte sie warmherzig an, und Mia wusste, dass er verstand.
Dana wischte sich über die Augenwinkel. »Hier ist übrigens jemand, den du vielleicht sehen möchtest.«
Jeremy. »Lass mich raten. Er sieht fern.«

Ethans Lächeln verschwand. »Dokumentarserien auf dem History Channel, den ganzen Nachmittag schon. Er hat kaum mehr als ein paar Worte gesprochen. Na ja, verständlich bei allem, was geschehen ist.«

»Ich hatte so gehofft, dass er schon hier sein würde. Ich muss ihm etwas geben. Aber vor allem – haltet eure Augen offen. Der Typ, der seine Mutter getötet hat, hat gestern Reeds Haus in Brand gesteckt.«

Dana und Ethan sahen einander an. »Ist jemand verletzt worden?«, fragte Dana.

»Nein. Es war entweder ein Racheakt oder ein Ablenkungsmanöver wie das eine Mal, als er auf mich geschossen hat. Ich denke zwar nicht, dass der Bursche Jeremy etwas antut, aber …«

Ethan nickte ernst. »Keine Sorge. Wir passen auf.«

»Wenn ein Exmarine das sagt, glaube ich es.« Mia ging ins Wohnzimmer und setzte sich neben Jeremy. »Hey, Kid.«

Er wandte nur den Kopf, um sie anzusehen. »Sie sind wiedergekommen.«

Ihr Herz tat ihr weh. »Na, sicher. Ich wohne praktisch hier. Dana ist meine beste Freundin.«

»Haben Sie ihn schon?«

»Nein, und ich bin hier, um dich zu besuchen. Ich habe dir etwas mitgebracht.« Sie griff in die Tüte und holte einen Bildband über Flugzeuge heraus.

Er riss die Augen auf, nahm das Buch entgegen, schlug es aber nicht auf. »Danke.« Dann wandte er sich wieder dem Fernseher zu. »Da geht es um die alten Griechen.«

»Ja, habe ich gestern Nacht auch gesehen.« Sie lehnte sich zurück und legte ihm einen Arm um die Schultern. »Aber ich habe festgestellt, dass ich mir bei der Wiederholung mehr merken kann.«

Es wurde Zeit. Er hatte den ganzen verdammten Tag auf Mitchell gewartet. Er verdrehte entnervt die Augen. Sie war einkaufen gewesen. Irgendwie hatte er sich etwas anderes von einer Frau erhofft, die ihren Küchenschrank mit Pop-Tarts vollstopfte. Aber jetzt war sie endlich hier. Er war durch das Unterholz gekrochen, das das Haus von den anderen in der Gegend abschirmte. Er wollte einen Blick hineinwerfen. Sich alles genau ansehen für den Fall, dass sie heute hier zu übernachten plante.

Mit zusammengekniffenen Augen blickte er durch sein Fernglas. Er konnte ins Wohnzimmer sehen. Plötzlich senkte er das Fernglas und blinzelte überrascht, dann hob er es wieder an die Augen. Glück musste der Mensch haben. Denn neben Mitchell saß, den Kopf an ihrer Schulter, Jeremy Lukowitch. Da er nicht bei Yvonne war, konnte man davon ausgehen, dass sie tot oder sehr, sehr krank war, also hatte sein kleiner Pillentausch wohl funktioniert. Aber wenn sie tot oder sehr, sehr krank war, dann war der Junge derjenige, der ihn ans Messer liefern konnte. *Ich hätte den Rotzlöffel umbringen sollen, als ich die Chance dazu hatte*. In seinem Kopf formte sich ein Plan. Er hatte noch drei Eier übrig, und er wusste genau, wie er sie einsetzen musste. Sein Magen knurrte. Aber erst musste er etwas essen und ein wenig schlafen.

Sonntag, 3. Dezember, 18.15 Uhr

Die Perücke und der Schnurrbart veränderten sein Aussehen ausreichend, um unerkannt in einem Restaurant etwas essen zu können. Mitchell hatte dafür gesorgt, dass er sich nirgendwo in Chicago mehr blicken lassen konnte. Er sah mit einem finsteren Blick zum Fernsehapparat, der über der Theke hing. Sein Gesicht war schon wieder in den Nachrichten. Er musste gegen den Drang ankämpfen, sich hastig umzusehen, ob ihn jemand misstrauisch musterte, und so fixierte er stur den Bildschirm. Die Reporterin sprach über Penny Hill.

»Wie *Action News* heute in Erfahrung brachte, war Miss Hill keinesfalls die Sachbearbeiterin, die Mr. Kates in der Familie unterbrachte. Ein unglücklicher Umstand zwang sie, ein Jahr auszusetzen, und in dieser Zeit wurde der Junge durch das Versäumnis ihrer Vertreterin Milicent Craven nicht regelmäßig überwacht. Der Junge wurde in der Familie missbraucht, und niemand hörte seine Hilferufe. Nun ist Penny Hill tot. Miss Craven steht für einen Kommentar nicht zur Verfügung. Und Andrew Kates bleibt vor allem ein Opfer des amerikanischen Sozialsystems, das durch Bürokratie zu träge geworden ist, um sich adäquat um hilfsbedürftige Kinder zu kümmern. Wir werden Sie auf dem Laufenden halten. Ihre Holly Wheaton von *Action News*.«

Er konnte es kaum fassen. Das Schicksal hatte ihm die Genugtuung mit Laura Dougherty verwehrt. Das sollte nicht noch einmal geschehen.

Aber das Timing war durchaus interessant. Mitchell hatte sich als weit schlauer erwiesen, als er erwartet hatte. Es konnte sich um einen Trick handeln. Er würde diese Craven überprüfen. Wenn sie echt war, würde er handeln.

Sonntag, 3. Dezember, 18.20 Uhr

Spinnelli schaltete den Apparat im Konferenzraum ab. »Gute Arbeit, Mia.«

»Und mein Dank geht an die Academy ...« Mia grinste. »Und was nun?«

»Nun möchte ich Ihnen Milicent Craven vorstellen.« Spinnelli öffnete die Tür, hinter der eine ergrauende Frau mittleren Alters stand. Sie trat ein und setzte sich.

Reed beugte sich vor. Die Frau sah aus wie fünfzig, war aber vermutlich kaum älter als Mia. »Wenn ich fünfzig bin, können Sie mich dann wie dreißig aussehen lassen?«, fragte er, und die Frau grinste.

»Ich gebe Ihnen meine Karte.«

Spinnelli lächelte ebenfalls. »Das ist Anita Brubaker. Sie arbeitet undercover und will in die wahre Welt zurückkehren. Sie lebt seit zwei Jahren als Milicent Craven bei der Adresse, die im Telefonbuch steht. Ihre Nachbarn wissen nur, dass sie für den Staat arbeitet.«

»Sie sind also unser Lockvogel«, sagte Mia. »Und kommen Sie damit zurecht?«

»Ja, bestens. Ich bleibe in meinem Käfig, bis er auftaucht und wir ihn schnappen. Danach brauche ich keine Deckung mehr und alle Welt ist glücklich und zufrieden.«

»Mit Ausnahme von Andrew Kates.« Spinnelli skizzierte eine Karte an der Tafel.

»Da wohnt Craven. Mia, Sie und Reed positionieren sich hier, Murphy und Aidan da, und Brookes und Howard da. Sie sitzen in Zivilwagen, Streifenwagen befinden sich in Wartestellung. Das Sozialamt ist informiert. Dort wird man jeden, der nach Milicent Craven verlangt, mit einem Anrufbeantworter verbinden, den wir vorhin besprochen haben. Falls Kates oder die Presse anruft, wird ihre Existenz bestätigt.«

Er sah die Anwesenden an. »Noch Fragen?«

Alle schüttelten die Köpfe.

»Dann los. Morgen um diese Zeit will ich Andrew Kates in Gewahrsam haben.«

Stacy steckte den Kopf herein. »Entschuldigen Sie. Hier ist ein Mann, der mit dem Leiter der Ermittlung im Fall Andrew Kates sprechen will. Sein Name ist Tim Young.«
Alle Blicke wandten sich Reed zu, der die Schultern zuckte. »Tennant wollte mich anrufen, sobald Young in Indianapolis eintrifft. Er hat es bisher nicht getan.«
»Bringen Sie ihn rein.« Spinnelli stand auf und verschränkte die Arme vor der Brust. »Er kann uns nur nützen.«
Tim Young betrat mit schweren Schritten den Raum. Er war ungefähr fünfundzwanzig, sein grauer Anzug war zerknittert, und das Gesicht zeigte dunkle Bartstoppeln. »Ich bin Tim Young. Tyler Youngs Bruder.«
»Setzen Sie sich doch bitte.« Spinnelli deutete auf einen Stuhl. »Stacy, rufen Sie bitte Miles Westphalen an. Er soll so schnell wie möglich herkommen.«
Als Stacy fort war, setzte sich Spinnelli wieder an den Kopf des Tischs. »Das ist allerdings eine Überraschung.«
Young sah sich um und betrachtete die Gesichter im Raum. »Ich habe in O'Hare meine Pläne geändert. Während ich auf den Flug nach Indy wartete, sah ich die Zeitungen. Also habe ich den Flughafen verlassen und ein Taxi hierher genommen. Andrew Kates ist ein Name, den ich seit zehn Jahren zu vergessen versuche.«
»Und warum?«, fragte Mia.
»Andrew und Shane wurden vor zehn Jahren vom Sozialamt zu uns geschickt. Andrew war dreizehn, Shane neun. Ich war fünfzehn und zählte die Tage, wann ich die Schule beenden und verschwinden konnte. Mein Vater hatte eine Farm. Er nahm gerne Pflegekinder auf, weil sie für ihn kostenlose Arbeiter waren. Meine Mutter sagte nichts, weil sie immer alles tat, was er wollte. Und mein Bruder Tyler …« Er stieß den Atem aus. »… war ziemlich übel.«

»Er hat die Jungen missbraucht«, sagte Mia leise. »Und Sie?«
Er sah sie gequält an. »Bis ich alt genug war, um mich zu wehren. Er hat immer gespottet, dass er Jungs mochte, die noch jung genug waren, um anpassungsfähig zu sein, aber schon alt genug, um sich zu wehren. Er wusste sehr gut, wann der Zeitpunkt gekommen war, seine Opfer in Ruhe zu lassen, weil sie zu groß oder zu stark wurden. Normalerweise blieb keines der Kids so lange bei uns.«
»Wussten Ihre Eltern davon?«, fragte sie.
»Das weiß ich nicht. Und ich weiß auch nicht, ob sie etwas unternommen hätten, falls sie es wussten. Meine Mutter hätte sicherlich einfach weggesehen. Aber ich nehme nicht an, dass Sie das verstehen.«
Mias Blick flackerte, und Reed begriff, dass sie nur allzu gut verstand. »Und was war für Tyler das beste Initiationsalter?«, fragte sie.
»Zehn.« Young verzog die Lippen. »Aber bei Shane hat er beinahe eine Ausnahme gemacht. Shane war ein hübscher Bursche, und er war keine Jungfrau mehr. Tyler konnte das immer sofort sehen.«
»Ja, er ist vom Mann seiner Tante missbraucht worden«, sagte Reed.
»Wie ich schon sagte, Tyler wusste so etwas. Er neckte Andrew, dass er bei Shane eine Ausnahme machen würde, nur um Andrew auf die Barrikaden zu bringen. Und dann nahm er sich Andrew vor. Tyler hatte bestimmte Methoden und Sprüche, um Andrew zu quälen. Er zählte und sagte ›Wenn ich bei zehn angelangt bin, gehörst du mir.‹ Dann hielt er Andrew vor, dass Shane bald zehn werden würde. ›Zähl bis zehn, Andrew‹, lachte er dann immer.«
»Womit wir nun einige Fragen beantwortet hätten«, sagte Mia. »Und was geschah, als Shane zehn wurde?«

»Andrew war verzweifelt. Er hat mindestens zehnmal versucht, mit Shane wegzulaufen, aber die Polizei brachte die beiden jedes Mal zurück. Er flehte meine Mutter an, etwas zu unternehmen, aber sie meinte nur, er solle aufhören, solche Lügen zu erfinden. Er hasste sie. Ich weiß, dass Andrew ein paarmal versucht hat, im Keller Feuer zu legen. Zeitungspapier im Müll und so weiter. Er wollte erwischt werden. Er wollte, dass jemand vom Sozialamt kam und sie beide abholte, bevor Shane zehn werden konnte. Ihm muss selbst die Strafanstalt besser vorgekommen sein als unser Zuhause.«

»Und was haben Sie getan?«

Young lachte verbittert. »Gar nichts. Ich habe jahrelang damit gelebt. Nicht nur Andrew und Shane waren bei uns. Aber Sie interessieren sich für Shane.«

»Im Augenblick ja«, sagte Mia. »Erzählen Sie uns bitte von Shanes zehntem Geburtstag.«

Er seufzte tief. »Am Tag, als Shane zehn wurde, tat Tyler … es ihm an. Ganz früh am Morgen. Shane war …« Er schauderte. »Ich … ich sehe immer noch seinen Gesichtsausdruck vor mir. Er war doch noch so klein. Er blutete, aber Tyler säuberte ihn, und meine Mutter schickte uns zur Schule. Am Nachmittag hat Andrew die Schule früher verlassen. Ich habe gesehen, wie er gegangen ist.« Er hob die Schultern. »Andrew war gründlich. Das Haus brannte ab. Er hatte nur nicht gewusst, dass auch Shane früher nach Hause zurückgekehrt war. Später erzählte man an der Schule, dass er wegen Bauchschmerzen befreit worden war. Später erzählte man eine Menge. Keiner wusste Genaues.«

»Er hat wieder den Mülleimer angezündet«, sagte Reed, und Tim Young nickte.

»Im Wohnzimmer diesmal, dann rannte er weg. Er kam ein wenig später zurück und tat schockiert. Aber er wusste, dass ich es wusste. Er glaubte, ich würde ihn verraten, aber ich hielt den Mund, wie ich es schon immer getan hatte. Dann fanden die Feuerwehrleute Shane. Er war tot. Als man ihn hinausbrachte, war Andrew entsetzt. Er stand unter Schock. Er verfiel in eine Art Starre.«

»Dann kamen die Sozialarbeiter und brachten ihn weg. Die Polizei stellte mir Fragen, und ich log sie an. Ich erzählte ihnen, er sei in der Schule gewesen, er könne es nicht getan haben. Die Autopsie zeigte, dass Shane vergewaltigt worden war. Aber niemand sagte etwas, und schließlich lebten wir einfach weiter. Wir bauten das Haus wieder auf. Ich schloss die Schule ab und verließ die Stadt.«

»Und Sie haben nie wieder von Andrew gehört?«, fragte Mia freundlich.

»Nein. Obwohl kaum ein Tag vergeht, an dem ich nicht an ihn oder an die anderen Jungen denke.«

»Andrew verschont bei jedem Brand Tiere«, bemerkte Reed. »Können Sie uns dazu etwas sagen?«

»Ja. Wir hatten einen Hund.« Sein Lächeln war traurig. »Eine liebe alte Töle. Immer wenn Tyler mit Andrew fertig war, versteckte er sich in der Scheune. Manchmal entdeckte ich ihn dort, an den Hund geschmiegt. Aber er hat nie geweint. Er streichelte immer nur den Hund, so dass es schon erstaunlich war, dass das Tier noch Fell hatte. Am Tag des Brandes war der alte Hund bei Shane im Zimmer. Auch er ist verbrannt.«

»Und wenn die beiden wegliefen und wieder aufgegriffen wurden, hat weder Andrew noch Shane dem Sheriff etwas erzählt?«, fragte Spinnelli.

Tims Lächeln wurde sardonisch. »Sie meinen Sheriff Young, meinen Onkel?«

Spinnelli nickte grimmig. »Ich verstehe.«

»Aber eins interessiert mich, Tim«, sagte Mia. »Sie sagten, Sie hätten an jenem Tag gelogen und ihm sogar ein Alibi verschafft, aber hätte sein Fehlen nicht den Lehrern oder den anderen Schülern auffallen müssen?«

»Das war schon eine sehr seltsame Sache.« Tims Stimme war spöttisch. »Sie müssen wissen, dass Tyler auch in der Schule ein echtes Ekel war. Die Kinder hatten Angst vor ihm und einigen Lehrern ging es tatsächlich nicht anders. Andrew hatte gegen Ende des Schultags Unterricht bei einer Miss Parker. Sie war jung und hübsch und fürchtete sich entsetzlich vor Tyler. Niemand ›vermisste‹ Andrew an diesem Tag.« Er seufzte. »Wenn wir damals bloß etwas gesagt hätten, dann wäre vielleicht nichts von alldem geschehen.«

»Man kann niemals sagen, was geschehen wäre«, sagte Reed ruhig.

»Nein, wahrscheinlich nicht. Seitdem ich von zu Hause weg bin, bemühe ich mich, die Versäumnisse von früher wiedergutzumachen. Aber jetzt muss ich mich meiner Rolle in dieser scheußlichen Geschichte stellen. Ich kann erst frei sein, wenn ich eine Art Ausgleich leiste. Moralisch und gesetzlich. Ich tue, was immer nötig ist.«

Sonntag, 3. Dezember, 20.35 Uhr

Mitchell hielt sich für schlau. *Aber ich bin schlauer*. Er näherte sich Penny Hills Wagen, öffnete ihn und holte die Aktentasche vom Rücksitz. Jetzt war er froh, dass er sie vor ein paar Tagen vergessen hatte. Falls er sie im Garten vergraben hätte, hätte Mitchell sie nun gefunden.

Das kleine Biest glaubte, sie könne ihn an der Nase herumführen. Er hatte Milicent Cravens Privatadresse mit Leichtigkeit herausgefunden. Er hatte das Sozialamt angerufen und war zu einem Anrufbeantworter weitergeleitet worden. Es war reines Glück, dass er ein zweites Mal angerufen hatte, als die Vermittlung gerade mit einem anderen Anruf beschäftigt gewesen war. Vielleicht war es doch kein Glück. Reiner Instinkt. Es hatte sich zu gut angehört, um wahr zu sein. Wenn man nicht zur Vermittlung durchkam, wurden die Anrufe automatisch abgefertigt. *Bitte geben Sie die ersten Buchstaben des Nachnamens der gewünschten Person ein*. Hatte er getan. Dreimal. Und alle drei Male hatte er dieselbe Antwort erhalten. *Keine Treffer für die eingegebenen Buchstaben. Bitte versuchen Sie es erneut*.

Also war Milicent Craven verdächtig. Wahrscheinlich nicht existent. Aber er konnte sich irren, und deshalb würde er in Penny Hills Unterlagen nachsehen. Sie hatte ihren Abschied gefeiert, bevor er sie getötet hatte. Mit Geschenken und Grußkarten. Falls es Milicent Craven gab, hatte sie vielleicht irgendwo unterschrieben. Vielleicht stand sie auch in Hills Adressbuch.

Er setzte sich ins Auto und begann, den Inhalt ihrer Aktentasche durchzusehen. Sie war vollgestopft mit Papieren und Akten, aber eine Mappe stach heraus. *Shane Kates*.

Nach einem kurzen Moment setzte sein Herzschlag wieder ein. Er schlug die Akte auf und starrte das Foto darin an. Er hatte das Gesicht seines Bruders seit neun Jahren nicht mehr gesehen. Er war so ein hübscher kleiner Junge gewesen. Zu hübsch. Eine zu große Versuchung für Perverse wie der Freund seiner Tante und Tyler Young. Sie hatten ihn umgebracht. Alle zusammen hatten sie ihn umgebracht.

Und alle waren sie nun tot. Penny Hill war nicht unschuldig gewesen. Sie hatte Shanes Unterlagen gehabt. Sie hatte die ganze Zeit gewusst, wo er war. All die unendlich langen Wochen und Monate in der Hölle des Young'schen Hauses.

Mitchell hatte ihn angelogen. Es gab keine Milicent Craven. Sie wollte ihn aus seinem Versteck locken. Sie war genauso verlogen wie alle anderen Frauen. Und dafür würde sie bezahlen.

Sie würden Milicent Cravens Haus beobachten. Sobald er hineinging, wäre er tot. Also würde er nicht hineingehen. Und er würde die Regeln für ihr Spiel verändern. Sein ursprünglicher Plan konnte stehenbleiben.

Er würde Mitchell zu ihm locken. Und töten. Er wollte sie brennen sehen.

Aber zunächst musste er ausreichend schlafen. Sie würde die ganze Nacht vor der Adresse der vermeintlichen Milicent Craven warten. *Sie wird morgen müde sein, aber ich nicht.*

Montag, 4. Dezember, 0.45 Uhr

»Wach auf, Reed.« Mia piekste ihn. Sie saßen in der Dunkelheit des Wagens vor dem Wohnhaus und warteten auf Kates. Anita Brubaker saß, bis an die Zähne bewaffnet, in ihrer Wohnung, während in allen Richtungen Zivilwagen mit Polizisten lauerten. Falls Kates sich näherte, würden sie es rasch erfahren.

»Ich schlafe nicht«, murmelte Reed und wandte sich vom Fenster ab. »Ich wünschte, ich könnte.«

»Armer Junge. Du hast den ganzen Nachmittag schwer geschuftet.«

Seine Augen verengten sich. »Und du hast gesagt, du würdest mir helfen.«

»Habe ich ja auch. Nur etwas später. Ich wollte Jeremy sehen.«

Sein Blick wurde sanfter. »Du hängst an dem Jungen.«

Sie hob das Kinn. »Und? Ist das falsch?«
»Nein. Es sei denn, du hast vor, irgendwann einfach nicht mehr zu erscheinen. Ich habe den Eindruck, er hat in seinem kurzen Leben schon zu viele Menschen verloren.«
Ihr Blick richtete sich ins Nichts, dann wandte sie sich wieder an Reed. »Ich wünschte, ich könnte ihn bei mir aufnehmen. Aber er ist schließlich keine Katze. Das kann ich nicht machen. Ich habe ja nicht einmal mehr ein Zuhause.«
»Deshalb hast du ihn bei Dana untergebracht. Das ist die beste Alternative. Du hast das Richtige getan, Mia.« Er versuchte, es sich im Sitz bequemer zu machen, schnitt aber ein Gesicht. »Wo hat Spinnelli den Wagen denn her? Aus irgendeinem finsteren Ostblockland?«
Sie lachte leise. »Deinen konnten wir ja schlecht nehmen. Kates hat ihn bereits gesehen.«
»Und fünf Minuten in deinem Auto würden mich zum Krüppel machen.«
»Hey, das ist ein Oldtimer, und zwar ein verdammt schicker. Was kann ich dafür, dass du zu groß bist.«
»Irgendwie begreife ich es nicht, Mia. Du wartest mit einem neuen Mantel, der übrigens ziemlich schön ist, bis du dein nächstes Gehalt bekommst, leistest dir aber einen Oldtimer-Sportwagen?«
»Das meiste von meinem Geld geht an Kelseys Anwalt. Jedes Mal, wenn wir uns einer neuen Bewährungsanhörung nähern, steigt sein Honorar, also war ich diesen Monat nicht gerade flüssig. Im Übrigen war mein Auto gar nicht so teuer. David hat es mir für einen günstigen Preis runderneuert. Ich hatte mit Guy Schluss gemacht und brauchte etwas, das mich wieder aufmunterte, also habe ich mein Geld mit Wonne verschleudert. David hat den Wagen überholt und sorgt dafür, dass der Motor glücklich ist.«

Er sah zur Seite. »Mia«, begann er zögernd. »Was Hunter angeht.«
»Freunde. Nur Freunde. Das waren wir immer und werden es auch bleiben.«
Er sah sie wenig überzeugt an, und sie seufzte. »Hör zu, ich habe dir all meine Geheimnisse verraten, aber ich werde nicht seine ausplaudern. Es wäre leichter gewesen, wenn wir beide aufeinander abfahren würden, aber wir tun es nicht.«
»Du warst gestern Nacht mit ihm zusammen.«
Sie hob die Schultern. »Ich glaube, ich brauchte die Gesellschaft von jemandem, der auch unbedingt einen Menschen will, den er nicht haben kann.« Sie lächelte. »Aber manchmal ändern sich die Dinge schneller, als man denkt.«
Er erwiderte das Lächeln. »O ja.«
»Ich wollte die ganze Zeit noch fragen – hat Beth den Wettbewerb gewonnen?«
»Ja. In ihrer Altersklasse.«
»Hast du ihr Gedicht gehört?«
Er schüttelte den Kopf. »Wir hatten noch nicht so viel Zeit.«
»Du solltest sie unbedingt bitten, es für dich zu … slammen, oder wie immer das Wort dafür lautet. Es war verdammt gut.«
Wieder wandte er sich ab und sah in die Dunkelheit hinaus. »Christine hat auch Gedichte geschrieben.«
Sie dachte an das Buch, das sie bei ihm entdeckt hatte. *Ich habe dir mein Herz versprochen.* »Wirklich?«
»Wir haben uns auf dem College kennengelernt. Ich hatte Literatur belegt, aber Poesie war für mich so unverständlich wie Altgriechisch. Sie kam zu mir und sagte, wenn ich ihr einen Kaffee ausgeben würde, würde sie es mir erklären.«

»Und das hat sie.«
»Das hat sie. Dann hat sie mir ihre Gedichte vorgelesen, und es war … als ob man einem Ballett beiwohnt. Sie hat Schönheit in mein Leben gebracht. Ich habe mich diszipliniert, um durch die Militärzeit zu kommen, habe studiert, um es sozusagen zu etwas zu bringen. Habe mich bemüht, den Sollidays ein guter Sohn zu sein. Aber Schönheit habe ich nicht produzieren können. Christine hat das übernommen.«
Mia schluckte. »Ich kann das nicht für dich tun, Reed. Die Gabe habe ich nicht.«
»Nicht, was Möbel und hübschen Firlefanz angeht, da stimme ich dir zu. Aber gestern Nacht habe ich erkannt, dass du mich glücklich machst.« Er wandte sich wieder ihr zu. Begegnete ihrem Blick. »Und was birgt mehr Schönheit als das?«
Sie war zu bewegt, um darauf etwas sagen zu können. »Reed.«
Seine Lippen zuckten. »Außerdem hast du sehr, sehr hübsche Brüste. Wenn ich Firlefanz nicht haben kann, schau ich mir eben deinen Busen an.«
Sie lachte. »Autsch. Ganz schlecht. Unlautere Absichten und mies gereimt.
»Na ja, ich habe auch nie behauptet, ich sei ein Dichter.«
Aber du hast eine Dichterseele. Christine war seelenverwandt gewesen. Es hätte sie interessiert, ob jeder Mensch nur *ein* solches Gegenstück finden konnte. Und hoffte, dass das nicht der Fall war.
Nach einem Augenblick seufzte er. »Mia, Youngs Bericht hat eine Frage in mir aufgeworfen. Es wird sich sicher irgendwie falsch anhören, aber es ist nicht so gemeint. Ich weiß nur nicht, wie ich sonst fragen soll.«

Sie zog die Brauen zusammen. »Na, dann frag einfach.«

»Du bist sozusagen unter Cops aufgewachsen. Warum hast du nie einem davon erzählt, was dein Vater tat?«

»Wenn du wüsstest, wie oft ich mir diese Frage selbst gestellt habe, insbesondere, nachdem Kelsey ins Gefängnis musste. Als ich klein war, hatte ich zu viel Angst. In der Highschool dann war ich überzeugt, dass es mir niemand glauben würde. Er war ein Polizist, der überall respektiert wurde. Noch später dann, als ich selbst Polizistin war, schämte ich mich. Ich war sicher, dass die Leute um mich herum mich bemitleiden und für schwach halten würden. Als Kelsey mir schließlich die Wahrheit sagte, war es das Schuldgefühl. Und nun ist er tot, deshalb macht es wenig Sinn, es jetzt noch zu erzählen.«

»Du hast es aber Olivia gesagt.«

Sie zog den Kopf ein. »Und das ist ganz toll gelaufen, nicht wahr? Ich wollte nicht, dass sie sich zurückgewiesen fühlt, aber ich hätte die Klappe halten sollen. Wenn das alles vorbei ist, fahre ich nach Minneapolis und rede noch einmal mit ihr.«

»Soll ich mit dir gehen?«

Sie betrachtete sein Gesicht. Es lag kein Mitleid darin. »Ja, ich denke, das wäre schön.«

Er lächelte. »Hey, du nimmst Hilfe an. Das ist ein Fortschritt. Und jetzt reden wir über deine Schuhe.«

Sie grinste. »Pass bloß auf, Solliday.« Und wurde wieder ernst. »Danke.«

Sein Blick veränderte sich plötzlich. »Ich denke, wir sollten das Thema wechseln, denn es fällt mir immer schwerer, dich nicht anzufassen.« Er sah wieder aus dem Fenster. »Wenn dieser Mistkerl bloß endlich kommen würde. Ich will diese Sache endlich hinter mich bringen.«

Montag, 4. Dezember, 7.55 Uhr

Mia setzte sich an ihren Tisch. »Ich kann es nicht glauben.«

Reed gähnte. »Tja, entweder hat er Wheatons kleines Filmchen nicht gesehen, oder er hat uns durchschaut.«

Jedenfalls hatte Kates den Köder nicht geschluckt. »Dreck«, brummelte sie. »Und nun?«

»Treffen wir uns und überlegen weiter. Nach dem Meeting fahren wir erst einmal ins Hotel und schlafen eine Runde. Wir fassen ihn nie, wenn wir vollkommen übermüdet sind.«

»Vielleicht ist er auf der Suche nach Tim Young.«

»Die Polizei in Santa Fe passt auf.« Plötzlich setzte er sich kerzengerade auf. »Oha. Das wird interessant.«

Mia drehte sich um und sah Lynn Pope von *Chicago on the Town* auf sie zukommen. Sie sah ganz entschieden gekränkt aus. Verdammter Mist. »Lynn.«

»Mia, ich fasse mich kurz. Sie haben sich gestern mit Holly Wheaton getroffen. Und am Abend sendet sie diesen Bericht. Warum? Ich denke, Sie können sie nicht ausstehen.«

Mia sah Lynn direkt in die Augen. »Ganz genau.« Mit leicht geneigtem Kopf sah sie ihr Gegenüber nur an, bis Lynn scharf den Atem einsog. Sie hatte begriffen.

»Oh. Okay. Aber es hat nicht geklappt, oder?«

»Nein. Hören Sie, Lynn, wenn wir das hier hinter uns haben, rufe ich Sie an.« Ganz unerwartet durchfuhr sie ein Gedanke, und sie musste lächeln. »Einen Moment.« Sie ging zu Reed, flüsterte ihm etwas ins Ohr, und er nickte. »Lynn, überprüfen Sie doch mal einen gewissen Dr. Bixby. Leitet das Hope Center, eine Jugendhaftanstalt. Kann sein, dass Sie ein wenig graben müssen.«

Popes Miene leuchtete auf. »Mach ich gern. Sie rufen mich also an? Und passen Sie auf sich auf.«

»Bestimmt.« Mia beugte sich über Sollidays Tisch. »Sie wird das schon gut machen.«

Aber er hörte nicht richtig zu. »Zweite Runde«, sagte er, und sie fuhr erneut herum.

Margaret und Mark Hill mussten Lynn Pope im Fahrstuhl begegnet sein. Bruder und Schwester blickten beide grimmig. »Mr. Hill, Mrs. Hill. Wie geht's Ihnen?«

»Haben Sie ihn?«, fragte Margaret.

»Nein, aber wir sind nah dran. Was führt Sie her?«

Mark Hill holte einen Briefumschlag aus seiner Manteltasche. »Der Notar unserer Mutter hat am Samstag ihr Testament verlesen. Er hat uns dies hier gegeben. Wir haben uns gestern den Kopf zermartert, ob wir das an Sie weiterleiten sollen oder nicht. Aber wir wollen, dass der Mörder gefasst und bestraft wird. Also hier.«

Mia nahm den Brief und las ihn. »Ach, du Schande.« Sie reichte ihn an Reed weiter, der stumm den Kopf schüttelte. »Wir versuchen, den Namen ihrer Mutter aus den Medien herauszuhalten. Vielen Dank. Sie erfahren es, sobald wir ihn gefasst haben.« Die Hills gingen davon, und Mia beobachtete, wie Mark seiner Schwester den Arm um die Schultern legte und sie sich an ihn lehnte. »Sieht aus, als hätten die beiden sich ausgesprochen.«

Reed stand auf. »Ja. Komm, Mia. Das Meeting.«

Murphy und Aidan waren schon da. Spinnelli sah sie finster an, als sie eintraten. »Sie sind spät dran.« Mia gab ihm wortlos den Brief, und er las und setzte sich. »Oha.«

»Was ist das?«, fragte Murphy.

»Ein Brief von Penny Hill«, erklärte Mia, »indem sie erzählt, was geschah, als sie nach der Reha wieder an ihren Arbeitsplatz zurückkehrte. Sie ging die Akten durch und fand Shanes ganz unten in dem Stapel. Der Fall der Jungen war an niemanden weitergeleitet worden. Dann stellte sie fest, dass Shane tot und Andrew in eine andere Familie gebracht worden war. Sie ging zu ihrem Vorgesetzten, der ihr befahl, die Akte zu vernichten. Sie wollte nicht, drohte, sich an eine höhere Instanz zu wenden, aber er versicherte ihr, dass sie entlassen werden würde, falls sie das tat. Sie hatte stattliche Arztrechnungen zu bezahlen, also schwieg sie.«

»Dieser Brief wurde vor sechs Jahren geschrieben«, sagte Spinnelli. Sie hatte deswegen enorme Schuldgefühle und Alpträume. Sie hat den Brief versiegelt und ihrem Notar gegeben. Ich werde mich darum kümmern.« Er blies die Backen auf. »Wie steht's jetzt?«

»Entweder er hat die Sendung nicht gesehen oder den Trick durchschaut«, sagte Mia.

»Danke, darauf bin ich schon selbst gekommen«, erwiderte Spinnelli finster. »Was haben Sie als Nächstes vor?«

»Ihm nach Santa Fe folgen?« Mia zuckte frustriert die Achseln. »Tim Young als Köder einsetzen?«

Spinnelli zog die Brauen hoch. »Aber natürlich.«

Mia schüttelte den Kopf. »Moment, ich wollte doch nur … Wir können doch keine Zivilperson als Köder nehmen, Marc.«

»Aber er will helfen. Und Kates muss gefasst werden. Wir haben ein neues Opfer. Mia, Ihre Hausmeisterin wurde tot in einer leeren Wohnung in Ihrem Haus gefunden. Ihr Zentralschlüssel war nirgendwo zu finden.«

Mia blieb der Mund offen stehen, als Jack mit einem Karton in den Händen hereinkam. »Kates war bei dir. Er hat dein Schlafzimmer durchwühlt. Decken, Laken, Klamotten lagen überall auf dem Boden herum.«

Mia wurde trotz der schockierenden Nachricht vom Tod der Frau rot. »Das heißt nicht, dass er bei mir gewesen ist. Ich bin nicht gerade die perfekte Hausfrau. Mein Schlafzimmer sieht oft so aus.«

»Lässt du auch dein Fotoalbum einfach offen herumliegen?«

Ihr Herzschlag beschleunigte sich. »Nein. Verdammt.« Jack stellte den Karton auf den Tisch und Mia nahm sich das Album und durchsuchte es rasch. »Ich bin nicht gerade gut organisiert, aber ich weiß, was drin sein müsste. Bobbys Todesanzeige ist weg.« Und dann setzte ihr Herz aus. »Und die Antwortkarte von Danas Hochzeitseinladung. Er kennt ihre Adresse.«

Spinnelli griff bereits nach dem Telefon. »Ich schicke sofort einen Streifenwagen raus.« Aber in diesem Moment steckte Stacy den Kopf durch die Tür.«

»Marc, eine Dana Buchanan auf Leitung eins. Sie will entweder Sie oder Mia sprechen. Klingt ziemlich aufgeregt.«

Spinnelli legte den Anruf auf den Lautsprecher. »Dana, hier ist Marc Spinnelli. Mia und die anderen hören mit. Kates kennt Ihre Adresse.«

»Kates hat Jeremy«, brach es aus Dana hervor. *»Mia.«*

Mia gefror das Blut in den Adern. Sie erhob sich langsam. »Seit wann? Und wie hat er das geschafft?«

»Ich will mit ihr reden«, war eine Männerstimme zu hören. »Mia, hier ist Ethan. Wir sind an der Schule. Wir waren heute früh hier, um Jeremy anzumelden. Jeremy ist in seine neue Klasse gegangen, während wir noch Formulare ausfüllten. Dann ging plötzlich der Feueralarm los, und es war keine Übung. Chaos brach aus. Wir haben sofort nach

Jeremy gesucht, aber er war schon weg. Woher konnte er wissen, dass Jeremy hier war?«
»Er hat euch beobachtet. Er hat sich eure Adresse aus meiner Wohnung besorgt. Marc, wann ist die Hausmeisterin ermordet worden?«
»Irgendwann am Samstagnachmittag.«
»Ich habe einen Wagen abgeschüttelt, als ich Samstagabend von euch kam, Ethan. Ich dachte, es sei Carmichael, aber es muss Kates gewesen sein.« Ihre Knie gaben nach, und sie sank auf einen Stuhl. »Er hat mich gesucht. Er hat meine Hausmeisterin ermordet und nun Jeremy entführt, damit ich zu ihm komme.« Sie sog schaudernd den Atem ein.
»Dana, beruhige dich. Das ist nicht gut für dein Baby. Wir kriegen ihn. Und holen Jeremy zurück.«
»Ist bei dem Schulbrand jemand verletzt worden?«, fragte Reed.
»Nicht ernstlich. Die Lehrer haben erstaunlich schnell wieder für Ordnung gesorgt. Wir wussten nicht genau, ob es richtig war, Jeremy so bald wieder in die Schule zu schicken, aber er konnte auch nicht den ganzen Tag vor dem Fernseher hängen. Wir wollten ihn so schnell wie möglich wieder an den Alltag gewöhnen. Bitte finde ihn, Mia.«
Mia rieb sich die Stirn. Er hatte Bobbys Todesanzeige mitgenommen. »Ich denke, ich weiß, wo er ist.«

24. Kapitel

Montag, 4. Dezember, 9.25 Uhr

Reed ballte die Hände an den Seiten zu Fäusten. »Das machst du nicht.« Sie hatten ein Sondereinsatzkommando und jeden Polizisten, der verfügbar war, mitgenommen. Alle diese Männer warteten in einigem Abstand von Annabelles Haus auf ihren Einsatz. Damit Kates keinen Verdacht schöpfte, würde Mia allein hineingehen und so tun, als wollte sie ihrer Mutter einen Besuch abstatten.

Mia wandte sich ungelenk um. Sie trug einen voluminösen Pullover, der die schusssichere Weste und die Waffe in ihrem Hosenbund verbarg. »Verdammtes Kevlarzeug. Das juckt«, sagte sie, als habe sie ihn nicht gehört.

»Mia, wenn er wirklich da drin auf dich wartet, dann marschierst du mitten in eine Falle hinein.«

»Falls er die Falle noch aufstellt, kriege ich ihn vorher.« Sie sah ihn direkt an. »Er hat Jeremy.«

Dass der Killer vielleicht auch ihre Mutter hatte, schien seltsamerweise nicht zu zählen. Sie war einzig und allein auf den Jungen konzentriert. Und auf Kates. Sie hatte sich von dem ersten Schock erholt und war nun ganz Profi. Ruhig. Aber *sein* Herz hämmerte viel zu heftig.

»Reed.« Ihre Stimme klang gelassen. »Lass mich meine Arbeit tun.«

Du bist kein Cop. Sie hatte es an dem Abend gesagt, als er sich Getts schnappen wollte. Sie hatte recht. Aber im Augenblick fühlte er sich auch nicht wie ein Brandursachenermittler. Er war nur ein Mann, der der Frau, die er bei sich haben wollte, dabei zusah, wie sie sich wie Rambo ausstattete.

Er wandte sich an Spinnelli. »Und Sie haben hier keinerlei Einwände?«

»Es ist nicht meine erste Wahl, aber ihn zu schnappen, bevor er sich gründlich vorbereiten kann, scheint der beste Plan zu sein, den wir haben. Mia ist außerdem verdrahtet. Sie kriegt Unterstützung, sobald sie sie braucht.«

»Dann gehe ich mit ihr.«

Spinnelli schüttelte den Kopf, und Reed erkannte, dass der Mann durchaus Bescheid wusste.

»Sie ist mit solchen Einsätzen vertraut«, murmelte Murphy neben ihm. »Lassen Sie sie nur machen.«

Reed holte tief Luft. »Ben hat eben noch angerufen. Der Brand in der Schule ist an zwei Stellen entstanden, also hat er vielleicht noch ein Ei übrig, Mia.«

»Darauf zähle ich. Und das meine ich nicht als Scherz.« Sie bedachte ihn mit einem geistesabwesenden Lächeln. »Versteh mich nicht falsch, Reed, aber verschwinde. Ich muss mich konzentrieren, und das kann ich nicht, wenn du hier bist.«

Er betrachtete die Straße, in der sie warteten, und suchte sie nach Versorgungsmarkierungen ab. In dieser Gegend gab es Gasleitungen. Mia könnte in eine Explosion marschieren. *Nein! Das wird nicht geschehen.*

Er konnte nicht mit ihr gehen. Also würde er sie anders unterstützen. Spinnelli war in die Einsatzplanung versunken. Jack kontrollierte den Sitz der Kabel, die Mia auch gestern beim Gespräch mit Wheaton am Körper getragen hatte. Niemand achtete auf ihn. Also setzte er sich in Bewegung.

»Wo wollen Sie hin, Lieutenant?«, fragte eine weibliche Stimme leise.

Er stieß geräuschvoll die Luft aus. »Carmichael. Haben Sie noch nicht genug angestellt?«

»Heute nicht. Und auch sonst nicht. Ich habe Sie nicht einmal gesehen.«

Er musterte sie stirnrunzelnd. »Wie bitte?«

»Sie wollen da rein.« Sie hob halb die Schultern. »Man muss kein Schlaukopf sein, um sich das denken zu können. Und wenn Sie wieder rauskommen, würde ich mich über ein paar Worte freuen. Passen Sie bloß auf Mitchell auf. Denn egal, was Sie vielleicht glauben mögen, ich achte die Frau. Dummerweise hält sie sich für unverwundbar.«

»Ich weiß.« Er setzte sich wieder in Bewegung. Kugelsicher, hatte Jack gesagt. Schwein gehabt, glaubte Mia. Auch nur ein Mensch, wusste Reed. Er schlich geduckt durch die Gärten, bis er Annabelle Mitchells Haus erreichte. Das Hauptventil der Gasleitung musste im Keller sein. Ein paar Stufen führten hinab zu einer Tür, und als er davorstand und überlegte, wie er sie aufbrechen konnte, ohne dass es im Inneren zu hören war, stellte er fest, dass das Schloss bereits geknackt war. Die Tür war offen.

Kates ist hier. Reed drückte sie behutsam auf und schlüpfte hinein. *Und ich bin es jetzt auch.*

Montag, 4. Dezember, 9.35 Uhr

Mia öffnete mit ihrem Schlüssel die Tür von Annabelles Haus. Das letzte Mal war sie hier gewesen, als Bobby beerdigt worden war. Nun bedeutete Bobby nichts mehr. Aber

Jeremy unverletzt zu befreien und Kates zu fassen, bedeutete alles.

Er war bereits hier. Sie konnte es spüren, sobald sie im Inneren war. Eine unheimliche Stille lag über allem. Sie schlich in die Küche und holte lautlos Atem. Annabelle saß nur einen Schritt vom Herd entfernt auf einem Stuhl. Hände und Füße waren gefesselt, ein Knebel steckte in ihrem Mund. Sie trug nichts als ihre Unterwäsche und zitterte heftig. Ihr Körper, der von Kopf bis Fuß mit einem Gel überzogen war, glänzte. Der Herd war bereits von der Wand abgerückt worden, und Mia brauchte nicht zu raten, zu welchem Zweck.

Der Blick ihrer Mutter begegnete ihrem. In ihm lag nackte Angst und ... die wütende Verachtung, die Mia nur allzu gut kannte. Ihre Mutter hatte Kelsey und sie stets für Bobbys Brutalität verantwortlich gemacht. Und Mia musste zugeben, dass ihre Mutter dieses Mal recht hatte. Kates war hier und sie in Gefahr ... *und das meinetwegen*.

Noch war kein Gas in der Luft zu riechen. Entweder hatte Kates noch zu tun oder er wartete darauf, die Falle zuschnappen zu lassen. Sie musterte die Küche und fragte sich, wo Jeremy sein konnte. Der Blick ihrer Mutter folgte ihr, als sie durch die Küche schlich und die Unterschränke öffnete. Aber sie waren leer.

»Hilf mir.« Eigentlich waren die Worte, die ihre Mutter mit dem Knebel im Mund äußerte, nicht zu verstehen, aber ihre Augen ließen keinen Zweifel an der Übersetzung offen. Mia legte einen Finger an die Lippen. Sie nahm ein Messer aus dem Block auf der Arbeitsplatte, um ihrer Mutter die Fesseln durchzuschneiden, aber sie kam keine zwei Schritte weit.

»Legen Sie das Messer weg, Detective.«

Obwohl sie sich mental auf dieses Bild vorbereitet hatte,

erstarrte Mias Blut zu Eis. Jeremy stand zitternd vor Kates, der mit einer Hand das Haar des Jungen festhielt, während er ihm mit der anderen eine Klinge an den Hals drückte. Jeremys Gesicht war so bleich, dass die Sommersprossen hervorstachen. Auch in seinen Augen lag nackte Angst … und verzweifeltes Vertrauen.

»Sie wissen ja, was das Messer anstellen kann, Detective«, sagte Kates samtweich. »Und der Junge weiß es auch. Nicht wahr, Jeremy?« Jeremy presste die Lippen zusammen. Er hatte sichtlich Mühe, seine Furcht unter Kontrolle zu halten. »Ich sagte, Messer weg.«

Mia legte das Messer behutsam auf die Theke.

»Und jetzt die Pistole.« Er riss an Jeremys Haaren, so dass der Junge sich auf die Zehenspitzen stellen musste. »Los. Und schieben Sie sie mit dem Fuß rüber.«

Wieder gehorchte sie.

»Mia.« Spinnellis Stimme drang durch den Knopf im Ohr, und sie hoffte inständig, dass Kates ihn nicht bemerkte. Sie trug eine Kamera am Körper, so dass das SWAT-Team draußen sehen konnte, was im Haus geschah. »Schaffen Sie ihn irgendwie ins Wohnzimmer. Ich habe Scharfschützen positioniert. Der Junge ist klein. Wir zielen hoch.«

Nur eine knappe Bewegung mit dem Handgelenk, und Jeremy war tot. Die Scharfschützen konnten erst schießen, wenn er Jeremy losließ.

»Tun Sie dem Jungen nichts.« Sie flehte nicht, befahl aber auch nicht. »Er hat Ihnen nichts getan.«

Kates lachte. »Doch, hat er, und das wissen wir alle, nicht wahr, Jeremy? Er hat Ihnen verraten, dass ich da bin. Hat Sie zu meinem Versteck geführt.«

»Nein, hat er nicht. Wir haben das Haus selbst gefunden. Jeremy hat kein Wort gesagt.«

»Unsinn.«
»Nein, die Wahrheit. Wir haben den Wagen gefunden, den Sie vom Parkplatz an Brooke Adlers Haus geklaut haben. Es hatte GPS, nachträglich eingebaut, aber das haben Sie nicht bemerkt.«
Sein Blick flackerte. Er ärgerte sich über sich selbst. Sehr schön. »Na und?«
»Sie mögen Tiere. Sie lassen Katzen und Hunde hinaus, bevor Sie das Haus in Brand stecken.«
Er verzog prüfend den Mund. »Ich wiederhole: Na und?«
»Und Sie hatten die Möglichkeit, sich Curare zu besorgen. Wir haben die Tierärzte und Zoogeschäfte in einem Radius von einer Meile um den Fundort des Autos überprüft. Und sind so auf Mrs. Lukowitch gestoßen.«
Seine Lippen pressten sich zu einem Strich zusammen. »Und sie hat Ihnen alles brühwarm erzählt. Ich hätte die Schlampe eigenhändig umbringen sollen.«
»Nein, sie hat uns angelogen. Aber nicht besonders gut, und das hat uns misstrauisch gemacht. Wir haben Ihr Versteck auf ganz altmodische Art gefunden, Kates. Gute, gründliche Polizeiarbeit und einen Durchsuchungsbefehl. Jeremy hat Sie nicht verraten. Lassen Sie ihn gehen.« Kates regte sich nicht. »Er ist erst sieben. Er ist unschuldig.« Sie holte tief Luft und wagte es. »Wie Shane, bevor er dem Freund Ihrer Tante in die Hände geriet.«
Die Hand um den Messergriff packte fester zu. »Sprechen Sie seinen Namen nicht aus.« Er betrachtete sie trotzig. »Kann mich gar nicht erinnern, in Ihrem Schrank solche Pullis wie diesen gesehen zu haben. Ich erinnere mich dafür sehr gut an enge T-Shirts und Tops, mit denen Sie Männer verrückt zu machen versuchen. Sie tragen darunter etwas. Ziehen Sie den Pulli aus, Detective. Los.«

»Mia, tun Sie das nicht«, sagte Spinnelli eindringlich, aber Kates hob das Messer und schnitt in Jeremys Kinn, gerade tief genug, um Blut fließen zu lassen.

»Mia.« Spinnellis Stimme klang nun panisch. »Nicht.«

Tränen traten in Jeremys Augen. Aber er wimmerte nicht, weinte nicht. Kates zog die Brauen hoch. »Ich habe Thompson den Kopf fast ganz abgeschnitten. Dieser Junge hier ist sehr viel zarter. Wollen Sie das auf Ihrem Gewissen haben, Mitchell?« Er zog Jeremys Kopf zurück und legte ihm wieder die Klinge an die Kehle, und Mia hatte keinerlei Zweifel, dass er seine Drohung wahrmachen würde.

»Okay.«

»Mia!«, brüllte Spinnelli. Mental schloss sie ihn aus. Die Kamera war im Stoff des Pullovers unter ihrer linken Schulter verborgen. Wenn sie den Pulli auf die Theke legte, konnte Spinnelli mit etwas Glück immer noch genügend sehen. Vorsichtig zog sie den Pullover über den Kopf und legte ihn auf die Arbeitsfläche. Und hoffte.

Kates' Lippen verzogen sich. »Dachte ich's mir doch. Und nun die Weste.«

Ihre Finger blieben ruhig, als sie das Klettband löste. »Sie haben Shane beschützt, Andrew. Sie haben sich Tyler Young geopfert, damit ihm nichts geschah.« Sie arbeitete langsam an der Weste, löste einen Streifen nach dem anderen. Vielleicht konnte sie einen Vorteil erzielen, bevor sie ihm vollkommen ausgeliefert war.

»Ich habe gesagt, Sie sollen seinen Namen nicht aussprechen.« Er richtete sich kerzengerade auf, und Jeremy sog scharf die Luft ein, als er beinahe von den Füßen gehoben wurde. »Tut mir leid. Ich weiß, wie weh es getan hat, ihn zu verlieren. Sie haben den Schmerz in der vergangenen Woche zurückgegeben.« Ihre Finger verharrten am letzten

Klettband. Kates' Blick fixierte ihr Gesicht. Sie drang zu ihm durch. »Aber ich weiß auch, dass alles begonnen hat, als Jeff und Manny Thad angefasst haben.«

Zorn blitzte in Kates' Augen auf. »Sie wissen gar nichts.« Er presste die Kiefer zusammen. »Und jetzt weg mit der verdammten Weste. Sonst ist der Junge schneller verblutet, als du dir vorstellen kannst.«

Dreck. Sie zog an dem letzten Streifen. »Ich weiß mehr, als Sie sich vorstellen können, Andrew. Ich weiß sehr gut, wie es ist, wenn jemand sich auf diese Art für einen opfert. Meine Schwester hat dasselbe für mich getan.«

»Du lügst.«

»Nein. Mein Vater hat meine Schwester missbraucht, und sie wehrte sich nicht dagegen, damit er mich in Ruhe lassen würde und ich ein relativ normales Leben führen konnte. Ich lebe mit der Schuld, dass ich sie nicht beschützen konnte. Also kann ich das besser nachfühlen, als Sie glauben, Andrew. Sie wollen diesem Kind nicht wirklich etwas tun, sondern mir. In der vergangenen Woche haben Sie sich an allen gerächt, die Ihnen etwas angetan haben.« Und dabei leider noch ein paar unschuldige Menschen getötet, aber sie wollte, dass er sich auf ihr Thema konzentrierte. »Sie haben noch nie einem Kind etwas angetan. Fangen Sie nicht jetzt damit an.«

Er wirkte plötzlich verunsichert. Sie sah ihre Chance.

»Sie hassen nicht ihn, sondern mich. Ich bin diejenige, die Ihren wahren Namen herausgefunden hat, die Sie gefunden hat. Ich bin diejenige, die Ihre Sachen genommen hat. Und ich bin diejenige, die Sie hinter Gitter bringen will. Nicht der Junge. Lassen Sie ihn gehen. Nehmen Sie mich stattdessen.«

Oben an der Kellertreppe auf der anderen Seite der Tür hörte Reed zu. Ihm sank der Mut, auch wenn er genau das von ihr erwartet hatte, als er die ersten Worte gehört hatte. Er hatte hineinstürmen und ihr helfen wollen, als er hörte, wie Kates den Jungen bedrohte. Und so stand er da, die Pistole in der Hand, und wartete. Sie würde ihn dazu bringen, das Kind gehen zu lassen, daran zweifelte er nicht. Was das für sie bedeuten mochte, darüber konnte er jetzt nicht nachdenken. Kates hatte eine lange Weile geschwiegen, aber nun sprach er.

»Vielleicht bringe ich euch beide um.«

Mia betrachtete Kates eingehend und versuchte, sich an das zu erinnern, was sie in der vergangenen Woche über ihn erfahren hatte.

»Vielleicht. Aber eigentlich glaube ich das nicht.« Er hatte zehn Jahre lang verdrängt, dass er seinen eigenen Bruder getötet hatte. Er würde nur allzu gern auf alles eingehen, das besser zu ertragen war als die Wahrheit. »Sie haben Joe Dougherty einen qualvollen Tod erspart. Sie haben die Tiere verschont. Sie haben die bestraft, die Ihren Zorn verdient haben. Penny Hill und Tyler Young haben es verdient, aber das Kind nicht.«

Und dann setzte sie noch einen drauf. »Wenn Sie den Jungen töten, dann bringe ich Sie um. Keine der Frauen, die Sie in der vergangenen Woche getötet haben, war ausgebildet, wie ich es bin. Sie haben den Zeitungsartikel gelesen. Ich habe einen Mann zur Strecke gebracht, der doppelt so schwer war wie ich. Vielleicht schaffen Sie es, mich umzubringen, aber Sie werden in keinem Fall unverletzt davonkommen, das verspreche ich Ihnen. Lassen Sie ihn gehen, und ich wehre mich nicht.«

»Das glaube ich dir nicht. Du versuchst mich auszutricksen.«
»Nein. Ich verspreche es.« Sie zog eine Braue hoch. »Nennen Sie es Wiedergutmachung an meiner Schwester. Vielleicht verstehen Sie das ja.«
Er stand so lange schweigend da, dass es ihr wie eine Ewigkeit vorkam. »Du ziehst jetzt die Weste aus, und ich lasse den Jungen los.«
Mia streifte sich umständlich die Weste ab. Sie fröstelte, als nur noch das T-Shirt ihren Oberkörper bedeckte. »Okay. Ich habe meinen Teil der Abmachung eingelöst. Jetzt Sie.«
Mit einer einzigen fließenden Bewegung nahm er das Messer von Jeremys Hals und zog den Revolver aus dem Hosenbund. Mia fixierte Jeremy, der sich nicht regte. »Geh, Jeremy«, sagte sie eindringlich. »Los.« Jeremy sah sie kläglich an, und das brach ihr fast das Herz. »Geh, mein Schatz. Alles wird gut. Versprochen.«
Kates versetzte dem Jungen einen Stoß. »Geh, hat sie gesagt.« Und Jeremy stob davon. Die Eingangstür wurde aufgerissen und fiel krachend zu. »Wir haben den Jungen«, sagte Spinnelli in ihrem Ohr. »Jetzt locken Sie ihn ins Wohnzimmer.«
Mia warf ihrer Mutter einen Blick zu. »Lassen Sie auch sie gehen.«
Kates lächelte. »Sie gehört nicht zu unserem Deal. Im Übrigen ist sie unhöflich.«
»Sie werden wohl kaum eine Frau umbringen, nur weil sie unhöflich ist«, fauchte Mia. »Herrgott noch mal.«
»Dann habt ihr anscheinend Tania Sladerman aus dem Hotel noch nicht gefunden. Deine Mutter bleibt. Wenn du Unsinn machst, ist sie tot. Und wenn irgendwas schiefläuft, ist sie meine Fahrkarte nach draußen.«

»Wohnzimmer, Mia«, zischte Spinnelli. »Los doch.«
Mia ging einen Schritt auf Kates zu, um ihn zum Fenster zu locken. »Na, dann fangen wir an.«
Kates bewegte seine Pistole. »Du setzt dich. Wir machen das auf meine Art. Nimm deine Handschellen und fessle dich.«

Das kann sie nicht machen, dachte Reed. *Das macht sie nicht*. Der Junge war in Sicherheit. Jetzt würde sie zuschlagen. Er öffnete die Tür einen winzigen Spalt. Sie führte in eine Speisekammer. Die offene Tür gegenüber ging zur Küche. Er schlich zur Tür und spähte hinein. Annabelle Mitchell saß mit dem Rücken zum Herd auf einem Stuhl, gefesselt und geknebelt. Kates stand neben ihr, eine Rohrzange in der einen Hand, in der anderen das Messer an Annabelles Kehle. Ihre Augen weiteten sich, als sie ihn sah, und er schüttelte hastig den Kopf.
Und dann riss er selbst die Augen auf, als er die .38 auf dem Herd sah. Kates hatte offenbar aufgerüstet.
Reed veränderte seine Position, so dass er Mia sehen konnte. Sie saß breitbeinig und vornübergebeugt auf dem Stuhl und nestelte zwischen ihren Knien an den Handschellen. »Eins würde ich noch gern wissen, Kates.« Sie versuchte, Zeit zu schinden. *Braves Mädchen*. Ihre Notwaffe steckte im Stiefel. Er wusste es, denn er hatte sie in den vergangenen Nächten schon oft dort herausgeholt. Sie wartete auf eine Gelegenheit, sie zu ziehen.
»Nur eins?«, sagte Kates sarkastisch. »Beeil dich«, fügte er ungeduldig hinzu. »Oder die alte Dame hier tritt ab.«
»Ich versuch's ja«, fauchte Mia. »Meine Hände zittern, okay?« Sie holte Luft. »Ja«, sagte sie schließlich. »Nur eine Frage. Die Lunten. Warum so kurz? Ich habe zwei Theo-

rien.« Sie sah spöttisch auf. »Der Seelenklempner bei uns meint, das Messer sei eine Schwanzverlängerung. Haben die kurzen Lunten dieselbe Funktion?«

Mia reizte ihn. Damit er sie statt ihrer Mutter mit dem Messer attackierte. Und obwohl Reed sah, dass ihre Strategie nicht unklug war, drehte sich ihm der Magen um. Er zielte auf Kates' Brust. Sobald er das Messer von Annabelles Kehle nahm, war er tot.

Kates' Gesicht wurde dunkelrot. »Du Miststück. Ich wusste doch, dass du lügst. Dafür wirst du bezahlen.«

»Oder«, fuhr sie gelassen fort, »sind die Lunten deshalb so kurz, weil Sie im Prinzip nur den erwischen wollen, der Ihren Bruder wirklich umgebracht hat – sich selbst nämlich.«

»Halt die Klappe«, zischte Kates. Sein Blick flackerte wild. Mia hatte ihn bald so weit, Reed wusste es.

»Sie haben Ihren Bruder getötet, Andrew«, sagte sie. »Jedes Mal, wenn Sie einen Brand gelegt haben, hat ein kleiner Teil von Ihnen gehofft, dass Sie selbst dabei draufgehen. Weil Sie schuldig sind. Sie haben Shane umgebracht.«

»Du weißt gar nichts, und du wirst sterben.« Ohne seinen Blick von ihr zu nehmen, schlug Kates mit der Rohrzange das Gasventil ab. Doch statt des zu erwartenden Zischens war nur ein kurzes Gurgeln zu hören, dann nichts mehr. *Dann zähl mal, du Arschloch*, dachte Reed befriedigt.

Verblüfft starrte Kates auf den Gashahn, und Mia kam mit ihrer Pistole in der Hand auf die Füße. Bevor Reed sie noch warnen konnte, schleuderte Kates ihr die Rohrzange entgegen. Sie duckte sich, und Kates griff nach seinem Revolver. Reed feuerte seine Waffe ab, und das Krachen mehrerer Schüsse war ohrenbetäubend. Kates' Messer fiel klappernd zu Boden und einen Sekundenbruchteil darauf auch Kates

selbst. Reed stürmte in den Raum, das Funkgerät in den bebenden Händen, die tauben Finger drückten verzweifelt auf die Knöpfe. Er trat Kates die Waffe aus der Hand. »Kates am Boden. Mitchells Mutter ist verletzt.«
Blut rann aus einer Wunde an Annabelles Kehle, aber es sprudelte nicht, also hätte es schlimmer sein können. Er rupfte ein Küchenhandtuch vom Haken und drückte es der Frau gegen den Hals. »Mia.« Er wandte sich zu ihr um und ... erstarrte.
»Verdammt, Reed, was machen Sie da?« Spinnellis wütende Stimme kam knisternd durchs Funkgerät.
Aber Reed antwortete nicht. Konnte nicht antworten. Mia lag zusammengesunken auf dem Fußboden, ihr weißes T-Shirt rot von Blut. Mit zwei Schritten war er an ihrer Seite. *»Mia. Mia!«* Er zog ihr das Hemd hoch, und sein Herz hörte einfach auf zu schlagen. In ihrer Seite befand sich ein Loch, und das Blut schoss entsetzlich schnell heraus.
Sie mühte sich, die Augen zu öffnen, und sie waren glasig. »Reed. Hast du ihn erwischt?«
Er befreite sich von seinem Mantel und riss an seinem Hemd. Er musste die Blutung stoppen. So schnell konnte die Ambulanz nicht hier sein.
»Ich habe ihn, Liebling. Halt still. Hilfe ist unterwegs.«
»Gut«, sagte sie. Das Stöhnen klang entsetzlich rasselnd. »Das tut weh.«
Mit bebenden Händen drückte er sein Hemd auf die klaffende Wunde. »Ich weiß, mein Herz.«
Sie sog mühsam die Luft ein. »Du hättest mir die Hundemarken nicht abnehmen dürfen, Solliday.«
Die Tür flog auf, und die Notfallambulanz stürmte herein, gefolgt von einem Haufen Uniformierter, vorneweg Marc Spinnelli und Murphy. Murphy zerrte Reed aus dem Weg,

damit die Sanitäter Mia auf eine Trage heben konnten. »Der Blutdruck sinkt rapide. Schnell!«

Betäubt sah Reed zu, wie sie sie im Laufschritt hinausbrachten und in den Krankenwagen schoben.

Ein anderes Team trug Annabelle Mitchell hinaus. Sie lebte, war aber bewusstlos. Spinnelli ging neben Kates auf die Knie und drückte die Finger an seine Kehle. »Er ist tot.« Dann erhob er sich. Sein Gesicht war totenbleich. »Ein Schuss in die Brust, einer in die Schulter. Verschiedene Waffen. Wer hat den Treffer in die Brust gelandet?«

»Ich.« Reeds Knie drohten nachzugeben. »Als Mia schießen wollte, hat er ihr den Schraubenschlüssel entgegengeschleudert, und sie hat die Waffe verrissen.« Er beugte sich vor und nahm seinen Mantel. »Ich fahre ins Krankenhaus.«

Spinnelli nickte. »Murphy, Sie fahren mit Solliday. Ich erledige die Formalitäten hier und komme nach.«

Montag, 4. Dezember, 11.05 Uhr

»Daddy?«

Reed zwang sich, die Augen aufzuschlagen. Beth stand im Eingang des Wartezimmers der Chirurgie und hatte eines seiner Hemden in der Hand. Er stand auf, obwohl sein Magen rebellierte und seine Knie noch immer schwach waren. »Mit mir ist alles in Ordnung, Beth.«

Sie schluckte schwer, dann warf sie sich in seine Arme. »Ich weiß, ich weiß.« Sie zitterte. »Ich habe das von Mia gehört und dachte zuerst, du wärst auch getroffen.«

Reed küsste sie aufs Haar. »Nein, ich nicht.« Aber es hätte auch nicht Mia treffen dürfen. *Ich hätte den Mistkerl sofort töten sollen, als ich die Chance dazu hatte*. Aber damit hätte er Annabelles Leben gefährdet. Annabelle hatte seltsamerweise in so gut wie keinem quälenden Geheimnis, das Mia ihm erzählt hatte, eine Rolle gespielt, aber er konnte ihrer Mutter keinen Hass entgegenbringen. Im Augenblick fühlte er gar nichts.

»Wie geht es ihr?«, fragte Lauren, die ebenfalls in der Tür erschienen war.

»Sie ist noch im OP. Wir warten.« Er blickte sich im vollen Wartezimmer um. Ungefähr zwanzig Gesichter wirkten angstvoll und besorgt, und beinahe alle wegen Mia. »Wir warten alle.«

Beth schnupperte. »Du riechst nach Rauch. Aber ich dachte, diesmal hätte nichts gebrannt.«

»Zigaretten.« Ihr entgeisterter Blick entlockte ihm ein Lächeln. »Keine Sorge, ich war's nicht.« Murphy hatte auf der Fahrt hierher seine Möhrenstäbchen aus dem Fenster geworfen und stattdessen kettengeraucht. Reed konnte es ihm nicht verübeln. »Danke für das Hemd.« Er streifte es über und sagte nichts, als Beth sich vor ihn stellte und es zuknöpfte. Er hätte es unter keinen Umständen allein geschafft.

Und dann betrat ein Arzt das Wartezimmer. Seine Miene wirkte bewusst ausdruckslos, und Reed packte nackte Angst. *Sie ist tot.* Beth drückte seine Hand, und Mias Freundin Dana kam auf die Füße und sah dem Arzt bleich entgegen. Ihr Mann Ethan stand ebenfalls auf.

»Ich suche Detective Mitchells Familie.«

»Ich bin ihre Schwester«, sagte Dana und zeigte auf Reed. »Und das ist ihr Verlobter.«

Der Arzt nickte müde. »Dann kommen Sie bitte mit.«

Unter den schockierten Blicken der anderen folgten Reed und die Buchanans dem Arzt in einen kleineren Raum. Der

Arzt deutete auf ein paar Stühle und schloss die Tür. »Sie lebt.«
»O Gott.« Dana sank erleichtert gegen ihren Mann. Buchanan drückte seine Frau behutsam auf einen der Stühle und stellte sich dann hinter sie.
»Aber?«, fragte Reed. Er wollte sich nicht setzen.
»Die Kugel hat einiges an Schaden angerichtet. Unter anderem hat sie die rechte Niere getroffen, so dass wir sie entfernen mussten.«
Jetzt musste Reed sich doch setzen. Er warf Dana einen Blick zu, und aus ihrem entsetzten Blick schloss er, dass sie die Bedeutung der Worte verstand. Ethan Buchanan allerdings nicht. »Okay. Aber man braucht doch nur eine, oder?«
»Sie hatte nur eine«, sagte Reed hölzern. Plötzlich hatte er das Bedürfnis, zu schreien. Aber er beherrschte sich. »Und was nun?«
»Sie ist noch nicht übern Berg. Sie hat viel Blut verloren, und ihr Zustand ist keinesfalls stabil. Morgen lässt sich mehr sagen. Aber falls sie durchkommt, wird sie sich über ihre Möglichkeiten Gedanken machen müssen.«
»Dialyse oder Spenderniere«, sagte Reed. »Testen Sie mich. Sie kann eine von meinen Nieren haben.«
Der Blick des Arztes war freundlich. »Innerhalb der Familie sind die Chancen auf ein passendes Organ größer.«
Dana sah betreten zu Boden. »Dann testen Sie mich. Nur sind wir … adoptiert.«
»Und meine Frau ist schwanger«, fügte Buchanan hinzu.
Der Arzt nickte ernst. »Ich verstehe.«
»Aber sie hat doch ihre Mutter und ihre biologische Schwester.«
Der Arzt räusperte sich voller Unbehagen. »Die Mutter weigert sich, sich testen zu lassen.«

Reeds Kinnlade fiel herab. »Was?«
»Tut mir leid. Mrs. Mitchell ist bei Bewusstsein und hat sich geweigert.«
Aber Dana wirkte nicht überrascht. »Ihre Schwester Kelsey ist in der Hart-Frauenstrafanstalt.«
»Nicht mehr. Sie wurde verlegt. Aber Spinnelli weiß, wohin.« Reed begegnete Danas Blick. »Und dann ist da noch Olivia.«
Dana nickte langsam. »Fragen wir erst bei Kelsey nach. Mia hat mir erzählt, was zwischen Olivia und ihr vorgefallen ist. Es könnte im Augenblick schwierig werden.«
»Es muss nicht sofort geschehen«, sagte der Arzt. »Mit Dialyse kann sie ebenfalls weiterleben.«
»Aber dann kann sie ihren Beruf nicht mehr ausüben«, sagte Reed tonlos.
Der Arzt schüttelte den Kopf. »Nein, nicht als Ermittlerin. Vielleicht irgendwo am Schreibtisch.«
Reed schluckte. »Ich fürchte, dann würde sie lieber sterben.«
Der Arzt legte Reed eine Hand auf die Schulter. »Warten wir's ab.«
Er ging, und Reed presste sich die Fingerspitzen gegen die Schläfen. »Warum habe ich dieses Schwein bloß nicht früher erschossen. Ich wollte ihre Mutter retten, verdammt noch mal.«
»Und sie lässt sich noch nicht einmal testen«, murmelte Ethan.
»Sie ist ein verbitterter Mensch«, erklärte Dana ruhig. »Aber Mia hätte nicht gewollt, dass Sie das Leben ihrer Mutter ihretwegen riskieren. Ich nehme mit Kelsey Verbindung auf. Sie wird spenden. Sie liebt Mia.« Sie holte zittrig Luft. »Verzeihen Sie mir wegen des Spruchs mit dem

Verlobten. Ich dachte, Sie wollten sie besuchen dürfen, und man hätte Sie andernfalls nicht gelassen.« Sie lächelte leicht, aber ihr Blick war noch immer traurig. »Im Kino klappt das immer.«

Reed stieß ein schnaufendes kleines Lachen aus. »Herzlichen Glückwunsch zu Ihrem Baby. Mia hat es mir erzählt.« Als sie in der vergangenen Nacht auf Kates gewartet hatten.

Danas Augen füllten sich mit Tränen. »Sie muss wieder fit werden. Sie soll doch die Taufpatin sein.«

»Das hat sie mir auch gesagt. Und sie freut sich sehr darauf.«

Dana blinzelte, um die Tränen zu verdrängen. »Die verflixten Hormone«, murmelte sie. »Ich muss nach Hause und mit der Frau reden, die momentan auf die Kinder aufpasst. Ich komme zurück, wenn Mia wach ist. Sorgen Sie dafür, dass ihr niemand etwas von der Niere erzählt, bis ich wieder da bin, okay?«

Reed hätte selbst am liebsten geweint, aber er nickte. »Okay. Sagen wir den anderen erst einmal, dass sie die Operation gut überstanden hat. Dann warten wir ab.«

Sie nahm seine Hand, wie sie es getan hatte, als sie sich zum ersten Mal begegnet waren. »Und hoffen inständig, dass alles gut wird.«

Dienstag, 5. Dezember, 7.25 Uhr

»Wie geht's ihr?«, fragte Dana murmelnd. Reed wollte aufstehen, aber sie drückte ihn sanft auf den Stuhl neben Mias Bett in der Intensivstation zurück. Zahllose Schläuche steckten in ihrem Körper, und ihr Gesicht war so weiß wie das Kopfkissen.

»Unverändert.« Sie hatte sich noch nicht gerührt, seit sie aus dem Aufwachraum hergebracht worden war. »Der Arzt meinte, sie braucht vermutlich deshalb so lange zum Aufwachen, weil sie nach der letzten Verletzung zu früh wieder arbeiten gegangen und nun vollkommen erschöpft ist.«

Dana strich ihrer Freundin zärtlich die Haare aus der Stirn. »Das Mädchen hat einen extremen Dickkopf. Sie hört auf niemanden.«

Vermutlich wäre die Kugel von deinem Dickschädel einfach abgeprallt, hatte Jack gesagt. *Manchmal muss man sich wünschen, dass du nicht so viel Glück hättest.* »Das Letzte, was sie sagte, bevor sie das Bewusstsein verlor, war, dass ich sie nicht hätte dazu bringen dürfen, ihr die Kette abzunehmen. Ich bin nicht gerade abergläubisch, aber im Augenblick frage ich mich, ob sie nicht recht hat.«

»Erinnern Sie mich daran, Ihnen später eine zu scheuern«, sagte Dana mit mildem Spott. »Die Marken mussten weg, und ich bin froh, dass Sie sie davon überzeugen konnten. Reed, sie ist Polizistin. Sie begibt sich jeden Tag in Gefahr. Das hat nichts mit Aberglauben zu tun. Haben Sie zwischendurch etwas geschlafen?«

»Ja, ein bisschen. Warum will ihre Mutter ihr nicht helfen?«

Danas Augen waren ernst. »Annabelle hat ihren Töchtern die Schuld an allem gegeben. Wenn sie Söhne geworden wären, wäre das ganze Leben anders geworden, meint sie. Aber wenn sie Söhne gewesen wären, hätte Bobby Mitchell sie auf andere Art misshandelt. Er war, wie er war. Kelsey und Mia haben den Preis dafür bezahlt.«

»Liebt sie ihre Mutter?«

Dana hob halb die Schultern. »Ich denke, sie fühlt sich ihr

verpflichtet. Man versucht doch immer, auch Sinnlosigkeit einen Sinn zu geben. Vielleicht, um vor sich selbst zu rechtfertigen, dass man seine Mutter trotz allem liebt.«

»Sie klingen wie ein Psychologe«, murrte er, und sie lachte.

»Sehen Sie zu, dass Sie sich ausruhen, Reed. Ich bleibe bei ihr und rufe Sie an, sobald sie aufwacht, versprochen.« Sie wartete, bis er schwerfällig auf die Füße gekommen war, dann gab sie ihm eine Tüte. »Ich habe das in meinem Wohnzimmer gefunden. Sie hat Jeremy am Sonntag ein Buch geschenkt und das bei mir vergessen. Als ich sah, dass das nicht ihr üblicher Lesestoff war, habe ich reingesehen. Es ist für Sie.« Ein kleines Lächeln erschien auf ihren Lippen. »Sie hat etwas reingeschrieben.«

Erst als er in seinem Hotelzimmer war, zum ersten Mal allein seit Samstagnacht, holte er das Buch aus der Tüte und betrachtete den Umschlag. Und zog die Brauen zusammen. Gedichte. Harte, beißende Verse von Charles Bukowski. *Die Liebe ist ein Höllenhund* lautete der Titel. Er holte tief Luft und schlug das Buch auf. Typisch für Mia war ihre Schrift – direkt, schnörkellos und unordentlich.

Das ist nicht mein Herz. Eher meine Macke. Aber ich selbst dichte nur holprig, und der Typ spricht aus, was ich denke. Vielleicht mag ich doch Gedichte.

Nicht ihr Herz? Oh. Er schloss die Augen und erinnerte sich. Die Nacht, als sie den Ring um seinen Hals gesehen hatte. Er hatte Christines Buch gelesen. Als er aufwachte, hatte es auf dem Nachttisch gelegen. Mia musste die Widmung gesehen haben. Und nun war Christines wunderbare Lyrik verloren, und in seinen Händen hielt er ein Werk voller grober, leidenschaftlicher und manchmal zorniger Worte. Aber das Gefühl, das dahintersteckte, berührte ihn tief, und während er zu lesen begann, erlaubte er sich endlich, die Tränen, die er so lange zurückgehalten hatte, laufenzulassen.

Sie würde wieder auf die Beine kommen. Sie war zu sturköpfig, um etwas anderes zu akzeptieren. *Und das bin ich auch.*

25. Kapitel

Montag, 11. Dezember, 15.55 Uhr

Eine Krankenschwester steckte den Kopf ins Zimmer. »Sie haben Besuch, Detective.«

Mia wollte am liebsten laut aufstöhnen. Ihr Kopf schmerzte. Seit man sie in ein normales Krankenzimmer gebracht hatte, riss der Strom an Besuchern nicht ab. Natürlich hätte sie die Schwester bitten können, niemanden mehr zu ihr zu lassen, aber jeder, der kam, war jemand, der ihr etwas bedeutete. Und dem sie etwas bedeutete. Was waren da schon Kopfschmerzen? »Okay. Lassen Sie rein, wer immer da ist.«

Jeremy spähte um die Ecke, und Mia lächelte. »Hey, Kleiner.«

»Hey.« Er näherte sich ihrem Bett. »Du siehst schon wieder ganz gut aus.«

»Ich fühle mich auch schon wieder ganz gut.« Sie klopfte auf die Matratze. »Wie läuft's in der Schule.«

Er setzte sich vorsichtig neben sie. »Meine Lehrerin hat heute einen Fehler gemacht.«

»Tatsächlich? Was denn für einen?«

Und er erzählte ihr, wie die Lehrerin den Namen eines babylonischen Königs, von dem Mia noch nie gehört hatte, falsch ausgesprochen hatte, und während er redete, verschwanden ihre Kopfschmerzen und mit ihnen vorübergehend ihre Sorgen um ihre Gesundheit und ihre berufliche Laufbahn. Der Junge war in Sicherheit und würde ein vernünftiges Leben führen können. Sie hatte etwas von Bedeutung erreicht.

Aber sie wollte, dass Jeremy mehr bekam. Manchmal lächelte er, und neulich hatte er sogar einmal gelacht. Er schien sich bei Dana recht wohlzufühlen, aber irgendwie reichte ihr das nicht. Sie wollte, dass er glücklich war, nicht nur zufrieden.

Er hatte zu Ende erzählt und musterte sie nun misstrauisch. Dann sagte er: »Du hast auch einen Fehler gemacht an diesem Tag.« Er zog die hellen Brauen zusammen. »Du hast sogar gelogen.«

An diesem Tag musste er nicht näher erklären. »Hab ich?«

Er nickte. »Du hast Kates gesagt, ich hätte dir nichts verraten. Aber das war gelogen.«

»Hmm.« Also war die Geschichte über die Lehrerin nur eine schlaue Einleitung gewesen. »Tja, da hast du wohl recht. Wäre es dir in diesem Moment lieber gewesen, wenn ich die Wahrheit gesagt hätte?«

Er schüttelte den Kopf. »Nein.« Dann biss er sich auf die Lippe. »Meine Mutter hat auch gelogen.«

Aha. »Du meinst, als sie sagte, sie hätte ihn nicht gesehen? Sie wollte dich beschützen.«

»Und das wolltest du auch.« Plötzlich setzte er sich gerade auf. »Ich würde am liebsten bei dir wohnen.«

Sie blinzelte. Öffnete den Mund. Wollte sagen, warum das nicht möglich war, aber kein einziges Argument kam über ihre Lippen. Es gab nur eine Antwort, die sie diesem Kind, das schon so viel durchgemacht hatte, geben konnte. »Okay.« Und sie würde eine Möglichkeit finden, es wahrzumachen, und wenn sie Himmel und Erde in Bewegung setzen musste. »Aber ich muss dich warnen. Ich bin eine miese Köchin.«

»Nicht so schlimm.« Er kuschelte sich neben sie und nahm die Fernbedienung. »Ich gucke auch immer Kochsendungen. Sieht gar nicht so schwer aus. Ich kann bestimmt für uns beide kochen.«

Sie lachte und küsste ihn aufs rote Haar. »Wunderbar.«

Montag, 11. Dezember, 17.15 Uhr

Dana hatte Jeremy abgeholt, und Mia war wieder allein. Sie hatte viel nachzudenken. Sie hatte eine Katze und einen festen Freund und ein Kind bekommen. Und sie hatte eine Niere und ihren Job verloren, und das alles in nur zwei Wochen.

Kates war tot, von Reed erschossen. Jeremy lebte. Und ihre Mutter auch. Sie hatte beinahe alles geopfert, um Jeremy zu retten, aber die Rettung ihrer Mutter hatte sie ihre berufliche Laufbahn gekostet, und das schien ein verdammt hoher Preis zu sein.

Ich hätte Kates einfach erschießen sollen. Er hatte das Messer an die Kehle ihrer Mutter gehalten, aber es war ihr vorgekommen, als hätte eine Fremde dort auf dem Stuhl gesessen. Sie hatte ihre Mutter gerettet und das eigene Leben aufs Spiel gesetzt. Aber sie hatte schon viele Male ihr Leben für Fremde aufs Spiel gesetzt.

Ein Fremder hätte ihr wohl eher eine Niere gespendet. Es war schwer, darüber keine Bitterkeit zu empfinden. *Ich werde es überleben.* Und eigentlich war genau das das einzig Wichtige. Aber sie konnte ihren Beruf an den Nagel hängen, falls sie nicht einen Spender fand. Kelsey konnte nicht, ihr Gewebe hatte zu wenig Übereinstimmungen mit

Mias, genauso war es bei Dana, Reed oder Murphy oder jedem anderen ihrer Freunde, die sich ungefragt Proben hatten entnehmen lassen. Offenbar war sogar Carmichael getestet worden, doch auch bei ihr war nichts zu holen.

Olivia war ständig in ihrem Kopf präsent, aber Mia scheute sich, sie danach zu fragen. Im Grunde waren sie sich fremd. Vielleicht konnten sie sich eines Tages anfreunden. Falls das geschehen sollte, dann wollte Mia es aus den richtigen Gründen geschehen lassen, nicht weil sie insgeheim hoffte, eine Niere von ihrer Halbschwester zu bekommen. Das kam ihr … falsch vor.

Also schien es, dass in naher Zukunft ein Berufswechsel anstand. *Was kann ich tun?* Es war eine interessante Frage und keinesfalls nur ein wenig beängstigend. Jetzt würde sie sich die Auszeit nehmen, die Spinnelli ihr angeraten hatte. Aber nicht am Strand, und ihre Haut war eher das Gegenteil von gebräunt. *Aber ich lebe noch.*

»Hey.« Reed kam herein. In der einen Hand hielt er eine Zeitung, in der anderen eine große Plastiktüte. »Wie fühlst du dich?«

»Ich habe Kopfschmerzen, aber ansonsten geht es mir ganz gut. Ich schwöre dir, Solliday, wenn du in *dieser* Tüte eine Schachtel Kondome mitgebracht hast, dann musst du dir eine andere Frau suchen.«

Er setzte sich auf die Bettkante und küsste sie sanft. »Ich hätte nie gedacht, dass mir deine spitze Zunge einmal fehlen würde.« Er gab ihr die Zeitung. »Ich dachte, du würdest das hier bestimmt sehen wollen.« Die Überschrift lautete: *Lokaler Nachrichtensender wegen Erpressung verklagt.* Die Autorin war Carmichael.

Mias Lippen zuckten. »Das ist viel besser als die Schmerzmittel, die du mir ständig in den Rachen stopfst.« Sie überflog den Text und sah mit einem Grinsen auf. »Holly Wheaton kann demnächst aus einer Zelle senden. Hurra.«

»Weißt du, sie hat mir zwar gesagt, warum sie dich nicht ausstehen kann, aber du nicht, warum du *sie* nicht ausstehen kannst.«

»Das kommt mir jetzt verflucht unwichtig vor. Weißt du noch, dass ich dir erzählt habe, wie Guy und ich uns in dem Restaurant gestritten haben? Tja, irgendjemand hat Wheaton gesteckt, dass wir da waren und uns zankten. Sie war gerade von der Titelseite zur Klatschspalte verbannt worden, weil kein Polizist sie mehr in die Nähe eines Tatorts ließ. Jedenfalls wartete sie vor dem Laden mit einer Kamera. Fragte mich, ob es wahr sei, dass Guy und ich uns trennen wollten. Es war nicht einmal saftiger Klatsch. Nur boshaft.«

Sie seufzte. »Und so fand Bobby heraus, dass er seine Hockey-Karten in Zukunft wieder selbst bezahlen musste. Er ließ mich deutlich spüren, wie unfroh er deswegen war. Es hätte mir egal sein müssen. Wahrscheinlich ist es ein alberner Grund, um jemanden zu verabscheuen.« Sie grinste. »Aber ich freue mich trotzdem, dass sie jetzt im Knast sitzt.«

Reed lachte und küsste sie wieder. »Ich auch.« Er setzte sich auf den Stuhl. »Beth hat wieder an einem Wettbewerb teilgenommen. Sie hat mich eingeladen. Und dich auch, wenn du bis dahin wieder draußen bist.«

Mia wurde ernst. »Hast du sie jemals gebeten, dir ›Casper‹ vorzulesen?«

Etwas in Reeds dunklen Augen veränderte sich. »Ja. Und ich habe ihr gesagt, dass ich sie liebe, genau wie du mir geraten hast.«

»Sie hat echtes Talent.«

»Ja, das hat sie. Ich hatte keine Ahnung, was sie empfindet.« Er schluckte. »Dass sie wirklich geglaubt hat, ich würde sie eintauschen, wenn ich dafür ihre Mutter zurückbekäme. Ich wollte ihr doch nicht wehtun.«

»Und was willst du jetzt unternehmen?«

Er lächelte. »Ich habe mit diversen Leuten über das Haus gesprochen. Ich habe die bautechnischen Dinge abgesegnet, lasse aber Beth und Lauren bei der Einrichtung freie Hand. Du darfst bei meinem Schlafzimmer mitreden.«

Sie zog erstaunt die Brauen hoch. »Ehrlich?«

»Du wirst doch dort wohnen, wenn du entlassen wirst.« Es klang ungewohnt angriffslustig.

Ihre Brauen blieben oben. »Werde ich?«

»Ja, wirst du. Wenigstens, bis du dich wieder ganz erholt hast. Dann kannst du gehen, wenn du unbedingt willst. Hast du irgendwas dazu zu sagen, Mitchell?«

Er war nervös, und ihr schmolz das Herz. »Ich darf nur mitreden?«

Er entspannte sich ein wenig. »Ich mag keine Streifen und Karos. Beth hat Geschmack. Lass dich von ihr beraten.«

»Okay.« Sie schob ihre Finger ineinander. »Jeremy war heute hier.«

»Und ihr habt ferngesehen«, sagte Reed trocken.

Sie lachte leise. »Die Geschichte des Käses oder so was.« Dann seufzte sie. »Reed, mir geht da etwas im Kopf herum.«

Sie blickte auf ihre Hände. »Ich will nicht, dass Jeremy in einer Pflegefamilie aufwächst, selbst wenn es so eine tolle wie Danas ist.«

»Das heißt, du willst ihn adoptieren.«

»Ja. Er hat mich gefragt, ob er bei mir wohnen könnte, wenn ich aus dem Krankenhaus komme. Ich habe ja gesagt, und ich tue alles, was ich kann, um dieses Versprechen zu halten. Ich will, dass du das weißt.«

»Wir haben noch ein Zimmer übrig. Das kann er haben. Aber er kriegt keinen Fernseher in sein Zimmer, das muss klar sein.«

Es schien keine große Sache für ihn zu sein. Mia zerfloss beinahe bei so viel Großzügigkeit und der Leichtigkeit, mit der er eine so weitreichende Entscheidung unterstützte. »Wir reden hier von einem Kind. Familienzuwachs. Du solltest das nicht auf die leichte Schulter nehmen.«

Sein Blick wurde finster. »Hast du's getan?«

»Nein.«

»Und ich tue das auch nicht.« Er holte tief Luft. »Mir geht auch etwas im Kopf herum. Erinnerst du dich, dass ich dich einmal gefragt habe, ob du an Seelenverwandte glaubst?«

Ihr Puls beschleunigte sich. »Ja.«

»Du hast gesagt, du glaubst, dass manche Menschen vielleicht einen finden können.«

»Und du hast gesagt, dass ein Mensch nur einmal einen finden kann.«

»Nein. Ich sagte, ich weiß es nicht.«

»Okay. Aber du hast gesagt, du hast nie jemanden gefunden, der Christine ersetzen kann.«

»Und das werde ich auch nie.«

Ihre Hoffnung fiel in sich zusammen. So hatte sie sich das Gespräch nicht vorgestellt. »Warum willst du, dass ich bei dir wohne, Reed? Wenn es nur aus Mitleid ist, verzichte ich.«

Er hob den Blick mit einem frustrierten Seufzen zur Decke. »Herr im Himmel, Mia. Ich kann so etwas nicht gut. Ich war auch beim ersten Mal nicht gut. Eigentlich hat Christine mir den Antrag gemacht.«

Mia fiel die Kinnlade herab. »Du … du machst mir doch keinen Antrag.«
Er grinste sein jungenhaftes Grinsen, das sie jedes Mal schachmatt setzte. »Nein. Aber du solltest mal dein Gesicht sehen.« Er führte ihre Hand an die Lippen und wurde wieder ernst. »Ich kann Christine nicht ersetzen. Sie war ein wichtiger Teil meines Lebens. Sie hat mir Beth geschenkt. Aber ich habe inzwischen begriffen, dass ich sie gar nicht ersetzen muss.« Er sah auf seine Hände. »Ich habe sie geliebt, weil sie aus mir mehr gemacht hat, als ich ohne sie war. Sie hat mich glücklich gemacht.« Er sah auf und lächelte. »Und du machst mich auch glücklich.«
Mia versuchte, den Kloß in der Kehle herunterzuschlucken. »Das freut mich.«
Er zog eine Braue hoch. »Und?«
»Und du machst mich auch glücklich.« Sie verzog leicht das Gesicht. »Und jetzt warte ich, dass der zweite Schuh fällt.«
»Es ist kein Verbrechen, glücklich zu sein, Mia. Glaubst du an die Liebe auf den ersten Blick?«
Fangfrage. »Nein.«
Er grinste. »Ich auch nicht. Zumal der erste Eindruck bei dir ja eher furchtbar war. Du sahst aus wie eine Obdachlose.«
»Na und? Und du wie Satan.« Sie strich mit dem Finger über sein Bärtchen. »Aber irgendwie hänge ich langsam dran. Reed … wer weiß, ob ich je wieder ganz normal leben kann.«
Sein Grinsen verblasste. »Ich weiß. Aber darüber machen wir uns Gedanken, wenn es so weit ist. Jetzt will ich, dass du wieder auf die Beine kommst. Wir suchen weiter nach einer passenden Spenderniere.« Er räusperte sich. »Ich habe

dir was mitgebracht.« Er fischte aus der Tüte das Brettspiel Cluedo. »Ich dachte, du wolltest in der Zwischenzeit vielleicht deine Ermittler-Fähigkeiten trainieren.«

Mia brannten die Augen. »Aber ich nehme weder Dolch noch Pistole.«

Er klappte das Brett auf.

»Dann nimmst du den Kerzenleuchter. Und nur weil du ein Loch im Bauch hast, kriegst du noch lange keine Sonderrechte.«

Und dann spielten sie. Mia wollte gerade Oberst von Gatow in der Bibliothek mit dem Heizungsrohr verdächtigen, als eine Stimme an der Tür sie überraschte. »Fräulen Ming mit dem Seil im Wintergarten.«

Mia riss die Augen auf. »Olivia?«

Reed wirkte weit weniger überrascht, dafür aber besorgt. »Olivia.«

Olivia stellte sich ans Bettende und holte tief Luft. »Also gut.«

Mia spürte plötzlich einen Funken Hoffnung. »Also gut was?«

Olivia warf Reed einen Blick zu. »Sie haben ihr nichts gesagt?«

Er schüttelte den Kopf. »Ich wollte ihr keine Hoffnung machen. Außerdem haben Sie doch abgelehnt.«

»Nein. Ich habe bloß nicht ja gesagt.« Olivia sah Mia direkt in die Augen. »Reed hat mich einen Tag, nachdem du angeschossen wurdest, angerufen. Und hat mir gesagt, dass deine Mutter sich noch nicht einmal auf das richtige Gewebe testen lassen wollte. Du hast gewonnen, große Schwester. Deine Familie ist schlimmer als meine.«

Mia war sprachlos. »Du willst dich testen lassen?«

»Nein, das habe ich schon. Ich sage nie einfach so ja. Ich

brauche immer erst Fakten. Also habe ich mich erst untersuchen lassen. Und dann Urlaub genommen.«

»Und?«, fragte Reed ungeduldig.

»Na ja, ich bin hier. Mein Gewebe passt. Nächste Woche ziehen wir das Ding durch.«

Reed schauderte und stieß erleichtert den Atem aus. »Gott sei Dank.«

Mia schüttelte den Kopf. »Warum tust du das?«

»Tja, keine Ahnung. Ich kenne dich kaum. Ich weiß nicht, was ich dir gegenüber empfinde.« Sie zog die Brauen zusammen. »Allerdings weiß ich, was du aufgeben musst, wenn ich nicht helfe. Du bist eine gute Polizistin. Wenn du keine Spenderniere kriegst, verlierst du deinen Job und Chicago verliert dich. Das kann ich verhindern. Und deshalb tue ich es.«

Sie betrachtete Olivias Gesicht prüfend. »Du bist mir nichts schuldig.«

»Ich weiß. Eigentlich.« Ihr Gesicht wurde düster. »Aber vielleicht doch. Andererseits spielt es keine Rolle, ob ich dir etwas schulde oder nicht. Wenn ein Cop aus meiner Dienststelle das bräuchte, würde ich es auch tun. Und warum dann nicht für meine Blutsverwandte?« Wieder zog sie die Brauen hoch. »Aber wenn du meine Eingeweide nicht willst ...«

»Oh, und ob sie will«, sagte Reed bestimmt. Er nahm Mias Hand. »Lass sie helfen. Bitte.«

»Olivia, hast du dir das auch ganz genau überlegt?« Sie wollte nicht hoffen. Noch nicht.

Olivia zuckte die Achseln. »Mein Arzt hat mir gesagt, ich würde in nur wenigen Monaten wieder voll einsetzbar sein. Mein Captain hat mir den Urlaub bewilligt. Andernfalls hätte ich vielleicht nicht ja sagen können.«

Mia verengte die Augen. »Wenn ich das Ding erst mal habe, gebe ich es nicht zurück.«
Olivia musste lachen. »Na schön.« Sie zog sich einen Stuhl heran und setzte sich neben Mias Bett. »Ich muss mich bei dir entschuldigen. Als wir miteinander gesprochen haben … ich war so schockiert. Und deswegen bin ich einfach abgehauen. Ganz zurück bis nach Minnesota.«
»Ich hätte es dir auch nicht so schonungslos auftischen dürfen.«
»Ja, vielleicht. Du hattest einen schlechten Tag. Netter Abschluss vom Kates-Fall, übrigens.« Sie grinste. »Ich hab's in der *Tribune* gelesen. Ich boykottiere den *Bulletin*.«
Mia grinste zurück. »Ich auch.«
Doch Olivia wurde sofort wieder ernst. »Verzeih mir bitte, Mia. Ich habe geurteilt, obwohl ich nichts wusste. Inzwischen weiß ich mehr. Und ich bin dir dankbar, dass du versucht hast, mir das Gefühl zu nehmen, zurückgewiesen worden zu sein. Du hattest recht. Im Grunde ist es mir besser ergangen. Ich wünschte bloß, meine Mutter würde noch leben, so dass ich es ihr auch sagen könnte.« Sie stand auf. »Ich suche mir jetzt ein Hotel und schlaf eine Runde. Ich hatte eine Doppelschicht, bevor ich herkam.«
»Ich würde Ihnen ja anbieten, bei uns zu übernachten, aber auch wir wohnen noch im Hotel«, sagte Reed.
»Ist schon gut. Dein Arzt hat meine Krankenakte, Mia. Er will nächste Woche den Test wiederholen, und wenn alles klar ist, dann machen wir es. Er sagt, es wird bei uns beiden ein laparoskopischer Eingriff. Ich kann dann ein, zwei Tage später wieder raus. Du könntest Weihnachten zu Hause sein.« Sie warf Reed einen Blick zu. »Ich nehme an, dass Sie damit einverstanden sind.«
Reed nickte zitternd. »Und ob. Vielen Dank.«

Als sie weg war, starrte Mia noch eine lange Weile auf die Tür. Dann wandte sie sich mit feuchten Augen zu Reed um. »Das hast du für mich getan.«

»Ich hab's bloß versucht. Ich wusste nicht, ob sie einwilligen würde.«

»Als wir uns zum ersten Mal begegnet sind, hast du mir deinen Schirm gegeben.«

Er grinste. »Ich erinnere mich.«

»Heute hast du mir mein Leben geschenkt. Wenigstens einen wichtigen Teil davon.« Aber nicht das ganze, erkannte sie. Sie war mehr als nur ein Cop. Sie hatte eine Katze. Und ein Kind. Und einen Mann, der sie jetzt ansah, als würde er sie nie wieder gehen lassen. »Wie soll ich dir dafür bloß jemals danken.«

Seine Augen begannen zu funkeln. »Ich denke, da fällt uns schon etwas ein.«

Epilog

Sonntag, 12. August, 9.25 Uhr

Reed. Hör auf damit.« Mia schob seine tastende Hand weg. »Schau mal.«

»Das wollte ich ja«, brummelte er.

»Die Nachrichten, meine ich. Los. Lynn Pope hat gesagt, ich sollte sie unter keinen Umständen verpassen.«

Reed verabschiedete sich mit einem Seufzen von der Aussicht auf morgendlichen Sex, setzte sich im Bett auf und legte Mia den Arm um die Schultern. Sie schmiegte sich schon aus reiner Gewohnheit an, aber für ihn war es immer noch neu und herrlich. So wie die Dankbarkeit, die er verspürte, wenn er morgens aufwachte und ihr Gesicht sah.

Sie war eine umwerfende Frau. Eine gute Polizistin. Sie hatte nur vier Monate nach der Operation ihren Dienst wieder angetreten. Am ersten Tag hatte er ängstlich zugesehen, wie sie ihr Holster umlegte, hatte sich aber jede Bemerkung verbissen. In der ersten Woche hatten Abe Reagan und sie zwei Mörder verhaftet. Nun sah er immer noch jeden Morgen zu, wie sie ihr Holster umschnallte, und die Angst war nicht geringer geworden. Aber sie blieb eine gute Polizistin, war sogar noch besser geworden, nun, da sie erkannt hatte, dass nicht einmal sie unverwundbar war. Sie ging weniger Risiken ein. Denn sie hatte jede Menge Gründe, am Leben zu bleiben. Sie musste nun sehr genau auf ihre Gesundheit achten und für den Rest ihres Lebens Medikamente einnehmen, aber sie *hatte* ihr Leben noch, und dafür stand Olivia Sutherland für immer und ewig auf ihrer Weihnachtskartenliste.

Mia war auch eine gute Mutter. Er hatte nichts anderes erwartet, doch er wusste, dass sie selbst überrascht war. Jeremy entwickelte sich prächtig und hatte seine Leidenschaft für Fußball entdeckt. Mia trainierte mit ihm, wann immer sie Zeit hatte, aber manchmal sah sie auch einfach nur mit ihm fern.

Sie selbst war sozusagen keine Tochter mehr. Annabelle Mitchell war empört darüber gewesen, dass Mia »Lügen« über Bobby erzählt hatte, als sie mit Kates über Jeremys Freilassung verhandelt hatte. Und das auch noch, als »alle Polizisten draußen es über das Mikrophon hören konnten.« Was, wie Reed vermutete, wohl in ihren Augen die wahre Schandtat war. Nicht die »Lüge«, sondern die Enthüllung, die nicht das von Mia gefürchtete Mitleid nach sich gezogen hatte. Die Kollegen respektierten Mia immer noch. Sie war und blieb eine gute Polizistin.

Er küsste sie aufs Haar. Und sie war eine gute Ehefrau. Am Tag ihrer Hochzeit hatte Beth festgestellt, dass Frühlingsanfang war. Es war nicht seine Absicht gewesen, aber er fand es passend. Und Beth meinte, Christine hätte es gebilligt. Das glaubte auch er.

»Und was gibt das?«, fragte er, als auf dem Bildschirm eine Preisverleihung gezeigt wurde.

»Lynn Pope ist für ihre Story über Bixby und das Hope Center für den Nachrichtenpreis nominiert worden. Sieht aus, als habe sie das Rennen gemacht. Ich hoffe, Wheaton kann in ihrer Zelle zusehen.«

»Nicht, dass wir schadenfroh sind oder so«, murmelte Reed, und sie stupste ihn in die Seite.

Das Bild wechselte zum Hope Center, Ausschnitte aus der

Sendung, die Pope vor Monaten gemacht hatte. Bixby und Thompson hatten Therapiemethoden ausprobieren wollen, die von jeder seriösen Institution abgelehnt worden waren, daher hatten sie das Hope Center gegründet. Weitere Untersuchungen hatten zweckfremde Verwendung von staatlichen Geldern und verdächtige Provisionen von Pharmafirmen für den Einsatz bestimmter Medikamente ans Tageslicht gebracht. Lehrer wurden entlassen, bevor sie misstrauisch werden konnten. Dann war das Unvorhergesehene geschehen, und Andrew Kates hatte die Aufmerksamkeit auf die Anstalt gelenkt.

Pope hatte Bixby in London aufgespürt, wo er ursprünglich hatte warten wollen, bis sich der Wirbel gelegt hatte und er seine Arbeit wieder aufnehmen konnte. Doch Pope hatte ihm einen Strich durch die Rechnung gemacht. Das Hope Center war geschlossen und die Kinder in anderen Anstalten untergebracht worden.

»Ich hoffe, die Kids kriegen eine echte Chance auf Rehabilitation«, sagte Reed, als Pope die üblichen Schlussworte gesprochen hatte.

»Nanu? Ich denke, du glaubst nicht an Rehabilitation.«

Er zuckte die Achseln. »Bei manchen mag es funktionieren. Bei Kelsey hat es geklappt.«

»Aber sie sitzt noch immer.« Wieder hatte es keine Bewährung gegeben.

Er drückte sie an sich. »Beim nächsten Mal.«

»Vielleicht.« Mia schüttelte die düsteren Gedanken ab und kroch aus dem Bett. »Heute ist kein Tag, um Trübsal zu blasen. Zieh dich an, Solliday. Ich darf nicht zu spät kommen.« Er aber rollte sich nur auf die Seite, um ihr besser zusehen zu können. »Reed, nun mach schon. Du weißt, wie lange du allein für die Wahl deiner Schuhe brauchst.«

»Schuhe sind wichtig. Und du trägst doch bitte keine Stiefel in der Kirche, oder?«
»Nein. Ich habe mir neue Schuhe gekauft.« Mit einer Grimasse hielt sie ein Paar sexy Sandalen mit einem mörderischen Absatz hoch. »Ich werde mir die Knöchel für ein Kind brechen, das zu klein ist, um es mitzukriegen.«
»Du wirst sie schon daran erinnern, wenn sie alt genug ist«, bemerkte er trocken, stand auf und trat an seinen Schrank. »Man ist nicht jeden Tag Taufpatin. Also nimm dich zusammen und zieh die Dinger an.«
Mia seufzte innerlich und nahm das Foto von der Kommode. Das Baby war zerknautscht, aber Mia fand es wunderschön. Faith Buchanan, Danas Tochter. Und sie würde für dieses Kind Tante Mia sein. Aber das machte nichts, denn für Jeremy war sie Mutter. Er hatte sie noch nicht so genannt, aber es würde kommen. Sie war sich nicht sicher, wie sie reagieren sollte, wenn er es zum ersten Mal tat. Wahrscheinlich genau so, wie sie reagiert hatte, als Reed ihr zum ersten Mal »Ich liebe dich« gesagt hatte. Sie würde heulen.
»Mia, willst du den ganzen Tag vor dem Spiegel stehen? Ich brauche Hilfe mit den Knöpfen.«
Sie blinzelte, sie war sich nicht bewusst gewesen, dass sie ihr eigenes Spiegelbild angestarrt hatte. Sie stellte das Foto wieder auf die Kommode, knöpfte Reed das Hemd zu und band ihm die Krawatte. »Wie bist du nur ohne mich zurechtgekommen?«
Er küsste sie auf die Nasenspitze. »Ich musste eine halbe Stunde früher aufstehen, habe meine Hotdogs ohne alles gegessen und allein geschlafen.« Er grinste breit. »Meine Lebensqualität hat sich eindeutig gesteigert.«
Sie lachte. »Meine auch.«

Dank an …

Marc Conterato für sein medizinisches Wissen.

Cristy Carrington, die mir gezeigt hat, wie schön Poesie sein kann und mir die Gedichte »Us« und »Casper« geschenkt hat.

Danny Agan, der mir all meine Ermittlerfragen beantwortet hat.

Cindy Chavez, die mir alles über Pflegefamilien erzählt hat.

RJay Martin, der mir seine Feuerwache vorgestellt, und Jana Martin, die mir RJay vorgestellt hat.

Meine Mitstreiter/-innen von Tampa Area Romance Authors für ihre Unterstützung bei allen Themen von Polizeibegräbnissen bis hin zu Schwesternschaften. Ihr seid toll.

Julie Bouse, die mir die Geschichte ihrer Familie erzählt hat. Viel Erfolg, Liebes.

Für eventuelle Fehler im Roman bin ich allein verantwortlich.